D1028400

Los autoestopistas galácticos

Douglas Adams

Los autoestopistas galácticos

Guía del autoestopista galáctico
El restaurante del fin del mundo
La vida, el universo y todo lo demás

EDITORIAL ANAGRAMA
BARCELONA

Títulos de las ediciones originales:
The Hitchhiker's Guide to the Galaxy, Pan Books, Londres, 1979
The Restaurant at the End of the Universe, Pan Books, Londres, 1980
Life, the Universe and Everything, Pan Books, Londres, 1982

Guía del autoestopista galáctico, traducción de Benito Gómez Ibáñez, 1983, y Damià Alou, © 2005
El restaurante del fin del mundo, traducción de Benito Gómez Ibáñez
La vida, el universo y todo lo demás, traducción de Benito Gómez Ibáñez

Diseño de la colección: Ggómez, guille@guille01.com
Ilustración: Daniel Burch Caballé

Primera edición de «Guía del autoestopista galáctico» en «Contraseñas»: marzo 1983
Primera edición de «El restaurante del fin del mundo» en «Contraseñas»: junio 1984
Primera edición de «La vida, el universo y todo lo demás» en «Contraseñas»: septiembre 1985

Pedró de la Creu, 58
08034 Barcelona

ISBN: 978-84-339-5956-0
Depósito Legal: B. 16615-2017

Printed in Spain

Liberdúplex, S. L. U., ctra. BV 2249, km 7,4 - Polígono Torrentfondo
08791 Sant Llorenç d'Hortons

Guía del autoestopista galáctico

A Jonny Brock, Clare Gorst
y demás arlingtonianos,
por el té, la simpatía y el sofá

En los remotos e inexplorados confines del arcaico extremo occidental de la espiral de la Galaxia, brilla un pequeño y despreciable sol amarillento.

En su órbita, a una distancia aproximada de ciento cincuenta millones de kilómetros, gira un pequeño planeta totalmente insignificante de color azul verdoso cuyos pobladores, descendientes de los simios, son tan asombrosamente primitivos que aún creen que los relojes de lectura directa son de muy buen gusto.

Este planeta tiene, o mejor dicho, tenía el problema siguiente: la mayoría de sus habitantes eran infelices durante casi todo el tiempo. Muchas soluciones se sugirieron para tal problema, pero la mayor parte de ellas se referían principalmente a los movimientos de pequeños trozos de papel verde; cosa extraña, ya que los pequeños trozos de papel verde no eran precisamente quienes se sentían infelices.

De manera que persistió el problema; muchos eran humildes y la mayoría se consideraban miserables, incluso los que poseían relojes de lectura directa.

Cada vez eran más los que pensaban que, en primer lugar, habían cometido un gran error al bajar de los árboles. Y algunos afirmaban que lo de los árboles había sido una equivocación, y que nadie debería haber salido de los mares.

Y entonces, un jueves, casi dos mil años después de que clavaran a un hombre a un madero por decir que, para variar, sería estupendo ser bueno con los demás, una muchacha que se sentaba sola en un pequeño café de Rickmansworth comprendió de pronto lo que había ido mal durante todo el tiempo, y descubrió el medio por el que el mundo podría convertirse en un lugar tranquilo y feliz. Esta vez era cierto, daría resultado y no habría que clavar a nadie a ningún sitio.

Lamentablemente, sin embargo, antes de que pudiera llamar por teléfono para contárselo a alguien, ocurrió una catástrofe terrible y estúpida y la idea se perdió para siempre.

Esta no es la historia de la muchacha.

Sino la de aquella catástrofe terrible y estúpida, y la de algunas de sus consecuencias.

También es la historia de un libro, titulado Guía del autoestopista galáctico; *no se trata de un libro terrestre, pues nunca se publicó en la Tierra y, hasta que ocurrió la terrible catástrofe, ningún terrícola lo vio ni oyó hablar de él.*

No obstante, es un libro absolutamente notable.

En realidad, probablemente se trate del libro más notable que jamás publicaran las grandes compañías editoras de la Osa Menor, de las cuales tampoco ha oído hablar terrícola alguno.

Y no solo es un libro absolutamente notable, sino que también ha tenido un éxito enorme: es más famoso que las Obras escogidas sobre el cuidado del hogar espacial, *más vendido que las* Otras cincuenta y tres cosas que hacer en gravedad cero, *y más polémico que la trilogía de devanadora fuerza filosófica de Oolon Colluphid* En qué se equivocó Dios, Otros grandes errores de Dios *y* Pero ¿quién es ese tal Dios?

En muchas de las civilizaciones más tranquilas del margen oriental exterior de la Galaxia, la Guía del autoestopista *ya ha sustituido a la gran Enciclopedia Galáctica como la fuente reconocida de todo el conocimiento y la sabiduría, porque si bien incurre en muchas omisiones y contiene abundantes hechos de autenticidad dudosa, supera a la segunda obra, más antigua y prosaica, en dos aspectos importantes.*

En primer lugar, es un poco más barata; y luego, grabada en la portada con simpáticas letras grandes, ostenta la leyenda NO SE ASUSTE.

Pero la historia de aquel jueves terrible y estúpido, la narración de sus consecuencias extraordinarias y el relato de cómo tales consecuencias están indisolublemente entrelazadas con ese libro notable, comienza de manera muy sencilla.

Empieza con una casa.

1

La casa se alzaba en un pequeño promontorio, justo en las afueras del pueblo. Estaba sola y daba a una ancha extensión cultivable de la campiña occidental. No era una casa admirable en sentido alguno; tenía unos treinta años de antigüedad, era achaparrada, más bien cuadrada, de ladrillo, con cuatro ventanas en la fachada delantera y de tamaño y proporciones que conseguían ser bastante desagradables a la vista.

La única persona para quien la casa resultaba en cierto modo especial era Arthur Dent, y ello solo porque daba la casualidad de que era el único que vivía en ella. La había habitado durante tres años, desde que se mudó de Londres, donde se irritaba y se ponía nervioso. También tenía unos treinta años; era alto y moreno, y nunca se sentía enteramente a gusto consigo mismo. Lo que más solía preocuparle era el hecho de que la gente le preguntara siempre por qué tenía un aspecto tan preocupado. Trabajaba en la emisora local de radio, y solía decir a sus amigos que su actividad era mucho más interesante de lo que ellos probablemente pensaban.

El miércoles por la noche había llovido mucho y el camino estaba húmedo y embarrado, pero el jueves por la mañana había un sol claro y brillante que, según iba a resultar, lucía sobre la casa de Arthur Dent por última vez.

Aún no se le había comunicado a Arthur en forma debida que el ayuntamiento quería derribarla para construir en su lugar una vía de circunvalación.

A las ocho de la mañana de aquel jueves, Arthur no se encontraba muy bien. Se despertó con los ojos turbios, se levantó, deambuló agotado por la habitación, abrió una ventana, vio un *bulldozer,* encontró las zapatillas y, dando un traspié, se encaminó al baño para lavarse.

Pasta de dientes en el cepillo: ya. A frotar.

Espejo para afeitarse: apuntaba al cielo. Lo acopló. Durante un momento el espejo reflejó otro buldócer por la ventana del baño. Convenientemente ajustado, reflejó la encrespada barba de Arthur. Se afeitó, se lavó, se secó y, dando trompicones, se dirigió a la cocina con idea de hallar algo agradable que llevarse a la boca.

Cafetera, enchufe, nevera, leche, café. Bostezo.

Por un momento, la palabra «buldócer» vagó por su mente en busca de algo relacionado con ella.

El buldócer que se veía por la ventana de la cocina era muy grande.

Lo miró fijamente.

«Amarillo», pensó, y fue tambaleándose a su habitación para vestirse.

Al pasar por el baño se detuvo para beber un gran vaso de agua, y luego otro. Empezó a sospechar que tenía resaca. ¿Por qué tenía resaca? ¿Había bebido la noche anterior? Supuso que así debió de ser. Atisbó un destello en el espejo de afeitarse.

«Amarillo», pensó, y siguió su camino vacilante hacia la habitación.

Se detuvo a reflexionar. La taberna, pensó. ¡Santo Dios, la taberna! Vagamente recordó haberse enfadado por algo que parecía importante. Se lo estuvo explicando a la gente, y más bien sospechó que se lo había contado con gran detalle: su recuerdo visual más nítido era el de miradas vidriosas en las caras de los demás. Acababa de descubrir algo sobre una nueva vía de circunvalación. Habían circulado rumores durante meses, pero nadie parecía saber nada al respecto. Ridículo. Bebió un trago de agua. Eso ya se arreglaría solo, concluyó; nadie quería una vía de circunvalación, y el ayuntamiento no tenía en qué basar sus pretensiones. El asunto se arreglaría por sí solo.

Pero qué espantosa resaca le había producido. Se miró en la luna del armario. Sacó la lengua.

«Amarilla», pensó.

La palabra *amarillo* vagó por su mente en busca de algo relacionado con ella.

Quince segundos después había salido de la casa y estaba tumbado delante de un enorme buldócer amarillo que avanzaba por el sendero del jardín.

Míster L. Prosser era, como suele decirse, muy humano. En otras palabras, era un organismo basado en el carbono, bípedo, y descendiente del mono. Más concretamente, tenía cuarenta años, era gordo y despreciable y trabajaba para el ayuntamiento de la localidad. Cosa bastante curiosa, aunque él lo ignoraba, era que descendía por línea masculina directa de Gengis Kan, si bien las generaciones intermedias y la mezcla de razas habían escamoteado sus genes de tal manera que no poseía rasgos mongoloides visibles, y los únicos vestigios que aún conservaba míster L. Prosser de su poderoso antepasado eran una pronunciada corpulencia en torno a la barriga y cierta predilección hacia pequeños gorros de piel.

De ningún modo era un gran guerrero; en realidad, era un hombre nervioso y preocupado. Aquel día estaba especialmente nervioso y preocupado porque había topado con una dificultad grave en su trabajo, que consistía en quitar de en medio la casa de Arthur Dent antes de que acabara el día.

–Vamos, míster Dent –dijo–, usted sabe que no puede ganar. No puede estar tumbado delante del buldócer de manera indefinida.

Intentó dar un brillo fiero a su mirada, pero sus ojos no le respondieron.

Arthur siguió tumbado en el suelo y le lanzó una réplica desconcertante.

–Juego –dijo–; ya veremos quién se achanta antes.

–Me temo que tendrá que aceptarlo –repuso míster Prosser, empuñando su gorro de piel y colocándoselo del revés en la coronilla–. ¡Esta vía de circunvalación debe construirse y se construirá!

–Es la primera noticia que tengo –afirmó Arthur–. ¿Por qué tiene que construirse?

Míster Prosser agitó el dedo durante un rato delante de Arthur; luego dejó de hacerlo y lo retiró.

–¿Qué quiere decir con eso de por qué tiene que construirse? –le preguntó a su vez–. Se trata de una vía de circunvalación. Y hay que construir vías de circunvalación.

Las vías de circunvalación son artificios que permiten a ciertas personas pasar con mucha rapidez de un punto A a un punto B, mientras que otras avanzan a mucha velocidad desde el punto B al punto A. La gente que vive en un punto C, justo en medio de los otros dos, suele preguntarse con frecuencia por la gran importancia que debe tener el punto A para que tanta gente del punto B tenga tantas ganas de ir para allá, y qué interés tan grande tiene el punto B para que tanta gente del punto A sienta tantos deseos de acudir a él. A menudo ansían que las personas descubran de una vez para siempre el lugar donde quieren quedarse.

Míster Prosser quería ir a un punto D. El punto D no estaba en ningún sitio en especial, solo se trataba de cualquier punto conveniente que se encontrara a mucha distancia de los puntos A, B y C. Llegaría a tener una bonita casita de campo en el punto D, con hachas encima de la puerta, y pasaría una agradable cantidad de tiempo en el punto E, donde estaría la taberna más próxima al punto D. Su mujer, por supuesto, quería rosales trepadores, pero él prefería hachas. No sabía por qué; solo que le gustaban las hachas. Se ruborizó profundamente ante las muecas burlonas de los conductores de los buldóceres.

Empezó a apoyarse en un pie y luego en otro, pero estaba igualmente incómodo descargando el peso en cualquiera de los dos. Estaba claro que alguien había sido sumamente incompetente, y esperaba por lo más sagrado que no hubiera sido él.

–Tenía usted derecho a hacer sugerencias o a presentar objeciones a su debido tiempo, ¿sabe? –dijo míster Prosser.

–¿A su debido tiempo? –gritó Arthur–. ¡A su debido tiempo! La primera noticia que he tenido fue ayer, cuando vino un obrero a mi casa. Le pregunté si venía a limpiar las ventanas y me contestó que no, que venía a derribar mi casa. No me lo dijo inmediatamente, desde luego. Claro que no. Primero me limpió un par de ventanas y me cobró cinco libras. Luego me lo dijo.

–Pero míster Dent, los planos han estado expuestos en la oficina de planificación local desde hace nueve meses.

–¡Ah, claro! Ayer por la tarde, en cuanto me enteré, fui corriendo a verlos. No se ha excedido usted precisamente en llamar la atención hacia ellos, ¿verdad que no? Me refiero a decírselo realmente a alguien, o algo así.

–Pero los planos estaban a la vista...

–¿A la vista? Si incluso tuve que bajar al sótano para verlos.

–Ahí está el departamento de exposición pública.

–Con una linterna.

–Bueno, probablemente se había ido la luz.

–Igual que en las escaleras.

–Pero bueno, encontró el aviso, ¿no?

–Sí –contestó Arthur–, lo encontré. Estaba a la vista en el fondo de un archivador cerrado con llave y colocado en un lavabo en desuso en cuya puerta había un letrero que decía: «Cuidado con el leopardo».

Por el cielo pasó una nube. Arrojó una sombra sobre Arthur Dent, que estaba tumbado en el barro frío, apoyado en el codo. Arrojó otra sombra sobre la casa de Arthur Dent. Míster Prosser frunció el ceño.

–No parece que sea una casa particularmente bonita –afirmó.

–Lo siento, pero da la casualidad de que a mí me gusta.

–Le gustará la vía de circunvalación.

–¡Cállese ya! –exclamó Arthur Dent–. Cállese, márchese y llévese con usted su condenada vía de circunvalación. No tiene en qué basar sus pretensiones, y usted lo sabe.

Míster Prosser abrió y cerró la boca un par de veces mientras su imaginación se llenaba por un momento de visiones inexplicables, pero horriblemente atractivas, de la casa de Arthur Dent consumida por las llamas y del propio Arthur gritando y huyendo a la carrera de las ruinas humeantes con al menos tres pesadas lanzas sobresaliendo en su espalda. Míster Prosser se veía incomodado con frecuencia por imágenes parecidas, que le ponían muy nervioso. Tartamudeó un momento, pero logró dominarse.

–Míster Dent –dijo.

–¡Hola! ¿Sí? –dijo Arthur.

–Voy a proporcionarle cierta información objetiva. ¿Tiene alguna idea del daño que sufriría ese buldócer si yo permitiera que simplemente le pasara a usted por encima?

–¿Cuánto? –inquirió Arthur.

–Ninguno en absoluto –respondió míster Prosser, apartándose nervioso y frenético y preguntándose por qué le invadían el cerebro mil jinetes greñudos que no dejaban de aullar.

Por una coincidencia curiosa, *ninguno en absoluto* era exactamente el recelo que el descendiente de los simios llamado Arthur Dent abrigaba de que uno de sus amigos más íntimos no descendiera de un mono, sino que en realidad procediese de un pequeño planeta próximo a Betelgeuse, y no de Guildford, como él afirmaba.

Eso jamás lo había sospechado Arthur Dent.

Su amigo había llegado por primera vez al planeta Tierra unos quince años antes, y había trabajado mucho para adaptarse a la sociedad terrestre; y con cierto éxito, habría que añadir. Por ejemplo, se había pasado esos quince años fingiendo ser un actor sin trabajo, cosa bastante verosímil.

Pero, por descuido, había cometido un error al quedarse un poco corto en sus investigaciones preparatorias. La información que había obtenido le llevó a escoger el nombre de «Ford Prefect» en la creencia de que era muy poco llamativo.

No era exageradamente alto, y sus facciones podían ser impresionantes pero no muy atractivas. Tenía el pelo rojo y fuerte, y se lo peinaba hacia atrás desde las sienes. Parecía que le habían estirado la piel desde la nariz hacia atrás. Había algo raro en su aspecto, pero resultaba difícil determinar qué era. Quizás consistiese en que no parecía parpadear con la frecuencia suficiente, y cuando le hablaban durante cierto tiempo, los ojos de su interlocutor empezaban a lagrimear. O tal vez fuese que sonreía con muy poca delicadeza y le daba a la gente la enervante impresión de que estaba a punto de saltarles al cuello.

A la mayoría de los amigos que había hecho en la Tierra les parecía una persona excéntrica, pero inofensiva; un bebedor turbulento con algunos hábitos extraños. Por ejemplo, solía irrumpir sin que lo invitaran en fiestas universitarias, donde se emborrachaba de mala manera y empezaba a burlarse de cualquier astrofísico que pudiera encontrar hasta que lo echaban a la calle.

A veces se apoderaban de él extraños estados de ánimo; se quedaba distraído, mirando al cielo como si estuviera hipnotizado, hasta que alguien le preguntaba qué estaba haciendo. Entonces parecía sentirse culpable durante un momento; luego se tranquilizaba y sonreía.

–Pues buscaba algún platillo volante –solía contestar en broma, y todo el mundo se echaba a reír y le preguntaba qué clase de platillos volantes andaba buscando.

–¡Verdes! –contestaba con una mueca perversa; lanzaba una carcajada estrepitosa y luego arrancaba de pronto hacia el bar más próximo, donde invitaba a una ronda a todo el mundo.

Esas noches solían acabar mal. Ford se ponía ciego de whisky, se acurrucaba en un rincón con alguna chica y le explicaba con frases inconexas que en realidad no importaba tanto el color de los platillos volantes.

A continuación, echaba a andar por la calle, tambaleándose y semiparalítico, preguntando a los policías con los que se cruzaba si conocían el camino de Betelgeuse. Los policías solían decirle algo así:

–¿No cree que ya va siendo hora de que se vaya a casa, señor?

–De eso se trata, quiero recogerme –respondía Ford de manera invariable en tales ocasiones.

En realidad, lo que verdaderamente buscaba cuando miraba al cielo con aire distraído era cualquier clase de platillo volante. Decía que buscaba uno verde porque ese era tradicionalmente el color de los exploradores comerciales de Betelgeuse.

Ford Prefect estaba desesperado porque no llegaba ningún platillo volante; quince años era mucho tiempo para andar perdido en cualquier parte, especialmente en un sitio tan sobrecogedoramente aburrido como la Tierra.

Ford ansiaba que pronto apareciese un platillo volante, pues sabía cómo hacer señales para que bajaran y conseguir que lo llevaran. Conocía la manera de ver las Maravillas del Universo por menos de treinta dólares altairianos al día.

En realidad, Ford Prefect era un investigador itinerante de ese libro absolutamente notable, la *Guía del autoestopista galáctico.*

Los seres humanos se adaptan muy bien a todo, y a la hora del almuerzo había arraigado una serena rutina en los alrededores de la casa de Arthur. Este interpretaba el papel de rebozarse la espalda en el barro, solicitando de vez en cuando ver a su abogado o a su madre, o pidiendo un buen libro; míster Prosser asumía la función de atacar a Arthur con algunas maniobras nuevas, soltándole de cuando en cuando un discurso sobre «el bien común», «la marcha del progreso», «ya sabe que una vez derribaron mi casa», «nunca se debe mirar atrás» y otros camelos y amenazas; y el quehacer de los conductores de los buldóceres era sentarse en corro bebiendo café y haciendo experimentos con las normas del sindicato para ver si podían sacar ventajas económicas de la situación.

La Tierra se movía despacio en su trayectoria diurna.

El sol empezaba a secar el barro sobre el que Arthur estaba tumbado.

Una sombra volvió a cruzar sobre él.

–Hola, Arthur –dijo la sombra.

Arthur levantó la vista y, guiñando los ojos para protegerse del sol, vio que Ford Prefect estaba de pie a su lado.

–¡Hola, Ford!, ¿cómo estás?

–Muy bien –contestó Ford–. Oye, ¿estás ocupado?

–¡Que si estoy *ocupado!* –exclamó Arthur–. Bueno, ahí están todos esos buldóceres y tengo que tumbarme delante de ellos porque si no derribarían mi casa; pero aparte de eso..., pues no especialmente, ¿por qué?

En Betelgeuse no conocen el sarcasmo. Y Ford Prefect no solía captarlo a menos que se concentrara.

–Bien, ¿podemos hablar en algún sitio? –preguntó.

–¿Cómo? –repuso Arthur Dent.

Durante unos segundos pareció que Ford le ignoraba, pues se quedó con la vista fija en el cielo como un conejo que tratase de que lo atropellara un coche. Luego, de pronto, se puso en cuclillas junto a Arthur.

–Tenemos que hablar –le dijo en tono apremiante.

–Muy bien –le contestó Arthur–, hablemos.

–Y beber –añadió Ford–. Es de importancia vital que hablemos y bebamos. Ahora mismo. Vamos a la taberna del pueblo.

Volvió a mirar al cielo, nervioso, expectante.

–¡Pero es que no lo entiendes! –gritó Arthur. Señaló a Prosser–. ¡Ese hombre quiere derribar mi casa!

Ford le miró, perplejo.

–Bueno, puede hacerlo mientras tú no estás, ¿no? –sugirió.

–¡Pero no quiero que lo haga!

–¡Ah!

–Oye, Ford, ¿qué es lo que te pasa? –preguntó Arthur.

–Nada. No me pasa nada. Escúchame, tengo que decirte la cosa más importante que hayas oído jamás. He de contártela ahora mismo, y debo hacerlo en el bar Horse and Groom.

–Pero ¿por qué?

–Porque vas a necesitar una copa bien cargada.

Ford miró fijamente a Arthur, que se quedó asombrado al comprobar que su voluntad comenzaba a debilitarse. No comprendía que ello era debido a un viejo juego tabernario que Ford aprendió a jugar en los puertos del hiperespacio que abastecían a las zonas mineras de madranita en el sistema estelar de Orión Beta.

Tal juego no se diferenciaba mucho del juego terrestre denominado «lucha india», y se jugaba del modo siguiente:

Dos contrincantes se sentaban a cada extremo de una mesa con un vaso enfrente de cada uno.

Entre ambos se colocaba una botella de aguardiente Janx (el que inmortalizó la antigua canción minera de Orión: «¡Oh!, no me des más de ese añejo aguardiente Janx / No, no me des más de ese añejo aguardiente Janx / Pues mi cabeza echará a volar, mi lengua mentirá, mis ojos arderán y me pondré a morir / No me pongas otra copa de ese pecaminoso aguardiente añejo Janx»).

Cada adversario concentraba su voluntad en la botella, tratando de inclinarla para echar aguardiente en el vaso de su oponente, quien entonces tenía que beberlo.

La botella se llenaba de nuevo. El juego comenzaba otra vez. Y otra.

Una vez que se empezaba a perder, lo más probable es que se siguiera perdiendo, porque uno de los efectos del aguardiente Janx es el debilitamiento de las facultades telequinésicas.

En cuanto se consumía una cantidad establecida de antemano, el perdedor debía pagar una prenda, que normalmente era obscenamente biológica.

A Ford Prefect le gustaba perder.

Ford miraba fijamente a Arthur, quien empezó a pensar que, después de todo, tal vez quisiera ir al Horse and Groom.

–¿Y qué hay de mi casa...? –preguntó en tono quejumbroso.

Ford miró a míster Prosser, y de pronto se le ocurrió una idea atroz.

–¿Quiere derribar tu casa?

–Sí, quiere construir...

–¿Y no puede hacerlo porque estás tumbado delante de su buldócer?

–Sí, y...

–Estoy seguro de que podremos llegar a un acuerdo –afirmó Ford, y añadió gritando–: ¡Disculpe usted!

Míster Prosser (que estaba discutiendo con un portavoz de los conductores de los buldóceres sobre si Arthur Dent constituía o no un caso patológico y, en caso afirmativo, cuánto deberían cobrar ellos) miró en torno suyo. Quedó sorprendido y se alarmó un tanto al ver que Arthur tenía compañía.

–¿Sí? ¡Hola! –contestó–. ¿Ya ha entrado míster Dent en razón?

–¿Podemos suponer, de momento –le respondió Ford–, que no lo ha hecho?

–¿Y bien? –suspiró míster Prosser.

–¿Y podemos suponer también –prosiguió Ford– que va a pasarse aquí todo el día?

–¿Y qué?

–¿Y que todos sus hombres van a quedarse aquí todo el día sin hacer nada?

–Pudiera ser, pudiera ser...

–Bueno, pues si en cualquier caso usted se ha resignado a no hacer nada, no necesita realmente que Arthur esté aquí tumbado todo el tiempo, ¿verdad?

–¿Cómo?

–No necesita –repitió pacientemente Ford– realmente que se quede aquí.

Míster Prosser lo pensó.

–Pues no; de esa manera... –dijo–, no lo necesito *exactamente*...

Prosser estaba preocupado. Pensó que uno de los dos no estaba muy en sus cabales.

–De manera que si usted se hace a la idea de que Arthur está realmente aquí –le propuso Ford–, entonces él y yo podríamos marcharnos media hora a la taberna. ¿Qué le parece?

Míster Prosser pensó que le parecía una absoluta majadería.

–Me parece muy razonable... –dijo en tono tranquilizador, preguntándose a quién trataba de tranquilizar.

–Y si después quiere usted echarse un chispazo al coleto –le dijo Ford–, nosotros podríamos sustituirle.

–Muchísimas gracias –repuso míster Prosser, que ya no sabía cómo seguir el juego–. Muchísimas gracias, sí, es muy amable...

Frunció el ceño, sonrió, trató de hacer las dos cosas a la vez, no lo consiguió, agarró su gorro de piel y caprichosamente se lo colocó del revés en la coronilla. Solo podía suponer que había ganado.

–De modo que –prosiguió Ford Prefect– si hace el favor de acercarse y tumbarse en el suelo...

–¿Cómo? –inquirió míster Prosser.

–¡Ah!, lo siento –se disculpó Ford–; tal vez no me haya explicado con la claridad suficiente. Alguien tiene que tumbarse delante de los buldóceres, ¿no es así? Si no, no habría nada que les impidiese derribar la casa de míster Dent, ¿verdad?

–¿Cómo? –repitió míster Prosser.

–Es muy sencillo –explicó Ford–. Mi cliente, míster Dent, afirma que se levantará del barro con la única condición de que usted venga a ocupar su puesto.

–¿Qué estás diciendo? –le preguntó Arthur, pero Ford le dio con el pie para que guardara silencio.

–¿Quiere usted –preguntó Prosser, deletreando para sí aquella idea nueva– que vaya a tumbarme ahí...?

–Sí.

–¿Delante del buldócer?

–Sí.

–En el puesto de míster Dent.

–Sí.

–En el barro.

–En el barro, tal como dice usted.

En cuanto míster Prosser comprendió que, después de todo, iba a ser el verdadero perdedor, fue como si se quitara un peso de los hombros: eso se parecía más a las cosas del mundo que él conocía. Exhaló un suspiro.

–¿A cambio de lo cual se llevará usted a míster Dent a la taberna?

–Eso es –dijo Ford–; eso es exactamente.

Míster Prosser dio unos pasos nerviosos hacia delante y se detuvo.

–¿Prometido? –preguntó.

–Prometido –contestó Ford. Se volvió a Arthur–. Vamos –le dijo–, levántate y deja que se tumbe este señor.

Arthur se puso en pie con la sensación de que estaba soñando.

Ford hizo una seña a Prosser, que, con expresión triste y maneras torpes, se sentó en el barro. Sintió que toda su vida era una especie de sueño, preguntándose a quién pertenecería dicho sueño y si lo estaría pasando bien. El barro le envolvió el trasero y los brazos y penetró en sus zapatos.

Ford le lanzó una mirada severa.

–Y nada de derribar a escondidas la casa de míster Dent mientras él está fuera, ¿entendido? –le dijo.

–Ni siquiera he empezado a especular –gruñó míster Prosser, tendiéndose de espaldas– con la más mínima posibilidad de que esa idea se me pase por la cabeza.

Vio acercarse al representante sindical de los conductores de los buldóceres, dejó caer la cabeza y cerró los ojos. Trataba de poner en orden sus pensamientos para demostrar que él no constituía un caso patológico. Aunque no estaba muy seguro, porque le parecía tener la cabeza llena de ruidos, de caballos, de humo y del hedor de la sangre. Eso le ocurría siempre que se sentía confundido o desdichado, y nunca se lo había podido explicar a sí mismo. En una alta dimensión de la que nada conocemos, el poderoso Kan aulló de rabia, pero míster Prosser solo se quejó y sufrió un leve temblor. Empezó a sentir un escozor húmedo detrás de los párpados. Errores burocráticos, hombres furiosos tendidos en el barro, desconocidos incomprensibles infligiendo humillaciones inexplicables y un extraño ejército de jinetes que se reían de él dentro de su cabeza... ¡vaya día!

¡Vaya día! Ford sabía que no importaba lo más mínimo que derribaran o no la casa de Arthur.

Arthur seguía muy preocupado.

–Pero ¿podemos confiar en él? –preguntó.

–Yo confío en él hasta que la Tierra se acabe –le contestó Ford.

–¿Ah, sí? –repuso Arthur–. ¿Y cuánto tardará eso?

–Unos doce minutos –sentenció Ford–. Vamos, necesito un trago.

2

Esto es lo que la Enciclopedia Galáctica dice respecto al alcohol. Afirma que es un líquido incoloro y evaporable producido por la fermentación de azúcares, y asimismo observa sus efectos intoxicantes sobre ciertos organismos basados en el carbono.

La Guía del autoestopista galáctico *también menciona el alcohol. Dice que la mejor bebida que existe es el detonador gargárico pangaláctico.*

Dice que el efecto producido por una copa de detonador gargárico pangaláctico es como que le aplasten a uno los sesos con una raja de limón doblada alrededor de un gran lingote de oro.

La Guía *también indica en qué planetas se prepara el mejor detonador gargárico pangaláctico, cuánto hay que pagar por una copa y qué organizaciones voluntarias existen para ayudarle a uno a la rehabilitación posterior.*

La Guía *señala incluso la manera en que puede prepararse dicha bebida:*

«Vierta el contenido de una botella de aguardiente añejo Janx.

»Añada una medida de agua de los mares de Santraginus V. ¡Oh, el agua del mar de Santraginus! ¡¡¡Oh, el pescado de las aguas santragineas!!!

»Deje que se derritan en la mezcla (debe estar bien helada o se perderá la bencina) tres cubos de megaginebra arcturiana.

»Agregue cuatro litros de gas de las marismas falianas y deje que las burbujas penetren en la mezcla, en memoria de todos los felices vagabundos que han muerto de placer en las Marismas de Falia.

»En el dorso de una cuchara de plata vierta una medida de extracto de Hierbahiperbuena de Qualactina, saturada de todos los fragantes olores de las oscuras zonas qualactinas, levemente suaves y místicos.

»Añada el diente de un suntiger algoliano. Observe cómo se disuelve, lanzando el brillo de los soles algolianos a lo más hondo del corazón de la bebida.

»Rocíela con Zamfuor.

»Añada una aceituna.

»Bébalo..., pero... con mucho cuidado...»

La Guía del autoestopista galáctico *se vende mucho más que la Enciclopedia Galáctica.*

–Seis pintas de cerveza amarga –pidió Ford Prefect al tabernero del Horse and Groom–. Y dese prisa, por favor, el mundo está a punto de acabarse.

El tabernero del Horse and Groom no se merecía esa forma de trato: era un anciano digno. Se alzó las gafas sobre la nariz y parpadeó hacia Ford Prefect, que lo ignoró y miró fijamente por la ventana, de modo que el tabernero observó a Arthur, quien se encogió de hombros con expresión de impotencia y no dijo nada. Así que el tabernero dijo:

–¡Ah, sí! Hace buen tiempo para eso, señor.

Y empezó a tirar la cerveza. Volvió a intentarlo.

–Entonces, ¿va a ver el partido de esta tarde?

Ford se volvió para observarle.

–No, no es posible –dijo, y volvió a mirar por la ventana.

–¿Y eso se debe a una conclusión inevitable a la que ha llegado usted, señor? –inquirió el tabernero–. ¿No tiene ni una posibilidad el Arsenal?

–No, no –contestó Ford–, es que el mundo está a punto de acabarse.

–Claro, señor –repuso el tabernero, mirando esta vez a Arthur por encima de las gafas–; ya lo ha dicho. Si eso ocurre, el Arsenal tendrá suerte y se salvará.

Ford volvió a mirarle con auténtica sorpresa.

–No, no se salvará –replicó frunciendo el entrecejo.

El tabernero respiró fuerte.

–Ahí tiene, señor, seis pintas –dijo.

Arthur le sonrió débilmente y volvió a encogerse de hombros. Se dio la vuelta y lanzó una leve sonrisa a los demás clientes de la taberna por si alguno de ellos había oído algo de lo que pasaba.

Ninguno de ellos se había enterado, y ninguno comprendió por qué les sonreía.

El hombre que se sentaba frente a la barra al lado de Ford miró a los dos hombres y luego a las seis cervezas, hizo un rápido cálculo aritmético, llegó a una conclusión que fue de su agrado y les sonrió con una mueca estúpida y esperanzada.

–Olvídelo, son nuestras –le dijo Ford, lanzándole una mirada que habría enviado de nuevo a sus asuntos a un suntiger algoliano.

Ford dio un palmetazo en la barra con un billete de cinco libras.

–Quédese con el cambio –dijo.

–¡Cómo! ¿De cinco libras? Gracias, señor.

–Le quedan diez minutos para gastarlo.

El tabernero, simplemente, decidió retirarse un rato.

–Ford –dijo Arthur–, ¿querrías decirme qué demonios pasa, por favor?

–Bebe –repuso Ford–, te quedan tres pintas.

–¿Tres pintas? –dijo Arthur–. ¿A la hora del almuerzo?

El hombre que estaba al lado de Ford sonrió y meneó la cabeza de contento. Ford le ignoró.

–El tiempo es una ilusión –dijo–. Y la hora de comer, más todavía.

–Un pensamiento muy profundo –dijo Arthur–. Deberías enviarlo al *Reader's Digest.* Tiene una página para gente como tú.

–Bebe.

–¿Y por qué tres pintas de repente?

–La cerveza relaja los músculos; vas a necesitarlo.

–¿Relaja los músculos?

–Relaja los músculos.

Arthur miró fijamente su cerveza.

–¿Es que he hecho hoy algo malo –dijo–, o es que el mundo siempre ha sido así y yo he estado demasiado metido en mí mismo para darme cuenta?

–De acuerdo –dijo Ford–. Trataré de explicártelo. ¿Cuánto tiempo hace que nos conocemos?

–¿Cuánto tiempo? –Arthur se puso a pensarlo–. Pues unos cinco años, quizás seis. En su momento, la mayoría de ellos parecieron tener algún sentido.

–Muy bien –dijo Ford–, ¿cómo reaccionarías si te dijera que después de todo no soy de Guildford, sino de un planeta pequeño que está cerca de Betelgeuse?

Arthur se encogió de hombros con cierta indiferencia.

–No lo sé –contestó, bebiendo un trago de cerveza–. ¡Pero bueno! ¿Crees que eso que dices es propio de ti?

Ford se rindió. En realidad no valía la pena molestarse de momento, ahora que se acercaba el fin del mundo. Se limitó a decir:

–Bebe.

Y con un tono enteramente objetivo, añadió:

–El mundo está a punto de acabarse.

Arthur lanzó a los demás clientes otra sonrisa débil. Le miraron con el ceño fruncido. Un hombre le hizo señas para que dejara de sonreírles y se dedicara a sus asuntos.

–Debe ser jueves –dijo Arthur para sí, inclinándose sobre la cerveza–. Nunca puedo aguantar la resaca de los jueves.

3

Aquel jueves en particular, una cosa se movía silenciosamente por la ionosfera a muchos kilómetros por encima de la superficie del planeta; varias cosas, en realidad, unas cuantas docenas de enormes cosas en forma de gruesas rebanadas amarillas, tan grandes como edificios de oficinas y silenciosas como pájaros. Planeaban con desenvoltura, calentándose con los rayos electromagnéticos de la estrella Sol, esperando su oportunidad, agrupándose, preparándose.

El planeta que tenían bajo ellos era casi absolutamente ajeno a su presencia, que era precisamente lo que ellos pretendían por el momento. Las enormes cosas amarillas pasaron inadvertidas por Goonhilly, sobrevolaron Cabo Cañaveral sin que las detectaran; Woomera y Jodrell Bank las miraron sin verlas, lo que era una lástima porque eso era exactamente lo que habían estado buscando durante todos aquellos años.

El único sitio en el que se registró su paso fue en un pequeño aparato negro llamado Subeta Sensomático, que se limitó a hacer un guiño silencioso. Estaba guardado en la oscuridad, dentro de un bolso de cuero que Ford Prefect solía llevar colgado al cuello. Efectivamente, el contenido del bolso de Ford Prefect era muy interesante, y a cualquier físico terrestre se le habrían salido los ojos de las órbitas solo con verlo, razón por la cual su dueño siempre lo ocultaba poniendo encima unos manoseados guiones de obras que supuestamente estaba ensayando. Aparte del Subeta Sensomático y de los guiones, tenía un Pulgar Electrónico: una varilla gruesa, corta y suave, de color negro, provista en un extremo de dos interruptores planos y unos cuadrantes; también tenía un aparato que parecía una calculadora electrónica más bien grande. Estaba equipada con un centenar de diminutos botones planos y una pantalla de unos diez centímetros cuadrados en la que en un momento podía verse cualquier cara de su millón de «páginas». Tenía un aspecto demencialmente complicado, y esa era una de las razones por las cuales estaba escrito en la cubierta de plástico que lo tapaba las palabras NO SE ASUSTE con caracteres grandes y agradables. La otra razón consistía en que tal aparato era el libro más notable que habían publicado los grandes grupos editoriales de Osa Menor: la *Guía del autoestopista galáctico.* El motivo por el que se publicó en forma de microsubmesón electrónico era porque, si se hubiera impreso como un libro normal, un autoestopista interestelar habría necesitado varios edificios grandes e incómodos para transportarlo.

Debajo del libro, Ford Prefect llevaba en el bolso unos bolis, un cuaderno de notas y una amplia toalla de baño de Marks and Spencer.

La Guía del autoestopista galáctico *tiene varias cosas que decir respecto a las toallas.*

Dice que una toalla es el objeto de mayor utilidad que puede poseer un autoestopista interestelar. En parte, tiene un gran valor práctico: uno puede envolverse en ella para calentarse mientras viaja por las lunas frías de Jaglan Beta; se puede tumbar uno en ella en las refulgentes playas de arena marmórea de Santraginus V, mientras aspira los vapores del mar embriagador; se puede uno tapar con ella mientras duerme bajo las estrellas que arrojan un brillo tan purpúreo sobre el desierto de Kakrafun; se puede usar como vela en una balsa diminuta para navegar por el profundo y lento río Moth; mojada; se puede emplear en la lucha cuerpo a cuerpo; envuelta alrededor de la cabeza, sirve para protegerse de las emanaciones nocivas o para evitar la mirada de la Voraz Bestia Bugblatter de Traal (animal sorprendentemente estúpido, supone que si uno no puede verlo, él tampoco lo ve a uno; es tonto como un cepillo, pero voraz, muy voraz); se puede agitar la toalla en situaciones de peligro como señal de emergencia, y, por supuesto, se puede secar uno con ella si es que aún está lo suficientemente limpia.

Y lo que es más importante: una toalla tiene un enorme valor psicológico. Por alguna razón, si un estraj (estraj: no autoestopista) descubre que un autoestopista lleva su toalla consigo, automáticamen-

te supondrá que también está en posesión de cepillo de dientes, toallita para lavarse la cara, jabón, lata de galletas, frasca, brújula, mapa, rollo de cordel, rociador contra los mosquitos, ropa de lluvia, traje espacial, etc. Además, el estraj prestará con mucho gusto al autoestopista cualquiera de dichos artículos o una docena más que el autoestopista haya «perdido» por accidente. Lo que el estraj pensará es que cualquier hombre que haga autoestop a todo lo largo y ancho de la Galaxia, pasando calamidades, divirtiéndose en los barrios bajos, luchando contra adversidades tremendas, saliendo sano y salvo de todo ello, y sabiendo todavía dónde está su toalla, es sin duda un hombre a tener en cuenta.

De ahí la frase que se ha incorporado a la jerga del autoestopismo: «Oye, ¿sass tú a ese jupi Ford Prefect? Es un frud que de verdad sabe dónde está su toalla.» *(Sass: conocer, estar enterado de, saber, tener relaciones sexuales con; jupi: chico muy sociable; frud: chico sorprendentemente sociabilísimo.)*

Tranquilamente acomodado encima de la toalla en el bolso de Ford Prefect, el Subeta Sensomático empezó a parpadear con mayor rapidez. A kilómetros por encima de la superficie del planeta, los enormes algos amarillos comenzaron a desplegarse. En Jodrell Bank alguien decidió que ya era hora de tomar una buena y relajante taza de té.

–¿Llevas una toalla encima? –le preguntó de pronto Ford a Arthur.

Arthur, que hacía esfuerzos por terminar la tercera jarra de cerveza, levantó la vista hacia Ford.

–¡Cómo! Pues no..., ¿debería llevar una?

Había renunciado a sorprenderse, parecía que ya no tenía sentido.

Ford chasqueó la lengua, irritado.

–Bebe –le apremió.

En aquel momento, un estrépito sordo y retumbante de algo que se hacía pedazos en el exterior se oyó entre el suave murmullo de la taberna, el sonido del tocadiscos de monedas y el ruido que el hombre que estaba al lado de Ford hacía al hipar sobre el whisky al que finalmente le habían invitado.

Arthur se atragantó con la cerveza y se puso en pie de un salto.

–¿Qué ha sido eso? –gritó.

–No te preocupes –le dijo Ford–, todavía no han empezado.

–Gracias a Dios –dijo Arthur, tranquilizándose.

–Probablemente solo se trata de que están derribando tu casa –le informó Ford, terminando su última jarra de cerveza.

–¡Qué! –gritó Arthur.

De pronto se quebró el hechizo de Ford. Arthur lanzó alrededor una mirada furiosa y corrió a la ventana.

–¡Dios mío, la están tirando! ¡Están derribando mi casa! ¿Qué demonios estoy haciendo en la taberna, Ford?

–A estas alturas ya no importa –sentenció Ford–. Deja que se diviertan.

–¿Que se diviertan? –gritó Arthur–. ¡Que se diviertan!

Se retiró de la ventana y rápidamente comprobó que hablaban de lo mismo.

–¡Maldita sea su diversión! –aulló, y salió corriendo de la taberna agitando con furia una jarra de cerveza medio vacía. Aquel día no hizo ningún amigo en la taberna.

–¡Deteneos, vándalos! ¡Demoledores de casas! –gritó Arthur–. ¡Parad ya, visigodos enloquecidos!

Ford tuvo que ir tras él. Se volvió rápidamente hacia el tabernero y le pidió cuatro paquetes de cacahuetes.

–Ahí tiene, señor –le dijo el tabernero, arrojando los paquetes encima del mostrador–. Son veinticinco peniques, si es tan amable.

Ford era muy amable; le dio al tabernero otro billete de cinco libras y le dijo que se quedara con el cambio. El tabernero lo observó y luego miró a Ford. Tuvo un estremecimiento súbito: por un instante experimentó una sensación que no entendió, porque nadie en la Tierra la había experimentado antes. En momentos de tensión grande, todos los organismos vivos emiten una minúscula señal subliminal. Tal señal se limita a comunicar la sensación exacta y casi patética de la distancia a que dicho ser se encuentra de su lugar de nacimiento. En la Tierra siempre es imposible estar a más de veinticuatro mil kilómetros del lugar de nacimiento de uno, cosa que no representa mucha distancia, de manera que dichas señales son demasiado pequeñas para que puedan captarse. En aquel momento, Ford Prefect se encontraba bajo una tensión grande, y había nacido a seiscientos años luz, en las proximidades de Betelgeuse.

El tabernero se tambaleó un poco, sacudido por una pasmosa e incomprensible sensación de lejanía. No conocía su significado, pero miró a Ford Prefect con una nueva impresión de respeto, casi con un temor reverente.

–¿Lo dice en serio, señor? –preguntó con un murmullo apagado que tuvo el efecto de silenciar la taberna–. ¿Cree usted que se va a acabar el mundo?

–Sí –contestó Ford.

–Pero... ¿esta tarde?

Ford se había recobrado. Se sentía de lo más frívolo.

–Sí –dijo alegremente–; en menos de dos minutos, según mis cálculos.

El tabernero no daba crédito a aquella conversación, y tampoco a la sensación que acababa de experimentar.

–Entonces, ¿no hay nada que podamos hacer? –preguntó.

–No, nada –le contestó Ford, guardándose los cacahuetes en el bolsillo.

En el silencio del bar alguien empezó a reírse con roncas carcajadas de lo estúpido que se había vuelto todo el mundo.

El hombre que se sentaba al lado de Ford ya estaba como una cuba. Levantó la vista hacia él, haciendo visajes con los ojos.

–Yo creía –dijo– que cuando se acercara el fin del mundo, tendríamos que tumbarnos, ponernos una bolsa de papel en la cabeza o algo parecido.

–Si le apetece, sí –le dijo Ford.

–Eso es lo que nos decían en el ejército –informó el hombre, y sus ojos iniciaron el largo viaje hacia su vaso de whisky.

–¿Nos ayudaría eso? –preguntó el tabernero.

–No –respondió Ford, sonriéndole amistosamente; y añadió–: Discúlpeme, tengo que marcharme.

Se despidió saludando con la mano.

La taberna permaneció silenciosa un momento más y luego, de manera bastante molesta, volvió a reírse el hombre de la ronca carcajada. La muchacha que había arrastrado con él a la taberna había llegado a odiarle profundamente durante la última hora, y para ella habría sido probablemente una gran satisfacción saber que dentro de un minuto y medio su acompañante se convertiría súbitamente en un soplo de hidrógeno, ozono y monóxido de carbono. Sin embargo, cuando llegara ese momento, ella estaría demasiado ocupada evaporándose para darse cuenta.

El tabernero carraspeó. Se oyó decir:

–Pidan la última consumición, por favor.

Las enormes máquinas amarillas empezaron a descender en picado, aumentando la velocidad.

Ford sabía que ya estaban allí. Esa no era la forma en que deseaba salir.

Arthur corría por el sendero y estaba muy cerca de su casa. No se dio cuenta del frío que hacía de repente, no reparó en el viento, no se percató del súbito e irracional chaparrón. No observó nada aparte de los buldóceres oruga que trepaban por el montón de escombros que había sido su casa.

–¡Bárbaros! –gritó–. ¡Demandaré al ayuntamiento y le sacaré hasta el último céntimo! ¡Haré que os ahorquen, que os ahoguen y que os descuarticen! ¡Y que os flagelen! ¡Y que os sumerjan en agua hirviente... hasta... hasta... hasta que no podáis más!

Ford corría muy deprisa detrás de él. Muy, muy deprisa.

–¡Y luego lo volveré a hacer! –gritó Arthur–. ¡Y cuando haya terminado, recogeré todos vuestros pedacitos y *saltaré* encima de ellos!

Arthur no se dio cuenta de que los hombres salían corriendo de los buldóceres; no observó que míster Prosser miraba inquieto al cielo. Lo que veía míster Prosser era que unas cosas enormes y amarillas pasaban estridentemente entre las nubes. Unas cosas amarillas, increíblemente enormes.

–¡Y seguiré saltando sobre ellos –gritó Arthur– hasta que se me levanten ampollas o imagine algo aún más desagradable, y luego...!

Arthur tropezó y cayó de bruces, rodó y acabó tendido de espaldas. Por fin comprendió que pasaba algo. Su dedo índice se disparó hacia lo alto.

–¿Qué demonios es eso? –gritó.

Fuera lo que fuese, cruzó el espacio a toda velocidad con su monstruoso color amarillo, rompiendo el cielo con un estruendo que paralizaba el ánimo, y se remontó en la lejanía dejando que el aire abierto se cerrara a su paso con un estampido que sepultaba las orejas en lo más profundo del cráneo.

Lo siguió otro que hizo exactamente lo mismo, solo que con más ruido.

Es difícil decir exactamente lo que estaba haciendo en aquellos momentos la gente en la superficie del planeta, porque realmente no lo sabían ni ellos mismos. Nada tenía mucho sentido: entraban corriendo en las casas, salían aprisa de los edificios, gritaban silenciosamente contra el ruido. En todo el mundo, las calles de las ciudades reventaban de gente y los coches chocaban unos contra otros mientras el ruido caía sobre ellos y luego retumbaba como la marejada por montañas y valles, desiertos y océanos, pareciendo aplastar todo lo que tocaba.

Solo un hombre quedó en pie contemplando el cielo; permanecía firme, con una expresión de tremenda tristeza en los ojos y tapones de goma en los oídos. Sabía exactamente lo que pasaba, y lo sabía desde que su Subeta Sensomático empezó a parpadear en plena noche junto a su almohada y le despertó sobresaltado. Era lo que había estado esperando durante todos aquellos años, pero cuando se sentó solo y a oscuras en su pequeña habitación a descifrar la señal, le invadió un frío que le estrujó el corazón. Pensó que de todas las razas de la Galaxia que podían haber venido a saludar cordialmente al planeta Tierra, tenían que ser precisamente los vogones.

Pero sabía lo que tenía que hacer. Cuando la nave vogona pasó rechinando por el cielo, él abrió su bolso. Tiró un ejemplar de *Joseph y el maravilloso abrigo de los sueños en tecnicolor,* tiró un ejemplar de *Godspell:* no los necesitaría en el sitio adonde se dirigía. Todo estaba listo, tenía todo preparado.

Sabía dónde estaba su toalla.

Un silencio súbito sacudió la Tierra. Era peor que el ruido. Nada sucedió durante un rato.

Las enormes naves pendían ingrávidas en el espacio, por encima de todas las naciones de la Tierra. Permanecían inmóviles, enormes, pesadas, firmes en el cielo: una blasfemia contra la naturaleza. Mucha gente quedó inmediatamente conmocionada mientras trataban de abarcar todo lo que se ofrecía ante su vista. Las naves colgaban en el aire casi de la misma forma en que los ladrillos no lo harían.

Y nada sucedió todavía.

Entonces hubo un susurro ligero, un murmullo dilatado y súbito que resonó en el espacio abierto. Todos los aparatos de alta fidelidad del mundo, todas las radios, todas las televisiones, todos los magnetófonos de casete, todos los altavoces de frecuencias bajas, todos los altavoces de frecuencias altas, todos los receptores de alcance medio del mundo quedaron conectados sin más ceremonia.

Todas las latas, todos los cubos de basura, todas las ventanas, todos los coches, todas las copas de vino, todas las láminas de metal oxidado quedaron activados como una perfecta caja de resonancia.

Antes de que la Tierra desapareciera, se la invitaba a conocer lo último en cuanto a reproducción del sonido, el circuito megafónico más grande que jamás se construyera. Pero no había ningún concierto, ni música, ni fanfarria; solo un simple mensaje.

–*Habitantes de la Tierra, atención, por favor* –dijo una voz, y era prodigioso. Un maravilloso y perfecto sonido cuadrafónico con tan bajos niveles de distorsión que podría hacer llorar al más pintado–. *Habla Prostetnic Vogon Jeltz, de la Junta de Planificación del Hiperespacio Galáctico* –siguió anunciando la voz–. *Como sin duda sabéis, los planes para el desarrollo de las regiones remotas de la Galaxia exigen la construcción de una ruta directa hiperespacial a través de vuestro sistema estelar, y, lamentablemente, vuestro planeta es uno de los previstos para su demolición. El proceso durará algo menos de dos de vuestros minutos terrestres. Gracias.*

El amplificador de potencia se apagó.

La incomprensión y el terror se apoderaron de los expectantes moradores de la Tierra. El terror avanzó lentamente entre las apiñadas multitudes, como si fueran limaduras de hierro en una tabla y entre ellas se moviera un imán. Volvieron a surgir el pánico y la desesperación por escapar, pero no había sitio adonde huir.

Al observarlo, los vogones volvieron a conectar el amplificador de potencia. Y la voz dijo:

–*El fingir sorpresa no tiene sentido. Todos los planos y las órdenes de demolición han estado expuestos en vuestro departamento de plani-*

ficación local, en Alfa Centauro, durante cincuenta de vuestros años terrestres, de modo que habéis tenido tiempo suficiente para presentar cualquier queja formal, y ya es demasiado tarde para armar alboroto.

El amplificador de potencia volvió a quedar en silencio y su eco vagó por toda la Tierra. Las enormes naves giraron lentamente en el cielo con moderada potencia. En el costado inferior de cada una se abrió una escotilla: un cuadrado negro y vacío.

Para entonces, alguien había manipulado en alguna parte un radiotransmisor, localizado una longitud de onda y emitido un mensaje de contestación a las naves vogonas, para implorar por el planeta. Nadie oyó jamás lo que decía, solo se escuchó la respuesta. El amplificador de potencia volvió a funcionar. La voz parecía irritada. Dijo:

–*¿Qué queréis decir con que nunca habéis estado en Alfa Centauro? ¡Por amor de Dios, humanidad! ¿Sabéis que solo está a cuatro años luz? Lo siento, pero si no os tomáis la molestia de interesaros en los asuntos locales, es cosa vuestra.*

»*¡Activad los rayos de demolición!*

De las escotillas manó luz.

–*No sé* –dijo la voz por el amplificador de potencia–, *es un planeta indolente y molesto; no le tengo ninguna simpatía.*

Se apagó la voz.

Hubo un espantoso y horrible silencio.

Hubo un espantoso y horrible ruido.

Hubo un espantoso y horrible silencio.

La Flota Constructora Vogona se deslizó a través del negro vacío estrellado.

4

Muy lejos, en el lado contrario de la espiral de la Galaxia, a quinientos años luz de la estrella Sol, Zaphod Beeblebrox, presidente del Gobierno Galáctico Imperial, iba a toda velocidad por los mares de Damogran, mientras su lancha delta movida por iones parpadeaba y destellaba bajo el sol del planeta.

Damogran el cálido; Damogran el remoto; Damogran el casi desconocido.

Damogran, hogar secreto del *Corazón de Oro.*

La lancha cruzaba las aguas con rapidez. Pasaría algún tiempo antes de que alcanzara su destino, porque Damogran es un planeta de incómoda configuración. Solo consiste en islas desérticas, de tamaño mediano y grande, separadas por brazos de mar de gran belleza, pero monótonamente anchos.

La lancha siguió a toda velocidad.

Por su incomodidad topográfica, Damogran siempre ha sido un planeta desierto. Debido a eso, el Gobierno Galáctico Imperial eligió Damogran para el proyecto del *Corazón de Oro,* porque era un planeta desierto y el proyecto del *Corazón de Oro* era muy secreto.

La lancha se deslizaba con un zumbido por el mar que dividía las islas principales del único archipiélago de tamaño utilizable de todo el planeta. Zaphod Beeblebrox había salido del diminuto puerto espacial de la Isla de Pascua (el nombre era una coincidencia que carecía enteramente de sentido; en lengua galáctica, *pascua* significa piso pequeño y de color castaño claro) y se dirigía a la isla del *Corazón de Oro,* que por otra coincidencia sin sentido se llamaba Francia.

Una de las consecuencias del proyecto del *Corazón de Oro* era todo un rosario de coincidencias sin sentido.

Pero en modo alguno era una coincidencia que aquel día, el día de la culminación de los trabajos, el gran día de la revelación, el día en que el *Corazón de Oro* iba por fin a presentarse ante la maravillada Galaxia, fuese también un gran día para Zaphod Beeblebrox. Por consideración a aquel día era por lo que resolvió presentarse para la presidencia, decisión que había provocado oleadas de conmoción en toda la Galaxia Imperial. ¿Zaphod Beeblebrox? *¿Presidente?* ¿No será *el* Zaphod Beeblebrox...? ¿No será para *la* presidencia? Muchos lo habían visto como una prueba irrefutable de que toda la creación conocida se había vuelto por fin rematadamente loca.

Zaphod sonrió y dio más velocidad a la lancha.

A Zaphod Beeblebrox, aventurero, exhippie, juerguista (¿estafador?: muy posible), maniático publicista de sí mismo, desastroso en sus relaciones personales, con frecuencia se le consideraba perfectamente estúpido.

¿Presidente?

Nadie se había vuelto loco, al menos no hasta ese punto.

Solo seis personas en toda la Galaxia comprendían el principio por el que se gobernaba esta, y sabían que una vez que Zaphod Beeblebrox había anunciado su intención de presentarse, su candidatura constituía más o menos un *fait accompli:* era el sustento ideal para la presidencia.[1]

Lo que no entendían en absoluto era por qué se presentaba.

Viró bruscamente, lanzando un remolino de agua hacia el sol.

Hoy era el día; llegaba el momento en que se darían cuenta de lo que Zaphod se traía entre manos. Hoy se vería por qué Zaphod Beeblebrox se había presentado a la presidencia. Hoy era también su ducentésimo cumpleaños, pero eso no era sino otra coincidencia sin sentido.

Mientras pilotaba la lancha por los mares de Damogran sonreía tranquilamente para sí, pensando en lo maravilloso y emocio-

1. El título completo del presidente es Presidente del Gobierno Galáctico Imperial.

Se mantiene el término *Imperial,* aunque ya sea un anacronismo. El emperador hereditario está casi muerto, y lo ha estado durante siglos. En los últimos momentos del coma final se le encerró en un campo de éxtasis, donde se conserva en un estado de inmutabilidad perpetua. Hace mucho que han muerto todos sus herederos, lo que significa que, a falta de una drástica conmoción política, el poder ha descendido efectivamente un par de peldaños de la escalera jerárquica, y ahora parece ostentarlo una corporación que solía obrar simplemente como consejera del emperador: una asamblea gubernamental electa, encabezada por un presidente elegido por tal asamblea. En realidad, no reside en dicho lugar.

El presidente, en particular, es un títere: no ejerce poder real alguno. En apariencia, es nombrado por el gobierno, pero las dotes que se le exige demostrar no son las de mando, sino las del desafuero calculado con finura. Por tal motivo, la designación del presidente siempre es polémica, pues tal cargo siempre requiere un carácter molesto pero fascinante. El trabajo del presidente no es el ejercicio del poder, sino desviar la atención de él. Según tales criterios, Zaphod Beeblebrox es uno de los presidentes con más éxito que la Galaxia haya tenido jamás: ya ha pasado dos de sus diez años presidenciales en la cárcel por estafa. Poquísima gente comprende que el presidente y el gobierno no tengan prácticamente poder alguno, y entre esas pocas personas solo seis saben de dónde emana el máximo poder político. Y los demás creen en secreto que el proceso último de tomar las decisiones lo lleva a cabo un ordenador. No pueden estar más equivocados.

nante que iba a ser aquel día. Se relajó y extendió perezosamente los dos brazos por el respaldo del asiento. Tomó el timón con el brazo extra que hacía poco se había instalado justo debajo del derecho para mejorar en el boxeo con esquíes.

–Oye –se decía a sí mismo mimosamente–, eres un tipo muy audaz.

Pero sus nervios cantaban una canción más estridente que el silbido de un perro.

La isla de Francia tenía unos treinta kilómetros de largo por siete y medio de ancho, era arenosa y tenía forma de luna creciente. En realidad, parecía existir no tanto como una isla por derecho propio sino en cuanto simple medio de definir la curva extensión de una enorme bahía. Tal impresión se incrementaba por el hecho de que la línea interior de la luna creciente estaba casi exclusivamente constituida por empinados farallones. Desde la cima del desfiladero, el terreno descendía suavemente siete kilómetros y medio hacia la costa opuesta.

En la cumbre de los riscos aguardaba un comité de recepción.

Se componía en su mayor parte de ingenieros e investigadores que habían construido el *Corazón de Oro;* por lo general eran humanoides, pero aquí y allá había unos cuantos atominarios reptiloides, un par de fisucturalistas octopódicos y un hooloovoo (un hooloovoo es un matiz superinteligente del color azul). Salvo el hooloovoo, todos refulgían en sus multicolores batas ceremoniales de laboratorio: al hooloovoo se le había refractado temporalmente en un prisma vertical. Todos sentían una emoción inmensa y estaban muy animados. Entre todos habían alcanzado y superado los límites de las leyes físicas, reconstruyendo la estructura fundamental de la materia, forzando, doblegando y quebrantando las leyes de lo posible y de lo imposible; pero la emoción más grande de todas parecía ser el encuentro con un hombre que llevaba una banda anaranjada al cuello. (Eso era lo que tradicionalmente llevaba el Presidente de la Galaxia.) Quizás no les hubiera importado si hubiesen sabido exactamente cuánto poder ejercía en realidad el Presidente de la Galaxia: ninguno en absoluto. Solo seis personas en toda la Galaxia sabían que la función del Presidente galáctico no consistía en ejercer el poder, sino en desviar la atención de él.

Zaphod Beeblebrox era sorprendentemente bueno en su trabajo.

La multitud estaba anhelante, deslumbrada por el sol y la pericia del navegante, mientras la lancha rápida del presidente doblaba el cabo y entraba en la bahía. Destellaba y relucía al patinar sobre las aguas, deslizándose por ellas con giros dilatados.

Efectivamente, no necesitaba rozar el agua en absoluto, porque iba suspendida de un nebuloso almohadón de átomos ionizados; pero solo para causar impresión estaba provista de aletas que podían arriarse para que surcaran el agua. Cortaban el mar lanzando por el aire cortinas de agua, profundas cuchilladas que oscilaban caprichosamente y volvían a hundirse levantando negra espuma en la estela de la lancha a medida que se adentraba velozmente en la bahía.

A Zaphod le encantaba causar impresión: era lo que sabía hacer mejor. Giró bruscamente el timón, la lancha viró en redondo deslizándose como una guadaña bajo la pared del farallón y se detuvo suavemente, meciéndose entre las olas.

Al cabo de unos segundos, corrió a cubierta y saludó sonriente a los tres mil millones de personas. Los tres mil millones de personas no estaban realmente allí, sino que contemplaban cada gesto suyo a través de los ojos de una pequeña cámara robot tri-D que se movía obsequiosamente por el aire. Las payasadas del presidente siempre hacían sumamente popular al tri-D: para eso estaban.

Zaphod volvió a sonreír. Tres mil millones y seis personas no lo sabían, pero hoy se produciría una travesura mayor de lo que nadie imaginaba.

La cámara robot se acercó para sacar un primer plano de la más popular de sus dos cabezas; Zaphod volvió a saludar con la mano. Tenía un aspecto toscamente humanoide, si se exceptuaba la segunda cabeza y el tercer brazo. Su pelo, rubio y desgreñado, se disparaba en todas direcciones; sus ojos azules lanzaban un destello absolutamente desconocido, y sus barbillas casi siempre estaban sin afeitar.

Un globo transparente de unos ocho metros de altura oscilaba cerca de su lancha, moviéndose y meciéndose, refulgiendo bajo el sol brillante. En su interior flotaba un amplio sofá semicircular guarnecido de magnífico cuero rojo; cuanto más se movía y se mecía el globo, más quieto permanecía el sofá, firme como una roca tapizada. Todo preparado, una vez más, con la intención de causar efecto.

Zaphod atravesó la pared del globo y se sentó cómodamente en el sofá. Extendió los dos brazos por el respaldo y con el tercero sacudió el polvo de las rodillas. Sus cabezas se movían de un lado a otro, sonriendo; alzó los pies. En cualquier momento, pensó, podría gritar.

Subía agua hirviente por debajo de la burbuja: manaba a borbollones. La burbuja se agitaba en el aire, moviéndose y meciéndose en el chorro de agua. Subió y subió, arrojando pilares de luz al farallón. El chorro siguió subiéndola y el agua caía nada más tocarla, estrellándose en el mar a centenares de metros.

Zaphod sonrió, formándose una imagen mental de sí mismo.

Era un medio de transporte sumamente ridículo, pero también sumamente bonito.

El globo vaciló un momento en la cima del farallón, se inclinó sobre un repecho vallado, descendió a una pequeña plataforma cóncava y se detuvo.

Entre aplausos ensordecedores, Zaphod Beeblebrox salió de la burbuja con su banda anaranjada destellando a la luz.

Había llegado el Presidente de la Galaxia.

Esperó a que se apagara el aplauso y luego saludó con la mano alzada.

–¡Hola! –dijo.

Una araña gubernamental se acercó furtivamente a él y trató de ponerle en las manos una copia del discurso ya preparado. En aquel momento, las páginas tres a la siete de la versión original flotaban empapadas en el mar de Damogran a unas cinco millas de la bahía. Las páginas uno y dos fueron rescatadas por un águila damograna de cresta frondosa y ya se habían incorporado a una nueva y extraordinaria forma de nido que el águila había inventado. En su mayor parte estaba construido con papel maché, y a un aguilucho recién salido del cascarón le resultaba prácticamente imposible abandonarlo. El águila damograna de cresta frondosa había oído hablar del concepto de la supervivencia de las especies, pero no quería saber nada de él.

Zaphod Beeblebrox no iba a necesitar el discurso preparado, y rechazó amablemente el que le ofrecía la araña.

–¡Hola! –volvió a saludar.

Todo el mundo estaba radiante al verle, o por lo menos casi todo el mundo.

Distinguió a Trillian entre la multitud. Trillian era una chica con la que Zaphod había ligado recientemente mientras hacía una visita de incógnito a un planeta, solo para divertirse. Era esbelta, humanoide, de piel morena y largos cabellos negros y rizados; tenía unos labios carnosos, una naricilla extraña y unos ojos ridículamente castaños. Con el pañuelo rojo anudado a la cabeza de aquella forma particular y la larga y vaporosa túnica marrón, tenía una vaga apariencia de árabe. Por supuesto, en Damogran nadie había oído hablar de los árabes, que hacía poco habían dejado de existir e, incluso cuando existían, estaban a quinientos años luz de aquel planeta. Trillian no era nadie en particular, o al menos eso es lo que afirmaba Zaphod. Trillian se limitaba a salir mucho con él y a decirle lo que pensaba de su persona.

–¡Hola, cariño! –le dijo Zaphod.

Ella le lanzó una rápida sonrisa con los labios apretados y miró a otra parte. Luego volvió la vista hacia él y le sonrió con más afecto, pero entonces Zaphod miraba a otra cosa.

–¡Hola! –dijo a un pequeño grupo de criaturas de la prensa que estaban situadas en las proximidades con la esperanza de que dejara de decir *¡Hola!* y empezara el discurso. Les sonrió con especial insistencia porque sabía que dentro de unos momentos les daría algo bueno que anotar.

Pero sus siguientes palabras no les sirvieron de mucho. Uno de los funcionarios del comité estaba molesto y decidió que el presidente no se encontraba evidentemente con ánimos para leer el encantador discurso que se había escrito para él, y conectó el interruptor del control remoto del aparato que llevaba en el bolsillo. Frente a ellos, una enorme cúpula blanca que se proyectaba contra el cielo se rompió por la mitad, se abrió y cayó lentamente al suelo.

Todo el mundo quedó boquiabierto, aunque sabían perfectamente lo que iba a pasar, ya que lo habían preparado de aquella manera.

Bajo la cúpula surgió una enorme nave espacial, sin cubrir, de unos ciento cincuenta metros de largo y de forma semejante a una blanda zapatilla deportiva, absolutamente blanca y sorprendentemente bonita. En su interior, oculta, había una cajita de oro que contenía el aparato más prodigioso que se hubiera concebido jamás, un instrumento que convertía en única a aquella nave en la historia de la Galaxia, una máquina que había dado su nombre al vehículo espacial: el *Corazón de Oro.*

–¡Caray! –exclamó Zaphod al ver el *Corazón de Oro.* No podía decir mucho más.

Lo volvió a repetir porque sabía que molestaría a la prensa.

–¡Caray!

La multitud volvió la vista hacia él, expectante. Zaphod hizo un guiño a Trillian, que enarcó las cejas y le miró con ojos muy abiertos. Sabía lo que Zaphod iba a decir, y pensó que era un farolero tremendo.

–Es realmente maravilloso –dijo–. Es real y verdaderamente maravilloso. Es tan maravillosamente maravilloso que me dan ganas de robarlo.

Una maravillosa frase presidencial, absolutamente ajustada a los hechos. La multitud se rió apreciativamente, los periodistas apretaron jubilosos los botones de sus Subetas Noticiasmáticos, y el presidente sonrió.

Mientras sonreía, su corazón gritaba de manera insoportable, y entonces acarició la pequeña bomba paralisomática que guardaba tranquilamente en el bolsillo.

Al fin no pudo soportarlo más. Alzó las cabezas al cielo, dio un alarido en tercer tono mayor, arrojó la bomba al suelo y echó a correr en línea recta, entre el mar de radiantes sonrisas súbitamente paralizadas.

5

Prostetnic Vogon Jeltz no era agradable a la vista, ni siquiera para otros vogones. Su nariz respingada se alzaba muy por encima de su pequeña frente de cochinillo. Su elástica piel de color verde oscuro era lo bastante gruesa como para permitirle jugar a la política de administración pública de los vogones y hacerlo bien; y era lo suficientemente impermeable como para que pudiera sobrevivir indefinidamente en el mar hasta una profundidad de trescientos metros sin que ello le produjera efectos nocivos.

No es que fuese alguna vez a nadar, por supuesto. Sus múltiples ocupaciones no se lo permitían. Era así porque hacía billones de años, cuando los vogones salieron de los primitivos mares estancados de Vogosfera y se tumbaron jadeantes y sin aliento en las costas vírgenes del planeta..., cuando los primeros rayos del brillante y joven vogosol los iluminaron aquella mañana, fue como si las fuerzas de la evolución los hubieran abandonado allí mismo, volviéndoles la espalda disgustadas y olvidándolos como a un error repugnante y lamentable. No volvieron a evolucionar: no debieron haber sobrevivido.

El hecho de que sobrevivieran es una especie de tributo a la obstinación, a la fuerte voluntad, a la deformación cerebral de tales criaturas. *¿Evolución?*, se dijeron a sí mismos. *¿Quién la necesita?* Y lo que la naturaleza se negó a hacer por ellos lo hicieron por sí mismos hasta el momento en que pudieron rectificar las groseras inconveniencias anatómicas por medio de la cirugía.

Entretanto, las fuerzas naturales del planeta Vogosfera habían hecho horas extraordinarias para remediar su equivocación anterior. Produjeron escurridizos cangrejos, centelleantes como gemas, que los vogones comían aplastándoles los caparazones con mazos de hierro; altos árboles anhelosos, de esbeltez y colores increíbles, que los vogones talaban y encendían para asar la carne de los cangrejos; elegantes criaturas semejantes a gacelas, de pieles sedosas y ojos virginales, que los vogones capturaban para sentarse sobre ellas. No servían como medio de transporte, porque su columna vertebral se rompía al instante, pero los vogones se sentaban sobre ellas de todos modos.

Así pasó el planeta Vogosfera los tristes milenios hasta que los vogones descubrieron de repente los principios de los viajes interestelares. Al cabo de unos breves años vogones, todos los habitantes del planeta habían emigrado al grupo de Megabrantis, el eje político de la Galaxia, y ahora formaban el espinazo, enormemente poderoso, de la Administración Pública de la Galaxia. Trataron de adquirir conocimientos, intentaron alcanzar estilo y elegancia social, pero en muchos aspectos los vogones modernos se diferenciaban poco de sus ancestros primitivos. Todos los años importaban veintisiete mil escurridizos cangrejos centelleantes como gemas, y pasaban una noche feliz emborrachándose y aplastándolos hasta hacerlos pedacitos con mazos de hierro.

Prostetnic Vogon Jeltz era un vogón de lo más típico, en el

sentido de que era absolutamente vil. Además, no le gustaban los autoestopistas.

En alguna parte de la pequeña cabina a oscuras, situada en lo más hondo de los intestinos de la nave insignia de Prostetnic Vogon Jeltz, una cerilla minúscula destelló nerviosamente. El dueño de la cerilla no era un vogón, pero conocía todo lo relativo a los vogones y tenía razones para estar nervioso. Se llamaba Ford Prefect.[1]

Echó una ojeada a la cabina, pero no pudo ver mucho; aparecieron sombras extrañas y monstruosas que saltaban al débil resplandor de la llama, pero todo estaba tranquilo. Dio las gracias en silencio a los dentrassis. Los dentrassis son una tribu indisciplinable de *gourmands,* un grupo revoltoso pero simpático que los vogones habían contratado recientemente como cocineros y camareros en sus largas flotas de carga, con la estricta condición de que se ocuparan de sus propios asuntos.

Eso les convenía a los dentrassis, porque les encantaba el dinero vogón, que es la moneda más fuerte del espacio, pero odiaban a los vogones. Solo les gustaba ver una clase de vogones: los vogones incomodados.

1. El nombre original de Ford Prefect solo puede pronunciarse en un oscuro dialecto betelgeusiano, ya prácticamente extinto desde el Gran Desastre del Hrung Desintegrador de la Gal./Sid. del año 03758, que arrasó todas las antiguas comunidades praxibetelianas de Betelgeuse Siete. El padre de Ford fue el único hombre del planeta que sobrevivió al Gran Desastre del Hrung Desintegrador, debido a una coincidencia extraordinaria que él nunca pudo explicar de manera satisfactoria. Todo el episodio está envuelto en un profundo misterio; en realidad, nadie supo nunca qué era un Hrung ni por qué había elegido estrellarse contra Betelgeuse Siete en particular. El padre de Ford, que desechaba con un gesto magnánimo las nubes de sospecha que inevitablemente le rodeaban, se fue a vivir a Betelgeuse Cinco, donde fue padre y tío de Ford; en memoria de su raza ya extinta, lo bautizó en la antigua lengua praxibeteliana.

Como Ford jamás aprendió a pronunciar su nombre original, su padre terminó muriendo de vergüenza, que en algunas partes de la Galaxia es una enfermedad incurable. Sus compañeros de escuela le pusieron el sobrenombre de IX, que traducido de la lengua de Betelgeuse Cinco significa: «Muchacho que no sabe explicar de manera satisfactoria lo que es un Hrung, ni tampoco por qué decidió chocar contra Betelgeuse Siete.»

Por esa pequeña información era por lo que Ford Prefect no se había convertido en un soplo de hidrógeno, ozono y monóxido de carbono.

Oyó un leve gruñido. A la luz de la cerilla vio una densa sombra que se removía ligeramente en el suelo. Rápidamente apagó la cerilla, buscó algo en el bolsillo, lo encontró y lo sacó. Lo abrió y lo sacudió. Se agachó en el suelo. La sombra volvió a moverse.

–He comprado cacahuetes –anunció Ford Prefect.

Arthur Dent se movió y volvió a gruñir, murmurando en forma incoherente.

–Toma unos cuantos –le apremió Ford, agitando de nuevo el paquete–; si nunca has pasado antes por un rayo de traslación de la materia, probablemente habrás perdido sal y proteínas. La cerveza que bebiste habrá almohadillado un poco tu organismo.

–Dónnnddd... –masculló Arthur Dent. Abrió los ojos y dijo–: Está oscuro.

–Sí –convino Ford Prefect–. Está oscuro.

–No hay luz –dijo Arthur Dent–. Está oscuro, no hay luz.

Una de las cosas que a Ford Prefect le había costado más trabajo entender de los humanos era su costumbre de repetir y manifestar continuamente lo que era a todas luces muy evidente; como *Hace buen día, Es usted muy alto* o *¡Válgame Dios!, parece que te has caído a un pozo de diez metros de profundidad, ¿estás bien?* Al principio, Ford elaboró una teoría para explicarse esa conducta extraña. Si los seres humanos no dejan de hacer ejercicio con los labios, pensó, es probable que la boca se les quede agarrotada. Tras unos meses de meditación y observación, rechazó aquella teoría en favor de una nueva. Si no continúan haciendo ejercicio con los labios, pensó, su cerebro empieza a funcionar. Al cabo de un tiempo la abandonó, considerando que era embarazosamente cínica, y decidió que después de todo le gustaban mucho los seres humanos, pero siempre le preocupó extremadamente la tremenda cantidad de cosas que desconocían.

–Sí –convino con Arthur, dándole unos cacahuetes y preguntándole–: ¿Cómo te encuentras?

–Como una academia militar –contestó Arthur–; tengo partes que siguen desmayándose.

Ford lo miró desconcertado en la oscuridad.

–Si te preguntara dónde demonios estamos –inquirió Arthur con voz débil–, ¿lo lamentaría?

–Estamos sanos y salvos –respondió Ford, levantándose.

–Pues muy bien –dijo Arthur.

–Nos hallamos en un pequeño departamento de la cocina de una de las naves espaciales de la Flota Constructora Vogona –le informó Ford.

–¡Ah! –comentó Arthur–, evidentemente se trata de una acepción un tanto extraña de la expresión *sanos y salvos,* que yo desconocía.

Ford encendió otra cerilla con la idea de encontrar un interruptor de la luz. De nuevo vislumbró sombras monstruosas que saltaban. Arthur se puso en pie con dificultad y se abrazó aprensivamente. Formas repugnantes y extrañas parecían apiñarse a su alrededor, el ambiente estaba cargado de olores húmedos que le entraban en los pulmones tímidamente, sin identificarse, y un zumbido sordo e irritante le impedía concentrarse.

–¿Cómo hemos venido a parar aquí? –preguntó, estremeciéndose ligeramente.

–Hemos hecho autoestop –le contestó Ford.

–¿Cómo? –exclamó Arthur–. ¿Quieres decirme que hemos puesto el pulgar y un monstruo de ojos verdes de sabandija ha sacado la cabeza y ha dicho: *¡Hola, chicos!, subid, os puedo llevar hasta la desviación de Basingstoke?*

–Pues, bueno –dijo Ford–, el Pulgar es un aparato electrónico de señales subeta, la desviación es la de la estrella Barnard, a seis años luz de distancia; aparte de eso, es más o menos exacto.

–¿Y el monstruo de ojos verdes de sabandija?

–Es verde, sí.

–Muy bien –dijo Arthur–, ¿cuándo puedo irme a casa?

–No puedes –dijo Ford Prefect, encontrando el interruptor de la luz. Lo encendió, advirtiendo a Arthur–: Tápate los ojos.

Incluso Ford se sorprendió.

–¡Santo cielo! –exclamó Arthur–. ¿Así es el interior de un platillo volante?

Prostetnic Vogon Jeltz inclinó su desagradable cuerpo verde sobre el puente de mando. Siempre sentía una vaga irritación tras demoler planetas habitados. Deseaba que llegara alguien a decirle que había sido una equivocación, para que él pudiera gritarle y sentirse mejor. Se dejó caer tan pesadamente como pudo sobre su sillón de mando con la esperanza de que se rompiera y así tener algo por lo que enfadarse de verdad, pero solo dio una especie de crujido quejoso.

–¡Márchate! –gritó al joven guardia vogón que acababa de entrar en el puente. El guardia desapareció al instante, sintiéndose bastante aliviado. Se alegró de no ser él quien le entregara el informe que acababan de recibir. El informe era una comunicación oficial que hablaba de una maravillosa y nueva nave espacial, que en aquellos momentos se presentaba en una base de investigación gubernamental en Damogran y que en lo sucesivo haría innecesarias todas las rutas hiperespaciales directas.

Se abrió otra puerta, pero esta vez el capitán vogón no gritó porque era la puerta de las cocinas donde los dentrassis le preparaban las viandas. Una comida sería recibida con el mayor beneplácito.

Una enorme criatura peluda atravesó de un salto el umbral con la bandeja del almuerzo. Sonreía como un maníaco.

Prostetnic Vogon Jeltz quedó encantado. Sabía que cuando un dentrassi parecía tan contento, algo pasaba en alguna parte de la nave que a él le haría enfadarse mucho.

Ford y Arthur miraron a su alrededor.

–Bueno, ¿qué te parece? –inquirió Ford.

–¿No es un poco sórdido?

Ford frunció el ceño ante los mugrientos colchones, las tazas sucias y las indefinibles prendas interiores, extrañas y malolientes, que estaban desparramadas por la angosta cabina.

–Bueno, es una nave de trabajo, ¿comprendes? –explicó Ford–. Aquí es donde duermen los dentrassis.

–Creí que habías dicho que se llamaban vogones o algo así.

–Sí –dijo Ford–, los vogones manejan la nave y los dentrassis son los cocineros; ellos fueron quienes nos dejaron subir a bordo.

–Estoy algo confundido –dijo Arthur.

–Mira, echa una ojeada a esto –le dijo Ford.

Se sentó en un colchón y empezó a revolver en su bolso. Arthur tanteó nerviosamente el colchón antes de sentarse; en realidad tenía muy pocos motivos para estar nervioso, porque todos los colchones que se crían en los pantanos de Squornshellous Zeta se matan y se secan perfectamente antes de entrar en servicio. Muy pocos han vuelto a la vida.

Ford tendió el libro a Arthur.

–¿Qué es esto? –preguntó Arthur.

–La *Guía del autoestopista galáctico.* Es una especie de libro electrónico. Te dice todo lo que necesitas saber sobre cualquier cosa. Es su cometido.

Arthur le dio nerviosas vueltas en las manos.

–Me gusta la portada –comentó–. *No se asuste.* Es la primera cosa útil o inteligible que me han dicho en todo el día.

–Voy a enseñarte cómo funciona –le dijo Ford.

Se lo quitó de las manos a Arthur, que lo sostenía como si fuera una alondra muerta dos semanas atrás, y lo sacó de la funda.

–Mira, se aprieta este botón, la pantalla se ilumina y te da el índice.

Se encendió una pantalla de siete centímetros y medio por diez y empezaron a revolotear letras por su superficie.

–Que quieres saber cosas de los vogones, pues programas el nombre de este modo –pulsó con los dedos unas teclas más–, y ahí lo tenemos.

En la pantalla destellaron en letras verdes las palabras *Flotas Constructoras Vogonas.*

Ford apretó un ancho botón rojo en la parte inferior de la pantalla y las palabras empezaron a serpentear por su superficie. Al mismo tiempo, el libro comenzó a recitar el artículo con voz tranquila y medida. Esto es lo que dijo el libro:

–*Flotas Constructoras Vogonas. Esto es lo que tiene que hacer si quiere que le lleve un vogón: olvidarlo. Son una de las razas más desagradables de la Galaxia; no son realmente crueles, pero tienen mal carácter, son burocráticos, entrometidos e insensibles. Ni siquiera moverían un dedo para salvar a su abuela de la Voraz Bestia Bugblatter de Traal, a menos que recibieran órdenes firmadas por triplicado, acusaran recibo, volvieran a enviarlas, hicieran averiguaciones, las perdieran, las encontraran, las sometieran a investigación pública, las perdieran de nuevo y finalmente las enterraran bajo suave turba para luego aprovecharlas como papel para encender la chimenea.*

»El mejor medio para que un vogón invite a una copa es meterle un dedo en la garganta, y la mejor manera de hacerle enfadar es entregar a su abuela a la Voraz Bestia Bugblatter de Traal para que se la coma,

»De ninguna manera deje que un vogón le lea poesía.

Arthur pestañeó.

–Qué libro tan extraño. ¿Cómo hemos conseguido que nos lleven, entonces?

–Esa es la cuestión; no está actualizado –dijo Ford, volviendo a guardar el libro dentro de su funda–. Yo realizo la investigación de campo para la Nueva Edición Revisada, y una de las cosas que tengo que incluir es que los vogones contratan ahora a cocineros dentrassis, lo que nos da a nosotros una pequeña oportunidad bastante útil.

Una expresión de sufrimiento surgió en el rostro de Arthur.

–Pero ¿quiénes son los dentrassis? –preguntó.

–Unos tíos estupendos –contestó Ford– Son los mejores cocineros y los que preparan las mejores bebidas, y les importa un pito todo lo demás. Siempre ayudan a subir a bordo a los autoestopistas, en parte porque les gusta la compañía, pero principalmente porque eso les molesta a los vogones. Exactamente es lo que necesita saber un pobre autoestopista que trata de ver las Maravillas del Universo por menos de treinta dólares altairianos al día. Y ese es mi trabajo. ¿Verdad que es divertido?

Arthur parecía perdido.

–Es maravilloso –dijo, frunciendo el ceño y mirando a otro colchón.

–Lamentablemente, me he quedado en la Tierra mucho más tiempo del que pretendía –dijo Ford–. Fui por una semana y me quedé quince años.

–Pero ¿cómo fuiste a parar allí?

–Fácil, me llevó un pesado.

–¿Un pesado?

–Sí.

–¿Y qué es...?

–¿Un pesado? Los pesados suelen ser niños ricos sin nada que hacer. Van por ahí, buscando planetas que aún no hayan hecho contacto interestelar y les anuncian su llegada.

–¿Les anuncian su llegada? –Arthur empezó a sospechar que Ford disfrutaba haciéndole la vida imposible.

–Sí –contestó Ford–, les anuncian su llegada. Buscan un lugar aislado donde no haya mucha gente, aterrizan junto a algún pobrecillo inocente a quien nadie va a creer jamás, y luego se pavonean delante de él llevando unas estúpidas antenas en la cabeza y haciendo *¡bip!, ¡bip! ¡bip!* Realmente es algo muy infantil.

Ford se tumbó de espaldas en el colchón con las manos en la nuca y aspecto de estar enojosamente contento consigo mismo.

–Ford –insistió Arthur–, no sé si te parecerá una pregunta tonta, pero ¿qué hago yo aquí?

–Pues ya lo sabes –respondió Ford–. Te he rescatado de la Tierra.

–¿Y qué le ha pasado a la Tierra?

–Pues que la han demolido.

–La han demolido –repitió monótonamente Arthur.

–Sí. Simplemente se ha evaporado en el espacio.

–Oye –le comentó Arthur–, estoy un poco preocupado por eso.

Ford frunció el ceño sin mirarle y pareció pensarlo.

–Sí, lo entiendo –dijo al fin.

–¡Que lo entiendes! –gritó Arthur–. ¡Que lo entiendes!

Ford se puso en pie de un salto.

–¡Mira el libro! –susurró con urgencia.

–¿Cómo?

–No se asuste.

–¡No estoy asustado!

–Sí, lo estás.

–Muy bien, estoy asustado, ¿qué otra cosa puedo hacer?

–Nada más que venir conmigo y pasarlo bien. La Galaxia es un sitio divertido. Necesitarás ponerte este pez en la oreja.

–¿Cómo dices? –preguntó Arthur en un tono que consideró bastante cortés.

Ford sostenía una pequeña jarra de cristal en cuyo interior se veía moverse a un pececito amarillo. Arthur miró a Ford con los ojos entornados. Deseó que hubiera algo sencillo y familiar a lo que pudiera aferrarse. Podría sentirse a salvo si junto a la ropa interior de los dentrassis, los montones de colchones de Squornshellous y el habitante de Betelgeuse que sostenía un pececillo amarillo proponiéndole que se lo pusiera en el oído, hubiese podido ver un simple paquetito de copos de avena. Pero era imposible, y no se sentía a salvo.

Un ruido súbito y violento cayó sobre ellos desde alguna parte que Arthur no pudo localizar. Quedó sin aliento, horrorizado ante lo que parecía un hombre que tratara de hacer gárgaras mientras repelía a una manada de lobos.

–¡Chsss! –exclamó Ford–. Escucha, puede ser importante.

–¿Im... importante?

–Es el capitán vogón, que anuncia algo en el Tannoy.

–¿Quieres decir que así es como hablan los vogones?

–¡Escucha!

–¡Pero yo no sé vogón!

–No es necesario. Solo ponte el pez en el oído.

Con la rapidez del rayo, Ford llevó la mano a la oreja de Arthur, que tuvo la repugnante y súbita sensación de que el pez se deslizaba por las profundidades de su sistema auditivo. Durante un segundo jadeó horrorizado, escarbándose el oído; pero luego quedó con los ojos en blanco, maravillado. Experimentaba el equivalente acústico de mirar el perfil de dos rostros pintados de negro y ver de repente el dibujo de una palmatoria blanca. O de mirar a un montón de puntos coloreados en un trozo de papel que de pronto se resolvieran en el número 6 y sospechar que el oculista le va a cobrar a uno mucho dinero por unas gafas nuevas.

Sabía que seguía escuchando las gárgaras ululantes, solo que ahora parecían en cierto modo un inglés absolutamente correcto.

Esto es lo que oyó...

6

–Aú aú gárgara aú aú aú gárgara aú gárgara aú aú gárgara gárgara gárgara aú gárgara gárgara gárgara aú srrl uuuurf debería divertirse. Repito el mensaje. Habla el capitán, de manera que dejad lo que estéis haciendo y prestad atención. En primer lugar, en los instrumentos veo que tenemos dos autoestopistas a bordo. ¡Hola!, dondequiera que estéis. Solo quiero que quede absolutamente claro que no sois bienvenidos para nada. He trabajado mucho para

llegar a donde estoy ahora, y no me he convertido en capitán de una nave constructora vogona solo para hacer con ella servicio de taxi a un cargamento de gorrones degenerados. He enviado a un grupo para buscaros, y en cuanto os encuentren os echaré de la nave. Si tenéis mucha suerte quizás os lea algunos poemas míos.

»En segundo lugar, estamos a punto de entrar en el hiperespacio de camino a la Estrella Barnard. Al llegar nos quedaremos setenta y dos horas en el muelle para aprovisionar, y nadie abandonará la nave durante ese tiempo. Repito, se cancelan todos los permisos para bajar al planeta. Acabo de tener una desdichada aventura amorosa y no veo por qué tenga que divertirse nadie. Fin del mensaje.

Cesó el ruido.

Para su vergüenza, Arthur descubrió que estaba tirado en el suelo hecho un ovillo con los brazos tapándose la cabeza. Sonrió débilmente.

–Un hombre encantador –dijo–. Ojalá tuviera yo una hija para prohibirle que se casara con un...

–No lo necesitarías –le interrumpió Ford–. Los vogones tienen tanto atractivo sexual como un accidente de carretera. No, no te muevas –añadió cuando Arthur empezó a enderezarse–; será mejor que te prepares para el salto al hiperespacio. Es tan desagradable como estar borracho.

–¿Y qué tiene de desagradable el estar borracho?

–Pues que luego pides un vaso de agua.

Arthur se quedó pensándolo.

–Ford –le dijo.

–¿Sí?

–¿Qué está haciendo ese pez en mi oído?

–Traduce para ti. Es un pez Babel. Míralo en el libro, si quieres.

Le pasó la *Guía del autoestopista galáctico* y luego se hizo un ovillo, poniéndose en posición fetal para prepararse para el salto.

En aquel momento, a Arthur se le abrió la tapa de los sesos.

Sus ojos se volvieron del revés. Los pies se le empezaron a salir por la grieta de la cabeza.

La habitación se plegó en torno a él, giró, dejó de existir y él se quedó resbalando en su propio ombligo.

Entraban en el hiperespacio.

–*El pez Babel* –dijo en voz baja la *Guía del autoestopista galáctico*– *es pequeño, amarillo, parece una sanguijuela y es la criatura más rara del Universo. Se alimenta de la energía de las ondas cerebrales que recibe no del que lo lleva, sino de los que están a su alrededor. Absorbe todas las frecuencias mentales inconscientes de dicha energía de las ondas cerebrales para nutrirse de ellas. Entonces, excreta en la mente del que lo lleva una matriz telepática formada por la combinación de las frecuencias del pensamiento consciente con señales nerviosas obtenidas de los centros del lenguaje del cerebro que las ha suministrado. El resultado práctico de todo esto es que si uno se introduce un pez Babel en el oído, puede entender al instante todo lo que se diga en cualquier lenguaje. Las formas lingüísticas que se oyen en realidad, descifran la matriz de la onda cerebral introducida en la mente por el pez Babel.*

»Pero es una coincidencia extrañamente improbable el hecho de que algo tan impresionantemente útil pueda haber evolucionado por pura casualidad, y algunos pensadores han decidido considerarlo como la prueba definitiva e irrefutable de la no existencia de Dios.

»Su argumento es más o menos el siguiente: "Me niego a demostrar que existo", dice Dios, "porque la demostración anula la fe, y sin fe no soy nada."

»"Pero", dice el hombre, "el pez Babel es una revelación brusca, ¿no es así? No puede haber evolucionado al azar. Demuestra que Vos existís, y por lo tanto, según Vuestros propios argumentos, Vos no. Quod erat demonstrandum."

»"¡Válgame Dios!", dice Dios, "no había pensado en eso", y súbitamente desaparece en un soplo de lógica.

»"Bueno, eso era fácil", dice el hombre, que vuelve a hacer lo mismo para demostrar que lo negro es blanco y resulta muerto al cruzar el siguiente paso cebra.

»La mayoría de los principales teólogos afirma que tal argumento es un montón de patrañas, pero eso no impidió que Oolon Colluphid hiciese una pequeña fortuna al utilizarlo como tema central de su libro Todo lo que le hace callar a Dios, *que fue un éxito de ventas.*

»Entretanto, el pobre pez Babel, al derribar eficazmente todas las barreras de comunicación entre las diferentes razas y culturas, ha provocado más guerras y más sangre que ninguna otra cosa en la historia de la creación.

Arthur dejó escapar un gruñido sordo. Se horrorizó al descubrir que el salto al hiperespacio no lo había matado. Ahora se encontraba a seis años luz del lugar donde habría estado la Tierra si no hubiese dejado de existir.

La Tierra.

Por su mente llena de náuseas vagaban estremecedoras visiones de la Tierra. Su imaginación no tenía medios para asimilar la impresión de que el planeta ya no existiera: era demasiado grande. Avivó sus sentimientos pensando que sus padres y su hermana habían desaparecido. No reaccionó. Pensó en toda la gente a quien había querido. No reaccionó. Entonces pensó en un absoluto desconocido que dos días antes había estado detrás de él en la cola del supermercado, y sintió una súbita punzada: el supermercado había desaparecido, junto con todos los que estaban en él. ¡La Columna de Nelson había desaparecido! La Columna de Nelson había desaparecido, y no se oiría ningún grito porque no había quedado nadie para darlo. De ahora en adelante, la Columna de Nelson solo existiría en su imaginación; en su cabeza, encerrada en aquella húmeda y maloliente nave espacial forrada de acero. Le envolvió una oleada de claustrofobia.

Inglaterra ya no existía. Eso lo comprendió; en cierto modo, lo entendió. Volvió a intentarlo. Norteamérica ha desaparecido, pensó. No pudo hacerse a la idea. Decidió empezar de nuevo por lo más pequeño. Nueva York ha desaparecido. No reaccionó. De todas formas, nunca había creído que existiera de verdad. El dólar se ha hundido para siempre, pensó. Experimentó un leve temblor. Todas las películas de Bogart han desaparecido, se dijo para sí, y eso le produjo un efecto desagradable. McDonald's, pensó. Ya no existen cosas como las hamburguesas de McDonald's.

Se desvaneció. Un segundo después, cuando volvió en sí, descubrió que lloraba por su madre.

Se puso en pie de un salto violento.

–¡Ford!

Ford levantó la vista del rincón donde estaba sentado y, dejando de canturrear en voz baja, dijo:

–¿Sí?

–Si eres un investigador de ese libro y has estado en la Tierra, debes haber recogido datos sobre ella.

–Bueno, sí, pude ampliar un poco el artículo original.

–Entonces, déjame ver lo que dice esta edición; tengo que verlo.

–Sí, muy bien. –Se lo volvió a pasar.

Arthur lo sostuvo con fuerza, tratando de que le dejaran de temblar las manos. Pulsó el registro de la página en cuestión. La pantalla destelló, y salieron rayas que se resolvieron en una página impresa. Arthur la miró fijamente.

–¡No hay artículo! –estalló.

Ford miró por encima del hombro.

–Sí, lo hay –dijo–; ahí, al fondo de la pantalla, justo debajo de *Excéntrica Gallumbits, la puta de tres tetas de Eroticón 6.*

Arthur siguió el dedo de Ford y vio dónde señalaba. Por un momento siguió sin comprender, luego su cerebro estuvo a punto de estallar.

–¡Cómo! *¡Inofensiva!* ¿Eso es todo lo que tiene que decir? *¡Inofensiva!* ¡Una palabra!

Ford se encogió de hombros.

–Bueno, hay cien mil millones de estrellas en la Galaxia, y los microprocesadores del libro solo tienen una capacidad limitada de espacio, y, desde luego, nadie sabía mucho de la Tierra.

–¡Por amor de Dios! Espero que hayas podido rectificarlo un poco.

–Pues claro, he podido transmitir al editor un artículo nuevo. Tendrá que reducirlo un poco, pero de todos modos será una mejora.

–¿Y qué dirá entonces? –le preguntó Arthur.

–*Fundamentalmente inofensiva* –admitió Ford, tosiendo con cierto embarazo.

–*¡Fundamentalmente inofensiva!* –gritó Arthur.

–¿Qué ha sido ese ruido? –susurró Ford.

–Era yo, que gritaba –gritó Arthur.

–¡No! ¡Cállate! –exclamó Ford–. Creo que estamos en apuros.

–¡*Crees* que estamos en apuros!

Al otro lado de la puerta se oían pasos de marcha.

–¿Los dentrassis? –murmuró Arthur.

–No, son botas con suela de acero –dijo Ford.

Llamaron a la puerta con un golpe corto y seco.

–Entonces, ¿quiénes son? –preguntó Arthur.

–Pues si tenemos suerte –contestó Ford–, solo serán los vogones, que vendrán a arrojarnos al espacio.

–¿Y si no tenemos suerte?

–Si no tenemos suerte –repuso sombríamente Ford–, el capitán quizás cumpla su amenaza de leernos primero algunos poemas suyos...

7

La poesía vogona ocupa, por supuesto, el tercer lugar entre las peores del Universo. El segundo corresponde a los azgoths de Kria. Mientras su principal poeta, Grunthos el Flatulento, recitaba su poema «Oda a un bultito de masilla verde que me descubrí en el sobaco una mañana de verano», cuatro de sus oyentes murieron de hemorragia interna, y el presidente del Consejo Inhabilitador de las Artes de la Galaxia Media se salvó al comerse una de sus piernas. Se dice que Grunthos quedó «decepcionado» por la acogida que había tenido el poema, y estaba a punto de iniciar la lectura de su poema épico en doce tomos titulado «Mis gorjeos de baño favoritos», cuando su propio intestino grueso, en un desesperado esfuerzo por salvar la vida y la civilización, le saltó derecho al cuello y le estranguló.

La peor de todas las poesías pereció junto con su creadora, Paula Nancy Millstone Jennings, de Greenbridge, en Essex, Inglaterra, en la destrucción del planeta Tierra.

Prostetnic Vogon Jeltz esbozó una lentísima sonrisa. Lo hizo no tanto para causar impresión como para recordar la secuencia de movimientos musculares. Había lanzado un tremendo grito terapéutico a sus prisioneros, y ahora se encontraba muy relajado y dispuesto a cometer alguna pequeña crueldad.

Los prisioneros se sentaban en los sillones para la Apreciación de la Poesía: atados con correas. Los vogones no se hacían ilusiones respecto a la acogida general que recibían sus obras. Sus primeras incursiones en la composición formaban parte de una obstinada insistencia para que se les aceptara como una raza convenientemente culta y civilizada, pero ahora lo único que les hacía persistir era un puro retorcimiento mental.

El sudor corría fríamente por la frente de Ford Prefect, deslizándose por los electrodos fijados a sus sienes. Los electrodos estaban conectados a la batería de un equipo electrónico –intensificadores de imágenes, moduladores rítmicos, residualizadores aliterativos y demás basura–, proyectado para intensificar la experiencia del poema y garantizar que no se perdiera ni un solo matiz de la idea del poeta.

Arthur Dent temblaba en su asiento. No tenía ni idea de por qué estaba allí, pero sabía que no le gustaba nada de lo que había pasado hasta el momento, y no creía que las cosas fueran a cambiar.

El vogón empezó a leer un hediondo pasaje de su propia invención.

–¡Oh!, irrinquieta gruñebugle... –comenzó a recitar. Los espasmos empezaron a atormentar el cuerpo de Ford: era peor de lo que había imaginado– ... tus micturaciones son para mí / Como plumas manchigraznas sobre una plívida abeja.

–¡Aaaaaaarggggghhhhhh! –exclamó Ford Prefect, torciendo la cabeza hacia atrás al sentirse golpeado por oleadas de dolor. A su lado veía débilmente a Arthur, que se bamboleaba reclinado en su asiento. Apretó los dientes.

–Groop, a ti te imploro –prosiguió el implacable vogón–, mi gándula bolarina.

Su voz se alzaba llegando a un tono horrible, estridente y apasionado.

–Y asperio me acolses con crujientes ligabujas, / O te rasgaré la verruguería con mi bárgano, ¡espera y verás!

–¡Nrmnnruinriniiiiiiuuuuuuuugggggghhhhh! –gritó Ford Prefect, sufriendo un espasmo final cuando la ampliación electrónica del último verso le dio de lleno en las sienes. Perdió el sentido.

Arthur se arrellanó en el asiento.

–Y ahora, terrícolas... –zumbó el vogón, que ignoraba que Ford Prefect procedía en realidad de un planeta pequeño de las cercanías de Betelgeuse, aunque si lo hubiera sabido no le habría importado–, os presento una elección sencilla. O morir en el vacío del espacio, o... –hizo una pausa para producir un efecto melodramático– decirme qué os ha parecido mi poema.

Se recostó en un enorme sillón de cuero con forma de murciélago y los contempló. Volvió a sonreír como antes.

Ford trataba de tomar aliento. Se pasó la lengua seca por los ásperos labios y lanzó un quejido.

–En realidad, a mí me ha gustado mucho –manifestó Arthur en tono vivaz. Ford se volvió hacia él con la boca abierta. Era un enfoque que no se le había ocurrido.

El vogón enarcó sorprendido una ceja que le oscureció eficazmente la nariz, y por lo tanto no era mala cosa.

–¡Pero bueno...! –murmuró con perplejidad considerable.

–Pues sí –dijo Arthur–, creo que ciertas imágenes metafísicas tienen realmente una eficacia singular.

Ford siguió con la vista fija en él, ordenando sus ideas con lentitud ante aquel concepto totalmente nuevo. ¿Iban a salir de aquello por la cara?

–Sí, continúa... –le invitó el vogón.

–Pues..., y, hmm..., también hay interesantes ideas rítmicas –prosiguió Arthur–, que parecen el contrapunto de..., hmm... hmm...

Titubeó.

Ford acudió rápidamente en su ayuda, sugiriendo:

–... el contrapunto del surrealismo de la metáfora fundamental de... hmm...

Titubeó a su vez, pero Arthur ya estaba listo de nuevo.

–... la humanidad del...

–La vogonidad –le sopló Ford.

–¡Ah, sí! La vogonidad, perdón, del alma piadosa del poeta –Arthur sintió que estaba en la recta final–, que por medio de la estructura del verso procura sublimar esto, trascender aquello y reconciliarse con las dicotomías fundamentales de lo otro –estaba alcanzando un crescendo triunfal–, y uno se queda con una vívida y profunda intuición de... de... hmm...

Y de pronto le abandonaron las ideas. Ford se apresuró a dar el *coup de grâce:*

–¡De cualquiera que sea el tema de que trate el poema! –gritó; y con la comisura de la boca, añadió–: Bien jugado, Arthur, eso ha estado muy bien.

El vogón los estudió. Por un momento se emocionó su exacerbado espíritu racial, pero pensó que no: era un poquito demasiado tarde. Su voz adoptó el timbre de un gato que arañara nailon pulido.

–De manera que afirmáis que escribo poesía porque bajo mi apariencia de maldad, crueldad y dureza, en realidad deseo que me quieran –dijo. Hizo una pausa–. ¿Es así?

–Pues yo diría que sí –repuso Ford, lanzando una carcajada nerviosa–. ¿Acaso no tenemos todos en lo más profundo, ya sabe..., hmm...?

El vogón se puso en pie.

–Pues no, estáis completamente equivocados –afirmó–. Escribo poesía únicamente para complacer a mi apariencia de maldad, crueldad y dureza. De todos modos, os voy a echar de la nave. ¡Guardia! ¡Lleva a los prisioneros a la antecámara de compresión número tres y échalos fuera!

–¡Cómo! –gritó Ford.

Un guardia vogón, joven y corpulento, se acercó a ellos y les desató las correas con sus enormes brazos gelatinosos.

–¡No puede echarnos al espacio –gritó Ford–, estamos escribiendo un libro!

–¡La resistencia es inútil! –gritó a su vez el guardia vogón. Era la primera frase que había aprendido cuando se alistó en el Cuerpo de Guardia vogón.

El capitán observó la escena con despreocupado regocijo y luego les dio la espalda.

Arthur miró a su alrededor con ojos enloquecidos.

–¡No quiero morir todavía! –gritó–. ¡Aún me duele la cabeza, estaré de mal humor y no lo disfrutaré!

El guardia los sujetó firmemente por el cuello, hizo una reverencia a la espalda de su capitán, y los sacó del puente sin que dejaran de protestar. La puerta de acero se cerró y el capitán quedó solo de nuevo. Canturreó en voz baja y se puso a reflexionar, hojeando ligeramente su cuaderno de versos.

–Hmmm... –dijo–, *el contrapunto del surrealismo de la metáfora fundamental...* –Lo consideró durante un momento y luego cerró el libro con una sonrisa siniestra–. La muerte es algo demasiado bueno para ellos –sentenció.

El largo corredor forrado de acero recogía el eco del débil forcejeo de los dos humanoides, bien apretados bajo las elásticas axilas del vogón.

–Es magnífico –farfulló Ford–, realmente fantástico. ¡Suéltame, bestia!

El guardia vogón siguió arrastrándolos.

–No te preocupes –dijo Ford en tono nada esperanzado–. Ya se me ocurrirá algo.

–¡La resistencia es inútil! –chilló el guardia.

–No digas eso –tartamudeó Ford–. ¿Cómo se puede mantener una actitud mental positiva si dices cosas así?

–¡Por Dios! –protestó Arthur–. Hablas de una actitud mental positiva, y ni siquiera han demolido hoy tu planeta. Al despertarme esta mañana, pensé que iba a pasar el día tranquilo y relajado, que leería un poco, cepillaría al perro... ¡Ahora son más de las cuatro de la tarde y están a punto de echarme de una nave espacial a seis años luz de las humeantes ruinas de la Tierra!

El vogón apretó su presa y Arthur dejó escapar gorgoritos y balbuceos.

–¡De acuerdo –convino Ford–, pero deja de asustarte!

–¿Quién ha dicho nada de asustarse? –replicó Arthur–. Esto no es más que una conmoción cultural. Espera a que me acostumbre a la situación y comience a orientarme. *¡Entonces* empezaré a asustarme!

–Te estás poniendo histérico, Arthur. ¡Cierra el pico!

Ford hizo un esfuerzo desesperado por pensar, pero le interrumpió el guardia, que gritó otra vez:

–¡La resistencia es inútil!

–¡Y tú también podrías callarte la boca! –le replicó Ford.

–¡La resistencia es inútil!

–¡Pero déjalo ya!

Ford torció la cabeza hasta que pudo mirar de frente al rostro de su captor. Se le ocurrió una idea.

–¿De veras te gustan estas cosas? –le preguntó de pronto.

El vogón se detuvo en seco y una expresión de enorme estupidez se deslizó poco a poco por su cara.

–¿Que si me gustan? –bramó–. ¿Qué quieres decir?

–Lo que quiero decir –le explicó Ford– es que si te llena de satisfacción el ir pisando fuerte por ahí, dando gritos y echando a la gente de naves espaciales...

El vogón miró fijamente al bajo techo de acero y sus cejas casi se montaron una encima de otra. Se le aflojó la boca.

–Pues el horario es bueno...

–Tiene que serlo –convino Ford.

Arthur torció el cuello por completo para mirar a Ford.

–¿Qué intentas hacer, Ford? –le preguntó con un murmullo de perplejidad.

–Solo trato de interesarme en el mundo que me rodea, ¿conforme? –le contestó, y siguió diciéndole al vogón–: De modo que el horario es muy bueno...

El vogón bajó la vista hacia él mientras pensamientos perezosos giraban tumultuosamente en sus lóbregas profundidades.

–Sí –dijo–, pero ahora que lo mencionas, la mayor parte del tiempo resulta bastante asqueroso. Salvo... –volvió a pensar, lo que exigía mirar al techo–, salvo algunos gritos que me gustan mucho.

Se llenó de aire los pulmones y bramó:

–¡La resistencia es...!

–Sí, claro –le interrumpió Ford a toda prisa–; eso lo haces muy bien, te lo aseguro. Pero en su mayor parte es asqueroso –dijo con lentitud, dando tiempo a las palabras para que llegasen a su objetivo–. Entonces, ¿por qué lo haces? ¿A qué se debe? ¿A las chicas? ¿A la zurra? ¿Al *machismo?* ¿O simplemente crees que el acomodarse a ese estúpido hastío presenta un desafío interesante?

Arthur miró desconcertado de un lado para otro.

–Hmm... –dijo el guardia–, hmm... hmm..., no sé. Creo que en realidad... me limito a hacerlo. Mi tía me dijo que ser guardia de una nave espacial era una buena carrera para un joven vogón; ya sabes, el uniforme, la cartuchera de la pistola de rayos paralizantes, que se lleva muy baja, el estúpido hastío...

–Ahí tienes, Arthur –dijo Ford con aire del que llega a la conclusión de su argumento–, y creías que tú tenías problemas.

Arthur pensó que sí los tenía. Aparte del asunto desagradable que le había ocurrido a su planeta, el guardia vogón ya le había medio estrangulado, y no le gustaba mucho la idea de que lo arrojaran al espacio.

–Procura entender *su problema* –insistió Ford–. Ahí tienes a este pobre muchacho, cuyo trabajo de toda la vida consiste en andar pisando fuerte por ahí, echando a gente de naves espaciales.

–Y dando gritos –añadió el guardia.

–Y dando gritos, claro –repitió Ford, y dio unos golpecitos al brazo gelatinoso que le apretaba el cuello con simpática condescendencia–. ¡Y ni siquiera sabe por qué lo hace!

Arthur convino en que era muy triste. Lo expresó con un gestito débil, porque estaba muy asfixiado para poder hablar.

El guardia lanzó unos profundos gruñidos de estupefacción.

–Pues ahora que lo dices, supongo...

–¡Buen chico! –le animó Ford.

–De acuerdo –continuó con sus gruñidos–, ¿y qué remedio me queda?

–Pues –dijo Ford, animándose pero alargando las palabras– dejar de hacerlo, por supuesto. Diles que no volverás a hacerlo más.

Pensó que debería añadir algo, pero de momento parecía que el guardia tenía la mente muy ocupada meditando sus palabras.

–Huuuuuummmmmmmmmmmmmmmm... –dijo el guardia–, hum..., pues eso no me suena muy bien.

De pronto, Ford sintió que se le escapaba la oportunidad.

–Pero espera un momento –le apremió–, eso es solo el principio, ¿comprendes?; la cosa no es tan sencilla como crees...

Pero en ese momento el guardia volvió a afianzar su presa y continuó con su primitiva intención de llevarlos a rastras a la esclusa neumática. Era evidente que estaba muy afectado.

–No; creo que si os da lo mismo –les dijo–, será mejor que os meta en esa antecámara de compresión y luego me vaya a dar otros cuantos gritos que tengo pendientes.

A Ford Prefect no le daba lo mismo en absoluto.

–¡Pero venga..., oye! –dijo, menos animado y con menos lentitud.

–¡Aahhhhgggggggnnnnnn! –dijo Arthur con una inflexión nada clara.

–Pero espera –insistió Ford–, ¡todavía tengo que hablar de la música, del arte y de otras cosas! ¡Uuuuufffff!

–¡La resistencia es inútil! –bramó el guardia, y luego añadió–: Mira, si sigo en esto, dentro de un tiempo puede que me asciendan a Jefe de Gritos, y no suele haber muchas plazas vacantes de agentes que no griten ni empujen a la gente, de manera que, según me parece, será mejor que siga haciendo lo que sé.

Ya habían llegado a la esclusa neumática: una escotilla ancha y circular de acero macizo, fuerte y pesada, abierta en el revestimiento interior de la nave. El guardia manipuló un mando y la escotilla se abrió con suavidad.

–Pero muchas gracias por vuestro interés –les dijo el guardia vogón–. Adiós.

Arrojó a Ford y a Arthur por la escotilla a la pequeña cabina interior.

Arthur cayó jadeando al suelo. Ford se volvió tambaleante y arremetió inútilmente con el hombro contra la escotilla que se cerraba de nuevo.

–¡Pero oye –le gritó al guardia–, hay todo un mundo del que tú no sabes nada! Escucha, ¿qué te parece esto?

Desesperado, recurrió a la única manifestación de cultura que le vino espontáneamente a la cabeza: el primer acorde de la Quinta de Beethoven.

–*¡Da da da dum!* ¿No despierta eso nada en ti?

–No –contestó el guardia–, nada en absoluto. Pero se lo diré a mi tía.

Si después de eso añadió algo más, no se oyó. La escotilla se cerró completamente y desaparecieron todos los ruidos salvo el leve y distante zumbido de los motores de la nave.

Se encontraban en una cámara cilíndrica, brillante y pulida de unos dos metros de ancho por tres de largo.

Ford miró a su alrededor, sofocado.

–Creí que era un tipo inteligente en potencia –dijo, desplomándose contra la pared curva.

Arthur seguía tumbado en el suelo combado, en el mismo sitio donde había caído. No levantó la vista. Solo se quedó tumbado, jadeando.

–Ahora estamos atrapados, ¿verdad?

–Sí –admitió Ford–, estamos atrapados.

–¿Y no se te ha ocurrido nada? Creí que habías dicho que ibas a pensar algo. Tal vez lo hayas hecho y yo no me he dado cuenta.

–Claro que sí, se me ha ocurrido algo –jadeó Ford.

Arthur lo miró, expectante.

–Pero desgraciadamente –prosiguió Ford–, tendríamos que estar al otro lado de esa esclusa neumática.

Dio una patada a la escotilla por donde acababan de entrar.

–Pero ¿de verdad era una buena idea?

–Claro que sí, muy buena.

–¿Y de qué se trataba?

–Pues todavía no había elaborado los detalles. Ahora ya no importa mucho, ¿verdad?

–Entonces..., hmm, ¿qué va a ocurrir ahora?

–Pues..., hmmm, dentro de unos momentos se abrirá automáticamente esa escotilla de enfrente, y supongo que saldremos disparados al espacio profundo y nos asfixiaremos. Si nos llenamos de aire los pulmones, tal vez podamos durar treinta segundos... –dijo Ford.

Se puso las manos a la espalda, enarcó las cejas y empezó a canturrear un antiguo himno de batalla betelgeusiano. De pronto, a los ojos de Arthur, parecía tener un aspecto muy extraño.

–Así que ya está –dijo Arthur–, vamos a morir.

–Sí –admitió Ford–; a menos que..., ¡no! ¡Espera un momento! –De pronto se abalanzó por la cámara hacia algo que estaba detrás de la línea de visión de Arthur–. ¿Qué es ese interruptor?

–¿Cuál? ¿Dónde? –gritó Arthur, dándose la vuelta.

–No, solo estaba bromeando –confesó Ford–; al final, vamos a morir.

Volvió a desplomarse contra la pared y siguió con la melodía por donde la había interrumpido.

–¿Sabes una cosa? –le dijo Arthur–; en ocasiones como esta, cuando estoy atrapado en una escotilla neumática vogona con un habitante de Betelgeuse y a punto de morir asfixiado en el espacio profundo, realmente desearía haber escuchado lo que me decía mi madre cuando era joven.

–¡Vaya! ¿Y qué te decía?

–No lo sé; no la escuchaba.

–Ya.

Ford siguió canturreando.

«Esto es horrible –pensaba Arthur para sí–, la Columna de Nelson ha desaparecido, McDonald's ha desaparecido, lo único que queda soy yo y las palabras *Fundamentalmente inofensiva.* Y dentro de unos segundos lo único que quedará será *Fundamentalmente inofensiva.* Y ayer el planeta parecía ir tan bien...»

Zumbó un motor.

Se oyó un leve silbido que se convirtió en un rugido ensordecedor al penetrar el aire por la escotilla exterior, que se abrió a un negro vacío salpicado de diminutos puntos luminosos, increíblemente brillantes. Ford y Arthur salieron disparados al espacio exterior como corchos de una pistola de juguete.

8

La Guía del autoestopista galáctico *es un libro absolutamente notable. Se ha compilado y recopilado bastantes veces a lo largo de muchos años bajo un cúmulo de direcciones diferentes. Contiene contribuciones de incontables cantidades de viajeros e investigadores.*

La introducción empieza así:

«El espacio *–dice–* es grande. Muy grande. Usted simplemente se negará a creer lo enorme, lo inmensa, lo pasmosamente grande que es. Quiero decir que quizás piense que es como un largo paseo por la calle hasta la farmacia, pero eso no es nada comparado con el espacio. Escuche...», y *así sucesivamente.*

(Más adelante el estilo se asienta un poco, y el libro empieza a contar cosas que realmente se necesita saber, como el hecho de que el planeta Bethselamin, fabulosamente hermoso, está ahora muy preocupado por la erosión acumulada de diez mil millones de turistas que lo visitan al año, que cualquier desproporción entre la cantidad de alimento que se ingiere y la cantidad que se excreta mientras se está en el planeta se elimina quirúrgicamente del peso del cuerpo en el momento de la marcha del visitante: de manera que siempre que uno vaya al lavabo, es muy importante que le den un recibo.)

Pero, para ser justos, al enfrentarse con la simple enormidad de las distancias entre las estrellas, han fallado inteligencias mejores que la del autor de la introducción de la Guía. *Hay quienes le invitan a uno a comparar por un momento un cacahuete en Reading y una nuez pequeña en Johanesburgo, y otros conceptos vertiginosos.*

La verdad pura y simple es que las distancias interestelares no caben en la imaginación humana.

Incluso la luz, que viaja tan deprisa que a la mayoría de las razas les cuesta miles de años comprender que se mueve, necesita tiempo para recorrer las estrellas. Tarda ocho minutos en llegar desde la estre-

lla Sol al lugar donde estaba la Tierra, y cuatro años hasta el vecino estelar más cercano al Sol, Alfa Próxima.

Para que la luz llegue al otro lado de la Galaxia, a Damogran, por ejemplo, se necesita más tiempo: quinientos mil años.

El récord en recorrer esta distancia está por debajo de los cinco años, pero así no se ve mucho por el camino.

La Guía del autoestopista galáctico *dice que si uno se llena los pulmones de aire, puede sobrevivir en el vacío absoluto del espacio unos treinta segundos. Sin embargo, añade que, como el espacio es de tan pasmosa envergadura, las probabilidades de que a uno lo recoja otra nave en esos treinta segundos son de doscientas sesenta y siete mil setecientas nueve contra una.*

Por una coincidencia asombrosa, ese también era el número de teléfono de un piso de Islington donde Arthur asistió una vez a una fiesta magnífica en la que conoció a una chica preciosa con quien no pudo ligar, pues ella se decidió por uno que acudió sin invitación.

Como el planeta Tierra, el piso de Islington y el teléfono ya están demolidos, resulta agradable pensar que en cierta pequeña medida todos quedan conmemorados por el hecho de que Ford y Arthur fueron rescatados veintinueve segundos más tarde.

9

Un ordenador parloteaba alarmado consigo mismo al darse cuenta de que una escotilla neumática se abrió y se cerró sola sin razón aparente.

En realidad, ello se debía a que la Razón había salido a comer.

Un agujero acababa de aparecer en la Galaxia. Era exactamente una insignificancia que duró un segundo, una nadería de veintitrés milímetros de ancho y de muchos millones de años luz de extremo a extremo.

Al cerrarse, montones de sombreros de papel y de globos de fiesta cayeron y se esparcieron por el Universo. Un equipo de analistas de mercado, de dos metros y diecisiete centímetros de estatura, cayeron y murieron, en parte por asfixia y en parte por la sorpresa.

Doscientos treinta y nueve mil huevos poco fritos cayeron a su vez, materializándose en un enorme montón tembloroso en la tierra de Poghril, que sufría el azote del hambre, en el sistema de Pansel.

Toda la tribu de Poghril había muerto de hambre salvo el último de sus miembros, un hombre que murió por envenenamiento de colesterol unas semanas más tarde.

La nada de un segundo por la cual se abrió el agujero, rebotó hacia atrás y hacia delante en el tiempo de forma enteramente increíble. En alguna parte del pasado más remoto, traumatizó seriamente a un pequeño y azaroso grupo de átomos que vagaban por el estéril vacío del espacio, haciendo que se fundieran en unas figuras sumamente improbables. Tales figuras aprendieron rápidamente a reproducirse a sí mismas (eso era lo más extraordinario de ellas) y continuaron causando una confusión enorme en todos los planetas por los que pasaban a la deriva. Así es como empezó la vida en el Universo.

Cinco Torbellinos Contingentes provocaron violentos remolinos de sinrazón y vomitaron una acera.

En la acera yacían Ford Prefect y Arthur Dent, jadeantes como peces medio muertos.

–Ahí lo tienes –masculló Ford, luchando por agarrarse con un dedo a la acera, que viajaba a toda velocidad por el Tercer Tramo de lo Desconocido–, ya te dije que se me ocurriría algo.

–Pues claro –comentó Arthur–, naturalmente.

–He tenido la brillante idea –explicó Ford– de encontrar a una nave que pasaba y hacer que nos rescatara.

El auténtico Universo se perdía bajo ellos, en un arco vertiginoso. Varios universos fingidos pasaban rápidamente a su lado como cabras monteses. Estalló la luz original, lanzando salpicaduras de espacio-tiempo como trocitos de crema de queso. El tiempo floreció, la materia se contrajo. El más alto número primo se aglutinó en silencio en un rincón y se ocultó para siempre.

–¡Vamos, déjalo! –dijo Arthur–. Las probabilidades en contra eran astronómicas.

–No protestes. Ha dado resultado –le recordó Ford.

–¿En qué clase de nave estamos? –preguntó Arthur mientras el abismo de la eternidad se abría a sus pies.

–No lo sé –dijo Ford–, todavía no he abierto los ojos.

–Ni yo tampoco –dijo Arthur.

El Universo dio un salto, quedó paralizado, trepidó y se expandió en varias direcciones inesperadas.

Arthur y Ford abrieron los ojos y miraron en torno con enorme sorpresa.

–¡Santo Dios! –exclamó Arthur–. ¡Si parece la costa de Southend!

–Oye, me alegro de que digas eso –dijo Ford.

–¿Por qué?

–Porque pensé que me estaba volviendo loco.

–A lo mejor lo estás. Quizás solo hayas pensado que lo dije.

Ford consideró esa posibilidad.

–Bueno, ¿lo has dicho o no lo has dicho? –inquirió.

–Creo que sí –dijo Arthur.

–Pues tal vez nos estemos volviendo locos los dos.

–Sí –admitió Arthur–. Si lo pensamos bien, tenemos que estar locos para pensar que eso es Southend.

–Bueno, ¿crees que es Southend?

–Claro que sí.

–Yo también.

–En ese caso, debemos estar locos.

–No es mal día para estarlo.

–Sí –dijo un loco que pasaba por allí.

–¿Quién era ese? –preguntó Arthur.

–¿Quién? ¿Ese hombre de las cinco cabezas y el matorral de saúco plagado de arenques?

–Sí.

–No lo sé. Cualquiera.

–Ah.

Se sentaron los dos en la acera y con cierta inquietud observaron cómo unos niños grandísimos brincaban pesadamente por la playa y miles de caballos salvajes cruzaban horrísonos el cielo llevando repuestos de barandillas reforzadas a las Zonas Inciertas.

–¿Sabes una cosa? –dijo Arthur tosiendo ligeramente–. Si esto es Southend, hay algo muy raro...

–¿Te refieres a que el mar está inmóvil como una roca y los edificios fluyen de un lado para otro? –dijo Ford–. Sí, a mí también me ha parecido raro. En realidad –prosiguió mientras el Southend se partía con un enorme crujido en seis segmentos iguales que danzaron y giraron entre ellos hasta aturdirse en corros lujuriantes y licenciosos–, pasa algo absolutamente rarísimo.

Un rumor ululante y enloquecido de gaitas y violines pasó agostando el viento, rosquillas calientes saltaron de la carretera a diez peniques la pieza, el cielo descargó una tempestad de peces horrendos y Arthur y Ford decidieron darse a la fuga.

Se precipitaron entre densas murallas de sonido, montañas de ideas arcaicas, valles de música ambiental, malas sesiones de zapatos, fútiles murciélagos y, súbitamente, oyeron la voz de una muchacha.

Parecía una voz muy sensible, pero lo único que dijo, fue:

–Dos elevado a cien mil contra uno, y disminuyendo.

Y eso fue todo.

Ford resbaló en un rayo de luz y dio vueltas de un lado a otro tratando de encontrar el origen de la voz, pero no pudo ver nada en lo que pudiera creer seriamente.

–¿Qué era esa voz? –gritó Arthur.

–No lo sé –aulló Ford–, no lo sé. Parecía un cálculo de probabilidades.

–¡Probabilidades! ¿Qué quieres decir?

–Probabilidades; ya sabes, como dos a uno, tres a uno, cinco contra cuatro. Ha dicho dos elevado a cien mil contra uno. Eso es algo muy improbable, ¿sabes?

Una tina de cuatro millones de litros de natillas se puso verticalmente encima de ellos sin aviso previo.

–Pero ¿qué quiere decir eso? –chilló Arthur.

–¿El qué? ¿Las natillas?

–¡No, el cálculo de probabilidades!

–No lo sé. No sé nada de eso. Creo que estamos en una especie de nave.

–No puedo menos de suponer –dijo Arthur– que este no es un departamento de primera clase.

En la urdimbre del espacio-tiempo empezaron a surgir protuberancias. Feos y enormes bultos.

–Auuuurrrgghhh... –exclamó Arthur al sentir que su cuerpo se ablandaba y se arqueaba en direcciones insólitas–. El Southend parece que se está fundiendo..., las estrellas se arremolinan..., ventarrones de polvo..., las piernas se me van con el crepúsculo..., y el brazo izquierdo también se me sale. –Se le ocurrió una idea aterradora y añadió–: ¡Demonios!, ¿cómo voy a utilizar ahora mi reloj de lectura directa?

Miró desesperado a su alrededor, buscando a Ford.

–Ford –le dijo–, te estás convirtiendo en un pingüino. Déjalo.

De nuevo oyeron la voz.

–Dos elevado a setenta y cinco mil contra uno, y disminuyendo.

Ford chapoteó en su charca describiendo un círculo furioso.

–¡Eh! ¿Quién es usted? –graznó como un pato–. ¿Dónde está? Dígame lo que pasa y si hay algún medio de pararlo.

–Tranquilícese, por favor –dijo la voz en tono amable, como la azafata de un avión al que solo le queda un ala y uno de cuyos motores está incendiado–, están ustedes completamente a salvo.

–¡Pero no se trata de eso! –bramó Ford–. Sino de que ahora soy un pingüino completamente a salvo, y de que mi compañero se está quedando rápidamente sin extremidades.

–Está bien, ya las he recuperado –anunció Arthur.

–Dos elevado a cincuenta mil contra uno, y disminuyendo –dijo la voz.

–Reconozco –dijo Arthur– que son más largas de lo que me gustan, pero...

–¿Hay algo –chilló Ford como un pájaro furioso– que crea que debe decirnos?

La voz carraspeó. *Un petit four* gigantesco brincó en la lejanía.

–Bienvenidos a la nave espacial *Corazón de Oro* –dijo la voz.

Y la voz prosiguió:

–Por favor, no se alarmen por nada que oigan o vean a su alrededor. Seguramente sentirán ciertos efectos nocivos al principio, pues han sido rescatados de una muerte cierta a una escala de improbabilidad de dos elevado a doscientos setenta y seis mil contra uno; y quizás más alta. Viajamos ahora a una escala de dos elevado a veinticinco mil contra uno y disminuyendo, y recuperaremos la normalidad en cuanto estemos seguros de lo que es normal. Gracias. Dos elevado a veinte mil contra uno y disminuyendo.

Se calló la voz.

Ford y Arthur se encontraron en un pequeño cubículo luminoso de color rosa.

Ford estaba frenéticamente exaltado.

–¡Arthur! –exclamó–. ¡Esto es fantástico! ¡Nos ha recogido una nave propulsada por la Energía de la Improbabilidad Infinita! ¡Es increíble! ¡Ya había oído rumores sobre eso! ¡Todos fueron desmentidos oficialmente, pero deben haberlo conseguido! ¡Han logrado la Energía de la Improbabilidad! Arthur, esto es... ¿Arthur? ¿Qué ocurre?

Arthur se había echado contra la puerta del cubículo tratando de mantenerla cerrada, pero no ajustaba bien. Pequeñas manitas peludas con los dedos manchados de tinta se colaban por las grietas; débiles vocecitas parloteaban locamente.

Arthur alzó la vista.

–¡Ford! –exclamó–. Fuera hay un número infinito de monos que quieren hablarnos de un guión de *Hamlet* que han elaborado ellos mismos.

10

La Energía de la Improbabilidad Infinita es un medio nuevo y maravilloso para recorrer grandes distancias interestelares en una simple décima de segundo, sin tener que andar a tontas y a locas por el hiperespacio.

Se descubrió por una afortunada casualidad, y el equipo de investigación damograno del Gobierno Galáctico la convirtió en una forma manejable de propulsión.

Esta es, brevemente, la historia de su descubrimiento.

Desde luego se conocía bien el principio de generar pequeñas cantidades de improbabilidad *finita* por el sencillo método de acoplar los circuitos lógicos de un cerebro submesón Bambleweeny 57 a un vector atómico de navegación suspendido de un potente generador de movimiento browniano (digamos una buena taza de té caliente); tales generadores solían emplearse para romper el hielo en las fiestas, haciendo que todas las moléculas de la ropa interior de la anfitriona dieran un salto de treinta centímetros hacia la izquierda, de acuerdo con la Teoría de la Indeterminación.

Muchos físicos respetables afirmaron que no lo tolerarían, en parte porque constituía una degradación científica, pero principalmente porque no los invitaban a esa clase de fiestas.

Otra cosa que no soportaban era el fracaso perpetuo con el que topaban en su intento de construir una nave que generara el campo de improbabilidad *infinita* necesario para lanzar una nave a las pasmosas distancias que los separaban de las estrellas más lejanas, y al fin anunciaron, malhumorados, que semejante máquina era prácticamente imposible.

Entonces, un día, un estudiante a quien se había encomendado que barriese el laboratorio después de una reunión particularmente desafortunada, empezó a discurrir de este modo:

«Si semejante máquina es una imposibilidad *práctica* –pensó para sí–, entonces debe existir lógicamente una improbabilidad *finita.* De manera que todo lo que tengo que hacer para construirla es descubrir exactamente su improbabilidad, procesar esa cifra en el generador de improbabilidad finita, darle una taza de té fresco y muy caliente... ¡y conectarlo!»

Así lo hizo, y quedó bastante sorprendido al descubrir que había logrado crear de la nada el tan ansiado y precioso generador de la Improbabilidad Infinita.

Aún se asombró más cuando, nada más concederle el Premio a la Extrema Inteligencia del Instituto Galáctico, fue linchado por una rabiosa multitud de físicos respetables que finalmente comprendieron que lo único que no toleraban realmente eran los sabihondos.

11

La cabina de control de Improbabilidad del *Corazón de Oro* era como la de una nave absolutamente convencional, salvo que estaba enteramente limpia porque era nueva. Todavía no se había quitado las fundas de plástico a algunos asientos de mando. La cabina, blanca en su mayor parte, era apaisada y del tamaño de un restaurante pequeño. En realidad no era enteramente oblonga: las dos largas paredes se desviaban en una curva levemente paralela, y todos los ángulos y rincones de la cabina tenían una forma rechoncha y provocativa. Lo cierto es que habría sido mucho más sencillo y práctico construir la cabina como una estancia corriente, tridimensional y oblonga, pero entonces los proyectistas se habrían sentido desgraciados. Tal como era, la cabina tenía un aspecto atractivo y funcional, con amplias pantallas de vídeo colocadas sobre los paneles de mando y dirección en la pared cóncava, y largas filas de cerebros electrónicos empotrados en la pared convexa. Un robot se sentaba melancólico en un rincón, con su lustrosa y reluciente cabeza de acero colgando flojamente entre sus pulidas y brillantes rodillas. También era completamente nuevo, pero aunque estaba magníficamente construido y bruñido, en cierto modo parecía como si las diversas partes de su cuerpo más o menos humanoide no encajasen perfectamente. En realidad ajustaban muy bien, pero algo sugería que podían haber encajado mejor.

Zaphod Beeblebrox se paseaba nerviosamente por la cabina, pasando la mano por los aparatos relucientes y sonriendo con júbilo.

Trillian se inclinaba en su asiento sobre un amasijo de instrumentos, leyendo cifras. Su voz llegaba a toda la nave a través del circuito Tannoy.

–*Cinco contra uno y disminuyendo...* –decía–, *cuatro contra uno y disminuyendo..., tres a uno..., dos..., uno..., factor de probabilidad de uno a uno..., tenemos normalidad, repito: tenemos normalidad.* –Desconectó el micrófono, lo volvió a conectar con una leve sonrisa y continuó–: *Todo aquello que no puedan resolver es, por consiguiente, asunto suyo. Tranquilícense, por favor. Pronto enviaremos a buscarlos.*

–¿Quiénes son, Trillian? –dijo Zaphod con fastidio.

Trillian se volvió en su asiento giratorio y, mirándolo, se encogió de hombros.

–Solo un par de tipos que, según parece, hemos recogido en el espacio exterior –dijo–. Sección ZZ9 Plural Z Alfa.

–Ya. Bueno, Trillian, ha sido una idea generosa, pero ¿crees realmente que ha sido prudente en estas circunstancias? –se quejó Zaphod–. Me refiero a que estamos huyendo y todo eso; en estos momentos debemos tener a media policía de la Galaxia persiguiéndonos, y nos detenemos para recoger a unos autoestopistas. Muy bien, te mereces diez puntos positivos por tu bondad, y varios millones de puntos negativos por tu falta de prudencia, ¿de acuerdo?

Irritado, dio unos golpecitos en un panel de mando. Trillian movió la mano discretamente antes de que golpeara algo importante. Por muchas cualidades que pudiera encerrar el cerebro de Zaphod –arrojo, jactancia, orgullo–, era un inepto para la mecánica y fácilmente podía mandar a la nave por los aires con un gesto desmedido. Trillian había llegado a sospechar que la razón fundamental por la que había tenido una vida tan agitada y próspera era que jamás había comprendido verdaderamente el significado de ninguno de sus actos.

–Zaphod –dijo pacientemente–, estaban flotando sin protección en el espacio exterior..., ¿verdad que no desearías que hubiesen muerto?

–Pues ya sabes..., no. Así no, pero...

–¿Así no? ¿Que no murieran así? ¿Pero...? –Trillian ladeó la cabeza.

–Bueno, quizás los hubieran recogido otros, después.

–Un segundo más tarde y habrían muerto.

–Ya, de manera que si te hubieras molestado en pensar un poco más, el problema habría desaparecido.

–¿Te habría gustado que los dejáramos morir?

–Pues ya sabes, no me habría gustado exactamente, pero...

–De todos modos –concluyó Trillian, volviendo a los mandos–, yo no los he recogido.

–¿Qué quieres decir? ¿Quién lo ha hecho, entonces?

–La nave.

–¿Qué?

–Los ha recogido la nave. Ella sola.

–¿Cómo?

–Mientras estábamos con la Energía de la Improbabilidad.

–Pero eso es increíble.

–No, Zaphod; solo muy, muy improbable.

–Ah, claro.

–Mira, Zaphod –le dijo Trillian, dándole palmaditas en el brazo–, no te preocupes por los extraños. No creo que sean más que un simple par de muchachos. Enviaré al robot para que los localice y los traiga aquí arriba. ¡Eh, Marvin!

En el rincón, la cabeza del robot se alzó bruscamente, bamboleándose de manera imperceptible. Se puso en pie como si tuviera dos kilos y medio más de su peso normal, y cruzó la estancia con lo que un observador neutral habría calificado de esfuerzo heroico. Se detuvo delante de Trillian y pareció traspasarle el hombro izquierdo con la mirada.

–Creo que deberías saber que me siento muy deprimido –dijo el robot. Su voz tenía un tono sordo y desesperado.

–¡Santo Dios! –murmuró Zaphod, desplomándose en un sillón.

–Bueno –dijo Trillian en tono animado y compasivo–, pues aquí tienes algo en qué ocuparte para no pensar en esas cosas.

–No dará resultado –replicó Marvin con voz monótona–, tengo una inteligencia excepcionalmente amplia.

–¡Marvin! –le advirtió Trillian.

–De acuerdo –dijo Marvin–. ¿Qué quieres que haga?

–Baja al compartimento de entrada número dos y trae aquí, bajo vigilancia, a los dos extraños.

Tras una pausa de un microsegundo y una micromodulación magníficamente calculada de tono y timbre, algo que no podría considerarse insultante, Marvin logró transmitir su absoluto desprecio y horror por todas las cosas humanas.

–¿Solo eso? –preguntó.

–Sí –contestó Trillian con firmeza.

–No me va a gustar –comentó Marvin.

Zaphod se levantó de un salto de su asiento.

–¡Ella no te pide que te guste –gritó–, sino solo que lo hagas! ¿Lo harás?

–De acuerdo –dijo Marvin con una voz semejante al tañido de una gran campana rajada–. Lo haré.

–Bien –replicó Zaphod–, estupendo..., gracias...

Marvin se volvió y levantó hacia él sus ojos encarnados, triangulares y planos.

–No os estaré decepcionando, ¿verdad? –preguntó en tono patético.

–No, Marvin, no –respondió alegremente Trillian–; está muy bien, de verdad...

–No me gustaría pensar que os estoy defraudando.

–No, no te preocupes por eso –respondió Trillian con el mismo tono ligero–; no tienes más que actuar de manera natural y todo irá estupendamente.

–¿Estás segura de que no te importa? –insistió Marvin.

–No, Marvin, no –aseguró Trillian con la misma cadencia–; está muy bien, de verdad..., no son más que cosas de la vida.

Hubo un destello en la mirada electrónica de Marvin.

–La vida –dijo–, no me hables de la vida.

Se volvió con aire de desesperación y salió como a rastras de la estancia. La puerta se cerró tras él con un ruidito metálico y un murmullo de satisfacción.

–Me parece que no podré aguantar mucho más tiempo a ese robot, Zaphod –rezongó Trillian.

La Enciclopedia Galáctica define a un robot como un aparato mecánico creado para realizar el trabajo del hombre. El departamento comercial de la Compañía Cibernética Sirius define a un robot como «Su amigo de plástico con quien le gustará estar».

La Guía del autoestopista galáctico *define al departamento comercial de la Compañía Cibernética Sirius como un «hatajo de pelmazos estúpidos que serán los primeros en ir al paredón cuando llegue la revolución»; hay una nota a pie de página al efecto, que dice que los editores recibirán con agrado solicitudes de cualquiera que esté interesado en ocupar el puesto de corresponsal en robótica.*

Curiosamente, hay una edición de la Enciclopedia Galáctica que tuvo la buena fortuna de caer en la urdimbre del tiempo a mil años en el futuro, y que define al departamento comercial de la Compañía Cibernética Sirius como «un hatajo de pelmazos estúpidos que fueron los primeros en ir al paredón cuando llegó la revolución».

El cubículo de color rosa había dejado de existir y los monos habían pasado a otra dimensión mejor. Ford y Arthur se encontraban en la zona de embarque de la nave. Era muy elegante.

–Me parece que esta nave es completamente nueva –dijo Ford.

–¿Cómo lo sabes? –le preguntó Arthur–. ¿Tienes algún extraño aparato para medir la edad del metal?

–No, me acabo de encontrar este folleto comercial en el suelo. Dice esas cosas de que «el Universo puede ser suyo». ¡Ah! Mira, tenía razón.

Ford señaló una página y se la enseñó a Arthur.

–Dice: *«Nuevo y sensacional descubrimiento en Física de la Improbabilidad. En cuanto la energía de la nave alcance la Improbabilidad Infinita, pasará por todos los puntos del Universo. Sea la envidia de los demás gobiernos importantes.»* ¡Vaya!, es algo a gran escala.

Ford leyó apasionadamente las especificaciones técnicas de la nave, jadeando de asombro de cuando en cuando ante lo que leía:

era evidente que la astrotecnología galáctica había hecho grandes adelantos durante sus años de exilio.

Arthur escuchó durante un rato, pero como era incapaz de entender la mayor parte de las palabras de Ford, empezó a dejar vagar la imaginación mientras pasaba los dedos por el borde de una fila de incomprensibles cerebros electrónicos; alargó la mano y pulsó un atractivo botón, ancho y rojo, de un panel que tenía cerca. El panel se iluminó con las palabras: *Por favor, no vuelva a pulsar este botón.* Se estremeció.

–Escucha –le dijo Ford, que continuaba enfrascado en la lectura del folleto comercial–, dan mucha importancia a la cibernética de la nave. *Una nueva generación de robots y cerebros electrónicos de la Compañía Cibernética Sirius, con la nueva característica APP.*

–¿Característica APP? –repitió Arthur–. ¿Qué es eso?

–Eso significa *Auténticas Personalidades Populares.*

–¡Ah! –comentó Arthur–. Suena horriblemente mal.

–En efecto –dijo una voz a sus espaldas.

La voz tenía un tono bajo y desesperado, y venía acompañada de un ruido metálico.

Se volvieron y vieron encogido en el umbral a un execrable hombre de acero.

–¿Qué? –dijeron ellos dos.

–Horrible –prosiguió Marvin–, absolutamente. Horrible del todo. Ni siquiera lo mencionéis. Mirad esta puerta –dijo al cruzarla. Los circuitos de ironía se incorporaron al modulador de su voz mientras imitaba el estilo del folleto comercial–. *Todas las puertas de la nave poseen un carácter alegre y risueño. Tienen el gusto de abrirse para ustedes, y se sienten satisfechas al volver a cerrarse con la conciencia del trabajo bien hecho.*

Cuando la puerta se cerró tras ellos, comprobaron que efectivamente hizo un ruido parecido a un suspiro de satisfacción.

–*¡Aahhmmmmmmmmmyammmmmmmmah!* –dijo la puerta.

Marvin la miró con odio frío mientras sus circuitos lógicos parloteaban disgustados y consideraban la idea de ejercer la violencia física contra ella. Otros circuitos terciaron diciendo: ¿para qué molestarse? ¿Qué sentido tiene? No merece la pena interesarse por nada. Otros circuitos se divertían analizando los componentes moleculares de la puerta y de las células cerebrales del humanoide.

Insistieron un poco midiendo el nivel de las emanaciones de hidrógeno en el parsec cúbico de espacio circundante, y luego se desconectaron aburridos. Una punzada de desesperación sacudió el cuerpo del robot mientras se daba la vuelta.

–Vamos –dijo con voz monótona–. Me han ordenado que os lleve al puente. Aquí me tenéis, con el cerebro del tamaño de un planeta y me piden que os lleve al puente. ¿Llamaríais a eso un *trabajo satisfactorio?* Pues yo no.

Se volvió y cruzó de nuevo la odiada puerta.

–Hmm..., disculpa –dijo Ford, siguiéndolo–, ¿a qué gobierno pertenece esta nave?

Marvin no le hizo caso.

–Mirad esa puerta –masculló–; está a punto de volver a abrirse. Lo sé por el intolerable aire de satisfacción vanidosa que genera de repente.

Con un pequeño gemido para atraerse su simpatía, la puerta volvió a abrirse y Marvin la cruzó con pasos pesados.

–Vamos –ordenó.

Los otros lo siguieron rápidamente y la puerta volvió a cerrarse con pequeños ruiditos metálicos y zumbidos de contento.

–Hay que dar las gracias al departamento comercial de la Compañía Cibernética Sirius –dijo Marvin, echando a andar, desolado, por el resplandeciente pasillo curvo que se extendía ante ellos–. *Vamos* a construir robots con *Auténticas Personalidades Populares,* dijeron. Así que lo probaron conmigo. Soy un prototipo de personalidad. ¿Verdad que podríais asegurarlo?

Ford y Arthur musitaron confusas negativas.

–Odio esa puerta –continuó Marvin–. No os estaré deprimiendo, ¿verdad?

–¿Qué gobierno...? –empezó a decir Ford otra vez.

–No pertenece a ningún gobierno –le replicó el robot–; la han robado.

–¿Robado?

–¿Robado? –repitió Arthur.

–¿Quién la ha robado?

–Zaphod Beeblebrox.

Algo extraordinario le ocurrió a Ford en la cara. Al menos cinco expresiones singulares y distintas de pasmo y sorpresa se le acumularon en confusa mezcolanza. Su pierna izquierda, que se encontraba en el aire, pareció tener dificultades para volver a bajar al suelo. Miró fijamente al robot y trató de contraer ciertos músculos escrotales.

–*¡Zaphod Beeblebrox...!* –exclamó débilmente.

–Lo siento, ¿he dicho algo inconveniente? –dijo Marvin, que prosiguió su lento avance con indiferencia–. Perdonad que respire, cosa que de todos modos jamás hago, así que no sé por qué me molesto en decirlo. ¡Oh, Dios mío, qué deprimido estoy! Ahí tenemos otra de esas puertas satisfechas de sí mismas. *¡La vida!* Que no me hablen de la vida.

–Nadie la ha mencionado siquiera –murmuró Arthur, molesto–. ¿Te encuentras bien, Ford?

Ford lo miró con fijeza y dijo:

–¿Ese robot ha dicho Zaphod Beeblebrox?

12

Un estrépito de música *gunk*[1] inundó la cabina del *Corazón de Oro* mientras Zaphod buscaba en la radio subeta noticias de sí mismo. El aparato era bastante difícil de utilizar. Durante años, las radios se habían manejado apretando botones y girando el selector de sintonización; más tarde, cuando la tecnología se refinó, los mandos se hicieron sensibles al contacto: solo había que rozarlos con los dedos; ahora, todo lo que había que hacer era mover la mano en torno a su estructura y esperar confiado. Desde luego, evitaba un montón de esfuerzo muscular, pero era molesto porque le obligaba a uno a quedarse quieto en su asiento si es que quería seguir escuchando el mismo programa.

Zaphod movió una mano y el aparato volvió a cambiar de emisora. Más música asquerosa, pero esta vez servía de fondo a un noticiario. Las noticias estaban muy recortadas para que encajaran con el ritmo de la melodía.

–... escucha usted un noticiario en la onda subeta, que emite para toda la Galaxia durante las veinticuatro horas –graznó una

1. Juego de palabras entre *punk* (de mala calidad) y *gunk* (mugre, suciedad grasienta). *(N. del T.)*

voz–, *y dedicamos un gran saludo a todas las formas de vida inteligente..., y a todos los que andéis por ahí, el secreto está en salvar las dificultades todos juntos, muchachos. Y, desde luego, la gran noticia de esta noche es el sensacional robo de la nave prototipo de la Energía de la Improbabilidad, por obra nada menos que del presidente Galáctico Zaphod Beeblebrox. Y la pregunta que se hace todo el mundo es... ¿Ha perdido finalmente la cabeza el Gran Z? Beeblebrox, el hombre que inventó el detonador gargárico pangaláctico, exestafador, descrito en una ocasión por Excéntrica Gallumbits como el mejor zambombazo después del Big Bang, y recientemente elegido por séptima vez como el Peor Vestido Ser Consciente del Universo Conocido..., ¿tiene una respuesta esta vez? Hemos preguntado a su especialista cerebral particular, Gag Halfrunt...* –Por un momento, la música se arremolinó y decayó. Se escuchó otra voz, presumiblemente la de Halfrunt, que dijo–: *Puez Zaphod ez precizamente eze tipo, ¿zabe uzted?* –Pero no continuó porque un lápiz eléctrico voló por la cabina y pasó por el espacio aéreo del mecanismo de conexión de la radio.

Zaphod se volvió y lanzó una mirada feroz a Trillian, que había arrojado el lápiz.

–¡Oye! –le dijo–. ¿Por qué has hecho eso?

Trillian daba golpecitos en una pantalla llena de cifras.

–Se me acaba de ocurrir algo –dijo ella.

–¡Ah, sí! ¿Y merece la pena interrumpir un boletín de noticias donde hablan de mí?

–Ya has oído bastantes cosas sobre ti mismo.

–Soy muy inseguro. Ya lo sabemos.

–¿Podemos dejar a un lado tu vanidad por un momento? Esto es importante.

–Si hay algo más importante por ahí que mi vanidad, quiero atraparlo ahora mismo y pegarle un tiro.

Zaphod volvió a lanzar una mirada fulminante a Trillian y luego se echó a reír.

–Escucha –le dijo ella–, hemos recogido a ese par de tipos...

–¿Qué par de tipos?

–El par de tipos que hemos recogido.

–¡Ah, sí! –dijo Zaphod–. El par de tipos que hemos recogido.

–Los recogimos en el sector ZZ9 Plural Z Alfa.

–¿Sí? –dijo Zaphod, parpadeando.

–¿Significa eso algo para ti? –le preguntó Trillian con voz queda.

–Mmm –contestó Zaphod–, ZZ9 Plural Alfa. ¿ZZ9 Plural Alfa?

–¿Y bien? –insistió Trillian.

–Pues... –dijo Zaphod–, ¿qué significa la Z?

–¿Cuál de ellas?

–Cualquiera.

Una de las mayores dificultades que Trillian experimentaba en sus relaciones con Zaphod consistía en saber cuándo fingía ser estúpido para pillar desprevenida a la gente, cuándo pretendía serlo porque no quería molestarse en pensar y deseaba que otro lo hiciera por él, cuándo simulaba ser atrozmente estúpido para ocultar el hecho de que en realidad no entendía lo que pasaba, y cuándo era verdadera y auténticamente estúpido. Tenía fama de ser asombrosamente inteligente, y estaba claro que lo era; pero no siempre, lo que evidentemente le preocupaba, y por eso fingía. Prefería confundir a la gente a que le despreciaran. Para Trillian eso era lo más estúpido, pero ya no se molestaba en discutirlo.

Suspiró y puso un mapa estelar en la pantalla para facilitarle las cosas, cualesquiera que fuesen las razones de Zaphod para abordarlas de aquella manera.

–Mira –señaló–, justo aquí.

–¡Ah..., sí! –exclamó Zaphod.

–¿Y bien? –repitió Trillian.

–¿Y bien, qué?

Parte del cerebro de Trillian gritó a otras partes de su cerebro. Con mucha calma, dijo:

–Es el mismo sector en el que tú me recogiste.

Zaphod la miró y luego volvió la vista a la pantalla.

–Ah, sí –dijo–. Eso sí que es raro. Deberíamos haber atravesado directamente la Nebulosa Cabeza de Caballo. ¿Cómo llegamos ahí? Porque eso no es ningún sitio.

Trillian pasó por alto la última frase.

–Energía de la Improbabilidad –dijo pacientemente–. Tú mismo me lo has explicado. Pasamos por todos los puntos del Universo, ya lo sabes.

–Sí, pero es una coincidencia extraña, ¿no?

–Sí.

–¿Recoger a alguien en ese punto? ¿Entre todo el Universo para escoger? Es demasiado... Quiero averiguarlo. ¡Ordenador!

El ordenador de a bordo de la Compañía Cibernética Sirius, que controlaba y penetraba en todas las partículas de la nave, conectó los circuitos de comunicación.

–¡Hola, tú! –dijo animadamente al tiempo que vomitaba una cinta diminuta de teleimpresor para dejar constancia.

–¡Hola, tú! –dijo la cinta de teleimpresor.

–¡Santo Dios! –exclamó Zaphod. No había trabajado mucho tiempo con aquel ordenador, pero había llegado a odiarlo.

El ordenador prosiguió, descarado y alegre, como si estuviera vendiendo detergente.

–Quiero que sepas que estoy aquí para resolver cualquier problema que tengas.

–Sí, sí –dijo Zaphod–. Mira, creo que solo usaré un trozo de papel.

–Pues claro –dijo el ordenador al tiempo que tiraba el mensaje a la papelera–, entiendo. Si alguna vez quieres...

–¡Cierra el pico! –gritó Zaphod y, cogiendo un lápiz, se sentó junto a Trillian en la consola.

–Muy bien, muy bien... –dijo el ordenador en tono dolido mientras desconectaba el canal de fonación.

Zaphod y Trillian se inclinaron sobre las cifras que el analizador del vuelo de Improbabilidad hacía destellar silenciosamente frente a ellos.

–¿No podemos averiguar –preguntó Zaphod– cuál es, desde su punto de vista, la Improbabilidad de su rescate?

–Sí, es una constante –dijo Trillian–: dos elevado a doscientos setenta y seis mil setecientos nueve contra uno.

–Es alto. Son dos tipos con mucha suerte.

–Sí.

–Pero en relación con lo que hacíamos nosotros cuando la nave los recogió...

Trillian registró las cifras. Indicaban dos elevado a infinito menos uno contra uno (un número irracional que solo tiene un significado convencional en Física de la Improbabilidad).

–... es muy bajo –prosiguió Zaphod, emitiendo un leve silbido.

–Sí –convino Trillian, lanzando a Zaphod una mirada irónica.

–Es una enorme cantidad de Improbabilidad a tomar en cuenta. El balance general debe indicar algo muy improbable, si se suma todo.

Zaphod garabateó unas sumas, las tachó y tiró el lápiz.

–Necesito ayuda, no me sale.

–¿Entonces?

Zaphod entrechocó sus dos cabezas furiosamente y rechinó los dientes.

–De acuerdo –dijo–. ¡Ordenador!

Los circuitos de la voz volvieron a conectarse.

–¡Vaya, hola! –dijeron las cintas de teleimpresor–. Lo único que quiero es hacer que tu jornada sea más amable, más amable y más amable...

–Sí, bueno, cierra el pico y averíguame algo.

–Pues claro –parloteó el ordenador–, quieres una previsión de probabilidades basada en...

–Datos de Improbabilidad, sí.

–Muy bien –continuó el ordenador–, es una idea un tanto interesante. ¿Te das cuenta de que la vida de la mayoría de la gente está regida por números de teléfono?

Una expresión de sufrimiento se implantó en una de las caras de Zaphod y luego en la otra.

–¿Te has quedado bobo? –preguntó.

–No, pero tú sí te quedarás cuando te diga que...

Trillian se quedó sin aliento. Manipuló los botones de la pantalla del vuelo de Improbabilidad.

–¿Número de teléfono? –dijo–. ¿Ha dicho esa cosa *número de teléfono?*

Destellaron números en la pantalla.

El ordenador había hecho una educada pausa, pero ahora prosiguió:

–Lo que iba a decir es que...

–No te molestes, por favor –dijo Trillian.

–Oye, pero ¿qué es esto? –preguntó Zaphod.

–No lo sé –respondió Trillian–, pero esos dos extraños... vienen de camino al puente con ese detestable robot. ¿Los vemos por un monitor de imagen?

13

Marvin caminaba pesadamente por el pasillo, sin dejar de lamentarse.

–... y luego, claro, tengo este horrible dolor en todos los diodos del lado izquierdo...

–¡No! –repuso Arthur en tono tétrico, caminando a su lado–. ¿De veras?

–Sí, de veras –prosiguió Marvin–. He pedido que me los cambien, pero nadie me hace caso.

–Me lo figuro.

Ford emitía vagos silbidos y canturreos, sin dejar de repetirse a sí mismo:

–Vaya, vaya, vaya, Zaphod Beeblebrox...

Marvin se detuvo de pronto y alzó una mano.

–Ya sabes lo que ha pasado, ¿verdad?

–No, ¿qué? –dijo Arthur, que no quería saberlo.

–Hemos llegado a otra puerta de esas.

A un costado del pasillo había una puerta corredera. Marvin la miró con recelo.

–Bueno –dijo Ford, impaciente–, ¿pasamos?

–*¿Pasamos?* –le imitó Marvin– Sí, esta es la entrada al puente. Me han ordenado que os lleve allí. No me extrañaría que fuese la exigencia más elevada que puedan hacer en cuanto a capacidad intelectual.

Lentamente, con enorme desprecio, cruzó el umbral como un cazador que se acercara cautelosamente a su presa. La puerta se abrió de pronto.

–*Gracias* –dijo esta– *por hacer muy feliz a una sencilla puerta.*

En lo más profundo del tórax de Marvin rechinaron algunos mecanismos.

–Es curioso –entonó lúgubremente–; cuando crees que la vida no puede ser más dura, empeora de repente.

Se agachó para pasar y dejó a Ford y a Arthur mirándose el uno al otro y encogiéndose de hombros. Al otro lado de la puerta, volvieron a oír la voz de Marvin.

–Supongo que querréis ver ahora a los extraños –dijo–. ¿Queréis que me siente en un rincón y me oxide, o solo que me caiga en pedazos aquí mismo?

–Sí, pero tráelos, ¿quieres, Marvin? –dijo otra voz.

Arthur miró a Ford y se sorprendió al verle reír.

–¿Qué...?

–Chsss –dijo Ford–, vamos adentro.

Cruzó el umbral y entró en el puente.

Arthur lo siguió nervioso, y se sorprendió al ver a un hombre reclinado en un sillón con los pies sobre una consola de mandos y hurgándose los dientes de la cabeza derecha con la mano izquierda. La cabeza derecha parecía enteramente enfrascada en la tarea, pero la izquierda sonreía con una mueca amplia, tranquila e indiferente. La serie de cosas que Arthur no podía creer que estaba viendo era grande. Se le aflojó la mandíbula y se quedó con la boca abierta durante un rato.

Aquel hombre extraño saludó a Ford con un gesto perezoso y, con una sorprendente afectación de indiferencia, dijo:

–¿Qué hay, Ford, cómo estás? Me alegro de que pudieras colarte.

A Ford no iban a ganarle en aplomo.

–Me alegro de verte, Zaphod –dijo, arrastrando las palabras–. Tienes buen aspecto, y el brazo extra te sienta bien. Has robado una bonita nave.

Arthur lo miraba con los ojos en blanco.

–¿Es que conoces a ese tipo? –le preguntó aturdido, señalando a Zaphod.

–¡Que si lo conozco! –exclamó Ford–. Es...

Hizo una pausa y decidió hacer las presentaciones al revés.

–¡Ah, Zaphod!, este es un amigo mío, Arthur Dent. Lo salvé cuando su planeta saltó por los aires.

–Muy bien –dijo Zaphod–. ¿Qué hay, Arthur? Me alegro de que te salvaras.

Su cabeza derecha se volvió con indiferencia, dijo: «¿Qué hay?», y siguió con la tarea de que le limpiaran los dientes.

–Arthur –continuó Ford–, este es un medio primo mío, Zaphod Bee...

–Nos conocemos –dijo Arthur en tono brusco.

Cuando uno va por la carretera por el carril de la izquierda y pasa perezosamente a unos cuantos coches veloces sintiéndose muy contento consigo mismo, y entonces, por accidente, cambia uno de cuarta a primera en vez de a tercera, haciendo que el motor salte por la capota armando un lío bastante desagradable, se suele perder la serenidad casi de la misma manera en que Ford Prefect la perdió al oír semejante afirmación.

–Hmmm..., ¿qué? –dijo.

–He dicho que nos conocemos.

Zaphod sufrió una brusca sacudida de sorpresa y se pinchó una encía.

–Oye..., hmmm, ¿nos conocemos? Oye..., hmmm...

Ford miró a Arthur con un destello de ira en los ojos. Ahora que sentía terreno familiar bajo sus plantas, empezó a lamentar de pronto el haber cargado con aquel primitivo ignorante que sabía tanto de los asuntos de la Galaxia como un mosquito de Ilford de la vida en Pekín.

–¿Qué quieres decir con que os conocéis? –inquirió–. Este es Zaphod Beeblebrox, de Betelgeuse Cinco, ¿te enteras?, y no un imbécil Martin Smith, de Croydon.

–Me trae sin cuidado –dijo Arthur en tono frío–. Nos conocemos, ¿verdad, Zaphod Beeblebrox?, ¿o debería decir... Phil?

–¡Cómo! –gritó Ford.

–Tendrás que recordármelo –dijo Zaphod–. Tengo una memoria horrible para las especies.

–Fue en una fiesta –prosiguió Arthur.

–¿Sí?, pues lo dudo –repuso Zaphod.

–¡Déjalo ya, Arthur! –le ordenó Ford.

Pero Arthur no se desanimó.

–En una fiesta, hace seis meses. En la Tierra..., Inglaterra...

Zaphod meneó la cabeza, sonriendo con los labios apretados.

–En Londres –continuó Arthur–, en Islington.

–¡Ah! –dijo Zaphod, sintiéndose culpable y dando un respingo–, *esa* fiesta.

Aquello no le sonaba nada bien a Ford. Miró una y otra vez a Arthur y a Zaphod.

–¿Cómo? –le dijo a Zaphod–. ¿No querrás decir que has estado en ese desgraciado planetilla, igual que yo?

–No, claro que no –replicó animadamente Zaphod–. Quizás me haya dejado caer brevemente por allí, ya sabes, de camino a alguna parte...

–¡Pero yo me quedé quince años atascado allí!

–Pues te aseguro que yo no lo sabía.

–Pero ¿qué fuiste a hacer allí?

–A dar una vuelta, ya sabes.

–Se coló en una fiesta –dijo Arthur, temblando de ira–, en una fiesta de disfraces...

–Eso tenía que ser, ¿verdad? –apuntó Ford.

–En esa fiesta –insistió Arthur– había una chica..., pero bueno, eso ya no tiene importancia. De cualquier modo, todo se ha esfumado...

–Me gustaría que dejaras de lamentarte por ese condenado planeta –dijo Ford–. ¿Quién era esa chica?

–Pues una chica. Está bien, de acuerdo, no me fue muy bien con ella. Estuve intentándolo toda la tarde. ¡Es que era algo serio! Guapa, encantadora, de una inteligencia apabullante...; al fin conseguí acapararla un poco y le estaba dando conversación cuando apareció este amigo tuyo diciendo: *Hola, encanto, ¿te está aburriendo este tipo? Entonces, ¿por qué no hablas conmigo? Soy de otro planeta.* No volví a verla más.

–¡Zaphod! –exclamó Ford.

–Sí –dijo Arthur, lanzándole una mirada iracunda y tratando de no sentirse ridículo–. Solo tenía dos brazos y una cabeza, y se hacía llamar Phil, pero...

–Pero debes admitir que realmente era de otro planeta –dijo Trillian, dejándose ver al otro extremo del puente.

Dedicó a Arthur una agradable sonrisa que le cayó como una tonelada de ladrillos, y luego volvió a atender a los mandos de la nave.

Hubo unos segundos de silencio, y luego, del confuso revoltijo que había en la mente de Arthur, salieron unas palabras.

–¡Tricia McMillan! –dijo–. ¿Qué estás haciendo aquí?

–Lo mismo que tú –respondió ella–. Me han recogido. Al fin y al cabo, ¿qué otra cosa podía hacer con una licenciatura en Matemáticas y otra en Astrofísica? Era esto, o volver los lunes a la cola del subsidio de paro.

–Infinito menos uno –parloteó el ordenador–, terminada la suma de Improbabilidad.

Zaphod lo miró; luego dirigió la vista a Ford, a Arthur y, finalmente, a Trillian.

–Trillian –dijo–, ¿va a ocurrir esta clase de cosas siempre que empleemos la Energía de la Improbabilidad?

–Me temo que es muy probable –respondió ella.

14

El *Corazón de Oro* prosiguió su viaje silencioso por la noche espacial, ahora con una energía convencional de fotones. Sus cuatro tripulantes se sentían incómodos sabiendo que no estaban reunidos por su propia voluntad ni por simple coincidencia, sino por una curiosa perversión de la física, como si las relaciones entre la gente estuvieran sujetas a las mismas leyes que regían la relación entre átomos y moléculas.

Cuando cayó la noche artificial de la nave, se sintieron contentos de retirarse a sus cabinas para tratar de ordenar sus ideas.

Trillian no podía dormir. Se sentó en un sofá y contempló una jaula pequeña que contenía sus únicos y últimos vínculos con la Tierra: dos ratones blancos que llevó consigo tras lograr el permiso de Zaphod. Esperaba no volver a ver más el planeta, pero se sintió inquieta al conocer las noticias de su destrucción. Le parecía remoto e irreal, y no hallaba medio de recordarlo. Observó a los ratones corriendo por la jaula y pisando furiosamente los pequeños peldaños de su rueda de plástico, hasta que ocuparon toda su atención. De pronto se estremeció y volvió al puente, a vigilar las lucecitas y cifras centelleantes que marcaban el avance de la nave a través del vacío. Tuvo deseos de saber qué era lo que estaba tratando de no pensar.

Zaphod no podía dormir. Él también deseaba saber qué era lo que él mismo no se permitía pensar. Hasta donde podía recordar, tenía una vaga e insistente sensación de no encontrarse allí. Durante la mayor parte del tiempo fue capaz de dejar a un lado semejante idea y no preocuparse por ella, pero había vuelto a surgir por la súbita e inexplicable llegada de Ford Prefect y Arthur Dent. En cierto modo, aquello parecía obedecer a un plan que no comprendía.

Ford no podía dormir. Estaba demasiado entusiasmado por encontrarse nuevamente en marcha. Habían terminado quince años de práctica reclusión, justo cuando estaba empezando a abandonar toda esperanza. Merodear con Zaphod durante una temporada prometía ser muy divertido, aunque había algo un tanto raro en su medio primo que no podía determinar. El hecho de haberse convertido en presidente de la Galaxia era francamente sorprendente, igual que la forma de dejar el cargo. ¿Obedecía aquello a algún motivo? Era inútil preguntárselo a Zaphod, pues él nunca parecía tener una razón para ninguno de sus actos: había convertido lo insondable en una forma artística. Abordaba todas las cosas de la vida con una mezcla de genio extraordinario y de ingenua incompetencia que con frecuencia resultaba difícil distinguir.

Arthur dormía: estaba tremendamente cansado.

Hubo un golpecito en la puerta de Zaphod. Se abrió.

–¿Zaphod...?

–¿Sí?

La figura de Trillian se destacó en el óvalo de luz.

–Creo que acabamos de encontrar lo que estabas buscando.

–¿Ah, sí?

Ford abandonó todo propósito de dormir. En un rincón de su cabina había un pequeño ordenador con pantalla y teclado. Se sentó ante él durante un rato con intención de redactar un artículo nuevo para la *Guía* sobre el tema de los vogones, pero no se le ocurrió nada bastante mordaz, así que desistió. Se envolvió en una túnica y se fue a dar un paseo hasta el puente.

Al entrar, se sorprendió al ver dos figuras, que parecían entusiasmadas, inclinadas sobre los instrumentos.

–¿Lo ves? La nave está a punto de entrar en órbita –decía Trillian–. Ahí hay un planeta. En las coordenadas exactas que tú habías previsto.

Zaphod oyó un ruido y alzó la vista.

–¡Ford! –susurró–. Ven acá y echa un vistazo a esto.

Ford se acercó y miró. Era una serie de cifras que titilaban en la pantalla.

–¿Reconoces esas coordenadas galácticas? –le preguntó Zaphod.

–No.

–Te daré una pista. ¡Ordenador!

–¡Hola, pandilla! –saludó con entusiasmo el ordenador–. Se está animando la tertulia, ¿verdad?

–Cierra el pico –le ordenó Zaphod– y muéstranos las pantallas.

Se apagó la luz del puente. Puntos luminosos recorrieron las consolas y reflejaron cuatro pares de ojos que miraban fijamente las pantallas del monitor exterior.

No se veía absolutamente nada en ellas.

–¿Lo reconoces? –susurró Zaphod.

Ford frunció el ceño.

–Pues no –dijo.

–¿Qué ves?

–Nada.

–¿Lo reconoces?

–Pero ¿de qué hablas?

–Estamos en la Nebulosa Cabeza de Caballo. Una vasta nube negra.

–¿Y querías que la reconociese en una pantalla en blanco?

–El interior de una nebulosa negra es el único sitio de la Galaxia donde puede verse una pantalla negra.

–Muy bueno.

Zaphod se echó a reír. Era evidente que estaba muy entusiasmado por algo, casi de manera infantil.

–¡Eh, esto pasa de castaño oscuro, es verdaderamente extraordinario!

–¿Qué tiene de maravilloso el estar atascados en una nube de polvo? –preguntó Ford.

–¿Qué te figuras que se puede encontrar aquí? –le insistió Zaphod.

–Nada.

–¿Ni estrellas? ¿Ni planetas?

–No.

–¡Ordenador! –gritó Zaphod–. ¡Gira el ángulo de visión uno-ochenta grados y no digas nada!

Durante un momento pareció que no pasaba nada, luego apareció un punto luminoso y brillante en el extremo de la enorme pantalla. La atravesó una estrella roja del tamaño de una bandeja pequeña, seguida velozmente por otra: un sistema binario. Entonces, una enorme luna creciente se dibujó en una esquina de la imagen: un resplandor rojo que se iba fundiendo en negro, el lado del planeta donde era de noche.

–¡Lo encontré! –gritó Zaphod, dando un puñetazo en la consola–. ¡Lo encontré!

Ford lo miró fijamente, asombrado.

–¿El qué? –preguntó.

–Ese... –dijo Zaphod–, es el planeta más increíble que jamás existió.

15

(Cita de la *Guía del autoestopista galáctico,* página 634784, sección 5.ª, artículo: *Magrathea)*

Hace mucho, entre la niebla de los tiempos pasados, durante los grandes y gloriosos días del antiguo Imperio Galáctico, la vida era turbulenta, rica y ampliamente libre de impuestos. Naves poderosas trenzaban su camino entre soles exóticos, buscando aventuras y recompensas por las partes más recónditas del espacio galáctico. En aquella época, los espíritus eran valientes, los premios eran altos, los hombres eran hombres de verdad, las mujeres eran mujeres de verdad, y las pequeñas criaturas peludas de Alfa Centauro eran verdaderas pequeñas criaturas peludas de Alfa Centauro. Y todos se atrevían a enfrentarse con terrores desconocidos, a realizar hazañas importantes, a dividir audazmente infinitivos que nadie había dividido antes; y así fue como se forjó el Imperio.

Desde luego, muchos hombres se hicieron sumamente ricos, pero eso era algo natural de lo que no había que avergonzarse, porque nadie era verdaderamente pobre, al menos nadie que valiera la pena mencionar. Y para todos los mercaderes más ricos y prósperos, la vida se hizo bastante aburrida y mezquina y empezaron a imaginar que, en consecuencia, la culpa era de los mundos en que se habían establecido; ninguno de ellos era plenamente satisfactorio: o el clima no era lo bastante adecuado en la última parte de la tarde, o el día duraba media hora de más, o el mar tenía precisamente el matiz rosa incorrecto.

Y así se crearon las condiciones para una nueva y asombrosa industria especializada: la construcción por encargo de planetas de lujo. La sede de tal industria era el planeta Magrathea, donde ingenieros hiperespaciales aspiraban materia por agujeros blancos del espacio para convertirla en planetas soñados: planetas de oro, planetas de pla-

tino, planetas de goma blanda con muchos terremotos; todos encantadoramente construidos para que cumplieran con las normas exactas que los hombres más ricos de la Galaxia esperaban.

Pero tanto éxito tuvo esa aventura, que Magrathea pronto llegó a ser el planeta más rico de todos los tiempos y el resto de la Galaxia quedó reducido a la pobreza más abyecta. Y así se quebró la organización social, se derrumbó el Imperio y un largo y lóbrego silencio cayó sobre mil millones de mundos hambrientos, únicamente turbado por el garabateo de las plumas de los eruditos mientras trabajaban hasta entrada la noche en pulcros tratados sobre el valor de la planificación en la política económica.

Magrathea desapareció, y su recuerdo pronto pasó a la oscuridad de la leyenda.

En estos tiempos ilustrados, por supuesto que nadie cree una palabra de ello.

16

Arthur se despertó por el ruido de la discusión y se dirigió al puente. Ford estaba agitando los brazos.

–Estás loco, Zaphod –decía–. Magrathea es un mito, un cuento de hadas, es lo que los padres cuentan por la noche a sus hijos si quieren que sean economistas cuando crezcan, es...

–Y en su órbita es donde estamos en estos momentos –insistió Zaphod.

–Escucha, no sé dónde estarás tú en órbita, personalmente, pero esta nave...

–¡Ordenador! –gritó Zaphod.

–¡Oh, no!

–¡Hola, chicos! Soy Eddie, vuestro ordenador de a bordo, me siento muy animado y sé que me lo voy a pasar muy bien con cualquier programa que penséis encomendarme.

Arthur miró inquisitivamente a Trillian, que le hizo señas de que se acercara, pero que permaneciera callado.

–Ordenador –dijo Zaphod–, vuelve a indicarnos nuestra trayectoria actual.

–Será un auténtico placer, compadre –farfulló–. En estos momentos nos encontramos en órbita a una altitud de cuatrocientos cincuenta kilómetros en torno al legendario planeta Magrathea.

–Eso no demuestra nada –arguyó Ford–. No me fiaría de este ordenador ni para saber lo que peso.

–Claro que podría decírtelo –dijo el ordenador, entusiasmado, marcando más cinta de teleimpresor–. Incluso podría averiguar qué problemas de personalidad tienes hasta diez puntos decimales, si eso te sirviera de algo.

–Zaphod –dijo Trillian, interrumpiendo al ordenador–, en cualquier momento pasaremos a la parte de ese planeta en que es de día..., sea el que sea.

–Oye, ¿qué quieres decir con eso? El planeta está donde yo dije que estaría, ¿no es así?

–Sí, sé que ahí hay un planeta. Yo no discuto cuál sea, solo que no distinguiría a Magrathea de cualquier otro pedazo de roca inerte. Está amaneciendo, si es que necesitas luz.

–De acuerdo, de acuerdo –murmuró Zaphod–, que por lo menos se regocijen nuestros ojos. ¡Ordenador!

–¡Hola, chicos! ¿Qué puedo hacer...?

–Limítate a cerrar el pico y vuelve a darnos una panorámica del planeta.

Las pantallas se llenaron de nuevo con una masa informe y oscura: el planeta giraba bajo ellos.

Durante un momento lo observaron en silencio, pero Zaphod estaba impaciente y nervioso.

–Estamos cruzando el lado de la noche... –dijo con un murmullo.

El planeta seguía girando.

–Tenemos la superficie del planeta a cuatrocientos cincuenta kilómetros debajo de nosotros... –prosiguió Zaphod.

Trataba de crear la sensación de que se hallaban ante un acontecimiento, ante lo que él creía que era un gran momento. ¡Magrathea! Estaba resentido por la reacción escéptica de Ford. ¡Magrathea!

–Dentro de unos segundos –continuó–, lo veremos... ¡Allí!

El acontecimiento se produjo por sí solo. Incluso el más avezado vagabundo de las estrellas no podía menos que estremecerse ante la visión espectacular de una aurora del espacio, pero una aurora binaria es una de las maravillas de la Galaxia.

Un súbito punto de luz cegadora atravesó la extrema oscuridad. Aumentó gradualmente y se extendió de lado formando un aspa fina y creciente; al cabo de unos segundos se vieron dos soles, dos hornos de luz que tostaron con fuego blanco la línea del horizonte. Bajo ellos, fieras lanzas de color surcaron la fina atmósfera.

–¡Los fuegos de la aurora! –jadeó Zaphod–. ¡Los soles gemelos de Soulianis y Rahm...!

–O cualquier otra cosa –apostilló Ford en voz baja.

–¡Soulianis y Rahm! –insistió Zaphod.

Los soles resplandecieron en la bóveda del espacio y una música sorda y lúgubre flotó por el puente: Marvin canturreaba irónicamente porque odiaba mucho a los humanos.

Ford sintió una emoción profunda al contemplar el espectáculo luminoso, pero no era más que el entusiasmo de hallarse ante un planeta nuevo y extraño; le bastaba con verlo tal cual era. Le molestaba un poco que Zaphod hubiera impuesto en la escena una fantasía ridícula para sacarle partido. Todo eso de Magrathea eran camelos para niños. ¿Es que no bastaba ver la belleza de un jardín, sin tener que creer por ello que estaba habitado por las hadas?

A Arthur le parecía incomprensible todo eso de Magrathea. Se acercó a Trillian y le preguntó lo que pasaba.

–Yo solo sé lo que me ha dicho Zaphod –susurró Trillian–. Al parecer, Magrathea es una especie de leyenda antigua en la que nadie cree verdaderamente. Es algo parecido a la Atlántida de la Tierra, salvo que los magratheanos construían planetas.

Arthur miró las pantallas y parpadeó con la sensación de que echaba de menos algo importante. De pronto comprendió lo que era.

–¿Hay té en esta nave? –preguntó.

Más partes del planeta se desplegaban a sus ojos a medida que el *Corazón de Oro* proseguía su órbita. Los soles se elevaban ahora en el cielo negro, había acabado la pirotecnia de la aurora y la superficie del planeta parecía yerma y ominosa a la ordinaria luz del día; era gris, polvorienta y de contornos vagos. Parecía muerta y fría como una cripta. De cuando en cuando surgían rasgos prometedores en el horizonte lejano: barrancas, quizás montañas o incluso ciudades. Pero a medida que se aproximaban, las líneas se suavizaban desvaneciéndose en el anonimato, y nada dejaban traslucir. La superficie del planeta estaba empañada por el tiempo, por el leve movimiento del tenue aire estancado que la había envuelto a lo largo de los siglos.

No cabía duda de que era viejísimo.

Un momento de incertidumbre asaltó a Ford mientras veía moverse bajo ellos el paisaje gris. Le inquietaba la inmensidad del tiempo, podía sentirlo como una presencia. Carraspeó.

–Bueno, y aun suponiendo que sea...

–Lo es –le interrumpió Zaphod.

–... que no lo es –prosiguió Ford–, ¿qué quieres hacer en él, de todos modos? Ahí no hay nada.

–En la superficie, no –dijo Zaphod.

–Muy bien, supongamos que hay algo. Me figuro que no estarás aquí solo por su arqueología industrial. ¿Qué es lo que buscas?

Una de las cabezas de Zaphod miró a un lado. La otra giró en la misma dirección para ver qué estaba mirando la primera, pero esta no miraba nada en particular.

–Pues he venido en parte por curiosidad –dijo Zaphod en tono frívolo–, y en parte por sed de aventuras, pero principalmente creo que por fama y dinero...

Ford le lanzó una mirada virulenta. Le daba la muy sólida impresión de que Zaphod no tenía la más mínima idea de por qué había ido allí.

–¿Sabes una cosa? –dijo Trillian, estremeciéndose–, no me gusta nada el aspecto del planeta.

–¡Bah! No hagas caso –le aconsejó Zaphod–. Con toda la riqueza del antiguo Imperio Galáctico escondida en alguna parte, puede permitirse esa apariencia desaliñada.

Tonterías, pensó Ford. Aun suponiendo que fuese la sede de alguna civilización antigua ya convertida en polvo, y dando por sentadas una serie de cosas sumamente improbables, era imposible que allí se guardasen grandes tesoros y riquezas en cualquier forma que siguiera teniendo valor. Se encogió de hombros.

–Creo que es un planeta muerto –dijo.

En la actualidad, la fatiga y la tensión nerviosa constituyen serios problemas sociales en todas las partes de la Galaxia, y para que tal situación no se agrave es por lo que se revelarán de antemano los hechos siguientes:

El planeta en cuestión es efectivamente el legendario Magrathea.

El mortífero ataque con proyectiles teledirigidos que iba a desencadenarse a continuación por un antiguo dispositivo automático de defensa, se resolverá simplemente en la ruptura de tres tazas de café y de una jaula de ratones, en ciertas magulladuras de alguien en el antebrazo, en la intempestiva creación y súbito fallecimiento de un tiesto de petunias y de una ballena inocente.

Con el fin de preservar cierta sensación de misterio, aún no se harán revelaciones concernientes a la persona que sufrió magulladuras en el antebrazo. Este hecho puede convertirse con toda seguridad en tema de *suspense* porque no tiene importancia alguna.

17

Tras comenzar el día de manera bastante agitada, Arthur empezaba a reunir los fragmentos en que había quedado reducida su mente tras las conmociones de la jornada anterior. Encontró una máquina Nutrimática que le proveyó de una taza de plástico llena de un líquido que era casi, pero no del todo, enteramente diferente del té. La manera como funcionaba era muy interesante. Cuando se apretaba el botón de «Bebida», la máquina hacía un reconocimiento rápido, pero muy detallado, de los gustos del sujeto, para luego realizar un análisis espectroscópico de su metabolismo y enviar tenues señales experimentales a las zonas neurálgicas de los centros del gusto del cerebro con el fin de averiguar lo que era de su agrado. Sin embargo, nadie sabía exactamente por qué lo hacía, porque de modo invariable siempre suministraba una taza de líquido que era casi, pero no del todo, enteramente distinto del té. La Nutrimática se proyectó y fabricó en la Compañía Cibernética Sirius, cuyo departamento de reclamaciones ocupa en estos momentos todas las grandes áreas de tierra más importantes del sistema estelar de Sirius Tau.

Arthur bebió el líquido y lo encontró tonificante. Volvió a mirar las pantallas y vio pasar otros centenares de kilómetros de yermos grises. De pronto se le ocurrió hacer una pregunta que le estaba preocupando:

–¿No hay peligro?

–Magrathea está muerto desde hace cinco millones de años –dijo Zaphod–. Claro que no hay peligro. A estas alturas, incluso los fantasmas deben haber sentado la cabeza y tendrán familia.

En ese momento, un sonido extraño e inexplicable retembló por el puente: un ruido de fanfarria lejana, un rumor sordo, agudo, inmaterial. Precedió a una voz igualmente sorda, aguda e inmaterial.

–Se os saluda... –dijo la voz.

Les hablaba alguien del planeta muerto.

–¡Ordenador! –gritó Zaphod.

–¡Hola, chicos!

–¿Qué fotón es ese?

–Pues no es más que una cinta de unos cinco millones de años que han puesto para nosotros.

–¿Cómo? ¿Una grabación?

–¡Chsss! –dijo Ford–. Sigue hablando.

La voz era vieja, cortés, casi encantadora, pero tenía un inequívoco matiz de amenaza.

–Este es un aviso grabado –dijo–, *pues me temo que en este momento no existamos ninguno de nosotros. El Consejo comercial de Magrathea os agradece vuestra estimada visita...*

–¡Una voz del antiguo Magrathea! –gritó Zaphod.

–Muy bien, muy bien –dijo Ford.

–... pero lamenta –prosiguió la voz– *que el planeta esté temporalmente retirado de los negocios. Gracias. Si tenéis la bondad de dejar vuestro nombre y la dirección de un planeta donde se os pueda localizar, decidlo cuando oigáis la señal.*

Siguió un breve zumbido; luego, silencio.

–Quieren librarse de nosotros –dijo nerviosamente Trillian–. ¿Qué hacemos?

–No es más que una grabación –dijo Zaphod–. Seguimos adelante. ¿Entendido, ordenador?

–Entendido –contestó el ordenador, dando a la nave un empuje veloz.

Esperaron.

Al cabo de un segundo más o menos, volvieron a oír la fanfarria, y luego la voz:

–Nos complace comunicaros que tan pronto como reanudemos el trabajo, anunciaremos en todas las revistas de moda y suplementos en color cuándo podrán nuestros clientes volver a elegir entre todo lo mejor de nuestra geografía contemporánea. –La amenaza que había en la voz adoptó un matiz más cortante–. *Entretanto, agradecemos a nuestros clientes su amable interés, pidiéndoles que se marchen. Ahora mismo.*

Arthur volvió la cabeza para mirar las caras nerviosas de sus compañeros.

–Bueno, entonces creo que será mejor que nos vayamos, ¿no?

–¡Chsss! –dijo Zaphod–. No hay absolutamente nada que temer.

–Entonces, ¿por qué está todo el mundo tan nervioso?

–¡Solo están interesados! –gritó Zaphod–. ¡Ordenador!, inicia un descenso en la atmósfera y prepárate para aterrizar.

Esta vez, la fanfarria era bastante rutinaria y la voz claramente fría.

–Resulta muy grato –dijo– *que vuestro entusiasmo por nuestro planeta permanezca intacto, por lo que nos gustaría comunicaros que los proyectiles teledirigidos que en estos momentos apuntan a vuestra nave forman parte de un servicio especial que aplicamos a nuestros clientes más entusiastas, y que las ojivas nucleares de que todos están provistos no son, por supuesto, más que un detalle de cortesía. Esperamos que sigáis siendo nuestros clientes en las vidas futuras... Gracias.*

La voz se interrumpió bruscamente.

–¡Oh! –dijo Trillian.

–Hmm –dijo Arthur.

–¿Y bien? –dijo Ford.

–Pero ¿es que no os entra en la cabeza? –dijo Zaphod–. No es más que un mensaje grabado. De hace millones de años. A nosotros no nos concierne, ¿entendido?

–¿Qué me dices de los proyectiles teledirigidos? –preguntó tranquilamente Trillian.

–¿Proyectiles? No me hagas reír.

Ford dio un golpecito a Zaphod en el hombro y señaló la pantalla trasera. Detrás de ellos, en la lejanía, dos dardos plateados ascendían por la atmósfera hacia la nave. Una rápida ampliación de imagen los enfocó claramente: dos cohetes macizos y auténticos que surcaban el cielo como un trueno. La rapidez de su aparición era pasmosa.

–Me parece que van a hacer lo posible para que nos concierna –dijo Ford.

Zaphod los miraba fijamente, asombrado.

–¡Oye, esto es tremendo! –exclamó–. ¡Ahí abajo hay alguien que quiere matarnos!

–Tremendo –repitió Arthur.

–Pero ¿no comprendes lo que eso significa?

–Sí. Vamos a morir.

–Sí, pero aparte de eso.

–¿*Aparte* de qué?

–¡Significa que debemos haber encontrado algo!

–¿Y cuándo podemos dejarlo?

Segundo a segundo, la imagen de los proyectiles crecía en la pantalla. Ya habían virado y se dirigían en línea recta a su objetivo, de manera que lo único que ahora veían de ellos eran las ojivas nucleares, con la cabeza por delante.

–Tengo curiosidad –dijo Trillian– por saber qué vamos a hacer.

–Mantenernos tranquilos –le contestó Zaphod.

–¿Eso es todo? –gritó Arthur.

–No, también vamos a... hmm..., ¡a realizar una operación evasiva! –dijo Zaphod con un repentino acceso de pánico–. ¡Ordenador! ¿Qué operación evasiva podemos realizar?

–Hmm, me temo que ninguna, muchachos –dijo el ordenador.

–... o algo así..., hmm... –dijo Zaphod.

–Parece que hay algo que entorpece mis circuitos de dirección –explicó animadamente el ordenador–. Recibiremos el impacto a menos cuarenta y cinco segundos. Por favor, llamadme Eddie, si eso os ayuda a tranquilizaros.

Zaphod trató de correr en varias direcciones igualmente decisivas al mismo tiempo.

–¡Muy bien! –dijo–. Hmm..., tenemos que hacernos con el control manual de la nave.

–¿Sabes manejarla? –le preguntó Ford en tono agradable.

–No, ¿y tú?

–No.

–¿Sabes tú, Trillian?

–No.

–Estupendo –dijo Zaphod, tranquilizándose–. Lo haremos juntos.

–Yo tampoco sé –dijo Arthur, que pensaba que ya era hora de afirmarse.

–Me lo figuraba –dijo Zaphod–. Muy bien; ordenador, quiero pleno control manual de la nave.

–Ya lo tienes –dijo el ordenador.

Se abrieron unos anchos pupitres llenos de paneles y de ellos surgieron filas de consolas de mando, lanzando sobre los tripulantes una lluvia de trozos de la envoltura de poliestireno dilatado y bolas de celofán arrugado: los controles nunca se habían utilizado antes.

Zaphod los miró con ojos frenéticos.

–Muy bien, Ford –dijo–, dale todo hacia atrás y diez grados a estribor. O algo así...

–Buena suerte, chicos –gorjeó el ordenador–, impacto a menos treinta segundos...

Ford se precipitó de un salto ante los controles; solo unos cuantos le decían algo, así que los manipuló. La nave se estremeció y crujió mientras sus cohetes de propulsión a chorro intentaban ir en todas direcciones al mismo tiempo. Soltó la mitad y la nave viró en un estrecho arco volviendo por donde había venido, directamente hacia los proyectiles que se acercaban.

Balones de aire almohadillaron las paredes en el preciso instante en que todos se vieron arrojados contra ellas. Durante unos segundos, la fuerza de la inercia los aplastó, dejándolos jadeantes, incapaces de moverse. Zaphod luchó por liberarse con furiosa desesperación, y finalmente logró asestar una patada brutal a una palanca pequeña que formaba parte del circuito de dirección.

La palanca se rompió. La nave giró bruscamente y salió disparada hacia arriba. Los tripulantes se desperdigaron violentamente por la cabina. El ejemplar de Ford de la *Guía del autoestopista galáctico* chocó contra otra sección de la consola de mandos, con el doble resultado de que la guía empezó a explicar a cualquiera que quisiese oírla la mejor forma de sacar de Antares glándulas de periquitos antareanos de contrabando (una glándula de periquito ensartada en un palillo es una exquisitez escandalosa pero muy solicitada después de un cóctel, y con frecuencia las adquieren por fuertes sumas de dinero unos idiotas riquísimos que quieren impresionar a otros idiotas riquísimos), y de pronto cayó la nave del cielo como una piedra.

Desde luego, fue más o menos en ese momento cuando uno de los tripulantes sufrió una magulladura desagradable en el brazo. Esto debe hacerse notar porque, como ya se ha dicho, por lo demás escaparon completamente ilesos, y los mortíferos proyectiles nucleares no llegaron a alcanzar la nave. La seguridad de la tripulación queda absolutamente asegurada.

–Impacto a menos veinte segundos, chicos... –dijo el ordenador.

–¡Entonces vuelve a conectar los puñeteros motores! –gritó Zaphod a voz en cuello.

–Pues claro, muchachos –dijo el ordenador. Con un tenue rugido los motores volvieron a encenderse, la nave dejó de caer, se enderezó suavemente y se dirigió otra vez hacia los proyectiles.

El ordenador empezó a cantar.

–*Cuando camines bajo la tormenta...* –gimoteó con voz nasal–, *lleva la cabeza alta...*

Zaphod le gritó que cerrara el pico, pero su voz se perdió en el estruendo de su inminente destrucción, que con toda razón consideraban inevitable.

–*Y no... tengas miedo... de la oscuridad* –canturreó Eddie con voz lastimera.

Al enderezarse, la nave quedó al revés, y como estaban tumbados en el techo, a sus tripulantes les resultaba totalmente imposible manipular los circuitos de dirección.

–*Al final de la tormenta...* –cantó Eddie con voz suave.

Los dos proyectiles llenaron las pantallas al acercarse estruendosamente hacia la nave.

–*... hay un cielo dorado...*

Pero por una suerte extraordinaria aún no habían modificado del todo su trayectoria de acuerdo con los caprichosos virajes de la nave, y pasaron justo por debajo de ella.

–*Y la dulce canción plateada de la alondra...* Impacto revisado dentro de quince segundos, tíos... *Camina contra el viento...*

Los proyectiles chirriaron al virar en redondo y proseguir su persecución.

–Ya está –dijo Arthur al verlos–. Ahora sí que vamos a morir, ¿verdad?

–¡Ojalá dejaras de decir eso! –gritó Ford.

–Pero vamos a morir, ¿no?

–Sí.

–Camina bajo la lluvia... –cantó Eddie.

A Arthur se le ocurrió una idea. Se puso en pie a duras penas.

–¿Por qué no conecta alguien eso de la Energía de la Improbabilidad? –dijo–. Tal vez podamos alcanzarla.

–¿Te has vuelto loco? –dijo Zaphod–. Sin una programación adecuada podría pasar cualquier cosa.

–¡Y qué importa eso a estas alturas! –gritó Arthur.

–Aunque tus sueños se pierdan y se desvanezcan...

Arthur logró salir de una de las molduras provocativamente regordetas de la pared curva, por el ángulo del techo.

–Camina, camina, con el corazón lleno de esperanza...

–¿Sabe alguien por qué no puede Arthur conectar la Energía de la Improbabilidad? –gritó Trillian.

–Y no caminarás solo... Impacto a menos cinco segundos; ha sido estupendo conoceros, chicos, que Dios os bendiga... *Nun... ca... caminarás... solo.*

–¡He dicho –gritó Trillian– que si alguien sabe...!

Lo que ocurrió a continuación fue una espantosa explosión de luz y sonido.

18

Y lo que ocurrió a continuación fue que el *Corazón de Oro* siguió su ruta con absoluta normalidad y algunas modificaciones bastante atractivas en su interior. Era un poco más amplia, y acabada con unos delicados matices de verde y azul pastel. En el medio, entre un follaje de helechos y flores amarillas, se alzaba una escalera de caracol, y junto a ella había un pedestal de piedra que albergaba la terminal del ordenador principal. Luces y espejos hábilmente desplegados creaban la ilusión de estar en un invernadero que daba a una amplia extensión de jardines cuidados con esmero exquisito. En torno a la zona periférica del invernadero había mesas con tablero de mármol y patas de hierro forjado de bello e intrincado dibujo. Cuando se miraba la superficie reluciente del mármol, se veía la vaga forma de los instrumentos; y cuando se pasaba la mano por encima, los aparatos se materializaban al instante. Si se los miraba desde la posición adecuada, los espejos parecían reflejar todos los datos precisos, aunque no estaba nada claro de dónde provenían. Efectivamente, era muy bonito.

Acomodado en un sillón de mimbre, Zaphod Beeblebrox dijo:

–¿Qué demonios ha pasado?

–Pues yo acabo de decir –dijo Arthur, que reposaba junto a un estanque pequeño lleno de peces– que ahí hay un interruptor de esa Energía de la Improbabilidad...

Señaló a donde estaba antes. Ahora había un tiesto con una planta.

–Pero ¿dónde estamos? –dijo Ford, que estaba sentado en la escalera de caracol, con un detonador gargárico pangaláctico bien frío en la mano.

–Exactamente donde estábamos, creo... –dijo Trillian, mientras los espejos les mostraban súbitamente una imagen del marchito paisaje de Magrathea, que seguía pasando velozmente bajo ellos.

Zaphod se puso en pie de un salto.

–Entonces, ¿qué ha pasado con los proyectiles atómicos? –preguntó.

En los espejos apareció una imagen nueva y pasmosa.

–Resultará –dijo Ford en tono de duda– que se han convertido en un tiesto de petunias y en una ballena muy sorprendida...

–Con un Factor de Improbabilidad –terció Eddie, que no había cambiado en absoluto– de ocho millones setecientos sesenta y siete mil ciento veintiocho contra uno.

Zaphod miró fijamente a Arthur.

–¿Pensaste en eso, terrícola? –le preguntó.

–Pues yo, lo único que hice fue... –dijo Arthur.

–Fue una idea excelente, ¿sabes? Conectar durante un segundo la Energía de la Improbabilidad sin activar primero las pantallas aislantes. Oye, muchacho, nos has salvado la vida, ¿lo sabías?

–Pues, bueno –dijo Arthur–, en realidad no fue nada...

–¿De veras? –dijo Zaphod–. Muy bien, entonces olvídalo. Bueno, ordenador, llévanos a tierra.

–Pero...

–He dicho que lo olvides.

Otra cosa que se olvidó fue el hecho de que, contra toda probabilidad, se había creado una ballena a varios kilómetros por encima de la superficie de un planeta extraño.

Y como, naturalmente, esa no es una situación sostenible para una ballena, la pobre criatura inocente tuvo muy poco tiempo para acostumbrarse a su identidad de ballena antes de perderla para siempre.

Esta es una relación completa de sus pensamientos desde el instante en que comenzó su vida hasta el momento en que terminó.

«¡Ah...! ¿Qué pasa?

»Hmm, discúlpeme, ¿quién soy yo?

»¿Hola?

»¿Por qué estoy aquí? ¿Cuál es el objeto de mi vida?

»¿Qué quiere decir quién soy yo?

»Tranquila, cálmate ya... ¡Oh, qué sensación tan interesante! ¿Verdad? Es una especie de... bostezante, hormigueante sensación en mi... mi..., bueno, creo que será mejor empezar a poner nombre a las cosas si quiero abrirme paso en lo que, por mor de lo que llamaré un argumento, denominaré mundo, así que diremos en mi estómago.

»Bien. ¡Ooooh, esto marcha muy bien! Pero ¿qué es ese ruido grandísimo y silbante que me pasa por lo que de pronto voy a llamar la cabeza? Quizás lo pueda llamar... ¡viento! ¿Es un buen nombre? Servirá..., tal vez encuentre otro mejor más adelante, cuando averigüe para qué sirve. Debe de ser algo muy importante, porque desde luego parece haber muchísimo. ¡Eh! ¿Qué es eso? Eso..., llamémoslo cola; sí, cola. ¡Eh! Puedo sacudirla muy bien, ¿verdad? ¡Vaya! ¡Huy! ¡Qué magnífica sensación! No parece servir de mucho, pero ya descubriré más tarde lo que es. ¿Ya me he hecho alguna idea coherente de las cosas?

»No.

»No importa porque, oye, es tan emocionante tener tanto que descubrir, tanto que esperar, que casi me aturde la impaciencia.

»¿O el viento?

»¿Verdad que ahora hay muchísimo?

»¡Y de qué manera! ¡Eh! ¿Qué es eso que viene tan deprisa hacia mí? Muy deprisa. Tan grande, tan plano y redondo que necesita un gran nombre sonoro, como... sueno... ruedo... ¡suelo! ¡Eso es! Ese sí que es un buen nombre: ¡suelo!

»Me pregunto si se mostrará amistoso conmigo.»

Y el resto, tras un súbito golpe húmedo, fue silencio.

Curiosamente, lo único que pasó por la mente del tiesto de petunias mientras caía fue: «¡Oh, no! Otra vez, no.» Mucha gente ha imaginado que si supiéramos exactamente lo que pensó el tiesto de petunias, conoceríamos mucho más de la naturaleza del Universo de lo que sabemos ahora.

19

–¿Es que llevamos con nosotros a ese robot? –preguntó Ford, mirando con fastidio a Marvin, que estaba sentado en una postura difícil y encogida en el rincón, debajo de una palmera pequeña.

Zaphod apartó la vista de las pantallas de espejo, que ofrecían una vista panorámica del yermo paisaje en que acababa de aterrizar el *Corazón de Oro.*

–¡Ah! ¿El androide paranoico? –dijo–. Sí, lo llevamos con nosotros.

–¿Y qué vamos a hacer con un robot maníaco-depresivo?

–Tú crees que tienes problemas –dijo Marvin como si se dirigiese a un ataúd recién ocupado–, ¿qué harías si *fueses* un robot maníaco-depresivo? No, no te molestes en responderme, soy cincuenta mil veces más inteligente que tú, y ni siquiera yo sé la respuesta. Me da dolor de cabeza solo de ponerme a pensar a tu altura.

Trillian apareció bruscamente por la puerta de su cabina.

–¡Mi ratón blanco se ha escapado! –dijo.

Ninguna expresión de honda inquietud y preocupación llegó a surgir en ninguno de los dos rostros de Zaphod.

–Que se vaya a hacer gárgaras tu ratón blanco –dijo.

Trillian le lanzó una mirada fulminante y volvió a desaparecer.

Es muy posible que su observación hubiese recibido mayor atención si hubiera existido la conciencia general de que los seres humanos solo eran la tercera forma de vida más inteligente del planeta Tierra, en vez de (como solían considerarla los observadores más independientes) la segunda.

–Buenas tardes, muchachos.

La voz era extrañamente familiar, pero con un deje raro y diferente. Tenía un matiz matriarcal. Se oyó cuando los tripulantes de la nave llegaron a la escotilla del compartimento estanco por la que saldrían a la superficie del planeta.

Se miraron unos a otros, confusos.

–Es el ordenador –explicó Zaphod–. He descubierto que tenía otra personalidad de emergencia, y pensé que esta tal vez daría mejor resultado.

–Y ahora vais a pasar vuestro primer día en un planeta nuevo y extraño –prosiguió Eddie con su nueva voz–, así que quiero que os abriguéis bien y estéis calentitos, y que no juguéis con ningún monstruo travieso de ojos saltones.

Zaphod dio unos golpecitos de impaciencia en la escotilla.

–Lo siento –dijo–, creo que nos iría mejor con una regla de cálculo.

–¡Muy bien! –saltó el ordenador–. ¿Quién ha dicho eso?

–¿Quieres abrir la escotilla de salida, ordenador, por favor? –dijo Zaphod, tratando de no enfadarse.

–No lo haré hasta que aparezca quien ha dicho eso –insistió el ordenador cerrando con fuerza unas cuantas sinapsis.

–¡Santo Dios! –musitó Ford, desplomándose súbitamente contra un mamparo y empezando a contar hasta diez. Le desesperaba pensar que las formas conscientes de vida olvidaran los números algún día. Los seres humanos solo podían demostrar su independencia de los ordenadores si se ponían a contar.

–Vamos –dijo Eddie con firmeza.

–Ordenador... –empezó a decir Zaphod.

–Estoy esperando –le interrumpió Eddie–. Puedo esperar todo el día si es necesario...

–Ordenador... –volvió a decir Zaphod, que estuvo tratando de pensar en algún razonamiento sutil para hacer callar al ordenador, pero decidió que era mejor no competir con él en su propio terreno–, si no abres la escotilla de salida ahora mismo, desconectaré inmediatamente tus bancos de datos más importantes y volveré a programarte con bastantes recortes, ¿has entendido?

Eddie se sobresaltó, hizo una pausa y lo pensó.

Ford seguía contando en voz baja. Eso es lo más agresivo que puede hacerse a un ordenador, el equivalente de acercarse a un ser humano diciendo: *sangre... sangre... sangre... sangre...*

–Veo que todos vamos a tener que cuidar un poco nuestras relaciones –dijo finalmente Eddie en voz baja.

Y se abrió la escotilla.

Un viento helado se abalanzó sobre ellos; se abrigaron bien y bajaron por la rampa al yermo polvoriento de Magrathea.

–¡Todo esto acabará en llanto, lo sé! –gritó Eddie tras ellos, volviendo a cerrar la escotilla.

Pocos minutos después volvió a abrirla, en respuesta a una orden que le pilló enteramente por sorpresa.

20

Cinco figuras vagaban lentamente por el terreno marchito. Había zonas que eran de un gris apagado, y otras de castaño sin brillo; el resto era menos interesante visualmente. Parecía un marjal seco, ahora desprovisto de vegetación y cubierto con una capa de polvo de casi tres centímetros de espesor. Hacía mucho frío.

Era evidente que Zaphod se sentía bastante deprimido por todo aquello. Echó a andar por su cuenta y pronto se perdió de vista tras una suave elevación del terreno.

El viento le hacía daño a Arthur en los ojos y en los oídos; el tenue aire rancio se le agarraba a la garganta. No obstante, lo que más daño le hacía eran sus pensamientos.

–Es fantástico... –dijo, y su propia voz le retumbó en los oídos. El sonido no se transmitía bien en aquella atmósfera tenue.

–Si quieres mi opinión, es un agujero inmundo –dijo Ford–. Me divertiría más en una cama de gatos.

Sentía una irritación creciente. Entre todos los planetas de los sistemas estelares de toda la Galaxia, muchos de ellos salvajes y exóticos, desbordantes de vida, le había tocado aparecer en un montón de basura como aquel, después de quince años de naufragio. Ni siquiera un puesto de salchichas a la vista. Se agachó y recogió un frío terrón de tierra, pero debajo no había nada por lo que valiera la pena recorrer miles de años luz.

–No –insistió Arthur–, no lo entiendes; esta es la primera vez que pongo el pie en la superficie de otro planeta..., de un mundo enteramente extraño... ¡Lástima que haya tanta basura!

Trillian apretó los brazos contra el cuerpo, se estremeció y frunció el ceño. Habría jurado ver un movimiento leve e inesperado con el rabillo del ojo, pero cuando miró en aquella dirección, lo único que distinguió fue la nave, inmóvil y silenciosa, a unos cien metros detrás de ellos.

Unos segundos después sintió alivio al ver a Zaphod, de pie en lo alto del promontorio, haciéndoles señas para que se acercaran.

Parecía alborotado, pero no oían claramente lo que les decía por causa del viento y de la poca densidad de la atmósfera.

Al acercarse a la elevación del terreno, se dieron cuenta de que era circular: un cráter de unos ciento cincuenta metros de diámetro. Por fuera del cráter, la pendiente estaba salpicada de terrones rojos y negros. Se pararon a mirar uno. Estaba húmedo. Era como de goma.

Horrorizados, comprendieron de pronto que era carne fresca de ballena.

En la cima, al borde del cráter, se reunieron con Zaphod.

–Mirad –dijo este, señalando el cráter.

En el centro yacía el cadáver desgarrado de una ballena solitaria que no había vivido lo suficiente para estar descontenta con su suerte. El silencio solo se interrumpió por las contracciones involuntarias de la garganta de Trillian.

–Supongo que no tendrá sentido enterrarla –murmuró Arthur, que enseguida se arrepintió de sus palabras.

–Vamos –ordenó Zaphod, empezando a bajar por el cráter.

–¡Cómo! ¿Ahí abajo? –protestó Trillian con marcada aversión.

–Sí –dijo Zaphod–. Vamos, tengo que enseñaros algo.

–Ya lo vemos –dijo Trillian.

–Eso no –dijo Zaphod–; otra cosa. Venga.

Todos dudaron.

–Vamos –insistió Zaphod–. He descubierto un camino para entrar.

–¿Para *entrar?* –dijo Arthur, horrorizado.

–¡Al interior del planeta! Un pasaje subterráneo. Se abrió al chocar la ballena contra el suelo, y por ahí es por donde tenemos que ir. Por donde no ha pisado un ser humano durante estos cinco millones de años, hacia el mismo corazón del tiempo...

Marvin volvió a iniciar su canturreo irónico.

Zaphod le dio un puñetazo y se calló.

Con pequeños repeluznos de asco, siguieron todos a Zaphod por la pendiente del cráter, tratando con todas sus fuerzas de no mirar a su infortunada creadora.

–Se la odie o se la ignore –sentenció tristemente Marvin–, la vida no puede gustarle a nadie.

El terreno se ahondaba por donde había penetrado la ballena, revelando una red de galerías y pasadizos, obstruidos por cascotes y vísceras. Zaphod empezó a limpiar escombros para abrir un camino, pero Marvin logró hacerlo con mayor rapidez. Un aire húmedo emanó de sus cavidades oscuras, y cuando Zaphod encendió una linterna nada se vio entre las tinieblas polvorientas.

–Según la leyenda –dijo–, los magratheanos pasaban en el subsuelo la mayor parte de su vida.

–¿Y por qué? –inquirió Arthur–. ¿Es que la superficie estaba muy contaminada o había exceso de población?

–No, no lo creo –contestó Zaphod–. Creo que únicamente no les gustaba mucho.

–¿Estás seguro de que sabes lo que vas a hacer? –preguntó Trillian, atisbando nerviosamente en la oscuridad–. No sé si sabrás que ya nos han atacado una vez.

–Mira, niña, te prometo que la población viva de este planeta asciende a cero más nosotros cuatro, así que venga, entremos ahí. Hmm, oye, terrícola...

–Arthur –dijo Arthur.

–Sí, podrías quedarte con el robot y vigilar este extremo del pasaje, ¿de acuerdo?

–¿Vigilar? –dijo Arthur–. ¿De qué? Acabas de decir que aquí no hay nadie.

–Sí, bueno, solo por seguridad, ¿conforme? –dijo Zaphod.

–¿Por seguridad de quién? ¿Tuya o mía?

–Buen muchacho. Venga, vamos.

Zaphod entró a gatas por el pasadizo, seguido de Trillian y de Ford.

–Pues espero que lo paséis muy mal –se quejó Arthur.

–No te preocupes, así será –le aseguró Marvin.

Al cabo de unos segundos se perdieron de vista.

Arthur comenzó a pasear de mal humor, y luego decidió que el cementerio de una ballena no era un lugar muy adecuado para pasear.

Zaphod caminaba rápidamente por el pasadizo, muy nervioso, pero tratando de ocultarlo con pasos resueltos. Movió la linterna de un lado a otro. Las paredes estaban recubiertas con azulejos oscuros, fríos al tacto, y el aire era sofocante y podrido.

–Mirad, ¿qué os había dicho? Un planeta deshabitado. Magrathea –dijo, siguiendo entre la basura y los cascotes esparcidos por el suelo de baldosas.

Inevitablemente, Trillian recordó el metro de Londres, aunque era menos sórdido.

De cuando en cuando, los baldosines de la pared daban paso a amplios mosaicos: sencillos dibujos angulosos en colores brillantes. Trillian se detuvo a observar uno de ellos, pero no pudo descubrirle sentido alguno. Llamó a Zaphod.

–Oye, ¿tienes idea de qué son estos símbolos extraños?

–Creo que son símbolos extraños de alguna clase –contestó Zaphod, casi sin volver la vista.

Trillian se encogió de hombros y apretó el paso.

De vez en cuando, a la izquierda o a la derecha, había puertas que daban a habitaciones pequeñas, y Ford descubrió que estaban llenas de ordenadores abandonados. Entró con Zaphod para echar una mirada. Trillian los siguió.

–Mira –dijo Ford–, tú crees que esto es Magrathea...

–Sí –dijo Zaphod–, y hemos oído la voz, ¿no es así?

–Muy bien, admitiré el hecho de que esto sea Magrathea; de momento. Pero hasta ahora no has dicho nada de cómo lo has localizado en medio de la Galaxia. Con toda seguridad, no te limitaste a mirarlo en un atlas estelar.

–Investigué. En los archivos del Gobierno. Hice indagaciones y algunas conjeturas acertadas. Fue fácil.

–¿Y entonces robaste el *Corazón de Oro* para venir a buscarlo?

–Lo robé para buscar un montón de cosas.

–¿Un montón de cosas? –repitió Ford, sorprendido–. ¿Como cuáles?

–No lo sé.

–¿Cómo?

–No sé lo que estoy buscando.

–¿Por qué no?

–Porque..., porque..., porque si lo supiera, creo que no sería capaz de buscarlas.

–¡Pero qué dices! ¿Estás loco?

–Es una posibilidad que no he desechado –dijo Zaphod en voz baja–. De mí mismo solo sé lo que mi inteligencia puede averiguar bajo condiciones normales. Y las condiciones normales no son buenas.

Durante largo rato nadie dijo nada, mientras Ford miraba fijamente a Zaphod con un espíritu súbitamente plagado de preocupaciones.

–Escucha, viejo amigo, si quieres... –empezó a decir finalmente Ford.

–No, espera... Voy a decirte una cosa –le interrumpió Zaphod–. Llevo una vida muy espontánea. Se me ocurre la idea de hacer algo y, ¿por qué no?, la hago. Pienso en ser presidente de la Galaxia, y resulta fácil. Decido robar la nave. Me lanzo a buscar Magrathea, y da la casualidad de que lo encuentro. Sí, pienso en el mejor modo de hacerlo, de acuerdo, pero siempre lo consigo. Es como tener una tarjeta de galacticrédito que sigue teniendo validez aunque nunca envíes los cheques. Y luego, siempre que me pongo a pensar en por qué hago algo y en cómo voy a hacerlo, siento una fuerte inclinación a dejar de pensar en ello. Como ahora. Me cuesta mucho trabajo hablar de esto.

Zaphod hizo una pausa. Hubo silencio durante un rato. Luego frunció el ceño y prosiguió:

–Anoche volví a preocuparme. Por el hecho de que parte de mi mente no funcionaba en su forma debida. Luego se me ocurrió que era como si alguien estuviese utilizando mi inteligencia para producir ideas buenas, sin decírmelo a mí. Relacioné ambas cosas y llegué a la conclusión de que tal vez ese alguien hubiera taponado a propósito una parte de mi mente y esa fuera la razón por la que no podía usarla. Me pregunté si habría algún medio de comprobarlo.

»Me dirigí a la enfermería de la nave y me conecté a la pantalla encefalográfica. Me apliqué pruebas proyectivas en ambas cabezas, todas las que me hicieron los funcionarios médicos del Gobierno antes de ratificar mi candidatura a la presidencia. Dieron resultados negativos. Por lo menos, nada extraños. Mostraron que era inteligente, imaginativo, irresponsable, indigno de confianza, extrovertido: nada nuevo. Ninguna otra anomalía. Así que empecé a inventar más pruebas, enteramente al azar. Nada. Luego traté de superponer los resultados de una cabeza sobre los de la otra. Y nada. Finalmente me sentí un poco ridículo, porque lo achaqué a un simple ataque de paranoia. Lo último que hice antes de dejarlo fue tomar la imagen sobreimpuesta y mirarla a través de un filtro verde. ¿Te acuerdas de que cuando era niño siempre me mostraba supersticioso hacia el color verde? ¿De que quería ser piloto de una nave de exploración comercial?

Ford asintió con la cabeza.

–Y allí estaba, tan claro como la luz del día –prosiguió Zaphod–. Toda una sección en medio de los dos cerebros que solo se relacionaban entre sí y con ninguna otra cosa a su alrededor. Algún hijo de puta me había cauterizado todas las sinapsis y había traumatizado electrónicamente dos trozos de cerebelo.

Ford lo miró estupefacto. Trillian había palidecido.

–¿Te *hizo* eso alguien? –susurró Ford.

–Sí.

–Pero ¿tienes idea de quién fue? ¿O por qué?

–¿Por qué? Solo puedo adivinarlo. Pero sé quién fue el cabrón que lo hizo.

–¿Lo sabes? ¿Cómo?

–Porque dejó las iniciales grabadas en las sinapsis cauterizadas. Las dejó allí para que yo las viera.

–¿Iniciales? ¿Grabadas a fuego en tu cerebro?

–Sí.

–¡Por amor de Dios! ¿Y cuáles eran?

Zaphod volvió a mirarle en silencio durante un momento. Luego desvió la vista.

–Z. B. –dijo en voz baja.

En aquel instante, un postigo de acero se abatió bajo ellos y empezó a manar gas en la estancia.

–Os lo contaré después –dijo ahogadamente Zaphod mientras los tres se desvanecían.

21

En la superficie de Magrathea, Arthur paseaba con aire malhumorado.

Muy atento, Ford le había dejado su ejemplar de la *Guía del autoestopista galáctico* para que se entretuviera con ella. Apretó unos botones al azar.

La Guía del autoestopista galáctico *es un libro de redacción muy desigual, y contiene muchos pasajes que a sus redactores les pareció buena idea en su momento.*

Uno de esos fragmentos (con el que se topó Arthur) relata las hipotéticas experiencias de un tal Veet Voojagig, un joven y tranquilo estudiante de la Universidad de Maximegalon que llevaba una brillante carrera académica estudiando filología antigua, ética generativa y la teoría de la onda armónica de la percepción histórica, y que luego, tras una noche que pasó bebiendo detonadores gargáricos pangalácticos con Zaphod Beeblebrox, se fue obsesionando cada vez más con el problema de lo que había pasado con todos los bolis que había comprado durante los últimos años.

A ello siguió un largo período de investigaciones laboriosas durante el cual visitó todos los centros importantes de pérdidas de bolis por toda la Galaxia y que concluyó con una pequeña y original teoría que, en su momento, prendió en la imaginación del público. Decía que en alguna parte del cosmos, junto a todos los planetas habitados por humanoides, reptiloides, ictioides, arboroides ambulantes y matices superinteligentes del color azul, existía también un planeta enteramente poblado por seres bolioides. Y hacia él se dirigirían los bolis desatendidos, deslizándose suavemente por agujeros de gusanos en el espacio hacia un mundo don-

de eran conscientes de disfrutar de una forma de vida exclusivamente bolioide que respondía a altos estímulos boliorientados y que generalmente conducían al equivalente bolioide de la buena vida.

En cuanto a teoría, pareció estupenda y simpática hasta que Veet Voojagig afirmó de repente que había encontrado ese planeta y había trabajado como conductor de un automóvil lujoso para una familia de vulgares retráctiles verdes, que después lo prendieron, lo encerraron, y después de que él escribiera un libro, finalmente lo enviaron al exilio tributario, que es destino normalmente reservado para aquellos que se deciden a hacer el ridículo en público.

Un día se envió una expedición a las coordenadas espaciales donde Voojagig había afirmado que se encontraba su planeta, y solamente se descubrió un asteroide pequeño habitado por un anciano solitario que declaró repetidas veces que nada era verdad, aunque más tarde se averiguó que mentía.

Sin embargo, dos cuestiones siguieron sin aclararse: los misteriosos 60.000 dólares altairianos que se depositaban anualmente en su cuenta bancaria de Brantisvogan, y, por supuesto, el negocio de bolis de segunda mano que tan rentable le resultaba a Zaphod Beeblebrox.

Tras leer esto, Arthur dejó el libro.

El robot seguía sentado en el mismo sitio, completamente inerte.

Arthur se levantó y se acercó a la cima del cráter. Paseó por el borde. Contempló una magnífica puesta de dos soles en el cielo de Magrathea.

Volvió a bajar al cráter. Despertó al robot, porque era mejor hablar con un robot maníaco-depresivo que con nadie.

–Se está haciendo de noche –dijo–. Mira, robot, están saliendo las estrellas.

Desde las profundidades de una nebulosa oscura solo pueden verse muy débilmente unas pocas estrellas, pero allí se distinguían con claridad.

Obediente, el robot las miró y luego apartó los ojos.

–Lo sé –dijo–. Detestable, ¿verdad?

–¡Pero ese crepúsculo! Nunca he visto nada igual ni en mis sueños más demenciales..., ¡dos soles! Como montañas de fuego fundiéndose en el espacio.

–Lo he visto –dijo Marvin–, es una necedad.

–En nuestro planeta solo teníamos un sol –insistió Arthur–, soy de un planeta llamado Tierra, ¿sabes?

–Lo sé –dijo Marvin–, no paras de hablar de ello. Me suena horriblemente.

–¡Oh, no!, era un sitio precioso.

–¿Tenía océanos? –inquirió Marvin.

–Claro que sí –dijo Arthur, suspirando–, enormes y agitados océanos azules...

–No soporto los océanos –dijo Marvin.

–Dime, ¿te llevas bien con otros robots? –le preguntó Arthur.

–Los odio –respondió Marvin–. ¿Adónde vas?

Arthur no podía aguantar más. Volvió a levantarse.

–Me parece que voy a dar otro paseo –dijo.

–No te lo reprocho –repuso Marvin, contando quinientos noventa y siete mil millones de ovejas antes de volver a dormirse un segundo después.

Arthur se palmeó los brazos para estimularse la circulación y sentir un poco más de entusiasmo por su tarea. Con pasos pesados, volvió a la pared del cráter.

Como la atmósfera era muy tenue y no había luna, la noche caía con mucha rapidez y en aquellos momentos ya estaba muy oscuro. Debido a todo ello, Arthur prácticamente chocó con el anciano antes de verlo.

22

Estaba en pie, de espaldas a Arthur, contemplando cómo los últimos destellos de luz desaparecían en la negrura del horizonte. Era más bien alto, de edad avanzada, y vestía una larga túnica gris. Al volverse, su rostro era delgado y distinguido, lleno de inquietud pero no severo; la clase de rostro en que uno confía alegremente. Pero aún no se había girado, ni siquiera reaccionó al grito de sorpresa de Arthur.

Finalmente desaparecieron por completo los últimos rayos de sol. Su rostro seguía recibiendo luz de alguna parte, y cuando Arthur buscó su origen, vio que a unos metros de distancia había una especie de embarcación: un aerodeslizador, supuso Arthur. Derramaba un tenue haz luminoso a su alrededor.

El desconocido miró a Arthur, al parecer, con tristeza.

–Habéis escogido una noche fría para visitar nuestro planeta muerto –dijo.

–¿Quién... es usted? –tartamudeó Arthur.

El anciano apartó la mirada. Una expresión de tristeza pareció cruzar de nuevo por su rostro.

–Mi nombre no tiene importancia –dijo.

Parecía estar pensando en algo. Era evidente que no tenía mucha prisa por entablar conversación. Arthur se sintió incómodo.

–Yo..., humm..., me ha asustado usted... –dijo débilmente.

El desconocido volvió a mirar en torno suyo y enarcó levemente las cejas.

–¿Hmmm? –dijo.

–He dicho que me ha asustado usted.

–No te alarmes, no te haré daño.

–¡Pero usted nos ha disparado! –exclamó Arthur, frunciendo el ceño–. Había unos proyectiles...

El anciano miró al hueco del cráter. El ligero destello que lanzaban los ojos de Marvin arrojaba débiles sombras rojas sobre el gigantesco cadáver de la ballena.

El desconocido sonrió ligeramente.

–Es un dispositivo automático –dijo, dejando escapar un leve suspiro–. Ordenadores antiguos colocados en las entrañas del planeta cuentan los oscuros milenios mientras los siglos flotan pesadamente sobre sus polvorientos bancos de datos. Me parece que de vez en cuando disparan al azar para mitigar la monotonía. –Lanzó una mirada grave a Arthur y añadió–: Soy un gran entusiasta del silencio, ¿sabes?

–¡Ah...!, ¿de veras? –dijo Arthur, que empezaba a sentirse desconcertado ante los modales curiosos y amables de aquel hombre.

–Pues sí –dijo el anciano, quien, simplemente, dejó de hablar otra vez.

–¡Ah! Hmmm... –dijo Arthur, que tenía la extraña sensación de ser como un hombre a quien sorprende cometiendo adulterio el marido de su amante, que entra en la alcoba, se cambia de pantalones, hace unos comentarios vagos sobre el tiempo y se vuelve a marchar.

–Pareces incómodo –dijo el anciano con interés.

–Pues no...; bueno, sí. Mire usted, en realidad no esperábamos encontrar a nadie por aquí. Suponíamos que todos estaban muertos o algo así...

–¿Muertos? –dijo el anciano–. ¡Santo cielo, no! Solo estábamos dormidos.

–¿Dormidos? –repitió incrédulamente Arthur.

–Sí, durante la recesión económica, ¿comprendes? –dijo el anciano, sin que al parecer le importase si Arthur entendía o no una palabra de lo que le estaba diciendo.

–¿Recesión económica?

–Sí, mira, hace cinco millones de años la economía galáctica se derrumbó, y en vista de que los planetas de encargo constituían un artículo de lujo... –Hizo una pausa y miró a Arthur, preguntándole en tono solemne–: Sabes que construíamos planetas, ¿verdad?

–Pues sí –contestó Arthur–, en cierto modo me lo había figurado...

–Un oficio fascinante –dijo el anciano con una expresión de nostalgia en los ojos–; hacer la línea de la costa siempre era mi parte favorita. Solía divertirme enormemente dibujando los pequeños detalles de los fiordos...; así que, de todos modos –añadió, tratando de recobrar el hilo–, llegó la recesión económica y decidimos que nos ahorraríamos muchas molestias si nos limitáramos a dormir mientras durase. De manera que programamos a los ordenadores para que nos despertaran cuando terminase del todo.

El anciano ahogó un bostezo muy leve y prosiguió:

–Los ordenadores tenían una señal conectada con los índices del mercado de valores galáctico, para que reviviéramos cuando todo el mundo se hubiera recuperado económicamente lo suficiente para poder contratar nuestros servicios, bastante caros.

Arthur, que era un lector habitual del *Guardian,* se sorprendió mucho al oír aquello.

–¿Y no es una manera de comportarse bastante desagradable?

–¿Lo es? –preguntó suavemente el anciano–. Lo siento, no estoy muy al corriente.

Señaló al cráter.

–¿Es tuyo ese robot? –preguntó.

–No –dijo una voz tenue y metálica desde el cráter–. Soy mío.

–Si se le quiere llamar robot... –murmuró Arthur–. Más bien es una máquina electrónica de resentimiento.

–Tráelo para acá –dijo el anciano. Arthur se sorprendió al notar un repentino énfasis de decisión en la voz del anciano. Llamó a Marvin, que trepó por la pendiente, fingiendo una aparatosa cojera que no tenía.

–Pensándolo mejor –dijo el anciano–, déjalo ahí. Tú tienes que venir conmigo. Se están preparando grandes cosas.

Se volvió hacia su nave que, aunque al parecer no se había emitido señal alguna, empezó a avanzar suavemente hacia ellos entre la oscuridad.

Arthur miró a Marvin, que se dio la vuelta con la misma aparatosidad que antes y volvió a bajar laboriosamente por el cráter murmurando para sí agrias naderías.

–Vamos –dijo el anciano–, vámonos ya o llegarás tarde.

–¿Tarde? –dijo Arthur–. ¿Para qué?

–¿Cómo te llamas, humano?

–Dent, Arthur Dent –dijo Arthur.

–Tarde, tanto como si fueras el extinto Dentarthurdent –dijo el anciano con voz firme–. Es una especie de amenaza, ¿sabes?

Otra expresión de nostalgia surgió de sus ojos fatigados. Arthur entornó los suyos.

–¡Qué persona tan extraordinaria! –murmuró para sí.

–¿Cómo has dicho? –preguntó el anciano.

–Nada, nada, lo siento –dijo Arthur, confundido–. Bueno, ¿adónde vamos?

–Entremos en mi aerodeslizador –dijo el anciano, indicando a Arthur que subiera a la nave que se había detenido en silencio junto a ellos–. Vamos a descender a las entrañas del planeta, donde en estos momentos nuestra raza revive de su sueño de cinco millones de años. Magrathea despierta.

Arthur sufrió un escalofrío involuntario al sentarse junto al anciano. Lo extraño de todo aquello, el movimiento silencioso y fluctuante de la nave al remontarse en el cielo nocturno, le inquietó profundamente.

Miró al anciano, que tenía el rostro iluminado por el débil resplandor de las tenues luces del cuadro de mandos.

–Disculpe –le dijo–, ¿cómo se llama usted, a todo esto?

–¿Que cómo me llamo? –dijo el anciano, y la misma tristeza lejana volvió a su rostro. Hizo una pausa y prosiguió–: Me llamo... Slartibartfast.

Arthur casi se atragantó.

–¿Cómo ha dicho? –farfulló.

–Slartibartfast –repitió con calma el anciano.

–¿Slartibartfast?

El anciano le miró con gravedad.

–Ya te dije que no tenía importancia –comentó.

El aerodeslizador siguió su camino en medio de la noche.

23

Es un hecho importante y conocido que las cosas no siempre son lo que parecen. Por ejemplo, en el planeta Tierra el hombre siempre supuso que era más inteligente que los delfines porque había producido muchas cosas –la rueda, Nueva York, las guerras, etcétera–, mientras que los delfines lo único que habían hecho consistía en juguetear en el agua y divertirse. Pero a la inversa, los delfines siempre creyeron que eran mucho más inteligentes que el hombre, precisamente por las mismas razones.

Curiosamente, los delfines conocían desde tiempo atrás la inminente destrucción del planeta Tierra, y realizaron muchos intentos para advertir del peligro a la humanidad; pero la mayoría de sus comunicaciones se interpretaron mal, considerándose como entretenidas tentativas de jugar al balón o de silbar para que les dieran golosinas, así que finalmente desistieron y dejaron que la Tierra se las arreglara por sí sola, poco antes de la llegada de los vogones.

El último mensaje de los delfines se interpretó como un intento sorprendente y complicado de realizar un doble salto mortal hacia atrás pasando a través de un aro mientras silbaban el «Star Spangled Banner», pero en realidad el mensaje era el siguiente: *Hasta luego, y gracias por el pescado.*

Efectivamente, en el planeta solo existía una especie más inteligente que los delfines, y pasaba la mayor parte del tiempo en laboratorios de investigación conductista corriendo en el interior de unas ruedas y llevando a cabo alarmantes, sutiles y elegantes experimentos sobre el hombre. El hecho de que los humanos volvieran a interpretar mal esa relación correspondía enteramente a los planes de tales criaturas.

24

La pequeña nave se deslizaba silenciosa por la fría oscuridad: un fulgor suave y solitario que surcaba la negra noche magratheana. Viajaba deprisa. El compañero de Arthur parecía sumido en sus propios pensamientos, y cuando en un par de ocasiones trató Arthur de entablar conversación, el anciano se limitó a contestar preguntándole si estaba cómodo, sin añadir nada más.

Arthur intentó calcular la velocidad a la que viajaban, pero la oscuridad exterior era absoluta y carecía de puntos de referencia. La sensación de movimiento era tan suave y ligera, que casi estaba a punto de creer que no se movían en absoluto.

Entonces, un tenue destello de luz apareció en el horizonte y al cabo de unos segundos aumentó tanto de tamaño, que Arthur comprendió que se dirigía hacia ellos a velocidad colosal, y trató de averiguar qué clase de vehículo podría ser. Miró pero no pudo distinguir claramente su forma, y de pronto jadeó alarmado cuando el aerodeslizador se inclinó abruptamente y se precipitó hacia abajo en una trayectoria que seguramente acabaría en colisión. Su velocidad relativa parecía increíble, y Arthur apenas tuvo tiempo de respirar antes de que todo terminara. Lo primero que percibió fue una demencial mancha plateada que parecía rodearle. Volvió la cabeza con brusquedad y vio un pequeño punto negro que desaparecía rápidamente tras ellos, a lo lejos, y tardó varios segundos en comprender lo que había pasado.

Se habían introducido en un túnel excavado en el suelo. La velocidad colosal era la que ellos llevaban en dirección al destello luminoso, que era un agujero inmóvil en el suelo, la embocadura del túnel. La demencial mancha plateada era la pared circular del túnel por donde iban disparados, al parecer, a varios centenares de kilómetros a la hora.

Aterrado, cerró los ojos.

Al cabo de un tiempo que no trató de calcular, sintió una leve disminución de la velocidad, y un poco más tarde comprendió que iban deteniéndose suavemente, poco a poco.

Volvió a abrir los ojos. Aún seguían en el túnel plateado, abriéndose paso, colándose, entre una intrincada red de túneles convergentes. Finalmente se detuvieron en una pequeña cámara de acero ondulado. Allí iban a parar varios túneles y, al otro extremo de la cámara, Arthur vio un ancho círculo de luz suave e irritante. Era molesta porque jugaba malas pasadas a los ojos, era imposible orientarse bien o decir cuán lejos o cerca estaba. Arthur supuso (equivocándose por completo) que sería ultravioleta.

Slartibartfast se dio la vuelta y miró a Arthur con sus graves ojos de anciano.

–Terrícola –le dijo–, ya estamos en las profundidades de Magrathea.

–¿Cómo sabía que soy terrícola? –inquirió Arthur.

–Ya comprenderás estas cosas –respondió amablemente el anciano, que añadió con una leve duda en la voz–: Al menos las verás con mayor claridad que en estos momentos.

Y prosiguió:

–He de advertirte que la cámara en la que estamos a punto de entrar no existe literalmente en el interior de nuestro planeta. Es un poco... ancha. Vamos a cruzar una puerta y a entrar en un vasto tramo de hiperespacio. Tal vez te inquiete.

Arthur hizo unos ruidos nerviosos.

Slartibartfast tocó un botón y, en un tono que no era muy tranquilizador, añadió:

–A mí me da escalofríos de temor. Agárrate bien.

El vehículo saltó hacia delante, justo por en medio del círculo luminoso, y Arthur tuvo súbitamente una idea bastante clara de lo que era el infinito.

En realidad, no era el infinito. El infinito tiene un aspecto plano y sin interés. Si se mira al cielo nocturno, se atisba el infinito: la distancia es incomprensible y, por tanto, carece de sentido. La cámara en que emergió el aerodeslizador era cualquier cosa menos infinita; solo era extraordinariamente grande, tanto que daba una impresión mucho más aproximada de infinito que el mismo infinito.

Arthur percibió que sus sentidos giraban y danzaban al viajar a la inmensa velocidad que, según sabía, alcanzaba el aerodeslizador; ascendían lentamente por el aire dejando tras ellos la puerta por la que habían pasado como un alfilerazo en el débil resplandor de la pared.

La pared.

La pared desafiaba la imaginación, la atraía y la derrotaba. Era tan pasmosamente larga y alta que su cima, fondo y costados se desvanecían más allá del alcance de la vista: solo la impresión de vértigo que daba era ya capaz de matar a un hombre.

Parecía absolutamente plana. Se hubiera necesitado el equipo de medición láser más perfecto para descubrir que, a medida que subía, hasta el infinito al parecer, a medida que caía vertiginosamente, y a medida que se extendía a cada lado, se iba haciendo curva. Volvía a encontrarse a sí misma a trece segundos luz. En otras palabras, la pared formaba la parte interior de una esfera hueca con un diámetro de unos cuatro millones y medio de kilómetros y anegada de una luz increíble.

–Bienvenido –dijo Slartibartfast mientras la manchita diminuta que formaba el aerodeslizador, que ahora viajaba a tres veces la velocidad del sonido, avanzaba de manera imperceptible en el espacio sobrecogedor–, bienvenido a la planta de nuestra fábrica.

Arthur miró a su alrededor con una especie de horror maravillado. Colocados delante de ellos, a una distancia que no podía juzgar ni adivinar siquiera, había una serie de suspensiones curiosas, delicadas tracerías de metal y de luz colgaban junto a vagas formas esféricas que flotaban en el espacio.

–Mira –dijo Slartibartfast–, aquí es donde hacemos la mayor parte de nuestros planetas.

–¿Quiere decir –dijo Arthur, tratando de encontrar las palabras–, quiere decir que ya van a empezar otra vez?

–¡No, no! ¡Santo cielo, no! –exclamó el anciano–. No, la Galaxia todavía no es lo suficientemente rica para mantenernos. No, nos han despertado para realizar solamente un encargo extraordinario para unos.... clientes muy especiales de otra dimensión. Quizás te interese..., allá, a lo lejos, frente a nosotros.

Arthur siguió la dirección del dedo del anciano hasta distinguir el armazón flotante que señalaba. Efectivamente, era la única estructura que manifestaba indicios de actividad, aunque se trataba más de una impresión subliminal que de algo palpable.

Sin embargo, en aquel momento un destello de luz formó un arco en la estructura y mostró con claro relieve los contornos que se formaban en la oscura esfera interior. Contornos que Arthur conocía, formas ásperas y apelmazadas que le resultaban tan familiares como la configuración de las palabras, que eran parte de los enseres de su mente. Durante unos momentos permaneció en un silencio pasmado mientras las imágenes se agolpaban en su cerebro y trataban de hallar un sitio donde resolverse y encontrar su sentido.

Parte de su mente le decía que sabía perfectamente lo que estaba buscando y lo que representaban aquellas formas, y otra parte rechazaba con bastante sensatez la admisión de semejante idea, negándose a seguir pensando en tal sentido.

Volvió a surgir el destello, y esta vez no cabía duda.

–La Tierra... –musitó Arthur.

–Bueno, en realidad es la Tierra número Dos –dijo alegremente Slartibartfast–. Estamos haciendo una reproducción de nuestra cianocopia original.

Hubo una pausa.

–¿Está tratando de decirme –inquirió Arthur con voz lenta y controlada– que ustedes... *hicieron* originalmente la Tierra?

–Claro que sí –dijo Slartibartfast–. ¿Has ido alguna vez a un sitio que... me parece que se llamaba Noruega?

–No –contestó Arthur–, no he ido nunca.

–Qué lástima –comentó Slartibartfast–, fue obra mía. Ganó un premio, ¿sabes? ¡Qué costas tan encantadoras y arrugadas! Lo sentí mucho al enterarme de su destrucción.

–¡Que lo *sintió!*

–Sí. Cinco minutos después no me habría importado tanto. Fue un error espantoso.

–¡Cómo! –exclamó Arthur.

–Los ratones se pusieron furiosos.

–¡Que los *ratones* se pusieron furiosos!

–Pues sí –dijo el anciano con voz suave.

–Y me figuro que lo mismo se pondrían los perros, los gatos y los ornitorrincos, pero...

–¡Ah!, pero ellos no habían pagado para verlo, ¿verdad?

–Mire –dijo Arthur–, ¿no le ahorraría un montón de tiempo si me diera por vencido y me volviese loco ahora mismo?

Durante un rato el aerodeslizador voló en medio de un silencio embarazoso. Luego, el anciano trató pacientemente de dar una explicación:

–Terrícola, el planeta en el que vivías fue encargado, pagado y gobernado por ratones. Quedó destruido cinco minutos antes de alcanzarse el propósito para el cual se proyectó, y ahora tenemos que construir otro.

Arthur solo se quedó con una palabra.

–*¿Ratones?* –dijo.

–Efectivamente, terrícola.

–Lo siento, escuche..., ¿estamos hablando de las pequeñas criaturas peludas que tienen una fijación con el queso y ante los cuales las mujeres se subían gritando encima de las mesas en las comedias televisivas a principios de los sesenta?

Slartibartfast tosió cortésmente.

–Terrícola –dijo–, resulta un poco difícil seguir tu manera de hablar. Recuerda que he estado dormido en el interior de este planeta de Magrathea durante cinco millones de años y no sé mucho de esas comedias televisivas de los primeros sesenta de que me hablas. Mira, esas criaturas que tú llamas ratones no son enteramente lo que parecen. No son más que la proyección en nuestra dimensión de seres pandimensionales sumamente hiperinteligentes. Todo eso del queso y de los gritos no es más que una fachada.

El anciano hizo una pausa y, con una mueca simpática, prosiguió:

–Me temo que han hecho experimentos con vosotros.

Arthur pensó aquello durante un segundo, y luego se le iluminó el rostro.

–¡Ah, no! –dijo–. Ya veo el origen del malentendido. No, mire usted, lo que pasó es que nosotros hacíamos experimentos *con ellos.* Con frecuencia se les utilizaba en investigaciones conductistas, Pavlov y todas esas cosas. De manera que lo que pasó fue que a los ratones se les presentaba todo tipo de pruebas, aprendían a tocar campanillas y a correr por laberintos y cosas así, para luego analizar todas las características del proceso de aprendizaje. Por la observación de su conducta, nosotros aprendíamos todo tipo de cosas sobre la nuestra...

La voz de Arthur se apagó.

–Es de admirar... –dijo Slartibartfast– semejante sutileza.

–¿Cómo? –dijo Arthur.

–Qué cosa mejor para ocultar su verdadera naturaleza, para guiar mejor vuestras ideas: correr de pronto por el lado erróneo de un laberinto, comer el trozo equivocado de queso, caer repentinamente muertos de mixomatosis...; si eso se calcula adecuadamente, el efecto acumulativo es enorme.

Hizo una pausa para causar efecto.

–Mira, terrícola, son seres pandimensionales realmente listos y especialmente hiperinteligentes. Vuestro planeta y vuestra gente han formado la matriz de un ordenador orgánico que realizaba un programa de investigación de diez millones de años... Permite que te cuente toda la historia. Llevará un poco de tiempo.

–El tiempo –dijo débilmente Arthur– no suele ser uno de mis problemas.

25

Desde luego, existen muchos problemas relacionados con la vida, entre los cuales algunos de los más famosos son: *¿Por qué nacemos? ¿Por qué morimos? ¿Por qué queremos pasar la mayor parte de la existencia llevando relojes de lectura directa?*

Hace muchísimos millones de años, una raza de seres pandimensionales hiperinteligentes (cuya manifestación física en su propio universo pandimensional no es diferente a la nuestra) quedó tan harta de la continua discusión sobre el sentido de la vida, que interrumpieron su pasatiempo preferido de críquet ultrabrockiano (un curioso juego que incluía golpear a la gente de improviso, sin razón aparente alguna, y luego salir corriendo) y decidieron sentarse a resolver sus problemas de una vez para siempre.

Con ese fin construyeron un ordenador estupendo que era tan sumamente inteligente, que incluso antes de que se conectaran sus bancos de datos empezó por *Pienso, luego existo,* y llegó hasta inferir la existencia del pudín de arroz y del impuesto sobre la renta antes de que alguien lograra desconectarlo.

Era del tamaño de una ciudad pequeña.

Su consola principal estaba instalada en un despacho de dirección de un modelo especial, montada sobre un enorme escritorio de la ultracaoba más fina con el tablero tapizado de lujoso cuero ultrarrojo. La alfombra oscura era discretamente suntuosa; había plantas exóticas y elegantes grabados de los programadores principales del ordenador y de sus familias generosamente desplegados por la habitación, y ventanas magníficas daban a un patio público bordeado de árboles.

El día de la Gran Conexión, dos programadores sobriamente vestidos llegaron con sus portafolios y se les hizo pasar discretamente al despacho. Eran conscientes de que aquel día representaban a toda su raza en su momento más álgido, pero se condujeron con calma y tranquilidad, se sentaron deferentemente al escritorio, abrieron los portafolios y sacaron sus libretas de notas encuadernadas en cuero.

Se llamaban Lunkwill y Fook.

Durante unos momentos siguieron sentados en un silencio respetuoso, y luego, tras intercambiar una tranquila mirada con Fook, Lunkwill se inclinó hacia delante y tocó un pequeño panel negro.

Un zumbido de lo más tenue indicó que el enorme ordenador había entrado en total actividad. Tras una pausa, les habló con una voz resonante y profunda.

–¿Cuál es esa gran tarea para la cual yo, Pensamiento Profundo, el segundo ordenador más grande del Universo del Tiempo, he sido creado? –les dijo.

Lunkwill y Fook se miraron sorprendidos.

–Tu tarea, oh, ordenador... –empezó a decir Fook.

–No, espera un momento, eso no está bien –dijo Lunkwill, inquieto–. Hemos proyectado expresamente este ordenador para que sea el primero de todos, y no nos conformaremos con el segundo. Pensamiento Profundo –se dirigió al ordenador–, ¿no eres tal como te proyectamos, el más grande, el más potente ordenador de todos los tiempos?

–Me he descrito como el segundo más grande –entonó Pensamiento Profundo–, y eso es lo que soy.

Los dos programadores cruzaron otra mirada de preocupación. Lunkwill carraspeó.

–Debe de haber algún error –dijo–. ¿No eres más grande que el ordenador Milliard Gargantusabio de Maximégalon, que puede contar todos los átomos de una estrella en un milisegundo?

–¿Milliard Gargantusabio? –dijo Pensamiento Profundo con abierto desdén–. Un simple ábaco; ni lo menciones.

–¿Y acaso no eres –le dijo Fook, inclinándose ansiosamente hacia delante– mejor analista que el Pensador de la Estrella Googleplex en la Séptima Galaxia de la Luz y del Ingenio, que puede calcular la trayectoria de cada partícula de polvo de una tormenta de arena de cinco semanas de Dangrabad Beta?

–¿Una tormenta de arena de cinco semanas? –dijo altivamente Pensamiento Profundo–. ¿Y me preguntas eso a mí, que he examinado hasta los vectores de los átomos del Big Bang? No me molestéis con cosas de calculadora de bolsillo.

Durante un rato, los dos programadores guardaron un incómodo silencio. Luego, Lunkwill volvió a inclinarse hacia delante y dijo:

–Pero ¿es que no eres un argumentista más temible que el gran Polemista Neutrón Omnicognaticio Hiperbólico de Ciceronicus 12, el Mágico e Infatigable?

–El gran Polemista Neutrón Omnicognaticio Hiperbólico –dijo Pensamiento Profundo, alargando las erres– podría dejar sin patas a un megaburro arcturiano a base de charla, pero solo yo podría persuadirle para que se fuera después a dar un paseo.

–Entonces, ¿cuál es el problema? –le preguntó Fook.

–No hay ningún problema –afirmó Pensamiento Profundo con tono magnífico y resonante–. Sencillamente, soy el segundo ordenador más grande del Universo del Espacio y del Tiempo.

–Pero... ¿el *segundo?* –insistió Lunkwill–. ¿Por qué afirmas ser el segundo? Seguro que no pensarás en el Multicorticoide Perpicutrón Titán Muller, ¿verdad? O en el Ponderamático. O en el...

Luces desdeñosas salpicaron la consola del ordenador.

–¡Yo no gasto ni una sola unidad de pensamiento en esos papanatas cibernéticos! –tronó–. ¡Yo solo hablo del ordenador que me sucederá!

Fook estaba perdiendo la paciencia. Apartó a un lado la libreta de notas y murmuró:

–Me parece que la cosa se está poniendo innecesariamente mesiánica.

–Tú no sabes nada del tiempo futuro –sentenció Pensamiento Profundo–, pero con mi prolífico sistema de circuitos yo puedo navegar por las infinitas corrientes de las probabilidades futuras y ver que un día llegará un ordenador cuyos parámetros de funcionamiento no soy digno de calcular, pero que en definitiva será mi destino proyectar.

Fook exhaló un hondo suspiro y miró a Lunkwill.

–¿Podemos proseguir y hacerle la pregunta? –inquirió.

Lunkwill le hizo señas de que esperara.

–¿De qué ordenador hablas? –preguntó.

–No hablaré más de él por el momento –dijo Pensamiento Profundo–. Y ahora, decidme qué otra cosa queréis de mis funciones.

Los programadores se miraron y se encogieron de hombros. Fook se dominó y habló.

–¡Oh, ordenador Pensamiento Profundo! La tarea para la que te hemos proyectado es la siguiente: queremos que nos digas... –hizo una pausa– ¡la Respuesta!

–¿La Respuesta? –repitió Pensamiento Profundo–. ¿La Respuesta a qué?

–¡A la Vida! –le apremió Fook.

–¡Al Universo! –exclamó Lunkwill.

–¡A Todo! –dijeron ambos a coro.

Pensamiento Profundo hizo una breve pausa para reflexionar.

–Difícil –dijo al fin.

–Pero ¿puedes darla?

–Sí –dijo Pensamiento Profundo–, puedo darla.

De nuevo se produjo una pausa significativa.

–¿Existe la respuesta? –inquirió Fook, jadeando de emoción.

–¿Una respuesta sencilla? –añadió Lunkwill.

–Sí –respondió Pensamiento Profundo–. A la Vida, al Universo y a Todo. Hay una respuesta. Pero –añadió– tengo que pensarla.

Un alboroto repentino destruyó la emoción del momento: la puerta se abrió de golpe y dos hombres furiosos, que llevaban las túnicas de azul desteñido y las bandas de la Universidad de

Cruxwan, irrumpieron en la habitación, apartando a empujones a los ineficaces lacayos que trataban de impedirles el paso.

–¡Exigimos admisión! –gritó el más joven de los intrusos, dando un codazo en la garganta a una secretaria guapa y joven.

–¡Vamos! ¡No podéis dejarnos fuera! –gritó el de más edad, echando a empujones por la puerta a un programador subalterno.

–¡Exigimos que no podéis dejarnos fuera! –chilló el más joven, aunque ya estaba dentro de la habitación y no se hacían más intentos de detenerlo.

–¿Quiénes sois? –preguntó Lunkwill, irritado, levantándose de su asiento–. ¿Qué queréis?

–¡Yo soy Majikthise! –anunció el de más edad.

–¡Y yo exijo que soy Vroomfondel! –gritó el más joven.

–Vale –dijo Majikthise volviéndose hacia Vroomfondel con furia y explicándole–: No es necesario que exijas eso.

–¡De acuerdo! –aulló Vroomfondel, dando un puñetazo en un escritorio–. ¡Soy Vroomfondel, y eso *no* es una exigencia, sino un *hecho* incontrovertible! ¡Lo que nosotros exigimos son *hechos* incontrovertibles!

–¡No, no es eso! –exclamó airadamente Majikthise–. ¡Eso es precisamente lo que no exigimos!

–¡No exigimos hechos incontrovertibles! –gritó Vroomfondel, sin casi detenerse a tomar aliento–. ¡Lo que exigimos es una total *ausencia* de hechos incontrovertibles! ¡Exijo que yo sea o no sea Vroomfondel!

–Pero ¿qué demonios sois vosotros? –exclamó Fook, ofendido.

–Nosotros –anunció Majikthise– somos filósofos.

–Aunque quizás no lo seamos –añadió Vroomfondel, moviendo un dedo en señal de advertencia a los programadores.

–Sí, lo *somos* –insistió Majikthise–. Estamos precisamente aquí en representación de la Unión Amalgamada de Filósofos, Sabios, Lumbreras y Otras Personas Pensantes, ¡y queremos que se desconecte esa máquina *ahora mismo!*

–¿Cuál es el problema? –inquirió Lunkwill.

–Te diré cuál es el problema, compañero –dijo Majikthise–: ¡Demarcación, ese es el problema!

–¡Exigimos –gritó Vroomfondel– que la demarcación pueda o no pueda ser el problema!

–Dejad que las máquinas sigan haciendo sumas –advirtió Majikthise–, y nosotros nos ocuparemos de las verdades eternas, muchas gracias. Si queréis comprobar vuestra situación legal, hacedlo, compañeros. Según la ley, la Búsqueda de la Verdad Última es, con toda claridad, la prerrogativa inalienable de los obreros pensadores. Si cualquier máquina puñetera va y la *encuentra,* nosotros nos quedamos inmediatamente sin trabajo, ¿verdad? ¿Qué sentido tiene que nosotros nos quedemos levantados casi toda la noche discutiendo la existencia de Dios, si esa máquina se pone a funcionar y os da su puñetero número de teléfono a la mañana siguiente?

–¡Eso es –aulló Vroomfondel–, exigimos áreas rígidamente definidas de duda y de incertidumbre!

De pronto, una voz atronadora retumbó por la habitación.

–¿Podría hacer *yo* una observación a esa cuestión? –inquirió Pensamiento Profundo.

–¡Iremos a la huelga! –gritó Vroomfondel.

–¡Eso es! –convino Majikthise–. ¡Tendréis que véroslas con una huelga nacional de filósofos!

El zumbido que había en la habitación se incrementó repentinamente cuando varias unidades auxiliares de los tonos graves, montadas en altavoces sobriamente labrados y barnizados, entraron en funcionamiento por toda la habitación para dar más potencia a la voz de Pensamiento Profundo.

–Lo único que quería decir –bramó el ordenador– es que en estos momentos mis circuitos están irrevocablemente ocupados en calcular la respuesta a la Pregunta Última de la Vida, del Universo y de Todo. –Hizo una pausa y se cercioró de que todos le atendían antes de proseguir en voz más baja–: Pero tardaré un poco en desarrollar el programa.

Fook miró impaciente su reloj.

–¿Cuánto? –preguntó.

–Siete millones y medio de años –contestó Pensamiento Profundo.

Lunkwill y Fook se miraron y parpadearon.

–¡Siete millones y medio de años...! –gritaron a coro.

–Sí –declamó Pensamiento Profundo–, he dicho que tenía que pensarlo, ¿no es así? Y me parece que desarrollar un programa semejante puede crear una enorme cantidad de publicidad popular para toda el área de la filosofía en general. Todo el mundo elaborará sus propias teorías acerca de cuál será la respuesta que al fin daré, ¿y quién mejor que vosotros para capitalizar el mercado de los medios de comunicación? Mientras sigáis en desacuerdo violento entre vosotros y os destrocéis mutuamente en periódicos sensacionalistas, y en la medida en que dispongáis de agentes inteligentes, podréis continuar viviendo del cuento hasta que os muráis. ¿Qué os parece?

Los dos filósofos lo miraron boquiabiertos.

–¡Caray! –exclamó Majikthise–. ¡Eso es lo que yo llamo pensar! Oye, Vroomfondel, ¿por qué no hemos pensado nunca en eso?

–No lo sé –respondió Vroomfondel con un susurro reverente–, creo que nuestros cerebros deben estar sobreenterados, Majikthise.

Y diciendo esto, dieron media vuelta, salieron de la habitación y adoptaron un tren de vida que superó sus sueños más ambiciosos.

26

–Sí, es algo muy provechoso –comentó Arthur, después de que Slartibartfast le contara los puntos más sobresalientes de esta historia–, pero no entiendo qué tiene que ver todo eso con la Tierra, los ratones y lo demás.

–Esta no es más que la mitad de la historia, terrícola –le advirtió el anciano–. Si quieres saber lo que ocurrió siete millones y medio de años después, en el gran día de la Respuesta, permíteme invitarte a mi despacho, donde podrás observar por ti mismo los acontecimientos en nuestras grabaciones en Sensocine. Es decir, si no quieres dar un paseo rápido por la superficie de la Nueva Tierra. Me temo que está a medio terminar; aún no hemos acabado de enterrar en la corteza los esqueletos de los dinosaurios artificiales, y luego tenemos que poner los períodos Terciario y Cuaternario de la Era Cenozoica, y...

–No, gracias –dijo Arthur–, no sería lo mismo.

–No, no sería igual –convino Slartibartfast, virando en redondo el aerodeslizador y poniendo rumbo de nuevo hacia la pasmosa pared.

27

El despacho de Slartibartfast era un revoltijo absoluto, como los resultados de una explosión en una biblioteca pública. Cuando entraron, el anciano frunció el ceño.

–Una desgracia tremenda –explicó–; saltó un diodo en uno de los ordenadores de mantenimiento vital. Cuando tratamos de revivir a nuestro personal de limpieza, descubrimos que habían estado muertos desde hacía casi treinta mil años. ¿Quién va a retirar los cadáveres?, eso es lo que quiero saber. Oye, ¿por qué no te sientas ahí y dejas que te conecte?

Hizo señas a Arthur para que se sentara en un sillón que parecía hecho del costillar de un estegosaurio.

–Está hecho del costillar de un estegosaurio –explicó el anciano mientras iba de un lado para otro acarreando instrumentos y recogiendo trocitos de alambre de debajo de tambaleantes montones de papel.

–Toma –le dijo a Arthur, pasándole un par de alambres pelados en los extremos.

En el momento en que Arthur los cogió, un pájaro voló derecho hacia él.

Se encontró suspendido en el aire y completamente invisible a sí mismo. Bajo él vio la plaza de una ciudad bordeada de árboles, y en torno a ella, hasta donde abarcaba su mirada, había blancos edificios de cemento de amplia y elegante estructura, pero algo dañados por el paso del tiempo: muchos estaban agrietados y manchados de lluvia. Sin embargo, brillaba el sol, una brisa fresca danzaba ligeramente entre los árboles, y la extraña sensación de que todos los edificios estuvieran canturreando se debía, probablemente, al hecho de que la plaza y las calles de alrededor bullían de gente animada y alegre. En algún sitio tocaba una orquesta, banderas de brillantes colores ondeaban con la brisa y el espíritu de carnaval flotaba en el aire.

Arthur se sintió muy solo colgado en el aire por encima de todo aquello sin siquiera tener un cuerpo que albergara su nombre, pero antes de que tuviera tiempo de pensar en ello, una voz resonó en la plaza llamando la atención de todo el mundo.

Un hombre, de pie sobre un estrado vivamente engalanado

delante de un edificio que dominaba la plaza, se dirigía a la multitud a través de un Tannoy.

–¡Oh, gentes que esperáis a la sombra de Pensamiento Profundo! –gritó–. ¡Honorables descendientes de Vroomfondel y de Majikthise, los Sabios más Grandes y Realmente Interesantes que el Universo ha conocido jamás..., el Tiempo de Espera ha terminado!

La multitud estalló en vítores desenfrenados. Tremolaron banderas y gallardetes; se oyeron silbidos agudos. Las calles más estrechas parecían ciempiés vueltos de espaldas y agitando frenéticamente las patas en el aire.

–¡Nuestra raza ha esperado siete millones y medio de años este Gran Día Optimista e Iluminador! –gritó el dirigente de los vítores–. ¡El Día de la Respuesta!

La extática multitud rompió en hurras.

–Nunca más –gritó el hombre–, nunca más volveremos a levantarnos por la mañana preguntándonos: ¿Quién soy? ¿Qué sentido tiene mi vida? ¿Tiene alguna *importancia,* cósmicamente hablando, si no me levanto para ir a trabajar? ¡Porque hoy, finalmente, conoceremos, de una vez por todas, la lisa y llana respuesta a todos esos problemillas inoportunos de la Vida, del Universo y de Todo!

Cuando la multitud aclamaba una vez más, Arthur se encontró deslizándose por el aire y bajando hacia una de las magníficas ventanas del primer piso del edificio que se levantaba detrás del estrado donde el orador se dirigía a la multitud.

Sufrió un momento de pánico al pasar por la ventana, pero lo olvidó un par de segundos después al descubrir que, al parecer, había atravesado el cristal sin tocarlo.

Ninguno de los que estaban en la habitación notó su curiosa aparición, lo que no es de extrañar si se piensa que no estaba allí. Comenzó a comprender que toda aquella experiencia no era más que una proyección grabada que dejaba por los suelos a una película de setenta milímetros y seis pistas.

La habitación se parecía bastante a la descripción de Slartibartfast. La habían cuidado bien durante siete millones y medio de años, y cada cien años la habían limpiado con regularidad. El escritorio de ultracaoba estaba un poco gastado en los bordes, la alfombra ya estaba desvaída, pero el ancho terminal del ordenador descansaba con brillante magnificencia en la tapicería de cuero de la mesa, tan reluciente como si se hubiera construido el día anterior.

Dos hombres severamente vestidos se sentaban con gravedad ante la terminal, esperando.

–Casi ha llegado la hora –dijo uno de ellos, y Arthur se sorprendió al ver que una palabra se materializaba en el aire, justo al lado del cuello de aquel hombre. Era la palabra LOONQUAWL, y destelló un par de veces para disiparse de nuevo. Antes de que Arthur pudiera asimilarlo, el otro hombre habló y la palabra PHOUCHG apareció junto a su garganta.

–Hace setenta y cinco mil generaciones, nuestros antepasados pusieron en marcha este programa –dijo el segundo hombre–, y en todo este tiempo nosotros seremos los primeros en oír las palabras del ordenador.

–Es una perspectiva pavorosa, Phouchg –convino el primer hombre, y Arthur se dio cuenta de repente de que estaba viendo una película con subtítulos.

–¡Somos nosotros quienes oiremos –dijo Phouchg– la respuesta a la gran pregunta de la Vida...!

–¡Del Universo...! –exclamó Loonquawl.

–¡Y de Todo...!

–¡Chsss! –dijo Loonquawl con un suave gesto–. ¡Creo que Pensamiento Profundo se dispone a hablar!

Hubo un expectante momento de pausa mientras los paneles de la parte delantera de la consola empezaban a despertarse lentamente. Comenzaron a encenderse y a apagarse luces de prueba que pronto funcionaron de modo continuo. Un canturreo leve y suave se oyó por el canal de comunicación.

–Buenos días –dijo al fin Pensamiento Profundo.

–Hmmm... Buenos días, Pensamiento Profundo –dijo nerviosamente Loonquawl–, ¿tienes... hmmm, es decir...?

–¿Una respuesta que daros? –le interrumpió Pensamiento Profundo en tono majestuoso–. Sí, la tengo.

Los dos hombres temblaron de expectación. Su espera no había sido en vano.

–¿De veras existe? –jadeó Phouchg.

–Existe de veras –le confirmó Pensamiento Profundo.

–¿A todo? ¿A la gran Pregunta de la Vida, del Universo y de Todo?

–Sí.

Los dos hombres estaban listos para aquel momento, se habían preparado durante toda la vida; se les escogió al nacer para que presenciaran la respuesta, pero aun así jadeaban y se retorcían como criaturas nerviosas.

–¿Y estás dispuesto a dárnosla? –le apremió Loonquawl.

–Lo estoy.

–¿Ahora mismo?

–Ahora mismo –contestó Pensamiento Profundo.

Ambos se pasaron la lengua por los labios secos.

–Aunque no creo –añadió Pensamiento Profundo– que vaya a gustaros.

–¡No importa! –exclamó Phouchg–. ¡Tenemos que saberla! ¡Ahora mismo!

–¿Ahora mismo? –inquirió Pensamiento Profundo.

–¡Sí! Ahora mismo...

–Muy bien –dijo el ordenador, volviendo a guardar silencio.

Los dos hombres se agitaron inquietos. La tensión era insoportable.

–En serio, no os va a gustar –observó Pensamiento Profundo.

–¡Dínosla!

–De acuerdo –dijo Pensamiento Profundo–. La Respuesta a la Gran Pregunta...

–¡Sí...!

–...de la Vida, del Universo y de Todo... –dijo Pensamiento Profundo.

–¡Sí...!

–Es... –dijo Pensamiento Profundo, haciendo una pausa.

–¡Sí...!

–Es...

–¡¡¡...¿Sí...?!!!

–Cuarenta y dos –dijo Pensamiento Profundo, con calma y majestad infinitas.

28

Pasó largo tiempo antes de que hablara alguien.

Con el rabillo del ojo, Phouchg veía los expectantes rostros de la gente que aguardaba en la plaza.

–Nos van a linchar, ¿verdad? –susurró.

–Era una misión difícil –dijo Pensamiento Profundo con voz suave.

–¡Cuarenta y dos! –chilló Loonquawl–. ¿Eso es todo lo que tienes que decirnos después de siete millones y medio de años de trabajo?

–Lo he comprobado con mucho cuidado –manifestó el ordenador–, y esa es exactamente la respuesta. Para ser franco con vosotros, creo que el problema consiste en que nunca habéis sabido realmente cuál es la pregunta.

–¡Pero se trata de la Gran Pregunta! ¡La Cuestión Última de la Vida, del Universo y de Todo! –aulló Loonquawl.

–Sí –convino Pensamiento Profundo, con el aire del que soporta bien a los estúpidos–, pero ¿cuál es realmente?

Un lento silencio lleno de estupor fue apoderándose de los dos hombres, que se miraron mutuamente tras apartar la vista del ordenador.

–Pues ya lo sabes, de Todo..., Todo... –sugirió débilmente Phouchg.

–¡Exactamente! –sentenció Pensamiento Profundo–. De manera que, en cuanto sepáis cuál es realmente la pregunta, sabréis cuál es la respuesta.

–¡Qué tremendo! –murmuró Phouchg, tirando a un lado su cuaderno de notas y limpiándose una lágrima diminuta.

–De acuerdo, de acuerdo –dijo Loonquawl–. Mira, ¿no puedes *decirnos* la pregunta?

–¿La Cuestión Última?

–Sí.

–¿De la Vida, del Universo y de Todo?

–¡Sí!

Pensamiento Profundo meditó un momento.

–Difícil –comentó.

–Pero ¿puedes decírnosla? –gritó Loonquawl.

Pensamiento Profundo meditó sobre ello otro largo momento.

–No –dijo al fin con voz firme.

Los dos hombres se derrumbaron desesperados en sus asientos.

–Pero os diré quién puede hacerlo –dijo Pensamiento Profundo.

Ambos levantaron bruscamente la vista.

–¿Quién? ¡Dínoslo!

De pronto, Arthur empezó a sentir que su cráneo, en apariencia inexistente, empezaba a hormiguear mientras él se movía despacio, pero de modo inexorable, hacia la consola, aunque solo se trataba, según imaginó, de un dramático *zoom* realizado por quienquiera que hubiese filmado el acontecimiento.

–No hablo sino del ordenador que me sucederá –entonó Pensamiento Profundo, mientras su voz recobraba sus acostumbrados tonos declamatorios–. Un ordenador cuyos parámetros funcionales no soy digno de calcular; y sin embargo yo lo proyectaré para vosotros. Un ordenador que podrá calcular la Pregunta de la Respuesta Última, un ordenador de tan infinita y sutil complejidad, que la misma vida orgánica formará parte de su matriz funcional. ¡Y hasta vosotros adoptaréis formas nuevas para introduciros en el ordenador y conducir su programa de diez millones de años! ¡Sí! Os proyectaré ese ordenador. Y también le daré un nombre. Se llamará... la Tierra.

Phouchg miró boquiabierto a Pensamiento Profundo.

–¡Qué nombre tan insípido! –comentó, y grandes incisiones aparecieron a todo lo largo de su cuerpo. De pronto, Loonquawl sufrió unos cortes horrendos procedentes de ninguna parte. La consola del ordenador se llenó de manchas y de grietas, las paredes oscilaron y se derrumbaron y la habitación se precipitó hacia arriba, contra el techo...

Slartibartfast estaba de pie frente a Arthur, sosteniendo los dos alambres.

–Fin de la cinta –explicó.

29

–¡Zaphod! ¡Despierta!

–¿Eemmmmmhhhheerrrrr?

–Venga, vamos, despierta.

–Déjame hacer una cosa que se me da bien, ¿quieres? –murmuró Zaphod, dándole la espalda a quien le hablaba y volviéndose a dormir.

–¿Quieres que te dé una patada? –le dijo Ford.

–¿Y eso te causaría mucho placer? –replicó débilmente Zaphod.

–No.

–A mí tampoco. Así que no tendría sentido. Deja de fastidiarme. –Zaphod se hizo un ovillo.

–Ha recibido doble dosis de gas –dijo Trillian, mirándolo–: Dos tragos.

–Y dejad de hablar –dijo Zaphod–, ya resulta bastante difícil tratar de dormir. ¿Qué pasa con el suelo? Está todo duro y frío.

–Es oro –le explicó Ford.

Con un pasmoso movimiento de ballet, Zaphod se puso en pie y empezó a otear el horizonte, porque hasta aquella línea se extendía el suelo áureo en todas direcciones, macizo y de una suavidad perfecta. Relucía como..., es imposible decir cómo relucía porque en el Universo nada existe que reluzca exactamente como un planeta de oro macizo.

–¿Quién ha puesto ahí todo eso? –gritó Zaphod, con los ojos en blanco.

–No te excites –le aconsejó Ford–. Solo es un catálogo.

–¿Un qué?

–Un catálogo –le explicó Trillian–, una ilusión.

–¿Cómo podéis decir eso? –gritó Zaphod, cayendo a gatas y mirando fijamente al suelo.

Lo golpeó y lo raspó. Era muy sólido y muy suave y ligero, podía hacerle marcas con las uñas. Era muy rubio y brillante, y cuando respiró sobre él, su aliento se evaporó de esa manera tan extraña y especial en que el aliento se evapora sobre el oro macizo.

–Trillian y yo hace rato que recuperamos el sentido –le dijo Ford–. Gritamos y chillamos hasta que vino alguien, y luego seguimos gritando y chillando hasta que nos trajeron comida y nos introdujeron en el catálogo de planetas para tenernos ocupados hasta que estuvieran preparados para atendernos. Todo esto es una grabación en Sensocine.

Zaphod lo miró con rencor.

–¡Mierda! –exclamó–. ¿Y me despiertas de mi sueño perfecto para mostrarme el de otro?

Se sentó resoplando.

–¿Qué es esa serie de valles de allá? –preguntó.

–El contraste –le explicó Ford–. Lo hemos visto.

–No te hemos despertado antes –le dijo Trillian–. El último planeta estaba lleno de peces hasta la rodilla.

–¿Peces?

–A cierta gente le gustan las cosas más raras.

–Y antes de eso –terció Ford– tuvimos platino. Un poco soso. Pero pensamos que te gustaría ver este.

Hacia donde mirasen, mares luminosos destellaban con una sólida llamarada.

–Muy bonito –comentó Zaphod con aire petulante.

En el cielo apareció un enorme número verde de catálogo. Osciló y cambió, y cuando volvieron a mirar, el panorama también era diferente.

–¡Uf! –dijeron a coro.

El mar era púrpura. La playa en la que se encontraban se componía de guijarros amarillos y verdes: gemas tremendamente preciosas, podría asegurarse. A lo lejos, las crestas rojas de las montañas eran suaves y onduladas. Más cerca, se levantaba una mesa de playa con un escarolado parasol malva y borlas plateadas.

En el cielo apareció un letrero enorme que sustituía al número de catálogo. Decía: *Cualesquiera que sean tus gustos, Magrathea puede complacerte. No somos orgullosos.*

Y quinientas mujeres completamente desnudas cayeron del cielo en paracaídas.

Al cabo de un momento la escena se desvaneció, dejándolos en una pradera primaveral llena de vacas.

–¡Uf! –exclamó Zaphod–. ¡Mis cerebros!

–¿Quieres hablar de ello? –le dijo Ford.

–Sí, muy bien –aceptó Zaphod, y los tres se sentaron ignorando las escenas que surgían y se disipaban a su alrededor.

–Esto es lo que me figuro –empezó a decir Zaphod–. Sea lo que sea lo que le ha ocurrido a mi mente, lo he conseguido. Y lo he logrado de un modo que no podrían detectar las pantallas de prueba del Gobierno. Y yo no debía saber nada al respecto. Qué locura, ¿verdad?

Los otros dos asintieron con la cabeza.

–De manera que me pregunto: ¿qué es tan secreto para que yo no pueda decirle a nadie que lo sé, ni siquiera al Gobierno Galáctico, ni a mí mismo? La respuesta es: no lo sé. Es evidente. Pero he relacionado unas cuantas cosas y empiezo a adivinar. ¿Cuándo decidí presentarme a la presidencia? Poco después de la muerte del presidente Yooden Vranx. ¿Te acuerdas de Yooden, Ford?

–Sí –dijo Ford–, aquel sujeto que conocimos de muchachos, el capitán arcturiano. Tenía gracia. Nos dio castañas cuando asaltaste su megavión. Decía que eras el chico más impresionante que había conocido.

–¿Qué es todo eso? –preguntó Trillian.

–Historia antigua –le contestó Ford–, de cuando éramos muchachos en Betelgeuse. Los megaviones arcturianos llevaban la mayor parte de su voluminosa carga entre el Centro Galáctico y las regiones periféricas. Los exploradores comerciales de Betelgeuse descubrían los mercados y los arcturianos los abastecían. Había muchas dificultades con los piratas del espacio antes de que los aniquilaran en las guerras Dordellis, y los megaviones tenían que dotarse de los escudos defensivos más fantásticos conocidos por la ciencia galáctica. Eran naves enormes, realmente descomunales. Cuando entraban en la órbita de un planeta eclipsaban al sol.

»Un día, el joven Zaphod decidió atacar uno con una escúter de tres propulsores a chorro proyectada para trabajar en la estratosfera. No era más que un crío. Le dije que lo olvidara, que era el asunto más descabellado que había oído jamás. Yo lo acompañé en la expedición, porque había apostado un buen dinero a que no lo haría, y no quería que volviese con pruebas amañadas. ¿Y qué ocurrió? Subimos a su tripropulsor, que él había preparado convirtiéndolo en algo completamente distinto, recorrimos tres parsecs en cosa de semanas, entramos todavía no sé cómo en un megavión, avanzamos hacia el puente blandiendo pistolas de juguete y pedimos castañas. No he visto cosa más absurda. Perdí un año de dinero para gastos. ¿Y para qué? Para castañas.

–El capitán era un tipo realmente impresionante, Yooden Vranx –dijo Zaphod–. Nos dio comida, alcohol, género de las partes más extrañas de la Galaxia, y montones de castañas, por supuesto, y nos lo pasamos increíblemente bien. Luego nos teletransportó. Al ala de máxima seguridad de la cárcel estatal de Betelgeuse. Era un tipo excelente. Llegó a ser presidente de la Galaxia.

Zaphod hizo una pausa.

En aquellos momentos, la escena que les envolvía se llenó de oscuridad. Una niebla negra se levantaba a su alrededor y unas formas pesadas se movían furtivamente entre las sombras. De cuando en cuando rasgaban el aire los ruidos que unos seres ilusorios hacían al matar a otros seres ilusorios. Es probable que a bastante gente le hubiera gustado esa clase de cosas hasta el punto de encargarlas por una suma de dinero.

–Ford –dijo Zaphod en voz baja.

–¿Sí?

–Justo antes de morir, Yooden vino a verme.

–¿Cómo? Nunca me lo has dicho.

–No.

–¿Qué te dijo? ¿Para qué fue a verte?

–Me contó lo del *Corazón de Oro*. La idea de que yo lo robara se le ocurrió a él.

–¿A *él?*

–Sí –dijo Zaphod–, y la única posibilidad de robarlo era en la ceremonia de botadura.

Ford lo miró un momento, boquiabierto de asombro, y luego soltó una estrepitosa carcajada.

–¿Quieres decirme que te presentaste a la presidencia de la Galaxia solo para robar esa nave?

–Eso es –admitió Zaphod, con la especie de sonrisa que hace que a mucha gente se la encierre en una habitación de paredes acolchadas.

–Pero ¿por qué? –le preguntó Ford–. ¿Por qué era tan importante poseerla?

–No lo sé –respondió Zaphod–, creo que si supiera conscientemente por qué era tan importante y para qué la necesitaba, se habría proyectado en las pantallas de las pruebas cerebrales y no las habría pasado. Creo que Yooden me contó un montón de cosas que aún siguen bloqueadas.

–De modo que crees que te hiciste un lío en tu propio cerebro como resultado de la conversación que Yooden mantuvo contigo...

–Tenía una endiablada capacidad de convicción.

–Sí, pero Zaphod, viejo amigo, es preciso que cuides de ti mismo, ¿sabes?

Zaphod se encogió de hombros.

–¿No tienes ninguna idea de las razones de todo esto? –le preguntó Ford.

Zaphod lo pensó mucho y pareció sentir dudas.

–No –dijo al fin–, me parece que no voy a permitirme descubrir ninguno de mis secretos. Sin embargo –añadió, tras pensarlo un poco más–, lo comprendo. No confiaría en mí mismo ni para escupir a una rata.

Un momento después, el último planeta del catálogo desapareció bajo sus plantas y el mundo real volvió a aparecer.

Estaban sentados en una lujosa sala de espera llena de mesas con tablero de cristal y premios de proyectos.

Un magratheano de gran talla estaba en pie delante de ellos.

–Los ratones os verán ahora –les dijo.

30

–Así que ahí lo tienes –dijo Slartibartfast, haciendo un intento débil y superficial de ordenar el asombroso revoltijo de su despacho. Cogió una hoja de papel de un montón, pero luego no se le ocurrió ningún otro sitio para ponerla, de manera que volvió a depositarla encima del montón original, que se derrumbó enseguida–. Pensamiento Profundo proyectó la Tierra, nosotros la construimos y vosotros la habitasteis.

–Y los vogones llegaron y la destruyeron cinco minutos antes de que concluyera el programa –añadió Arthur, no sin amargura.

–Sí –dijo el anciano, haciendo una pausa para mirar desalentado por la habitación–. Diez millones de años de planificación y de trabajo echados a perder como si nada. Diez millones de años, terrícola... ¿Te imaginas un período de tiempo semejante? En ese tiempo, una civilización galáctica podría desarrollarse cinco veces a partir de un simple gusano. Echados a perder.

Hizo una pausa.

–Bueno, para ti eso es burocracia –añadió.

–Mire usted –dijo Arthur con aire pensativo–, todo esto explica un montón de cosas. Durante toda mi vida he tenido la sensación extraña e inexplicable de que en el mundo estaba pasando algo importante, incluso siniestro, y que nadie iba a decirme de qué se trataba.

–No –dijo el anciano–, eso no es más que paranoia absolutamente normal. Todo el mundo la tiene en el Universo.

–¿Todo el mundo? –repitió Arthur–. ¡Pues si todo el mundo la tiene, quizás posea algún sentido! Tal vez en algún sitio, fuera del Universo que conocemos...

–Quizás. ¿A quién le importa? –dijo Slartibartfast antes de que Arthur se emocionara demasiado, y prosiguió–: Tal vez esté viejo y cansado, pero siempre he pensado que las posibilidades de descubrir lo que realmente pasa son tan absurdamente remotas, que lo único que puede hacerse es decir: olvídalo y mantente ocupado. Fíjate en mí: yo proyecto líneas costeras. Me dieron un premio por Noruega.

Revolvió entre un montón de despojos y sacó un gran bloque de perspex y un modelo de Noruega montado sobre él.

–¿Qué sentido tiene esto? –prosiguió–. No se me ocurre ninguno. Toda la vida he estado haciendo fiordos. Durante un momento pasajero se pusieron de moda y me dieron un premio importante.

Se encogió de hombros, le dio vueltas en las manos y lo tiró descuidadamente a un lado, pero con el suficiente tiento para que cayera en un sitio blando.

–En la Tierra de recambio que estamos construyendo me han encomendado África, y la estoy haciendo con muchos fiordos, porque me gustan y soy lo bastante anticuado para pensar que dan un delicioso toque barroco a un continente. Y me dicen que no es lo bastante ecuatorial. ¡Ecuatorial! –Emitió una ronca carcajada–. ¿Qué importa eso? Desde luego, la ciencia ha logrado cosas maravillosas, pero yo preferiría, con mucho, ser feliz a tener razón.

–¿Y lo es?

–No. Ahí reside todo el fracaso, por supuesto.

–Lástima –dijo Arthur con simpatía–. De otro modo, parecía una buena forma de vida.

Una pequeña luz blanca destelló en un punto de la pared.

–Vamos –dijo Slartibartfast–, tienes que ver a los ratones. Tu llegada al planeta ha causado una expectación considerable. Según tengo entendido, la han saludado como el tercer acontecimiento más improbable de la historia del Universo.

–¿Cuáles fueron los dos primeros?

–Bueno, probablemente no fueron más que coincidencias –dijo con indiferencia Slartibartfast. Abrió la puerta y esperó a que Arthur lo siguiera.

Arthur miró alrededor una vez más, y luego inspeccionó su apariencia, la ropa sudada y desaliñada con la que se había tumbado en el barro el jueves por la mañana.

–Parece que tengo tremendas dificultades con mi forma de vida –murmuró para sí.

–¿Cómo dices? –le preguntó suavemente el anciano.

–Nada, nada –contestó Arthur–, solo era una broma.

31

Desde luego, es bien sabido que unas palabras dichas a la ligera pueden costar más de una vida, pero no siempre se aprecia el problema en toda su envergadura.

Por ejemplo, en el mismo momento en que Arthur dijo «Parece que tengo tremendas dificultades con mi forma de vida», un extraño agujero se abrió en el tejido del continuo espacio-tiempo y llevó sus palabras a un pasado muy remoto, por las extensiones casi infinitas del espacio, hasta una Galaxia lejana donde seres extraños y guerreros estaban al borde de una formidable batalla interestelar.

Los dos dirigentes rivales se reunían por última vez.

Un silencio temeroso cayó sobre la mesa de conferencias cuando el jefe de los vl'hurgos, resplandeciente con sus enjoyados pantalones cortos de batalla, de color negro, miró fijamente al dirigente g'gugvuntt, sentado en cuclillas frente a él entre una nube de fragantes vapores verdes, y, con un millón de bruñidos cruceros estelares, provistos de armas horribles y dispuestos a desencadenar la muerte eléctrica a su sola voz de mando, exigió a la vil criatura que retirara lo que había dicho de su madre.

La criatura se removió entre sus vapores tórridos y malsanos, y en aquel preciso momento las palabras *Parece que tengo tremendas dificultades con mi forma de vida* flotaron por la mesa de conferencias.

Lamentablemente, en la lengua vl'hurga aquel era el insulto más terrible que pudiera imaginarse, y no quedó otro remedio que librar una guerra horrible durante siglos.

Al cabo de unos miles de años, después de que su Galaxia quedara diezmada, se comprendió que todo el asunto había sido un lamentable error, y las dos flotas contendientes arreglaron las pocas diferencias que aún tenían con el fin de lanzar un ataque conjunto contra nuestra propia Galaxia, a la que ahora se consideraba sin sombra de duda como el origen del comentario ofensivo.

Durante miles de años más, las poderosas naves surcaron la vacía desolación del espacio y, finalmente, se lanzaron contra el primer planeta con el que se cruzaron –dio la casualidad de que era la Tierra–, donde, debido a un tremendo error de bulto, toda la flota de guerra fue accidentalmente tragada por un perro pequeño.

Aquellos que estudian la compleja interrelación de causa y efecto en la historia del Universo, dicen que esa clase de cosas ocurren a todas horas, pero que somos incapaces de prevenirlas.

«Cosas de la vida», dicen.

Al cabo de un corto viaje en el aerodeslizador, Arthur y el anciano de Magrathea llegaron a una puerta. Salieron del vehículo y entraron a una sala de espera llena de mesas con tableros de cristal y premios de perspex. Casi enseguida se encendió una luz encima de la puerta del otro extremo de la habitación, y pasaron.

–¡Arthur! ¡Estás sano y salvo! –gritó una voz.

–¿Lo estoy? –dijo Arthur, bastante sorprendido–. Estupendo.

La iluminación era más bien débil y tardó un momento en distinguir a Ford, a Trillian y a Zaphod sentados en torno a una amplia mesa muy bien provista con platos exóticos, extrañas carnes dulces y frutas raras. Tenían los carrillos llenos.

–¿Qué os ha sucedido? –les preguntó Arthur.

–Pues nuestros anfitriones –dijo Zaphod, atacando una buena ración de tejido muscular a la plancha– nos han lanzado gases, nos han dado muchas sorpresas, se han portado de manera misteriosa y ahora nos han ofrecido una espléndida comida para resarcirnos. Toma –añadió, sacando de una fuente un trozo de carne maloliente–, come un poco de chuleta de rino vegano. Es deliciosa, si da la casualidad de que te gustan estas cosas.

–¿Anfitriones? –dijo Arthur–. ¿Qué anfitriones? Yo no veo ninguno...

–Bienvenido al almuerzo, criatura terrícola –dijo una voz suave.

Arthur miró en derredor y dio un grito súbito.

–¡Uf! –exclamó–. ¡Hay ratones encima de la mesa!

Hubo un silencio embarazoso y todo el mundo miró fijamente a Arthur.

Él estaba distraído, contemplando dos ratones blancos aposentados encima de la mesa, en algo parecido a vasos de whisky. Percibió el silencio y miró a todos.

–¡Oh! –exclamó al darse cuenta–. Lo siento, no estaba completamente preparado para...

–Permite que te presente –dijo Trillian–. Arthur, este es el ratón Benjy...

–¡Hola! –dijo uno de los ratones. Sus bigotes rozaron un panel, que por lo visto era sensible al tacto, en la parte interna de lo que semejaba un vaso de whisky, y el vehículo se movió un poco hacia delante.

–Y este es el ratón Frankie.

–Encantado de conocerte –dijo el otro ratón, haciendo lo mismo.

Arthur se quedó boquiabierto.

–Pero no son...

–Sí –dijo Trillian–, son los ratones que me llevé de la Tierra.

Le miró a los ojos y Arthur creyó percibir una levísima expresión de resignación.

–¿Me pasas esa fuente de megaburro arcturiano a la parrilla? –le pidió ella.

Slartibartfast tosió cortésmente.

–Humm, discúlpeme –dijo.

–Sí, gracias, Slartibartfast –dijo bruscamente el ratón Benjy–; puedes irte.

–¿Cómo? ¡Ah..., sí! Muy bien –dijo el anciano, un tanto desconcertado–. Entonces voy a seguir con algunos de mis fiordos.

–Mira, en realidad no será necesario –dijo el ratón Frankie–. Es muy probable que ya no necesitemos la nueva Tierra. –Hizo girar sus ojillos rosados–. Ahora hemos encontrado a un nativo que estuvo en ese planeta segundos antes de su destrucción.

–¡Qué! –gritó Slartibartfast, estupefacto–. ¡No lo dirá en serio! ¡Tengo preparados mil glaciares, listos para extenderlos por toda África!

–En ese caso –dijo Frankie en tono agrio–, tal vez puedas tomarte unas breves vacaciones y marcharte a esquiar antes de desmantelarlos.

–¡Irme a esquiar! –gritó el anciano–. ¡Esos glaciares son obras de arte! ¡Tienen unos contornos elegantemente esculpidos! ¡Altas cumbres de hielo, hondas y majestuosas cañadas! ¡Esquiar sobre ese noble arte sería un sacrilegio!

–Gracias, Slartibartfast –dijo Benjy en tono firme–. Eso es todo.

–Sí, señor –repuso fríamente el anciano–, muchas gracias. Bueno, adiós, terrícola –le dijo a Arthur–, espero que se arregle tu forma de vida.

Con una breve inclinación de cabeza al resto del grupo, se dio la vuelta y salió tristemente de la habitación.

Arthur le siguió con la mirada, sin saber qué decir.

–Y ahora –dijo el ratón Benjy–, al asunto.

Ford y Zaphod chocaron las copas.

–¡Por el asunto! –exclamaron.

–¿Cómo decís? –dijo Benjy.

–Lo siento, creí que estaba proponiendo un brindis –dijo Ford, mirando a un lado.

Los dos ratones dieron vueltas impacientes en sus vehículos de vidrio. Finalmente, se tranquilizaron y Benjy se adelantó, dirigiéndose a Arthur.

–Y ahora, criatura terrícola –le dijo–, la situación en que nos encontramos es la siguiente: como ya sabes, hemos estado más o menos rigiendo tu planeta durante los últimos diez millones de años con el fin de hallar esa detestable cosa llamada Pregunta Última.

–¿Por qué? –preguntó bruscamente Arthur.

–No, ya hemos pensado en esa –terció Frankie–, pero no encaja con la respuesta. *¿Por qué?: Cuarenta y dos...*, como ves, no cuadra.

–No –dijo Arthur–, me refiero a por qué lo habéis estado rigiendo.

–Ya entiendo –dijo Frankie–. Pues para ser crudamente francos, creo que al final solo era por costumbre. Y el problema es más o menos este: estamos hasta las narices de todo el asunto, y la perspectiva de volver a empezar por culpa de esos puñeteros vogones me pone los pelos de punta, ¿comprendes lo que quiero decir? Fue una verdadera suerte que Benjy y yo termináramos nuestro trabajo correspondiente y saliéramos pronto del planeta para tomarnos unas breves vacaciones; desde entonces nos las hemos arreglado para volver a Magrathea mediante los buenos oficios de tus amigos.

–Magrathea es un medio de acceso a nuestra propia dimensión –agregó Benjy.

–Desde entonces –continuó su murino compañero–, nos han ofrecido un contrato enormemente ventajoso en nuestra propia dimensión para realizar el espectáculo de entrevistas 5D y una gira de conferencias, y nos sentimos muy inclinados a aceptarlo.

–Yo lo aceptaría, ¿y tú, Ford? –se apresuró a decir Zaphod.

–Pues claro –dijo Ford–, yo lo firmaría con sumo placer.

–Pero hemos de tener un *producto,* ¿comprendes? –dijo Frankie–; me refiero a que, desde un punto de vista ideal, de una forma o de otra seguimos necesitando la Pregunta Última.

Zaphod se inclinó hacia Arthur y le dijo:

–Mira, si se quedan ahí sentados en el estudio con aire de estar muy tranquilos y se limitan a decir que conocen la Respuesta a la pregunta de la Vida, del Universo y de Todo, para luego admitir que en realidad es Cuarenta y dos, es probable que el espectáculo se quede bastante corto. Faltarán detalles, ¿comprendes?

–Debemos tener algo que *suene* bien –dijo Benjy.

–¡Algo que *suene* bien! –exclamó Arthur–. ¿Una Pregunta Última que *suene* bien? ¿Expresada por un par de ratones?

Los ratones se encresparon.

–Bueno, yo digo que *sí* al idealismo, *sí* a la dignidad de la investigación pura, *sí* a la búsqueda de la verdad en todas sus formas, pero me temo que se llega a un punto en que se empieza a sospechar que si existe una verdad *auténtica,* es que toda la infinitud multidimensional del Universo está regida, casi sin lugar a dudas, por un hatajo de locos. Y si hay que elegir entre pasarse otros diez millones de años averiguándolo, y coger el dinero y salir corriendo, a mí me vendría bien hacer ejercicio –dijo Frankie.

–Pero... –empezó a decir Arthur, desesperado.

–Oye, terrícola –le interrumpió Zaphod–, ¿quieres entenderlo? Eres un producto de la última generación de la matriz de ese ordenador, ¿verdad?, y estabas en tu planeta en el preciso momento de su destrucción, ¿no es así?

–Humm...

–De manera que tu cerebro formaba parte orgánica de la penúltima configuración del programa del ordenador –concluyó Ford con bastante lucidez, según le pareció.

–¿De acuerdo? –preguntó Zaphod.

–Pues... –dijo Arthur en tono de duda. No tenía conciencia de haber formado parte orgánica de nada. Siempre había considerado que ese era uno de sus problemas.

–En otras palabras –dijo Benjy, acercándose a Arthur en su curioso y pequeño vehículo–, hay muchas probabilidades de que la estructura de la pregunta esté codificada en la configuración de tu cerebro; así que te lo queremos comprar.

–¿El qué, la pregunta? –inquirió Arthur.

–Sí –dijeron Ford y Trillian.

–Por un montón de dinero –sugirió Zaphod.

–No, no –repuso Frankie–, lo que queremos comprar es el cerebro.

–¡Cómo!

–Bueno, ¿quién iba a echarlo de menos? –añadió Benjy.

–Creía que podíais leer su cerebro por medios electrónicos –protestó Ford.

–Ah, sí –dijo Frankie–, pero primero tenemos que sacarlo. Tenemos que prepararlo.

–Que tratarlo –añadió Benjy.

–Que cortarlo en cubitos.

–¡Gracias! –gritó Arthur, derribando la silla y retrocediendo horrorizado hacia la puerta.

–Siempre se puede volver a poner –explicó Benjy en tono razonable–, si tú crees que es importante.

–Sí, un cerebro electrónico –dijo Frankie–; uno sencillo sería suficiente.

–¡Uno sencillo! –gimió Arthur.

–Sí –dijo Zaphod, sonriendo de pronto con una mueca perversa–, solo tendrías que programarlo para decir. *¿Qué?, No comprendo* y *¿Dónde está el té?* Nadie notaría la diferencia.

–¿Cómo? –gritó Arthur, retrocediendo aún más.

–¿Entiendes lo que quiero decir? –le preguntó Zaphod, aullando de dolor por algo que le hizo Trillian en aquel momento.

–*Yo* notaría la diferencia –afirmó Arthur.

–No, no la notarías –le dijo el ratón Frankie–; te programaríamos para que no la notaras.

Ford se dirigió hacia la puerta.

–Escuchad, queridos amigos ratones –dijo–; me parece que no hay trato.

–A mí me parece que sí –dijeron los ratones a coro, y todo el encanto de sus vocecitas aflautadas se desvaneció en un instante. Con un débil gemido sus dos vehículos de cristal se elevaron por encima de la mesa y surcaron el aire hacia Arthur, que siguió dando tropezones hacia atrás hasta quedar arrinconado y sintiéndose incapaz de solucionar aquel problema ni de pensar en nada.

Trillian lo tomó desesperadamente del brazo y trató de arrastrarlo hacia la puerta, que Ford y Zaphod intentaban abrir con esfuerzo, pero Arthur era un peso muerto, parecía hipnotizado por los roedores que se abalanzaban por el aire hacia él.

Trillian le dio un grito, pero él siguió con la boca abierta.

Con otro empujón, Ford y Zaphod lograron abrir la puerta. Al otro lado había una cuadrilla de hombres bastante feos que, según supusieron, eran los tipos duros de Magrathea. No solo ellos eran feos; el equipo médico que llevaban distaba mucho de ser bonito. Arremetieron contra ellos.

De ese modo, Arthur estaba a punto de que le abrieran la cabeza, Trillian no podía ayudarle y Ford y Zaphod se encontraban en un tris de ser atacados por varios bribones bastante más fuertes y mejor armados que ellos.

Con todo, tuvieron la suerte extraordinaria de que en aquel preciso momento todas las alarmas del planeta empezaran a sonar con un estruendo ensordecedor.

32

–*¡Emergencia! ¡Emergencia!* –proclamaron ruidosamente los altavoces por todo Magrathea–. *Una nave enemiga ha aterrizado en el planeta. Intrusos armados en la sección 8A. ¡Posiciones defensivas, posiciones defensivas!*

Los dos ratones agitaban irritados los hocicos entre los fragmentos de sus vehículos de cristal, que se habían roto contra el suelo.

–¡Maldita sea! –murmuró el ratón Frankie–. ¡Todo este alboroto por un kilo de cerebro terrícola!

Empezó a moverse de un lado para otro, mientras sus ojos rosados echaban chispas y se le erizaba el pelaje blanco por la electricidad estática.

–Lo único que podemos hacer ahora –le dijo Benjy, agachándose y mesándose reflexivamente los bigotes– es tratar de inventarnos una pregunta que tenga visos de credibilidad.

–Es difícil –comentó Frankie. Pensó–. ¿Qué te parece: *Qué es una cosa amarilla y peligrosa?*

–No, no es buena –dijo Benjy tras considerarlo un momento–. No cuadra con la respuesta.

Guardaron silencio durante unos segundos.

–Muy bien –dijo Benjy–. *¿Qué resultado se obtiene al multiplicar seis por siete?*

–No, no, eso es muy literal, demasiado objetivo –alegó Frankie–. No confirmaría el interés de los apostadores.

Volvieron a pensar.

–Tengo una idea –dijo Frankie al cabo de un momento–. *¿Cuántos caminos debe recorrer un hombre?*

–¡Ah! –exclamó Benjy–. ¡Eso parece prometedor! –Repasó un poco la frase y afirmó–: ¡Sí, es excelente! Parece tener mucho significado sin que en realidad obligue a decir nada en absoluto. *¿Cuántos caminos debe recorrer un hombre? Cuarenta y dos.* ¡Excelente, excelente! Eso los confundirá. ¡Frankie, muchacho, estamos salvados!

Con la emoción, ejecutaron una danza retozona.

Cerca de ellos, en el suelo, yacían varios hombres bastante feos a quienes habían golpeado en la cabeza con pesados premios de proyectos.

A casi un kilómetro de distancia, cuatro figuras corrían por un pasillo buscando una salida. Llegaron a una amplia sala de ordenadores. Miraron frenéticamente en derredor.

–¿Por qué camino te parece, Zaphod? –preguntó Ford.

–Así, a bulto, diría que por allí –dijo Zaphod, echando a correr hacia la derecha, entre una fila de ordenadores y la pared. Cuando los demás empezaron a seguirle, se vio frenado en seco por un rayo de energía que restalló en el aire a unos centímetros delante de él, achicharrando un trozo de la pared contigua.

–Muy bien, Beeblehrox –se oyó por un altavoz–, detente ahí mismo. Te estamos apuntando.

–¡Polis! –siseó Zaphod, empezando a dar vueltas en cuclillas–. ¿Tienes alguna preferencia, Ford?

–Muy bien, por aquí –dijo Ford, y los cuatro echaron a correr por un pasillo entre dos filas de ordenadores.

Al final del pasillo apareció una figura, armada hasta los dientes y vestida con un traje espacial, que les apuntaba con una temible pistola Mat-O-Mata.

–¡No queremos dispararte, Beeblebrox! –gritó el hombre.

–¡Me parece estupendo! –replicó Zaphod, precipitándose por un claro entre dos unidades de proceso de datos.

Los demás torcieron bruscamente tras él.

–Son dos –dijo Trillian–. Estamos atrapados.

Se agacharon en un rincón entre la pared y un ordenador grande.

Contuvieron la respiración y esperaron.

De pronto, el aire estalló con rayos de energía cuando los dos policías abrieron fuego a la vez contra ellos.

–Oye, nos están disparando –dijo Arthur, agachándose y haciéndose un ovillo–. Creí que habían dicho que no lo harían.

–Sí, *yo* también lo creía –convino Ford.

Zaphod asomó peligrosamente una cabeza.

–¡Eh! –gritó–. ¡Creí que habías dicho que no ibais a disparamos!

Volvió a agacharse.

Esperaron.

–¡No es fácil ser policía! –le replicó una voz al cabo de un momento.

–¿Qué ha dicho? –susurró Ford, asombrado.

–Ha dicho que no es fácil ser policía.

–Bueno, eso es asunto suyo, ¿no?

–Eso me parece a mí.

–¡Eh, escuchad! –gritó Ford–. ¡Me parece que ya tenemos bastantes contrariedades con que nos disparéis, de modo que si dejáis de imponernos *vuestros* propios problemas, creo que a todos nos resultará más fácil arreglar las cosas!

Hubo otra pausa y luego volvió a oírse el altavoz.

–¡Escucha un momento, muchacho! –dijo la voz–. ¡No estáis tratando con unos pistoleros baratos, estúpidos y retrasados mentales, con poca frente, ojillos de cerdito y sin conversación; somos un par de tipos inteligentes y cuidadosos que probablemente os caeríamos simpáticos si nos conocierais socialmente! ¡Yo no voy por ahí disparando por las buenas a la gente para luego alardear de ello en miserables bares de vigilantes del espacio, como algunos policías que conozco! ¡Yo voy por ahí disparando por las buenas a la gente, y luego me paso las horas lamentándome delante de mi novia!

–¡Y yo escribo novelas! –terció el otro policía–. ¡Pero todavía no me han publicado ninguna, así que será mejor que os lo advierta: estoy de *maaaaal* humor!

–¿Quiénes son esos tipos? –preguntó Ford, con los ojos medio fuera de las órbitas.

–No lo sé –dijo Zaphod–, me parece que me gustaba más cuando disparaban.

–De manera que, o venís sin armar jaleo –volvió a gritar uno de los policías–, u os hacemos salir a base de descargas.

–¿Qué preferís vosotros? –gritó Ford.

Un microsegundo después, el aire empezó a hervir otra vez a su alrededor, cuando los rayos de las Mat-O-Mata empezaron a dar en el ordenador que tenían delante.

Durante varios segundos las ráfagas continuaron con insoportable intensidad.

Cuando se interrumpieron, hubo unos segundos de silencio casi absoluto mientras se apagaban los ecos.

–¿Seguís ahí? –gritó uno de los policías.

–Sí –respondieron ellos.

–No nos ha gustado nada hacer eso –dijo el otro policía.

–¡Ya nos hemos dado cuenta! –gritó Ford.

–¡Escucha una cosa, Beeblebrox, y será mejor que atiendas bien!

–¿Por qué? –gritó Zaphod.

–¡Porque es algo muy sensato, muy interesante y muy humano! –gritó el policía–. Veamos: ¡o bien os entregáis todos ahora mismo, dejando que os golpeemos un poco, aunque no mucho, desde luego, porque somos firmemente contrarios a la violencia innecesaria, o hacemos volar este planeta y posiblemente uno o dos más con que nos crucemos al marcharnos!

–¡Pero eso es una locura! –gritó Trillian–. ¡No haríais una cosa así!

–¡Claro que lo haríamos! –gritó el policía, y le preguntó a su compañero–: ¿Verdad?

–¡Pues claro que lo haríamos, sin duda! –respondió el otro.

–Pero ¿por qué? –preguntó Trillian.

–¡Porque hay cosas que deben hacerse aunque se sea un policía liberal e ilustrado que lo sepa todo acerca de la sensibilidad y esas cosas!

–Yo, simplemente, no creo a esos tipos –murmuró Ford, meneando la cabeza.

–¿Volvemos a dispararles un poco? –le preguntó un policía al otro.

–Sí, ¿por qué no?

Volvieron a soltar otra andanada eléctrica.

El ruido y el calor eran absolutamente fantásticos. Poco a poco, el ordenador empezaba a desintegrarse. La parte delantera casi se había fundido, y gruesos arroyuelos de metal derretido corrían hacia donde estaban agazapados los fugitivos. Se retiraron un poco más y aguardaron el final.

33

Pero el final nunca llegó, al menos entonces.

La andanada se cortó bruscamente, y el súbito silencio que siguió quedó realzado por un par de gorgoteos sofocados y sendos golpes secos.

Los cuatro se miraron mutuamente.

–¿Qué ha pasado? –dijo Arthur.
–Han parado –le contestó Zaphod, encogiéndose de hombros.
–¿Por qué?
–No lo sé. ¿Quieres ir a preguntárselo?
–No.
Esperaron.
–¡Eh! –gritó Ford.
No respondieron.
–¡Qué raro!
–A lo mejor es una trampa.
–No son lo bastante inteligentes.
–¿Qué fueron esos golpes secos?
–No lo sé.
Aguardaron unos segundos más.
–Muy bien –dijo Ford–, voy a echar una ojeada.
Miró a los demás.
–¿Es que nadie va a decir: *No, tú no puedes ir, deja que vaya en tu lugar?*
Todos los demás menearon la cabeza.
–Bueno, vale –dijo, poniéndose en pie.
Durante un momento no pasó nada.
Luego, al cabo de un segundo o así, siguió sin pasar nada.
Ford atisbó entre la espesa humareda que se elevaba del ordenador en llamas.
Con cautela, salió al descubierto.
Siguió sin pasar nada.
Entre el humo, vio a unos veinte metros el cuerpo vestido con un traje espacial de uno de los policías. Estaba tendido en el suelo, en un montón arrugado. A veinte metros, en dirección contraria, yacía el segundo hombre. No había nadie más a la vista.
Eso le pareció sumamente raro a Ford.
Lenta, nerviosamente, se acercó al primero. Al aproximarse, el cuerpo inmóvil ofrecía un aspecto tranquilizador, y quieto e indiferente estaba cuando llegó a su lado y puso el pie sobre la pistola Mat-O-Mata, que aún colgaba de sus dedos inertes.
Se agachó y la recogió, sin encontrar resistencia.
Era evidente que el policía estaba muerto.
Un rápido examen demostró que procedía de Blagulon Kappa:

era un ser orgánico que respiraba metano y cuya supervivencia en la tenue atmósfera de oxígeno de Magrathea dependía del traje espacial.

El pequeño ordenador del mecanismo de mantenimiento vital que llevaba en la mochila parecía haber estallado de improviso.

Ford husmeó en su interior con asombro considerable. Aquellos diminutos ordenadores de traje solían estar alimentados por el ordenador principal de la nave, con el que estaban directamente conectados por medio del subeta. Semejante mecanismo era a prueba de fallos en toda circunstancia, a menos que algo fracasara totalmente en la retroacción, cosa que no se conocía.

Se acercó deprisa hacia el otro cuerpo y descubrió que le había ocurrido exactamente el mismo accidente inconcebible, probablemente al mismo tiempo.

Llamó a los demás para que lo vieran. Llegaron y compartieron su asombro, pero no su curiosidad.

–Salgamos a escape de este agujero –dijo Zaphod–. Si lo que creo que busco está aquí, no lo quiero.

Cogió la segunda pistola Mat-O-Mata, arrasó un ordenador contable, absolutamente inofensivo, y salió precipitadamente al pasillo, seguido de los demás. Casi destruyó un aerodeslizador que los esperaba a unos metros de distancia.

El aerodeslizador estaba vacío, pero Arthur lo reconoció: era el de Slartibartfast.

Había una nota para él sujeta a una parte de sus escasos instrumentos de conducción. En la nota había trazada una flecha que apuntaba a uno de los mandos.

Decía: *Probablemente, este es el mejor botón para apretar.*

34

El aerodeslizador los impulsó a velocidades que excedían de R17 por los túneles de acero que llevaban a la pasmosa superficie del planeta, ahora sumida en otro lóbrego crepúsculo matinal. Una horrible luz grisácea petrificaba la tierra.

R es una medida de velocidad, considerada como razonable para viajar y compatible con la salud, con el bienestar mental y con un retraso no mayor de unos cinco minutos. Por tanto, es una figura casi infinitamente variable según las circunstancias, ya que los dos primeros factores no solo varían con la velocidad considerada como absoluta, sino también con el conocimiento del tercer factor. A menos que se maneje con tranquilidad, tal ecuación puede producir considerable tensión, úlceras e incluso la muerte.

R17 no es una velocidad fija, pero sí muy alta.

El aerodeslizador surcó el espacio a R17 y aún más, dejando a sus ocupantes cerca del *Corazón de Oro,* que estaba severamente plantado en la superficie helada como un hueso calcinado, y luego se precipitó en la dirección por donde los había traído, probablemente para ocuparse de importantes asuntos particulares.

Miraron los cuatro a la nave, tiritando.

Junto a ella, había otra.

Era la nave patrulla de Blagulon Kappa, bulbosa y con forma de tiburón, de color verde pizarra y apagado; tenía escritos unos caracteres negros, de varios tamaños y diversas cotas de hostilidad. La leyenda informaba a todo aquel que se tomara la molestia de leerla de la procedencia de la nave, de a qué sección de la policía estaba asignada y de adónde debían acoplarse los repuestos de energía.

En cierto modo parecía anormalmente oscura y silenciosa, hasta para una nave cuyos dos tripulantes yacían asfixiados en aquel momento en una habitación llena de humo a varios kilómetros por debajo del suelo. Era una de esas cosas extrañas que resultan imposibles de explicar o definir, pero que pueden notarse cuando una nave está completamente muerta.

Ford lo notó y lo encontró de lo más misterioso: una nave y dos policías habían muerto de forma espontánea. Según su experiencia, el Universo no actuaba de aquel modo.

Los demás también lo notaron, pero sintieron con mayor fuerza el frío intenso y corrieron al *Corazón de Oro* padeciendo de un ataque agudo de falta de curiosidad.

Ford se quedó a examinar la nave de Blagulon. Al acercarse, casi tropezó con un cuerpo de acero que yacía inerte en el polvo frío.

–¡Marvin! –exclamó–. ¿Qué estás haciendo?

–No te sientas en la obligación de reparar en mí, por favor –se oyó una voz monótona y apagada.

–Pero ¿cómo estás, hombre de metal? –inquirió Ford.

–Muy deprimido.

–¿Qué te pasa?

–No lo sé –dijo Marvin–. Es algo nuevo para mí.

–Pero ¿por qué estás tumbado de bruces en el polvo? –le preguntó Ford, tiritando y poniéndose en cuclillas junto a él.

–Es una manera muy eficaz de sentirse desgraciado –dijo Marvin–. No finjas que quieres charlar conmigo, sé que me odias.

–No, no te odio.

–Sí, me odias, como todo el mundo. Eso forma parte de la configuración del Universo. Solo tengo que hablar con alguien y enseguida empieza a odiarme. Hasta los robots me odian. Si te limitas a ignorarme, creo que me marcharé.

Se puso en pie de un salto y miró resueltamente en dirección contraria.

–Esa nave me odiaba –dijo en tono desdeñoso, señalando a la nave de la policía.

–¿Esa nave? –dijo Ford, súbitamente alborotado–. ¿Qué le ha pasado? ¿Lo sabes?

–Me odiaba porque le hablé.

–¡Que le *hablaste!* –exclamó Ford–. ¿Qué quieres decir con eso de que le hablaste?

–Algo muy simple. Me aburría mucho y me sentía muy deprimido, así que me acerqué y me conecté a la toma externa del ordenador. Hablé un buen rato con él y le expliqué mi opinión sobre el Universo –dijo Marvin.

–¿Y qué pasó? –insistió Ford.

–Se suicidó –dijo Marvin, echando a anclar con aire majestuoso hacia el *Corazón de Oro.*

35

Aquella noche, mientras el *Corazón de Oro* procuraba poner varios años luz entre su propio casco y la Nebulosa Cabeza de Caballo, Zaphod holgazaneaba bajo la pequeña palmera del puente tratando de ponerse en forma el cerebro con enormes detonadores gargáricos pangalácticos; Ford y Trillian estaban sentados en un rincón hablando de la vida y de los problemas que suscita; y Arthur se llevó a la cama el ejemplar de Ford de la *Guía del autoestopista galáctico.* Pensó que, como iba a vivir por allí, sería mejor aprender algo al respecto.

Se topó con un artículo que decía:

«La historia de todas las civilizaciones importantes de la Galaxia tiende a pasar por tres etapas diferentes y reconocibles, las de Supervivencia, Indagación y Refinamiento, también conocidas por las fases del Cómo, del Por qué y del Dónde.

»Por ejemplo, la primera fase se caracteriza por la pregunta: ¿Cómo podemos comer?; *la segunda, por la pregunta:* ¿Por qué comemos? *y la tercera, por la pregunta:* ¿Dónde vamos a almorzar?»

No siguió adelante porque el intercomunicador de la nave se puso en funcionamiento.

–¡Hola, terrícola! ¿Tienes hambre, muchacho? –dijo la voz de Zaphod.

–Pues..., bueno, sí. Me apetece picar un poco –dijo Arthur.

–De acuerdo, chico, aguanta firme –le dijo Zaphod–. Tomaremos un bocado en el restaurante del Fin del Mundo.

EPÍLOGO

A las 19.30 del 19 de abril de 2004, la canción «Shoorah, Shoorah», cantada por Betty Wright, tronaba en un «piso de Islington» construido en el Plató 7 de los Estudios Elstree, en Hertfordshire. Bajo la mirada del director, Garth Jennings, y del productor, Nick Goldsmith, que juntos forman la empresa de producción Hammer and Tongs, el primer ayudante de dirección, Richard Whelan, gritó: «¡Acción!», y por fin, después de más de un cuarto de siglo desde que la primera serie radiofónica se emitiera en Radio 4, comenzaba a rodarse una película basada en la *Guía del autoestopista galáctico.* Arthur Dent, interpretado por Martin Freeman, estaba solo, leyendo un libro, mientras más de cuarenta actores con disfraces comenzaron a bailar. En medio de la multitud, entre la que había un ratón color rosa algodón de azúcar, un cowboy borracho y un jefe indio, la actriz norteamericana Zooey Deschanel, en el papel de Tricia McMillan, saltaba arriba y abajo, vestida como Charles Darwin. La histórica hoja con el plan de trabajo de ese primer día se reproduce en las páginas 241-243.

Es famosa la frase de Douglas Adams en la que describe el proceso de rodar una película en Hollywood como «intentar hacer un bistec a la plancha mediante el sistema de hacer entrar a una serie de gente en la cocina y echarle el aliento». ¿Por qué, entonces –a pesar del fenomenal éxito internacional de la serie radiofónica del *Autoestopista,* la serie de televisión, y sobre todo las novelas–, se había tardado más de veinticinco años en conseguir rodar la película? Es una larga historia.

Este epílogo a la edición de la *Guía del autoestopista galáctico,* aprovechando el estreno de la película, no es un relato exhaustivo de las dos décadas y media que tardó un ejecutivo importante de Hollywood en decir finalmente: «Sí, hagamos la película del *Autoestopista.»* Tal como ha dicho Ed Victor, amigo personal de Douglas y agente literario desde 1981: «Mucha, mucha gente le dio un mordisquito, lo probó, y lo rechazó.» Haría falta todo un libro para contar la historia de todos estos mordisquitos. Pero como soy uno de los productores ejecutivos, puedo contar la historia de cómo la película acabó haciéndose, basándome en conversaciones con muchas de las personas decisivas involucradas en el proyecto.

Conocí a Douglas Adams en su casa de Islington en 1991, donde me interpretó una pieza de Bach porque quería mostrarme algo en relación con la música y las matemáticas, y hablamos de una serie de televisión en preparación que él quería escribir y presentar. Lo que más me impresionó de ese primer encuentro fue la poderosa curiosidad intelectual de Douglas Adams. Seguimos llamándonos. Me aficionó al sushi. Fundamos una empresa juntos.[1] Vimos muchas películas y tuve la suerte de que nos hiciéramos amigos además de socios.

Douglas y yo seguimos siendo buenos amigos a lo largo de los años, por lo que no resultó sorprendente que, diez años después, cuando murió mi padre, Douglas fuera una de las primeras personas a las que llamé al volver a casa del hospital. Se había mostrado muy gentil y me había prestado su amable apoyo cuando mi padre estuvo enfermo, y hablamos mucho de la clase de persona que había sido mi padre. Al cabo de un rato regresamos a nuestros temas habituales de conversación, incluyendo las nuevas ideas que Douglas estaba incubando, y –por enésima vez– comentamos nuestra frustración por la película de la *Guía del autoestopista galáctico,*

1. La Digital Village fue concebida como una empresa multimedia, y produjo el juego de ordenador *Starship Titanic y* la página web h2g2.com, basada en la propia *Guía.* Los fundadores fuimos Douglas, yo, Richard Creasey (un veterano productor de televisión), Ian Charles Stewart (un banquero inversor), Mary Glanville (también ejecutiva de televisión), Richard Harris (un experto en tecnología) y Ed Victor.

que ya formaba parte del folklore de Hollywood por el tiempo al parecer interminable que llevaba sumida en el infierno de la preparación.

Al día siguiente, el viernes 11 de mayo de 2001, recibí una llamada de Ed Victor, y, mientras estaba sentado en mi silla favorita de la cocina, desde donde había hablado con Douglas la noche anterior, me enteré de que este había muerto de un ataque al corazón hacía menos de una hora, en su gimnasio de Montecito, California. Recuerdo que mi esposa soltó un grito a causa de la impresión cuando me oyó hablar con Ed, pero yo me quedé simplemente como atontado, y me pasé la noche atendiendo llamadas y telefoneando a amigos y colegas.

Las muestras de dolor y afecto por la muerte de Douglas en Internet y en la prensa fueron un tributo al enorme impacto que la *Guía del autoestopista galáctico* ha causado entre gente de todo el mundo. Quizás, por desgracia, la muerte trágicamente precoz de Douglas y la inmensa reacción que provocó fueron el catalizador que finalmente puso en marcha el proceso de producción. Si fue así, se trata de una ironía muy cruel. Ed Victor comenta la frustración provocada al intentar poner en marcha la película diciendo: «Siempre estaba intentando vender el *Autoestopista.* Douglas siempre, *siempre* quiso que se hiciera una película del libro. Cuatro veces vendí los derechos, y he calificado el hecho de no haber visto rodada la película en todos estos años como la frustración profesional más importante de mi vida. Fue algo de lo que siempre me sentí muy seguro. Había visto las sacas de correos. Sabía que había un público para la película. Le vendí los derechos a Don Tafner para que la ABC hiciera una serie de televisión. Se los vendí a la Columbia y a Ivan Reitman. Hicimos un trato con Michael Nesmith para hacerla a medias y finalmente se los vendimos a Disney, e incluso así se tardó siete años en comenzar la producción.»

Mi relación con Douglas no es tan antigua como la de Ed, pero me he visto implicado en el proyecto de la película desde que comenzaron las negociaciones para vender los derechos a Disney, en 1997, cuando, después del tremendo éxito de *Men in Black*, parecía que volvía a haber interés por la comedia y la ciencia ficción. Bob Bookman, el primer agente cinematográfico de Douglas en la poderosa agencia de talentos de Hollywood CAA (Creative

Artists Agency), organizó una serie de reuniones en las que Douglas y yo nos entrevistamos con algunos posibles productores. Y, como resultado de esas reuniones, dos personas comenzaron a llevar hacia delante el proyecto de la película del *Autoestopista.* Roger Birnbaum, de la independiente Caravan Pictures (que luego se convertiría en Spyglass), tuvo el «músculo» y el entusiasmo para embarcar a la Disney, y a través de Michael Nesmith, amigo de Douglas y exsocio en la producción y escritura de la película, conocimos a Peter Safran, Nicle Reed y Jimmy Miller, que juntos, en ese momento, representaban a Jay Roach, entonces un nuevo y taquillero director que acababa de triunfar con su sorprendente éxito del verano *Austin Powers: Agente internacional.* Jay también tenía una estrecha relación con Disney. Casi de inmediato, Douglas y Jay entablaron una profunda relación creativa, y parecía haberse formado un triunvirato ganador.

La *Guía del autoestopista galáctico* comenzó como una serie radiofónica, se convirtió en una novela famosa, una «trilogía en cinco partes», una obra de teatro y un juego de ordenador, y en esa época Digital Village la estaba convirtiendo en una guía «real» al planeta Tierra. La situación de los derechos era, por tanto, enormemente complicada, y costaba un enorme esfuerzo cerrar un trato. Ken Kleinberg y Christine Cuddy se convirtieron en los abogados que negociaron con Disney. A pesar de lo duro que trabajaron, del apoyo y entusiasmo de Roger Birnbaum y Jay Roach, y de los equipos de la CAA, de la oficina de Ed Victor y de Digital Village, todos haciendo horas extra, las negociaciones prosiguieron durante casi dieciocho meses. El trato se cerró por fin antes de las navidades de 1998, y estipulaba que Douglas y yo seríamos los productores ejecutivos, y que él escribiría un nuevo guión.

Douglas llevaba años haciendo guiones del *Autoestopista,* por lo que, con la aportación de Jay y Shauna Robertson, su socia en esa época, pudo hacer rápidamente un borrador lleno de su extraordinario ingenio e inteligencia; había nuevas ideas que intentaban hacerse sitio entre las escenas y personajes favoritos de los libros y la serie radiofónica. Ese primer borrador de 1999 era bueno, pero las dificultades para encontrar un equilibrio entre el hecho de que el *Autoestopista* fuera un relato por episodios y un impulso narrativo que le diera coherencia no se habían resuelto del todo. De hecho, ese era el problema que había afectado a todos los borradores de la película a lo largo de los años, y seguía siendo un enorme escollo. Jay recuerda su colaboración con Douglas con gran cariño, pero también reflexiona acerca de los problemas con que se encontraron.

«Incluso cuando escribíamos, y durante lo que se convirtió en un proceso de elaboración horrorosamente frustrante, no recuerdo haber disfrutado tanto de colaborar con alguien. Las cenas, nuestras largas charlas, sus risas. Incluso después, mientras decíamos "esto no funciona", seguíamos haciendo chistes acerca del absurdo de todo eso. Por lo que el proceso fue en extremo agradable. Solo que no llegamos a ninguna parte. Hubo una combinación de cosas que fueron obstaculizando nuestra lucha por conseguir que el *Autoestopista* se hiciera..., siempre había un desfase entre, por un lado, la idea de la gente de que iba a ser una superproducción de ciencia ficción con un gran presupuesto, con mucho espectáculo, y, por otra, el reconocimiento de que era una película más inteligente, más compleja, un poco más inglesa, un poco más irónica que las comedias taquilleras inglesas y americanas, y no conseguíamos sincronizar esas dos visiones, por lo que era difícil conectar con las necesidades de Disney.»

El 19 de abril de 1999, Douglas, frustrado por el ritmo a que avanzaba el proyecto, le mandó un fax a David Vogel, por entonces presidente de Producción de Disney, sugiriéndole celebrar una reunión. Le escribió: «Parece que hemos llegado a un punto en el que los problemas parecen más grandes que las oportunidades. No sé si tengo razón al pensar esto, pero por lo demás lo único que tengo es silencio, que es una fuente de información muy pobre..., el hecho de que podamos tener ideas distintas debería ser una fructífera fuente de debate y una manera de resolver los problemas que se vienen repitiendo. No tengo claro que una serie de "notas" escritas, procedentes de una sola dirección y respondidas por largos y horribles silencios, sirva para arreglar nada... ¿Por qué no nos reunimos y charlamos? Le adjunto una lista de números de teléfono en los que puede encontrarme. Si no lo consigue... sabré que procura no encontrarme con todas sus fuerzas.» Con su humor característico, le proporcionó docenas de números de contacto, entre los que estaban los de su casa, su móvil, su abuela, su madre, su hermana, su vecino de al lado (que, decía, «seguro que cogerá el recado»), un par de sus restaurantes favoritos e incluso el número de Sainsbury, el supermercado de su barrio, donde estaba seguro de que le llamarían por megafonía. La carta tuvo el efecto deseado, y poco después Douglas y yo volábamos hacia Los Ángeles para un «encuentro en la cumbre». Durante el vuelo estuvimos horas hablando de lo que sospechábamos que estaba pasando: Disney iba a sugerir que participara otro guionista. Roger Birnbaum, que estaba en la reunión en los Estudios Disney de Burbank, lo recuerda perfectamente: «Sabía que sería complicado. Quería que supiera lo mucho que lo respetábamos. Yo le admiraba mucho, y no quería poner en peligro el material, pero también opinaba que después de tantos años haciendo tantos borradores, Douglas se estaba quedando atascado.»

Douglas se enfrentaba a un dilema angustioso. El mensaje era claro. El impulso, la más preciosa de todas las mercancías de Hollywood, se estaba frenando peligrosamente, y para que la película no se quedara atascada del todo –otra vez–, iba a tener que permitir que interviniera otro guionista. Disney y Spyglass manejaron el asunto con bastante tacto y respeto. En la reunión, David Vogel, un hombre atento y antiguo erudito rabínico, comparó a Douglas con el constructor de una catedral, y dijo que el siguiente paso del proceso se parecía a contratar al maestro mampostero, no el hombre que había tenido la idea, sino un artesano diferente, cuya misión fuera asegurarse de que la brillante concepción original contara con los cimientos adecuados.

Josh Friedman, un escritor experimentado, fue contratado y escribió un nuevo borrador, que completó en otoño de 1999. No fue posible hacer gran cosa en colaboración con Douglas, y aunque de ninguna manera era un mal guión, ni siquiera con el apoyo de Douglas se consiguió que el proceso adelantara un paso. Peor presagio fue que coincidiera con un cambio de régimen en el estudio. David Vogel y Joe Roth, que habían estado al frente cuando Disney compró los derechos, se fueron. Nina Jacobson, ahora presidenta de Buena Vista Pictures, responsable de desarrollar los guiones y supervisar la producción de las películas para Walt Disney Pictures, se hizo responsable. Su mayor preocupación era el presupuesto, y en aquel momento no estaba segura de que el material, tal como estaba, pudiera interesar a alguien que no fuera fan de Douglas y se lograra hacer una película que Disney pudiera apoyar.

Frustrado de nuevo, Douglas decidió escribir otro borrador, y lo entregó en el verano de 2000. Los de Disney seguían sin estar convencidos, y, de hecho, cada vez estaban menos seguros de que fuera una película para ellos. De modo que, con su permiso, el guión fue discretamente enviado a otros estudios. El proyecto seguía teniendo acérrimos partidarios. En aquel momento Jay era un director de comedia en el candelero, y Roger Birnbaum y su socio, Gary Barber, de Spyglass, eran enormemente influyentes. No obstante, todos los estudios, y los principales productores independientes a quienes enseñaron el borrador, lo rechazaron. Recuerdo una llamada en particular que resume todo lo que era tan doloroso en esa torturante época. Douglas me telefoneó desde Santa Bárbara mientras yo estaba en Córcega, en la playa con mi familia. Me dijo que Joe Roth, que ahora se hallaba en los Estudios Revolution, había declinado el proyecto. Recuerdo la horrible sensación de desánimo mientras observaba a mi familia y veía que mi mujer se daba cuenta de la angustia que reflejaba mi cara. Para mí esa llamada fue una noticia especialmente mala, pues Joe era íntimo amigo y colega de Roger Birnbaum, y, entre bastidores, había sido fundamental a la hora de llevar el *Autoestopista* a Disney cuando era jefe del estudio. Si a él no le interesaba el proyecto, ¿a quién iba a interesarle? Ed Victor también recuerda perfectamente esa época: «Volví a caer en un agujero negro. En cierto momento nos fuimos al bar que había junto a la oficina, pedimos unos martinis de vodka tamaño gigante y Douglas dijo: "Calculo que habré gastado un total de cinco años de mi vida profesional en esta puta película, Ed. No permitas que nunca lo repita."»

Pero, por supuesto, Douglas nunca abandonó la esperanza de que algún día el *Autoestopista* llegara a ser una película.

En la primavera de 2001, con el proyecto de la película en punto muerto, Jay Roach se dio cuenta de que, tras haber trabajado en la película durante varios años, quizás simplemente no era la persona adecuada para llevar las cosas más lejos, y con tristeza, y a regañadientes, decidió retirarse como director, aunque como productor siguió igual de implicado que antes. Spyglass también seguía decidida a encontrar una manera de salir del atasco. Jon Glickman, presidente de Spyglass Pictures, y Derek Evans, que había sido el primero que había conseguido que Roger Birnbaum se interesara por el *Autoestopista,* cuando se unió a Spyglass como director de proyectos, habían sido dos de los más incansable partidarios de la película desde su llegada a Spyglass.[1] Jon recuerda haberse dado cuenta de que había que afrontar el presupuesto con realismo, y de que había que regresar a su idea inicial, que había sido la de encontrar un director que fuera camino al estrellato como había sido Jay cuando le conocimos, en 1997. Pero fue una época de bastante desánimo.

Y entonces, en mayo de 2001, llegó la llamada que me informó de que Douglas había muerto. En el período de una semana volé a California para asistir al funeral de Douglas y volví a Inglaterra para el de mis padres. Fueron momentos agotadores, emocional y físicamente. En las reuniones de amigos que tuvieron lugar en las semanas y meses posteriores a la muerte de Douglas, se habló mucho de la frustración que este experimentó en todos esos años que pasó intentando hacer «la Película». Casi se convirtió en una obsesión para él, y algún tiempo después le pregunté a su viuda, Jane Belsen, si, caso de que resultara posible hacer la película, ella daría su aprobación. Simplemente dijo que sí, e hizo un comentario en particular, que, dado el equipo de dirección y producción que al final acabó haciendo la película, resultó muy clarividente. «Busca a un director joven, alguien que no creciera cuando el *Autoestopista* apareció y tuvo su gran éxito. Recuerda que Douglas era un veinteañero cuando escribió el *Autoestopista.* Encuentra a alguien que tenga auténtica energía, no un modernillo, pero sí un tío enrollado. Cuando se publicó por primera vez, el *Autoestopista* era un libro enrollado.»

De manera que volví a hablar con Roger Birnbaum, y, como siempre, me ofreció su apoyo y continuo entusiasmo. Recuerda perfectamente la llamada. «Después de la muerte de Douglas, el proyecto quedó aparcado, pero entonces recibimos tu llamada di-

1 Cuando la película acabó haciéndose, Jon Glickman y Derek Evans fueron productor y productor ejecutivo, respectivamente.

ciendo que los herederos seguían interesados en hacer la película, y eso nos puso en marcha otra vez. El proyecto seguía encantándonos, y por el respeto que sentíamos por Douglas, estábamos felices de intentar llevarlo a cabo.»

También hablé con Jay Roach, cuyo apoyo sabía que sería esencial. El proyecto necesitaba todos los aliados que pudiéramos encontrar, y una película como el *Autoestopista* debía tener a alguien que la apoyara «desde dentro» si queríamos tener alguna opción de que se hiciera. En cuanto supo que Jane Belsen quería que la película se hiciera, su profundo afecto por Douglas significaba que Jay volvía a lanzarse a la batalla alegremente como director.

Todos sabíamos que sin una nueva versión del guión no íbamos a ninguna parte; el *Autoestopista* podía pasarse años en el limbo. Era absolutamente necesario contratar a un nuevo escritor, y a través de Jennifer Perrini, de la compañía de Jay, Everyman Pictures, tuvimos mucha suerte al encontrar a Karey Kirkpatrick. Nos cuenta la historia de cómo se metió en el proyecto en una entrevista que se hace a sí mismo. Karey no era un fan del *Autoestopista* –aunque lo acabaría siendo–, sino que simplemente se hizo cargo del guión porque era un escritor experimentado que se daba cuenta de dónde estaban los problemas. Su punto de arranque fue el guión definitivo de Douglas, y pude conseguirle mucho material del disco duro del Mac de Douglas: versiones anteriores y notas sobre cómo solucionar algunos problemas. Y así fue como Karey y Jay, este último de nuevo en la silla del director, se pusieron a trabajar en un nuevo «enfoque», marcando la dirección fundamental en la que ahora podría ir la película.

Varios meses más tarde, a primera hora de una mañana de primavera de 2002, se convocó una reunión en la casa de Roger Birnbaum de Beverly Hills. Allí, con un fuego en la chimenea y salmón ahumado y bollos en la mesa, Karey Kirkpatrick expuso el enfoque que él y Jay habían adoptado delante de Nina Jacobson, Jay Roach, Jennifer Perrini (la socia de Jay en su productora, Everyman Pictures), Roger Birnbaum, Jon Glickman y Derek Evans. Ese era el grupo fundamental de gente que podía conseguir que la película se hiciera. Karey comenzó su exposición con una visión de conjunto de cómo podía funcionar la narración en la película. Simplemente leyó el «resumen de lo publicado», al principio de *El restaurante del fin del mundo,* que resumía los hechos de la *Guía del autoestopista galáctico.*

Resumen de lo publicado:

Al principio se creó el Universo.

Eso hizo que se enfadara mucha gente, y la mayoría lo consideró un error.

Muchas razas mantienen la creencia de que lo creó alguna especie de dios, aunque los jatravártidos de Viltvodle VI creen que todo el Universo surgió de un estornudo de la nariz de un ser llamado Gran Arklopoplético Verde.

Los jatravártidos, que viven en continuo miedo del momento que llaman «La llegada del gran pañuelo blanco», son pequeñas criaturas de color azul y, como poseen más de cincuenta brazos cada una, constituyen la única raza de la historia que ha inventado el pulverizador desodorante antes que la rueda.

Sin embargo, y prescindiendo de Vutvodle VI, la teoría del Gran Arklopoplético no es generalmente aceptada, y como el Universo es un lugar tan incomprensible, constantemente se están buscando otras explicaciones.

Por ejemplo, una raza de seres hiperinteligentes y pandimensionales construyeron en una ocasión un gigantesco superordenador llamado Pensamiento Profundo para calcular de una vez por todas la Respuesta a la Pregunta Última de la Vida, del Universo y de Todo lo demás.

Durante siete millones y medio de años, Pensamiento Profundo ordenó y calculó, y al fin anunció que la respuesta definitiva era Cuarenta y dos; de manera que hubo de construirse otro ordenador, mucho mayor, para averiguar cuál era la pregunta verdadera.

Y tal ordenador, al que se le dio el nombre de Tierra, era tan enorme que con frecuencia se le tomaba por un planeta, sobre todo por parte de los extraños seres simiescos que vagaban por su superficie, enteramente ignorantes de que no eran más que una parte del gigantesco programa del ordenador.

Cosa muy rara, porque sin esa información tan sencilla y evidente, ninguno de los acontecimientos producidos sobre la Tierra podría tener el más mínimo sentido.

Lamentablemente, sin embargo, poco antes de la lectura de datos, la Tierra fue inesperadamente demolida por los vogones con el fin, según afirmaron, de dar paso a una vía de circunvalación; y de ese modo se perdió para siempre toda esperanza de descubrir el sentido de la vida.

O eso parecía.

Sobrevivieron dos de aquellas criaturas extrañas, semejantes a los monos.

Arthur Dent se escapó en el último momento porque de pronto resultó que un viejo amigo suyo, Ford Prefect, procedía de un planeta pequeño situado en las cercanías de Betelgeuse, y no de Guildford, tal como había manifestado hasta entonces; y, además, conocía la manera de que le subieran en platillos volantes.

Tricia McMillan, o Trillian, se había fugado del planeta seis meses antes con Zaphod Beeblebrox, por entonces presidente de la Galaxia.

Dos supervivientes.

Son todo lo que queda del mayor experimento jamás concebido: averiguar la Pregunta Última y la Respuesta Última de la Vida, del Universo y de Todo lo demás.

Nina proclamó que «lo pillaba». Teníamos una amplia forma narrativa: comenzaba con la destrucción de la Tierra, y contaba la historia del viaje hasta Magrathea, el legendario planeta que construye planetas. Gran parte del nuevo material que es ahora la película trata de la dificultad de llegar a Magrathea, y es aquí donde Douglas concibió los nuevos mecanismos de la trama y personajes nuevos, como la fabulosa pistola «punto de vista» y a Humma Kavula, el misionero demente, que reza por «la llegada del gran pañuelo blanco». La otra decisión clave fue que la película tendría a Arthur como personaje principal, y que veríamos la Galaxia desde su punto de vista. Parece algo muy sencillo, pero a lo largo de los años se habían hecho versiones en las que Zaphod o los vogones eran el centro de la historia; pero quizás al no sentir tanto la necesidad creativa de reinventar de Douglas, Karey dio con una estructura narrativa que funcionaba. Tiene muy buen oído para el humor inglés –su ironía y su desconfianza del sentimentalismo–, pero también comprende perfectamente que en Hollywood se necesita una férrea estructura.

Por fin tuvimos la impresión de que se iba por buen camino. Pero apenas habíamos insuflado nueva vida a la película, cuando pareció que esta volvía a tambalearse. En las semanas siguientes a la «exposición junto al hogar», Disney, que ya había gastado una suma considerable en la compra de los derechos y en diversas versiones, se negó a pagarle a Karey la tarifa de reescribir el guión, y pareció que todo iba a irse al garete. Pero Roger Birnbaum y su socio Gary Barber salvaron el proyecto: Spyglass demostró su compromiso absoluto con la película pagando ellos mismos la tarifa de Karey. Jon Glickman, de Spyglass, describe ese episodio fundamental: «Tuvimos una reunión con los de Disney en la que Nina Jacobson –que entonces era una gran entusiasta de la película, pero que al mismo tiempo le parecía que todo aquello era demasiado raro– dijo: "No voy a pagar el sueldo de Karey." Lo cierto es que Karey es un escritor caro: solo había tenido un gran éxito con *Chicken Run: Evasión en la granja,* y también había escrito *James y el melocotón gigante, y* ahora todos temíamos que el *Autoestopista* se nos fuera otra vez de las manos. No sé por qué los de Spyglass reaccionaron así en ese momento, salvo que el material les gustara mucho. Habíamos vivido seis años con ese proyecto, y creo que, para nosotros, era una especie de conexión emocional con Douglas. No tenía nada que ver con la manera en que habitualmente hacemos negocios. Pero nosotros corrimos con los gastos del sueldo de Karey. Era algo muy arriesgado..., básicamente solo estábamos pagando un borrador, mientas pensábamos: "Ojalá Karey dé en el clavo." Y eso fue lo que Karey, trabajando en colaboración con Jay, se propuso conseguir.»

Bob Bookman, uno de los más expertos agentes de Hollywood, comenta la fenomenal entrega de tanta gente al proyecto del *Autoestopista:* «El cine es un medio en el que todo se hace en colaboración, tanto a la hora de poner a la gente a trabajar como a la hora de mantenerlos en el tajo. Había mucha gente implicada, y llevaban en ello muchos años: tú, Ed, Jay, Roger, varias personas a las que podías mirar y decir: "Si no te hubieras metido en esto, no lo habríamos conseguido", y sin embargo la magia de esto es que toda esa gente siguió ahí hasta que pudimos lanzar la película.»

Y el resultado fue que a finales de la primavera de 2002 Karey, que seguía trabajando con Jay y con aportaciones de Spyglass y mías, comenzó a escribir. Siempre que Karey se topaba con un problema, regresaba a la serie radiofónica, a los libros, a *The Salmon of Doubt,*[1] a los fragmentos que había en el disco duro de Douglas que yo le había conseguido, para ver qué había en la mente de este. Entregó el guión antes de las navidades de aquel año. Una tarde volví a casa y me lo encontré en mi correo electrónico. Me senté y me lo leí de un tirón mientras se me erizaban los pelos de la nuca. Ahí había un guión que era el *Autoestopista* al cien por cien en su sensibilidad, pero que ahora había dado el salto y parecía una película, con su presentación, nudo y desenlace.

Ed Victor recuerda una conversación con Michael Nesmith acerca de la importancia fundamental que tiene para una película tener un buen guión: «Michael dijo: "Si eres el productor de una película, posees una propiedad, y lo que estás haciendo es llevar al jefe del estudio a la boca de una cueva oscura y decirle: 'Dentro de esta cueva hay una estatua de oro. Dame cien millones de dólares.[2] Tendrás la estatua. Entra y coge la estatua.' Bueno, el jefe del estudio no quiere darte cien millones de dólares para poder entrar en la oscuridad." Y entonces Nesmith hace una pausa y dice: "El guión es una linterna, y con él puedes apuntar a la cueva oscura y ver tan solo un atisbo, los contornos de la estatua. Entonces él te da los cien millones de dólares y entra y ve si puede coger la estatua..." Me pareció una metáfora muy inteligente. Tienes que poner a alguien a hacer el guión del *Autoestopista* antes de poder tenerla como película, pues hasta ahora solo ha tenido éxito en forma de libro o de serial radiofónico.» Ahora teníamos esa linterna.

En el Año Nuevo, Jay se dio cuenta de que el proyecto se estaba acelerando, y como tenía otros compromisos más acuciantes como director, decidió renunciar por última vez. De modo que necesitábamos un nuevo director. Lo que era bastante decepcionante, pues por primera vez teníamos un guión. En todos mis lar-

1. *The Salmon of Doubt:* una recopilación de escritos de Douglas y el comienzo de la última novela en la que trabajaba antes de morir, que habría sido el tercer libro de Dirk Gently.

2. ¡No se crean que este es el presupuesto de la película del *Autoestopista!*

gos años intentando hacer la película siempre había sido al revés: teníamos directores interesados, pero no guión. Ahora teníamos una mercancía que Hollywood podía comprender, y comenzamos a hacer circular el guión. Jay conocía a Spike Jonze, director de *Cómo ser John Malkovich* y *Adaptation: El ladrón de orquídeas,* que había sido un importante director de videoclips, y le mandó el guión. Existía la impresión general de que Spike, que había demostrado que sabía manejar materiales singulares, sería una buena elección. Era un fan de Douglas, leyó el guión y le gustó, pero tenía otros compromisos. No obstante, desempeñó un papel fundamental a la hora de hacernos avanzar. Sugirió Hammer and Tongs, Garth Jennings y Nick Goldsmith, una de las firmas más respetadas y creativas en el negocio de vídeos musicales y anuncios publicitarios, que habían trabajado, entre otros, con los siguientes grupos: R.E.M., Blur, Fatboy Slim y Ali G.

Inicialmente, Hammer and Tongs le dijeron a su agente, Frank Wuliger, que ni se molestara en mandar el guión. Estaban trabajando en un proyecto propio, y temían que un guión del *Autoestopista,* hecho en Hollywood y sin Douglas presentando batalla, probablemente echaría a perder algo por lo que ellos sentían un gran cariño. Sin embargo, Frank desempeñó otro papel pequeño pero vital a la hora de mantener el impulso: de todos modos les mandó el guión. Y allí estuvo, en el escritorio de su barcaza, muerto de risa durante una semana, hasta que Nick se lo llevó a casa. Al día siguiente, con el habitual eufemismo, le sugirió a Garth que no estaba mal y que le echara un vistazo. Garth se lo llevó a casa y lo leyó casi todo sentado en el retrete, hasta que salió para decirle a su mujer «que no estaba nada mal». Se daban cuenta del magnífico trabajo que había hecho Karey dejando respirar el genio de Douglas.

Cuando Nick y Garth viajaron a Londres, yo fui el primero en ir a recibirles. Una hermosa mañana de primavera, casi un año después de nuestra reunión junto a la chimenea en Beverly Hills, me los encontré en su barcaza remodelada, irónicamente a solo diez minutos andando de la casa de Douglas en Islington. Después de recorrer tantos kilómetros en avión y de llevar a su familia a vivir a California para conseguir que la película se hiciera, la iban a «devolver a casa» un equipo que vivía en Inglaterra, al lado de la casa de Douglas. Había galletitas de chocolate, un perro negro y muy amistoso llamado Mack, y, lo mejor de todo, la barcaza era un homenaje al ordenador Apple. Douglas, como todos sus fans saben, era fanático del Apple –de hecho, llegó a ser un «Apple Master»–, y de algún modo, si Nick y Garth hubieran trabajado en PC, probablemente habría puesto alguna excusa y me habría ido. Pero ni ellos trabajaban con PC ni yo me fui. Desde el principio de la reunión me quedó claro que Nick y Garth tenían la preparación, la visión y el sentido del humor para tomar finalmente el mando de la película del *Autoestopista.*

Una de las primeras reuniones resume ese sentido del humor y la fenomenal atención al detalle que caracterizan a Nick y Garth. Mantuvimos una videoconferencia con Jay, Spyglass y el equipo de Disney, capitaneado por Nina Jacobson. La comunicación era entre una sala de juntas en Los Ángeles y otra en Londres, pero Nick y Garth, que estaban con nosotros, habían dispuesto un pequeño telón teatral, el clásico de color rojo con brocados dorados, instalado delante de la cámara. Cuando el equipo de Los Ángeles llegó para la conferencia, allí en su pantalla, en lugar de verse la habitual gran mesa de reuniones en una sala anodina, apareció el telón cerrado. Cuando estábamos preparados para empezar, Garth, que había atado a su silla el mecanismo del telón, comenzó a moverse gradualmente hacia atrás, las cortinas se abrieron y las palabras «No se asuste» aparecieron en un pizarrín. Nada resume mejor que esa cortina lo juguetones que eran Nick y Garth, ese camino que han seguido entre frescura y fidelidad, y su amor por los artilugios.

Fue en esa reunión donde Nina dejó bien claro que si iban a hacer esa película, debían hacerla bien. No iba a pasar a la historia como la ejecutiva que se cargó el *Autoestopista.* Tenía que estar arraigada en la visión del mundo de Douglas, pero para que interesara a Disney tenía que llegar a un público nuevo.

A lo largo del verano de 2003, Hammer and Tongs trabajaron en el diseño de producción, la historia y el presupuesto. Para pasar a la fase de producción resultó crucial abordar el proyecto desde un presupuesto que hiciera que los de Disney se sintieran cómodos. Nick y Garth disfrutaron con ese reto. Para ellos la invención y solucionar los problemas eran medallas de honor. En otoño, Roger Birnbaum decidió que las piezas ya estaba todas colocadas. «Teníamos un guión, un director, una idea global y un presupuesto. Había llegado el momento de averiguar si Disney estaba a punto.»

Según los términos del acuerdo concluido cuando Spyglass se hizo cargo del sueldo de Karey, Roger y Gary controlaban ahora el proyecto, y Disney poseía derecho preferente a ser socio en la financiación o distribución. Nick y Garth volaron a Los Ángeles y le expusieron su idea a Nina. No era de ningún modo seguro que Disney participara en la película, y Jay, que entonces figuraba como productor, recuerda que llamó a Nina desde su coche, mientras iba por la autopista de la Costa del Pacífico, e intuyó que todavía no estaba convencida del todo.

El 17 de septiembre Nina convocó la reunión, y, tal como Jay había prometido, se vio arrastrada por la energía y concepción de Nick y Garth. El paso final fue una reunión con el jefe inmediato de Nina, Dick Cook, presidente de Walt Disney Studios. Dick, un ejecutivo afable y enormemente respetado, fue la última persona a quien había que convencer, y, tras una desesperante espera de varios días, Nick y Garth, el equipo de Spyglass, Jay y Nina se congregaron en su oficina el jueves 25 de septiembre de 2003 a las 4.00 de la tarde, hora de Los Ángeles. Garth, que, en maravillosa expresión de Hollywood, es «muy bueno en las reuniones», comenzó su presentación. Dick le escuchó atentamente y enseguida le preguntó si podría tener la película lista para el verano siguiente. Garth entendió que eso significaba que si era «técnicamente» factible tenerla lista para el verano de 2005, y simplemente dijo que era posible. Dick y Nina intercambiaron unos susurros. Cuando todo el mundo salía de la reunión y Garth recogía los diseños y *story boards* que había utilizado en su exposición, Dick le dijo a Garth que para cualquier cosa que necesitara, se pusieran en contacto con él. Hizo falta que Nina nos acompañara a todos hasta el ascensor para indicarnos que se acababa de dar luz verde a la película. Incluso para gente con experiencia en Hollywood, como Roger, Gary y Jay, el que se diera luz verde a una película sin haber hablado del reparto era de lo mis inusual, y cuando las puertas del ascensor se cerraron, todo el equipo gritó literalmente de alegría. A la 1 de la mañana, hora de Londres, recibí una llamada de Nick, y simplemente me dijo: «Estamos haciendo una película.» Jay se puso al teléfono, y estaba casi llorando. Para todos aquellos que habían trabajado con Douglas todos esos años, era ciertamente un momento agridulce; Douglas había soñado con oír esas palabras, asistir a una reunión como esa donde un pez gordo de Hollywood dijera: «Sí, vamos a hacer la película del *Autoestopista.*»

Teniendo ya luz verde la película, Disney tomó dos decisiones muy importantes. La primera fue convertirla de nuevo en un proyecto de la casa. La fe de Nina Jacobson en Nick y Garth, y su entusiasmo por el material que tenían entre manos, la había decidido a hacer que fuera la producción clave de Disney, y se preparó para lo que sería uno de los estrenos importantes del verano en la modalidad de «película con actores reales». La segunda fue quizás aún más importante; tras haber hecho una elección muy osada y creativa al permitir que un director y un productor noveles controlaran una película de alto presupuesto, Nina permitió que Garth y Nick contrataran el núcleo del equipo creativo con el que habían trabajado en sus videoclips y anuncios publicitarios. El director de fotografía, Igor Jadue-Lillo; el diseñador de producción, Joel Collins; el director de la segunda unidad, Dominic Leung; y el diseñador de vestuario, Sammy Sheldon, eran todos miembros claves de la familia Hammer and Tongs. De hecho, fue precisamente porque Garth y Nick habían reunido en torno a ellos a un grupo de personas enormemente creativas con las que habían trabajado muchos años por lo que Nina se sentía lo bastante segura como para permitirles «ponerse manos a la obra». Spyglass siguieron siendo los productores de la película, y a finales del otoño de 2003 pasamos a «preproducción», el período en que se busca el reparto, se programa y se hace el presupuesto de la producción, y se prepara el guión de rodaje.

La historia de cómo se reunieron los actores principales la contarán mejor ellos mismos en las entrevistas que siguen, pero a medida que reflejan su experiencia al trabajar con Garth y Nick, hay un tema que reaparece una y otra vez: la enorme atención al detalle que estos muestran. Desde el principio, Garth y Nick decidieron que el *Autoestopista* no debía ser una Galaxia «generada por ordenador». La mirada más superficial a su trabajo muestra su amor a las marionetas, al attrezo que funciona «delante de la cámara», a los platós reales. Naturalmente, en una película como el *Autoestopista* siempre habrá espectaculares creaciones por ordenador, pero al final los actores pasaron muy poco tiempo actuando delante de una pelota de tenis al extremo de un palo sobre un plató de grabación cubierto con una tela verde o azul. La Creature Shop de Henson en Camden, Londres, fue contratada para crear a los vogones y a docenas de criaturas «reales» con las que los actores pudieran interactuar. A lo largo de las dieciséis semanas de rodaje en los Estudios de Elstree, Frogmore y Shepperton, y en exteriores en North Hertfordshire, Gales y Londres centro, el equipo de diseño de producción creó una serie de «mundos reales» maravillosamente concebidos para que el reparto los habitara.

Probablemente, para los fans y el reparto, el «santo de los santos» era el plató del *Corazón de Oro.* En el famoso Plató George Lucas de los Estudios Elstree se construyó el interior de la nave con todo detalle. Era algo realmente hermoso: relucientes curvas blancas, un magnífico panel de control con el botón de la Energía de la Improbabilidad en el medio, una cocina e incluso una zona de bar para servir los detonadores gargáricos pangalácticos. Y, de manera muy adecuada, el 11 de mayo de 2004, tercer aniversario de la muerte de Douglas, todo los actores y el equipo se reunieron en el plató del *Corazón de Oro* para guardar un minuto de silencio en agradecimiento a Douglas. Esta es la reflexión de Jay Roach, que había guardado su minuto de silencio ese mismo día en Los Ángeles: «Todo comenzó con Douglas, y todos nosotros nos hemos puesto al servicio de lo que los libros y los seriales radiofónicos tenían de asombroso. El espíritu de Douglas nos unió a todos, y ninguno de nosotros quiso hacer nada que no nos llevara por un camino que, en nuestra opinión, pudiera no gustarle a él o a sus fans. Necesitaba transformarse para adaptarse a este nuevo canal, pero no tenía por qué ser otra cosa de lo que era en esencia. Se trataba de ese increíble prisma a través del cual puedes mirar el mundo y sentirte inspirado y estimulado, y todos sabíamos que no funcionaría sin esa esencia, y cuando conocimos a Garth y a Nick sinceramente creí que ellos lo harían mejor que yo a la hora de dejar respirar esa esencia.»

Roger Birnbaum también considera que «esta ha sido una de las grandes aventuras de mi vida. Cuando algo tarda mucho tiempo en conseguirse y funciona, resulta aún más satisfactorio..., todo el mundo se ha mostrado apasionado con el proyecto y se ha esforzado al máximo. Lo hemos hecho por el espíritu de Douglas».

Durante el largo período que abarca la realización de una película, hay muchos momentos que se te quedan grabados. Para mí, uno de esos momentos fue cuando rodábamos en las afueras de Tredegar, al sur de Gales, en una cantera abandonada (manteniendo viva esa larga y honorable tradición de la ciencia ficción inglesa y las canteras), y nos habíamos pasado el día entrando y saliendo de las furgonetas, pues llovía a cántaros, y el agua entraba horizontal en la cantera. La productora de la Creature Shop de Henson estaba envuelta de pies a cabeza con ropa de ir a explorar el Ártico que le había pedido prestada a un amigo, mientras que, en una espléndida demostración de que eran unos tipos duros, parte del equipo iba en pantalón corto y Timberlands, por mucho frío que hiciera. Los períodos de sol necesarios para rodar habían sido muy escasos. Pero en cierto momento, en la suave luz de la tarde, distinguí a un hombre muy menudo que estaba solo en mitad del fondo de la cantera; intentaba colocar una cabeza grande y blanca en su sitio, de donde el viento quería arrancarla. También vi que el director, con su inagotable energía y entusiasmo, probaba un artilugio que tres de los actores principales tendrían que utilizar al día siguiente. Al apretar un pequeño botón, una pala saltó delante de él con alarmante velocidad, y se detuvo a pocos centímetros de su nariz. Mientras tanto, un hombre vestido con pijama y batín, con una toalla en las manos, pasó el día con el Presidente de la Galaxia. A lo lejos, una nave espacial rojo Ferrari, que había provocado un agujero de cincuenta metros al estrellarse, reflejaba el sol sobre su aleta de cola.

Fue el 1 de julio de 2004, y estábamos filmando tomas exteriores para el planeta Vogosfera, y no por primera vez sentí un arrebato de orgullo y entusiasmo por el hecho de, después de tantos años, estar rodando «la película» de la *Guía del autoestopista galáctico.* Era algo que Douglas tenía muchísimas ganas de hacer, y, como siempre, el orgullo se mezclaba con una profunda tristeza por no tenerlo allí para que pudiera compartirlo con los demás.

Muchísimas veces, durante la preproducción y rodaje del *Autoestopista,* me preguntaron cosas como: «¿Cree que Douglas aprobaría el diseño de la Voraz Bestia Bugblatter de Traal?», o: «¿Le habría gustado que se utilizara una escultura de diez metros de alto de su nariz como entrada al templo de Humma Kavula?» Mi respuesta era casi siempre la misma: se me hace difícil contestar en referencia a detalles concretos como la caja o la nariz (aunque puedo aventurar que en ambos casos la respuesta sería sí), pero sí sé que le habría encantado la pasión, la atención al detalle y la magnífica exuberancia creativa que todo el mundo que participó en la producción aportó a la película. Y ahí, en ese retablo de la cantera –con el doble de Warwick Davis, Gerald Staddon,[1] ayudando a preparar la siguiente toma de Marvin el Androide Paranoide; Martin Freeman y Sam Rockwell, en los papeles de Arthur Dent y Zaphod Beeblebrox respectivamente, sacando el máximo provecho a aquellas condiciones bastante duras en que rodábamos; Garth Jennings demostrando lo que puede hacer un objeto de atrezzo; y todo el equipo entrando y saliendo obstinadamente de los vehículos abarrotados–, estaba todo lo que, a mi parecer, habría hecho feliz a Douglas.

ROBBIE STAMP,
Londres, diciembre de 2004

1. El doble sustituye a los protagonistas en el plató mientras el director de fotografía y el director iluminan la siguiente toma y ensayan los movimientos de cámara.

EL REPARTO

Durante años, mientras la película del *Autoestopista* era tan solo un proyecto, uno de los juegos favoritos de sus fans era imaginar quién interpretaría a cada personaje. Antes de morir, Douglas Adams había dejado dicho sobre el asunto: «Cuando llegue el momento de decidir, mi norma es: Arthur debería ser inglés. El resto del reparto puede decidirse exclusivamente según el talento y no la nacionalidad.» –DNA.

El reparto que fue elegido cumplió su deseo, y resultó un excitante y singular grupo de actores que durante 2004 estuvieron trabajando en la *Guía del autoestopista galáctico.* El reparto completo es el siguiente:

Zaphod Beeblebrox **Sam Rockwell**
Ford Prefect **Mos Def**
Trillian (Tricia McMillan) **Zooey Deschanel**
Arthur Dent **Martin Freeman**
Marvin **Warwick Davis**
Slartibartfast **Bill Nighy**
Questular **Anna Chancellor**
Humma Kavula **John Malkovich**
Lunkwill **Jack Stanley**
Fook **Dominique Jackson**
Prosser **Steve Pemberton**
Barman **Albie Woodington**
Gag Halfrunt **Jason Schwartzman**
Imagen Espectral **Simon Jones**

Conductor de buldócer **Mark Longhurst**
Cliente del bar **Su Elliott**
Técnico **Terry Bamber**
Periodista **Kelly Macdonald**

Voces
La Guía **Stephen Fry**
Marvin **Alan Rickman**
Pensamiento Profundo **Helen Mirren**
La Ballena **Bill Bailey**
Eddie el ordenador de a bordo **Tom Lennon**
Kwaltz **Ian McNeice**
Jettz **Richard Griffiths**
Vogones **Mark Gatiss**
Reece Shearsmith
Steve Pemberton

Durante el rodaje, Robbie Stamp habló largo y tendido con los principales miembros humanos del reparto acerca de cómo daban vida a los irónicos personajes de Douglas Adams. En una serie de conversaciones que tuvieron lugar en remolques, o junto a carritos de golf, entre toma y toma, y mientras se bebían una cerveza, los protagonistas hablaron de lo bien que conocían el *Autoestopista* antes de ser elegidos como actores, y de lo que significaba para ellos trabajar en la película. Estas son las entrevistas.

ENTREVISTA CON MARTIN FREEMAN (ARTHUR DENT)

Entre las películas en las que ha participado tenemos *Zombies Party, Love Actually, Ali G anda suelto,* y ha sido «Tim» en *The Office.*

Robbie Stamp: *¿Habías oído hablar del* Autoestopista *antes de que te propusieran participar como actor?*

Martin Freeman: Desde luego que sí. Cuando era pequeño era uno de los libros favoritos en mi casa. No mío, sino de mi padrastro y mis hermanos. Yo era muy pequeño cuando hicieron la serie, pero recuerdo haberla visto. Recuerdo que los libros estaban en casa, y que de vez en cuando les echaba un vistazo o leía algún fragmento, aunque no me leyera todo el viaje de principio a fin. Pero sí, desde luego que lo conocía, ya lo creo.

RS: *¿Y cómo acabaste participando en la película?*

MF: Me enviaron el guión, lo leí, y pensé que no era la persona adecuada para el papel. Luego fui a conocer a Garth, Nick y Dom.[1] Lo que más me preocupaba en ese momento era que Amanda, mi novia, me estaba esperando aparcada en zona prohibida. Me dije: «Solo voy a estar quince o veinte minutos.» Pero pasaron quince o veinte minutos antes de que pudiera ver a Garth, pues había estado hablando con Nick, y entonces apareció Garth y, bueno, ya sabes cómo es, tan cordial que estuvimos hablando

1. Garth y Nick, de Hammer and Tongs, y Dominic Leung, director de la segunda unidad y tercer socio fundador de la empresa.

otros veinte o veinticinco minutos, y entonces fui a hacer la prueba. Y todo el tiempo estaba pensando: «Dios mío, Amanda me matará», de manera que cuando entramos y me puse a leer, me dije: «Tengo que salir de aquí. ¡Este papel no es para mí! No voy a conseguirlo.»

RS: *¿Por qué pensabas que no era un papel para ti?*

MF: Porque me acordaba de la serie de televisión. Yo soy un actor muy distinto a Simon Jones,[1] y creo que en mi mente Simon Jones *era* Arthur Dent. Y también para mucha gente. Y si no Simon Jones, alguien que se le pareciera mucho, lo que no es mi caso. De todos modos, se notaba que estaban muy interesados en que yo hiciera el papel, pero tenían que ver a otros y calcular los pros y los contras, porque yo no soy famoso, y siempre pensaba: «¿Por qué alguien de Hollywood iba a estar de acuerdo en que yo fuera protagonista de una película?» Bueno, al menos uno de los protagonistas humanos. Pero después de algunas dudas y vacilaciones, y de que sonaran y desaparecieran otros nombres, me hicieron una prueba de cámara con Zooey,[2] y eso fue todo.

RS: *Tu impresión de que el papel no era para ti era completamente distinta de la mía. Desde el momento en que vi la primera prueba me quedé convencido. Mientras buscábamos la esencia del* Autoestopista, *todos hemos procurado no intentar recrear lo que fue hace veinticinco años.*

MF: Una parte de mí consideraba que querrían hacer una recreación de ese tipo, y si no lo hacían así, pensaba que se querría hacer una película ultramoderna y enrollada, que querríais hacer una versión totalmente opuesta a las anteriores, y poner a un chaval de diecinueve años haciendo de Arthur Dent, y que fuera algo muy callejero, muy urbano, y me decía: «Bueno, eso no va conmigo.» Eso fue lo que pensé en la primera prueba: «Tengo que salir de aquí. Amanda me espera mal aparcada.» Creo que Garth se dio

1. Simon Jones interpretaba a Arthur Dent en la serie original de radio y televisión.

2. Zooey Deschanel, que interpreta a Tricia McMillan.

cuenta. Nos tratamos con mucha simpatía y amabilidad, pero creo que él debió de pensar: «A este tipo le importa un pito el papel, no le interesa.» Se daba cuenta de que me iban a echar una bronca, ¡y me echaron una bronca! Pero todo fue bien.

RS: *¿Quién te echó una bronca?*

MF: Amanda. Me recordó que le había dicho que solo iba a tardar quince minutos, pero me alegro de verdad de que haya gente que se arriesgue por mí, y estoy muy agradecido, porque sé que si lo miramos desde una perspectiva puramente cinematográfica, se podría haber elegido a muchos otros actores por delante de mí.

RS: *Así pues, ¿cómo empezaste? Cuando pensaste: «Bueno, no soy Simon Jones, pero me han pedido que interprete a Arthur Dent, y eso significa mucho para mucha gente», ¿qué te pasó por la cabeza?*

MF: Justo lo que había hecho en la prueba. Pensaba que si les gustaba lo bastante como para estar interesados, haría el papel. Simplemente intentaría infundirle realismo, y no interpretar a Arthur Dent tal como creemos conocerle. Hay que exagerarlo un poco, porque es una comedia ligera, pero tampoco quería hacerlo como si no me importara, como si no significara nada. Tenía que acercarme al personaje como si nunca hubiera oído hablar del *Autoestopista.* Porque sería muy aburrido para mí y para los demás intentar transmitir algo que estaba de moda hace veinticinco años. Si Arthur hubiera sido alguien muy de clase media alta con un batín superrancio, si todo hubiera sido básicamente eduardiano, entonces el contraste con gente como Sam, Moss y Zooey, que son personas actuales y muy corrientes, y aunque no interpretan personajes americanos, son gente del espacio con acento americano, habría sido más fuerte, y habríamos tenido otra más de esas muchas películas en las que los americanos molan mucho y el inglés es un muermazo. Y eso ya no es interesante. Fíjate por ejemplo en el batín. Había ciertos aspectos que tenía que reproducir fielmente, sobre todo en cuestiones de vestuario, que tenían que estar en la película. Yo no iba a decir: «¿Puedo llevar chándal o traje?» Siempre tendría que ser un batín, zapatillas y pijama. La única cuestión era cómo serían, y, para ser franco, no iba a poner muchas objeciones.

Sammy[1] es una buena diseñadora, sabe lo que quiere, y Garth mete cuchara en todo, cómo es, cómo suena, todo. Tiene a una gente fantástica trabajando con y para él, y mi trabajo es aparecer y actuar. Si me hubieran venido con algo que yo encontrara detestable habría dicho que no, pero siempre y cuando Arthur pareciera contemporáneo, y no un chiste, como si fuéramos a juzgarle antes de que abriera la boca, para mí estaba bien. Desde el punto de vista del maquillaje y la peluquería, no quería que pareciera un verdadero niño de mamá, porque eso es otro elemento típico de los ingleses rancios, que son aburridos. Les aplastan el pelo y parece que les hubiera vestido una madre antediluviana. Pero siempre y cuando pareciera una persona normal que vivía en un mundo normal, eso era todo lo que necesitaba saber para interpretarlo como una persona normal. No quería que resultara una caricatura.

RS: *Casi al principio de la historia, vemos a Arthur echado en el suelo delante de un buldócer: es un tipo al que le pasa algo.*

MF: Sí, sí, y creo que hay que tener un par de huevos para echarse ahí delante... porque eso no se le ocurre de buenas a primeras. Normalmente, a la gente no se le ocurre de buenas a primeras echarse delante de un buldócer, pero él no se corta un pelo. Es divertido porque, para ser honesto, mi propio jurado aún no ha decidido si he conseguido ser Arthur. Me daré cuenta cuando se estrene la película, porque cuando estás haciendo algo nunca lo sabes, pero, joder, el mundo está lleno de películas de gente cuyo instinto les dice que están haciendo algo buenísimo y en realidad es espantoso. No creo que eso pase con esta película. Creo que será realmente buena, y que yo seré un Arthur Dent convincente, pero habrá que verlo.

RS: *¿Te pesa la responsabilidad?*

MF: Para ser franco, he dejado que sean otros los que se preocupen por ello, pues yo nunca he sido un colgado del *Autoestopista.* Espero haber mostrado respeto y que todos vieran que comprendía que para mucha gente significaba mucho, pero no son

1. Sammy Sheldon, diseñadora de vestuario.

ellos quienes lo interpretan, sino yo. No puedes cargar con esa responsabilidad, pues yo no soy un fan enloquecido del *Autoestopista.* Otra cosa sería interpretar a John Lennon, alguien que significa mucho más en mi vida cotidiana. O interpretar a Jesucristo o a alguien a quien todo el mundo, todo el mundo *de verdad,* conozca, y tú te sepas la historia de verdad y pienses que más te vale hacerlo bien. Esto no es más que la interpretación de un guión basado en un libro y en una serie de radio, y tengo el mismo derecho que cualquiera a hacer el papel. Veremos si lo hago bien. De momento me esfuerzo todo lo que puedo.

RS: *¿Qué me dices de la relación con Trillian? Nos hemos esforzado mucho en desarrollar el personaje.*

MF: No me cabe duda, y creo que ha salido muy bien. No parece un añadido al estilo Hollywood. Posee la esencia del material original. Y, para ser honesto, creo que sin ese personaje no sería tan bueno.

RS: *En ese primer encuentro con Trillian, en la fiesta del piso de Islington, ¿qué sucede, cómo conectan?*

MF: Arthur es un tipo bastante inteligente, y creo que conectan porque Arthur ve a alguien que... bueno, ve a una mujer a la que no le da miedo ir vestida como un viejo y que sigue siendo físicamente hermosa. Ella no solo aparece como científico, pilla los chistes y las alusiones, más que ningún otro asistente a la fiesta. No es que él sea exactamente extrovertido. No está en situación de decir que esas personas son idiotas. ¿Qué sabe él, en realidad? No habla con nadie. Es la típica persona reprimida, capaz de juzgar a todo el mundo desde la comodidad de saber que no va a acabar averiguando si tiene razón porque es demasiado tímido. Pero he ahí una mujer que muestra interés por él, y menuda mujer, es como el puto Darwin, está estupenda y es divertida, ¿quién le haría ascos?

RS: *Arthur estaba solo, leyendo un libro.*

MF: Ya lo creo, ya lo creo, y ella cruza la habitación para estar con él. Él se la queda mirando, pero es ella la que cruza la sala. Y todo va muy bien hasta que ese desconocido aparece y se la roba. Y cuando él vuelve a encontrarse con ella en el *Corazón de Oro,* pasa de estar triste porque ella ha desaparecido a estar celoso de verdad porque se haya ido con Zaphod. No solo ella se ha largado con otro, sino con alguien que es todo lo contrario de Arthur; no solo no es humano, sino que es un idiota a ojos de Arthur, todo lo que Arthur nunca querría ser y todo lo que, en cierto modo, querría ser. No le gustaría ser un idiota, pero le gustaría ser un poco más chulo y más seguro de sí mismo con las mujeres, pero es lo bastante inteligente para saber que puede considerar que Zaphod está por debajo de él porque trata a las mujeres como objetos, cosa que Arthur nunca haría. Pero mete la pata con ella por culpa de muchas cosas: el mundo está contra él, literalmente ha perdido su planeta, ha perdido su chica frente a un absoluto idiota y ella no le presta la debida atención. Creo que es aún peor cuando estás en una situación en la que el objeto de tu deseo es amable contigo y te aprecia, pero eso no es suficiente, quieres que te amen o te odien; cualquier cosa intermedia te llena de desasosiego, y a Arthur eso le parece muy, muy difícil. Y él sabe que se ha pasado de la raya, y comparte algunas aventuras con Trillian, que lo deja sin habla, ante la que se disculpa, pero al final llegan a entenderse. Él ha visto lo mejor de ella y ella ha visto lo mejor de él, porque al final él se convierte en una especie de héroe.

RS: *Uno de los aspectos más delicados a la hora de convertir todo este material en película era desarrollar a Arthur sin convertirlo en un héroe del espacio con una macroespada en la mano.*

MF: Exacto. Creo que no hace falta verle hacer demasiado, y ese poco es lo que le convierte en líder del grupo. No se convierte en un hombre de acción según los criterios de Hollywood, pero según los criterios de Arthur Dent, él es más que un hombre de acción, le ves convertirse en alguien especial. A medida que la película avanza, aumenta su estatura como persona, y tiene más autoridad y convicción acerca de lo que está haciendo. Supongo que llega un momento en el que piensa: «Ya no tengo hogar, de modo que, sea lo que sea el lugar en el que ahora estoy, es mejor que empiece a acostumbrarme, y deje de intentar volver a casa pensando que ojalá no hubiera pasado lo que pasó.» Comienza a controlar la situación, y quizás, en cierto modo, podría controlar la situación en el espacio. En su empleo en la Tierra, no habría podido controlar la situación. Mientras la cuentas, resulta una película sorprendente. No hay muchas películas en las que se encuentre lo personal y lo ridículo en lo universal. No es una gran épica espacial. Es una película llena de alienígenas ridículos y criaturas estúpidas de cojones..., bueno, menos [John] Malkovich. Humma Kavula da miedo de verdad, pero no es lo habitual. Los vogones son ridículos. Te das cuenta de lo absurdos que son, y matan a la gente con poesía, ¡hay que joderse!

RS: *Y en el espacio existe la burocracia, y muchas cosas que tenemos en la Tierra, solo que a una escala un poco mayor.*

MF: Exacto, y con cabezas divertidas. Es una película de alienígenas muy humana.

RS: *Hablando de alienígenas humanos, ¿qué me dices de tu relación con Ford?*

MF: Ford es mi guía, mi guía de *Autoestopista.* Yo no soy un autoestopista, soy un rehén. Sin Ford, Arthur no estaría en ninguna parte. Seguiría en la Tierra. De hecho, estaría muerto, pero debido a esa deuda que Ford cree que tiene con Arthur, se lleva a este con él, y le cuenta todo lo que hay que saber para sobrevivir en el espacio: quiénes son esas extrañas criaturas y qué pasa en este planeta y qué sucede en esa nave espacial. De modo que se puede decir que Ford cuida de Arthur.

RS: *Y siente un auténtico afecto hacia él, ¿verdad?*

MF: Bueno, todo el afecto que alguien como Ford puede expresar. Cuesta reconocerlo como afecto humano; es un poco raro, y tampoco está mal, porque Arthur también es un tipo un poco raro, y tampoco una persona especialmente sociable ni ñoña. De modo que, en ese aspecto, son tal para cual. Para empezar, Arthur cree que Ford es solo un humano un tanto raro, y cuando averigua que procede de otro planeta supongo que entiende un poco mejor por qué Ford es como es, pero Ford es totalmente creíble como ser humano excéntrico. Sin duda, Arthur no se ha dado cuenta de que Ford es un alienígena antes de que este se lo diga.

RS: *¿Ha habido algún momento que te gustaría destacar?*

MF: Sí. El plató del *Corazón de Oro:* era enorme, y todos nos paseábamos por allí y decíamos: «Joder, estamos en una película del espacio.» Para ser franco, no ha habido ni un decorado que no fuera increíble. Fue la atención al detalle lo que me impresionó realmente, de verdad, el detalle de los diseños y del atrezzo lo que me ha alucinado. La verdad es que no he disfrutado de ninguna escena en especial, eran más los decorados, porque me gustan *todas* las escenas, y, desde el punto de vista de la interpretación, resultaba fascinante actuar en algunas de ellas, pero no es como si hicieran un Chéjov, no es como decir: «Joder, hoy tengo un diálogo bastante duro, tengo que hablar de cómo perdí a mi madre.» Por otro lado, hay algunas cosas que tienes que afrontar, como la manera en que te quedaste sin el planeta Tierra. Esas fueron para mí las partes más difíciles, cuando Arthur está hecho polvo porque la Tierra ha desaparecido. Son difíciles de interpretar, porque tienes que encontrar el tono justo..., no estás haciendo un drama de realismo social, pero quieres que suene real, quieres que suene lo bastante real como para que a la gente le importe. No es una tragedia, es una comedia, pero aun así tienes que echarle emoción. Creo que, en una película, siempre tiene que notarse que te importa la gente, o los pescados, o Shrek, ¿entiendes? Si crees que a Arthur todo le importa un bledo, ¿por qué no te va importar un bledo a ti también?

RS: *Arthur es un personaje icónico, y tu reto, en gran parte, ha sido darle profundidad y riqueza sin cargar demasiado las tintas.*

MF: Exacto, exacto. Sí, es muy importante para mí porque lo era para mi familia, y porque para mí era un recuerdo, y porque en los últimos veinticinco años ha pasado a formar parte de nuestra cultura popular. La verdad es que me hubiera molestado que lo destrozaran, y sobre todo que lo hicieran los americanos. A lo mejor de haber sido un fan demasiado entusiasta no habría podido interpretar a Arthur. Tienes a un equipo de gente, y todos hacemos nuestro trabajo. Si todo el mundo fuera un fan enloquecido del *Autoestopista,* la película sería horrible, pues no actuarían como auténticos profesionales. Me gusta la comida porque no sé cocinar. De modo que espero que la gente confíe en nosotros. Creo que cuanto más oigo, más me parece que están dispuestos a hacerlo...

RS: *Ya lo creo. Y creo que comenzaron a confiar ya desde el guión. ¿Qué te pareció cuando lo leíste la primera vez?*

MF: Me gustó, me gustó, y funciona. Cuando me mandan un guión, casi nunca voy a la entrevista, así que este debía de tener algo. Como ya he dicho antes, cuando conocí a los responsables me cayeron bien, y parecía importarles la película sin ser unos frikis: querían darle vida como película, y no vivirla como su propio mundo del *Autoestopista* en pequeño. Y parecían capaces de hacerlo. Luego vi lo que habían hecho antes, y pensé que visualmente era increíble y que yo quería formar parte de ello. Por suerte ha funcionado realmente bien, pues Garth es capaz de comunicarse con los actores, y no solo con el director de fotografía. Hay personas que no son capaces de comunicarse con los actores en relación con lo que está haciendo tu personaje, pero no es el caso de Garth. Hay muchos que simplemente miran los monitores diciéndose que ojalá los actores no estuvieran. Pero a Garth le encantan los jodidos humanos, ama a los seres humanos, y también los juguetes, las marionetas y todo eso. Es consciente de que si no crees en Arthur y Trillian y en Ford y en Zaphod, sus aventuras no te interesan, y el resto de la película tampoco te interesa. Se convierte en algo académico. Oh, tiene buenos efectos y todo eso, pero a quién le importa, pues no hay nada que te haga seguir interesado en la historia.

RS: *¿Has disfrutado trabajando en la película?*

MF: Sí, de verdad, lo he pasado estupendamente. Es el trabajo en el que he estado más tiempo delante de la cámara, y obviamente podría habérmelo pasado bien o fatal, pero por suerte lo he pasado de maravilla.

ENTREVISTA CON SAM ROCKWELL (ZAPHOD BEEBLEBROX)

Ha aparecido en las siguientes películas: *Los impostores, Confesiones de una mente peligrosa, La milla verde* y *Héroes fuera de órbita.*

Robbie Stamp: *¿Cómo se crea para la pantalla un personaje tan desmadrado como Zaphod?*

Sam Rockwell: Comencé imitando a Bill Clinton, pero la verdad es que no funcionó. Era demasiado pasivo. Zaphod tiene que ser más agresivo, de modo que lo hice más a lo estrella de rock, Freddie Mercury, Elvis, un poco a lo Brad Pitt.

RS: *Pero sigue siendo un político, ¿no?*

SR: Desde luego. Es como si una estrella de rock se convirtiera en presidente de la Galaxia. Suelen darme papeles en los que hay que ser un poco teatral, y la interpretación de Zaphod exige que sea un poco pretencioso, un poco teatral. Supongo que tiene que ser icónico, y tener cierto encanto y envergadura. Nos alejamos de la serie de televisión. Nos quedamos con el libro.

RS: *¿Qué me dices de Zaphod y el sexo? Recuerdo al Zaphod original, Mark Wing-Davey, hablando de eso.*

SR: Zaphod es muy sexy, quiero decir que a eso se debe el toque a lo Freddie Mercury, y el esmalte de uñas y el lápiz de ojos. Tiene que ser un poco como Tim Curry en *The Rocky Horror Picture Show.* Tiene que causar ese efecto en la gente. No sabes de qué pie calza; sexualmente, puede ser un poco veleta.

RS: *Hay muchas especies ahí fuera.*

SR: ¡Desde luego que hay muchas especies ahí fuera! Macho o hembra, es un poco desmadrado, es David Bowie, es Freddie Mercury, es Keith Richards, es rock and roll, tanto le da. No es lineal, es un tipo totalmente imprevisible...

RS: *Has trabajado realmente duro con muchos de los atributos físicos, cosas como el vestuario y la pistola.*

SR: Sí, es cierto, es cierto. Hemos trabajado mucho con el pelo rubio, la pistola, el esmalte de uñas, la cota de malla y la camisa dorada.

RS: *¿Eso fue idea tuya?*

SR: Bueno, me gustó porque quería una camisa brillante y ajustada, y al principio dije plateada, y entonces apareció Sammy con el color que más encajaba: *Corazón de Oro:* ¡dorada! Le debo mucho a esa camisa.

RS: *¿Cómo es eso?*

SR: Bueno, a menudo el vestuario, las ropas, te dan el personaje. Antes de empezar, las botas eran mucho más pesadas, como grandes botas de cowboy, y dije: «No, escucha, necesito que sean más aerodinámicas. Necesito que sean más ligeras.»

RS: *¡Para poder bailar!*

SR: Sí, porque al parecer siempre aporto un toque bailarín a todos mis personajes. Zaphod tenía que ser rápido, diestro. Es una estrella de rock, tiene que moverse.

RS: *¡Ya lo creo que se mueve! Háblame de la pistola. Has practicado muy duro con ella.*

SR: Tuvimos que hacer una pistola más pequeña, porque la primera no tenía guardamonte, y sin eso no puedes hacerla girar. De modo que le pusieron un guardamonte, la hicieron aerodinámica de verdad, la pintaron de un hermoso color rojo y blanco, y diseñaron esa asombrosa pistolera, que es magnética. Es algo que me voy a llevar a casa. ¡Necesito esa pistola!

RS: *Una de las cosas por las que quería preguntarte es la manera de andar.*

SR: De hecho no ando mucho, pero he de caminar en Viltvodle VI y en la nieve, y andar y correr un poco en Vogosfera. *Me gusta* la manera de andar del personaje. [*Sam se levanta y da unos pasos como su personaje.*] Con cierto pavoneo.

RS: *Pero es simpático, seguro de sí mismo, como diciendo «aquí estoy».*

SR: Exacto, es afable, pero en esencia es una estrella de rock.

RS: *Háblame de la segunda cabeza.*

SR: Sí, la segunda cabeza es muy desconcertante. Quise poner acento de Nueva York para la segunda cabeza, una especie de cosa retro, pero no funcionó. Yo quería un fuerte contraste, y ahora lo tenemos, pero no es tanto un contraste vocal o un acento, es más un contraste emocional entre las dos cabezas. Básicamente, una ha tomado demasiadas drogas. Siempre quiere patear algún culo: mucha testosterona y ese tipo de mal rollo. Eso es lo que le pasa a la segunda cabeza. Me gusta lo que ponen esas notas de Douglas Adams que me dio. Creía tener mejor memoria que la primera cabeza, y eso es fabuloso.

RS: *Cuando Douglas escribió el libro, no era más que una línea escrita de pasada: «Le pondremos dos cabezas al Presidente de la Galaxia», y en la radio y en el libro, lo de las dos cabezas está bien, pero en la pantalla es un poco más complicado. Sé que fue una de las cosas que Douglas y Jay Roach*[1] *comentaron largo y tendido al principio desde el punto de vista del personaje y también desde el punto de vista técnico –Douglas estaba muy interesado en desarrollar esas posibilida-*

1. Por aquel entonces Jay Roach figuraba como director, y ahora es productor.

des–. Cuando se estrenó Men in Black 2, *en la que había un personaje con una segunda cabeza sobre un tallo, pensamos: «Bueno, ese es un método que no podemos utilizar.»*

SR: ¿Lo de la segunda cabeza era una línea escrita de pasada?

RS: *Sí.*

SR: Porque en el libro no hay ninguna segunda cabeza hablando.

RS: *No, no hay ninguna distinción clara entre las dos cabezas. Por eso esas notas que te di al principio eran interesantes, porque se ve a Douglas pensando: «Bueno, en una película, ¿qué podemos hacer con dos cabezas?»*

SR: Sí, para la segunda cabeza hay una buena improvisación. Es comedia con monólogo. Pero yo quería que todo estuviera arraigado en el mundo que Douglas creó. De modo que he estado volviendo al libro y tomando notas. Las improvisaciones están bien si sirven a la historia, si la impulsan hacia delante, pero si son arbitrarias, si es tan solo el actor luciéndose y no ayuda en nada a la película, entonces mejor dejarlas.

RS: *¡Dentro de ese mundo, te lo pasaste muy bien con los dingos!*

SR: Eso fue divertido, y lo de las doce estaciones que me diste, eso me encantó. Espero que eso entre en el montaje final, junto con la *groupie* japonesa en Viltvodle; son escenas graciosas.

RS: *Eso era una referencia al hotel favorito de Douglas en Los Ángeles, el Four Seasons, donde hablamos mucho de la película en nuestros diversos viajes para intentar ponerla en marcha. ¿Qué me dices de Zaphod el político?*

SR: Si se rueda una secuela, me gustaría profundizar en algunos de los aspectos políticos. Mencionamos a Bill Clinton y a George W. Bush y es realmente divertido, creo.

RS: *Me imaginaba que a la gente le gustaría una frase como: «No puedes ser presidente si tienes todo el cerebro.» Creo que eso podría despertar alguna reacción en el clima político actual.*

SR: No puedes ser presidente si tienes todo el cerebro, es cierto, es algo que yo digo. Sí, ni se me había ocurrido.

RS: *¿Puedes decirme cómo te metiste en la película?*

SR: Tuve tres reuniones con Garth y Nick, dos antes de conseguir el papel, y otra después de que me lo ofrecieran. Pedí reunirme con ellos la tercera vez porque no tenía ni idea de por qué me habían elegido para hacer de Zaphod. ¡Al principio me habían hablado de hacer de Ford! La primera vez me vi con ellos en Nueva York antes de haber leído el guión. Pero rápidamente me hice con la serie en deuvedé y la miré. La recordaba de mi infancia, la había visto alguna vez, y también la de *Doctor Who,* por lo que quería recordar quién era Ford Prefect, y cuando lo vi, pensé: «Ah, ese es Ford Prefect, ya sé qué he de hacer», y de hecho me gustó. Y cuando fui a la reunión entré con una idea equivocada. Lo que ellos necesitaban era un protagonista más moderno, y creo que por eso Mos es tan perfecto. Comentaron que Ford era un investigador de la *Guía,* y lo compararon a uno de esos tipos que se van con una cámara a Irak, y pensé que eso era muy interesante. En la segunda reunión supuestamente no tenía que hacer ninguna prueba. Una de las cosas buenas de la vida es que cuando llegas a cierto punto de tu carrera no tienes que hacer muchas pruebas. Pero lo que hago a veces, cosa que quizás sea estúpida, es ofrecerme para hacer una prueba voluntaria, y eso les encanta, porque probablemente contratan a mucha gente que ni siquiera quiere reunirse con ellos, pero me dije: «Vamos a leer esto en voz alta y a ver qué pasa.» Y ellos me dijeron: «Por qué no lees un poco el papel de Ford», y yo contesté: «Os diré una cosa, no he preparado nada, esto es en frío», y era cierto, no había preparado nada, y leí a Ford y puse una especie de acento sureño y estuvo bien, se echaron a reír y besé a Garth en la mejilla o no sé qué, y después de haberlo hecho dije: «¿Qué me decís de Zaphod? Es interesante. ¿Por qué no me dejáis leer un poco el papel?» Y leí un poco el papel de Zaphod, y no fue nada bien. La lectura de Ford me salió mucho mejor.

RS: *¿Qué es lo que no te fue bien en la lectura de Zaphod?*

SR: Todavía no había pensado en Zaphod. Todo lo que recordaba era que la entrada de Zaphod era fantástica, y me imaginaba a Jack Black haciendo la entrada, así que pensé: «Bueno, ¿cómo haría yo esa entrada?» Sabía, de haberle echado un vistazo al guión, que Zaphod era un gran papel, un gran papel de verdad. Pero no me lo había leído del todo, de modo que lo dejamos estar y me dije: «Bueno, creo que he metido la pata, pues he leído a Ford muy bien, pero con Zaphod lo he hecho fatal.» De modo que les dije: «Me preguntaba si podríais pensar en darme el papel de Zaphod. A lo mejor no doy el papel, a lo mejor soy más adecuado para Ford, pero echad un vistazo a *Héroes fuera de órbita* y *La milla verde,* mirad esas dos películas por encima porque creo que hay elementos en ellas que podrían llevaros hasta Zaphod, son mucho más teatrales.» Durante semanas no tuve noticias suyas, y luego me enteré de que Mos iba a hacer el papel de Ford. Me sentí decepcionado, pero pensé: «Es una idea bastante buena. Yo también lo escogería para hacer de Ford», y no lo digo por decir, lo pensaba de verdad. De modo que pensé: «Bueno, pues ya está.» Pasó bastante tiempo, y luego, de pronto, así, sin más, estoy en Londres rodando *Piccadilly Jim* y recibo un mensaje de mis agentes y mi representante, y todos quieren hablar conmigo al mismo tiempo, y cuando eso ocurre, es que algo se cuece. Recibo una llamada de larga distancia y sé que son buenas noticias, pero no sé qué demonios pasa. Normalmente, cuando consigues un papel lo sabes una semana antes de que llegue la oferta, pues alguien dice: «Parece que eso tiene buena pinta, es muy probable que te hagan una oferta...» Pero no hubo nada de eso. De pronto me ofrecieron este sueldo realmente estupendo, y fue una sola llamada: «Tienes el papel y un salario buenísimo.» Y yo le digo: «¡Yo!, ¿de qué estás hablando? ¿Ya está todo hecho? ¿Todo? ¿Está todo arreglado?» Y los miembros de mi equipo dijeron: «Sí, estupendo, felicidades», pero llevaba un mes sin ni siquiera pensar en ello, y no sé si me había leído el guión entero, y me dicen: «¿Estás loco? ¡Tienes que hacer ese papel!», y yo dije: «Estoy agotado, trabajo como un cabrón, dejadme leérmelo entero y luego quizás me reúna con ellos dentro de una semana, pues no puedo leerlo hasta el jueves que viene.» Estaba haciendo esa gran escena de baile de *Piccadilly Jim.* Me sentía agotado, y estaba en mitad de una relación amorosa intensa con mi novia y necesitaba tiempo para pensar. De modo que me tomo dos días de descanso, jueves y viernes, leo el guión muy atentamente y me digo: «Entraré, me reuniré con esta gente y veré si están abiertos a nuevas ideas.» Ya los conocía, desde luego, pero no entendía muy bien por qué me habían elegido. De modo que Gina[1] me dijo: «¿Por qué no lo interpretas como ese personaje de Elvis que haces?» Y yo le dije: «No, no puedo hacer eso, es una estupidez, eso es como un numerito musical.» Pero básicamente fui allí con esa idea general, y les gustó. Hay una cinta de esa reunión. ¿Te la han enseñado?

RS: *Sí.*

SR: ¿De nosotros en la oficina?

RS: *Sí.*

SR: Estábamos de cachondeo, pero cuando Garth empezó a salirme con lo que yo llamo «ideas de actor» supe que tenía que hacer la película. Es un director visual de la MTV, que tiene ideas inventivas que proceden del punto de vista del personaje, no del punto de vista visual. Para mí, eso era lo de excitante y especial que tenían Garth y Nick. Normalmente, los directores, sobre todos los directores visuales, no saben qué hacer con las ideas de los actores. Es muy raro, la verdad es que nunca pasa. La única vez que me ha pasado fue con Dean Parisot en *Héroes fuera de órbita.* Estaba abierto de verdad a las ideas de los demás. Y también los actores que dirigen, como George Clooney, que siempre las aceptan. Yo diría que George Clooney, Ridley Scott, Dean Parisot y Garth Jennings son los cuatro mejores directores con los que he trabajado.

RS: *Todo un elogio, desde luego.*

SR: Creo que es bueno de verdad. Y me siento afortunado de estar en la película. Ha sido algo increíble. Tú me has ayudado con todas mis estúpidas improvisaciones, y ha sido estupendo tra-

1. Gina Belman.

bajar con Martin, Zooey y Mos. Tengo la impresión de que Mos y yo hemos creado algo que no estaba ni en la serie de televisión original ni en el guión, la relación entre Ford y Zaphod. Creo que entre esos dos personajes hemos creado un nuevo vínculo que no existía. Quiero decir que con Zaphod puedes hacer muchas cosas. Es uno de los mejores personajes que he interpretado.

RS: *¿Hay algún momento de los que has vivido en el plató que destacarías?*

SR: Muchos. Me encanta Zaphod cuando hace feliz a la gente, el momento de la botella de champán, cuando se columpia en la cuerda, justo antes de robar el *Corazón de Oro.* Justo antes de rodar me encontré un caramelo en el plató y simplemente lo cogí y aparecí en la escena comiéndomelo mientras soltaba mi discurso, y me dije: «Ese es Zaphod, le encanta la vida.» Creo que los mejores momentos ocurren cuando se muestra encantador y divertido, y la risa de Zaphod parece ser siempre la clave de su carácter. Siempre hago que mis personajes sean más físicos de lo necesario, como la escena del baile. Garth quería que la hiciera así. De modo que llegamos al plató de Viltvodle y me dijo: «Aquí es donde vas a hacer la escena del baile, ¿entendido?» Y yo dije: «Sí, claro, ¿qué clase de baile?» Porque eso no estaba en el guión. Garth me dijo: «Sería estupendo que te dispararan e hicieras ese baile de concierto de rock operístico.» No es que yo le estuviera retorciendo el brazo. Él quería que yo bailara porque sabía que yo sabía bailar. De modo que me preguntaron qué música quería y me puse a ello, ¡varias veces! Me sentí realmente honrado porque fue un gran momento para Zaphod.

RS: *Garth siempre ha sido consciente del peligro de caer en la clásica película de ciencia ficción con mucha acción, de modo que cuando uno de nuestros héroes es atacado por alienígenas del espacio, que le disparan, piensa: «¿Qué podemos hacer para darle un giro al* Autoestopista?» *Y eso, claro, es típico de Douglas, darle al público justo lo que no espera, pero funciona. Has tenido que correr mucho, ¿no? Has corrido arriba y abajo por los valles de Gales...*

SR: Sí, sí. Dios mío, la escena de la paleta, creo que es la cosa más ridícula que he hecho, y era una de las últimas ideas de Douglas. Primero a causa del tiempo. Casi todos nosotros sufrimos hipotermia, y entre toma y toma yo me ponía capas y capas de ropa. Pero fingir que unas paletas nos daban en la cara... es lo más elemental del arte de actuar, y en esencia se reduce a ser un niño y jugar a policías y ladrones y a indios y vaqueros. Esa escena en concreto es de lo más básica, en la que estás en un estado infantil cuando actúas, en compañía de Mos y Martin, fingiendo que hay unas paletas de madera que salen del suelo y nos dan en la cara, podría haber sido ciencia ficción de lo mejor o de lo peor. Recuerdo haber visto *Parque Jurásico* con un amigo y ponerme a discutir con él, pues para mí los actores estaban muy bien. Pero él me dijo: «¿De qué me estás hablando? Eso no es actuar, eso es una mierda. Eso no es actuar.» No estoy de acuerdo, creo que los actores estaban muy bien; no sabes lo difícil que es hacer eso. Es muy difícil fingir estar aterrado de algo que no está ahí. Pero actuar con esos tipos fue estupendo, realmente es una película coral. Al principio yo pensaba que Zaphod era un papel secundario. Pero cuando me leí el guión de arriba abajo comprendí que aparecía mucho tiempo en pantalla, y que iba a ser un trabajo duro, y lo fue. Nos hemos dejado la piel en el curro.

ENTREVISTA CON MOS DEF (FORD PREFECT)

Entre sus películas encontramos *El hombre del bosque, Monster's Ball* y *Un trabajo en Italia.* Mos es también un artista de hip-hop de mucho talento.

Robbie Stamp: *Dime, ¿habías oído hablar del* Autoestopista *antes de que te propusieran hacer la película?*

Mos Def: La verdad es que sí, aunque no había leído el libro. Pero formaba parte de mí. A lo mejor nunca has oído tocar a Miles Davis, pero seguro que te suena el nombre, y el *Autoestopista* es una de esas cosas que mucha gente conoce bien y mucha gente no, pero que a todo el mundo le suena.

RS: *¿Cómo te escogieron para el papel?*

MD: Creo que Suzie Figgis, la directora de casting, me había visto en *Topdog/Underdog,* en el Royal Court de Londres, y les sugirió a Nick y a Garth que me conocieran cuando estuvieran en Nueva York. De modo que nos vimos y hablamos del proyecto y de su idea acerca de lo que querían ver no solo en esta película, sino en las películas en general. Compartía sus gustos. No son convencionales. Tienen muchísima imaginación. Han hecho un vídeo que me encanta, de hecho un par, pero no sabía que eran ellos los autores: «Moving», de Supergrass, y «Coffee & TV», de Blur. Hammer and Tong saben venderse. Me gustó todo de ellos, su energía, su entusiasmo y su capacidad para asombrar. Te dabas cuenta de que eran muy serios, pero también de que lo pasaban bien.

RS: *Esa capacidad para asombrar..., tienes toda la razón.*

MD: Y eso es algo muy importante en un director. Creo también que Garth plasma el espíritu del libro de una manera única porque es muy serio, muy reflexivo, y sin embargo no se toma muy en serio..., es consciente de que se trata de un proyecto mastodóntico, muy ambicioso, pero no se deja amilanar por ello. Le entusiasma su trabajo, lo que es muy atractivo para un actor. Cuando me envió el guión, la primera línea ya me enganchó: *«Es un hecho conocido e importante que las cosas no son siempre lo que parecen.»* Es una gran frase para empezar una película. El *Autoestopista* es un libro tan importante y elevado que, en malas manos, se habría convertido en una película pesada, habría sido la obra de un listillo, pero él la convierte en un relato muy humano y accesible. También deja espacio para ideas y puntos de vista distintos del suyo, sin desacreditarlos o ridiculizarlos, al tiempo que se mantiene muy firme en su concepción. Me sorprendió de verdad su manera de abordar el tema de la religión, de Dios. Es claramente individual, pero deja sitio a otras perspectivas diferentes a la suya. Es muy raro trabajar en algo de esa dimensión y sensibilidad.

RS: *Me estabas diciendo que cuando te eligieron para el papel, los chavales se te acercaban y te decían lo mucho que iba a molar que estuvieras en el* Autoestopista.

MD: Cada vez que lo mencionaba, gente de todas las capas sociales solía reaccionar de la manera siguiente: algunos no tienen ni idea de lo que significa; otros dicen: «Vale, muy bien», y otros simplemente dicen: «¡Bueno, eso es demasiado!» Les encanta. Y a mí también. Me encanta el humor que hay en la historia, y esa sensación de asombro y respeto reverencial, la curiosidad por el mundo que nos rodea. Es como un niño que mira al cielo y se pregunta: «¿Qué hay ahí arriba?»

RS: *Creo que tienes toda la razón. La curiosidad de Douglas, su curiosidad intelectual, era una característica que sin duda le definía.*

MD: Ha sido muy satisfactorio. Me gusta que las cosas tengan cierto riesgo, y con el tiempo que se ha tardado en conseguir hacer esta película, y la mezcla de ideas y de humor, la gente va a prestarle atención. Es extraordinaria en el sentido literal de la palabra, es extra y muy ordinaria. Está todo ese universo que han creado, y es fantástico y prosaico al mismo tiempo.

RS: *¿Cómo te metiste en el personaje de Ford?*

MD: Es realmente interesante, porque Ford tiene diferentes velocidades. A veces es muy vehemente, y otras veces totalmente despreocupado y casi ajeno a todo; no pasota, sino fuera del mundo, tomándose las cosas de manera muy relajada. Antes de comenzar los ensayos, yo lo veía como un personaje mucho más agresivo o desagradable, una especie de Walter Winchell,[1] un periodista tramando la historia. Hay elementos así, y hay elementos heroicos a lo Indiana Jones, pero en lugar de convertirle en una sola cosa, intenté que fuera el más perspicaz, el que tuviera la reacción más honesta a todas las situaciones y retos; creo que Ford está preparado para cualquier cosa, lo mejor y lo peor, y es algo que él más o menos acepta. Se toma las cosas como son, no gimotea ni juzga. Otra cosa que me gusta de Ford es que es muy leal con sus amigos; es muy generoso. Cree en las cosas que quieren sus amigos, y quiere ayudarles, pero no es sentimental. Es como cuando están en la burbuja de aire, a punto de ser arrojados al espacio, y Ford le pregunta a Arthur si le gustaría que lo abrazara... La reacción de Martin es divertida, pues consigue que un momento tierno no se rebaje y se convierta en algo didáctico o previsible.

RS: *Es algo que Douglas habría agradecido. Habría sido muy cauto a la hora de pulsar el botón sentimental, de modo que a un momento como ese habría querido darle la vuelta, añadirle algo. Hablando de ayudar a los amigos, interpretas la escena en la que le explicas a Arthur lo de las toallas como si importara de verdad.*

MD: Sí, y es que vas a necesitar tu toalla. Tienes que tenerla, es importante; es dura la vida ahí fuera, en la Galaxia.

1. Polémico y popular periodista radiofónico nacido en 1897 y fallecido en 1972. *(N. del T.)*

RS: *Háblame un poco más de la relación con Arthur, porque creo haberte oído mencionar que una de las cosas que estaba en una versión anterior del guión, que volvía locos a algunos de los fans de Douglas, pues no les gustaba nada, era una broma reiterada mediante la cual Ford intentaba constantemente librarse de Arthur, y Arthur seguía salvándole la vida, pues creía que le debía la suya. Puede que no les gustara porque, en todos los libros, la amistad entre Ford y Arthur es la relación más duradera de todas.*

MD: Me gusta la amistad entre ellos. A menudo, en otras historias acerca de otras formas de vida en la Tierra, existe una actitud hostil hacia los humanos, mientras que Ford le ha cogido bastante cariño, a pesar de sus flaquezas. Por lo que a Arthur se refiere, me gusta de verdad la escena en Magrathea, cuando Ford le consuela, es casi tierna.

RS: *Explícame lo que le pasa.*

MD: Bueno, Zaphod encuentra ese portal en Magrathea, y cree que va a llevarles hasta Pensamiento Profundo, y Arthur tiene miedo. Ford es más calculador. Está evaluando la situación y calculando: «Podemos hacerlo.» Arthur está completamente asustado.

RS: *Da bastante miedo.*

MD: Es cierto. Es el lugar en el que tienen que saltar, y me gusta la metáfora que la situación representa: cuando haya una oportunidad de ir, ve. Ya sabes, ve al otro lado porque las puertas se cierran. Hay momentos en la vida en que tienes que tomar una decisión, buena, mala o lo que sea, y simplemente tienes que llevarla hasta el final. Y Arthur toma su decisión un pelín demasiado tarde. Necesita que le den un empujoncito, que le saquen de sí mismo y pueda ser un ciudadano del Universo. Sus ansiedades y aprensiones son internas. No las lleva a la vista de una manera predecible. Me encanta lo que Martin hace con su personaje, tío. Arthur se enfrenta a todas esas situaciones apremiantes en una Galaxia hermosa y absurda, delante de la cual se desabrocha el cinturón y salta. A veces porque lo arrastran a patadas y chillando...

RS: *Literalmente.*

MD: Sí, literalmente, pero él sabe adaptarse.

RS: *¿Y qué tal trabajar con Martin?*

MD: Es un actor de una facilidad increíble, y es estupendo trabajar con él. Es uno de los mejores repartos con los que he trabajado.

RS: *Háblame de tu vestuario.*

MD: Era un proceso realmente complicado, pues yo quería hacer algo que fuera tradicional pero también un poco raro. Mi personaje viene del espacio exterior, es un alienígena, pero no tiene que desentonar entre los humanos. Fueron cosas sutiles: coges una americana sport normal de tres botones, le pones otro y añades un chaleco. Todo se hacía por algo. Si hace frío tengo un sombrero, utilitario pero también elegante y sencillo. Es un hombre que trabaja, por tanto lleva traje y corbata, y es muy serio en su trabajo, pero nada pomposo. Al ser un investigador, está preparado para encontrarse con un jefe de Estado, un presidente o una celebridad. Siempre obtiene cierto respeto de cualquier persona que conoce sin parecer distante: ¡y también quería unos zapatos cómodos!

RS: *¿Y qué me dices del forro de la chaqueta, los colores?*

MD: Sí, el naranja, el naranja y el morado me atraían.

RS: *¿Son tus colores?*

MD: Sí, lo sé. Le pedí a Sammy que pusiera morado allí donde pudiera. Allí donde hubiera un forro, una solapa, cosas pequeñas y sutiles que quizás no se ven en las ropas de la Tierra, pequeños detalles, detallitos que pudieran quedar vanguardistas, pero que tampoco llamaran mucho la atención. Me encantó el resultado, de verdad.

RS: *¿Y qué lleva Ford en su portafolios?*

MD: Bueno, lo que Douglas describió en el libro, y más. Lleva agua, la *Guía,* por supuesto, cacahuetes, su toalla, su cámara, una pluma, una libreta, sus gafas y sus viseras para los momentos en que el sol de un planeta sea demasiado intenso y tenga que protegerse los ojos o para cuando quiera ocultar su identidad y ser un personaje. Me gusta que ese portafolios tenga ese elemento de la era espacial: es pequeño, pero cabe todo. También me gusta el diseño de la *Guía.* Es simple, sin complicaciones, elegante y moderna, que es como debería ser, teniendo en cuenta que viaja de un planeta a otro. La idea es que toda la existencia de Ford es portátil, y está siempre preparado para marcharse. Viaja con ligereza, rapidez y eficiencia, lo que sin duda me resultó atractivo.

RS: *Cuéntame todas las utilidades que tiene la toalla en el plató.*

MD: Bueno, intentas hacer que sea algo interesante. Quieres llevarla al hombro, intentar que forme parte de su vestuario o de su identidad tanto como cualquier otra cosa. La utiliza como arma, como servilleta, la utiliza para crear calor, para envolverse la cabeza. Creo que posee cierta conexión emocional con la toalla, y que esta casi es capaz de amortiguar el peligro o eliminar todo lo indeseable o dar solaz. Pero sigue siendo real, creíble. No es más que una toalla, y no la hemos convertido en ningún tipo de artilugio de alta tecnología.

RS: *¿Qué te ha parecido trabajar con alguien de la energía de Sam?*

MD: Dios mío, Sam es una gran referencia para mí por lo que se refiere a mi personaje. Llegué a los ensayos pensando que a Ford se le notaría más que es raro. Yo no quería convertirle en una criatura espacial estrambótica, pero creía que en algunas cosas tendría que ser marcadamente rarito, y me parece que así es. Pero al ver a Zaphod, pensé: «Oh, ya hay alguien que hace eso», así que preferí poner un contraste. Ford es una persona muy realista, y Zaphod proporciona un gran contrapunto. Trabajar con él dejó muy clara la relación de Ford con la historia de Arthur y su posición en medio de los cuatro. Si tienes dos personajes estrafalarios en la misma película, acaba siendo un poco estúpida. Ves a Ford al principio de la película y te crees que está loco, pero cuando conoces a Zaphod te das cuenta de que Ford es como otra versión de Arthur.

RS: *Es como un puente, ¿no?*

MD: Exacto, Ford es el puente entre Arthur y Zaphod, y es estupendo de verdad tenerlos uno a cada lado.

RS: *¿Y qué me dices de Trillian?*

MD: Zooey es una actriz maravillosa y totalmente creíble: su desafecto, su aburrimiento, su inteligencia y su afición a la aventura quedan muy claros. Es un reparto fantástico de cabo a rabo. A veces te destroza los nervios, porque significa mucho estar en esta película, y la historia es complicada, con muchos niveles. Cada semana, o cada par de días, descubría algo nuevo. Incluso ahora que ya se está acabando el rodaje descubro cosas nuevas. Cuando comenzamos a rodar en Magrathea fue uno de esos momentos. Es el gran planeta perdido, y Ford no creía que fuera real, y ahora está allí, pone los pies en el suelo, y después del primer día en ese plató, volví al libro, y ahí estaba el pasaje que me dio otra pista de la relación de Ford con Zaphod:

> –Muy bien, admitiré el hecho de que esto sea Magrathea; de momento. Pero hasta ahora no has dicho nada de cómo lo has localizado en medio de la Galaxia. Con toda seguridad, no te limitaste a mirarlo en un atlas estelar.
>
> –Investigué. En los archivos del Gobierno. Hice indagaciones y algunas conjeturas acertadas. Fue fácil.
>
> –¿Y entonces robaste el *Corazón de Oro* para venir a buscarlo?
>
> –Lo robé para buscar un montón de cosas.
>
> –¿Un montón de cosas? –repitió Ford, sorprendido–. ¿Como cuáles?
>
> –No lo sé.
>
> –¿Cómo?
>
> –No sé lo que estoy buscando.
>
> –¿Por qué no?
>
> –Porque..., porque..., porque si lo supiera, creo que no sería capaz de buscarlas.
>
> –¡Pero qué dices! ¿Estás loco?
>
> –Es una posibilidad que no he desechado –dijo Zaphod en

voz baja–. De mí mismo solo sé lo que mi inteligencia puede averiguar bajo condiciones normales. Y las condiciones normales no son buenas.

Me encanta que el *Autoestopista* exista en esta zona imprecisa entre la fantasía y la realidad, esta inventiva basada en situaciones reales, lo que permite la interacción de los actores. Como en la escena en que Zaphod y Ford se encuentran en el *Corazón de Oro.* No son más que dos buenos amigos que se ven después de muchos años, pero inventamos un saludo ritual, lo que también le dio a Arthur la oportunidad de participar. Siempre quisimos evitar que las situaciones fueran una caricatura o de dibujos animados.

RS: *Creo que es importante tomárselo «en serio», para evitar esos codacitos y guiños al público que podrían hacer que este se desinteresara de los mundos que intentas crear para él.*

MD: Sencillo, pero no demasiado tradicional. Garth insistió muchísimo en la interpretación de los actores, y desde luego es estupendo haber trabajado en una película de ciencia ficción durante los tres o cuatro últimos meses sin tener que estar delante de una pantalla azul o tener que actuar delante de un personaje imaginario. Nuestra imaginación se activa ante la presencia de cosas reales.

RS: *Creo que es una de las cosas que le dan a esta película un corazón y un encanto de los que carecen muchas cintas de ciencia ficción.*

MD: Sí, la gente también se da cuenta de eso, y como actor también te ayuda. Es interesante porque en esta película Garth ha hecho muchas cosas que tú harías en teatro, como la creación de criaturas y platós reales. La idea del lugar y el entorno está muy definida y es muy intensa. Para nosotros, como actores, eso es estupendo, y también es muy importante para el público percibir que no se trata de un mundo fabricado digitalmente. Que es un mundo y un lugar creado no solo por las mentes, sino también por las manos de las personas.

RS: *Hablando de hacer cosas en serio, esta tarde Martin y tú me habéis impresionado, ¡menuda imagen!*

MD: ¡Ah, la huida por la escotilla de la nave vogona! Martin y yo lo hemos hecho sin dobles, y había una buena caída. Me encanta que este papel sea tan físico, porque recuerda a Laurel y Hardy. Soy un gran admirador de Laurel y Hardy, y también Martin. Soy un gran admirador de Chaplin, y de Buster Keaton, y en un escenario de ciencia ficción tienes muchas oportunidades para incorporar ese tipo de espíritu.

RS: *¿Cómo haces tu entrada?*

MD: En un carrito de la compra lleno de cerveza y cacahuetes que baja una colina hacia el buldócer delante del cual está echado Martin. Es una entrada realmente espectacular. Mientras leía el guión, me di cuenta de que Ford iba a ser un tipo muy estrambótico, porque cuando lo ves en la Tierra literalmente parece majareta. Es muy excitable, y le vemos saltar la valla de la casa de Arthur, pero también posee una dimensión práctica y mesurada, lo que le hace parecer aún más demente. Es una persona con una idea de la precisión, y el tener que hacer ciertas cosas físicas, sobre todo en esta película, nos ha exigido a todos cierta energía. Sé que la gente siempre dice: «Me entusiasma de verdad esta película.» Pero yo llevo trabajando dieciocho semanas en el *Autoestopista* y me muero de ganas de verla. Me siento igual que cuando llegué al rodaje: completamente entusiasmado, excitado, muy abierto y satisfecho, y seguro de que la gente se quedará atónita con la película. En una película con efectos especiales hay muchas cosas que, como actor, no ves, pero al ver los decorados me doy cuenta de que todo está ahí con una razón y con un propósito. Nick y Garth son tan inteligentes y divertidos que han captado el espíritu del libro. Tú también nos has servido de mucha ayuda por tu entusiasmo, y hemos mantenido muchas conversaciones sobre Douglas y pequeños detalles del libro. Sé lo que es que te guste muchísimo un libro y que luego veas una adaptación a la pantalla que no da la talla. No creo que a los lectores les importe que haya material nuevo y diferente, sino que quieren el meollo, y por eso llevaba siempre conmigo el libro al plató, y ¡entre siesta y siesta siempre le echaba un vistazo!

A Ford se le puede interpretar de muchas maneras... tierno, como un soñador. Es un personaje excitante cuando lo asumes, pero también hay que ir con mucho cuidado y prestarle atención. Es la clase de situación en la que intento ponerme como actor y cantante, situaciones en las que tienes que prestar atención e implicarte. Nada de trabajos de «vuelve a la silla y relájate», sino papeles en los que tienes que estar sentado al borde de la silla, atento, en los que tienes que levantarte y a veces ponerte de pie encima de la silla; esa ha sido mi experiencia, y me ha hecho realmente feliz.

ENTREVISTA CON ZOOEY DESCHANEL (TRICIA MCMILLAN)

Entre sus películas encontramos *Elf, Tú y yo, Una buena chica* y *Casi famosos.*

Robbie Stamp: *Para empezar, ¿habías oído hablar alguna vez del* Autoestopista *antes de que te ofrecieran el papel?*

Zooey Deschanel: Sí, leí el primer *Autoestopista* cuando tenía unos once años; en mi clase había como un pequeño club de fans del *Autoestopista.* Así que lo leí entonces y me gustó, pero no tuve la oportunidad de releerlo hasta que me ofrecieron el papel.

RS: *¿Cómo sucedió?*

ZD: Estaba al corriente del proyecto, y estaba rodando una película en Nueva York, y Garth y Nick vinieron a verme al plató. Comimos juntos, y me sorprendió su encanto y creatividad, y su aproximación al libro. Una de las primeras cosas que me llamaron la atención fue que aunque se trataba de una película de ciencia ficción, se daban cuenta de que las relaciones entre los personajes eran muy importantes, y no daban prioridad a los efectos especiales. Garth mencionó la película de Billy Wilder *El apartamento,* con Jack Lemmon, como la clase de película que le gustaba, y también *Annie Hall,* que son dos de mis películas preferidas. De modo que desde el primer momento me quedé intrigada, porque no parecía muy normal que alguien que iba a dirigir una película con muchos efectos especiales tuviera tanto interés por las relaciones humanas y se diera cuenta de que estas eran la base de la película.

RS: *A menudo me preguntan por qué se acabó dando luz verde a la película, y creo que se debió a varias razones, pero estoy seguro de que una de las principales por las que Nina Jacobson dio su aprobación fue porque habíamos trabajado muy duro para crear una relación sólida entre Trillian y Arthur.*

ZD: Sí, lo que probablemente constituye la principal diferencia entre el *Autoestopista* en sus otras versiones y la película que se ha hecho ahora. Creo que va a funcionar muy bien en la pantalla. La novela, la serie radiofónica, la de televisión son cosas totalmente distintas.

RS: *El tener toda esa «humanidad» ahí en medio permite que el material respire más fácilmente en la pantalla.*

ZD: Sí, normalmente en las superproducciones de alto presupuesto y con muchos efectos especiales no hay muchos momentos íntimos. Yuxtaponer esas relaciones humanas con ese imponente Universo es lo que hace que el material sea divertido. Tienes a esa gente y a esos alienígenas, que en los errores que cometen y en sus ideas erróneas de las cosas nos resultan extrañamente familiares, y hacen que el Universo parezca más pequeño y agrandan la dimensión de los momentos íntimos. Es como si el deseo último de Douglas hubiera sido señalar que somos más pequeños de lo que pensamos, que un poco de humildad por parte de la especie humana nos iría muy bien.

RS: *En las otras versiones del* Autoestopista, *el personaje de Trillian es el menos elaborado, y en la película lo hemos desarrollado al máximo. Háblanos un poco de cómo lo has encarnado y de cómo has encontrado su voz.*

ZD: Desde la primera vez que todo el reparto se reunió para leer el guión hasta ahora, Trillian ha cambiado mucho, porque siempre descubres a tu personaje a medida que trabajas con él en la película. Te das cuenta de lo que funciona, para ti, con los demás actores y dentro del contexto de la película. Cuando empezamos, Trillian era un poco más pasiva, y la hemos hecho un poco más belicosa, un poco más dura. Creo que funciona, sobre todo a la hora de crear un contrapunto para Zaphod. El público femenino tendrá a alguien con quien pueda identificarse y a quien pueda animar, porque creo que definitivamente comenzó estando un poco más dirigido hacia los hombres. A Trillian la estimula sobre todo poner las cosas en entredicho y lo intelectual, por lo que creo que se siente más feliz cuando lee el manual del *Corazón de Oro;* le entusiasma entender cómo funciona. Creo que eso me ayuda en mi manera más física de abordar el personaje. Es un poco empollona, lo que es bueno, y leída, y eso es estupendo. Yo quería interpretar un personaje que fuera fuerte y sexy, y sobre todo inteligente, y que cuando le haga falta asumirá ciertas características físicas. Cuando tiene que hacer prisionero a Zaphod a fin de evitar a los vogones se vuelve muy dura. Creo que también se siente un poco frustrada. Para ella es un tanto decepcionante salir al espacio y encontrarse con gente y con especies como los vogones, que son tan idiotas como la gente de la Tierra.

RS: *Hay muchos momentos en los que Trillian se pone al mando, cuando los hombres no hacen más que marear la perdiz.*

ZD: Sí, es una mujer muy inteligente, una persona que no se anda por las ramas, y creo que hay momentos en los que empieza a hartarse un poco de las discusiones entre los demás personajes y se pone al frente.

RS: *Ella es la que hace funcionar la nave; está ahí con el manual. Lo consigue.*

ZD: Bueno, sin Trillian no conseguirían hacer volar el *Corazón de Oro.* Todos tienen las tareas específicas que han de hacer y sus propias tareas dentro de la historia. Para empezar, sin Zaphod no estaríamos en el *Corazón de Oro,* y su celebridad le salva unas cuantas veces. Arthur está constantemente cuestionándolo todo, e intentando encontrar una manera de relacionarse con la chica que conoció en la fiesta, la que le impresionó tanto, desapareció y volvió a aparecer en el espacio. Ford Prefect es más un observador al que muchas cosas superan, y su valor casi zen es lo que impulsa el relato. Trillian es muy directa, una persona/alienígena que les impulsa de verdad a llegar a donde se dirigen.

RS: *¿Tenías en cuenta que era una semialienígena?*

ZD: Creo que yo misma soy una semialienígena. Toda mi vida, cuando estaba en la escuela, la gente decía que yo era rara, ¡y ahora le estoy sacando algún provecho! Creo que por eso mucha gente se identifica con esta historia. ¡Todo el mundo se siente un poco extraterrestre!

RS: *En alt.fan.Douglas-adams, uno de los principales grupos de noticias de los fans, aparece recurrentemente la pregunta: «¿Es Trillian humana?» ¿Qué piensas?*

ZD: Cuando se entera de que es medio alienígena, se siente feliz. Tiene muchos títulos universitarios, y es tan inteligente que probablemente su primer reto de verdad en la vida es cuando se sube a la nave y tiene que hacerse con los controles y leer el manual. Es realmente asombrosa, y los diseñadores le han puesto muchos botones y diales. La Energía de la Improbabilidad supone un gran reto a las leyes de la física tal como creemos conocerlas en la Tierra. Para mí, fue la clave desde el principio. Es su intelecto lo que explica por qué se va con Zaphod Beeblebrox en la fiesta. Siempre la ha obsesionado la idea de que la Tierra es demasiado pequeña para ella, y que la única manera de divertirse es emprender esta loca aventura y ver qué pasa, porque sin duda en la Tierra ya no tiene ningún desafío.

RS: *En cuanto llega al espacio, se sumerge en la experiencia de una manera que Arthur rechaza...*

ZD: Ella se guía por el intelecto, y primero tiene que ver si puede desafiarse a sí misma antes de enamorarse de verdad de alguien.

RS: *La escena en que conoces a Arthur es un momento fundamental. Él está leyendo un libro y tú te acercas a él y le dices: «¿Quién eres?»*

ZD: Sí, básicamente es como el principio de una película de un género diferente, y entonces se corta en seco y se pone realmente interesante, porque hay mucho más aparte de la escena habitual en la que un chico y una chica se conocen en una fiesta. Pero ese inicio «normal» en la Tierra, es muy importante para el resto de la película. Le da solidez antes de que las cosas se desmadren en el espacio y tengamos todos esos fantásticos decorados y planetas. La primera vez que pensé que eso era algo realmente espacial fue al subirme al *Corazón de Oro.* Había leído los libros cuando iba al colegio, y era como si de pronto redescubriera mi juventud. Era una sensación que te inundaba por completo, y ahí estaba, corriendo de un lado a otro, saltando, subiendo y bajando las escaleras. Era como si hubiera posibilidades para la imaginación, y por primera vez me di cuenta de que toda la película la hacía un grupo de gente muy unida, y que todos querían que fuera lo mejor posible, y me quedé completamente anonadada por toda la labor que habíamos hecho. A un actor le resulta muy estimulante ver que a todo el mundo en el plató le preocupa mucho lo que está haciendo, y creo que había un gran sentido de la responsabilidad hacia los fans de Douglas Adams y su familia, en el sentido de hacer una buena película, una película que valiera la pena, en la que todos pusiéramos nuestra creatividad e inteligencia y trabajáramos duro.

RS: *Como dices, todos sentíamos una gran responsabilidad hacia los fans y la familia, pero también una responsabilidad igualmente grande hacia los millones de personas que aún no son fans.*

ZD: ¡Nuestros nuevos fans! Se trata de una comedia inteligente, en la que subyace un singular significado filosófico, y creo que se trata de una película que puedes ver una y otra vez sin aburrirte. Cada vez que la mires, podrás ver algo diferente que ni siquiera yo, que he trabajado cuatro meses en la película, he visto antes, o no recordaba. Es una película que me muero de ganas de ver, y lo digo con total sinceridad. Muchas veces sientes curiosidad por la película que haces, pero esta es realmente una película especial, y creo que hay mucha gente esperando a que se estrene una comedia inteligente como esta. Tiene una especie de significado político. Quiero decir que puedes compararla con muchas cosas que están pasando en el mundo. Sí, son todo alienígenas, y es el Universo, pero lo que es realmente divertido es que las cosas no cambian, ni siquiera a tan gran escala. Sigue habiendo burocracia, sigue habiendo decisiones precipitadas por parte del gobierno, sigue habiendo corrupción, sigue habiendo cosas frustrantes. Me gusta que se ponga constantemente énfasis en la capacidad humana de cuestionar las cosas. Parte del mensaje de la película es que tienes que cultivar tu capacidad para ponerlo todo en entredicho. Podemos cuestionarnos el gobierno, todo lo que nos rodea, las cosas, la gente, y eso es estupendo. Es interesante que la Tierra se creara para plantear la Pregunta Última, pues somos propensos a hacernos preguntas.

RS: *Nunca había visto esas dos cosas juntas. La Tierra es construida, diseñada, para responder a la Pregunta Última, y naturalmente eso responde en gran parte al carácter de Douglas; a él le encantaban las preguntas, y tenía una gran habilidad para ofrecerte una nueva perspectiva, para hacer que vieras el problema desde un ángulo distinto. He hablado mucho con Mos, y lo que es fascinante es lo mucho que ambos os habéis interesado por las ideas.*

ZD: Siempre me interesó la filosofía, y me pareció muy interesante leer una novela que es ciencia ficción y también comedia, y que a la vez rebosa ideas. Lo que se ha mantenido ha sido el meollo filosófico y las cosas que se dicen acerca del mundo, su belleza y su absurdo. Por eso resulta divertido oír a Jeltz hablarle por los altavoces a la gente de la Tierra cuando están a punto de volarla.

> –El fingir sorpresa no tiene sentido. Todos los planos y las órdenes de demolición han estado expuestos en vuestro departamento de planificación local, en Alfa Centauro, durante cincuenta de vuestros años terrestres, de modo que habéis tenido tiempo suficiente para presentar cualquier queja formal, y ya es demasiado tarde para armar alboroto.

Quiero decir que es como si, en los Estados Unidos, fueras a Tráfico a renovar tu permiso de conducir y que la persona que está detrás del mostrador te dijera: «Oh, tiene que llenar ese impreso, pero solo puede llenarlo en casa con un bolígrafo azul, y solo en jueves.» En nuestra imaginación, solemos considerar a los alienígenas como necesariamente más poderosos o inteligentes, pero descubrir que en realidad son tan insignificantes como los demás es una idea realmente brillante.

RS: *Me sorprendió lo física que la película resultaba para vosotros, ¡y tus escenas con la Bestia Bugblatter eran realmente impresionantes!*

ZD: Cuando era más joven hacía escalada en roca, de modo que estaba muy acostumbrada a llevar arneses y esas cosas. Así que no estaba nerviosa, y me dije que lo mejor era hacerlo yo misma. Es mejor hacer las escenas de acción tú misma, aunque si son realmente peligrosas se las dejas a un profesional.

RS: *¿La película ha sido más física de lo que pensabas? Tienes muchos cardenales.*

ZD: Bueno, Jason[1] aún se está riendo, porque volví a casa con una buena colección de moretones, me golpeó un trozo de «bala», ¡y siguen dándome en la cabeza con objetos volantes!

RS: *Y luego está el meneo que os dan cuando estáis a bordo del* Corazón de Oro, *cuando os persiguen con misiles.*

ZD: Eso fue divertido, porque nos veíamos lanzados contra objetos, y desde luego fue más físico de lo que imaginaba. ¡Y yo que creía que se trataba de una película de ciencia ficción intelectual! Pero al tiempo que es una comedia física, también mantenemos conversaciones filosóficas a grito pelado, como cuando estamos en el plató de Magrathea, lo que fue realmente divertido, pues teníamos a Martin gritándole a ese ruidoso portal vacío.

RS: *¿Qué me dices de la relación de Trillian con Zaphod? ¿Había atracción física?*

ZD: Creo que ella piensa que Zaphod es una monada; Zaphod es como un ligue de verano.

1. Jason Schwartzman interpreta a Gag Halfrunt en la película.

RS: *Pero ¿tienen una aventura cuando van a bordo del* Corazón de Oro?

ZD: Quiero que el público lo decida por sí mismo. Sí, creo que ella lo considera atractivo, pero no cree que sea una atracción duradera.

RS: *¿Has disfrutado trabajando con los demás? Es una mezcla muy poco habitual.*

ZD: Desde luego que lo es. Creo que fue una gran idea juntarnos a todos. Hay un gran momento en la nave, cuando nos han zarandeado durante el ataque con misiles, en que Arthur dice: «Bueno, podemos estar hablando de lo que es normal hasta el día del Juicio Final», y uno de los personajes pregunta: «¿Qué es normal?» «¿Qué es el juicio?» «¿Qué es final?» Creo que es una buena frase: filosofía, personalidad y chiste todo en uno.

RS: *Típico del* Autoestopista.

ZD: Describe perfectamente la relación entre todos ellos. El solo hecho de pensar en ello me hace ser consciente de lo mucho que me he divertido trabajando en esta película.

ENTREVISTA CON BILL NIGHY (SLARTIBARTFAST)

Ha intervenido en *Love Actually, The Magic Roundabout* (la voz de Dylan) y *Zombies Party.*

Robbie Stamp: *¿Conocías el* Autoestopista?

Bill Nighy: Sí, conocía la *Guía del autoestopista galáctico.* Lo había leído cuando era un chaval, como todo el mundo que conocía en el barrio, porque era un libro muy gordo, y había disfrutado con su lectura, me había reído y lo había encontrado muy bueno, y luego, lo que había sido casi más satisfactorio, se lo compré a mi hija, cuando esta tenía trece o catorce años. Si alguna vez quieres poner algo en la portada de la *Guía del autoestopista,* aunque tampoco es que nadie haya de prestarnos especial atención a mí o a mi hija, podrías poner «mi hija se cayó de la silla», porque eso es lo que pasó... En cierto momento se oyó un ruido a mi espalda, y me volví un tanto asustado pensando que había pasado algo horroroso, y de hecho así había sido, pues mi hija se había caído de la silla de risa. Y lo que también fue interesante y bonito de esa experiencia es que ella encontró el libro muy hermoso, divertido y un tanto raro. Me lo leyó casi todo para compartirlo conmigo. Y fue tal gustazo ver su cara, verla leer larguísimos fragmentos, que se los compré todos: *El restaurante del fin del mundo* y *Hasta luego, y gracias por el pescado.* Creo que son extraordinarios, y creo que Douglas era un hombre de auténtico talento, y que sus libros no son solo divertidos, no es solo ciencia ficción. Era un hombre muy, muy inteligente, y eso se ve en todos sus libros. Me alegro mucho, mucho, de que existan.

RS: *Tienes toda la razón; son una mezcla muy rara de humor e inteligencia. Mi hija, que tiene diez años, acaba de descubrirlos y le encantan. Creo que eso es un buen presagio para la película, y espero de verdad que lleguemos a una nueva generación de adolescentes y que el verano que viene sea la película divertida, de moda y enrollada que vayan a ver.*

BN: Bueno, eso es lo que pensé cuando leí el guión. Pensé que quería participar en ella porque me gustaba todo. Es superior. Los chistes son de primera. Es enormemente divertida, emocionante e interesante, y da que pensar: todas esas cosillas que va soltando, como cuando define volar como el hecho de ser arrojado al suelo y fallar, esas cosas me hacían gracia. Creo que los chavales se volverán locos.

RS: *¿Cómo te metiste en el proyecto?*

BN: Me enteré de la existencia del proyecto cuando un amigo común de Garth Jennings y mío se casó en Escocia. Mi amigo dijo: «Y, por cierto, él es director, y creo que a lo mejor quiere hablar contigo para un papel en la *Guía del autoestopista galáctico.*» Casi me voy a la boda en coche con Garth, al que no conocía de nada, pero al final no viajamos juntos. En la boda ni siquiera hablamos. ¡A lo mejor Garth pensó que sería poco ético! Probablemente bailamos música irlandesa cogidos de la mano antes de comentar el proyecto. Poco después recibí el guión, y lo leí de inmediato, y de todas las cosas que he leído, y han sido unas cuantas, es la que menos dudas me ha provocado. En cuanto cerré el guión llamé a mi agente y le pregunté si me convenía actuar en la película. Desde el punto de vista práctico me imaginaba que sería un éxito, pero ¿quién sabe? Bueno, todos pensamos que va a ser un éxito, de otro modo no estaríamos aquí. Pero luego me digo que a lo mejor estaríamos de todos modos. Yo creo que sí, que la habría hecho igual. Pero creo que va a funcionar en todo el mundo, que va a interesar a todo el mundo y que lo tiene todo, pues funciona a todos los niveles. El guión es muy inteligente, una representación muy buena del libro. Es una gran aventura, un viaje fascinante, una hermosa historia de amor con una estupenda resolución, y, para empezar, nada mejor que volar la Tierra en los diez primeros minutos. Casi todas las películas como esta tratan de cómo impedir que eso ocurra. De modo que sí, lo leí y me encantó. La verdad es que fue así de simple. Hice la llamada telefónica, luego, tal como pasa con estas cosas, hubo otras muchas circunstancias, y todavía no habíamos llegado a ningún tipo de acuerdo y un día estaba en un estreno en Los Ángeles, donde te ponen muchos micrófonos delante y tienes que hablar, y al final la última pregunta es siempre: «¿Qué vas a hacer ahora?», y tienes que salirte por la tangente, bien porque no lo sabes, bien porque no puedes decirlo, y cuando me preguntó el último, me lancé a la piscina y le dije: «Bueno, espero actuar en la *Guía del autoestopista galáctico*», y al día siguiente me telefonearon la BBC y mi agente y me dijeron algo así como: «¿Qué demonios te has creído?», porque aún no habíamos llegado a ningún acuerdo. Todo acabó en la portada del *Independent.* A mí todo eso no me molestó. Dije: «Bueno, ya sabes que quiero estar en esa película», y eso fue todo.

RS: *¡Y ahora estamos en el remolque de Slartibartfast! Una de las cosas enigmáticas de Slarti es su aspecto físico, porque nos hemos alejado del arquetipo de hombre con barba blanca.*

BN: Lo que pasa con las barbas en las películas, y estoy seguro de que hay millones de excepciones a lo que voy a decir, es que a veces se lo ponen difícil al público, porque pierdes una zona de expresión, y no te pueden leer la cara tan fácilmente. Por eso queríamos alejarnos del aspecto de «trampero de las montañas». Gran parte de mi apariencia se debe a que Sammy Sheldon y Garth Jennings tuvieron una idea muy buena. No sentí la necesidad de hacer gran cosa más. En lo único en lo que todos estuvimos de acuerdo fue en que la barba probablemente molestaba más que ayudaba, y la idea de convertirme en una especie de hombre de empresa es muy ingeniosa, como casi todo el vestuario. Nunca vas a dar con la imagen que surgió en la mente del lector en el momento en que oyeron hablar de Slartibartfast o Ford Prefect o Arthur, de modo que tienes que inventarte una que creas que va a funcionar, y que sea divertida o inteligente, y confíes en ella.

RS: *¿Qué me dices de tu ligero bufido característico? Es como una risa comprimida, es una cosa tan encantadora e íntima...*

BN: No sé si voy a ser capaz de explicártelo, pero nace de esa cualidad levemente inocente de algunas personas que no están siempre pendientes de sí mismas. A veces hacen ruidos inverosímiles, y parecen encajar en su manera de ser.

RS: *Una de las cosas que más me ha gustado ha sido ver a los actores habitar sus personajes. Hemos aportado cierto nivel de humanidad, que creo que resulta bastante raro allí en la Galaxia.*

BN: Ese es para mí una gran parte del atractivo, como creo que lo será para los que no conozcan el *Autoestopista,* y también para los entusiastas como yo. No todo el mundo tiene siempre un comportamiento heroico. Hay las flaquezas humanas vulgares, cierta intimidad y muchos coloquialismos que no asocias con el género. Probablemente sea casi un género en sí mismo.

RS: *Slarti posee esta atractiva mezcla de orgullo e inseguridad. Le hace feliz poder hablarle a Arthur de su trabajo. Pero también hay cierta tensión, porque sabe que los ratones planean quedarse con el cerebro del simpático terrícola, y su tarea es entregarlo en bandeja.*

BN: Sí, exacto. Yo no creo que él salga mucho, en el sentido de conocer gente de otros lugares. Los malditos vogones, literalmente diez minutos después de que lo hayan liberado, vuelan el maldito planeta de los ordenadores. Me encanta la idea de que necesitaran una raza que hiciera todos los trabajos aburridos, de modo que construyeron Vogosfera para los vogones, y algunos listillos introdujeron ese mecanismo que les impide tener ninguna idea interesante sacudiéndoles en la cara con una paleta, que es una interesante reflexión acerca de qué le pasa a la gente que hace trabajos aburridos.

RS: *Las paletas fueron una idea que tuvo Douglas para la película un día que volvíamos en avión de Los Ángeles. A la mañana siguiente entró en la oficina y me la leyó, porque le gustaba ver la reacción de la gente. La gente que tuvo la suerte de escucharlo recién salido del horno se tronchaba de risa.*

BN: Bueno, es fantástico. Varios millones de años de evolución también han convertido a los vogones en unos tipejos implacables que hacen lo que dice el manual, lo que constituye una divertida reflexión sobre la burocracia en general. Como contraste, creo que Slarti no es más que una figura bondadosa, un hombre simpático con una sana compasión, al que le enorgullece lo que hace. Es como cuando la gente que fabrica cosas te enseña su taller, su cabaña de efectos especiales o su tienda de maquetas, y a menudo no les agradecen lo suficiente su trabajo, pero ellos están silenciosamente orgullosos. Douglas tuvo una idea encantadora al hacer así a los constructores de la Tierra... Me encanta eso de que hubiera hombres que plantaron los campos, que bombearon el agua a los océanos y pintaron los Acantilados Blancos de Dover y la Roca de Ayers. En el mundo de Douglas así es como construyes la Tierra. Es muy conmovedor, muy estrambótico, muy divertido.

RS: *Y los icónicos fiordos noruegos son una de las cosas que la gente recuerda más del* Autoestopista. *Es una idea muy extraña y asombrosa, que alguien gane un premio por diseñar los fiordos de Noruega. Es un momento clásico.*

BN: Eso es lo que recuerdan todas las personas con las que he hablado recientemente. Casi todas son de mi edad, y hace veinte años que no leen el libro, y ese es el trozo, antes incluso de que les diga cuál es mi papel, que normalmente les viene a la cabeza: «Un toque barroco» y «Noruega» y «¿No le dieron un premio?». Y se acuerdan de ese fragmento, todo el mundo recuerda ese fragmento, les encanta.

RS: *Supongo que has trabajado sobre todo con Martin.*

BN: Trabajar con Martin es un gustazo. Es un cómico y actor joven muy inteligente, y es muy fácil tratar con él cuando actuamos y cuando descansamos, y cuando me enteré de que lo habían elegido para la película, pensé: «¿El Tim de *The Office* para Arthur? Claro, claro.» Tiene todo lo que Arthur necesita. Posee un toque cómico de primera. Pero aparte de eso, tiene esa clase de atractivo que te hace falta. A la gente le gusta verlo. Y eso es necesario, porque Arthur recibe una increíble cantidad de información que debe llegarle al público, y que tienes que experimentar a través de él. Necesitas a alguien con mucho talento para hacer una interpretación como esa, no tienes que hacer todos tus numeritos, solo ser el receptor. Parece fácil, pero esos papeles principales en los que tienes que ser los ojos y los oídos del público son famosos por su dificultad.

RS: *Estoy de acuerdo. Y por lo que se refiere a tu experiencia, ¿qué momentos destacarías del rodaje?*

BN: Ayer, Martin y yo estábamos en nuestra carretilla viajando por el Planeta Fábrica. Fue bastante divertido, nosotros intentábamos actuar mientras había en funcionamiento cañones de agua y ventiladores gigantes. Unos hombres hechos y derechos alimentaban el cañón de agua con vasos de plástico llenos de agua, y a continuación ese cañón de alta presión nos lanzaba su chorro. El director ayudaba con el agua, y se lo pasaba tan bien que se olvidó de agarrar el vaso con fuerza, con lo que fue aspirado por la máquina, ¡y de pronto hubo vasos de plástico rebotando de la cara de Martin! Eso es muy típico del *Autoestopista,* en mi opinión, y resume la energía y el humor que hemos aportado a esta película.

AUTOENTREVISTA CON KAREY KIRKPATRICK (GUIONISTA)

Entre sus películas encontramos *El pequeño vampiro, Chicken Run: Evasión en la granja* y *James y el melocotón gigante.*

Una versión de esta entrevista se escribió originariamente para la página web de la película *Guía del autoestopista galáctico,* donde se publicó. Amablemente, Karey Kirkpatrick dio su permiso para que la entrevista se reprodujera aquí y añadió algunas nuevas preguntas referentes al período de rodaje.

EL GUIONISTA DE LA «GUÍA DEL AUTOESTOPISTA GALÁCTICO» SE ENTREVISTA A SÍ MISMO

Decidí entrevistarme porque a) creo que seré más duro conmigo y sabré qué clase de preguntas podría hacer un entrevistador; b) nadie me ha pedido una entrevista. ¿Y por qué iban a hacerlo? ¿Quién soy yo? *No* soy Douglas Adams: esta es la respuesta que preocupa a casi todos. De modo que, teniendo esto en mente, procedamos. He aquí algunas preguntas que, imagino, se están haciendo casi todos los fans del libro (y de la serie radiofónica y de la serie de televisión y del juego de Infocom).

¿Quién demonios eres y qué te da derecho a enredar con esa valiosa obra literaria, escritorzuelo de Hollywood?

Ah. Buena pregunta. Me doy cuenta de que mucha gente se lo debe de estar preguntando. Así que, veamos...

Me llamo Karey Kirkpatrick. Podéis encontrar lo que he escrito en Google o en IMDB (por cierto, soy un tío... no la presentadora de las noticias de Búfalo, Nueva York). Pero la respuesta sucinta es que nadie tiene derecho a enredar con esa valiosa obra literaria. No fue mi intención, me buscaron para ello. La historia es más o menos como sigue.

En cierto momento, Jay Roach tenía que dirigir la película. Llevaba muchos años trabajando con Douglas en varias versiones del guión, y, tras la repentina y trágica muerte de este, el proyecto sufrió un parón de varios meses. Pero Jay, junto con Robbie Stamp (productor ejecutivo de la película, viejo amigo de Douglas y su socio en Digital Village), sintió la obligación de no permitir que el proyecto muriera, para honrar la memoria de Douglas, y un día, mientras estaba viendo *Chicken Run* (¿con sus hijos? No sé. A mí me parece que la ve cada semana), se le ocurrió: «Eh, este escritor ha escrito una película que funciona como superproducción de estudio al tiempo que mantiene una sensibilidad singularmente británica.» (Crecí siendo un ávido fan de Monty Python, uno de esos chavales que citaban *Los caballeros de la mesa cuadrada* para irritación de todos mis amigos, exceptuando, claro, aquellos con quienes citaba a Monty Python.) De modo que Jay se puso en contacto conmigo. Cuando mi agente me llamó y me preguntó si había oído hablar de la *Guía del autoestopista galáctico,* dije: «Sí, me suena.» Pero apartemos de inmediato el primer horror. *No había leído el libro de Douglas Adams antes de que me hicieran ese encargo.* Bueno, en este momento algunos de vosotros os habéis desmayado después de gritar: «¿¡QUÉ?! ¡BLASFEMIA!» Pero en mi opinión, eso me proporcionaba una enorme ventaja a la hora de abordar el material. No tenía ninguna idea preconcebida. Cuando me enviaron una versión del guión (la que tenía ocupado a Douglas cuando murió), tuve que leerla como lo que era: el borrador de una película. Y sin saber nada del pez Babel, de la Pregunta Última ni de los vogones, fui capaz de formular la opinión de dónde funcionaba como película y qué había que mejorar.

Debéis saber que mi primera reacción –literalmente, mi primerísima reacción tras cerrar el guión– fue: «No puedo escribir esto, este tío es un genio y yo no.» Me dije: «Es imposible escribir nada que pueda mezclarse con las palabras de este tío sin que se note.»

Fue mi momento de «No soy digno», como en *Wayne's World.* Me refiero a que este tío escribió: «... volar es un arte», dijo Ford, «o mejor dicho solo hay que cogerle el tranquillo, que consiste en aprender a tirarte al suelo y fallar». No creo que jamás pueda escribir algo así. Pero quería conocer a Jay Roach. De modo que fui a la reunión donde teníamos que comentar el guión pensando: «A lo mejor me pide que escriba *Los padres de él*» (sí, soy fácil de prostituir).

Le dije a Jay lo que pensaba, le señalé algunas cuestiones estructurales y temáticas, y, para mi sorpresa, estuvo de acuerdo en casi todo. Y cuando le hablé de mi momento de «No soy digno», me dijo: «Creo que eres perfecto para el proyecto, y esa actitud probablemente te ayudará.» Y cuanto más hablábamos del proyecto, más me entusiasmaba. Quiero decir, ¿cómo no vas a entusiasmarte si hablas de la poesía como forma de tortura o de misiles nucleares que se convierten en esperma de ballena y en un jarrón de petunias? Encargos así no llegan todos los días. De hecho, es algo que no pasa *nunca.* Después de exponerles mis ideas a los ejecutivos de Disney y de Spyglass y a Robbie, que estaba presente en representación de los herederos de Douglas, me asignaron el encargo y me puse a escribir en septiembre de 2002.

¿Qué te da derecho a decidir qué se queda en la película y lo que hay que eliminar, formulario bastardo escritor para gallinas?

Eh, sin faltar. Mi madre probablemente leerá esto.

No olvidéis que comencé a trabajar con el último borrador de Douglas, de modo que no solo tenía las nuevas ideas y conceptos que había inventado específicamente para el guión (ideas también brillantes, que me dejaban a la altura del betún), sino que también se veía lo que estaba dispuesto a dejar fuera (y en muchos casos me dije que había sido demasiado duro consigo mismo, y volví a ponerlas).

Para familiarizarme con el material, pensé que lo mejor era proceder en orden cronológico. Comenzó siendo una serie radiofónica. De modo que me hice grabar todos los episodios en cedé. Los escuchaba en el coche, y durante esas benditas quince o veinte horas conseguí olvidar el muy detestado tráfico de Los Ángeles.

Fue mientras escuchaba la serie radiofónica cuando oí por primera vez el inicio de *El restaurante del fin del mundo,* que era una entrada de la *Guía* que comenzaba «Resumen de lo publicado». A continuación resume lo ocurrido en el *Autoestopista,* y me di cuenta de que eso era lo que necesitaba el guión. Que un resumen expresara algunas ideas y temas con más claridad de lo que aparecía en el guión. Y de pronto comprendí lo que le faltaba al guión, y por primera vez tuve esperanzas de poder llenar los huecos que faltaban.

Luego leí el libro con bolígrafo y rotulador en mano, subrayando pasajes que habían quedado fuera y que yo quería volver a meter, y tomando notas sobre los personajes y temas presentes en el libro, pero que en el guión no funcionaban todo lo bien que podrían. Iba a ver también la serie de televisión, pero Jay me sugirió que no lo hiciera, a fin de que no tuviera en la cabeza ninguna de sus imágenes. La idea era *crear* algo en lugar de *recrearlo* (y no creo que tengamos los derechos del material nuevo creado específicamente para televisión, de modo que no miré la serie. ¿Me has oído, BBC? NUNCA VI LA SERIE DE TELEVISIÓN). Sin embargo, me compré un libro en el que venían los guiones *radiofónicos.*[1] Cuando empecé a escribir tenía la novela a un lado de mi portátil G4 y los guiones para la radio al otro. Los dos están bastante gastados.

También me dieron materiales originales de valor inapreciable. Robbie Stamp, que se convirtió en un completo aliado en el proceso de escritura de la película, pues era capaz de responder a preguntas como «¿Qué habría querido Douglas?», me mandó copias electrónicas de los archivos del *Autoestopista* procedentes del disco duro de Douglas; notas escritas en sus borradores, notas que había enviado al estudio, ideas que se le ocurrían, fragmentos de diálogo, etc. Recibirlas fue verdaderamente emocionante. Al abrir los archivos me sentí como Moisés ante la zarza ardiente, un momento a lo «quítate las sandalias, estás en terreno sagrado». También me permitió ver cómo trabajaba. Había escenas sin acabar, biografías de los personajes, y notas personales sobre aspectos que

1. *The Hitchhiker's Guide to the Galaxy: The Original Radio Scripts* (Pan Books, 1985 y 2003).

le presentaban problemas. Me encantó leer las reflexiones sin corregir de Douglas, e intenté poner en el guión todas las que pude.

Mi meta al escribir era ser como el montador de un largometraje. Si el montador ha hecho bien su trabajo, ni notas su presencia. Ese era mi objetivo. Pensé: «Si la gente –sobre todo la gente que conocía a Douglas o conocía bien su material– lee este guión y es incapaz de ver la diferencia entre lo que he creado yo y lo que hizo Douglas, entonces habré tenido éxito.» Jamás intenté dejar mi impronta en este material ni que se oyera mi «voz» (sea lo que sea esa cosa tan escurridiza).

Comencé a leer sus otras obras, a leer biografías, a ver documentales (que amablemente me envió Joel Greengrass), y sentí que tenía una extraña conexión con ese hombre al que nunca había conocido. Entre nosotros había misteriosas similitudes: a los dos nos encantaban los Macs, queríamos ser guitarristas de rock, nos gustaba dejar las cosas para mañana (o pasado), procurábamos escaquearnos lo más posible del proceso de escribir, nos encantaba la sátira y creíamos que te puedes burlar de todo porque no hay nada sagrado... por nombrar unas cuantas. La mayor diferencia, no obstante, era que Douglas era un asombroso escritor conceptual y a mí se me daba mejor la estructura. Lo que resultó ser una suerte, pues muchos conceptos ya estaban ahí, y solo necesitaban una estructura más compacta para existir y desarrollarse.

Entonces..., ¿qué cambiaste, exactamente? Y más importante, ¿qué te pareció digno de ser añadido?

Esta es una pregunta difícil de responder, pues depende de si comparas el guión definitivo de rodaje con el libro o con el guión que heredé de Douglas. Si lo comparas con el guión, la respuesta es que he añadido muy poco. Una de las cosas que admiro de verdad de Douglas es que estaba dispuesto a mantener el *Autoestopista* como una entidad orgánica en evolución. Mientras leía los diversos borradores y me familiarizaba con la historia del *Autoestopista,* me di cuenta de que casi todos ellos parecían contradecirse. Douglas era muy poco fiel a sí mismo, lo que era muy estimulante, pues ya que el *Autoestopista* estaba en permanente estado de revisión por parte de su creador, me sentí con cierta libertad para seguir portando esa antorcha, sobre todo con los nuevos conceptos, personajes y estrategias argumentales que Douglas había creado. Naturalmente, había agujeros que llenar, de modo que añadí material y diálogos nuevos. Pero siempre volvía al material original para encontrar la voz y el tono correctos.

¿Fue dura la adaptación?

Douglas tiene una famosa frase acerca de las fechas límite: decía que le encantaba el ruido que hacían al pasar junto a él a toda velocidad. Una de mis frases favoritas acerca de la escritura es: «Odio escribir, me encanta haber escrito.» Este parece ser mi mantra, y he odiado, detestado o temido escribir todos los guiones en que he participado, pues escribir es un proceso solitario y desmoralizador (con la excepción de *Chicken Run,* con ese me lo pasé excepcionalmente bien). Y la gente me decía: «Jo, adaptar el *Autoestopista* habrá sido duro.» Pero la verdad es que nunca había disfrutado tanto al escribir un guión. Y todo porque tenía un material tan bueno del que partir (y estupendos colaboradores). Cada vez que me quedaba atascado en algo, simplemente abría uno de los libros y, o bien encontraba lo que buscaba, o bien la chispa de inspiración que necesitaba para crear algo nuevo. Me encantó escribir esta película, me encanta haberla escrito, y sigo encantado con lo escribo hoy.

Acabé mi primer borrador antes de las navidades de 2002. Tenía 152 páginas.

¿¡152 páginas!? ¿Y qué pasó luego?

Me hice el tonto delante de los del estudio. «¿Qué? ¿Os parece largo? ¡Pues comparado con *El Señor de los Anillos* es corto!» No coló. De modo que comencé el doloroso proceso de podar. Y no quería cortar nada. No sabía *qué* cortar. Mandé el guión a un par de amigos escritores y les pregunté: «¿Qué debería cortar?» Y los dos me dijeron: «Comprendo tu dilema. ¡ES TODO BUENO!» Y lo era. Casi todo el mérito es de Douglas, desde luego, porque casi todo lo que hice fue reordenar, dar forma y resaltar los conceptos ya existentes. Y el estudio estaba muy entusiasmado con el primer borrador. Les parecía que había creado una estructura que finalmente funcionaba. Solo que era demasiado largo.

Para un guionista, las primeras versiones son siempre las más fáciles, porque aún no te ha llegado ninguna nota del estudio y ante ti se abre una perspectiva llena de esperanza y posibilidades. Y en este caso no sufría el problema de la página en blanco, pues, como ya he dicho, el material de partida era excelente.

Pero los segundos borradores son difíciles, y los terceros los peores, sobre todo porque ya sabes lo que *no* funciona, y tus opciones se hacen más y más limitadas. Pero sabía que era demasiado largo. Y como Jay comentó de manera acertada, no puedes hacer una comedia de dos horas y media. De modo que reduje el segundo borrador a 122 páginas. Puede que algún día, cuando se estrene la película, me dejen colgar el primer borrador en Internet, a fin de que cuando los fans de Douglas quieran arrastrarme a la pira más cercana y pegarle fuego, pueda decirles: «¡Mirad! ¡Yo también quería que esto saliera en la película! ¡Pero no me dejaron ponerlo! ¡No me dejaron ponerlo!»

Fue durante esa fase de poda cuando me enfrenté con el dilema que durante los últimos veinte años había impedido que el *Autoestopista* se convirtiera en largometraje, y este dilema se puede resumir en las palabras de uno de los ejecutivos del proyecto (cuyo nombre no diré porque... bueno, porque no soy idiota). Dijo: «No voy a hacer una película de culto de 90 millones de dólares.» Y lo entiendo. Es normal. Si hubiera entregado un guión que pudiera hacerse con 15 millones, más o menos, nos habrían dejado hacer lo que hubiéramos querido. Pero todos sabían que el presupuesto iba a ser, como mínimo, de 50 millones. Y cuando hay tanto dinero en juego, los que ponen el dinero suelen querer una película que atraiga a la mayor cantidad de público posible para asegurarse de que recuperarán la inversión (y tienen todo el derecho). Pero eso me ponía en una posición de tener que servir a dos amos, porque por un lado quería con todas mis fuerzas mantener la integridad e inconfundible sensibilidad del libro, y por otra ser financieramente responsable ante aquellos que me firmaban los cheques.

Esos libros cuya integridad quería conservar rebosan inteligencia. Douglas era un gran satírico porque comprendía perfectamente los complejos conceptos que satirizaba. En una entrevista dijo que si hubieran tenido ordenadores cuando él iba a la escuela y le hubieran enseñado informática, probablemente la hubiera elegido como profesión. También podría haber sido físico teórico, pues sabía mucho sobre el tema. Para mí, por lo tanto, era importante que todos esos conocimientos permanecieran en el epicentro del guión. Es lo que me encanta de *La vida de Brian* de Monty Python. La película se halla a solo un paso de ser auténtica teología. De modo que el objetivo era crear una línea argumental emocional que interesara al público y colocar todo eso en el contexto de este mundo tan intelectual, irreverente y satírico.

De nuevo volví a las versiones de Douglas, que eran mucho más cortas que la mía. Él podaba de manera mucho más implacable que yo, de modo que me dije que eso me daba cierta libertad de acción. Sobre todo tuve que cortar unos cuantos fragmentos de la *Guía* propiamente dicha con la seguridad de que en el futuro acabarían en el deuvedé. Y lo bueno de los fragmentos de la *Guía* es que son un tanto modulares, de manera que las decisiones finales en relación con ellos pueden tomarse cuando se ha acabado el rodaje y la película se monta.

¿Qué hiciste cuando Jay Roach decidió no dirigir y quién demonios son esos tipos de Hammer and Tongs?

Seré franco. Una de las principales razones por las que me metí en el proyecto fue para tener la oportunidad de trabajar con Jay. Unos amigos comunes me habían dicho que teníamos un temperamento y una sensibilidad afines, y que formaríamos un buen equipo, y tenían razón. Jay fue un inapreciable colaborador en la sinopsis y en los dos primeros borradores. Pasó mucho tiempo conmigo, y si él no hubiera participado, el guión no habría salido tan bien. De modo que mentiría si no dijera que me sentí un poco decepcionado cuando decidió que no era esa la película que quería hacer en ese momento.

Pero lo que vino después fue un proceso interesante, pues se barajaron varios nombres, e incluso conocí a uno de ellos (estamos hablando de directores de primera fila). Y la sensación general que transmitieron todos ellos fue: «No, gracias, no quiero ser conocido como el tipo que jodió este proyecto.» Y por una parte lo entendía, pero por la otra me decía: «Dios mío, ¿significa que seré *yo* conocido como el tipo que jodió este proyecto?»

Pero Jay le dio el guión a Spike Jonze, y Spike dijo que no podía hacerlo, pero que conocía a los tipos perfectos, y sugirió Hammer and Tongs. Y cuando recibí la llamada que me informaba de que tenía una conferencia con un tal Hammer y un tal Tongs, me hice la pregunta que todo el mundo parece estar haciéndose: «¿Quiénes son y qué han hecho?» No hace falta decir que no me tranquilizó saber que nunca habían hecho un largometraje. Y no pude ver sus anuncios ni videoclips antes de la llamada (porque mi deuvedé no acepta discos de Reino Unido Zona 2, pero estoy divagando). Pero cuando me enteré de que querían hablar con el guionista antes de con nadie más, me dije: «Eh, estos tipos o son muy legales o *muy* cándidos. ¿Es que no saben que los guionistas no son más que una mosca en el culo de este negocio?»

Dejadme decir de mi experiencia con Hammer and Tongs que desde que trabajara con Nick Park y Peter Lord en Aardman no había trabajado con nadie con más chispa creativa e inspiración. Cada conversación que mantenía con ellos mejoraba de alguna manera el guión. En retrospectiva, da la impresión de que nadie más podía hacerlo. Y ahora no me imaginó la película en manos de otro. A la hora de escribir, no creía que nada pudiera inspirarme más que el material original del *Autoestopista,* y me alegra poder decir que me equivocaba. Así que en mayo de 2003, Nick Goldsmith y Garth Jennings se sumaron al proyecto. Volé a Londres con Derek Evans, de Spyglass, para sumergirme en tres días de intensas reuniones en su oficina, que resultó ser una barcaza remodelada en el río, en algún lugar de Islington. Ellos tenían «algunas ideas» para el tercer borrador, y he de admitir que en ese momento me mostré muy aprensivo y a la defensiva. Siempre hay un instante de gran tensión cuando los directores se suman al proyecto, sobre todo cuando proceden del mundo de la publicidad y los videoclips. Pero sus ideas eran inspiradas, y demostraron que no solo sabían pensar en imágenes de una manera increíble, sino que conocían la importancia de la estructura narrativa. Me fui de Londres con una sinopsis y la sensación de que el guión mejoraría y de que la película estaba en buenas manos.

No obstante, me avergüenza decir que en aquel momento aún no sabía cuál era Hammer y cuál Tongs.

¡Déjate de vaguedades! ¡Dame detalles concretos, maldita sea! ¿Qué ha quedado en la película y qué ha desaparecido?

Lamento decirlo, pero seguiré con vaguedades. La verdad es que no quiero que esto se convierta en «lo que hizo Karey frente a lo que hizo Douglas». Según admitía el propio Douglas, el *Autoestopista* es una historia con una presentación muy larga y luego un desenlace. En medio no hay gran cosa. Y las películas necesitan un nudo. De modo que ahí está, en el medio, casi todo el material nuevo. Douglas creó una gran parte. Yo cogí lo que él había hecho, lo realcé, lo amplié y lo conecté (como un Wonderbra: y esta no sería la primera vez que lo comparaba con tan milagroso artilugio).

Se ha dado relieve a la relación Arthur-Trillian y al triángulo Arthur-Trillian-Zaphod. Douglas sabía, tal como yo sé, que para rodar un largometraje financiado por un estudio americano, que trabaja pensando en un público global, hace falta prestar una atención especial a los personajes, las relaciones entre los personajes y las emociones. El truco es hacerlo mientras te mantienes fiel al espíritu del libro, que es lo que espero haber hecho. No hay nada malo en introducir una historia de amor, siempre y cuando no sea sentimental y ñoña.

Pero creo que la gente, sobre todo los fans acérrimos del *Autoestopista,* se sentirá feliz al comprobar que se trata de la misma historia que en la obra radiofónica, el libro y la serie de televisión, y que aparecen todas sus escenas, personajes y conceptos conocidos y preferidos. Arthur, Ford, Trillian, Zaphod, Marvin, Eddie, los vogones, Slartibartfast, Pensamiento Profundo, Lunkwill y Fook, los ratones, las ballenas, las petunias, los delfines, 42, incluso Gag Halfrunt; todos están presentes y explicados.

¿Te consideras miembro del Club de los Afortunados?

Sí, desde luego. Para mí este ha sido un encargo excepcional, pues se convirtió en algo más que un trabajo. De hecho, todos ellos son algo más que un trabajo, pues como dice una frase famosa: «Escribir es fácil, simplemente te abres una vena y la derramas sobre la página.» Siempre me siento un poco así en cada proyecto (sí, incluso en *Cariño, nos hemos encogido a nosotros mismos).* Pero este fue diferente. Este se convirtió en una aventura: queríamos honrar la memoria de Douglas Adams. Y esa ha sido la actitud de casi todas las personas que han participado en la producción (excepto los contables, que dicen que quieren honrar la memoria de los contables de Douglas Adams, pero, eh..., todo vale). Yo nunca había participado en un proyecto donde todo el mundo tuviera como objetivo una causa superior, lo que es magnífico, pues significa que el ego de cada uno se queda en la puerta. Cada vez que la película consigue avanzar algún paso hacia su realización (consiguiendo un director, obteniendo luz verde, eligiendo el reparto, etc.), te queda un sabor agridulce, porque todos nos alegramos de que el sueño de toda la vida de Douglas se haga realidad, pero también estamos tristes porque él no está para compartirlo.

Antes de entregar la tercera versión al estudio, Garth, Nick, Robbie y yo le dimos el guión a la esposa de Douglas, Jane, y luego fuimos a su casa (que, irónicamente, estaba a diez minutos andando de la barcaza de Hammer and Tongs) para tener una charla, y, naturalmente, tomar el té (después de todo estábamos en Inglaterra, donde cada vez que una o dos personas se reúnen es una ley nacional que se sirva té. Yo soy de Louisiana, donde tenemos una ley parecida, solo que servimos Dr Peeper y Cheetos). Nos quedamos muy aliviados y contentos cuando nos dijo que el guión la hacía muy feliz. Nos dio algunas ideas, y, lo más importante, su bendición.

Creo que los fans se sentirán muy complacidos, y que en el verano de 2005 tendremos nuevos fans.

¿Cuál es tu frase favorita del libro?

Es una pregunta difícil. Hay muchas frases estupendas. Muchas de mis favoritas están en el guión, como que *pascua,* en lengua galáctica, significa piso pequeño y de color castaño claro, o el pasaje acerca de esos habitantes de los hooloovoos que son matices superinteligentes del color azul. ¿Cómo se le ocurrían todas estas cosas a ese tío? Es increíble. Leo frases como esa y me siento muy poca cosa, sobrecogido.

Pero casi todas las frases favoritas las dice la Voz de la *Guía* o el narrador. Me encanta el pasaje sobre la poesía vogona, y los azgoths de Kria, y cómo, mientras Grunthos el Flatulento recita, cuatro de sus oyentes mueren de hemorragia interna, y que el presidente del Consejo Inhabilitador de las Artes de la Galaxia Media sobreviva comiéndose una de sus piernas. Me troncho de risa cada vez que lo leo (y, de momento, aún está en la película). También me encanta la parte del pez Babel y cómo demuestra la no existencia de Dios, y me encantan todos los títulos de Oolon Colluphid: *En qué se equivocó Dios, Otros grandes errores de Dios* y *Pero ¿quién es ese tal Dios?*

Sobre todo me encanta la sutil elección de vocabulario que hace Douglas. Es un orfebre de la palabra. Hay una frase (creo que pertenece a *El restaurante del fin del mundo)* que dice que alguien es «mordisqueado hasta morir por un okapi». Me troncho cada vez que la oigo. La palabra «mordisqueado» es lo que me encanta, y el hecho de que sea un okapi el que mordisquea es ya la guinda del pastel.

En el *Autoestopista* hay un pasaje sobre los vl'hurgos y su jefe, que está «resplandeciente en sus enjoyados pantalones cortos de batalla, de color negro». ¿Enjoyados pantalones cortos de batalla, de color negro? ¿A quién se le ocurre algo así? Me encanta.

¿Cuál fue la parte más difícil al adaptar el guión?

Un día me encontré con una nota del estudio que decía: «Aclarar el concepto de Energía de la Improbabilidad Infinita.» Como si fuera algo que existiera de verdad y hubiera que aclarar. Y lo más triste es que intenté aclararlo, y descubrí que sabía muy poco de las leyes de la probabilidad.

De hecho, Garth, Nick y yo pasamos un día entero sentados junto a la piscina del Hotel Four Seasons de Los Ángeles discutiendo la Energía de la Improbabilidad Infinita, y cómo explicarla mejor y hacer que tuviera más participación como mecanismo impulsor de la trama. Eso fue difícil, porque yo siempre supuse que esa energía era básicamente un artificio de la trama. Los escritores siempre nos peleamos con argumentos artificiosos; el viejo problema de «¿cómo sucedería esto?». Y pensé que era otro golpe de genio de Douglas haber creado algo que permite que una probabilidad finita se convierta en improbabilidad infinita: solo tocando un botón. Es una máquina que justifica el argumento.

Cada vez que intentábamos aclarar la Energía de la Improbabilidad Infinita, repasábamos el guión y decíamos: «Está ahí, ¿verdad?» A la hora de comer, pasábamos del café al vino, y el concepto de la Energía de la Improbabilidad Infinita ganaba claridad. Al acabar la tarde, cuando pasábamos del vino a más vino, habíamos deducido que, de hecho, éramos brillantes y que el guión era perfecto. De modo que decidíamos seguir la teoría de «menos es más» y dejábamos en paz el guión. Y luego pedíamos más vino.

¿Cuál es la nota más rara que recibiste?

Garth Jennings (¿Hammer? ¿Tongs? Lo sé tan poco como vosotros) me envió una nota que decía: «La primera vez que Zaphod sale del templo y se le acerca toda esa gente que le felicita, el alienígena plátano sobre el caballo-topo debe sustituir a la *groupie* de muchas cabezas.»

No te mandan todos los días notas como esta.

Está probado que puedes escribir diálogos para gallinas, pero ¿puedes escribir diálogos para personas de verdad?

Ya lo veremos. Por suerte no hay muchas «personas de verdad» en esta película.

Dilo sin rodeos; ¿la película está en buenas manos?

Sí. No hay duda. De principio a fin. Todo el mundo ha puesto su grano de arena. Desde Nina Jacobson y Dick Cook, en Disney, hasta Roger Birnbaum y Gary Barber, Jon Glickman, Derek Evans y toda la gente de Spyglass –y también Jay Roach (ahora productor), Robbie, los ejecutivos y el equipo de rodaje–, todo el mundo está entusiasmado con lo extraordinaria y maravillosa que puede ser esta película. Es una de esas extrañas películas donde todo el mundo parece estar del mismo lado. ¡Incluso los agentes! Desde el agente de toda la vida de Douglas en Londres, Ed Victor, hasta su agente cinematográfico en Los Ángeles, Bob Bookman, que ha visto esta película en sus muchas encarnaciones. Hace poco vi a Ed en una fiesta, y me dijo tres sencillas palabras que me alegraron el día, y estos dos últimos años, diría. «Lo has clavado.» Vi alivio en sus ojos, porque la gente como él lleva mucho, mucho tiempo esperando a que esto llegara a buen término.

¿Quieres agregar algo más?

Hace poco volví de Londres, donde pasé dos semanas ensayando con los actores y haciendo algunos retoques de última hora en el guión (los actores son estupendos, acomodaticios y les entusiasma el material). Tuve que volver a casa antes de que empezara el rodaje, pero me han dicho que la primera semana ha sido un éxito apabullante.

Al principio sabía muy poco de este libro realmente extraordinario, y me he vuelto un gran fan. En mis sueños, la película hará feliz a todo el mundo. Sé que no es posible, pero confío mucho en la película que estamos haciendo.

Y sobre todo, creo que Douglas estaría contento.

Y si no lo está, que un okapi me mordisquee hasta matarme.

SUPLEMENTO A LA ENTREVISTA CONMIGO MISMO

Dime, Karey, ahora que el rodaje se ha acabado, ¿te gustaría añadir algo acerca de tus experiencias y lo que pensaste durante el rodaje?

Oh, me encantaría, Karey. Gracias por preguntar. De hecho, puedo resumir lo que me pareció la producción en cuatro palabras muy sencillas.

Yo no estaba allí.

¿Qué? ¡¡Qué barbaridad!! ¿¿¿A un gran escritor de Hollywood como tú no se le permitió estar en el plató??? ¿Me huelo algún escándalo?

No, no, no. De ninguna manera. A Garth y a Nick les encantaba que estuviera en el plató. Y todo estaba previsto para que volviera a Inglaterra a mediados de julio, pero las autoridades inglesas rechazaron mi pasaporte. Dijeron que ya que habían puesto en mis manos algunos de sus títulos más preciados para que los convirtiera en largometrajes *(James y el melocotón gigante, Chicken Run, Thunderbirds,* y ahora el *Autoestopista),* imaginaban que la mejor manera de mantener mis sucias manos americanas lejos de sus más valiosos materiales era no permitir que me acercara a la isla.

De modo que me quedé en los Estados Unidos y adapté *La telaraña de Carlota.* Pero ahora tengo un contacto en Inglaterra que me envía copias de *EastEnders* de manera clandestina.

¿Qué sentiste cada vez que uno de esos actores quería que cambiaras una línea?

Alfred Hitchcock dijo una vez que los actores eran ganado. Para mí, los actores son más como la marmota americana. Alegres, excelentes escaladores, buena dentadura. También son bastante buenos con los diálogos (hablo de los actores, no de las marmotas), de modo que cuando un actor me sugiere que cambie una línea, lo recibo con los brazos abiertos. A no ser, claro, que lo que proponga sea una mierda.

Pero ninguno de los actores sugirió ningún cambio nauseabundo. Sam Rockwell parecía querer añadir «vale» [*all right*] cada dos líneas. Y no como pregunta, sino como una especie de coletilla nerviosa. Ejemplo: «Vamos a Magrathea. Vale.» Una especie de aditivo a lo Elvis. Y funcionaba... vale. Martin Freeman no dejaba de decir: «Sabes, si Ricky Gervais[1] estuviera aquí, escribiría así este diálogo»... y simplemente no era necesario. De modo que le dije que Tim, en la versión americana, probablemente sería mejor que él. Mos quería constantemente que la cosa fuera más «poética». ¡Maldito seas, Russell Simmons![2] Zooey me dijo que yo estaba en contacto de verdad con mi lado femenino, y desde entonces he procurado ver más partidos de fútbol americano y he vendido todos mis cedés de Bette Midler.

Y ahora la verdad: el guión mejoró durante las dos semanas que trabajamos juntos en él. Es un gran reparto, y todos han cooperado mucho. Me dio mucha rabia tener que irme.

1. Protagonista, coautor y codirector de la serie *The Office. (N. del T.)*

2. Fundador de Def Jam Records y uno de los padres del hip-hop. *(N. del T.)*

¿Cuántas horas de reescritura has tenido que hacer?

No muchas. Durante la primera lectura conjunta que hicieron los actores se vio que el guión estaba bastante bien. Casi todas las reescrituras se hicieron durante el rodaje de escenas concretas.

Hice un ejercicio divertido. Para todas las escenas que tienen juntos Arthur y Trillian hice dos versiones. En una sustituí el diálogo con el diálogo del subtexto. En otra escribí (en forma de diálogo) exactamente lo que los personajes pensaban, y lo decían en voz alta antes de pronunciar los diálogos propiamente dichos. La verdad es que fue de gran ayuda.

¿No es fascinante? Yo creo que sí. Les pregunté a Garth y a Nick si lo incluirían en el deuvedé. ¿Su respuesta? «Mmmm... Ya te diremos algo.» De modo que escribí el subtexto a su respuesta, que es el siguiente:

«Sigue soñando, capullo.»

Así pues, ¿cómo ha quedado la película?

Creo –y lo digo con toda humildad– que podría ser una de las mejores películas que se han hecho. Está bellamente rodada, magistralmente dirigida y exquisitamente interpretada.

De todos modos, aún no la he visto, y quizás no soy la persona más adecuada para opinar.

Guía del autoestopista galáctico

LUNES, 19 DE ABRIL DE 2004 **HOJA DE RODAJE: 1**

Productor: **Nick Goldsmith**
Productores ejecutivos: **Robbie Stamp**
Derek Evans
Co-productores: **Todd Arnow,**
Caroline Hewitt

Director: Garth Jennings
Convocatoria de la unidad: 07.30
Desayuno: 06.45

Localización	**Descripción de la escena**	**Esc**	**D/N**	**Pgs**	**Rep. n.º**
Elstree Plató 7	INT Piso de Islington Arthur y Tricia (Trillian) se conocen y congenian	10 pt	FB NZ	1 2/8	1, 4
Elstree Plató 7	INT Piso de Islington Montaje de la fiesta	10 pt	FB N2	1/8	1, 4
Escena en Standby					
Elstree Plató 7	INT Piso de Islington Zaphod interrumpe a Tricia y Arthur	12 pt	FB N2	2 4/8	1, 3, 4

n.º	**Arthur**	**Person**	**Coche**	**Recog**	**Convoc**	**Vest**	**Pel/Maq**	**Ens**	**En Pla-tó**
1	Martin Freeman	Arthur	2	06.45	07.30	09.00	08.00	07.30	09.30
2	Zooey Deschanel	Trillian	5	06.00	06.30	08.00	06.30	07.30	08.30
En Standby									
3	Sam Rockwell	Zaphod	4	Standby a confirmar @ Hotel a partir de las 12.00					

Extras	**Convocar**	**Vestuario**	**Pel/Maq**	**Plató**	**Observac**
22 asistentes al baile de disfraces	06.30	06.30	06.30	08.00	

Dobles		**Llegada**	**Plató**	**Observac**
Brian Carrol	Arthur	07.00	07.30	
Nadia Silva	Trillian	07.00	07.30	
A confirmar	Zaphod	Stby	Stby	

Necesidades	
Dep. Artístico:	Joel Collins.
Atrezzo:	Bruce Bigg: Libros, Cajas de cedés, Móvil de Arthur, Máquina de Luces Intermitentes, Bebidas entre las que tiene que haber vino, Bastón para Trillian, Tocadiscos, Discos, Perro Disecado, silla de ruedas, cigarrillos de hierbas para los asistentes por favor.
Construcción:	Steve Bohan, Standby para colocar el suelo adicional de la zona de Tejado a partir de las 15.00 por favor.
Cámara:	Igor Jadue-Lillo.
Ayte. de Attrezo:	John Arnold.
Iluminación:	Eddie Knight.
Sonido:	Mark Holding: Hoy Música en Playback por favor.
Vídeo:	Demetri Jagger.
Marionetas:	Jamie Courtier - Hensons: Equipo de Elstree para Ensayos Plató 8.
Vestuario:	Sammy Sheldon: Hoy disfraces por favor. Ayudante de Vestuario Adicional: Annette Allen hoy por favor.
Maquillaje:	Liz Tagg: 6 Ayudantes de Maquillaje Adicional: Rebecca Cole, Claire Ford, Lizzie Yanni, Christine Greenwood, Renata Gilbert y A. N. Other.
Efectos Visuales:	Angus Bickerton: Pantalla Negra en Stby para EXT. Tejado Escena 12 pt.
Efectos de Sonido:	Paul Dunn: Hoy 2 ayudantes: Humo Ambiental para la Escena de la Fiesta hoy por favor.
Asylum:	Mark Mason: Equipo de Preparación de la Caja de la Bestia Bugblatter hoy por favor.
Foto Fija:	Laurie Sparham: Foto de Trillian y de Trillian con Arthur para el teléfono móvil que se tome hoy por favor.
Revisión Médica:	Mary Price. Canal de Radio 1.
Publicidad:	Deborah Simmrin.
Catering:	Premiere Catering: Peter Titterrell/Caroline Moore. Desayuno desde las 06.45, Pausa para Almorzar a las 10.00, Comida desde las 12.30, Merienda a las 16.30. Té y Café disponible todo el día. Desayuno de los Extras con el Equipo, Té y Café en la zona de Extras a partir de las 06.30 por favor. Todo para 11.00, Reparto, Extras y Equipo.

Instalaciones:	Estudios Elstree: Camerinos de los Actores – Edificio George Lucas. Entoldado para el catering a partir de las 06.30 en el Despacho 8, Oficina de Publicidad, Planta Baja, Edificio George Lucas. Vestuario de los Extras y zona para fichar en el Entoldado cerca de seguridad. Salas de Maquillaje para Extras en las Salas 4 y 7 en la Planta Baja del Edificio George Lucas por favor.
Producción:	Encargado Adicional: Rani Creevey, Publicidad Adicional: Ollie Kersey hoy por favor. Carrito de Golf para el Reparto a confirmar.
Salud y Seguridad:	Encargado de Salud y Seguridad a la atención de David Deane. Convocatoria: 07.30. Por favor ver la evaluación de riesgos de hoy adosada al Plan de Trabajo.

Para más información acerca de Douglas Adams y sus creaciones, por favor visite www. douglasadams.com, la página web oficial.

A lo mejor desea unirse a ZZ9 Plural Z Alfa, la Sociedad de Amigos de la Guía del Autoestopista Galáctico oficial. Para más detalles, por favor visite www.zz9.org.

Douglas Adams fue patrocinador de estas dos organizaciones benéficas: The Dian Fossey Gorilla Fund (www.gorillas.org) y Save the Rhino International (www.savetherhino.org).

El restaurante del fin del mundo

A Jane y James

muchas gracias
a Geoffrey Perkins, por lograr lo Improbable
a Paddy Kingsland, Lisa Braun y Alick Hale Munro, por ayudarle
a John Lloyd, por su ayuda en el guión original de Milliways
a Simon Brett, por iniciar todo el asunto

al álbum *One Trick Pony* de Paul Simon, que escuché de manera incesante mientras escribía este libro. Cinco años es demasiado tiempo

Y muy especialmente, gracias a Jacqui Graham, por su paciencia infinita, afecto y comida en la adversidad

Hay una teoría que afirma que si alguien descubriera lo que es exactamente el Universo y el porqué de su existencia, desaparecería al instante y sería sustituido por algo aún más extraño e inexplicable.

Hay otra teoría que afirma
que eso ya ha ocurrido.

1

Resumen de lo publicado:

Al principio se creó el Universo.

Eso hizo que se enfadara mucha gente, y la mayoría lo consideró un error.

Muchas razas mantienen la creencia de que lo creó alguna especie de dios, aunque los jatravártidos de Viltvodle VI creen que todo el Universo surgió de un estornudo de la nariz de un ser llamado Gran Arklopoplético Verde.

Los jatravártidos, que viven en continuo miedo del momento que llaman «La llegada del gran pañuelo blanco», son pequeñas criaturas de color azul y, como poseen más de cincuenta brazos cada una, constituyen la única raza de la historia que ha inventado el pulverizador desodorante antes que la rueda.

Sin embargo, y prescindiendo de Viltvodle VI, la teoría del Gran Arklopoplético Verde no es generalmente aceptada, y como el Universo es un lugar tan incomprensible, constantemente se están buscando otras explicaciones.

Por ejemplo, una raza de seres hiperinteligentes y pandimensionales construyeron en una ocasión un gigantesco superordenador llamado Pensamiento Profundo para calcular de una vez por todas la Respuesta a la Pregunta Última de la Vida, del Universo y de Todo lo demás.

Durante siete millones y medio de años, Pensamiento Profundo ordenó y calculó, y al fin anunció que la respuesta definitiva era Cuarenta y dos; de manera que hubo de construirse otro ordenador, mucho mayor, para averiguar cuál era la pregunta verdadera.

Y tal ordenador, al que se le dio el nombre de Tierra, era tan enorme, que con frecuencia se le tomaba por un planeta, sobre todo por parte de los extraños seres simiescos que vagaban por su superficie, enteramente ignorantes de que no eran más que una parte del gigantesco programa del ordenador.

Cosa muy rara, porque sin esa información tan sencilla y evidente, ninguno de los acontecimientos producidos sobre la Tierra podría tener el más mínimo sentido.

Lamentablemente, sin embargo, poco antes de la lectura de datos, la Tierra fue inesperadamente demolida por los vogones con el fin, según afirmaron, de dar paso a una vía de circunvalación; y de ese modo se perdió para siempre toda esperanza de descubrir el sentido de la vida.

O eso parecía.

Sobrevivieron dos de aquellas criaturas extrañas, semejantes a los monos.

Arthur Dent se escapó en el último momento porque de pronto resultó que un viejo amigo suyo, Ford Prefect, procedía de un planeta pequeño situado en las cercanías de Betelgeuse y no de Guildford, tal como había manifestado hasta entonces; y, además, conocía la manera de que le subieran en platillos volantes.

Tricia McMillan, o Trillian, se había fugado del planeta seis meses antes con Zaphod Beeblebrox, por entonces presidente de la Galaxia.

Dos supervivientes.

Son todo lo que queda del mayor experimento jamás concebido: averiguar la Pregunta Última y la Respuesta Última de la Vida, del Universo y de Todo lo demás.

Y a menos de setecientos cincuenta mil kilómetros del punto donde su nave espacial deriva perezosamente por la impenetrable negrura del espacio, una nave vogona avanza despacio hacia ellos.

2

Como todas las naves vogonas, aquella no parecía responder a un diseño, sino a una súbita coagulación. Los deformes edificios y protuberancias amarillas que sobresalían en ángulos desagradables, habrían desfigurado el aspecto de la mayoría de las naves, pero en este caso era lamentablemente imposible. Se han divisado cosas más feas en el firmamento, pero no por testigos de confianza.

En realidad, para ver algo mucho más feo que una nave vogona habría que entrar en una y mirar a un vogón. No obstante, eso es precisamente lo que evitaría cualquier ser prudente, porque el vogón común no lo pensará dos veces para hacerle a uno algo tan increíblemente horrible que se desearía no haber nacido; o, si se es un pensador más clarividente, que el vogón no hubiera nacido.

De hecho, el vogón común ni siquiera lo pensaría una sola vez, probablemente. Son criaturas estúpidas, obstinadas, de mentalidad deformada, y desde luego no tienen disposición para pensar. Un examen anatómico de los vogones revela que en un principio su cerebro era un hígado dispéptico, muy amorfo y mal situado. Por tanto, lo mejor que puede decirse en su beneficio es que saben lo que les gusta; eso generalmente entraña el hacer daño a la gente y, siempre que sea posible, enfadarse mucho.

Algo que no les gusta es dejar un trabajo sin acabar, en especial a este vogón, y en particular –por varias razones– este trabajo.

Tal vogón era el capitán Prostetnic Vogon Jeltz, del Consejo Galáctico de Planificación Hiperespacial y responsable de los trabajos de demolición del supuesto «planeta» Tierra.

Torció el cuerpo, monumental y abominable, en su asiento estrecho e inadecuado, y miró fijamente a la pantalla del monitor, que no dejaba de proyectar la imagen de la astronave *Corazón de Oro.*

Poco le importaba que el *Corazón de Oro,* propulsado por su Energía de la Improbabilidad Infinita, fuese la nave más bella y revolucionaria que jamás se hubiera construido. La estética y la tecnología eran libros cerrados para él y, de estar en sus manos, también serían libros quemados y enterrados.

Aún le importaba menos el que Zaphod Beeblebrox estuviera a bordo. Zaphod Beeblebrox ya era expresidente de la Galaxia, y aunque en aquellos momentos todo el cuerpo de la Policía galáctica le estuviera persiguiendo a él y a la nave que había robado, el vogón no tenía el menor interés en ello.

Tenía cosas más importantes que hacer.

Se ha dicho que los vogones no están por encima de los pequeños sobornos y de la corrupción, de la misma manera en que el mar no está por encima de las nubes, y esto resultaba particularmente cierto en el caso de Prostetnic, que cuando oía las palabras «integridad» o «rectitud moral» cogía el diccionario, y cuando oía el tintineo del dinero en grandes cantidades cogía el código legal y lo tiraba a la basura.

Al emprender de manera tan implacable la destrucción de la Tierra y de todo lo relacionado con ella, sobrepasó un poco las atribuciones de su deber profesional. Incluso existían ciertas dudas sobre si se construiría realmente la susodicha vía de circunvalación, pero ese asunto ya ha sido comentado.

Prostetnic soltó un repelente gruñido de satisfacción.

–Ordenador –graznó–, ponme con mi especialista cerebral.

Al cabo de unos segundos, el rostro de Gag Mediotroncho apareció en la pantalla con la sonrisa de aquel que se sabe a diez años luz de la cara del vogón a quien está mirando. En algún punto de la sonrisa había también un destello de ironía. Aunque Prostetnic se refería a él de manera invariable como «mi especialista cerebral particular», no había mucho cerebro que tratar, y en realidad era Mediotroncho quien contrataba al vogón. Le pagaba una enorme cantidad de dinero por realizar un trabajo verdaderamente sucio. Al ser uno de los psiquiatras más destacados y famosos de la Galaxia, Mediotroncho y un grupo de colegas se encontraban bien dispuestos a gastar muchísimo dinero en un momento en que todo el futuro de la psiquiatría podría verse amenazado.

–Bien –dijo–; hola, Prostetnic, mi capitán de los vogones, ¿qué tal nos encontramos hoy?

El capitán vogón le dijo que durante las últimas horas había flagelado a casi la mitad de su tripulación en un ejercicio disciplinario.

La sonrisa de Mediotroncho no tembló ni un instante.

–Bueno –repuso–, me parece que es un comportamiento absolutamente normal para un vogón, ¿sabes? Una canalización natural y saludable de los instintos agresivos en actos de violencia sin sentido.

–Eso es lo que dices siempre –rugió el vogón.

–Pues me sigue pareciendo que, para un psiquiatra, es un comportamiento enteramente normal –contestó Mediotroncho–. Bien. Es evidente que nuestras actitudes mentales están hoy perfectamente sincronizadas. Y dime, ¿qué noticias tienes de la misión?

–Hemos localizado la nave.

–¡Maravilloso –exclamó Mediotroncho–, estupendo! ¿Y los ocupantes?

–Está el terráqueo.

–¡Excelente! ¿Y...?

–Una hembra del mismo planeta. Son los únicos.

–Bien, bien –comentó Mediotroncho, rebosante de alegría–. ¿Quién más?

–Ese tal Prefect.

–¿Sí?

–Y Zaphod Beeblebrox.

La sonrisa de Mediotroncho temblequeó por un instante.

–Ah, sí –dijo–. Ya me lo esperaba. Es muy lamentable.

–¿Es un amigo personal? –inquirió el vogón, que una vez había oído esa expresión en alguna parte y decidió emplearla.

–Ah, no –replicó Mediotroncho–; ya sabes que en nuestra profesión no tenemos amigos personales.

–¡Ah! –gruñó el vogón–. Distanciamiento profesional.

–No –dijo alegremente Mediotroncho–, es solo que no tenemos gancho para eso.

Hizo una pausa. Sus labios continuaron sonriendo, pero sus cejas fruncieron levemente el ceño.

–Pero ya sabes que Beeblebrox es uno de mis clientes más provechosos. Tiene unos problemas de personalidad que superan los sueños de cualquier analista.

Jugueteó un poco con esa idea antes de desecharla de mala gana.

–Pero ¿estás preparado para tu tarea? –preguntó.

–Sí.

–Bien. Destruye esa nave inmediatamente.

–¿Qué hay de Bleeblebrox?

–Pues Zaphod no es más que lo que te he dicho, ¿sabes? –dijo Mediotroncho en tono vivaz.

Desapareció de la pantalla.

El capitán vogón pulsó un interruptor que le comunicaba con los restos de su tripulación.

–Al ataque –dijo.

En aquel preciso momento, Zaphod Beeblebrox se encontraba en su cabina maldiciendo a voz en grito. Dos horas antes había anunciado que tomarían un bocado en el Restaurante del Fin del Mundo, a raíz de lo cual había tenido una tumultuosa discusión con el ordenador de la nave y salido como una tromba hacia su cámara gritando que averiguaría los factores de Improbabilidad con lápiz y papel.

La Energía de la Improbabilidad convertía al *Corazón de Oro* en la nave más potente e imprevisible de todas las existentes. Nada había que no pudiese hacer; con tal de que se conociese exactamente el grado de improbabilidad de lo que se pretendía realizar, tal cosa llegaría a producirse.

Zaphod la había robado cuando, en su calidad de presidente, le fue encomendada su botadura. No sabía exactamente por qué la había robado; solo que le gustaba.

Ignoraba por qué se había convertido en presidente de la Galaxia; solo que le parecía divertido.

Era consciente de que existían razones de más peso, pero se hallaban ocultas en una sección oscura y cerrada de sus dos cerebros. Beeblebrox deseaba que la sección oscura y cerrada de sus dos cerebros desapareciera, porque a veces emergía de manera momentánea y sacaba a la luz ideas extrañas, curiosos segmentos de su inteligencia que trataban de desviarle de lo que él entendía como la ocupación fundamental de su vida, que consistía en pasárselo maravillosamente bien.

En aquel momento no se lo pasaba maravillosamente bien. Se le habían acabado los lápices y la paciencia y tenía mucha hambre.

–¡Malditas estrellas! –gritó.

En aquel preciso momento, Ford Prefect se encontraba en el aire. No se trataba de alguna irregularidad en el campo gravitatorio artificial de la nave, sino que bajó de un salto la escalera que conducía a las cabinas particulares de la nave. Había mucha altura para saltarla de un brinco, y aterrizó mal, tropezó, recobró el equilibrio, recorrió el pasillo a toda velocidad, mandando por los aires a un par de diminutos robots de servicio, patinó al doblar la esquina, irrumpió en la cabina de Zaphod y le explicó lo que pensaba.

–Vogones –dijo.

Poco antes, Arthur Dent había salido de su cabina en busca

de una taza de té. No se trataba de una búsqueda que emprendiera con mucho optimismo, porque sabía que la única fuente de bebidas calientes de toda la nave era una oscura máquina producida por la Compañía Cibernética Sirius. Ostentaba el nombre de Sintetizador Nutrimático de Bebidas, y Arthur ya la conocía de antes.

Afirmaba producir la más amplia gama posible de bebidas, personalmente ajustadas a los gustos y metabolismo de quien se tomara la molestia de utilizarla. Sin embargo, cuando se la ponía a prueba, siempre facilitaba un vaso de plástico lleno de un líquido que era casi, pero no del todo, enteramente diferente del té.

Trató de razonar con aquella cosa.

–Té –dijo.

–Comparte y Disfruta –replicó la máquina, sirviéndole otro vaso del horrible líquido.

Arthur lo tiró.

–Comparte y Disfruta–repitió la máquina, volviéndole a suministrar otro vaso de lo mismo.

«Comparte y Disfruta» es el lema del departamento de quejas de la Compañía Cibernética Sirius, que en la actualidad ocupa los territorios más importantes de tres planetas de tamaño mediano; es el departamento de la compañía que más éxito tiene y el único que arroja un beneficio apreciable en los últimos años.

El lema se ve, o más bien se veía, en letras luminosas de cuatro kilómetros y medio de altura cerca del puerto espacial del Departamento de Quejas, en Eadrax. Lamentablemente, su peso era tal que, poco después de que se erigieran, el suelo cedió bajo las letras y casi la mitad de su extensión cayó sobre los despachos de muchos directivos de quejas, jóvenes de talento que fallecieron en el acto.

La mitad superior de las letras que quedaron, parece que dicen en el idioma local: «Date la cabeza contra la pared», y ya no están iluminadas, salvo en ocasiones de conmemoración especial.

Por sexta vez, Arthur tiró un vaso de aquel líquido.

–Escucha, máquina –dijo–; afirmas que puedes sintetizar cualquier bebida que exista, ¿por qué sigues dándome, entonces, el mismo brebaje imbebible?

–Datos de nutrición y sentido del gusto –farfulló la máquina–. Comparte y Disfruta.

–¡Sabe muy mal!

–Si has disfrutado de la experiencia de tomar esta bebida –prosiguió la máquina–, ¿por qué no la compartes con tus amigos?

–Porque quiero conservarlos –replicó Arthur con aspereza–. ¿Quieres tratar de comprender lo que te estoy diciendo? Esa bebida...

–Esa bebida –dijo dulcemente la máquina– se ha hecho a medida de tus exigencias personales en cuanto a gustos y nutrición.

–Ya –dijo Arthur–. ¿Es que soy un masoquista a dieta?

–Comparte y Disfruta.

–¡Cállate ya!

–¿Es eso todo?

Arthur decidió rendirse.

–Sí –afirmó.

Luego pensó que no abandonaría por nada del mundo.

–No –dijo–. Mira, es muy, muy sencillo...; lo único que quiero... es una taza de té. Y me vas a preparar una. Estate callada y escucha.

Se sentó. Le fue hablando a la Nutrimática de la India y de China; le habló de Ceilán. Le habló de unas hojas anchas secadas al sol. Le habló de teteras de plata. Le habló de tardes de verano, tumbado sobre la hierba. Le habló de poner la leche antes de echar el té para que no se escaldara. Y le contó (brevemente) la historia de la Compañía de las Indias Orientales.

–Así que es eso, ¿no? –dijo la Nutrimática cuando Arthur acabó.

–Sí –contestó este–, eso es lo que quiero.

–¿Quieres el sabor de hojas secas hervidas en agua?

–Humm..., sí. Con leche.

–¿Sacada a chorros de una vaca?

–Bueno, supongo que puede decirse así...

–Voy a necesitar que me ayuden un poco –dijo sucintamente la máquina. El alegre parloteo había desaparecido de su voz, que ahora adoptaba un tono profesional.

–Pues si yo puedo servirte en algo... –se ofreció Arthur.

–Tú ya has hecho más que suficiente –le informó la Nutrimática.

Llamó al ordenador de la nave.

–¡Qué hay! –saludó el ordenador de la nave.

La Nutrimática le explicó lo del té. El ordenador dio un respingo, conectó unos circuitos lógicos con la Nutrimática y ambos cayeron en un silencio siniestro.

Durante un rato, Arthur estuvo atento y esperó, pero no ocurrió nada más.

Dio un puñetazo a la máquina, pero siguió sin pasar nada.

Por fin abandonó y subió al puente dando un paseo.

El *Corazón de Oro* pendía inmóvil en la vacía desolación del espacio.

La Galaxia enviaba el brillo de un billón de alfilerazos en torno a la nave. Hacia ella avanzaba despacio el desagradable bulto amarillo de la nave vogona.

3

–¿Tiene alguien una tetera? –preguntó Arthur, que nada más entrar en el puente empezó a preguntarse por qué gritaba Trillian al ordenador para que le contestase, por qué Ford le daba puñetazos y Zaphod patadas, y también por qué había un repugnante bulto amarillo en la pantalla.

Dejó el vaso vacío que llevaba y se acercó a ellos.

–¿Eh? –preguntó.

En aquel momento, Zaphod se arrojó sobre las pulidas superficies de mármol que contenían los instrumentos de mando de la energía fotónica convencional. Se materializaron bajo sus manos y empezó a manipularlos. Empujó, tiró, presionó y se puso a maldecir. La energía fotónica dejó escapar un lánguido chirrido y volvió a desconectarse.

–¿Pasa algo? –preguntó Arthur.

–Vaya, ¿habéis oído eso? –musitó Zaphod dando un salto hacia los controles manuales de la Energía de la Improbabilidad Infinita–. ¡El mono ha hablado!

La Energía de la Improbabilidad emitió dos quejidos débiles y también se desconectó.

–Eso es pura historia, hombre –dijo Zaphod, dando una patada a la Energía de la Improbabilidad–. ¡Un mono que habla!

–Si estás preocupado por algo... –dijo Arthur.

–¡Vogones! –saltó Ford–. ¡Nos están atacando!

–¿Y qué estás haciendo? ¡Vámonos de aquí! –dijo Arthur tras balbucear un poco.

–No podemos. El ordenador está atascado.

–¿Atascado?

–Dice que tiene todos los circuitos ocupados. No hay energía en ningún sitio de la nave.

Ford se apartó de la terminal del ordenador, se secó la frente con la manga y apoyó la espalda contra la pared.

–No podemos hacer nada –dijo. Miró ferozmente a ningún sitio en particular y se mordió el labio.

De pequeño, cuando iba al colegio, mucho antes de la demolición de la Tierra, Arthur jugaba al fútbol. No era muy bueno, y su especialidad consistía en marcar goles en su propia meta en los partidos importantes. Siempre que ocurría eso, solía experimentar un extraño cosquilleo en el cogote que le subía por las mejillas y le calentaba la frente. En aquel momento, la imagen del barro, de la hierba y de montones de chicos burlones que se reían de él emergió vívidamente a su conciencia.

Un extraño cosquilleo en el cogote le subía por las mejillas y le calentaba la frente.

Empezó a hablar y se detuvo.

Empezó a hablar de nuevo y volvió a detenerse.

Al fin logró articular una palabra.

–Humm –dijo. Se aclaró la garganta–. Decidme –prosiguió con voz tan nerviosa que los demás se volvieron a mirarlo. Dirigió la vista a la pantalla: se acercaba un bulto amarillo–. Decidme –repitió–, ¿ha dicho el ordenador en qué está ocupado? Lo pregunto solo por curiosidad...

Los ojos de los demás estaban clavados en él.

–Y, humm..., pues eso es todo. Solo lo preguntaba.

Zaphod alargó una mano y agarró a Arthur por el cogote.

–¿Qué le has hecho, hombre mono? –jadeó.

–Pues nada, de verdad –dijo Arthur–. Solo que me parece que hace poco trataba de averiguar cómo...

–¿Sí?

–Hacerme un poco de té.

–Eso es, chicos –saltó el ordenador con voz cantarina–. En estos momentos estoy trabajando en ese problema, ¡y vaya si es difícil! Estaré con vosotros dentro de un rato.

Volvió a sumirse en un silencio tan intenso que solo tenía parangón con el de las tres personas que miraban fijamente a Arthur Dent.

Como para aliviar la tensión, los vogones escogieron aquel momento para iniciar el fuego.

La nave se estremeció; se produjo un ruido atronador. El escudo protector de la parte exterior, de veintitrés milímetros de espesor, burbujeó, se agrietó y escupió ante la andanada de doce cañones Fotrazón Matafijo Megadaño-30, y pareció que no iba a durar mucho. Ford Prefect le dio cuatro minutos.

–Tres minutos y cincuenta segundos –dijo poco después–. Cuarenta y cinco segundos –anunció en el momento adecuado. Dio unos golpecitos ociosos a algunos interruptores inútiles y dirigió a Arthur una mirada de pocos amigos–. Vamos a morir por una taza de té, ¿eh? –le dijo–. Tres minutos y cuarenta segundos.

–¡Deja ya de contar! –rezongó Zaphod.

–Sí –repuso Ford Prefect–, dentro de tres minutos y treinta y cinco segundos.

A bordo de la nave vogona, Prostetnic Vogon Jeltz estaba perplejo. Esperaba una persecución, una emocionante lucha cuerpo a cuerpo con rayos tractores, ansiaba utilizar el Asertitrón de Normalidad Subcíclica, especialmente instalado para contrarrestar la Energía de la Improbabilidad Infinita del *Corazón de Oro;* pero el Asertitrón de Normalidad Subcíclica permanecía ocioso, porque el *Corazón de Oro* continuaba inmóvil encajando los disparos.

Una docena de cañones Fotrazón Matafijo Megadaño-30 siguieron disparando al *Corazón de Oro,* que continuaba inmóvil encajando el fuego.

Prostetnic comprobó todos los sensores que tenía al alcance para ver si se trataba de algún truco sutil, pero no encontró ninguno.

Desde luego, no sabía nada de lo del té.

Y también ignoraba cómo los ocupantes del *Corazón de Oro* estaban pasando los últimos tres minutos y treinta segundos que les quedaban de vida.

Y cómo se le ocurrió exactamente a Zapbod Beeblebrox la idea de celebrar una sesión espiritista en aquel momento, es algo que nunca estuvo claro para él.

Era evidente que el tema de la muerte estaba en el aire, pero más como algo a evitar que para insistir en ello.

Posiblemente, el horror que Zaphod experimentaba ante la perspectiva de reunirse con sus parientes fallecidos le dio la idea de que ellos podrían albergar el mismo sentimiento respecto a él, y que, además, tal vez fueran capaces de hacer algo que contribuyera a posponer tal reunión.

O tal vez se debiera a otro de esos impulsos extraños que de cuando en cuando emergían de aquella zona oscura de su cerebro que se le había cerrado de manera inexplicable antes de convertirse en presidente de la Galaxia.

–¿Quieres hablar con tu bisabuelo? –preguntó Ford, sobrecogido.

–Sí.

–¿Y tiene que ser *ahora?*

La nave siguió estremeciéndose y resonando con estruendo. La temperatura aumentaba. La luz se debilitaba; toda la energía que el ordenador no precisaba para pensar en el té era bombeada al escudo protector, que desaparecía rápidamente.

–¡Sí! –insistió Zaphod–. Escucha, Ford, creo que podrá ayudarnos.

–¿Estás seguro de que quieres decir *creo?* Escoge las palabras con cuidado.

–¿Sugieres otra cosa que podamos hacer?

–Humm, pues...

–Muy bien, coloquémonos en torno a la consola central. Ya. ¡Vamos! Trillian, hombre mono, moveos.

Se apiñaron alrededor de la consola central, se sentaron y, con la sensación de ser unos estúpidos fenomenales, se cogieron de la mano. Con su tercer brazo, Zaphod apagó las luces.

La oscuridad se apoderó de la nave.

Afuera, el rugido estrepitoso de los cañones Matafijo continuó desgarrando el escudo protector.

–Concentraos en su nombre –siseó Zaphod.

–¿Cuál es? –preguntó Arthur.

–Zaphod Beeblebrox Cuarto.

–¿Cómo?

–Zaphod Beeblebrox Cuarto. ¡Concentraos!

–¿Cuarto?

–Sí. Escucha, yo soy Zaphod Beeblebrox, mi padre era Zaphod Beeblebrox Segundo, mi abuelo Zaphod Beeblebrox Tercero...

–¿Cómo?

–Ocurrió un accidente con un contraceptivo y una máquina del tiempo. ¡Concentraos ya!

–Tres minutos –anunció Ford Prefect.

–¿Por qué hacemos esto? –preguntó Arthur Dent.

–Cierra el pico –le sugirió Zaphod Beeblebrox.

Trillian no dijo nada. ¿Qué había que decir?, pensó.

La única luz que había en el puente procedía de dos tenues triángulos rojos en un rincón donde Marvin, el Androide Paranoide, se sentaba hecho un ovillo, ignorando a todos e ignorado por todos, en su mundo particular y bastante desagradable.

En torno a la consola central, cuatro figuras se encorvaban en profunda concentración tratando de borrar de sus mentes los terroríficos estremecimientos de la nave y el horrísono rugido que repercutía en su interior.

Se concentraron.

Siguieron concentrándose.

Y continuaron concentrándose.

Los segundos pasaban.

De las cejas de Zaphod brotaron gotas de sudor; primero de la concentración, luego de frustración y por último de desconcierto.

Al fin dejó escapar un grito de rabia, separó las manos de Trillian y de Ford, y apretó el interruptor de la luz.

–Ah, empezaba a pensar que nunca encenderíais las luces –dijo una voz–. No, no tan fuerte, por favor; mis ojos ya no son lo que eran.

Cuatro figuras se enderezaron súbitamente en sus asientos. Poco a poco, volvieron la cabeza para mirar, aunque sus cráneos manifestaban una tendencia clara a quedarse en el mismo sitio.

–Bueno, ¿quién es el que me molesta esta vez? –dijo la figura pequeña, encorvada, baja y flaca que se destacaba junto a las ramas de helecho al otro extremo del puente. Sus dos pequeñas cabezas de cabellos espigados parecían tan ancianas que bien podrían albergar vagos recuerdos del nacimiento de las galaxias. Una colgaba dormida; la otra los miraba con ojos entrecerrados. Si sus ojos ya no eran lo que fueron, antaño debieron de servir para tallar diamantes.

Zaphod tartamudeó nervioso durante un momento. Realizó una complicada reverencia doble: el tradicional gesto de respeto familiar que es costumbre en Betelgeuse.

–Ah..., humm..., hola, bisabuelito... –susurró.

La pequeña y anciana figura se acercó a ellos. Atisbó entre la débil luz. Alargó un dedo huesudo y señaló a su bisnieto.

–¡Ah! –exclamó–. Zaphod Beeblebrox. El último de nuestra gran dinastía. Zaphod Beeblebrox Cero.

–Primero.

–Cero –repitió con desprecio el aparecido. Zaphod odiaba su voz. Siempre le parecía como uñas que chirriaran por la pizarra de lo que él creía su alma.

Se removió incómodo en el asiento.

–Humm..., sí –musitó–. Mira, siento mucho lo de las flores, tenía intención de enviarlas, pero es que la tienda acababa de quedarse sin coronas y...

–¡Se te olvidaron! –saltó Zaphod Beebleblox Cuarto.

–Pues...

–Estás demasiado ocupado. Nunca piensas en los demás. Todos los vivos son iguales.

–Dos minutos, Zaphod –anunció Ford con un murmullo temeroso.

Zaphod se removía nervioso.

–Sí, pero tenía intención de enviarlas –dijo–. Y en cuanto salgamos de esto, escribiré a mi bisabuela...

–Tu bisabuela –repitió en tono meditativo el flaco y pequeño fantasma.

–Sí –dijo Zaphod–. Humm..., ¿cómo está? Te diré una cosa; voy a ir a verla. Pero primero tenemos que...

–Tu *difunta* bisabuela y yo estamos muy bien –dijo con voz áspera Zaphod Beeblebrox Cuarto.

–¡Ah! ¡Oh!

–Pero muy disgustados contigo, joven Zaphod...

–Sí, bueno... –Zaphod se sentía extrañamente incapaz de llevar la conversación, y por el sonoro jadeo de Ford supo que los segundos pasaban deprisa. El estruendo y los estremecimientos habían alcanzado proporciones terroríficas. Entre la penumbra vio los pálidos e impávidos rostros de Trillian y de Arthur.

–Humm, bisabuelo...

–Hemos seguido tu carrera con considerable abatimiento...

–Sí, mira, justo en este momento, ¿comprendes...?

–¡Por no decir desdén!

–¿Puedes escucharme un momento...?

–Lo que quiero decir es: ¿qué estás haciendo exactamente con tu vida?

–¡Me está atacando una flota vogona! –gritó Zaphod. Era una exageración, pero se trataba de su única oportunidad de exponer el punto fundamental de la sesión.

–No me sorprende en lo más mínimo –dijo el pequeño y anciano espíritu, encogiéndose de hombros.

–Solo que está pasando ahora mismo, ¿sabes? –insistió Zaphod en tono febril.

El espectro de su antepasado asintió con la cabeza, cogió el vaso que había llevado Arthur Dent y lo miró con interés.

–Humm..., bisabuelo...

–¿Sabías –le interrumpió la fantasmal figura, lanzándole una mirada implacable– que Betelgeuse Cinco ha incurrido en una leve excentricidad en su órbita?

No, Zaphod no lo sabía y encontró algo difícil concentrarse en tal información debido a todo el ruido, a la inminencia de la muerte, etcétera.

–Pues no..., mira... –dijo.

–¡Y yo revolviéndome en mi tumba! –gritó el ancestro. Tiró violentamente el vaso y señaló a Zaphod con un dedo tembloroso, largo y transparente.

–¡Por tu culpa! –chilló.

–Un minuto y treinta segundos –murmuró Ford con la cabeza entre las manos.

–Sí, mira, bisabuelito, ¿puedes ayudarnos ahora? Porque...

–¿Ayudaros? –repitió el anciano, como si le hubieran pedido un armiño de cola negra.

–Sí, ayudarnos y todo eso; ahora mismo, porque si no...

–¡Ayudaros! –exclamó el anciano, como si le hubieran pedido un armiño de cola negra a la plancha, poco hecho, con patatas fritas y en bocadillo. Siguió en la misma postura, perplejo–. Vas por toda la Galaxia fanfarroneando con tus... –el ancestro hizo un gesto de desdén con la mano–, con tus vergonzantes amigos, demasiado ocupado para poner flores en mi tumba. Unas de plástico habrían servido, hubieran sido muy apropiadas viniendo de ti; pero no. Demasiado ocupado. Demasiado moderno. Demasiado escéptico..., hasta que de repente te ves en un pequeño apuro y te vuelves muy teósofo.

Meneó la cabeza; con cuidado, para no molestar el reposo de la otra, que ya daba muestras de inquietud.

–Pues no sé, joven Zaphod –prosiguió–. Creo que tendré que pensarlo un poco.

–Un minuto y diez segundos –anunció Ford con voz apagada.

Zaphod Beeblebrox Cuarto lo miró con curiosidad.

–¿Por qué sigue diciendo números ese hombre? –preguntó.

–Esos números –contestó Zaphod con brevedad– indican el tiempo que nos queda de vida.

–Ah –dijo su bisabuelo, gruñendo para sus adentros–. Eso no es aplicable en mi caso, desde luego.

Se desplazó a un lugar más oscuro del puente para seguir fisgoneando.

Zaphod sintió que se tambaleaba al borde de la locura y se preguntó si no debería dejarse caer y terminar de una vez por todas.

–Bisabuelo –dijo–. ¡Es aplicable a nuestro caso! Estamos vivos y a punto de perder la vida.

–Me parece muy bien.

–¿Cómo?

–¿Qué utilidad tiene tu vida para nadie? Cuando pienso lo que has hecho con ella, la frase «vivir como un puerco» me viene a la cabeza de manera irresistible.

–¡Pero, hombre, he sido presidente de la Galaxia!

–¡Ja! –murmuró su antepasado–. ¿Y qué clase de trabajo es ese para un Bleeblebrox?

–¡Eh, cómo! ¡Nada menos que presidente, sabes! ¡De toda la Galaxia!

–¡Valiente megafatuo!

Zaphod entornó los ojos, perplejo.

–Oye, humm..., ¿qué te propones, tío? Digo, abuelo.

La pequeña figura encorvada se acercó despacio a su bisnieto y le dio unos golpecitos fuertes en la rodilla. Eso tuvo la virtud de recordar a Zaphod que estaba hablando con un fantasma, porque no sintió nada en absoluto.

–Sabes tan bien como yo lo que significa ser presidente, joven Zaphod. Tú lo sabes porque lo has sido, y yo lo sé porque estoy muerto, y eso le da a uno una perspectiva maravillosamente clara. Allá arriba tenemos un dicho: «La vida se desperdicia con los vivos.»

–Sí –dijo Zaphod con amargura–, muy bien. Muy profundo. En estos momentos necesito aforismos tanto como agujeros en las cabezas.

–Cincuenta segundos –gruñó Ford Prefect.

–¿Dónde estaba? –dijo Zaphod Beeblebrox Cuarto.

–Pontificando –dijo Zaphod Beeblebrox.

–Ah, sí.

–¿Puede ayudarnos realmente este individuo? –le preguntó Ford en voz baja a Zaphod.

–Nadie más puede hacerlo –musitó Zaphod.

Ford asintió con la cabeza, abatido.

–¡Zaphod! –exclamó el espectro–. Te convertiste en presidente por una razón. ¿Lo has olvidado?

–¿No podemos hablar de eso más tarde?

–¡Lo has olvidado! –insistió el fantasma.

–¡Sí! ¡Claro que lo he olvidado! Tenía que hacerlo. ¿Sabes que te miran el cerebro por una pantalla cuando te dan el trabajo? Si me hubieran encontrado la cabeza llena de ideas juguetonas, me habrían mandado otra vez a la calle sin otra cosa que una pensión abundante, secretarios, una flota de naves y un par de cortadores de cabezas.

–¡Ah! –asintió contento el fantasma–. ¡Entonces, te acuerdas!

Hizo una pausa breve.

–Bien –añadió, y el ruido cesó.

–Cuarenta y ocho segundos –dijo Ford. Volvió a mirar al reloj y le dio unos golpecitos. Levantó la vista–. Oye, el ruido se ha parado –dijo.

Un destello malévolo brilló en los severos ojillos del espectro.

–He detenido un poco el tiempo –anunció–; solo por un momento, ¿entendéis? Detestaría que os perdierais todo lo que tengo que decir.

–¡No, escúchame tú a mí, viejo murciélago transparente! –exclamó Zaphod, levantándose de un salto–. A): gracias por parar el tiempo y todo eso, magnífico, estupendo, maravilloso; B): nada de gracias por el sermón, ¿vale? No sé qué es eso tan grandioso que tengo que hacer, y me parece que no tengo que saberlo. Y eso no me gusta nada, ¿entendido?

»Mi antigua personalidad lo sabía. A mi antigua personalidad le gustaba. Muy bien; hasta ahora, de perlas. Pero a mi antigua personalidad le gustaba tanto, que llegó a meterse en su propio cerebro, o sea, en mi cerebro, y bloqueó las cosas que conocía y que le gustaban, porque si yo las sabía y me gustaban, no sería capaz de realizarlas. No habría sido presidente y no habría podido robar esta nave, que debe ser lo más importante.

»Pero mi antigua personalidad se suicidó al modificarme el cerebro, ¿no es cierto? Vale, esa fue su decisión. Mi nueva personalidad tiene que tomar sus propias decisiones, y por una coincidencia extraña, tales decisiones llevan aparejado el que yo no conozca y no me preocupe de este numerazo, sea lo que sea. Eso es lo que quería, y eso es lo que he conseguido.

»Salvo que mi antigua personalidad trató de seguir teniendo la voz cantante, dejándome órdenes en el trozo de mi cerebro que después cerró. Bueno, pues no quiero conocerlas ni quiero oírlas. Esa es mi decisión. No voy a ser la marioneta de nadie, mucho menos, de mí mismo.

Zaphod golpeó la consola con furia, ignorante de las miradas perplejas que atraía.

–¡Mi antigua personalidad ha muerto! –bramó–. ¡Se ha suicidado! ¡Y los muertos no deberían andar por ahí molestando a los vivos!

–Pero tú me llamas para que te ayude a salir de un lío –dijo el espectro.

–¡Ah! –dijo Zaphod, volviéndose a sentar–. Pero eso es diferente, ¿no?

Sonrió a Trillian, débilmente.

–Zaphod –dijo con voz áspera la aparición–, creo que la única razón por la que gasto saliva contigo es que, como estoy muerto, no tengo otra manera de emplearla.

–Vale –repuso Zaphod–. ¿Por qué no me dices cuál es el gran secreto? Ten confianza en mí.

–Zaphod, cuando eras presidente de la Galaxia sabías, igual que Yooden Vranx antes que tú, que el Presidente no es nada. Un número. Entre las sombras hay otro hombre, un ser, algo, que detenta el poder último. Debes encontrar al hombre, ser o algo... que rige esta Galaxia y, según sospechamos, otras más. Posiblemente, todo el Universo.

–¿Por qué?

–¡Por qué! –exclamó sorprendido el espectro–. ¿Por qué? Mira a tu alrededor, muchacho, ¿te parece que el mundo está en muy buenas manos?

–No está mal.

El viejo fantasma le lanzó una mirada colérica.

–No voy a discutir contigo. Te limitarás a llevar la nave, esta nave con Energía de la Improbabilidad, a donde sea necesario. Lo harás. No pienses que puedes escapar a tu destino. El Campo de la Improbabilidad te domina, estás en sus garras. ¿Qué es esto?

El fantasma estaba dando golpecitos a una de las terminales de Eddie, el ordenador de a bordo. Zaphod se lo explicó.

–¿Qué está haciendo?

–Intenta hacer té –dijo Zaphod con maravillosa moderación.

–Bien, me gusta eso –dijo su bisabuelo que, volviéndose y amonestándole con el dedo, añadió–: Pero no estoy seguro de que seas capaz de tener éxito en tu tarea, Zaphod. Creo que no podrás evitarlo. Sin embargo, estoy muy cansado y llevo mucho tiempo muerto para preocuparme tanto como antes. La razón principal por la que te ayudo ahora es que no podía soportar la idea de que tú y tus actuales amigos anduvierais haraganeando por aquí. ¿Entendido?

–Sí, un montón de gracias.

–Otra cosa, Zaphod.

–Humm..., ¿sí?

–Si alguna vez vuelves a necesitar ayuda...; ya sabes, si te encuentras en un apuro, o necesitas que te echen una mano en una situación difícil...

–¿Sí?

–No dudes en perderte, por favor.

Por espacio de un segundo, de las manos secas del viejo fantasma brotó un relámpago hacia el ordenador; el espectro desapareció, el puente se llenó de volutas de humo y el *Corazón de Oro* dio un salto de longitud desconocida entre las dimensiones del tiempo y del espacio.

4

A diez años luz de distancia, Gag Mediotroncho aumentó la sonrisa en varios grados. Mientras contemplaba la imagen en su pantalla, transmitida mediante el subéter desde del puente de la nave vogona, vio cómo se desprendían las últimas capas del escudo protector del *Corazón de Oro* mientras la nave misma desaparecía en un soplo de humo.

Bien, pensó.

Aquel era el fin de los últimos supervivientes perdidos de la demolición del planeta Tierra, ordenada por él, pensó.

El fin de aquel experimento peligroso (para la profesión de la psiquiatría) y subversivo (también para la profesión de la psiquiatría) que pretendía averiguar la Pregunta de la Cuestión Última de la Vida, del Universo y de Todo lo demás, pensó.

Aquella noche tenía que celebrarlo con sus compañeros, y por la mañana volverían a recibir a sus pacientes infelices, perplejos y altamente rentables, con la plena seguridad de que el Sentido de la Vida quedaba soslayado para siempre, pensó.

–La familia siempre es algo molesta, ¿no es cierto? –dijo Ford a Zaphod cuando el humo empezó a clarear. Hizo una pausa y miró en torno suyo–. ¿Dónde está Zaphod? –preguntó.

Arthur y Trillian miraron alrededor con los ojos en blanco. Estaban pálidos, temblaban y no sabían dónde estaba Zaphod.

–¿Dónde está Zaphod, Marvin? –preguntó Ford.

Un momento después añadió:

–¿Dónde está Marvin?

El rincón del robot estaba vacío.

La nave se encontraba en completo silencio. Pendía en la densa negrura del espacio. De vez en cuando se balanceaba y estremecía. Todos los instrumentos estaban desconectados; todas las pantallas, apagadas. Consultaron al ordenador, que dijo:

–Lamento hallarme temporalmente cerrado a toda comunicación. Mientras, ahí va un poco de música ligera.

Apagaron la música ligera.

Registraron todos los rincones de la nave con alarma y perplejidad crecientes. Todo estaba apagado y silencioso. En ninguna parte había rastro de Zaphod o de Marvin.

Una de las últimas zonas que registraron fue el pequeño espacio donde se encontraba la Nutrimática.

En la rampa de salida del Sintetizador Nutrimático de Bebidas había una bandeja pequeña que sostenía tres tazas de porcelana fina con sus platillos, una jarra de leche también de porcelana, una tetera de plata llena del mejor té que Arthur hubiera probado jamás y una pequeña nota impresa que decía: «Esperad.»

5

Algunos dicen que Osa Menor Beta es uno de los lugares más sorprendentes del Universo conocido.

Aunque es extraordinariamente rico, tiene un clima tremendamente cálido y está más lleno de gente interesante y maravillosa que pipas tiene una granada, no puede menos de notarse el hecho de que cuando un número reciente de la revista *Playbeing*[1] publicó un artículo titulado: «Si está cansado de Osa Menor Beta, es que está harto de la vida», el índice de suicidios se cuadruplicó de la noche a la mañana.

1. Juego de palabras con *Playboy;* si esta última significa «hombre de mundo», *Playbeing* puede traducirse como «criatura de mundo» o como «vida mundana». *(N. del T.)*

No es que haya noche en Osa Menor Beta.

Es un planeta de la zona occidental que por una rareza topográfica, inexplicable y un tanto dudosa, consiste casi por entero en una costa subtropical. Por una extravagancia igualmente sospechosa de la relastática temporal, casi siempre es sábado por la tarde justo antes de que cierren los bares de la playa.

Ninguna explicación adecuada de este hecho han presentado las formas de vida dominantes en Osa Menor Beta, que pasan la mayor parte del tiempo tratando de alcanzar la iluminación espiritual mediante carreras alrededor de las piscinas e invitaciones a investigadores del Consejo de Control Geotemporal de la Galaxia para que «experimenten una estupenda anomalía diurna».

En Osa Menor Beta solo hay una ciudad, y se la considera ciudad porque hay más piscinas que en cualquier otra parte.

Si uno va a la Ciudad Luz volando –y no existe otra manera porque no hay carreteras ni instalaciones portuarias, y si uno no llega volando no quieren ni verlo por la Ciudad Luz–, comprenderá por qué se llama así. Brilla el sol más que en cualquier otra parte, centellea en las piscinas, resplandece en los blancos bulevares bordeados de palmeras, reluce sobre las manchitas tostadas que pasean por ellos de un lado para otro, y dora las villas, las acolchadas nubes, los bares de la playa, etcétera.

Y brilla de modo especial sobre un edificio, una construcción elevada y bella consistente en dos torres blancas de treinta pisos, comunicadas entre sí por un puente a media altura.

El edificio es el domicilio de un libro, y se construyó en tal lugar por causa de un extraordinario juicio acerca de los derechos de publicación entablado entre los editores del libro y una compañía de cereales para el desayuno.

Se trata de una guía, de un libro de viajes.

Es uno de los libros más notables, y sin duda el de más éxito, que salieron de las grandes compañías editoras de la Osa Menor; más famoso que *La vida empieza a los ciento cincuenta años,* más vendido que la *Teoría del Big Bang* y que *Mi opinión personal* de Excéntrica Gallumbits (la puta de tres tetas de Eroticón Seis), y más polémico que el último e impresionante título de Oolon Golluphid *Todo lo que jamás quiso saber sobre la sexualidad pero se ha visto obligado a descubrir.*

(Y en muchas de las civilizaciones más tranquilas del Anillo Exterior de la Galaxia Oriental hace mucho que ha sustituido a la gran Enciclopedia Galáctica como el depósito reconocido de todos los conocimientos y de toda la sabiduría, porque si peca de muchas omisiones y contiene muchos datos de autenticidad dudosa, o al menos groseramente incorrectos, supera a la obra anterior, y más prosaica, en dos aspectos importantes. En primer lugar, es algo más barata, y después tiene en la portada las palabras NO SE ASUSTE impresas con letras grandes y agradables.)

Se trata, por supuesto, de ese compañero inestimable de todos aquellos que quieren ver las maravillas del Universo conocido por menos de treinta dólares altairianos al día: la *Guía del autoestopista galáctico.*

Si uno se coloca de espaldas al vestíbulo de la entrada principal de las oficinas de la *Guía* (en el supuesto de que ya haya aterrizado y se haya refrescado con un baño rápido y una ducha) y luego camina hacia el Este, pasará por la sombra frondosa del Bulevar de la Vida, se sorprenderá del pálido color dorado de las playas que se extienden a la izquierda, se asombrará de los patinadores mentales que flotan con indiferencia a sesenta centímetros por encima del agua como si no fuese nada especial, se extrañará y quizás se irritará un poco ante las palmeras gigantes que tararean melodías discordantes durante las horas diurnas, es decir, de manera continua.

Si después camina uno hasta el final del Bulevar de la Vida, entrará en el distrito comercial de Lalamatine, con nogales y terrazas de cafés adonde van a descansar los ombetanos tras una dura tarde de relajación en la playa. El distrito de Lalamatine es una de las pocas zonas que no gozan de un eterno sábado por la tarde; en cambio, disfruta del fresco perpetuo de las tempranas horas de la noche del sábado. Detrás de él están los clubs nocturnos.

Si en este día en concreto, o tarde, o primeras horas de la noche, llámese como se quiera, uno se acerca a la terraza del segundo café a la derecha, verá a la multitud habitual de ombetanos charlando y bebiendo, con aspecto de estar muy relajados, y mirando con naturalidad a los relojes de los demás para comprobar lo caros que son.

También verá a un par de autoestopistas muy desaliñados que

acaban de llegar de Algol a bordo de un megavión arturiano donde han pasado calamidades durante unos días. Se han asombrado y enfadado al descubrir que allí, a la vista del mismísimo edificio de la *Guía del autoestopista galáctico,* un simple vaso de zumo de frutas cuesta el equivalente de más de sesenta dólares altairianos.

–Traición –dice amargamente uno de ellos.

Si en ese momento mira uno a la segunda mesa que está junto a ellos, verá sentado a ella a Zaphod Beeblebrox con aspecto muy perplejo y confundido.

La razón de tal confusión es que cinco segundos antes se encontraba sentado en el puente de la nave espacial *Corazón de Oro.*

–Una absoluta traición –repitió la voz.

Zaphod miró nerviosamente con el rabillo del ojo a los dos autoestopistas sentados a la mesa de al lado. ¿Dónde demonios se encontraba? ¿Cómo había llegado hasta allí? ¿Dónde estaba su nave? Tanteó con la mano el brazo de la silla en que se sentaba y luego la mesa que tenía delante. Parecían bastante sólidas. Estaba muy erguido en su asiento.

–¿Cómo pueden sentarse a escribir una guía para autoestopistas en un sitio como este? –prosiguió la voz–. Pero míralo. ¡Fíjate!

Zaphod lo estaba mirando. Bonito lugar, pensó. Pero ¿dónde? ¿Y por qué?

Buscó en el bolsillo sus dos pares de gafas de sol. En el mismo bolsillo encontró un trozo de metal pulido, duro y muy pesado que no pudo identificar. Lo sacó y lo miró. La sorpresa le hizo guiñar los ojos. ¿De dónde lo había sacado? Volvió a guardárselo y se puso las gafas; le molestó descubrir que el objeto de metal había arañado uno de los cristales. Sin embargo, se sintió mucho más cómodo con ellas puestas. Eran dos pares de Gafas de Sol sensibles al Peligro Joo Janta Supercromáticas 200, especialmente pensadas para que los usuarios adoptaran una actitud tranquila ante el peligro. Al primer indicio de apuro se volvían completamente negras y de ese modo evitaban que el portador viera algo que pudiese alarmarle.

Aparte del arañazo, las gafas estaban claras. Se tranquilizó, pero solo un poco.

El autoestopista enfadado siguió mirando fijamente su zumo de frutas monstruosamente caro.

–Lo peor que le ha pasado nunca a la *Guía* ha sido mudarse a Osa Menor Beta –rezongó–; se han vuelto bobos. ¿Sabes una cosa? Me han dicho que han creado un Universo sintético por vía electrónica en uno de los despachos, de manera que puedan investigar sus cosas durante el día y asistir a fiestas por la noche. Aunque el día y la noche no significan mucho en este sitio...

Osa Menor Beta, pensó Zaphod. Al menos ya sabía dónde estaba. Supuso que se trataba de alguna ocurrencia de su bisabuelo, pero ¿por qué?

Muy a su pesar, una idea le vino a la cabeza. Era muy clara y evidente, y ya alcanzaba a reconocer la esencia de tales ideas. Se resistía a ellas por instinto. Se trataba de los impulsos prescritos en las partes oscuras y cerradas de su mente.

Permaneció inmóvil erguido en la silla, e ignoró furiosamente tal idea. Le importunó. La ignoró. Le importunó. La ignoró. Le importunó. Se rindió.

Qué demonios, pensó, déjate llevar. Estaba demasiado cansado, confuso y hambriento para resistir. Ni siquiera sabía lo que significaba aquel pensamiento.

6

–¿Dígame? ¿Sí? Ediciones Megadodo, domicilio de la *Guía del autoestopista galáctico,* el libro más absolutamente notable de todo el Universo conocido, ¿puedo servirle en algo? –dijo el voluminoso insecto de alas rosadas por uno de los setenta teléfonos instalados a lo largo de la vasta extensión del cromado mostrador de recepción del vestíbulo de las oficinas de la *Guía del autoestopista galáctico.* Agitó las alas y volvió los ojos. Lanzó una mirada feroz a las mugrientas personas que se apiñaban en el vestíbulo, ensuciando las alfombras y manchando la tapicería con las manos. El insecto adoraba trabajar para la *Guía del autoestopista galáctico,* y solo deseaba que hubiera algún medio de mantener alejados a los autoestopistas. ¿No tenían que estar rondando por sucios puertos espaciales o algo así? Estaba seguro de que en alguna parte del libro había leído algo acerca de la importancia de vagar por sucios puertos espaciales. Por desgracia, parecía que la mayoría iba a zascandilear por aquel bonito vestíbulo, limpio y reluciente, inmediatamente después de rondar por puertos espaciales sumamente sucios. Y lo único que hacían era quejarse. Sintió un escalofrío en las alas.

–¿Cómo? –dijo por el teléfono–. Sí, le he comunicado su recado a míster Zarniwoop, pero me temo que está demasiado ocupado para verle enseguida. Está haciendo un crucero intergaláctico.

Hizo un gesto petulante con un tentáculo a una de aquellas personas mugrientas que trataban airadamente de llamar su atención. El gesto petulante del tentáculo dirigió a la persona enfadada a consultar el aviso que había en la pared de la izquierda, advirtiéndole que no interrumpiera una importante llamada telefónica.

–Sí –dijo el insecto–, está en su despacho, pero está haciendo un crucero intergaláctico. Muchas gracias por llamar.

Colgó bruscamente.

–Lea el aviso –dijo al enfadado visitante que trataba de quejarse de uno de los errores más absurdos y peligrosos contenidos en el libro.

La *Guía del autoestopista galáctico* es un compañero indispensable para todos aquellos que se sientan inclinados a encontrar un sentido a la vida en un Universo infinitamente confuso y complejo, porque si bien no espera ser útil o instructiva en todos los aspectos, al menos sostiene de manera tranquilizadora que si hay una inexactitud, se trata de un error *definitivo.* En casos de discrepancias importantes, siempre es la realidad quien se equivoca.

Esa era la esencia del aviso. Decía: «La *Guía* es definitiva. La realidad es con frecuencia errónea.»

Eso había traído unas consecuencias interesantes. Por ejemplo, cuando se entabló juicio contra los editores de la *Guía* por las familias de aquellos que habían muerto como resultado de considerar en sentido literal el artículo sobre el planeta Traal (que decía: «Las Voraces Bestias Bugblatter suelen preparar una comida buenísima *para* los turistas visitantes», en vez de decir: «Las Voraces Bestias Bugblatter suelen preparar una comida buenísima *con* los turistas visitantes»), los editores sostuvieron que la primera versión de la frase era más agradable desde el punto de vista estético, convocando a un poeta capacitado para que diera testimonio bajo juramento de que la belleza era verdad, evidencia perfecta, con intención de demostrar, por consiguiente, que el culpable en este caso era la Vida misma por no ser ni bella ni verdadera. Los jueces se pusieron de acuerdo y en un discurso emocionante concluyeron que la Vida misma había cometido desacato al tribunal y se la confiscaron a todos los presentes antes de ir a disfrutar de una agradable tarde de golf.

Zaphod Beeblebrox entró en el vestíbulo. A grandes zancadas se dirigió hacia el insecto recepcionista.

–Bueno –dijo–. ¿Dónde está Zarniwoop? Búscame a Zarniwoop.

–¿Perdón, señor? –dijo el insecto en tono seco. No le gustaba que se dirigieran a él de aquella manera.

–Zarniwoop. Localízalo, ¿eh? Ahora mismo.

–Mire, señor –saltó la frágil criaturita–, si pudiera tomárselo con un poco de calma...

–Escucha –dijo Zaphod–, he venido aquí bien tranquilo, ¿vale? Soy tan asombrosamente frío, que podrías guardar en mi interior un trozo de carne durante un mes. Estoy tan pasado, que no veo más allá de mis narices. Y ahora, ¿quieres moverte antes de que estalle?

–Pues si deja que me explique, *señor* –dijo el insecto, dando golpecitos con el tentáculo más petulante que tenía a mano–, me temo que en estos momentos sea imposible, porque el señor Zarniwoop está haciendo un crucero intergaláctico.

Demonios, pensó Zaphod.

–¿Cuándo volverá? –preguntó Zaphod.

–¿Volver, señor? Está en su despacho.

Zaphod hizo una pausa mientras trataba de apartar de su mente aquella idea particular. No lo consiguió.

–¿Que ese hortera está haciendo un crucero intergaláctico... en su *despacho?* –se inclinó hacia delante y agarró el tentáculo que daba golpecitos–. Escucha, tres ojos –dijo–, no intentes pasarte de misterioso, a mí me ocurren cosas más raras que a ti solo con los cereales que tomo en el desayuno.

–Pero bueno, ¿quién te crees que eres, incauto? –dijo airadamente el insecto, agitando las alas de rabia–. ¿Zaphod Beeblebrox o algo parecido?

–Cuenta mis cabezas –dijo Zaphod en voz baja y áspera.

El insecto lo miró con los ojos entornados. Parpadeó.

–¿Es usted Zaphod Beeblebrox? –preguntó con voz chillona.

–Sí –dijo Zaphod–, pero no lo pregones en voz alta o todos querrán uno.

–¿*El* Zaphod Beeblebrox...?

–No, solo *un* Zaphod Beeblebrox; ¿no te han dicho que vienen en cajas de seis?

El insecto se frotó los tentáculos, confuso.

–Pero, señor –protestó–, lo acabo de oír en el diario hablado de la radio subéter. Han dicho que usted había muerto...

–Sí, muy bien –dijo Zaphod–, pero aún sigo coleando. Bueno, ¿dónde puedo encontrar a Zarniwoop?

–Pues, señor, su despacho está en el piso decimoquinto, pero...

–Pero está haciendo un crucero intergaláctico, sí, sí; ¿cómo puedo dar con él?

–Los Transportadores Verticales de Personas de la Compañía Cibernética Sirius, recién instalados, están al otro extremo, señor. Pero, señor...

Zaphod ya se marchaba. Se dio la vuelta.

–¿Sí? –dijo.

–¿Puedo preguntarle por qué quiere ver a míster Zarniwoop?

–Sí –contestó Zaphod, que sin embargo no tenía clara esa cuestión–, me he dicho a mí mismo que tenía que verle.

–¿Podría repetirlo, señor?

Zaphod se inclinó hacia delante y adoptó una actitud confidencial.

–Acabo de materializarme de la nada en uno de vuestros cafés –explicó– a consecuencia de una discusión con el espectro de mi bisabuelo. En cuanto llegué aquí, mi antigua personalidad, la que actuaba en mi cerebro, surgió en mi cabeza y me dijo: «Ve a ver a Zarniwoop.» Nunca he oído hablar de ese hortera. Eso es todo lo que sé. Eso, y el hecho de que debo encontrar al hombre que rige el Universo.

Guiñó un ojo.

–Míster Beeblebrox –dijo el insecto, respetuoso y maravillado–, es usted tan fantástico que debería salir en las películas, señor.

–Sí –repuso Zaphod, palmeando al bicho en un ala rosada y centelleante–, y tú en la vida real, muchacho.

El insecto hizo una breve pausa para recobrarse de su agitación y luego alargó un tentáculo para coger un teléfono que sonaba.

Una mano metálica lo detuvo.

–Disculpe –dijo el propietario de la mano metálica, con una voz que podría haberle hecho saltar las lágrimas a un insecto de disposición más sentimental.

Este no era uno de esa clase, y no podía soportar a los robots.

–Sí, *señor* –dijo con brusquedad–. ¿Puedo ayudarle?

–Lo dudo –repuso Marvin.

–Pues en ese caso, si quiere disculparme...

En aquel momento sonaban seis teléfonos. Un millón de cosas esperaban la atención del insecto.

–Nadie puede ayudarme –entonó Marvin.

–Sí, señor, bueno...

–Aunque nadie lo ha intentado, por supuesto.

La mano metálica que sujetaba al insecto cayó inerte al costado de Marvin. Su cabeza se inclinó un poquito hacia delante.

–¿De veras? –dijo agriamente el insecto.

–A nadie le vale la pena ayudar a un robot doméstico, ¿no es cierto?

–Lo siento, señor, si...

–¿Qué beneficio se saca ayudando o siendo amable con un robot, que no tiene circuitos de gratitud? A eso me refiero.

–¿Y usted no tiene ninguno? –preguntó el insecto, que no parecía capaz de sustraerse a la conversación.

–Nunca he tenido ocasión de averiguarlo –le informó Marvin.

–¡Escucha, miserable montón de hierro mal ajustado...!

–¿No va a preguntarme qué es lo que quiero?

El insecto hizo una pausa. Disparó su larga y delgada lengua, se lamió los ojos y volvió a guardarla.

–¿Vale la *pena?* –inquirió.

–¿Acaso lo vale algo? –repuso Marvin de inmediato.

–¿Qué... es... lo... que... quiere... usted?

–Estoy buscando a alguien.

–¿A quién? –siseó el insecto.

–A Zaphod Beeblebrox –dijo Marvin–. Está allí.

El insecto se estremeció de rabia. Apenas podía hablar.

–Entonces, ¿por qué me lo pregunta? –gritó.

–Solo quería hablar de algo –dijo Marvin.

–¡Qué!

–Patético, ¿verdad?

Con un chirrido de engranajes, Marvin se dio la vuelta y echó a andar pesadamente. Alcanzó a Zaphod cuando este llegaba a los ascensores. Zaphod giró en redondo, pasmado.

–¡Eh...! ¿Marvin? –dijo–. ¡Marvin...! ¿Cómo has llegado hasta aquí?

Marvin se vio obligado a decir algo que le resultaba muy difícil.

–No lo sé –respondió.

–Pero...

–Estaba sentado en tu nave sintiéndome muy deprimido, y en un momento me encontré aquí de pie sintiéndome enteramente desgraciado. El Campo de Improbabilidad, supongo.

–Sí –dijo Zaphod–, me figuro que mi bisabuelo te trajo para hacerme compañía. Un montón de gracias, bisabuelito –añadió entre dientes, y luego continuó en voz alta–: Bueno, ¿y qué tal estás?

–Pues muy bien –contestó Marvin–, si diera la casualidad de que te gustara ser yo, cosa que a mí personalmente no me gusta.

–Claro, claro –dijo Zaphod mientras se abrían las puertas del ascensor.

–Hola –dijo el ascensor con voz dulce–. Soy vuestro ascensor en este viaje y os subiré al piso que elijáis. La Compañía Cibernética Sirius me proyectó para llevaros, visitantes de la *Guía del autoestopista galáctico,* a estas sus oficinas. Si disfrutáis del viaje, que será rápido y placentero, podréis probar luego algunos de los demás ascensores que se han instalado recientemente en las oficinas del departamento de impuestos galácticos, de los Alimentos infantiles Boobiloo y del Hospital Mental del Estado de Sirius, donde muchos exdirectivos de la Compañía Cibernética Sirius estarán encantados de recibir vuestra visita y simpatía, y de escuchar alegres historias del mundo exterior.

–Sí –dijo Zaphod, entrando en el ascensor–. ¿Qué más haces, aparte de hablar?

–Subo o bajo –contestó el ascensor.

–Bien –dijo Zaphod–. Vamos a subir.

–O a bajar –le recordó el ascensor.

–Sí, claro; arriba, por favor.

Hubo un momento de silencio.

–Abajo es muy bonito –sugirió esperanzado el ascensor.

–¿Ah, sí?

–Mucho.

–Bien –dijo Zaphod–. ¿Querrás subirnos ahora?

–¿Puedo preguntarle –inquirió el ascensor con su voz más dulce y razonable– si ha considerado todas las posibilidades que le ofrece la parte de abajo?

Zaphod golpeó una de sus cabezas contra la pared interior. No necesitaba aquello, pensó; entre todas las cosas, aquello no le hacía falta. Él no había pedido que lo llevaran allí. Si en aquel momento le hubieran preguntado dónde preferiría estar, probablemente habría dicho que le gustaría encontrarse en la playa con por lo menos cincuenta mujeres hermosas y un pequeño grupo de especialistas que descubrieran nuevos modos de que las mujeres fueran amables con él, lo que constituía su respuesta habitual. Y es posible que hubiera añadido unas palabras apasionadas sobre el tema de la comida.

Lo que no quería hacer era buscar al hombre que regía el Universo, que se limitaba a realizar un trabajo al que bien podía dedicarse, porque si no lo hacía él, lo haría cualquier otro. Y por encima de todo, no quería estar en un edificio de oficinas discutiendo con un ascensor.

–¿Cómo cuáles otras posibilidades? –preguntó cansadamente.

–Pues –dijo el ascensor con una voz chorreante como la miel en las galletas– está el sótano, los microarchivos, las instalaciones de calefacción..., hum...

Hizo una pausa.

–Nada especialmente emocionante –advirtió–, pero son otras posibilidades.

–¡Santo Zarquon! –mascculló Zaphod–. ¿Es que he *pedido* un ascensor existencialista?

Empezó a dar puñetazos a la pared.

–¿Qué le pasa a esta cosa? –preguntó con desprecio.

–No quiere subir –dijo simplemente Marvin–. Creo que tiene miedo.

–¿Miedo? –gritó Zaphod–. ¿De qué? ¿De la altura? ¿Un ascensor que tiene miedo de la altura?

–No, del futuro –dijo el ascensor con voz apenada.

–¿Del *futuro?* –exclamó Zaphod–. ¿Qué pretende esta dichosa cosa, arreglar su jubilación?

En aquel momento estalló un alboroto en el vestíbulo de recepción, a sus espaldas. En torno a ellos, las paredes empezaron a emitir un ruido súbito de mecanismos en acción.

–Todos nosotros podemos ver el futuro –musitó el ascensor con una voz que parecía aterrorizada–; es parte de nuestra programación.

Zaphod miró fuera del vehículo: una multitud inquieta se había reunido en torno a la zona de ascensores, señalando y gritando.

Todos los ascensores del edificio estaban bajando, muy deprisa.

Volvió a meterse.

–Marvin –dijo–. ¿Quieres hacer que suba este ascensor? Tenemos que ver a Zarniwoop.

–¿Por qué? –preguntó el robot con voz triste.

–No sé –dijo Zaphod–, pero cuando lo encuentre, será mejor que ese hortera tenga una razón muy buena para que yo quiera verlo.

Los ascensores modernos son entes complejos y extraños. Los antiguos montacargas eléctricos de «ocho personas de capacidad máxima» tienen tanta relación con un Alegre Transportador Vertical de Personas de la Compañía Cibernética Sirius, como un paquete de nueces variadas con toda el ala oeste del Hospital Mental del Estado de Sirius.

Y ello porque actúan según el curioso principio de «percepción temporal desenfocada». En otras palabras, tienen la capacidad de ver vagamente el futuro inmediato, lo que permite al ascensor estar en el piso exacto para recoger al usuario incluso antes de que este sepa que va a necesitarlo, eliminando de esa manera toda la aburrida cháchara, la relajación y las consiguientes amistades nuevas que antiguamente la gente se veía obligada a hacer mientras esperaba el ascensor.

No es de extrañar que muchos ascensores provistos de inteligencia y precognición se sintieran horriblemente frustrados con el absurdo trabajo de subir y bajar una y otra vez, realizaran breves experimentos con la idea de desplazarse de costado como una especie de protesta existencial, exigieran participar en la toma de decisiones, y que, resentidos, les diera por quedarse acurrucados en el sótano.

En la actualidad, un autoestopista depauperado que visite cualquier planeta del sistema estelar de Sirius puede ganar un dinero fácil trabajando como consejero de ascensores neuróticos.

En la planta decimoquinta las puertas del ascensor se abrieron de golpe.

–Quince –dijo el ascensor–. Y recuerde, solo hago esto porque me gusta su robot.

Zaphod y Marvin salieron rápidamente del vehículo, que al instante cerró sus puertas y bajó tan deprisa como se lo permitía su mecanismo.

Zaphod miró con cautela a su alrededor. El pasillo estaba desierto y silencioso, y no había indicio alguno de dónde podría encontrar a Zarniwoop. Todas las puertas que daban al pasillo estaban cerradas y no tenían identificación alguna.

Se hallaban muy cerca del puente que comunicaba las dos torres del edificio. A través de un amplio ventanal, el brillante sol de Osa Menor Beta lanzaba cuadrados de luz sobre los que danzaban pequeñas partículas de polvo. Revoloteó una sombra y al momento desapareció.

–Dejado en la estacada por un ascensor –masculló Zaphod, que se sentía poco desenvuelto.

Los dos permanecieron inmóviles, mirando en ambas direcciones.

–¿Sabes una cosa? –dijo Zaphod a Marvin.

–Más de las que puedas imaginarte.

–Estoy absolutamente seguro de que este edificio no debería estremecerse.

No era más que una leve vibración que sentía bajo las suelas de los zapatos..., y otra más. Entre los rayos de sol, las partículas de polvo bailoteaban con mayor vigor. Pasó otra sombra.

Zaphod miró al suelo.

–O tienen un dispositivo vibratorio –dijo, sin mucha confianza– para tonificar los músculos mientras se trabaja, o...

Se acercó a la ventana y de pronto vaciló, porque en aquel

momento sus gafas de sol Sensibles al Peligro Supercromáticas Joo Janta 200 se volvieron completamente negras. Una sombra grande pasó por la ventana emitiendo un zumbido agudo.

Zaphod se quitó violentamente las gafas y entonces el edificio se estremeció con horrísono estruendo. Se acercó de un salto a la ventana.

–¡O están bombardeando el edificio! –concluyó.

Otro rugido sacudió la torre.

–¿Quién querría en la Galaxia bombardear una empresa editorial? –preguntó Zaphod, que no oyó la respuesta de Marvin porque en aquel momento el edificio retembló bajo los efectos de otro bombardeo. Trató de volver tambaleándose al ascensor: era una maniobra inútil, pero no se le ocurrió otra.

De pronto, al final de un pasillo que salía a la derecha, vislumbró la figura de un hombre. El desconocido le vio.

–¡Por aquí, Beeblebrox! –gritó.

Zaphod lo miró con desconfianza mientras otra bomba conmovía el inmueble.

–¡No –gritó Zaphod, a su vez–, Beeblebrox, por aquí! ¿Quién eres?

–¡Un amigo! –respondió el desconocido. Echó a correr hacia Zaphod.

–¿Ah, sí? –dijo Zaphod–. ¿Amigo de alguien en particular, o simplemente bien dispuesto hacia la gente en general?

El hombre corrió por el pasillo mientras el suelo se agitaba bajo sus pies como una manta excitada. Era de corta estatura, robusto, curtido por el aire y el sol, y vestía como si hubiera dado dos veces la vuelta a la Galaxia con la misma ropa.

–¿Sabes que están bombardeando el edificio? –le preguntó Zaphod al oído cuando el desconocido llegó a su altura.

El recién llegado asintió.

Súbitamente cesó la luz. Al mirar a la ventana para saber por qué, Zaphod jadeó a la vista de una enorme nave espacial en forma de bala y de color gris metálico que surcaba el aire junto al edificio. La siguieron dos más.

–El gobierno del que has desertado ha salido a buscarte, Zaphod –siseó el desconocido–. Han enviado una escuadrilla de Cazas Ranestelares.

–¡Cazas Ranestelares! –mascullé Zaphod–. ¡Por Zarquod!

–¿Te haces idea?

–¿Qué son los Cazas Ranestelares? –Zaphod estaba seguro de que había oído a alguien hablar de ellos cuando era presidente, pero nunca prestó mucha atención a los asuntos oficiales.

El desconocido tiró de él hacia una puerta. Le siguió. Con un zumbido chamuscante, un objeto pequeño, semejante a una araña, pasó por el aire como una bala y desapareció por el corredor.

–¿Qué era eso? –musitó Zaphod.

–Un robot Explorador Ranestelar de clase A que te buscaba –dijo el desconocido.

–¿Ah, sí?

–¡Agáchate!

Por la dirección opuesta venía un objeto negro, más grande y semejante a una araña. Los pasó zumbando.

–¿Y eso...?

–Un robot Explorador Ranestelar de clase B, que te buscaba.

–¿Y eso? –preguntó Zaphod cuando pasó un tercero quemando el aire.

–Un robot Explorador Ranestelar de clase C, que te buscaba.

–¡Vaya! –dijo Zaphod, sonriendo para sus adentros–. Son unos robots bastante estúpidos, ¿no?

Por el puente llegaba un enorme murmullo retumbante. Una forma gigantesca de color negro avanzaba desde la otra torre; tenía las dimensiones y configuración de un tanque.

–¡Santo fotón! –susurró Zaphod–. ¿Qué es eso?

–Un tanque –dijo el desconocido–. Un robot Explorador Ranestelar de clase D, que viene por ti.

–¿Nos vamos?

–Me parece lo más conveniente.

–¡Marvin! –llamó Zaphod.

Marvin se incorporó entre un montón de escombros que había a cierta distancia en el pasillo, y los miró.

–¿Ves ese robot que viene hacia nosotros?

Marvin contempló el avance de la gigantesca forma negra, que se acercaba hacia ellos por el puente. Bajó la cabeza y miró su pequeño cuerpo de metal. Volvió a mirar al tanque.

–Me imagino que querrás que lo detenga –dijo.

–Sí.

–Mientras vosotros salváis el pellejo.

–Sí –dijo Zaphod–. ¡Quédate ahí!

–Entonces, adiós, ya sé el terreno que piso –dijo Marvin.

El desconocido tiró del brazo de Zaphod, que le siguió por el pasillo.

A Zaphod se le ocurrió una cosa sobre la marcha.

–¿Adónde vamos?

–Al despacho de Zarniwoop.

–¿Es este un momento para acudir a una cita?

–Vamos.

7

Marvin estaba al final del pasillo del puente. En realidad, no era un robot especialmente pequeño. Su cuerpo plateado espejeaba entre el polvo de los rayos de sol y se estremecía con el continuo bombardeo que seguía soportando el edificio.

Sin embargo, cuando el gigantesco tanque negro se detuvo frente a él, parecía lamentablemente pequeño. El tanque lo examinó con una sonda. La sonda se retiró.

Marvin se mantuvo en su sitio.

–Apártate de mi camino, pequeño robot –gruñó el tanque.

–Me temo que me han dejado aquí para detenerte –dijo Marvin.

La sonda volvió a alargarse y le examinó de nuevo. Se retiró otra vez.

–¿Tú? ¿Detenerme? –bramó el tanque–. ¡Vamos!

–No, tengo que hacerlo, de veras –dijo simplemente Marvin.

–¿Con qué estás armado? –rugió el tanque, incrédulo.

–Adivínalo –repuso Marvin.

Los motores del tanque retumbaron, sus engranajes rechinaron. Los relés electrónicos de tamaño molecular albergados profundamente en su microcerebro se sacudieron de consternación hacia delante y hacia atrás.

–¿Que lo adivine? –dijo el tanque.

Con pasos vacilantes, Zaphod y el aún desconocido recorrieron un pasillo, luego otro y después un tercero. El edificio seguía vibrando y estremeciéndose, lo que tenía perplejo a Zaphod. Si querían volar las torres, ¿por qué tardaban tanto?

Con dificultad, llegaron a una serie de puertas sin identificar, enteramente anónimas, y cargaron contra una de ellas. Se abrió de golpe y cayeron dentro.

Todo este camino, pensó Zaphod, todas estas dificultades, todo este tiempo sin estar en la playa pasándomelo bien, ¿y para qué? Una silla, un escritorio, y un cenicero sucio en un despacho sin decorar. El escritorio, aparte de un poco de polvo danzante y una nueva y revolucionaria especie de clip de papeles, estaba vacío.

–¿Dónde está Zarniwoop? –preguntó Zaphod, con la impresión de que empezaba a escapársele su ya débil comprensión de toda aquella actividad.

–Está haciendo un crucero intergaláctico –contestó el desconocido.

Zaphod trató de catalogarlo. Era un tipo serio, no el saco de la risa. Probablemente dedicaba buena parte de su tiempo a correr de un lado para otro por pasillos que se alzaban a su paso, rompiendo puertas y haciendo comentarios misteriosos en despachos vacíos.

–Permíteme que me presente –dijo el desconocido–. Me llamo Roosta, y esta es mi toalla.

–Hola, Roosta –dijo Zaphod–. Hola, toalla –añadió, cuando Roosta le tendió una vieja toalla de flores bastante desagradable. Sin saber qué hacer con ella, la estrechó por una esquina.

Cerca de la ventana, pasó retumbando una de las naves espaciales en forma de bala de color verde metálico.

–Sí, adelante –dijo Marvin a la enorme máquina de batalla–; jamás lo adivinarás.

–Hummm... –dijo la máquina, vibrando por el desacostumbrado ejercicio de pensar–, ¿rayos láser?

Marvin meneó solemnemente la cabeza.

–No –murmuró la máquina con su hondo rugido gutural–. Demasiado evidente. ¿Rayos antimateria? –aventuró.

–Más elemental todavía –le reprendió Marvin.

–Sí –gruñó la máquina, un tanto humillada–. Humm..., ¿qué me dices de un ariete electrónico?

Eso era nuevo para Marvin.

–¿Qué es eso? –preguntó.

–Uno de estos –dijo la máquina con entusiasmo.

De su torreta emergió un diente afilado que escupió un mortífero rayo de luz. A espaldas de Marvin, rugió una pared que se derrumbó como un montón de polvo. El polvo se elevó brevemente y luego se asentó.

–No; uno de esos, no –dijo Marvin.

–Buena idea, ¿eh? Bien pensado, ¿verdad?

–Muy bien –convino Marvin.

–Lo sé –afirmó la máquina de guerra, tras considerarlo otro poco–; ¡debes de tener uno de esos nuevos Emisores Restructurón Inestable Zenón Jántico!

–Bonitos, ¿verdad? –dijo Marvin.

–¿Es eso lo que tienes? –preguntó la máquina con apreciable respeto.

–No –contestó Marvin.

–Vaya –dijo la máquina, decepcionada–. Entonces, debe de ser...

–Sigues un razonamiento equivocado –le advirtió Marvin–. No tomas en cuenta un hecho bastante fundamental en las relaciones entre hombres y robots.

–Humm, ya sé; es... –dijo el blindado antes de interrumpirse para volver a pensar.

–Piensa un poco –le urgió Marvin–. Me han dejado a mí, un robot doméstico ordinario, para que te detenga a ti, una gigantesca máquina de guerra para tareas pesadas, mientras ellos salen corriendo para salvarse. ¿Con qué crees que me dejarían?

–Pues, huummm... –murmuró la máquina, alarmada–, supongo que con algo tremendamente devastador.

–¡Supones! –exclamó Marvin–. Claro, lo supones. ¿Quieres que te diga lo que me han dejado para protegerme?

–Vale, muy bien –dijo el carro de combate, preparándose para la respuesta.

–Nada –dijo Marvin.

Hubo una pausa peligrosa.

–*¿Nada?* –bramó el tanque.

–Nada en absoluto –entonó Marvin, desconsolado–. Ni una salchicha electrónica.

La máquina se hinchó de furia.

–¡Vaya, y además se llevan todos los honores! –rugió–. Nada, ¿eh? ¿Es que no piensan, o qué?

–Y yo con estos dolores horribles en todos los diodos del costado izquierdo –dijo Marvin en voz baja y suave.

–Que te las hace pasar canutas, ¿verdad?

–Sí –convino Marvin con emoción.

–¡Vaya, eso me pone furioso! –aulló la máquina–. ¡Me parece que voy a aplastar esa pared!

El ariete electrónico lanzó otra llamarada y quitó la pared más próxima a la máquina.

–¿Cómo crees que me siento yo? –dijo Marvin con amargura.

–Así que se han largado y te han dejado a ti, ¿no es cierto? –tronó la máquina.

–Sí –confirmó Marvin.

–¡Creo que también les voy a dejar sin su maldito techo! –tronó el tanque.

Quitó el techo del puente.

–¡Qué impresionante! –murmuró Marvin.

–Todavía no has visto nada –prometió la máquina–. ¡También puedo quitar este suelo, sin problemas!

Quitó también el suelo.

–¡Caracoles! –bramó la máquina mientras caía a plomo quince pisos y se hacía pedazos en la planta baja.

–¡Qué máquina tan estúpida y deprimente! –dijo Marvin, y echó a andar pesadamente.

8

–Bueno, ¿nos vamos a quedar aquí sentados, o qué? –dijo Zaphod, enfadado–. ¿Qué es lo que quieren esos tipos de ahí fuera?

–A ti, Beeblebrox –dijo Roosta–. Van a llevarte a la Ranestrella, el mundo más enteramente diabólico de la Galaxia.

–¿Ah, sí? –repuso Zaphod–. Primero tendrán que venir y cogerme.

–Ya han venido y te han cogido –advirtió Roosta–. Mira por la ventana.

Zaphod miró y quedó boquiabierto.

–¡El suelo se va! –jadeó–. ¿Adónde se llevan el suelo?

–Se están llevando el edificio, estamos volando –le informó Roosta.

Las nubes pasaban velozmente por la ventana del despacho.

Zaphod volvió a ver en el aire el anillo verde oscuro de los Cazas Ranestelares en torno a la torre desarraigada del edificio. Una red de haces de energía irradiaba de ellos y tenía firmemente sujeto el inmueble.

Zephod meneó las cabezas, perplejo.

–¿Qué he hecho yo para merecer esto? –se lamentó–. Me meto en un edificio, y se lo llevan.

–No les preocupa lo que has hecho –dijo Roosta–, sino lo que vas a hacer.

–¿Y yo no tengo nada que decir al respecto?

–Ya lo hiciste, hace años. Será mejor que te agarres, vamos a hacer un viaje rápido y agitado.

–Si alguna vez me encuentro conmigo mismo –dijo Zaphod–, me sacudiré tan fuerte que no sabré con qué me han golpeado.

Marvin entró pesadamente por la puerta, lanzó a Zaphod una mirada acusadora, se dejó caer en un rincón y se desconectó.

En el puente del *Corazón de Oro* todo estaba en silencio. Arthur miró el pequeño atril que tenía delante y se puso a meditar. Se cruzó con la mirada inquisitiva de Trillian. Desvió la vista y volvió a mirar el atril.

Por fin lo vio.

Cogió cinco cuadraditos de plástico y los dispuso en el tablero que estaba justo delante de la rejilla.

Los cinco cuadrados tenían las letras E, X, Q, U e I. Los puso junto a las letras S, I, T, O.

–Exquisito –dijo–, y completo tres palabras. Me parece que va a sumar un montón.

La nave se balanceó y algunas letras se desperdigaron por enésima vez.

Trillian suspiró y empezó a colocarlas de nuevo.

Por los pasillos silenciosos resonaban los pasos de Ford Prefect, que acechaba los enormes instrumentos inactivos de la nave.

¿Por qué seguía estremeciéndose la nave?, pensó.
¿Por qué se balanceaba y sacudía?
¿Por qué no podía averiguar dónde estaban?
Y sobre todo, ¿dónde estaban?

La torre izquierda de las oficinas de la *Guía del autoestopista galáctico* surcaba el espacio interestelar a una velocidad jamás igualada, antes o después, por ningún otro edificio de oficinas del Universo.

A media altura de la torre, Zaphod Beeblebrox paseaba colérico por un despacho.

Roosta estaba sentado en el borde del escritorio, haciendo unos remiendos rutinarios en la toalla.

–Oye, ¿adónde dijiste que llevaban este edificio? –preguntó Zaphod.

–A la Ranestrella –dijo Roosta–, el lugar más enteramente diabólico del Universo.

–¿Hay comida aquí? –preguntó Zaphod.

–¿Comida? ¿Vas a la Ranestrella y te preocupa si hay comida?

–Sin comida quizás no llegue a la Ranestrella.

Por la ventana no podían ver nada, aparte de la luz parpadeante del haz de energía y de vagas manchas grises que presumiblemente eran las formas distorsionadas de los Cazas Ranestelares. A aquella velocidad el espacio mismo era invisible, y desde luego irreal.

–Toma, chupa esto –dijo Roosta, ofreciendo su toalla a Zaphod.

Zaphod lo miró con fijeza, como si esperara que un cuco saliera de un muellecito por su frente.

–Está empapada en sustancias nutritivas –explicó Roosta.

–¿Es que eres de esos que comen porquerías, o algo así? –inquirió Zaphod.

–Las franjas amarillas son ricas en proteínas, las verdes tienen complejos de vitamina B y C, las florecitas rosas contienen extracto de germen de trigo.

Zaphod la cogió y la miró estupefacto.

–¿Qué son las manchas marrones? –preguntó.

–Salsa Bar-B-Coa –dijo Roosta–, para cuando me harto de germen de trigo.

Zaphod lo olió con aire de duda.

Con más dudas aún, chupó una esquina. Escupió.

–¡Uf! –declaró.

–Sí –admitió Roosta–. Cuando tengo que chupar ese extremo, también necesito sorber un poco el otro.

–¿Por qué? ¿Qué tiene? –inquirió Zaphod, receloso.

–Antidepresivos –dijo Roosta.

–Mira, ya he tenido bastante de esta toalla –dijo Zaphod, devolviéndosela.

Roosta la cogió, bajó del escritorio, lo rodeó, se sentó en el sillón y puso los pies encima de la mesa.

–Beeblebrox –dijo, poniéndose las manos en la nuca–, ¿tienes idea de lo que va a pasarte en la Ranestrella?

–¿Van a darme de comer? –aventuró Zaphod, esperanzado.

–Van a darte de comer –dijo Roosta– en el Vórtice de la Perspectiva Total.

Zaphod nunca había oído hablar de eso. Creía conocer todas las cosas divertidas de la Galaxia, de manera que supuso que el Vórtice de la Perspectiva Total no era agradable. Preguntó a Roosta qué era.

–No es sino la tortura más cruel que puede soportar un ser consciente –explicó Roosta.

Zaphod asintió resignadamente con las cabezas.

–De modo que no hay comida, ¿eh? –dijo.

–¡Escucha –exclamó Roosta en tono apremiante–, se puede matar a un hombre, destruir su cuerpo, doblegar su espíritu, pero el Vórtice de la Perspectiva Total puede aniquilar su alma! ¡El tratamiento es cuestión de segundos, pero sus efectos duran toda la vida!

–¿Has tomado alguna vez un detonador gargárico pangaláctico? –preguntó bruscamente Zaphod.

–Eso es aún peor.

–¡Vaya! –admitió Zaphod, muy impresionado–. ¿Tienes alguna idea de por qué quieren esos tipos hacerme eso? –añadió un momento después.

–Creen que es la mejor manera de aniquilarte para siempre. Saben lo que te propones.

–¿Podrías pasarme una nota para que yo lo supiera también?

–Lo sabes, Beeblebrox –dijo Roosta–, lo sabes. Quieres ver al hombre que rige el Universo.

–¿Sabe guisar? –inquirió Zaphod.

Tras un momento de reflexión, añadió como para sí mismo:

–Lo dudo. Si supiera preparar una buena comida, no se preocuparía del resto del Universo. ¡Quiero ver a un cocinero!

Roosta respiró fuerte.

–De todos modos, ¿qué estás haciendo tú aquí? –preguntó Zaphod–. ¿Qué tiene que ver contigo todo esto?

–Yo soy uno de los que planearon este asunto, junto con Zarniwoop, Yooden Vranx, tu bisabuelo y tú mismo, Beeblebrox.

–¿Yo?

–Sí, tú. Me dijeron que habías cambiado, pero no me imaginaba cuánto...

–Pero...

–Estoy aquí para cumplir una misión. La llevaré a cabo antes de separarme de ti.

–¿Qué misión, hombre, de qué estás hablando?

–La cumpliré antes de separarme de ti.

Roosta se sumió en un silencio impenetrable.

Zaphod se sentía tremendamente contento.

9

En el segundo planeta del sistema de la Ranestrella, el aire era rancio e insalubre.

El viento húmedo que barría continuamente la superficie, pasaba sobre bancos de sal, marismas secas, marañas de vegetación corrompida y ruinas desmoronadas de ciudades demolidas. Ni rastro de vida se movía por el territorio. El suelo, como el de muchos planetas de esa parte de la Galaxia, hacía tiempo que era desértico.

El aullido del viento era bastante desolado cuando sus ráfagas entraban en las viejas casas destruidas de las ciudades; y más triste aún cuando soplaba por la parte baja de las altas torres negras que oscilaban precariamente en algunos puntos de la superficie de aquel mundo. En la cima de tales torres habitaban colonias de pájaros descarnados, grandes y malolientes; eran los únicos supervivientes de una civilización que antiguamente vivía allí.

Sin embargo, el gemido del viento era más penoso cuando pasaba por un lugar semejante a un grano, situado en medio de una amplia llanura gris en las afueras de la más grande de las ciudades abandonadas.

El sitio semejante a un grano era lo que le había ganado a aquel mundo la fama de ser el lugar más enteramente diabólico de la Galaxia. Desde fuera, era simplemente una cúpula de acero de unos diez metros de diámetro. Desde dentro, era algo mucho más monstruoso de lo que la mente es capaz de imaginar.

A unos cien metros de distancia, y separada por una franja de tierra agujereada, marchita y enteramente yerma, había lo que podría describirse como una especie de pista de aterrizaje. Es decir, en una zona más bien extensa se veían dispersas las ruinas desgarbadas de dos o tres docenas de edificios sobre los que se realizaban aterrizajes de emergencia.

Por encima y en torno de aquellos edificios, revoloteaba una mente, un espíritu que estaba esperando algo.

La mente dirigió su atención al espacio, y al poco tiempo apareció una mancha rodeada de un anillo de manchas más pequeñas.

La mancha grande era la torre izquierda del edificio de oficinas de la *Guía del autoestopista galáctico,* que descendía por la estratosfera del Mundo Ranestelar B.

Mientras perdía altura, Roosta rompió súbitamente el largo e incómodo silencio que se había alzado entre ambos hombres.

Se puso en pie y guardó la toalla en una bolsa.

–Beeblebrox –dijo–, voy a cumplir la misión para la cual me enviaron.

Zaphod lo miró desde el rincón donde estaba sentado, compartiendo pensamientos silenciosos con Marvin.

–¿Sí? –dijo.

–Dentro de poco aterrizará el edificio. Cuando salgas, no lo hagas por la puerta; sal por la ventana –le dijo Roosta, y añadió–: ¡Buena suerte!

Salió por la puerta y desapareció de la vida de Zaphod de manera tan misteriosa como había entrado en ella.

Zaphod se incorporó de un salto y trató de abrir la puerta,

pero Roosta ya la había cerrado. Se encogió de hombros y volvió al rincón.

Dos minutos después, el edificio realizó un aterrizaje de emergencia entre las demás ruinas. La escolta de Cazas Ranestelares desactivó los haces de energía y volvió a elevarse en el aire con rumbo al Mundo Ranestelar A, un sitio definitivamente más agradable. Jamás aterrizaban en el Mundo Ranestelar B. Nadie lo hacía. Nadie andaba nunca por su superficie, salvo las futuras víctimas del Vórtice de la Perspectiva Total.

Zaphod quedó bastante conmocionado por el aterrizaje. Se tumbó durante un rato sobre los escombros silenciosos y polvorientos a que había quedado reducida la mayor parte de la habitación. Pensó que se encontraba en el punto más bajo que había alcanzado en su vida. Se sentía aturdido, solo y despreciado. Finalmente, juzgó que debería enfrentarse con lo que le esperaba.

Examinó la habitación, resquebrajada y derruida. La pared había caído en torno al marco de la puerta, que estaba abierta de par en par. Por un milagro, la ventana estaba cerrada e intacta. Vaciló durante un rato, luego pensó que si su extraño y reciente compañero había pasado por todo lo que había pasado solo para decirle lo que le había dicho, debía existir una buena razón para ello. Con ayuda de Marvin abrió la ventana. Afuera, la nube de polvo levantada por el aterrizaje y las ruinas de los demás edificios que rodeaban al suyo impidieron efectivamente que Zaphod viera nada del mundo exterior.

No es que aquello le inquietara excesivamente. Su preocupación fundamental era lo que vio al mirar hacia abajo. El despacho de Zarniwoop estaba en el piso quince. El edificio había aterrizado con una inclinación de cuarenta y cinco grados, pero de todos modos la idea del descenso quitaba el aliento.

Por fin, acuciado por la continua serie de miradas desdeñosas que Marvin parecía lanzarle, respiró hondo y gateó por el costado del edificio, bastante empinado. Marvin le siguió, y juntos empezaron a bajar reptando, lenta y penosamente, los quince pisos que los separaban del suelo.

Al arrastrarse, el polvo y el aire húmedo le sofocaban los pulmones; le escocían los ojos y la aterradora distancia hasta abajo hacía que las cabezas le dieran vueltas.

Los ocasionales comentarios de Marvin del tipo de: «¿Es esta la clase de cosas que os gustan a las formas vivientes? Lo pregunto solo para saberlo», hacían poco por mejorar su estado de ánimo.

Hacia la mitad de la bajada del edificio resquebrajado hicieron una pausa para descansar. Mientras permanecía allí tumbado, jadeando de miedo y agotamiento, pensó Zaphod que Marvin parecía una pizca más alegre que de costumbre. Luego se dio cuenta de que no era así. El robot solo parecía animado en comparación con su propio estado de ánimo.

Un pájaro negro, grande y huesudo, apareció aleteando entre las nubes de polvo que iban asentándose lentamente, y, estirando las patas larguiruchas, se posó en el saliente de una ventana inclinada, a un par de metros de Zaphod. Recogió las desgarbadas alas y se tambaleó torpemente en su percha.

Sus alas debían de tener una envergadura de unos dos metros, y su cabeza y cuello parecían curiosamente alargados para un ave. Tenía la cara plana, el pico sin desarrollar y, hacia la mitad de la parte interior de las alas, se veían claramente los vestigios de algo parecido a una mano.

En realidad, tenía un aspecto casi humano.

Dirigió a Zaphod sus ojos tristes e hizo sonar el pico de forma esporádica.

–Lárgate –dijo Zaphod.

–Vale –murmuró el pájaro de mal talante, remontando de nuevo el vuelo entre el polvo.

Zaphod le vio marcharse, estupefacto.

–¿Acaba de hablarme ese pájaro? –preguntó nerviosamente a Marvin. Estaba perfectamente preparado para creer la explicación alternativa: que en realidad tenía alucinaciones.

–Sí –confirmó Marvin.

–Pobrecitos –dijo al oído de Zaphod una voz etérea y profunda.

Al volverse bruscamente para buscar el origen de la voz, Zaphod estuvo a punto de caerse del edificio. Se agarró furiosamente al saliente de una ventana y se cortó la mano. Siguió agarrado, jadeando pesadamente.

La voz no tenía origen alguno; allí no había nadie. Sin embargo, volvió a hablar.

–Tienen una historia trágica, ¿sabes? Una desgracia terrible.

Zaphod miró desatinadamente a todos lados. La voz era profunda y tranquila. En otras circunstancias la habría descrito como tranquilizadora. Sin embargo, no hay nada tranquilizador en que le hable a uno una voz sin cuerpo, en especial cuando uno no está, como Zaphod Beeblebrox, en su mejor momento y agarrado a un saliente del octavo piso de un edificio estrellado.

–Eh, hummm... –tartamudeó.

–¿Quieres que te cuente su historia? –preguntó la voz en tono sosegado.

–Oye, ¿quién eres? –jadeó Zaphod–. ¿Dónde estás?

–Tal vez después, entonces –murmuró la voz–. Me llamo Gargrabar. Soy el Guardián del Vórtice de la Perspectiva Total.

–¿Por qué no puedo ver...?

–Encontrarás mucho más fácil el descenso del edificio –dijo la voz, elevándose–, si te desplazas unos dos metros a tu izquierda. ¿Por qué no lo intentas?

Zaphod miró y vio una serie de breves ranuras horizontales que iban hasta el suelo a todo lo largo del costado del edificio.

Agradecido, se dirigió hacia ellas.

–¿Por qué no volvemos a vernos abajo? –le dijo la voz al oído, y desapareció en cuanto terminó de hablar.

–¡Eh! –llamó Zaphod–. ¿Dónde estás...?

–Solo tardarás un par de minutos... –dijo la voz, que se oyó muy débil.

–Marvin –dijo Zaphod gravemente al robot, que iba en cuclillas y abatido a su lado–, ¿acaba... una voz... de...?

–Sí –replicó secamente Marvin.

Zaphod asintió con las cabezas. Volvió a sacar sus gafas de sol Sensibles al Peligro. Estaban completamente negras y ya muy arañadas por el inesperado objeto de metal que guardaba en el bolsillo. Se las puso. Bajaría el edificio con mayor comodidad si no tenía que mirar lo que estaba haciendo.

Minutos después apareció entre los resquebrajados y deformados cimientos del edificio; se quitó las gafas de nuevo y saltó al suelo.

Marvin se reunió con él un momento después y quedó tumbado de cara al polvo y a los escombros, posición que no parecía inclinado a abandonar.

–Ah, estás ahí –dijo de pronto la voz, al oído de Zaphod–. Disculpa por haberte dejado así, es que tengo mala cabeza para las alturas –y añadió, añorante–: Al menos tenía mala cabeza para las alturas.

Zaphod miró alrededor lenta y cuidadosamente, solo para ver si se le había escapado algo que pudiera ser el origen de la voz. Pero todo lo que vio fue polvo, escombros y las altas ruinas de los edificios circundantes.

–Oye, humm, ¿por qué no puedo verte? –preguntó–. ¿Por qué no estás aquí?

–*Estoy* aquí –dijo la voz, despacio–. Mi cuerpo quería venir, pero está algo ocupado en este momento. Cosas que hacer, gente que ver. –Tras de lo que pareció ser una especie de suspiro etéreo, añadió–: Ya sabes lo que pasa con los cuerpos.

Zaphod no estaba seguro.

–Creía que sí.

–Solo espero que haga una cura de reposo –prosiguió la voz–. Por la vida que lleva últimamente, debe de estar en las primeras.

–¿En las primeras? –dijo Zaphod–. ¿No querrás decir en las últimas?

La voz no dijo nada durante un rato. Zaphod miró intranquilo a su alrededor. No sabía si se había marchado, si aún estaba allí o qué estaba haciendo. Luego, la voz volvió a hablar.

–De modo que tú eres el que hay que meter en el Vórtice, ¿no?

–Pues, humm –dijo Zaphod en una tentativa muy pobre por parecer indiferente–, este menda no tiene prisa, ¿sabes? Podría dar un paseo por aquí y contemplar el paisaje, ¿te parece?

–¿Has echado una mirada al paisaje? –le preguntó la voz de Gargrabar.

–Pues no.

Zaphod subió a un montón de escombros y dio la vuelta a la esquina de uno de los edificios en ruinas que le impedían la visión.

Miró el paisaje del Mundo Ranestelar B.

–Bueno, vale –dijo–. Entonces solo daré un paseo por aquí.

–No –dijo Gargrabar–, el Vórtice te está esperando. Debes venir. Sígueme.

–¿Ah, sí? –dijo Zaphod–. ¿Y cómo lo haré?

–Yo murmuraré –dijo Gargrabar–. Sigue el murmullo.

Un sonido suave y lastimero vagó por el aire; un susurro triste que parecía carecer de centro. Solo si escuchaba con mucha atención podía Zaphod detectar la dirección de donde venía. Despacio, aturdido, lo siguió tambaleándose. ¿Qué otra cosa podía hacer?

10

El Universo, como ya hemos observado antes, es un lugar inabarcablemente grande, hecho que la mayoría de la gente tiende a ignorar en beneficio de una vida tranquila.

Mucha gente se mudaría contenta a otro sitio bastante más pequeño de su propia invención, cosa que realmente hace la mayoría de los individuos.

Por ejemplo, en un rincón del extremo oriental de la Galaxia está el planeta Oglarún, un enorme bosque cuya población «inteligente» vive siempre en un nogal bastante pequeño y lleno hasta los topes. En ese árbol nacen, viven, se enamoran, tallan en la corteza diminutos artículos especulativos sobre el sentido de la vida, la inutilidad de la muerte y la importancia del control de natalidad, libran unas cuantas guerras sumamente insignificantes y al fin mueren atados a la parte oculta de las ramas exteriores menos accesibles.

En realidad, los únicos oglarunianos que salen del árbol son aquellos expulsados por el nefando delito de preguntarse si existe otro árbol que contenga algo más que las ilusiones producidas por comer demasiadas oglanueces.

Por extraña que pueda parecer dicha conducta, en la Galaxia no existen formas de vida que no sean en cierto modo culpables de lo mismo, y por eso es tan terrible el Vórtice de la Perspectiva Total.

Porque cuando introducen a alguien en el Vórtice, le ofrecen un atisbo momentáneo de toda la inimaginable infinitud de la creación, y en alguna parte de ella hay una notita diminuta, una mancha microscópica sobre una mancha microscópica, que dice: «Estás aquí.»

La gran llanura gris se extendía ante Zaphod: en ruinas, destrozada. El viento la azotaba con violencia.

En medio se veía el grano acerado de la cúpula. Allí era adonde iba, pensó Zaphol. Aquello era el Vórtice de la Perspectiva Total.

Mientras estaba mirándola con aire sombrío, súbitamente salió de ella un aullido inhumano de terror, como de un hombre a quien separasen a fuego el alma del cuerpo. El grito se elevó por encima del viento y fue apagándose.

Zaphod sintió un sobresalto de miedo y le pareció que la sangre se le hacía helio líquido.

–¡Eh! ¿Qué ha sido eso? –mascculló sordamente.

–Una grabación del último que metieron en el Vórtice –explicó Gargrabar–. Siempre se le pone a la víctima siguiente. Es una especie de preludio.

–Pues sonaba francamente mal... –tartamudeó Zaphod–. ¿No podríamos largarnos un rato a una fiesta o algo así, para pensarlo?

–Por lo que me figuro –dijo la voz etérea de Gargrabar–, es posible que yo esté en una. Es decir, mi cuerpo. Va a muchas fiestas sin mí. Dice que lo único que hago es estorbar. Ya ves.

–¿Qué es todo eso de tu cuerpo? –preguntó Zaphod, deseoso de aplazar lo que fuese a ocurrirle.

–Pues se trata... de que está muy ocupado, ¿sabes? –contestó Gargrabar, titubeando.

–¿Quieres decir que tiene una mente propia? –dijo Zaphod.

Hubo un silencio largo y un tanto glacial.

–Tengo que decir –repuso al fin Gargrabar– que esa observación me parece de muy mal gusto.

Zaphod masculló una disculpa confusa y avergonzada.

–No importa –dijo Gargrabar–, no tenías por qué saberlo.

La voz revoloteó insatisfecha.

–Lo cierto es –prosiguió en un tono que sugería que intentaba dominarla con todas sus fuerzas–, lo cierto es que en estos momentos pasamos por un período de separación legal. Sospecho que terminará en divorcio.

La voz volvió a apagarse, y Zaphod quedó sin saber qué decir. Emitió un murmullo confuso.

–Creo que no estamos hechos el uno para el otro –continuó al cabo Gargrabar–; nunca hemos sido felices haciendo las mismas cosas. Siempre hemos tenido unas discusiones formidables sobre la pesca y la sexualidad. Al fin tratamos de combinar las dos cosas, pero, como puedes imaginarte, no fue más que un desastre. Y ahora mi cuerpo se niega a dejarme entrar. Ni siquiera quiere verme...

Volvió a hacer otra pausa dramática. El viento azotaba la llanura.

–Dice que le produzco solo inhibiciones. Le señalé que yo solo quería habitarlo, y contestó que eso era exactamente la clase de observación sabihonda que le sale a un cuerpo por la aleta izquierda de la nariz, de modo que lo dejamos. Probablemente le concederán la custodia de mi nombre.

–Vaya... –dijo Zaphod, débilmente–; ¿y cuál es?

–Pispote –dijo la voz–. Me llamo Pispote Gargrabar. Lo dice todo, ¿no es cierto?

–Hummm... –dijo Zaphod en tono comprensivo.

–Y por eso es por lo que, al ser una mente sin cuerpo, me han encomendado el trabajo de Guardián del Vórtice de la Perspectiva Total. Nadie pisará nunca el suelo de este planeta. Salvo las víctimas del Vórtice, que en realidad no cuentan, según me temo.

–Ah...

–Te contaré la historia. ¿Te gustaría oírla?

–Pues...

–Hace muchos años, este era un planeta próspero y feliz; era un mundo normal en el que había gente, ciudades y tiendas. Pero en las calles elegantes de las ciudades había más zapaterías de las estrictamente necesarias. Y poco a poco, de manera insidiosa, fue aumentando el número de tales comercios. Es un fenómeno económico bien conocido pero trágico de ver en la práctica, porque cuantas más zapaterías había, más zapatos tenían que fabricar y más incómodos de llevar resultaban. Y cuanto más se gastaban, más calzado compraba la gente y más tiendas proliferaban, hasta que toda la economía del planeta traspasó lo que, según creo, se denomina Horizonte de la Competencia de Zapatos, y ya no fue económicamente posible fabricar algo que no fuesen zapatos. Consecuencia: fracaso, ruina y hambre. Murió la mayor parte de la población. Los pocos que tenían el tipo adecuado de inestabilidad genética se transformaron en pájaros, de los que ya has visto algunos, que maldijeron sus pies, renegaron del suelo y juraron no volver a pisarlo. Pobrecillos. Pero, vamos, tengo que conducirte al Vórtice.

Zaphod meneó estupefacto una cabeza y avanzó tambaleante por la llanura.

–Y tú procedes de este agujero repugnante, ¿verdad? –preguntó.

–No, no –contestó Gargrabar, desconcertado–. Soy del Mundo Ranestelar C. Un sitio precioso. Con una pesca fantástica. Al atardecer, revoloteo hacia allá. Aunque lo único que puedo hacer ahora es mirar. El Vórtice de la Perspectiva Total es lo único que tiene alguna función en este planeta. Se construyó aquí porque nadie lo quería tener a la puerta de casa.

En aquel momento, otro grito deprimente rasgó el aire y Zaphod se estremeció.

–¿Qué daño puede hacer eso a un individuo? –masculló.

–El Universo –dijo simplemente Gargrabar–, todo el Universo infinito. Los soles infinitos, las distancias infinitas que los separan, mientras que tú eres un punto invisible dentro de un punto invisible, infinitamente pequeño.

–Pero, hombre, ¿sabes que soy Zaphod Beeblebrox? –murmuró Zaphod, tratando de airear los últimos restos de su amor propio.

Gargrabar no replicó, limitándose a proseguir su lúgubre murmullo hasta que llegaron a la descolorida cúpula de acero en medio de la llanura.

Cuando llegaron, se abrió a un costado una puerta susurrante, revelando una pequeña cámara en sombras.

–Entra –dijo Gargrabar.

Zaphod sintió un sobresalto de terror.

–Pero cómo, ¿ahora? –dijo.

–Ahora.

Zaphod atisbó nervioso al interior. La cámara era muy pequeña. Estaba forrada de acero y apenas tenía espacio para más de una persona.

–Pues... humm..., no me parece ninguna clase de Vórtice –dijo Zaphod.

–No lo es; es el ascensor –informó Gargrabar–. Entra.

Con ansiedad infinita, Zaphod entró. Era consciente de que Gargrabar estaba con él en el vehículo, aunque el hombre sin cuerpo no hablaba.

El ascensor empezó a bajar.

–Tengo que ponerme en el estado de ánimo apropiado para esto –murmuró Zaphod.

–No existe estado de ánimo apropiado –dijo severamente Gargrabar.

–Verdaderamente, sabes cómo hacer que un individuo se sienta mal.

–Yo no. Es el Vórtice.

Al final del pozo, se abrió la parte de atrás del ascensor y Zaphod se encontró en una cámara más bien pequeña, funcional y forrada de acero.

En un extremo se levantaba un cajón de acero colocado en sentido vertical, con el tamaño suficiente para que un hombre cupiera de pie.

Era así de sencillo.

Estaba conectado a un pequeño montón de elementos y de instrumentos mediante un cable grueso.

–¿Es esto? –preguntó Zaphod, sorprendido.

–Eso es.

No tiene tan mal aspecto, pensó Zaphod.

–¿Y tengo que entrar ahí? –preguntó Zaphod.

–Tienes que entrar ahí –confirmó Gargrabar–. Y me temo que debes hacerlo ahora mismo.

–Vale, vale –dijo Zaphod.

Abrió la puerta del cajón y entró.

Una vez dentro, esperó.

Al cabo de cinco segundos hubo un ruidito y todo el Universo estaba con él en el cajón.

11

El Vórtice de la Perspectiva Total obtiene la imagen de la totalidad del Universo mediante el principio de análisis de la extrapolación de la materia.

En otras palabras, como toda partícula de materia del Universo recibe cierta influencia de los demás fragmentos de materia del Universo, en teoría es posible extrapolar el conjunto de la creación: todos los soles, todos los planetas, sus órbitas, su composición, su economía y su historia social de, digamos, una pequeña porción de tarta.

El inventor del Vórtice de la Perspectiva Total ideó la máquina con la intención fundamental de molestar a su mujer.

Trin Trágula, que así se llamaba, era un soñador, un pensador, un filósofo especulativo o, tal como le definía su mujer, un idiota.

Su esposa le importunaba de continuo por la cantidad de tiempo absolutamente disparatada que dedicaba a mirar las estrellas, a meditar sobre el mecanismo de los imperdibles o a realizar análisis espectrográficos de porciones de tarta.

–¡Ten un poco de sentido de la proporción! –solía decirle, en ocasiones con una frecuencia de treinta y ocho veces al día.

Y por eso construyó el Vórtice de la Perspectiva Total, para darle una lección.

En un extremo conectó toda la realidad extrapolada de una porción de tarta, y en el otro conectó a su mujer. De manera que, cuando lo puso en funcionamiento, su mujer vio en un instante toda la creación infinita y a ella misma en relación con el Universo.

Para horror de Trin Trágula, la conmoción aniquiló totalmente el cerebro de su mujer; pero para su satisfacción, comprobó que había demostrado de manera concluyente que si la vida existe en un Universo de tales dimensiones, en ella no puede caber el sentido de la proporción.

La puerta del Vórtice se abrió de par en par.

Con su mente desprovista de cuerpo, Gargrabar observaba sombríamente. En cierta extraña manera, Zaphod le había gustado bastante. Estaba claro que se trataba de un hombre de cualidades, aunque en su mayor parte fueran malas.

Esperaba que se desplomase al salir del cajón, como solían hacer todos.

Sin embargo, salió andando.

–¡Qué hay! –dijo.

–¡Beeblebrox...! –jadeó estupefacta la mente de Gargrabar.

–¿Podría beber algo, por favor? –preguntó Zaphod.

–Tú..., tú..., ¿has estado en el Vórtice? –tartamudeó Gargrabar.

–Ya me has visto, muchacho.

–¿Y funcionaba?

–Claro que sí.

–¿Y has visto toda la creación infinita?

–Pues claro. ¿Sabes que es verdaderamente muy bonita?

La mente de Gargrabar daba vueltas de asombro. Si le hubiera acompañado su cuerpo, se habría sentado pesadamente con la boca abierta.

–¿Y te has visto en relación con ella? –inquirió Gargrabar.

–Ah, sí, sí.

–Pero... ¿qué has experimentado?

Zaphod se encogió de hombros con aire de presunción.

–No me ha dicho cosas que no supiera de siempre. Soy un tipo verdaderamente magnífico y formidable. ¿Es que no te he dicho, chaval, que soy Zaphod Beeblebrox?

Su mirada recorrió las máquinas que suministraban energía al Vórtice y se detuvo de repente, pasmada.

Respiró fuerte.

–Oye –dijo–, ¿es esto una verdadera porción de tarta?

Se precipitó sobre el pequeño trozo de pastel y lo apartó de los sensores que lo rodeaban.

–Si te contara cuánto la necesito –dijo hambriento–, no tendría tiempo de comérmela.

Se lo comió.

12

Poco tiempo después corría por la llanura en dirección a la ciudad en ruinas.

El aire húmedo le hacía resollar con dificultad, y daba frecuentes tropezones por el agotamiento que aún sentía. Empezaba a caer la noche, y el áspero terreno era traicionero.

Pero todavía le inundaba el júbilo de su reciente experiencia. Todo el Universo. Había visto cómo el Universo entero se extendía hasta el infinito delante de él: todo lo existente. Y la visión le reveló el nítido y extraordinario conocimiento de que él era lo más importante de su contenido. El tener una personalidad engreída es una cosa. Y que lo dijera una máquina es otra.

No tuvo tiempo de meditar sobre ello.

Gargrabar le había dicho que tenía que poner lo sucedido en conocimiento de sus jefes, pero que estaba dispuesto a dejar pasar un tiempo razonable antes de hacerlo. El suficiente para dar oportunidad a Zaphod de encontrar un sitio donde ocultarse.

No tenía idea de lo que iba a hacer, pero el saber que era la persona más importante del Universo le daba confianza para creer que encontraría algo.

En aquel planeta marchito no había más razones para sentirse optimista.

Siguió corriendo y pronto llegó a las afueras de la ciudad abandonada.

Avanzó por carreteras llenas de socavones y salpicada de largos hierbajos, con hoyos repletos de zapatos podridos. Los edificios por los que pasaba estaban tan desmoronados y decrépitos, que consideró poco seguro entrar en alguno. ¿Dónde podría esconderse? Siguió deprisa.

Al cabo del rato, los restos de una ancha carretera general arrancaban de la que él recorría, y a su extremo había un edificio bajo rodeado de otros más pequeños y variados, cercados todos por las ruinas de una valla circular. El edificio principal parecía medianamente sólido, y Zaphod se desvió para ver si podía proporcionarle..., bueno, nada.

Se acercó al edificio. A un costado que parecía ser la entrada principal, pues tenía delante una gran zona de cemento, había tres puertas gigantescas de unos veinte metros de altura. Estaba abierta la del extremo, y hacia ella corrió Zaphod.

Dentro todo era confusión, polvo y tinieblas. Enormes telas de araña lo cubrían todo. Parte de la infraestructura del edificio estaba derruida, había un boquete en la pared trasera y centímetros de polvo, denso y asfixiante, cubrían el suelo.

Entre las sombras espesas se vislumbraban formas vagas, cubiertas de escombros.

Unas formas eran cilíndricas, otras bulbosas y otras parecían huevos; más precisamente, huevos rotos. La mayoría estaban abiertas o desgarradas, otras eran simples esqueletos.

Todas eran astronaves, abandonadas.

Zaphod avanzó, frustrado, entre aquellos armatostes. Nada

había que pudiera ser remotamente útil. Hasta la simple vibración de sus pasos causaba que los precarios restos se desmoronaran más sobre sí mismos.

Hacia la parte de atrás del edificio yacía una vieja nave, algo mayor que las demás y enterrada bajo más espesos montones de polvo y de telas de araña. Sin embargo, sus contornos parecían intactos. Zaphod se acercó a ella con interés, y en el camino tropezó con un cable.

Trató de apartarlo y descubrió con sorpresa que seguía conectado a la nave.

Para su entera satisfacción, oyó que el cable emitía un murmullo ligero.

Incrédulo, miró fijamente a la nave y luego al cable que tenía entre las manos.

Se quitó la chaqueta y la tiró a un lado. Se puso a gatas y empezó a seguir el cable hasta el punto donde se juntaba con la nave. La conexión era firme y la leve vibración del murmullo se hacía más nítida.

Su corazón latía deprisa. Limpió unos tiznones y aplicó una oreja al costado de la nave. Solo oyó un ruido débil e indeterminado.

Revolvió febrilmente los escombros que ocultaban el suelo y encontró un trozo de tubo y una taza de plástico no biodegradable. Con ello fabricó una especie de estetoscopio rudimentario y lo colocó contra el costado de la nave.

Lo que oyó le trastornó las cabezas.

La voz dijo:

–Las Líneas de Cruceros Interestelares piden disculpas a los viajeros por el continuo retraso de este vuelo. En estos momentos esperamos que embarquen nuestra dotación de servilletas de papel empapadas en limón, para su comodidad, refrescamiento e higiene durante el viaje. Entretanto, les agradecemos su paciencia. La tripulación volverá a servir en breve café y galletas.

Zaphod dio unos pasos vacilantes hacia atrás, mirando perplejo a la nave.

Paseó durante unos minutos, aturdido. De pronto vio un gigantesco cartel de salidas que aún colgaba del techo, de un solo soporte. Estaba cubierto de mugre, pero todavía se distinguían algunos números.

Los ojos de Zaphod buscaron entre las cifras y luego hizo unos cálculos rápidos. Sus ojos se abrieron como platos.

–Novecientos años... –jadeó para sí. Era el retraso que llevaba la nave.

Dos minutos después subía a bordo.

Al salir de la esclusa neumática, sintió un aire fresco y sano: aún funcionaba el aire acondicionado.

Las luces seguían encendidas.

De la pequeña cámara de entrada salió a un pasillo corto y estrecho que empezó a recorrer con nerviosismo.

De repente se abrió una puerta y una figura se plantó frente a él.

–Por favor, señor, vuelva a su asiento –le dijo la azafata androide, que le dio la espalda y echó a andar por el pasillo, delante de él.

Cuando su corazón empezó a latir de nuevo, la siguió. La azafata abrió una puerta al final del pasillo y pasó por ella.

Zaphod entró después.

Estaban en el compartimiento de pasajeros y el corazón de Zaphod volvió a pararse por un momento.

En cada asiento había un pasajero, con el cinturón abrochado. Los viajeros tenían el cabello largo y despeinado y las uñas largas. Los hombres llevaban barba.

Saltaba a la vista que todos estaban vivos, pero dormidos.

Zaphod sintió que le atenazaba el terror.

Avanzó por el pasillo como en un sueño. Cuando llegó a la mitad, la azafata ya había llegado al final. Se volvió y habló:

–Buenas tardes, señoras y caballeros –dijo con voz dulce–. Gracias por soportar con nosotros este pequeño retraso. Despegaremos en cuanto nos sea posible. Si gustan despertarse, les serviré café y galletas.

Hubo un murmullo leve.

En aquel momento, todos los pasajeros despertaron. Lo hicieron gritando y tirando de los cinturones y de los dispositivos de mantenimiento vital que los tenían firmemente sujetos a las butacas. Gritaron, chillaron y aullaron hasta que Zaphod pensó que le iban a reventar los oídos.

Forcejearon y se retorcieron mientras la azafata avanzaba con paciencia por el pasillo colocando frente a cada uno una tacita de café y un paquete de galletas.

Entonces, uno de ellos se levantó del asiento.

Se volvió y miró a Zaphod.

A Zaphod se le erizó la piel por entero, como si tratara de desprenderse de su cuerpo. Se dio la vuelta y salió a escape de aquella jaula de grillos.

Se precipitó por la puerta y llegó al pasillo de antes.

El hombre lo persiguió.

Corrió frenéticamente hasta el final del pasillo y rebasó la cámara de entrada. Llegó al compartimiento de pilotaje, cerró la puerta de golpe y la aseguró. Se apoyó contra ella, jadeando.

Al cabo de unos segundos, una mano empezó a golpear la puerta.

Desde algún sitio del compartimiento de pilotaje, una voz metálica se dirigió a él.

–No se permite la entrada de pasajeros al compartimiento de pilotaje. Por favor, vuelva a su asiento y espere a que despegue la nave. Están sirviendo café y galletas. Le habla el piloto automático. Vuelva a su butaca, por favor.

Zaphod no dijo nada. Respiraba con dificultad; a sus espaldas, la mano seguía llamando a la puerta.

–Vuelva a su asiento, por favor –repitió el piloto automático–. No se permite la entrada de pasajeros al compartimiento de pilotaje.

–Yo no soy un pasajero –jadeó Zaphod.

–Vuelva a su butaca, por favor.

–¡Yo no soy un pasajero! –repitió Zaphod, gritando.

–Vuelva a su asiento, por favor.

–Yo no soy un... Oye, ¿puedes oírme?

–Vuelva a su butaca, por favor.

–¿Eres el piloto automático? –preguntó Zaphod.

–Sí –dijo la voz desde el cuadro de mandos.

–¿Estás al cargo de esta nave?

–Sí –volvió a decir la voz–; ha habido un retraso. Para su comodidad y conveniencia, se mantiene temporalmente a los pasajeros en animación suspendida. Cada año se sirve café y galletas, tras de lo cual se vuelve a los pasajeros a la animación suspendida para que prosiga su comodidad y conveniencia. Se efectuará el despegue cuando se haya completado el avituallamiento de la nave. Pedimos disculpas por el retraso.

Zaphod se retiró de la puerta, que ya habían dejado de golpear. Se acercó al cuadro de mandos.

–¿Retraso? –gritó–. ¿Has visto el mundo en que está la nave? Es un yermo, un desierto. Su civilización ha perecido. ¡De ninguna parte traen servilletas de papel empapadas en limón, hombre!

–Existen probabilidades estadísticas –prosiguió el piloto automático en tono severo– de que surjan otras civilizaciones. Algún día habrá servilletas de papel empapadas en limón. Hasta entonces tendremos un breve retraso. Vuelva a su asiento, por favor.

–Pero...

Pero en aquel momento se abrió la puerta. Zaphod dio media vuelta y delante de él vio al hombre que le había perseguido. Llevaba una cartera grande. Vestía con elegancia y llevaba el cabello corto. No tenía barba ni las uñas largas.

–Zaphod Beeblebrox –dijo–, soy Zarniwoop. Creo que querías verme.

Zaphod Beeblebrox se quedó atónito. De sus bocas salieron palabras inconexas. Se derrumbó en una silla.

–Vaya, hombre, vaya. ¿De dónde sales? –preguntó.

–Te he estado esperando aquí –dijo Zarniwoop con indiferencia.

Dejó la cartera en el suelo y se sentó en otra silla.

–Me alegro de que hayas seguido las instrucciones –prosiguió–. Estaba un poco nervioso por si salías de mi despacho por la puerta en vez de por la ventana. Entonces habrías tenido problemas.

Zaphod lo miró, meneó las cabezas y farfulló algo.

–Cuando entraste por la puerta de mi despacho, te introdujiste en mi Universo sintetizado por medios electrónicos –le explicó–; de haber salido por la puerta, habrías vuelto al Universo real. El artificial funciona desde aquí.

Con aire relamido, dio unos golpecitos a la cartera.

Zaphod le lanzó una mirada de odio y rencor.

–¿Qué diferencia hay? –murmuró.

–Ninguna –dijo Zarniwoop–; son idénticos. Pero creo que en el Universo real los Cazas Ranestelares son grises.

–¿Qué es lo que pasa? –preguntó Zaphod.

–Algo muy simple –repuso Zarniwoop.

Su aplomo y presunción inflamaron de ira a Zaphod.

–Sencillamente –continuó Zarniwoop–, descubrí las coordenadas en que podría encontrarse a ese hombre, el que rige el Universo, y averigüé que su mundo estaba guardado por un Campo de Improbabilidad. Para proteger mi secreto, y a mí mismo, me retiré al refugio de este Universo enteramente artificial, ocultándome en una olvidada astronave de línea. Estaba seguro. Entretanto, tú y yo...

–¿Tú y *yo?* –repitió airadamente Zaphod–. ¿Quieres decir que te conozco?

–Sí –respondió Zarniwoop–; nos conocemos bien.

–Carezco del gusto –sentenció Zaphod, volviendo a caer en un silencio malhumorado.

–Entretanto, tú y yo convinimos en que tú robaras la nave de la Energía de la Improbabilidad, la única que podía llegar al mundo del dirigente, y me la trajeras aquí. Creo que ya lo has hecho y te felicito.

Lanzó una sonrisita con los labios apretados y Zaphod sintió deseos de darle con un ladrillo en la boca.

–Ah, en caso de que tengas curiosidad, este Universo se creó especialmente para que tú vinieras. Por consiguiente, eres la persona más importante de este Universo –añadió Zarniwoop con una sonrisa aún más ladrillable–. En el real no habrías sobrevivido al Vórtice de la Perspectiva Total. ¿Nos vamos?

–¿Adónde? –preguntó Zaphod en tono agrio. Se sentía fatal.

–A tu nave. Al *Corazón de Oro.* Confío en que la habrás traído.

–No.

–¿Dónde está tu chaqueta?

Zaphod le miró con expresión confundida.

–¿Mi chaqueta? Me la he quitado. Está ahí afuera.

–Bueno, vamos a buscarla.

Zarniwoop se puso en pie y le hizo un gesto a Zaphod para que le siguiera.

En la cámara de entrada volvieron a oír los gritos de los pasajeros, a quienes se daba café y galletas.

–El esperarte no ha sido una experiencia agradable para mí –comentó Zarniwoop.

–¡Que no ha sido una experiencia agradable para *ti!* –gritó Zaphod–. ¿Qué te has creído...?

Zarniwoop levantó un dedo para imponerle silencio mientras

la escotilla se abría de par en par. A pocos metros de distancia vio entre los escombros la chaqueta de Zaphod.

–Una nave muy potente y notable –dijo Zarniwoop–. Fíjate.

Mientras miraban, el bolsillo de la chaqueta empezó a aumentar de tamaño de forma imprevista. Se desgarró, haciéndose jirones. El pequeño modelo metálico del *Corazón de Oro,* que tanto sorprendió a Zaphod al encontrarlo en el bolsillo, estaba creciendo.

Se alargó y ensanchó. Al cabo de dos minutos, alcanzó su volumen normal.

–A una Escala de Improbabilidad de –dijo Zarniwoop–, de... pues no sé, pero muy amplia.

Zaphod se tambaleó.

–¿Es que la he llevado conmigo encima todo el tiempo?

Zarniwoop sonrió. Alzó la cartera y la abrió.

Pulsó un interruptor que había dentro.

–¡Adiós, Universo artificial –exclamó–; bienvenido sea el verdadero!

La escena resplandeció débilmente ante sus ojos y volvió a aparecer exactamente como antes.

–¿Ves? –dijo Zarniwoop–. Es exactamente igual.

–¿Es que la he llevado encima todo el tiempo? –repitió Zaphod con voz tensa.

–Pues claro –contestó Zarniwoop–. De eso se trataba precisamente.

–Ya está bien –dijo Zaphod–, puedes dejar de contar conmigo; de ahora en adelante no cuentes conmigo. Ya estoy harto de todo esto. Juega a tus propios juegos.

–Me temo que no puedes abandonar –le advirtió Zarniwoop–, estás sujeto al Campo de Improbabilidad. No puedes escapar.

Sonrió de la forma que a Zaphod le producía ganas de darle un golpe en la boca, y esta vez lo hizo.

13

Ford Prefect irrumpió a saltos en el puente del *Corazón de Oro.*

–¡Trillian! ¡Arthur! –gritó–. ¡Ya funciona! ¡La nave se ha reactivado!

Trillian y Arthur estaban dormidos en el suelo.

–Venga, muchachos, que nos vamos; estamos en marcha –dijo, dándoles con el pie para que despertaran.

–¡Hola, chicos! –gorjeó el ordenador–. Os aseguro que es verdaderamente magnífico estar de nuevo con vosotros, y solo quiero decir que...

–Cierra el pico –dijo Ford–. Dinos dónde demonios estamos.

–¡En el Mundo Ranestelar B, menudo basurero! –exclamó Zaphod, que entraba en el puente a la carrera–. Hola, muchachos, debéis estar tan asombrosamente contentos de verme, que ni siquiera encontráis palabras para decirme lo estupendo que soy.

–¿Para decirte qué? –dijo Arthur confusamente, mientras se levantaba del suelo sin entender nada de lo que pasaba.

–Sé cómo te sientes –dijo Zaphod–. Soy tan estupendo que me quedo sin habla cuando charlo conmigo mismo. Cómo me alegro de veros: Trillian, Ford, Hombre mono. Oye, hummm, ¿ordenador...?

–Hola, míster Beeblebrox. Señor, es un gran honor...

–Cierra la boca y sácanos de aquí, deprisa, deprisa y deprisa.

–Eso está hecho, compadre. ¿Adónde queréis ir?

–A cualquier parte, no importa –gritó Zaphod; pero se corrigió–: ¡Claro que importa! ¡Queremos ir a comer al sitio más cercano!

–Enseguida –dijo alegremente el ordenador, y una explosión enorme sacudió el puente.

Un minuto después, cuando Zarniwoop entró con un ojo a la funerala, contempló con interés los cuatro jirones de humo.

14

Cuatro cuerpos inertes se sumieron en una oscuridad vertiginosa. La conciencia se apagó, el olvido arrojó los cuerpos al abismo del no ser. El rugido del silencio resonó lúgubremente en torno a ellos hasta que por fin se hundieron en un mar profundo y amargo de rojo inflamado que fue tragándoselos poco a poco y, al parecer, para siempre.

Después de lo que pareció una eternidad, el mar retrocedió y los dejó tendidos en una playa dura y fría, como desechos flotantes de la Vida, del Universo y de Todo lo demás.

Sufrieron espasmos fríos; ante sus ojos bailaron luces repugnantes. La playa dura y fría se inclinó, empezó a dar vueltas y luego quedó quieta. Emitió un brillo oscuro: era una playa dura y fría, bien pulimentada.

Una mancha verde los miró con desaprobación.

Tosió.

–Buenas tardes, señora, caballeros –dijo–. ¿Tienen ustedes reserva?

Ford Prefect recobró la conciencia de golpe, como si fuese una goma elástica; le dejó un escozor en el cerebro. Aturdido, alzó los ojos hacia la mancha verde.

–¿Reserva? –dijo débilmente.

–Sí, señor –dijo la mancha verde.

–¿Es que se necesita reserva para después de la muerte?

La mancha verde enarcó las cejas con aire desdeñoso, en la medida en que eso es posible para una mancha verde.

–¿Después de la muerte, señor? –dijo.

Arthur Dent luchaba cuerpo a cuerpo con su conciencia de la misma forma en que uno batalla en el baño con una pastilla de jabón perdida.

–¿Es esta la vida futura? –tartamudeó.

–Pues me parece que sí –dijo Ford Prefect, tratando de averiguar por dónde estaba la vertical. Probó la teoría de que debía estar en dirección opuesta a la playa fría y dura en que se hallaba tendido, y se tambaleó por donde esperaba encontrar los pies.

–Quiero decir –dijo, balanceándose suavemente–, que de ninguna manera pudimos escapar a aquella explosión, ¿no es cierto?

–No –murmuró Arthur. Se había incorporado sobre los codos, pero aquello no pareció mejorar las cosas. Volvió a derrumbarse.

–No –dijo Trillian, poniéndose en pie–. De ninguna manera, en absoluto.

Del suelo se elevó un sonido gutural, ronco y débil. Era Zaphod Beeblebrox, que intentaba decir algo.

–Desde luego, yo no he sobrevivido –gorgoteó–. Me esfumé completamente. ¡Pum, zas!, y eso fue todo.

–Sí –dijo Ford–. Gracias a ti, no tuvimos ninguna oportunidad. Debemos de haber saltado en pedazos. Brazos y piernas por todas partes.

–Sí –convino Zaphod, tratando ruidosamente de ponerse en pie.

–Si la señora y los caballeros gustan de pedir algo de beber... –dijo la mancha verde, revoloteando impaciente por delante de ellos.

–La mancha –prosiguió Zaphod– se ajumó al instante con nuestros componentes moleculares. Oye, Ford –añadió al identificar una de las manchas que poco a poco iban solidificándose frente a él–, ¿tienes esa cosa de toda tu vida destellando delante de ti?

–¿También lo tienes tú? –dijo Ford–. ¿Toda tu vida?

–Sí –dijo Zaphod–, al menos me pareció que era la mía. Ya sabes que me paso mucho tiempo fuera de mis cráneos.

Desvió la vista y miró a las diversas formas que por fin se convertían en formas verdaderas en lugar de ser formas informes, vagas y fluctuantes.

–De manera que... –dijo.

–¿Qué? –preguntó Ford.

–Que aquí estamos –dijo Zaphod, vacilante–, cadáveres yacientes...

–Erguidos –le corrigió Trillian.

–Pues cadáveres erguidos –prosiguió Zaphod– en este desolado...

–Restaurante –terció Arthur Dent, que se había puesto de pie y, para su sorpresa, veía con claridad. Es decir, lo que le sorprendió no fue que pudiera ver, sino las cosas que veía.

–Aquí estamos –prosiguió Zaphod con obstinación–, cadáveres erguidos en este desolado...

–Cinco tenedores –dijo Trillian.

–Restaurante –concluyó Zaphod.

–Qué raro, ¿no? –dijo Ford.

–Pues sí.

–Qué arañas tan bonitas –dijo Trillian.

Miraron estupefactos en derredor.

–Esto no se parece a la vida después de la muerte –dijo Arthur–, es más una especie de *après vie.*

En realidad, las arañas eran un tanto chillonas, y en un universo ideal el bajo techo abovedado del que colgaban no lo habrían pintado con aquel matiz particular de turquesa oscuro; y aunque lo hubieran pintado así, no lo habrían realzado con luz ambiental oculta. Sin embargo, este no era un universo ideal, tal como ponían de manifiesto los dibujos taraceados en el suelo de mármol, que hacían daño a la vista, y el modo en que estaba hecha la delantera de la barra de ochenta metros de largo con el mostrador de mármol. La delantera de la barra de ochenta metros de largo con el mostrador de mármol se había hecho cosiendo casi veinte mil pieles de Lagarto Mosaico antareano, a pesar del hecho de que los veinte mil lagartos aludidos las necesitaban para albergar sus cuerpos.

Unas cuantas criaturas elegantemente vestidas estaban junto a la barra con aire perezoso, y otras sentadas cómodamente en los sillones de ricos colores que envolvían sus cuerpos, desperdigados por la zona del bar. Un joven oficial vilhurgo y su joven dama, verde y vaporosa, entraron por las enormes puertas de cristal esmerilado que había al otro extremo del bar y avanzaron hacia la cegadora luz de la parte principal del restaurante.

Detrás de Arthur había un amplio ventanal con cortinas. Retiró el extremo de las cortinas y vio un paisaje yermo y sombrío, gris, deprimente y agujereado, un panorama que en circunstancias normales le hubiera puesto los pelos de punta. Sin embargo, aquellas no eran circunstancias normales, porque lo que le heló la sangre y le hizo sentir un hormigueo en la espalda, cuya piel trataba de salírsele por encima de la cabeza, fue el cielo. El cielo era...

Un camarero cortés y adulador volvió a colocar las cortinas en su sitio.

–Todo a su debido tiempo, señor –dijo.

Los ojos de Zaphod destellaron.

–¡Eh, cadáveres, estad atentos! –dijo–. Creo que nos hemos perdido algo ultraimportante que está pasando aquí. Algo que ha dicho alguien y que se nos ha escapado.

Arthur se sintió profundamente aliviado de desviar la atención de lo que acababa de ver.

–Yo dije que era una especie de *après*...

–Sí, ¿y no te arrepientes de haberlo dicho? –replicó Zaphod–. ¿Ford?

–Yo dije que era raro.

–Sí, agudo pero aburrido, quizás fue...

–Quizás –le interrumpió la mancha verde, que para entonces se había resuelto en la forma de un camarero acartonado, de pequeña estatura, color verde y vestido con traje oscuro–, quizás les gustaría discutir el asunto mientras beben una copa.

–¡Una copa! –gritó Zaphod–. ¡Eso era! Ya veis lo que se pierde uno si no está alerta.

–Ya lo creo, señor –dijo pacientemente el camarero–. Si la dama y los caballeros quieren beber algo antes de comer...

–¡Comer! –exclamó Zaphod con voz apasionada–. Escucha, hombrecillo verde, mi estómago te llevaría a casa y te mimaría durante toda la noche solo por esa idea.

–... y el Universo –prosiguió el camarero, resuelto a que no lo desviaran en la recta final– estallará más tarde para complacerles.

Ford volvió despacio la cabeza hacia él.

–¡Vaya! –exclamó emocionado–. ¿Qué clase de bebidas servís en este local?

El camarero rió con una risita cortés de camarero.

–¡Ah! –dijo–. Creo que tal vez no me haya entendido bien el señor.

–Espero que no –jadeó Ford.

El camarero tosió con una tosecita cortés de camarero.

–No es inhabitual que nuestros clientes se sientan un tanto desorientados por el viaje en el tiempo –dijo–, de modo que si pudiera sugerir...

–¿Un viaje en el tiempo? –dijo Zaphod.

–¿Un viaje en el tiempo? –dijo Ford.

–¿Un viaje en el tiempo? –dijo Trillian.

–¿Quiere decir que esto no es la vida después de la muerte? –dijo Arthur.

El camarero sonrió con una sonrisita cortés de camarero. Casi había agotado su repertorio de cortesías de pequeño camarero, y pronto pasaría a su papel de pequeño camarero altivo y sarcástico.

–¿Vida después de la muerte, señor? –dijo–. No, señor.

–¿Y no estamos muertos? –inquirió Arthur.

El camarero apretó los labios.

–¡Ajajá! –dijo–. Es muy evidente que el señor está vivo, de otro modo no trataría de servirle, señor.

Con un gesto extraordinario que es inútil tratar de describir, Zaphod Beeblebrox se golpeó las dos frentes con dos de sus brazos y un muslo con el otro.

–¡Eh, chicos! –dijo–. Esto es la locura. Lo hemos conseguido. Finalmente hemos llegado a nuestro destino. ¡Esto es Milliways!

–¡Milliways! –exclamó Ford.

–Sí, señor –afirmó el camarero, asentando la paciencia con una paleta de albañil–. Esto es Milliways, el Restaurante del Fin del Mundo.

–¿El fin de qué? –dijo Arthur.

–El fin del mundo –repitió el camarero, con mucha claridad y una nitidez innecesaria.

–¿Y cuándo será eso? –preguntó Arthur.

–Dentro de unos minutos, señor –respondió el camarero.

Respiró hondo. No era estrictamente necesario, porque su cuerpo estaba provisto de un surtido especial de los gases necesarios para la supervivencia mediante un pequeño dispositivo intravenoso atado a su pierna. Sin embargo, hay ocasiones en que, cualquiera que sea el metabolismo que se tenga, se debe respirar hondo.

–Y ahora –dijo–, si por fin quieren pedir las bebidas, les acompañaré a su mesa.

Zaphod sonrió con dos muecas enloquecidas, se paseó por la barra y bebió todo lo que encontró a su paso.

15

El Restaurante del Fin del Mundo es una de las empresas más extraordinarias en la historia de la hostelería. Se construyó con los restos fragmentarios de..., se *construirá* con los restos fragmentarios de..., es decir, se habrá construido para esta época, y así ha sido en realidad...

Uno de los problemas fundamentales en los viajes a través del tiempo no consiste en que uno se convierta por accidente en su padre o en su madre. En el hecho de convertirse en su propio padre o en su propia madre no existen problemas que una familia bien ajustada y de mentalidad abierta no pueda solucionar. Tampoco hay problema alguno en cuanto a modificar el curso de la historia; el devenir de la historia no cambia porque toda ella encaja como un rompecabezas. Todos los cambios importantes se producen antes de las cosas que supuestamente debían cambiar, y al final todo se arregla.

Sencillamente, el problema fundamental es de gramática, y para este tema la principal obra de consulta es la del doctor Dan Callejero, *Manual del viajero del tiempo, con 1.001 formaciones verbales.* Ese libro enseña, por ejemplo, a describir algo que está a punto de ocurrirle a uno en el pasado antes de que se salte dos días con el fin de evitarlo. El suceso se describirá de manera diferente según con quién esté hablando uno desde el punto de vista del tiempo natural, desde un momento en el futuro lejano o en el pasado remoto, y se hace más complejo por la posibilidad de mantener conversaciones mientras que en realidad uno se dedica a viajar de un tiempo a otro con intención de convertirse en su propia madre o en su propio padre.

Antes de dejarlo, la mayoría de los lectores llegan hasta el Futuro Semicondicionalmente Modificado del Subjuntivo Intencional Subinvertido Pasado Plagal; y en realidad, en ediciones posteriores del libro, todas las páginas que siguen a ese punto se han dejado en blanco para ahorrar costes de impresión.

La *Guía del autoestopista galáctico* pasa por alto ese laberinto de abstracción académica, observando únicamente de pasada que el término «Futuro Perfecto» se abandonó desde que se descubrió que no lo era.

Pero sigamos.

El Restaurante del Fin del Mundo es una de las empresas más extraordinarias de la historia de la hostelería.

Está construido con los restos fragmentarios de un planeta destruido que está (habrá estado) encerrado en una enorme burbuja de tiempo y proyectado hacia el tiempo futuro en el preciso momento del fin del mundo.

Muchos dirán que esto es imposible.

Los clientes ocupan (tendrán encupo) su sitio en las mesas y disfrutan (enyantarán) de comidas fastuosas mientras ven (vierorán) el estallido de toda la creación.

Muchos dirán que esto es igualmente imposible.

Se puede ir (haberido ya) al sitio que se prefiera sin necesidad de reservarlo con anterioridad (posterioridad previa), porque puede hacerse la reserva en forma retrospectiva cuando uno llegue a su tiempo actual. (Se puede pedir mesa cuando antes de ir se haya uno vuelto a casa.)

Muchos insistirán en que esto es absolutamente imposible.

En el restaurante puede uno conocer y cenar con (se podía conocer con y cenar a) una muestra representativa y fascinante de toda la población del espacio y del tiempo.

Esto también es imposible, según podría explicarse con paciencia.

Se le puede hacer tantas visitas como se quiera (se podía envisitar y renvisitar..., etcétera; para más correcciones del pasado, consúltese el libro del doctor Callejero), con la seguridad de que uno jamás se encontrará consigo mismo debido al desconcierto que ello suele producir.

Dicen los incrédulos que, aunque el resto fuera verdad, que no lo es, esto es claramente imposible.

Lo único que hay que hacer es depositar un penique en una cuenta de ahorro en la era de cada cual, y cuando se llegue al Final del Tiempo solo la operación de interés compuesto significará que el precio fabuloso de la comida ya está pagado.

Muchos afirman que esto no es solo imposible, sino claramente demencial, y es por lo que los directivos de publicidad del sistema estelar de Bastablon idearon este lema: «Si usted ha hecho seis cosas imposibles esta mañana, ¿por qué no redondearlas con un desayuno en Milliways, el Restaurante del Fin del Mundo?»

16

En el bar, Zaphod empezaba a sentirse tan cansado como una salamandra de agua. Sus cabezas chocaban y sus sonrisas perdían sincronización. Se sentía desgraciadamente feliz.

–Zaphod –dijo Ford–, ¿querrías decirme, mientras aún puedes hablar, qué fotones pasó? ¿Dónde has estado? ¿Dónde hemos estado nosotros? No es algo muy importante, pero me gustaría aclararlo.

La cabeza izquierda de Zaphod se serenó, dejando que la derecha siguiera sumiéndose en la oscuridad del alcohol.

–Sí –dijo–, he andado por ahí. Quieren que encuentre al hombre que rige el Universo, pero yo no tengo ganas de conocerlo. Creo que no sabe guisar.

Su cabeza izquierda observó cómo la derecha decía estas palabras, y luego asintió.

–Cierto –dijo–, toma otra copa.

Ford tomó otro detonador gargárico pangaláctico, la bebida que se ha descrito como el equivalente alcohólico de un atraco callejero: caro y malo para la cabeza. Ford llegó a la conclusión de que, sea lo que fuere lo que hubiese pasado, en realidad no le importaba mucho.

–Escucha, Ford –dijo Zaphod–; todo va a pedir de boca.

–¿Quieres decir que todo va perfectamente?

–No –dijo Zaphod–, no quiero decir que todo vaya a la perfección. Eso no sería de un tipo estupendo. Si quieres saber lo que ha pasado, digamos simplemente que tengo toda la situación en el bolsillo, ¿vale?

Ford se encogió de hombros.

Zaphod soltó en la copa una risita tonta que subió por el recipiente como la espuma y empezó a avanzar a mordiscos por el mármol de la barra.

Un gitano espacial de extraña piel se acercó a ellos y les tocó el violín eléctrico hasta que Zaphod le dio un montón de dinero; entonces accedió a marcharse.

El gitano se acercó a Trillian y a Arthur, que estaban sentados en otra parte del bar.

–No sé qué lugar es este –dijo Arthur–, pero me parece que me da grima.

–Toma otra copa –dijo Trillian–. Diviértete.

–¿Cuál de esas dos cosas? –preguntó Arthur–. Se excluyen mutuamente.

–Pobre Arthur, no estás hecho para esta clase de vida, ¿verdad?

–¿A esto le llamas vida?

–Te empiezas a parecer a Marvin.

–Marvin es el pensador más clarividente que conozco. ¿Tienes idea de cómo lograríamos que se marchara este violinista?

El camarero se acercó.

–Su mesa está dispuesta –anunció.

Visto desde fuera, cosa que nunca sucede, el restaurante semeja un gigantesco y brillante pez espacial varado en un peñón olvidado. Cada uno de sus brazos alberga los bares, las cocinas, los generadores de energía que protegen su estructura, el deteriorado casco del planeta en que se asienta, y las Turbinas del Tiempo que mecen despacio todo el conjunto hacia atrás y hacia delante en el momento crucial.

En el centro se alza la gigantesca cúpula dorada, casi un globo completo, y a esa zona fue a donde pasaron entonces Zaphod, Ford, Trillian y Arthur.

Al menos cinco toneladas de brillo se habían extendido sobre lo que tenían delante, cubriendo todas las superficies existentes. Las demás no existían porque ya estaban incrustadas de piedras preciosas, conchas marinas de Santraginus, pan de oro, mosaicos y un millón de adornos y decoraciones inidentificables. El vidrio brillaba, la plata relucía, el oro destellaba, Arthur Dent tenía los ojos en blanco.

–¡Vaya! –dijo Zaphod–. ¡Zape!

–¡Increíble! –jadeó Arthur–. ¡La gente...! ¡Las cosas...!

–Las cosas –dijo Ford en voz baja– también son gente.

–La gente... –prosiguió Arthur–, la otra gente...

–¡Las luces...! –exclamó Trillian.

–Las mesas... –dijo Arthur.

–¡Los manteles...! –completó Trillian.

El camarero pensó que parecían administradores de una finca.

–El Fin del Mundo es muy famoso –dijo Zaphod, avanzando tambaleante entre la multitud de mesas, algunas de mármol, otras de lujosa ultracaoba, otras incluso de platino; en todas había un grupo de criaturas extrañas charlando y leyendo la carta.

–A la gente le gusta emperejilarse para esto –prosiguió Zaphod–. Les da una sensación de acontecimiento.

Las mesas estaban distribuidas en un amplio círculo alrededor de un escenario central donde una pequeña orquesta tocaba música ligera; según los cálculos de Arthur, había por lo menos mil mesas, separadas por palmeras cimbreantes, fuentes susurrantes, estatuas grotescas, en resumen, había toda la parafernalia común a todos los restaurantes donde se han escatimado pocos gastos para dar la impresión de que no se ha reparado en ningún gasto. Arthur miró alrededor, casi esperando ver a alguien que hiciera un anuncio de American Express.

Zaphod guiñó un ojo a Ford, que a su vez hizo un guiño a Zaphod.

–Vaya –dijo Zaphod.

–Zape –dijo Ford.

–Mi bisabuelito debe haber arreglado los mecanismos del ordenador, ¿sabes? –dijo Zaphod–. Le dije al ordenador que nos llevara a comer al sitio más cercano y nos ha traído al Fin del Mundo. Recuérdame que me porte bien con él algún día.

Hizo una pausa.

–¡Eh! ¿Sabéis que está aquí todo el mundo? Todo el mundo que era alguien.

–¿Que era? –inquirió Arthur.

–En el Fin del Mundo hay que utilizar mucho el pretérito –explicó Zaphod–, porque todo ha terminado, ¿sabes? ¡Hola, muchachos! –saludó a un grupo cercano de gigantescas formas de vida iguanoides–. ¿Qué tal estuvisteis?

–¿No es ese Zaphod Beeblebrox? –preguntó una iguana a otra.

–Creo que sí –contestó la segunda iguana.

–¡Qué cosa tan extraordinaria! –dijo la primera iguana.

–La vida era una cosa rara –sentenció la segunda iguana.

–Si te parece –dijo la primera, y volvieron a guardar silencio. Estaban esperando el mayor espectáculo del mundo.

–Oye, Zaphod –dijo Ford, tratando de cogerle del brazo y fallando debido al tercer detonador gargárico pangaláctico–. Ahí hay un viejo amigo mío –dijo–, Hotblack Desiato. ¿Ves a ese hombre con un traje de platino sentado a la mesa de platino?

Zaphod trató de seguir con la mirada el dedo de Ford, pero se mareaba. Por fin lo vio.

–Ah, sí –dijo; un momento después lo reconoció y añadió–: ¡Oye, qué megaimportante ha sido ese tío! ¡Vaya, más importante que el ser más importante que haya existido! Más que yo.

–¿Y a qué se dedica? –preguntó Trillian.

–¿Hotblack Desiato? –dijo asombrado Zaphod–. ¿No lo sabes? ¿Nunca has oído hablar de Zona Catastrófica?

–No –confesó Trillian, que realmente no había oído hablar de ello.

–El mayor, el más ruidoso... –dijo Ford.

–El más espléndido... –sugirió Zaphod.

–... grupo de rock en la historia de... –buscó la palabra.

–... en la historia misma –concluyó Zaphod.

–No –repitió Trillian.

–¡Vaya! –dijo Zaphod–, estamos en el Fin del Mundo y tú ni siquiera has vivido todavía. Lo echarás de menos.

La condujo a la mesa, donde el camarero les llevaba esperando todo el rato. Arthur los siguió, sintiéndose perdido y muy solo.

Ford se abrió paso entre la multitud para renovar una vieja amistad.

–Oye, humm, Hotblack –le saludó–. ¿Qué tal estás? Me alegro de verte, chavalote, ¿qué tal va ese ruido? Tienes un aspecto magnífico; estás muy, muy gordo y pareces enfermo. Asombroso.

Le dio una palmada en la espalda y se sorprendió un poco de que aquello no parecía provocar respuesta. Los detonadores gargáricos, que se removían en su interior, le aconsejaron que siguiera a pesar de todo.

–¿Te acuerdas de los viejos tiempos? Cuando íbamos de cachondeo, ¿eh? El Bistró Ilegal, ¿recuerdas? El Emporio de la Garganta de Slim. El Malódromo Alcohorama. Qué tiempos, ¿verdad?

Hotblack Desiato no dio su opinión sobre si eran buenos tiempos o no. Ford no se inmutó.

–Y cuando teníamos hambre nos hacíamos pasar por inspectores de Sanidad, ¿te acuerdas de eso? Íbamos por ahí, confiscando comidas y bebidas, ¿eh? Hasta que nos envenenaron. Y luego estaban aquellas noches largas en que charlábamos y bebíamos en las hediondas habitaciones de encima del Café Lou en la ciudad de Gretchen, en Nuevo Betel, mientras tú estabas en el cuarto de al lado tratando de escribir canciones en tu ajuitar. Todos las detestábamos, y tú decías que no te importaba; pero a nosotros sí, porque las aborrecíamos de todo corazón.

Los ojos de Ford empezaban a velarse.

–Y tú afirmabas que no querías ser una estrella –prosiguió, revolcándose en la nostalgia–, porque despreciabas el mundo del estrellato. Y Hadra, Sulijoo y yo decíamos que creíamos que no tenías posibilidades. ¿Y qué haces ahora? ¡*Compras* mundos del estrellato!

Se volvió y solicitó la atención de los comensales de las mesas próximas.

–¡Eh –dijo–, este hombre *compra* mundos del estrellato!

Hotblack Desiato no intentó confirmar ni negar ese hecho, y la atención de los momentáneos oyentes languideció.

–Me parece que alguien está borracho –murmuró en su copa de vino un ser purpúreo en forma de rama de hiedra.

Ford se tambaleó un poco y se sentó pesadamente en una silla, enfrente de Hotblack Desiato.

–¿Cuál era aquella canción que tocabas? –dijo, agarrándose imprudentemente a una botella para mantener el equilibrio y derribándola; dio la casualidad de que cayó sobre una copa. Para no desperdiciar un accidente afortunado, la apuró–. Era una canción formidable –prosiguió–. ¿Cómo era? «¡Bruam, bruam! ¡Badar!» o algo así, y terminabas el número escénico con una nave que se estrellaba contra el sol, ¡y lo *hacías* de veras!

Ford se dio un puñetazo en la palma de la mano para ilustrar gráficamente aquella hazaña. Volvió a derribar la botella.

–¡Nave! ¡Sol! ¡Bim, bam! –gritó–. ¡Quiero decir que nada de láser y esas bobadas, vosotros soltabais llamas solares y bronceado *auténtico!* ¡Ah, y canciones formidables.

Siguió con la mirada el chorro de líquido que goteaba de la botella a la mesa. Hay que hacer algo con esto, pensó.

–Oye, ¿quieres un trago? –dijo.

En su mente aturdida empezó a surgir la idea de que echaba algo de menos en aquella reunión, y que ese algo estaba relacionado en cierto modo con el hecho de que el hombre gordo que estaba sentado frente a él, vestido con un traje de platino y un sombrero plateado, aún no había dicho: «Hola, Ford», o «Me alegro mucho de verte después de tanto tiempo», o cualquier cosa. Y, además, ni siquiera se había movido.

–¿Hotblack? –dijo Ford.

Una enorme mano carnosa se posó en su hombro por detrás y le empujó a un lado. Se deslizó torpemente de la silla y atisbó hacia arriba para ver si podía descubrir al dueño de aquella mano descortés. El dueño no era difícil de localizar, debido a que poseía una estatura del orden de los dos metros y diez centímetros y carecía de las proporciones normales. En realidad, tenía la constitución de esos sofás de cuero, relucientes, voluminosos y con un relleno consistente. El traje con que habían tapizado a aquel hombre parecía tener el único objetivo de demostrar lo difícil que resultaba vestir a tamaña especie de cuerpo. El rostro tenía la textura de una naranja y el color de la manzana, pero en ese punto terminaba la semejanza con algo dulce.

–Chaval... –dijo una voz que emergió de los labios de aquel hombre como si lo hubiera pasado verdaderamente mal para salir de su pecho.

–Humm, ¿sí? –dijo Ford en el tono más natural del mundo. A duras penas volvió a ponerse en pie y se sintió decepcionado al comprobar que su cabeza no rebasaba el cuerpo de aquel hombre.

–Lárgate –ordenó el hombre.

–¿Ah, sí? –dijo Ford, preguntándose si se comportaba con prudencia–. ¿Y quién eres tú?

El hombre consideró un momento aquellas palabras. No estaba acostumbrado a que le hicieran esa clase de preguntas. Sin embargo, al cabo del rato se le ocurrió una respuesta.

–Soy el tipo que te dice que te largues antes de que te obliguen a hacerlo.

–Escúchame bien –dijo Ford, nervioso; deseaba que la cabeza dejara de darle vueltas, que se serenara y que tratara de resolver la situación–. Escúchame bien –continuó–, soy uno de los amigos más antiguos de Hotblack y...

Miró a Hotblack Desiato, que seguía sin mover ni una pestaña.

–... y... –prosiguió Ford, preguntándose qué palabra podría ir bien después de «y».

Al hombre grande se le ocurrió una frase entera para decir después de «y». La dijo:

–Y yo el guardaespaldas de míster Desiato, y soy responsable de su cuerpo pero no del tuyo, de manera que llévatelo antes de que le pase algo.

–Espera un momento –dijo Ford.

–¡Nada de momentos! –bramó el guardaespaldas–. ¡Nada de esperar! ¡Míster Desiato no habla con nadie!

–Bueno, tal vez sea mejor que le dejes decir lo que piensa del asunto –insinuó Ford.

–¡No habla con nadie! –aulló el guardaespaldas.

Ford volvió a lanzar una mirada inquieta a Hotblack y se vio obligado a admitir en su fuero interno que los hechos parecían dar la razón al guardaespaldas. Desiato seguía sin dar la más mínima muestra de movimiento, ni mucho menos de sentir un vivo interés por la suerte de Ford.

–¿Por qué? –preguntó Ford–. ¿Qué le pasa?

El guardaespaldas se lo contó.

17

La *Guía del autoestopista galáctico* observa que Zona Catastrófica, un conjunto de rock plutónico de los Territorios Mentales Gagracácticos, es generalmente considerado no solo como el grupo de rock más ruidoso de la Galaxia, sino como los productores del ruido más estrepitoso de cualquier clase. Los habituales de conciertos estiman que el sonido más compensado se escucha en el interior de grandes *bunkers* de cemento a unos diecisiete kilómetros del escenario, mientras que los propios músicos tocan los instrumentos por control remoto desde una astronave con buenos dispositivos de aislamiento, en órbita permanente en torno al planeta, o con mayor frecuencia alrededor de otro planeta diferente.

En conjunto, las canciones son muy simples, y la mayoría sigue el tema familiar de un ser-muchacho conoce a un ser-muchacha bajo la luna plateada, que luego explota por ninguna razón convenientemente explicada.

Muchos mundos han prohibido terminantemente sus actuaciones, algunas veces por razones artísticas, pero normalmente debido a que el sistema de amplificación de sonido del grupo infringe los tratados locales de limitación de armas estratégicas.

Sin embargo, eso no ha mermado sus ganancias provenientes de ampliar los límites de la hipermatemática pura, y recientemente se ha nombrado profesor de Neomatemática en la Universidad de Maximegalón a su principal investigador contable en reconocimiento de sus Teoría Especial y Teoría General de la Declaración sobre la Renta de Zona Catastrófica, en las que demuestra que todo el entramado del continuo espacio-tiempo no es simplemente curvo, sino que en realidad está totalmente inclinado.

Ford volvió tambaleante a la mesa donde Zaphod, Arthur y Trillian estaban sentados esperando a que comenzara la diversión.

–Tengo que comer algo –dijo Ford.

–Hola, Ford –saludó Zaphod–. ¿Has hablado con el capitoste del ruido?

Ford meneó la cabeza con aire evasivo.

–¿Con Hotblack? Puede decirse que he hablado con él, sí.

–¿Y qué ha dicho?

–Pues no mucho, en realidad. Está..., hummm...

–¿Sí?

–Está pasando un año muerto por razones de impuestos. Tengo que sentarme.

Se sentó.

Se acercó el camarero.

–¿Quieren ver la carta –les preguntó–, o desean el plato del día?

–¿Eh? –dijo Ford.

–¿Eh? –dijo Arthur.

–¿Eh? –dijo Trillian.

–Excelente –dijo Zaphod–, queremos carne.

En una habitación pequeña de una de las alas del restaurante, un hombre alto, estilizado y delgaducho retiró una cortina y el olvido le miró a la cara.

No era una cara bonita, tal vez porque el olvido la había mirado muchas veces. Para empezar, era demasiado larga, de ojos escondidos y párpados pesados, mejillas hundidas, labios finos y largos que al abrirse dejaban ver unos dientes que parecían cristales de un ventanal recién pulido. Las manos que sostenían la cortina eran largas y delgadas; además, estaban frías. Caían suavemente entre los pliegues de la cortina y daban la impresión de que si su dueño no las vigilaba como un halcón, se escabullirían por voluntad propia y cometerían algún desaguisado en un rincón.

Dejó caer la cortina y la terrible luz que había jugado con sus rasgos se fue a jugar a otra parte más saludable. Merodeó por el pequeño cuarto como una mantis que contemplara una víctima al atardecer, y terminó sentándose en una silla desvencijada junto a una mesa de caballete donde hojeó unas páginas de chistes.

Sonó un timbre.

Dejó a un lado el pequeño montón de papeles y se puso de pie. Pasó flojamente la mano por varias lentejuelas multicolores entre el millón de que estaba festoneada su chaqueta y se dirigió a la puerta.

Las luces del restaurante se debilitaron, la orquesta aceleró el ritmo, un solo foco horadaba las sombras de la escalera que conducía al centro del escenario.

Una figura de colores brillantes subió a saltos los escalones. Irrumpió en el escenario, sufrió un ligero tropezón al llegar al micrófono, que separó del pie con un gesto de su mano larga y fina, para luego hacer reverencias a diestra y siniestra, agradeciendo los aplausos del público y mostrando su ventanal. Saludó con la mano a los amigos que tenía entre el público aunque entonces no hubiera ninguno, y esperó a que se disipara la ovación.

Alzó la mano y exhibió una sonrisa que no se alargaba simplemente de oreja a oreja, sino que en cierto modo parecía extenderse más allá de los confines de su rostro.

–¡Gracias, señoras y caballeros! –gritó–. Muchas gracias. Muchísimas gracias.

Los miró haciendo guiños.

–Señoras y caballeros –dijo–; como sabemos, el mundo existe desde hace ciento setenta mil millones de billones de años, y terminará dentro de una media hora. ¡De modo que bienvenidos sean todos ustedes a Milliways, el Restaurante del Fin del Mundo!

Con un gesto, conjuró hábilmente otra ovación espontánea. Con otro gesto, la cortó.

–Esta noche soy su anfitrión –prosiguió–. Me llamo Max Quordlepleen... –todo el mundo lo sabía; su actuación era famosa en toda la Galaxia conocida, pero lo dijo por la nueva ovación que produjo, y que él declinó con un gesto y una sonrisa–, y acabo de venir directamente del mismísimo extremo del tiempo, donde presentaba un espectáculo en el Bar de Hamburguesas del Big Bang, donde les puedo asegurar, señoras y caballeros, que pasamos una velada muy emocionante. ¡Y ahora estaré con ustedes en esta ocasión histórica: el Fin de la Historia!

Otro estallido de aplausos se acalló rápidamente cuando las luces se apagaron del todo. En cada mesa se encendieron velas de manera espontánea, produciendo un leve murmullo entre todos los comensales y envolviéndolos en mil luces oscilantes y diminutas y en un millón de sombras íntimas. Una oleada de emoción recorrió el restaurante a oscuras cuando, con suma lentitud, la amplia bóveda dorada del techo empezó a apagarse, a oscurecerse, a desaparecer.

Al proseguir, Max bajó el tono de voz:

–De manera, señoras y caballeros –susurró–, que las velas están encendidas, la orquesta toca suavemente y la bóveda protectora que tenemos sobre nuestras cabezas empieza a hacerse transparente, revelando un cielo oscuro y sombrío, lleno de la antigua luz de estrellas lívidas e inflamadas, y me imagino que pasaremos un fabuloso apocalipsis vespertino.

Hasta la suave música de la orquesta dejó de oírse cuando la conmoción y el aturdimiento cayeron sobre los que no habían visto antes aquella perspectiva.

Sobre ellos se derramó una luz monstruosa y espeluznante,

–una luz horrible,

–una luz hirviente y pestilente,

–una luz que afearía el infierno.

El Universo llegaba a su fin.

Durante unos segundos interminables, el restaurante giró silenciosamente en el vacío atroz. Luego, Max volvió a hablar.

–Todos aquellos que alguna vez esperaron ver la luz del final del túnel..., ahí la tienen.

La orquesta empezó a tocar de nuevo.

–Gracias, señoras y caballeros –gritó Max–. Dentro de un momento volveré a estar con ustedes; mientras, les dejo en las hábiles manos de míster Reg Abrogar y su Combo Cataclísmico. ¡Señoras y caballeros, un gran aplauso para Reg y los muchachos!

Continuaba la ominosa agitación de los cielos.

Con ánimo incierto, el público empezó a aplaudir y al cabo de un momento las conversaciones se reanudaron con normalidad. Max inició su ronda por las mesas, contando chistes, soltando gritos y carcajadas, ganándose la vida.

Un animal enorme se acercó a la mesa de Zaphod Beeblebrox,

un cuadrúpedo gordo y carnoso de la especie bovina con grandes ojos acuosos, cuernos pequeños y lo que casi podía ser una sonrisa agradecida en los morros.

–Buenas noches –dijo con voz profunda, sentándose pesadamente sobre la grupa–. Soy el plato fuerte del Plato del Día. ¿Puedo llamar su atención sobre alguna parte de mi cuerpo?

Mugió y gorjeó un poco, movió los cuartos traseros para colocarse en una postura más cómoda y les miró pacíficamente.

Arthur y Trillian recibieron su mirada con asombro y estupefacción. Ford Prefect alzó los hombros, resignado; Zaphod Beeblebrox clavó los ojos en la vaca con hambre canina.

–¿Algo del cuarto delantero, tal vez? –sugirió el animal–. ¿Dorado a fuego lento con salsa de vino blanco?

–Humm..., ¿de *tu* cuarto delantero? –dijo Arthur con un murmullo aterrorizado.

–Naturalmente, señor; de mi cuarto delantero –contestó la vaca con un mugido de contento–. No puedo ofrecer el de nadie más.

Zaphod se puso en pie de un salto y empezó a examinar con la mano el cuarto delantero del animal.

–O de la cadera, que está muy bien –murmuró el cuadrúpedo–. Me he estado entrenando y comiendo mucho grano, así que ahí tengo mucha carne.

Soltó un gruñido suave, gorjeó de nuevo y empezó a rumiar. Volvió a tragar el bolo alimenticio.

–¿O quizás un estofado? –añadió.

–¿Quieres decir que este animal quiere de verdad que nos lo comamos? –musitó Trillian a Ford.

–¿Yo? –dijo Ford, mirándola con ojos vidriosos–. Yo no quiero decir nada.

–¡Esto es realmente horrible! –exclamó Arthur–. Es lo más repugnante que he oído jamás.

–¿Cuál es el problema, terráqueo? –preguntó Zaphod, que ahora trasladaba su atención a las enormes caderas de la vaca.

–Que me niego a comer un animal que se pone delante de mí y me invita a hacerlo –dijo Arthur–; es cruel.

–Es mejor que comer un animal que no quiere que lo coman –apostilló Zaphod.

–No se trata de eso –protestó Arthur. Luego lo pensó un momento y agregó–: De acuerdo, tal vez se trate de eso. Pero no me importa, no voy a pensar en eso ahora. Solo... hummm...

El Universo rugió en su agonía final.

–Creo que tomaré solo una ensalada.

–¿Puedo sugerirle que considere mi hígado? –preguntó la vaca–. Ya debe de estar muy tierno y muy rico, me he estado alimentando durante meses.

–Una ensalada –dijo Arthur en tono enfático.

–¿Una ensalada? –repitió el cuadrúpedo, mirando a Arthur con desaprobación.

–¿Vas a decirme que no debería tomar una ensalada? –inquirió Arthur.

–Pues conozco muchos vegetales que se manifiestan muy claramente respecto a ese punto –respondió el animal–. Por eso es por lo que al fin se decidió cortar por lo sano todo ese problema complicado y alimentar a un animal que quisiera que se lo comieran y fuera capaz de decirlo con toda claridad. Y aquí estoy yo.

Logró realizar una leve reverencia.

–Un vaso de agua, por favor –pidió Arthur.

–Mira –dijo Zaphod–, nosotros queremos comer, no atracarnos de discusiones. Cuatro filetes poco hechos, y deprisa. No hemos comido en quinientos setenta y seis mil millones de años.

La vaca se incorporó con dificultad. Emitió un gorjeo suave.

–Una elección muy acertada, señor, si me permite decirlo –dijo–. Bueno, voy a pegarme un tiro enseguida.

Se volvió y guiñó amistosamente un ojo a Arthur.

–No se preocupe, señor –le dijo–, seré muy humano.

Y, sin prisas, se dirigió contoneándose a la cocina.

Unos minutos después, llegó el camarero con cuatro filetes enormes y humeantes. Zaphod y Ford se lanzaron como lobos sobre ellos sin dudar un segundo. Trillian esperó un poco, se encogió de hombros y se dedicó al suyo.

Arthur miró su plato sintiendo ligeras náuseas.

–Oye, terráqueo –le dijo Zaphod con una sonrisa maliciosa en la cara que no estaba atiborrada de comida–, ¿qué es lo que te pasa?

La orquesta siguió tocando.

En todo el restaurante, la gente y las cosas descansaban y charlaban. El ambiente estaba lleno de conversaciones sobre esto y aquello y de una mezcla de olores de plantas exóticas, de comidas extravagantes y de vinos engañosos. A lo largo de un número infinito de kilómetros en todas direcciones, el cataclismo universal llegaba a un prodigioso punto culminante. Max consultó su reloj y volvió al escenario con gesto ceremonioso.

–Y ahora, señoras y caballeros –dijo, rebosante de alegría–, ¿está pasándolo todo el mundo maravillosamente bien por última vez?

–Sí –gritó la clase de gente que suele gritar «sí» cuando los artistas de variedades les preguntan si lo pasan bien.

–Maravilloso –dijo Max con entusiasmo–, absolutamente maravilloso. Y mientras las tormentas fotónicas se congregan en masas turbulentas en torno a nosotros, preparándose para desgarrar el último de los soles rojos y ardientes, sé que todos ustedes descansarán en sus asientos y disfrutarán conmigo de lo que estoy seguro de que será para todos una experiencia definitiva y enormemente emocionante.

Hizo una pausa. Lanzó al público una mirada centelleante.

–Créanme, señoras y caballeros –continuó–, no tiene nada de penúltima.

Hizo otra pausa. Esta noche su cronometraje era inmaculado. Había realizado aquel espectáculo una y otra vez, noche tras noche. Aunque la palabra noche no tuviese significado alguno en la otra punta del tiempo. No era más que la repetición interminable del momento final: el restaurante oscilaba suavemente al borde del extremo más alejado del tiempo y volvía hacia atrás. Pero aquella «noche» estaba bien; tenía al público, angustiado, en la palma de su mano enfermiza. Bajó el tono de voz. Tenían que esforzarse para oírle.

–Este es verdaderamente el final absoluto –prosiguió–, la desolación escalofriante y definitiva en que toda la majestuosa envergadura del Universo llega a su extinción. Esto, señoras y caballeros, es el proverbial «fin».

Bajó aún más el tono de voz. En aquel silencio, una mosca no se habría atrevido a carraspear.

–Después de esto no hay nada –continuó–. Vacío. Hueco. Olvido. La nada absoluta...

Sus ojos volvieron a centellear; ¿o era que pestañeaban?

–Nada..., salvo, por supuesto, el carrito de los postres y una fina selección de licores de Aldebarán.

La orquesta le dedicó un acicate musical. Deseó que no lo hubieran hecho, no le hacía falta: un artista de su calidad no lo necesitaba. Podía pulsar al público como si fuese su propio instrumento musical. Se reían, aliviados. Siguió con la actuación.

–¡Y por una vez –gritó alegremente– no necesitan preocuparse de si van a tener resaca por la mañana, porque no habrá ninguna mañana más!

Lanzó una amplia sonrisa a su público, que reía contento. Miró al firmamento, que todas las noches pasaba por la misma rutina, pero solo tuvo los ojos alzados durante una fracción de segundo. Confiaba en que cumpliera su cometido, como un profesional confía en otro.

–Y ahora –dijo, pavoneándose por el escenario–, a riesgo de poner freno a la maravillosa sensación de fatalidad y de inutilidad que aquí reina esta noche, me gustaría saludar a algunos grupos.

Sacó una tarjeta del bolsillo.

–Tenemos... –alzó una mano para contener las aclamaciones–. ¿Tenemos aquí a un grupo del Club de Bridge Flamarión Zansellquasure de más allá del Vaciovort de Qvarne? ¿Están aquí?

Una aclamación se elevó de la parte de atrás, pero fingió no haberla oído. Atisbó entre el público, tratando de localizarlos.

–¿Están aquí? –repitió, para provocar otra aclamación más fuerte.

Y lo consiguió, como siempre.

–Ah, están ahí. Bueno, amigos, los últimos saludos; y nada de trampas, recuerden que es un momento muy solemne.

Recibió las carcajadas con avidez.

–¿Y tenemos también, tenemos también... a un grupo de deidades secundarias de las Mansiones de Asgard?

A lo lejos, por su derecha, llegó el rugido de un trueno lejano. Un relámpago describió un arco por el escenario. Un grupo pequeño de hombres peludos con cascos, que estaban sentados con aire muy complacido, levantaron los vasos hacia él.

Seres del pasado, pensó para sí.

–Cuidado con el martillo, señor –dijo.

De nuevo volvieron a hacer el truco del relámpago. Max les envió una sonrisa con los labios muy apretados.

–Y en tercer lugar –prosiguió–, en tercer lugar un grupo de las Juventudes Conservadoras de Sirio B, ¿están aquí?

Un grupo de perros jóvenes, elegantemente vestidos, dejaron de tirarse panecillos los unos a los otros y empezaron a tirar panecillos al escenario. Ladraron y aullaron de manera ininteligible.

–Sí –dijo Max–; bueno, la culpa es únicamente de ustedes, ¿se dan cuenta? Y por último –prosiguió Max, tras acallar al público y poner una cara solemne–, por último creo que esta noche tenemos con nosotros a un grupo de creyentes, muy devotos, de la Iglesia del Segundo Advenimiento del Gran Profeta Zarquon.

Eran unos veinte, y estaban sentados en el suelo, contra la pared; iban vestidos con ascetismo, bebían agua mineral a sorbos nerviosos y se mantenían aparte del barullo. Pestañearon irritados cuando el foco se centró sobre ellos.

–Ahí están –dijo Max–, pacientemente sentados. El profeta anunció que volvería y les tiene esperando desde hace mucho, así que esperemos que se dé prisa, amigos, porque solo le quedan ocho minutos.

El grupo de los fieles de Zarquod permaneció rígido negándose a sufrir los embates de la marea de carcajadas crueles que se cernía sobre ellos.

Max contuvo a su público.

–No, amigos, hablemos en serio, hablemos en serio; aquí no se pretende ofender a nadie. No, sé que no deberíamos tomar a broma unas creencias firmemente arraigadas, de manera que un gran aplauso, por favor, para el Gran Profeta Zarquon...

El público aplaudió con respeto.

–... dondequiera que esté.

Envió un beso al impertérrito grupo y volvió al centro del escenario.

Cogió un taburete alto y se sentó.

–Es maravilloso –siguió machacando– ver tanta gente aquí, esta noche, ¿no es cierto? Sí, absolutamente maravilloso. Porque sé que muchos de ustedes han venido una y otra vez, lo que me parece verdaderamente maravilloso: venir a ver el final de todo, y luego volver a casa, a su propia era..., y crear familias, luchar por sociedades nuevas y mejores, librar guerras horribles por lo que es justo..., todo esto le da a uno esperanzas para el porvenir de todas las formas de vida. Si no fuera, por supuesto –señaló la relampagueante agitación que había encima y en torno a ellos–, porque sabemos que no existe el futuro...

Arthur se volvió hacia Ford; aún no le entraba aquel sitio en la cabeza.

–Oye –dijo–, si el Universo está a punto de acabar..., ¿no desaparecemos nosotros con él?

Ford le lanzó una mirada de tres detonadores gargáricos pangalácticos, es decir, muy insegura.

–No –dijo–; mira, en cuanto llegue el momento del salto, quedaremos sujetos en una asombrosa especie de armazón protector del tiempo. Me parece.

–Ah –dijo Arthur. Volvió la atención al tazón de sopa que logró que le trajera el camarero en lugar del filete.

–Mira –dijo Ford–, te lo explicaré.

Cogió una servilleta de la mesa y manipuló torpemente con ella.

–Mira –repitió–, imagínate que esta servilleta, ¿eh?, es el Universo temporal, ¿eh? Y que esta cuchara es un medio transduccional de la materia curva...

Le costó mucho decir la última frase, y Arthur no quería interrumpirle.

–Esa es la cuchara con que yo estaba comiendo –protestó.

–Muy bien –dijo Ford–, imagínate que *esta* cuchara... –encontró una cucharita de madera en una bandeja de salsas–, esta cuchara... –pero le resultaba muy difícil sacarla–, no, mejor aún, que este tenedor...

–¡Eh! ¿Quieres dejar mi tenedor? –saltó Zaphod.

–De acuerdo –dijo Ford–, muy bien, muy bien. ¿Por qué no suponemos..., por qué no suponemos que esta copa de vino es el Universo temporal...?

–¿Cuál, la que acabas de tirar al suelo?

–¿La he tirado?

–Sí.

–Muy bien –dijo Ford–, olvídalo. Es decir..., o sea, mira..., ¿tú sabes... sabes cómo surgió realmente el Universo por pura casualidad?

–Me parece que no –dijo Arthur, que deseó no haberse embarcado nunca en nada de aquello.

–Muy bien –dijo Ford–. Imagínate lo siguiente. Bien. Tienes una bañera. Una bañera grande y redonda. Es de ébano.

–¿Y de dónde la he sacado? –dijo Arthur–. Los vogones destruyeron Harrods.

–No importa.

–Eso dices siempre.

–Escucha.

–Muy bien.

–Tienes esa bañera, ¿ves? Imagínate que la tienes. Es de ébano. Y de forma cónica.

–¿Cónica? –dijo Arthur–. ¿Qué clase de...?

–¡Chsss! –dijo Ford–. Es cónica. Así que mira, lo que haces es llenarla de arena fina y blanca, ¿vale? O de azúcar. Arena blanca y fina, y/o azúcar. Cualquiera de las dos cosas. No importa. Azúcar está bien. Y cuando esté llena, quitas el tapón... ¿Me estás escuchando?

–Te escucho.

–Quitas el tapón, y todo se va por el desagüe haciendo remolinos, ¿comprendes?

–Comprendo.

–No lo comprendes. No entiendes nada en absoluto. Todavía no he llegado al truco. ¿Quieres saber cuál es el truco?

–Dime el truco.

Ford pensó un momento, tratando de recordar cuál era el truco.

–El truco es el siguiente –anunció–. Lo filmas todo.

–Buen truco.

–Ese no es el truco. El truco es este..., ahora recuerdo que este es el truco. El truco consiste en que luego rebobinas la película en el proyector... ¡al revés!

–¿Al revés?

–Sí. El verdadero truco consiste en rebobinarla al revés. Luego te sientas a verla, y parece que todo surge en espiral del desagüe y llena el baño. ¿Entiendes?

–¿Y así es como empezó el Universo? –inquirió Arthur.

–No –dijo Ford–, pero es una buena forma de descansar.

Buscó su copa de vino.

–¿Dónde está mi copa de vino? –preguntó.

–En el suelo.

–Ah.

Al echarse hacia atrás en la silla para buscarla, Ford tropezó con el camarero verde de corta estatura, que iba a dejar en la mesa un teléfono portátil.

Ford se disculpó con el camarero, explicándole que estaba sumamente borracho.

El camarero dijo que estaba muy bien y que lo entendía perfectamente.

Ford agradeció al camarero su indulgencia y amabilidad, trató de retirarse de la frente un mechón de pelo, falló por quince centímetros y se escurrió debajo de la mesa.

–¿Míster Zaphod Beeblebrox? –preguntó el camarero.

–Humm, ¿sí? –dijo Zaphod, levantando la vista de su tercer filete.

–Hay una llamada para usted.

–¿Qué, cómo?

–Le llaman por teléfono, señor.

–¿A mí? ¿Aquí? Pero ¿quién sabe dónde estoy?

Una de sus cabezas se embaló. La otra siguió disfrutando amorosamente de la comida que engullía en grandes cantidades.

–Me disculparás si sigo, ¿verdad? –dijo la cabeza que comía, sin dejar de masticar.

Andaba persiguiéndole tanta gente, que había perdido la cuenta. No debería haber hecho una entrada tan llamativa. ¡Y por qué no, demonio!, pensó. ¿Cómo sabes que te estás divirtiendo si no hay nadie que vea lo bien que te lo pasas?

–A lo mejor le ha dado el soplo alguien de aquí a la policía galáctica –sugirió Trillian–. Todo el mundo te vio entrar.

–¿Quieres decir que quieren detenerme por teléfono? –dijo Zaphod–. Puede ser. Cuando estoy acorralado, soy un tío muy peligroso.

–Sí –dijo una voz desde debajo de la mesa–; te deshaces en pedazos tan deprisa, que la gente resulta herida por la metralla.

–Oye, ¿es que hoy es el Día del Juicio? –saltó Zaphod.

–¿También vamos a presenciar el Juicio Final? –preguntó Arthur, nervioso.

–Yo no tengo prisa –murmuró Zaphod–. Muy bien, ¿quién es el tío que está al teléfono? –Dio una patada a Ford y le dijo–: Levanta de ahí, chaval, puedo necesitarte.

–Yo no conozco personalmente al caballero de metal en cuestión, señor –dijo el camarero.

–¿De metal?

–Sí, señor. He dicho que no conozco personalmente al caballero de metal en cuestión...

–Muy bien, sigue.

–Pero tengo noticia de que ha estado esperando su regreso durante un número considerable de milenios. Parece que usted le dejó aquí con cierta precipitación.

–¿Que le dejé *aquí?* –exclamó Zaphod–. ¿Te encuentras bien? Si acabamos de llegar.

–Desde luego, señor –insistió tercamente el camarero–, pero antes de llegar, señor, tengo entendido que usted se marchó de aquí.

Zaphod lo pensó con un cerebro, y luego con el otro.

–¿Estás diciendo –preguntó– que antes de que llegáramos aquí, nos marchamos de este lugar?

Esta noche va a ser larga, pensó el camarero.

–Exactamente, señor.

–Paga a un psicoanalista con el dinero para emergencias, muchacho –le aconsejó Zaphod.

–No, espere un momento –dijo Ford, emergiendo de nuevo al nivel de la mesa–; ¿dónde es exactamente *aquí?*

–Para ser absolutamente preciso, señor, es el Mundo Ranestelar B.

–Pero si acabamos de marcharnos de allí –protestó Zaphod–; nos fuimos de allí y vinimos al Restaurante del Fin del Mundo.

–Sí, señor –dijo el camarero, sintiendo que ya se encontraba en la recta final y que iba bien–, el uno se construyó sobre las ruinas del otro.

–¡Ah! –exclamó animadamente Arthur–. Quiere decir que hemos viajado en el tiempo pero no en el espacio.

–Escucha, mono semievolucionado –le cortó Zaphod–, ¿por qué no haces el favor de subirte a un árbol?

Arthur montó en cólera.

–Ve a golpearte las cabezas una contra otra, cuatro ojos –recomendó a Zaphod.

–No, no –dijo el camarero a Zaphod–. Su mono lo ha entendido bien, señor.

Arthur tartamudeó furioso y no dijo nada coherente ni a derechas.

–Dieron ustedes un salto hacia delante de..., según mis cálculos, de quinientos setenta y seis mil millones de años sin moverse del mismo sitio –explicó el camarero. Sonrió. Tenía la sensación maravillosa de haber ganado en contra de lo que parecía una desventaja insuperable.

–¡Eso es! –exclamó Zaphod–. Ya lo entiendo. Dije al ordenador que nos llevara a comer al sitio más cercano, y eso es precisamente lo que hizo. Si quitamos o ponemos quinientos setenta y seis mil millones de años, o los que sean, nunca nos hemos movido. Muy hábil.

Todos convinieron en que era muy hábil.

–Pero ¿quién es el tío que está al teléfono? –preguntó Zaphod.

–¿Qué le pasó a Marvin? –preguntó Trillian.

Zaphod se llevó las manos a las cabezas.

–¡El Androide Paranoide! Lo dejé abatido en Ranestelar B.

–¿Cuándo fue eso?

–Pues supongo que hace quinientos setenta y seis mil millones de años –dijo Zaphod–. Oye, humm..., pásame el aparato, jefe de bandejas.

Las cejas del pequeño camarero vagaron confundidas por su frente.

–¿Cómo dice, señor? –preguntó.

–El teléfono, camarero –dijo Zaphod, arrancándoselo de las manos–. Mira, tío, los camareros estáis tan atrasados, que no sé cómo os las arregláis.

–Desde luego, señor.

–Qué hay, ¿eres tú, Marvin? –dijo Zaphod por el teléfono–. ¿Qué tal estás, muchacho?

Hubo una larga pausa antes de que se oyera una voz muy tenue por el auricular.

–Creo que deberías saber que estoy muy deprimido –dijo.

Zaphod tapó el teléfono con la mano.

–Es Marvin –anunció–. Hola, Marvin –volvió a decir al teléfono–. Nos lo estamos pasando estupendamente. Comida, vino, algunos insultos personales y el Universo a punto de esfumarse. ¿Dónde podemos recogerte?

Hubo otra pausa.

–No tienes que fingir que sientes algún interés por mí, ¿sabes? –dijo Marvin al fin–. Sé perfectamente que solo soy un robot doméstico.

–Bueno, bueno –dijo Zaphod–; pero ¿dónde estás?

–«Marcha atrás a la fuerza propulsora primaria, Marvin», me dicen. «Abre la esclusa neumática número tres, Marvin. ¿Puedes recoger ese trozo de papel, Marvin?» ¡Que si puedo recoger un trozo de papel! De modo que tengo un cerebro del tamaño de un planeta y me piden que...

–Sí, sí –dijo Zaphod en un tono que apenas sugería comprensión.

–Pero estoy muy acostumbrado a que me humillen –dijo Marvin con voz monótona–. Si quieres, incluso puedo meter la cabeza en un cubo de agua. ¿Quieres que vaya a meter la cabeza en un cubo de agua? Tengo uno preparado. Espera un momento.

–Esto..., oye, Marvin –le interrumpió Zaphod. Pero ya era demasiado tarde: por el teléfono oyó un sonido metálico y gorgoritos melancólicos.

–¿Qué dice? –preguntó Trillian.

–Nada –dijo Zaphod–. No ha llamado más que para lavarse la cabeza ante nosotros.

–Ahí tienes –dijo Marvin, burbujeando un poco por el teléfono–, espero que te sientas satisfecho...

–Sí, sí –dijo Zaphod–. ¿Y ahora quieres decirnos dónde estás, por favor?

–Estoy en el aparcamiento –respondió Marvin.

–¿En el aparcamiento? –dijo Zaphod–. ¿Qué estás haciendo allí?

–Aparcando vehículos. ¿Qué otra cosa puedo hacer en un aparcamiento?

–Muy bien, quédate ahí, bajaremos enseguida.

Con un solo movimiento, Zaphod se puso en pie de un brinco, soltó de golpe el teléfono y escribió en la cuenta: «Hotblack Desiato.»

–Venga, chicos –dijo–. Marvin está en el aparcamiento. Vamos abajo.

–¿Qué está haciendo en el aparcamiento? –preguntó Arthur.

–Aparcando vehículos, ¿qué, si no? ¡Toma!

–Pero ¿qué pasará con el Fin del Mundo? Nos vamos a perder el gran acontecimiento.

–Yo ya lo he visto. Es una tontería –dijo Zaphod–. No es más que un guirigay disparatado.

–¿Un qué?

–Lo contrario de una gran explosión. Venga, démonos prisa.

Pocos comensales les prestaron atención cuando se abrieron paso hacia la salida del restaurante. Tenían los ojos fijos en el horror del cielo.

–Es un efecto interesante de observar –decía Max–; allí, en el cuadrante superior izquierdo del cielo, donde, si se fijan con atención, podrán ver que el sistema estelar de Hastromil está hirviendo hasta llegar al ultravioleta. ¿Hay aquí alguien de Hastromil?

Hubo un par de vítores dudosos por la parte del fondo.

–Bueno –prosiguió Max, rebosante de alegría–, ya es muy tarde para preocuparse por si han dejado el gas encendido.

18

El vestíbulo de recepción estaba casi vacío, pero no obstante Ford se abrió paso por él a fuerza de bandazos.

Zaphod lo agarró firmemente del brazo y logró introducirlo en un cubículo que se abría a un lado del recibidor.

–¿Qué le estás haciendo? –preguntó Arthur.

–Poniéndole sobrio –dijo Zaphod, metiendo una moneda en una ranura. Destellaron unas luces y hubo un remolino de gases.

–Hola –dijo Ford, saliendo del cubículo un momento después–, ¿adónde vamos?

–Abajo, al aparcamiento. Vamos.

–¿Qué me dices de los Teletransportes del Tiempo personales? –inquirió Ford–. Volvamos derechos al *Corazón de Oro.*

–Sí, pero estoy harto de esa nave. Que se la quede Zarniwoop. No quiero participar en sus juegos. A ver qué encontramos.

Uno de los Alegres Transportadores Verticales de Personas, de la Compañía Cibernética Sirius, los bajó a los sustratos más profundos del restaurante. Se alegraron al ver que le habían causado destrozos y no trataba tanto de hacerlos felices como de llevarlos abajo.

Al llegar al fondo, se abrieron las puertas del ascensor, y una ráfaga de aire frío y rancio los sorprendió.

Lo primero que vieron al salir del ascensor fue una larga pared de cemento que tenía más de cincuenta puertas que ofrecían diferentes instalaciones sanitarias para las cincuenta formas de vida más importantes. Sin embargo, como todos los aparcamientos de la Galaxia de toda la historia de los aparcamientos, aquel olía a impaciencia.

Doblaron una esquina y se encontraron en un andén rodante que recorría un espacio vasto y cavernoso, perdido en la oscura distancia.

Estaba dividido en compartimientos donde había naves espaciales pertenecientes a los comensales; unas eran modelos utilitarios fabricados en serie, y otras, limusinaves resplandecientes: juguetes de los millonarios.

Al pasar a su lado, los ojos de Zaphod destellaron con algo que podía o no ser avaricia. En realidad, es mejor ser claros a este respecto: eran destellos de verdadera avaricia.

–Ahí está –dijo Trillian–. Marvin está allí.

Los demás miraron a donde ella señalaba. Vagamente vieron una pequeña figura de metal que con desgana pasaba un trapo por una esquina remota de una solnave plateada y gigantesca.

A lo largo del andén rodante había amplios tubos transparentes que bajaban al nivel del suelo. Zaphod salió del andén, se metió en uno y bajó flotando suavemente. Le siguieron los demás. Al recordarlo más adelante, Arthur Dent pensó que había sido la única experiencia verdaderamente agradable de todos sus viajes por la Galaxia.

–Hola, Marvin –dijo Zaphod, acercándose al robot–. Hola, muchacho, estamos muy contentos de verte.

Marvin se volvió, y en la medida de lo posible, su rostro metálico completamente inerte manifestó cierto reproche.

–No, no lo estáis –replicó–. Nadie lo está.

–Como quieras –dijo Zaphod, dándole la espalda para comerse las naves con los ojos.

Solo Trillian y Arthur se acercaron realmente a Marvin.

–Pues nosotros sí nos alegramos de verte –dijo Trillian, dándole unas palmaditas, cosa que al robot le desagradaba intensamente–. Mira que esperarnos durante todo este tiempo...

–Quinientos setenta y seis millones tres mil quinientos setenta y nueve años –especificó Marvin–. Los he contado.

–Pues aquí nos tienes ya –dijo Trillian con la impresión, enteramente acertada según Marvin, de que era algo un tanto ridículo de decir.

–Los primeros diez millones de años fueron los más difíciles –siguió Marvin–, y los segundos diez millones también fueron los peores. Los terceros diez millones no me gustaron nada. Después entré en una especie de decadencia.

Hizo una pausa lo suficientemente larga como para darles la impresión de que debían decir algo, y entonces prosiguió:

–En este trabajo, lo que más le deprime a uno es la gente que conoce.

Hizo otra pausa.

Trillian carraspeó.

–Es eso...

–La mejor conversación que he mantenido fue hace cuarenta millones de años –continuó Marvin.

Y de nuevo hizo una pausa.

–¡Válg...!

–Con una máquina de café.

Esperó.

–Eso es una...

–No os gusta hablar conmigo, ¿verdad? –dijo Marvin en tono bajo y desolado.

Trillian se puso a hablar con Arthur.

Alejado de ellos, Ford Prefect había encontrado algo cuyo aspecto le gustaba mucho; varias cosas, en realidad.

–Zaphod –dijo en voz baja–, echa un vistazo a estos tranvías estelares...

Zaphod los miró y le gustaron.

La nave que miraban era realmente muy pequeña, pero extraordinaria: el juguete de un niño rico, sin duda. No tenía mucho que ver. Se parecía mucho a un dardo de papel de unos seis metros de largo, y estaba hecha de chapa fina pero dura. En la parte de atrás había una pequeña cabina horizontal para dos tripulantes. Tenía un motor diminuto propulsado por energía de encanto, que no sería capaz de desplazarlo a gran velocidad. Lo que tenía, sin embargo, era un sumidero de calor.

El sumidero de calor era una masa de unos dos mil billones de toneladas contenido en un agujero negro que estaba montado en un campo electromagnético situado en medio de la nave, y permitía maniobrar la nave a pocos kilómetros de un sol amarillo para capturar y dejarse llevar por las llamaradas que estallaban en su superficie.

Navegar por las llamas es uno de los deportes más exóticos y estimulantes, y aquellos que se atreven y pueden permitírselo se cuentan entre los hombres más celebrados de la Galaxia. También es, desde luego, pasmosamente peligroso; los que no mueren pilotando, mueren de agotamiento sexual en una de las fiestas *après*-llama del Club Dédalo.

Ford y Zaphod la miraron y siguieron adelante.

–Y este *buggy* estelar de color naranja –dijo Ford–, con los parasoles negros...

El *buggy* también era una astronave pequeña, denominación, en realidad, totalmente errónea, porque lo único que no podía surcar eran las distancias interestelares. Fundamentalmente era un todoterreno planetario, deportivo, preparado para parecer lo que no era. Pero tenía una línea bonita. Continuaron adelante.

La siguiente era grande, de unos treinta metros de largo: una limusinave evidentemente proyectada con la idea de hacer que los mirones se murieran de envidia. La pintura y los detalles de los accesorios decían claramente: «No solo soy lo bastante rico para tener esta nave, sino que también soy lo suficientemente acaudalado para no tomármelo en serio.» Era maravillosamente repugnante.

–Échale una mirada –dijo Zaphod–: energía de quark multiconcentrada, estribos de perspulex. Debe ser un producto de encargo de la Lazlar Liricón.

La examinó centímetro a centímetro.

–Sí –dijo–, mira el emblema infrarrosa del lagarto en la capota de neutrino. La marca de Lazlar. El dueño no tiene vergüenza.

–Una vez me pasó una de estas madres, cerca de la nebulosa Axel –dijo Ford–. Yo iba a toda velocidad y ese cacharro me adelantó como una bala, casi rozando un planeta. Algo increíble.

Zaphod emitió un silbido apreciativo.

–Diez segundos después –prosiguió Ford– se estrelló contra la tercera luna de Jaglan Beta.

–¿Sí, de veras?

–Pero esta nave tiene un aspecto maravilloso. Se parece a un pez, se mueve como un pez, se conduce como una vaca.

Ford miró por el otro lado.

–Oye, ven a ver esto –gritó–; hay un mural enorme pintado en este lado. Un sol que estalla: la marca de Zona Catastrófica. Debe ser la nave de Hotblack. Qué suerte tiene el maricón. Ya sabes que tocan esa canción tremenda que acaba con una nave de efectos especiales estrellándose contra el sol. Tiene que ser un espectáculo maravilloso. Pero debe salir caro por las naves.

Sin embargo, la atención de Zaphod estaba en otra parte. Tenía los ojos clavados en la nave aparcada junto a la de Hotblack. Las dos bocas le quedaron abiertas.

–Eso –dijo–, eso... hace mucho daño a la vista...

Ford miró. También quedó asombrado.

Era una nave de líneas sencillas y clásicas, como un salmón aplastado, de unos veinte metros de largo, muy limpia y bruñida. Solo tenía una cosa notable.

–¡Es tan... *negra!* –dijo Ford Prefect–. ¡Apenas puede distinguirse su forma..., es como si se tragase la luz!

Zaphod no dijo nada. Sencillamente, se había enamorado.

Su negrura era tan extrema, que casi resultaba imposible saber lo cerca que se estaba de ella.

–Es que los ojos resbalan por ella... –dijo Ford, maravillado. Era un momento de mucha emoción. Se mordió el labio.

Zaphod se acercó a ella, despacio, como un poseso; o más precisamente, como alguien que quisiera poseer. Alargó la mano para acariciarla. Se detuvo. Volvió a alargar la mano para acariciarla. Se detuvo de nuevo.

–Ven a tocarla –dijo en un susurro.

Ford alargó el brazo para tocarla. Su mano se detuvo.

–No... no se puede –dijo.

–¿Lo ves? –dijo Zaphod–. Es totalmente infriccionable. Debe tener un motor bestial.

Se volvió para mirar gravemente a Ford. Al menos, eso hizo una de sus cabezas; la otra estaba maravillada contemplando la nave.

–¿Qué te parece, Ford? –preguntó.

–Te refieres a... –Ford miró por encima del hombro–. ¿Te refieres a largarnos con ella? ¿Crees que deberíamos hacerlo?

–No.

–Yo tampoco.

–Pero vamos a hacerlo, ¿verdad?

–¿Cómo podríamos evitarlo?

Miraron un poco más hasta que Zaphod, súbitamente, se dominó.

–Será mejor que nos larguemos pronto –dijo–. Dentro de un momento se habrá acabado el Universo y todos esos mendas bajarán a montones para buscar sus burgomóviles.

–Zaphod –dijo Ford.

–¿Sí?

–¿Cómo vamos a hacerlo?

–Muy sencillo –dijo Zaphod. Se volvió y gritó–: ¡Marvin!

Lenta, laboriosamente, con un millón de crujidos y ruidos metálicos, que había aprendido a simular, Marvin se volvió para responder a la llamada.

–Ven aquí –dijo Zaphod–. Tenemos trabajo para ti.

Marvin caminó pesadamente hacia ellos.

–No me va a gustar –anunció.

–Sí te gustará –le avasalló Zaphod–, toda una vida nueva se extiende ante ti.

–Ah, no; otra no –gruñó Marvin.

–¡Quieres callarte y escuchar! –siseó Zaphod–. Esta vez habrá emociones y aventuras y cosas verdaderamente tremendas.

–Eso me suena horriblemente –comentó Marvin.

–¡Marvin! Lo único que intento pedirte...

–Supongo que quieres que te abra esa nave espacial.

–¡Qué! Pues... sí. Sí, eso es –dijo Zaphod, nervioso. Tenía por lo menos tres ojos fijos en la entrada. No había tiempo.

–Bien; desearía que te limitaras a decírmelo en vez de intentar ganarte mi entusiasmo –dijo Marvin–. Porque no tengo ninguno.

Se acercó a la nave, la tocó y se abrió una escotilla.

Ford y Zaphod miraron fijamente a la abertura.

–No hay de qué –dijo Marvin–. ¡No, nada de gracias!

Volvió a alejarse con sus pasos pesados.

Arthur y Trillian se reunieron con ellos.

–¿Qué pasa? –preguntó Arthur.

–Mira esto –dijo Ford–. Mira el interior de esta nave.

–¡Qué cosa tan fantástica! –musitó Zaphod.

–Es negro –dijo Ford–. Todo es absolutamente negro.

En el restaurante las cosas se acercaban rápidamente al momento después del cual ya no habría más momentos.

Todos los ojos estaban fijos en la cúpula, todos menos los del guardaespaldas de Hotblack Desiato, que miraba atentamente a su jefe, y los del músico, que el encargado de su seguridad había cerrado por respeto.

El guardaespaldas se inclinó sobre la mesa. Si Hotblack Desiato hubiese estado vivo, posiblemente habría considerado que aquella era una buena ocasión para recostarse o para dar un paseo corto. Su guardaespaldas no era hombre que mejorara en compañía. Sin embargo, debido a su lamentable condición, Hotblack Desiato permanecía completamente inerte.

–¿Míster Desiato? ¿Señor? –susurró el guardaespaldas. Cada vez que hablaba, parecía como si los músculos de las comisuras de su boca se encaramaran unos sobre otros para quitarse de en medio.

–¿Míster Desiato? ¿Puede oírme?

De manera muy natural, Hotblack Desiato no dijo nada.

–¿Hotblack? –siseó el guardaespaldas.

Otra vez de manera muy natural, Hotblack Desiato no respondió. Sin embargo, de forma sobrenatural, lo hizo.

Frente a él, una copa de vino cascabeleó en la mesa y un tenedor se elevó unos dos centímetros y dio unos golpecitos a la copa. Luego volvió a asentarse sobre la mesa.

El guardaespaldas emitió un gruñido de satisfacción.

–Es hora de que nos marchemos, míster Desiato –musitó el guardaespaldas–; en su estado no debe cogernos la aglomeración. Debe usted llegar al próximo concierto tranquilo y descansado. Realmente había mucho público. Uno de los mejores. Kakrafún. Hace dos millones quinientos setenta y seis mil años. ¿Ha estado esperándolo con impaciencia?

El tenedor volvió a alzarse, se detuvo, se balanceó de manera indiferente y volvió a caer.

–¡Oh, vamos! –dijo el guardaespaldas–. Va a haber sido magnífico. Los dejó paralizados.

El guardaespaldas habría hecho que al doctor Dan Callejero le diera un ataque de apoplejía.

–La nave negra que se estrella contra el sol siempre les emociona, y la nueva es una hermosura. Lo sentiré mucho cuando la vea perderse. Si vamos para allá, pondré el piloto automático de la nave negra y viajaremos en la limusinave. ¿De acuerdo?

El tenedor dio un golpecito de aquiescencia y, misteriosamente, la copa de vino se vació.

El guardaespaldas empujó la silla de ruedas de Hotblack Desiato y salieron del restaurante.

–¡Y ahora –gritó Max desde el centro del escenario– ha llegado el momento que todos ustedes han estado esperando!

Alzó los brazos. A sus espaldas, la orquesta acometió unos sintoacordes vibrantes y una percusión frenética. Max había discutido con los músicos sobre esto, pero ellos adujeron que estaba en su contrato y que lo harían. Su agente tendría que evitarlo.

–¡Los cielos empiezan a bullir! –gritó–. ¡La naturaleza se desmorona en el aullante vacío! ¡Dentro de veinte segundos el Universo llegará a su fin! ¡Miren cómo la luz del infinito estalla sobre nuestras cabezas!

La horrenda furia de la destrucción se desataba en torno a ellos; y en aquel preciso momento una trompeta sonó suavemente desde la distancia infinita. Los ojos de Max giraron para lanzar una mirada colérica a la orquesta. Ningún músico tocaba trompeta alguna. De pronto, un remolino de humo surgió del escenario, a su lado. A la primera se unieron más trompetas. Max había representado aquel espectáculo más de quinientas veces, y nunca había ocurrido nada parecido. Se apartó alarmado del remolino de humo, donde poco a poco se iba materializando una figura; la figura de un anciano con barba, vestido con una túnica y envuelto en luz. En sus ojos había estrellas, y sobre su frente una corona de oro.

–¿Qué es esto? –musitó Max con los ojos desencajados–. ¿Qué está pasando?

Al fondo del restaurante, el grupo de rostros impenetrables de la Iglesia del Segundo Advenimiento del Gran Profeta Zarquon se pusieron de pie, gritando y cantando en éxtasis.

Max parpadeó asombrado. Levantó los brazos hacia el público.

–¡Un gran aplauso, por favor, señoras y caballeros –aulló–, para el Gran Profeta Zarquon! ¡Ha venido! ¡Zarquon ha vuelto a aparecer!

Se oyó una atronadora salva de aplausos mientras Max cruzaba el escenario y le entregaba el micrófono al Profeta.

Zarquon se aclaró la garganta. Atisbó entre el público. Las estrellas de sus ojos chispearon intranquilas. Aturdido, cogió el micrófono.

–Pues... –dijo–, hola. Hummm, mirad, siento llegar un poco tarde. He pasado un rato espantoso, han surgido toda clase de dificultades en el último momento.

Parecía nervioso por el respetuoso y expectante silencio. Carraspeó.

–Bueno, ¿qué tal andamos de tiempo? –preguntó–. Si tuviera solo un min...

Y así acabó el mundo.

19

Aparte de su precio relativamente barato y del hecho de que en la portada lleva las palabras NO SE ASUSTE escritas en letras grandes y agradables, una de las mayores razones de venta de ese libro absolutamente notable, la *Guía del autoestopista galáctico,* la constituye su glosario abreviado y a veces preciso. Por ejemplo, las estadísticas referentes a la naturaleza geosocial del Universo se indican hábilmente entre las páginas novecientas treinta y ocho mil trescientas veinticuatro y la novecientas treinta y ocho mil trescientas veintiséis; el estilo simplista en que se exponen, queda parcialmente en parte justificado por el hecho de que los autores, al tener que enfrentarse con un límite de tiempo para la entrega del artículo, copiaron la información del reverso de un paquete de cereales para el desayuno, embelleciéndola apresuradamente con algunas notas a pie de página con el fin de evitar que los procesaran bajo las leyes incomprensiblemente tortuosas de los Derechos Galácticos de Autor.

Es interesante observar que un editor posterior y más taimado envió el libro a un tiempo pasado mediante un remolcador temporal y demandó con éxito a la compañía de cereales para el desayuno por infringir esas mismas leyes.

Ahí va una muestra:

El Universo: algunas informaciones para ayudarle a vivir en él.

1 **Zona:** *Infinito.*

La Guía del autoestopista galáctico *da la siguiente definición de la palabra «infinito».*

Infinito: Mayor que la cosa más grande que haya existido nunca, y más. Mucho mayor que eso, en realidad; verdadera y asombrosamente enorme, de un tamaño absolutamente pasmoso, algo para decir: «vaya, qué cosa tan inmensa». El infinito es simplemente tan grande, que en comparación la grandeza misma resulta una nadería. Lo que tratamos de exponer es una especie de concepto que resultaría de lo gigantesco multiplicado por lo colosal multiplicado por lo asombrosamente enorme.

2 **Importaciones:** *Ninguna*

Es imposible importar cosas a una zona infinita, al no haber un exterior del que importarlas.

3 **Exportaciones:** *Ninguna.*

Véase Importaciones.

4 **Población:** *Ninguna.*

Es sabido que existe un número infinito de mundos, sencillamente porque hay una cantidad infinita de espacio para que todos se asienten en él. Sin embargo, no todos están habitados. Por tanto, debe haber un número finito de mundos habitados. Un número finito dividido por infinito se aproxima lo suficiente a la nada para que no haya diferencia, de manera que puede afirmarse que la población media de todos los planetas del Universo es cero. De ello se desprende que la población media de todo el Universo también es cero, y que todas las personas con que uno pueda encontrarse de vez en cuando no son más que el producto de una imaginación trastornada.

5 Unidades monetarias: *Ninguna.*

En realidad, en la Galaxia hay tres monedas de libre cambio, pero ninguna cuenta. El dólar altairiano se ha desmoronado hace poco, la bolita pobble flainiana solo se puede cambiar por otras bolitas pobbles flainianas, y el pu trigánico tiene sus propios problemas muy particulares. Su tasa de cambio, ocho ningis por un pu, es bastante simple, pero como un ningi es una moneda triangular de goma, de diez mil cuatrocientos kilómetros por cada lado, nunca ha tenido nadie suficiente para poseer un pu. El ningi no es una moneda negociable porque los galactibancos se niegan a tratar con un cambio insignificante. A partir de esta premisa fundamental es muy sencillo demostrar que los galactibancos también son producto de una imaginación trastornada.

6 Arte: *Ninguno*

La función del arte es servir de espejo a la naturaleza, y no existe un espejo lo suficientemente grande: véase el punto uno.

7 Sexualidad: *Ninguna.*

Bueno, en realidad hay muchísima, sobre todo debido a la total ausencia de dinero, de comercio, de bancos, de arte y de cualquier otra cosa que mantenga ocupada a toda la población inexistente del Universo.

Sin embargo, no vale la pena emprender ahora una larga discusión sobre ello, porque es algo verdaderamente muy complicado. Para más información véanse los capítulos siete, nueve, diez, once, catorce, dieciséis, diecisiete, diecinueve, veintiuno a ochenta y cuatro inclusive, y la mayor parte del resto de la Guía.

20

El restaurante continuó existiendo, pero todo lo demás se había paralizado. Relastáticos temporales lo sostenían y protegían en el interior de una nada que no era un mero vacío, sino simplemente nada: no podía decirse que hubiese nada en cuyo interior pudiera existir un vacío.

La cúpula con escudo protector se había vuelto otra vez opaca, la fiesta había terminado, los comensales se marchaban, Zarquon había desaparecido con el resto del Universo, las Turbinas del Tiempo se preparaban para hacer retroceder el restaurante a la orilla del tiempo y dejarlo listo para el almuerzo, y Max Quordlepleen estaba de nuevo en su pequeño camerino de cortinas, tratando de localizar a su agente por el tempófono.

En el aparcamiento seguía la nave negra, cerrada y silenciosa.

En el aparcamiento entró el difunto míster Hotblack Desiato, impulsado por el andén rodante por su guardaespaldas.

Bajaron por uno de los tubos. Al acercarse a la limusinave, surgió una escotilla de un costado que aferró las ruedas de la silla y subió esta a bordo. El guardaespaldas subió a continuación y, tras comprobar que su jefe estaba bien conectado al dispositivo de mantenimiento mortal, se dirigió a la pequeña cabina. Allí manipuló el dispositivo de control remoto que conectaba el piloto de la nave negra que estaba al lado de la limusinave, causando de ese modo gran alivio a Zaphod Beeblebrox, que durante diez minutos había estado tratando de arrancar aquel cacharro.

La nave negra se deslizó suavemente de su compartimiento, giró y avanzó rápida y silenciosamente por la calzada central. Al final de ella aceleró, se introdujo en la cámara de lanzamiento temporal e inició el largo viaje de vuelta al pasado remoto.

El menú de Milliways cita, con autorización, un párrafo de la *Guía del autoestopista galáctico.* El pasaje es el siguiente:

La Historia de todas las civilizaciones importantes de la Galaxia tiende a pasar por tres etapas distintas y reconocibles, las de Supervivencia, Indagación y Refinamiento, también conocidas por las fases del Cómo, del Por qué y del Dónde.

Por ejemplo, la primera fase se caracteriza por la pregunta: «¿Cómo podemos comer?»; la segunda, por la pregunta: «¿Por qué comemos?»; y la tercera, por la pregunta: «¿Dónde vamos a almorzar?»

El menú pasa a sugerir que Milliways, el Restaurante del Fin del Mundo, puede ser una respuesta muy agradable y refinada a la tercera pregunta.

Lo que no dice es que, a pesar de que una civilización grande tarda muchos miles de años en pasar las etapas del Cómo, del Por qué y del Dónde, pequeños grupos sociales pueden superarlas con extraordinaria rapidez en situaciones de tensión.

–¿Qué tal vamos? –preguntó Arthur Dent.

–Mal –respondió Ford Prefect.

–¿Adónde vamos? –inquirió Trillian.

–No lo sé –contestó Zaphod Beeblebrox.

–¿Por qué no? –quiso saber Arthur Dent.

–Cierra el pico –sugirieron Zaphod Beeblebrox y Ford Prefect.

–En el fondo –dijo Arthur Dent, ignorando la sugerencia–, lo que tratáis de decir es que hemos perdido el control.

La nave se sacudía y bamboleaba de manera desagradable mientras Ford y Zaphod intentaban arrancar el control al piloto automático. Los motores aullaban y se quejaban como niños cansados en un supermercado.

–Lo que me saca de quicio es este color estrafalario –dijo Zaphod, cuyo enamoramiento con la nave duró casi tres minutos de vuelo–. Cada vez que intento manipular uno de esos extraños instrumentos negros marcados en negro sobre fondo negro, se enciende una lucecita negra para que sepa que se ha conectado. ¿Qué es esto? ¿Una especie de hiperfurgón fúnebre de la Galaxia?

También las paredes de la bamboleante cabina eran negras, el techo era negro, los asientos –rudimentarios, porque el único viaje importante para el que la nave se había construido debería realizarse sin tripulación–, eran negros, el cuadro de mandos era negro, los instrumentos eran negros, los tornillitos que los sujetaban eran negros, la fina y acolchada alfombra que cubría el suelo era negra, y cuando levantaron una esquina descubrieron que la espuma de debajo también era negra.

–A lo mejor –aventuró Trillian–, los ojos de quien lo proyectó respondían a diferentes longitudes de onda.

–O no tenía mucha imaginación –murmuró Arthur.

–Tal vez se sintiera muy deprimido –aventuró Marvin.

En realidad, aunque no lo sabían, se había escogido aquel decorado en honor de la triste y lamentada condición de su propietario, deducible de impuestos.

La nave dio un bandazo especialmente desagradable.

–Despacio –rogó Arthur–, este viaje espacial me está mareando.

–Temporal –le corrigió Zaphod–, estamos atravesando el tiempo hacia atrás.

–Gracias –dijo Arthur–, ahora me parece que voy a vomitar.

–Adelante –dijo Zaphod–, nos vendrá bien un poco de color por aquí.

–Esto parece una cortés conversación de sobremesa, ¿verdad? –saltó Arthur.

Zaphod le pasó los mandos a Ford, para ver si los descifraba, y con paso vacilante se acercó a Arthur.

–Mira, terráqueo –dijo con furia–, tienes un trabajo que hacer, ¿no? La Pregunta de la Respuesta Última, ¿eh?

–¿Cómo, eso? –dijo Arthur–. Creí que ya lo habíamos olvidado.

–Yo no, chaval. Como dijeron los ratones, vale un montón de dinero en el sitio apropiado. Y todo está encerrado en esa cosa que tienes por cabeza.

–Sí, pero...

–¡Nada de peros! Piénsalo. ¡El Sentido de la Vida! Si lo descubrimos podremos chantajear a todos los psiquiatras de la Galaxia, y eso significaría un montón de pasta. Yo le debo un dineral al mío.

Sin mucho entusiasmo, Arthur emitió un hondo suspiro.

–De acuerdo –dijo–. Pero ¿por dónde empezamos? ¿Cómo podría descubrirlo yo? Dicen que la Respuesta Última de lo que sea, es Cuarenta y dos: ¿cómo puedo saber cuál es la pregunta? Puede ser cualquier cosa. Es decir: ¿cuántas son seis por siete?

Zaphod le miró fijamente durante un momento. Luego, sus ojos resplandecieron de emoción.

–¡Cuarenta y dos! –gritó.

Arthur se pasó la palma de la mano por la frente.

–Sí –dijo pacientemente–. Ya lo sé.

Las caras de Zaphod se desencajaron.

–Solo digo que la pregunta puede ser cualquier cosa –dijo Arthur–, y no sé cómo voy a descubrirla.

–Pues tú estabas presente –siseó Zaphod– cuando tu planeta se convirtió en grandes fuegos artificiales.

–En la Tierra tenemos una cosa... –empezó a decir Arthur.

–Teníais –corrigió Zaphod.

–... llamada tacto. Bueno, no importa. Mira; sencillamente, no lo sé.

Una voz grave resonó monótonamente por la cabina.

–Yo lo sé –afirmó Marvin.

–¡No te metas en eso, Marvin! –gritó Ford desde los mandos, con los cuales libraba una batalla perdida–. Es un asunto de seres orgánicos.

–Está impresa en las circunvoluciones de las ondas cerebrales del terráqueo –prosiguió Marvin–, pero no creo que tengáis mucho interés en saberlo.

–¿Quieres decir –preguntó Arthur–, quieres decir que puedes leer en mi mente?

–Sí –contestó Marvin.

Arthur lo miró asombrado.

–¿Y...? –dijo.

–Me tiene maravillado el que podáis vivir con algo tan pequeño.

–¡Ah! –contestó Arthur–, es un ultraje.

–Sí –confirmó Marvin.

–Venga, olvídale –dijo Zaphod–. Se lo está inventando.

–¿Inventando? –repitió Marvin, girando la cabeza con un remedo de asombro–. ¿Por qué querría yo inventar nada? La vida ya es bastante desagradable para inventar cosas acerca de ella.

–Marvin –dijo Trillian con la voz amable y suave que solo ella era capaz de adoptar con aquella criatura espuria–, si lo has sabido todo el tiempo, ¿por qué no nos lo has dicho?

La cabeza de Marvin giró hacia ella.

–No me lo habéis preguntado –contestó sencillamente.

–Bueno, pues te lo preguntamos ahora, hombre de metal –dijo Ford, volviéndose a mirarle.

En aquel momento la nave dejó súbitamente de sacudirse y balancearse y el estruendo de los motores se redujo a un suave murmullo.

–Oye, Ford –dijo Zaphod–; eso suena bien. ¿Has descubierto cómo se manejan los mandos de este trasto?

–No –dijo Ford–. Solo he dejado de hurgar en ellos. Calculo que tendremos que ir dondequiera que vaya esta nave y bajarnos deprisa.

–Sí, claro –convino Zaphod.

–Sabía que no teníais verdadero interés –murmuró Marvin para sí, derrumbándose en un rincón y desconectando sus circuitos.

–El problema es –dijo Ford– que el único instrumento de toda la nave que proporciona algunos datos me tiene preocupado.

Si es lo que creo, y si dice lo que creo que dice, entonces hemos ido muy lejos en el pasado. Quizás hasta dos millones de años antes de nuestra época.

Zaphod se encogió de hombros.

–El tiempo es una faramalla –sentenció.

–De todos modos, me pregunto a quién pertenecerá esta nave –dijo Arthur.

–A mí –dijo Zaphod.

–No. A quién pertenecerá de veras.

–A mí, de veras –insistió Zaphod–. Mira, la propiedad es un robo, ¿no? Luego el robo es la propiedad. Ergo la nave es mía, ¿vale?

–Díselo a la nave –dijo Arthur.

Zaphod se acercó a la consola.

–Nave –dijo, dando puñetazos a los paneles–, te habla tu nuevo dueño...

No le dio tiempo a decir nada más. Varias cosas ocurrieron a la vez.

La nave salió del viaje del tiempo y volvió a emerger al espacio real.

Todos los mandos de la consola, que habían estado apagados durante el viaje del tiempo, se encendieron.

Empezó a funcionar la gran pantalla encima de la consola, revelando un paisaje estelar y un sol muy grande, justo delante de ellos.

Ninguna de tales cosas, sin embargo, fue la causa de que Zaphod se viera en aquel momento violentamente arrojado de espaldas contra el fondo de la cabina, como todos los demás.

Todos se precipitaron hacia atrás por obra de un horrísono ruido que surgió de los altavoces que flanqueaban la pantalla.

21

En el mundo rojo y seco de Kakrafún, en medio del gran desierto de Rudlit, los técnicos de escena comprobaban los aparatos de sonido.

Es decir, los aparatos de sonido estaban en el desierto, pero no los técnicos. Se habían retirado a la seguridad de la gigantesca nave de control de Zona Catastrófica, que estaba en órbita a unos seiscientos kilómetros por encima de la superficie del planeta, y desde allí comprobaban el sonido. A siete kilómetros y medio de los silos de los altavoces, nadie habría sobrevivido a la sintonización.

Si Arthur Dent hubiese estado a menos de siete kilómetros y medio de los silos de los altavoces, su último pensamiento habría sido que, en forma y tamaño, la instalación del sonido se parecía a Manhattan. Los tubos de escape de los altavoces neutrónicos se remontaban de los silos hacia el cielo hasta una altura monstruosa, oscureciendo los bancos de los reactores plutónicos de los amplificadores sísmicos que había tras ellos.

Profundamente enterrados en búnkeres de cemento bajo la urbe de altavoces, estaban los instrumentos que los músicos debían tocar desde la nave: el enorme ajuitar fotónico, el bajo detonador y el complejo conjunto de percusión Megabang.

Iba a ser un concierto ruidoso.

A bordo de la gigantesca nave de control, todo eran prisas y alboroto. La limusinave de Hotblack Desiato, que a su lado era un simple renacuajo, acababa de llegar y atracar, y el llorado caballero era trasladado por pasillos de altas bóvedas para llevarle a presencia del médium que interpretaría sus impulsos psíquicos en el teclado del ajuitar.

También habían llegado un médico, un lógico y un biólogo marino, traídos de Maximégalon a costa de un desembolso fenomenal para que trataran de volver a la razón al cantante solista, que se había encerrado en el cuarto de baño con un frasco de píldoras y se negaba a salir hasta que se le demostrara de manera concluyente que no era un pez. El bajista se dedicaba a ametrallar su dormitorio y el batería no se encontraba a bordo.

Frenéticas averiguaciones llevaron al descubrimiento de que estaba en una playa de Santraginus V, a más de cien años luz de distancia, donde según afirmaba había sido feliz durante la última media hora y había encontrado una piedrecita que iba a ser su amiga.

El mánager del conjunto sintió un profundo alivio. Aquello significaba que, por decimoséptima vez en la gira, un robot tocaría la batería y que, en consecuencia, la entrada de los cimbalistas se produciría a tiempo.

El subéter zumbaba con las comunicaciones de los técnicos de escena, que comprobaban los canales de los altavoces, y eso era lo que se transmitía al interior de la nave negra.

Sus aturdidos ocupantes estaban contra la pared posterior de la cabina, escuchando las voces que salían de los altavoces de la pantalla.

–Muy bien, canal nueve funcionando –dijo una voz–; probando canal quince...

Otro estallido de ruido sacudió la nave.

–Canal quince funcionando –dijo otra voz.

–La nave de los efectos especiales ya está en posición –dijo una tercera voz–. Tiene buen aspecto. Hará un buen picado hacia el sol. ¿Está a la escucha el ordenador de escena?

–A la escucha –respondió la voz de un ordenador.

–Toma los mandos de la nave negra.

–El programa de su trayectoria está fijado, la nave negra está dispuesta para el viaje.

–Probando canal veinte.

Zaphod recorrió la cabina de un salto y conectó unas frecuencias de receptor subéter antes de que el siguiente ruido les hiciera trizas la cabeza. Se quedó de pie, temblando.

–¿Qué significa el picado hacia el sol? –preguntó Trillian con voz queda.

–Significa –contestó Marvin– que la nave va a lanzarse en picado contra el sol, es decir, que va a zambullirse en él. Es muy fácil de entender. ¿Qué podéis esperar si robáis la nave de efectos especiales de Hotblack Desiato?

–¿Cómo sabes... –preguntó Zaphod con una voz que entumecería de frío a un lagarto de las nieves de Vega– que esta es la nave de efectos especiales de Hotblack Desiato?

–Sencillamente –respondió Marvin–, porque yo la aparqué.

–Entonces, ¿por qué... no... nos lo advertiste?

–Tú dijiste que querías emociones, aventuras y cosas demenciales.

–Esto es horrible –comentó Arthur sin necesidad en la pausa que siguió.

–Eso es lo que yo he dicho –confirmó Marvin.

En otra frecuencia, el receptor subéter había captado una emisión de noticias cuyos ecos resonaban por la cabina.

–... hace buen tiempo para el concierto de esta tarde. Estoy delante del escenario –mintió el locutor–, en pleno desierto de Rudlit, y con ayuda de unos gemelos hiperbinópticos puedo apenas distinguir al inmenso público agazapado en todas las direcciones del horizonte. Detrás de mí, los silos de los altavoces se alzan como la ladera de una montaña empinada, y en el cielo se van apagando los rayos del sol, ignorante de lo que va a golpearlo. El grupo ecologista sí sabe lo que va a golpearlo, y afirman que el concierto producirá terremotos, inundaciones, huracanes, daños irreparables en la atmósfera y todas las cosas habituales que los ecologistas suelen añadir.

»Pero acaban de informarme de que un representante de Zona Catastrófica se ha reunido con los ecologistas a la hora de comer y los ha matado a tiros a todos, por lo que ahora nada impide que...

Zaphod desconectó el subéter. Se volvió a Ford.

–¿Sabes lo que estoy pensando? –le dijo.

–Creo que sí –dijo Ford.

–Dime lo que crees que estoy pensando.

–Creo que estás pensando que es hora de que abandonemos esta nave.

–Creo que tienes razón –dijo Zaphod.

–Creo que tienes razón –dijo Ford.

–¿Pero cómo? –dijo Arthur.

–Calla –le cortaron Ford y Zaphod al unísono–, estamos pensando.

–Así que ya está –concluyó Arthur–, vamos a morir.

–Ojalá dejaras de repetir eso –dijo Ford.

En este punto vale la pena recordar las teorías a las que había llegado Ford en su primer encuentro con los seres humanos para explicar su extraña costumbre de afirmar y reafirmar de continuo lo claro y evidente, como «Hace buen día», «Es usted muy alto», o «Así que ya está, vamos a morir».

Su primera teoría fue que si los seres humanos dejaban de hacer ejercicio con los labios, la boca se les quedaría agarrotada.

Al cabo de unos meses de observación, se le ocurrió otra teoría, que era como sigue: Si los seres humanos no dejan de hacer ejercicio con los labios, su cerebro empieza a funcionar.

En realidad, la segunda teoría resulta más literalmente cierta para la raza belcerebona de Kakrafún.

Los belcerebones producían gran resentimiento e inseguridad entre las razas vecinas por ser una de las civilizaciones más ilustradas, realizadas y, sobre todo, tranquilas de la Galaxia.

Como castigo por tal conducta, que se consideraba ofensiva, orgullosa y provocativa, un Tribunal Galáctico les infligió la más cruel de todas las enfermedades sociales: la telepatía. Por consiguiente, con el fin de no emitir el más mínimo pensamiento que les pase por la cabeza a cualquier transeúnte que ande a un radio de siete kilómetros y medio, tienen que hablar muy alto y de manera continua sobre el tiempo, sus penas y pequeñas dolencias, el partido de esta tarde y en lo ruidoso que se ha convertido de pronto Kakrafún.

Otro medio de borrar su mente es hacer de anfitriones en un concierto de Zona Catastrófica.

El cronometraje del concierto era decisivo.

La nave tenía que iniciar el picado antes de que comenzara el concierto, con el fin de chocar con el sol seis minutos y treinta y siete segundos antes del punto culminante de la canción a la que estaba referida, para que la luz de las llamas solares tuviera tiempo de llegar a Kakrafún.

La nave ya llevaba varios minutos en picado cuando Ford Prefect terminó su búsqueda en los demás compartimientos de la nave negra. Irrumpió de nuevo en la cabina.

El sol de Kakrafún empezó a aumentar de forma aterradora en la pantalla, con su infierno de llamaradas blancas creciendo a cada momento por la fusión de los núcleos de hidrógeno, mientras la nave seguía cayendo sin prestar atención a los golpes y porrazos que Zaphod asestaba sobre el cuadro de mandos. Arthur y Trillian tenían la expresión fija de un conejo que está en la carretera en plena noche, pensando que el mejor medio de evitar los faros que se aproximan es desviarlos con la mirada.

Zaphod se volvió con ojos desorbitados.

–Ford –gritó–, ¿cuántas cápsulas de evasión hay?

–Ninguna.

Zaphod tartamudeó.

–¿Las has *contado?* –aulló.

–Dos veces. ¿Has logrado localizar a los técnicos de escena por la radio?

–Sí –dijo Zaphod amargamente–. Dije que había un montón de gente a bordo, y contestaron que dijera «hola» a todo el mundo.

Ford puso los ojos en blanco.

–¿No les dijiste quién eras?

–Claro que sí. Dijeron que era un gran honor. Y añadieron algo acerca de la cuenta de un restaurante y de mis ejecutores testamentarios.

Ford apartó a Arthur de un empujón y se inclinó sobre el cuadro de mandos.

–¿No funciona *nada* de esto? –preguntó con furia.

–Todo está bloqueado.

–Destruye el piloto automático.

–Encuéntralo primero. No hay ninguna conexión.

Hubo un momento de silencio glacial.

Arthur recorría vacilante el fondo de la cabina. Se detuvo de pronto.

–A propósito –dijo–, ¿qué significa teletransporte?

Pasó otro momento.

Los demás se volvieron despacio hacia él.

–Probablemente sea un momento malo para preguntarlo –continuó Arthur–, pero acabo de acordarme de que hace poco habéis utilizado esa palabra, y lo menciono porque...

–¿Dónde dice teletransporte? –preguntó Ford Prefect con voz queda.

–Pues ahí, concretamente –dijo Arthur, señalando una caja negra de control en la parte de atrás de la cabina–. Bajo la palabra «emergencia», encima de «dispositivo» y al lado de, un letrero que dice «no funciona».

En el pandemonio que siguió a continuación, el único acto destacable fue el de Ford Prefect, que se abalanzó por la cabina hacia la pequeña caja negra que Arthur había indicado y empezó a pulsar repetidamente un botoncito negro instalado en ella.

A su lado se abrió un panel cuadrado de dos metros, revelando un compartimiento que semejaba una ducha múltiple que hubiese adquirido una nueva función en la vida como tienda de trastos eléctricos. Del techo pendían instalaciones alámbricas a medio terminar, un revoltijo de piezas desechadas yacían desperdigadas por el suelo, y el panel de programación sobresalía de la cavidad de la pared en donde debería estar fijado.

Al hacer una visita al astillero donde se construía la nave, un contable subalterno de Zona Catastrófica preguntó al capataz de las obras por qué demonios instalaban un teletransporte sumamente caro en una nave que debía hacer un solo viaje importante y, además, sin tripulación. El capataz explicó que el teletransporte podía adquirirse con un descuento del diez por ciento, y el contable replicó que aquello daba lo mismo; el capataz arguyó que se trataba del más potente y refinado teletransporte que había a la venta, y el contable repuso que nadie quería comprarlo; el capataz expuso que, a pesar de todo, la gente tendría que entrar y salir de la nave, y el contable contestó que la nave tenía una puerta perfectamente utilizable; el capataz manifestó que el contable podía irse a hacer puñetas, y el contable sugirió que lo que se acercaba velozmente por la izquierda del capataz era un emparedado de nudillos. Cuando concluyeron las explicaciones, se suspendió la instalación del teletransporte, que después pasó inadvertido en la factura bajo el epígrafe de «Asuntos varios», a cinco veces su precio.

–¡Serán burros! –murmuró Zaphod mientras Ford y él trataban de ordenar el revoltijo de cables.

Al cabo de un momento, Ford le dijo que se quedara atrás. Introdujo una moneda en el teletransporte y tiró de un interruptor que había en el panel colgante. La moneda desapareció con un crujido y un chisporroteo luminoso.

–Bueno, esto funciona –dijo Ford–; sin embargo, no tiene dispositivo de control. Un teletransporte de transferencia de la materia sin un programa de control te puede mandar..., pues a cualquier parte.

El sol de Kakrafún aparecía cada vez más grande en la pantalla.

–A quién le importa –dijo Zaphod–; iremos a donde sea.

–Y además –dijo Ford–, no hay servomecanismo. No podremos ir todos. Alguien tiene que quedarse para manejarlo.

Hubo un momento de grave silencio. El sol se veía cada vez más grande.

–Oye, Marvin –dijo Zaphod en tono animoso–, ¿qué tal vas, muchacho?

–Sospecho que muy mal –murmuró Marvin.

Poco tiempo después, el concierto de Kakrafún alcanzaba una culminación inesperada.

La nave negra, con su malhumorado ocupante a bordo, había caído a tiempo en el horno nuclear del sol. Inmensas llamas solares se desperdigaron a millones de kilómetros por el espacio, conmocionando y en algunos casos derribando a la docena de navegantes flamígeros que viajaban cerca de la superficie del sol esperando el acontecimiento.

Momentos antes de que la luz de la llamarada llegara a Kakrafún, el desierto, triturado por el estruendo, cedió a lo largo de una profunda falla. Un enorme río, desconocido hasta entonces, que corría bajo tierra, emergió a la superficie y segundos después se produjo la erupción de millones de toneladas de lava ardiente que se alzó a centenares de metros por el aire, secando el río por encima y por debajo de la superficie en una explosión que retumbó hasta el otro lado del mundo en un recorrido de ida y vuelta.

Aquellos, muy pocos, que contemplaron el acontecimiento y lograron sobrevivir, juran que los cien mil seiscientos kilómetros cuadrados de desierto se elevaron en el aire como una torta de un kilómetro de espesor que dio la vuelta y cayó. En aquel preciso momento, la radiación solar de las llamaradas se filtró entre las nubes de vapor de agua y llegó al suelo.

Un año después, los ciento sesenta mil kilómetros cuadrados de desierto estaban cubiertos de flores. En torno al planeta, la estructura de la atmósfera había quedado ligeramente alterada. El sol fulguraba con menos fuerza en verano, el frío era menos crudo en invierno, agradables lluvias caían con mayor frecuencia, y poco a poco el mundo desértico de Kakrafún se convirtió en un paraíso. Incluso las facultades telepáticas con que se había castigado a los pobladores de Kakrafún quedaron anuladas de manera permanente por la fuerza de la explosión.

Se comentó que un portavoz de Zona Catastrófica, aquel que había matado a tiros a todos los ecologistas, dijo que había sido una «buena sesión».

Mucha gente habló emocionada de los poderes curativos de la música. Algunos científicos escépticos examinaron con más atención la crónica de los acontecimientos y afirmaron que habían descubierto débiles vestigios de un vasto Campo de Improbabilidad, artificialmente provocado, que vagaba desde una región próxima del espacio.

22

Arthur se despertó y lo lamentó enseguida. Había tenido resacas, pero nunca de aquel calibre. Ya estaba. Aquello era lo último, el abismo final. Llegó a la conclusión de que los rayos de transferencia de la materia no eran tan divertidos como, por ejemplo, una buena patada en la cabeza.

Como de momento no quería moverse debido a que sentía una palpitación sorda y pesada, se quedó tumbado un rato y meditó. Pensó que el problema de la mayor parte de los medios de transporte consiste fundamentalmente en que no valen la pena. En el planeta Tierra, antes de que lo demolieran para dar paso a una vía de circunvalación hiperespacial, el problema habían sido los coches. Las desventajas que constituía el sacar del suelo montones de fango negro y pegajoso en zonas donde había estado oculto sin molestar a nadie, convirtiéndolo luego en alquitrán para cubrir con él el terreno, llenar el aire de humo y tirar lo sobrante al mar, parecía superar las ventajas de poder llegar más deprisa de un sitio a otro, en especial cuando el lugar al que se llegaba probablemente se había convertido, como resultado de todo ello, en un sitio muy semejante a aquel del que se había salido, es decir, cubierto con alquitrán, lleno de humo y sin peces.

¿Y qué ocurría con los rayos de transferencia de la materia? Cualquier medio de transporte que le despedazara a uno átomo por átomo, lanzando tales átomos por el subéter para luego volverlos a reunir justo cuando empezaban a gustar la libertad por primera vez durante años, tenía que ser una mala noticia.

Muchas personas habían pensado exactamente lo mismo antes que Arthur Dent, e incluso llegaron al extremo de escribir canciones al respecto. A continuación transcribimos una que solía cantarse por enormes multitudes frente a la fábrica de Sistemas de Teletransporte de la Compañía Cibernética Sirius, en Mundi-Félix III:

Aldebarán es grande, sí,
Algol, muy bonito,
Las guapas chicas de Betelgeuse
Te harán perder el tino.
Harán lo que quieras,
Muy deprisa y después muy lento,
Pero, si para llevarme, despedazarme esperas,
Entonces no quiero ir.

Cantando,
Despedázame, despedázame,
¡Vaya forma de viajar!,
Y si, para llevarme, me has de despedazar,
En casa prefiero quedarme.

Sirio está pavimentado de oro,
Eso he oído decir
A chiflados que luego añaden:
«Ve Tau antes de morir.»
Alegre tomaría el camino principal
Y hasta el secundario,
Pero si, para llevarme, en pedazos me debes partir,
Lo que es yo, me niego a ir.

Cantando,
Despedázame, despedázame,
Tienes que estar mal de la cabeza,
Pero si para llevarme, pedazos me debes hacer,
En la cama me he de meter.

... y así sucesivamente. Había otra canción de moda, mucho más breve:

Me teletransportaron a casa una noche
Con Ron y Sid y Meg.
Ron se llevó el corazón de Meggie,
Y yo me quedé con la pierna de Sidney.

Arthur sintió que las oleadas de dolor se debilitaban, aunque seguía percibiendo la palpitación sorda y pesada. Se levantó despacio, con cuidado.

–¿Oyes una palpitación sorda y pesada? –le preguntó Ford Prefect.

Arthur se volvió en redondo, tambaleándose inseguro. Ford Prefect se acercó con ojos rojos y pastosos.

–¿Dónde estamos? –murmuró Arthur.

Ford miró alrededor. Se encontraban en un pasillo largo y curvo que se extendía en ambas direcciones hasta perderse de vista. La pared exterior, de acero pintado en ese horrible tono verde pálido que utilizan en escuelas, hospitales y manicomios para tener apaciguados a niños y pacientes, se curvaba por encima de sus cabezas hasta reunirse con la pared perpendicular interior, que curiosamente estaba tapizada de arpillera entretejida de color castaño oscuro. El suelo era de caucho acanalado, de color verde oscuro.

Ford se aproximó a un panel transparente, muy grueso y oscuro, empotrado en la pared exterior. Tenía varias capas de espesor, pero a su través podían verse los puntos luminosos de las estrellas lejanas.

–Creo que estamos en algún tipo de nave espacial.

Por el pasillo llegó el rumor de una palpitación sorda y pesada.

–¿Trillian? –llamó Arthur, nervioso–. ¿Zaphod?

Ford se encogió de hombros.

–No hay nadie –anunció–, ya he mirado. Pueden estar en cualquier parte. Un teletransporte sin programar puede enviarle a uno a años luz en cualquier dirección. A juzgar por cómo me siento, diría que hemos venido a parar muy lejos.

–¿Cómo te encuentras?

–Mal.

–¿Dónde crees que están...?

–¿Dónde están, cómo están...? No hay manera de saberlo, y no podemos hacer nada. Haz lo que yo.

–¿Qué?

–No pensar en ello.

Arthur dio vueltas a aquella idea, comprendió de mala gana su utilidad, la arropó y la dejó dormir. Exhaló un hondo suspiro.

–¡Pasos! –exclamó de pronto Ford.

–¿Dónde?

–Ese ruido. Esa palpitación sorda. Son pasos. ¡Escucha!

Arthur escuchó. Desde una distancia indeterminada, el ruido resonaba por el pasillo en dirección a ellos. Era un rumor apagado de pisadas fuertes, que ahora se oían con mayor intensidad.

–Vámonos –dijo secamente Ford.

Se marcharon; cada uno por un lado.

–Por ahí, no –dijo Ford–, es por donde vienen ellos.

–No, no –repuso Arthur–. Vienen por esa dirección.

–No, vienen por...

Se detuvieron. Se volvieron. Escucharon con atención. De nuevo se marcharon cada uno por un lado.

El miedo les atenazó.

En ambas direcciones, el ruido se hacía cada vez más fuerte.

A unos metros a la izquierda corría otro pasillo en ángulo recto con la pared interior. Se precipitaron por él a toda velocidad. Era oscuro, enormemente largo, y a medida que lo recorrían, les daba la impresión de que cada vez hacía más frío. A izquierda y a derecha desembocaban en él otros pasillos, todos muy oscuros, y al pasar por ellos les azotaban ráfagas de aire helado.

Se detuvieron un momento, alarmados. Cuanto más se adentraban por el pasillo, más fuerte era el ruido de las pisadas.

Se apretujaron contra la pared fría y escucharon con frenesí. El frío, la oscuridad y el tamborileo de las pisadas sin cuerpo les afectaba de mala manera. Ford se estremeció, en parte por el frío y en parte por el recuerdo de historias que le contaba su madre preferida cuando no era más que un mozuelo betelgeusiano que no llegaba al tobillo de un megasaltamontes arturiano: cuentos de naves fantasmas, de cascos encantados que vagaban incansables por las regiones más oscuras del espacio profundo, infestado de demonios, de aparecidos o de tripulaciones olvidadas; historias de viajeros incautos que encontraban tales naves y entraban en ellas; historias de... Entonces recordó Ford la arpillera de color castaño que tapizaba la pared del primer pasillo y recobró la calma. Fuera como fuese la forma en que aparecidos y demonios decorasen sus naves fantasmas, pensó que apostaría cualquier cantidad de dinero a que no lo hacían con arpillera. Cogió a Arthur del brazo.

–Volvamos por donde hemos venido –dijo en tono firme, y volvieron sobre sus pasos.

Un momento después saltaron como lagartos asustados al pasillo más próximo cuando los dueños de los pies pesados aparecieron súbitamente delante de ellos.

Ocultos detrás de la esquina, miraron con los ojos en blanco a una docena de hombres y mujeres obesos, vestidos con ropa de correr, que pasaban ruidosamente, jadeando y resollando de una forma que haría tartamudear a un cardiólogo.

Ford Prefect los miró con fijeza.

–¡Corredores! –siseó, cuando el eco de las pisadas se perdió en la red de pasillos.

–¿Corredores? –murmuró Arthur Dent.

–Corredores –confirmó Ford Prefect, encogiéndose de hombros.

El pasillo en el que se ocultaban era diferente de los otros. Era muy corto, y terminaba en una ancha puerta de acero. Ford la examinó, descubrió el mecanismo de apertura y, con un empujón, la abrió de par en par.

Lo primero que vieron sus ojos fue una cosa semejante a un ataúd.

Y las siguientes cuatro mil novecientas noventa y nueve cosas que vieron sus ojos, también eran ataúdes.

23

La bóveda era gigantesca, de techo bajo y mal iluminada. Al extremo, a unos trescientos metros, una arcada daba paso a lo que parecía ser una estancia similar, con enseres semejantes.

Ford Prefect dejó escapar un silbido sordo al pisar el suelo de la bóveda.

–Magnífico –comentó.

–¿Qué tienen los muertos de magnífico? –preguntó Arthur, entrando nervioso detrás de él.

–No sé –dijo Ford–. Vamos a averiguarlo, ¿eh?

Bajo una inspección más atenta, los ataúdes se parecían más a sarcófagos. Se elevaban a la altura de la cintura, y estaban hechos con algo parecido al mármol blanco, que lo era casi sin lugar a dudas; era algo que solo parecía ser mármol blanco. Las partes superiores eran semitranslúcidas, y a través de ellas se percibían vagamente los rasgos de sus difuntos y presumiblemente llorados ocupantes. Eran humanoides, y estaba claro que habían dejado muy atrás las penas de cualquiera que fuese el mundo de donde procedían, pero poco más podía discernirse aparte de eso.

Por el suelo, haciendo lentos remolinos entre los sarcófagos, fluía un gas blanco, pesado y aceitoso, que a primera vista le hizo pensar a Arthur que lo habían puesto para conferir un poco de ambiente al lugar, hasta que descubrió que también le helaba los tobillos. Los sarcófagos también eran sumamente fríos al tacto.

De pronto, Ford se puso en cuclillas delante de uno de ellos. Sacó del bolso una esquina de la toalla y empezó a frotar algo con furia.

–Mira, en este hay una placa –explicó a Arthur–. Está cubierta de escarcha.

Sacó la escarcha frotando y examinó las letras grabadas. A Arthur le parecieron huellas de una araña que hubiese bebido demasiadas copas de lo que bebieran las arañas por la noche, pero Ford reconoció enseguida una forma primitiva de Eezzeereed galáctico.

–Aquí dice: «Flota Arca de Golgafrinchan, Nave B, Cabina de Carga Siete, Esterilizador de Teléfonos de Segunda Clase», y un número de orden.

–¿Un esterilizador de teléfonos? –inquirió Arthur–. ¿Un esterilizador de teléfonos muerto?

–De la mejor especie.

–Pero, ¿qué hace aquí?

Ford atisbó por la parte de arriba el número que había escrito en el interior.

–No mucho –dijo, y de pronto lanzó una de esas sonrisas suyas que siempre hacían pensar a la gente que últimamente había trabajado en exceso y que trataba de descansar un poco.

Salió disparado hacia otro sarcófago. Tras un momento de vigoroso trabajo con la toalla, anunció:

–Este es un peluquero muerto. ¡Vaya!

El siguiente sarcófago resultó ser la última morada de un directivo contable de publicidad; el que estaba a su lado contenía los restos de un vendedor de coches de segunda mano, de tercera categoría.

Una escotilla de inspección empotrada en el suelo llamó súbitamente la atención de Ford; se puso en cuclillas para abrirla, sacudiendo las nubes de gas gélido que trataban de envolverle.

A Arthur se le ocurrió una idea.

–Si no son más que ataúdes –dijo–, ¿por qué los mantienen tan fríos?

–Y en cualquier caso, ¿por qué los mantienen? –repuso Ford, abriendo la escotilla. El gas se escapó por ella–. ¿Por qué se toma alguien la molestia y los gastos de llevar cinco mil cadáveres por el espacio?

–Diez mil –dijo Arthur, señalando la arcada por la que se percibía vagamente la estancia siguiente.

Ford introdujo la cabeza por la escotilla del suelo.

Levantó la vista.

–Quince mil –dijo–; hay otra ahí abajo.

–Quince millones –sonó una voz.

–Eso es muchísimo –dijo Ford–. Un montón.

–¡Daos la vuelta, despacio! –gritó la voz–. Y levantad las manos. Otro movimiento cualquiera y os hago volar en pedacitos muy pequeños.

–¿Hola? –dijo Ford, dándose la vuelta despacio, levantando las manos y no haciendo ningún otro movimiento.

–¿Por qué nadie se alegra nunca de vernos? –preguntó Arthur Dent.

Recortado en el umbral de la puerta por donde habían entrado, estaba el hombre que no se alegraba de verlos. Su desagrado se comunicaba en parte por la voz chillona y dominante, y en parte por la maldad con que les apuntaba con un largo y plateado fusil Mat-O-Mata. Era evidente que el diseñador del arma recibió instrucciones de no andarse con rodeos. «Hazla maligna», le habían dicho. «Haz que resulte enteramente claro que este fusil tiene un lado bueno y un lado malo. Haz que para el que esté en el lado malo no haya duda alguna de que las cosas le van a ir mal. Si hay que ponerle toda clase de púas y dientes, tanto mejor. No es un fusil para colgarlo encima de la chimenea o colocarlo en el paragüero, es un arma para sacarla a la calle y hacer que la gente se sienta desgraciada.»

Ford y Arthur miraron desconsoladamente el fusil.

El hombre armado se apartó de la puerta y dio una vuelta en torno a ellos. Cuando llegó a la luz, vieron su uniforme negro y oro, con unos botones bruñidos que brillaban con tal intensidad que un automovilista que viajase por dirección contraria habría encendido los faros con irritación.

Hizo un gesto hacia la puerta.

–Fuera –dijo. La gente que ostenta tal cantidad de potencia de fuego, no necesita utilizar los verbos. Ford y Arthur salieron, seguidos muy de cerca por el lado malo del Mat-O-Mata y los botones.

Al dar la vuelta por el pasillo, se vieron envueltos entre veinticuatro corredores, ya duchados y cambiados, que los pasaron velozmente en dirección a la bóveda. Confuso, Arthur se volvió para verlos.

–¡Muévete! –gritó su captor.

Arthur continuó caminando.

Ford se encogió de hombros y le siguió.

En la bóveda, los corredores se dirigieron a veinticuatro sarcófagos vacíos colocados a lo largo de la pared lateral; los abrieron, se metieron en ellos y cayeron en un sueño sin sueños de veinticuatro horas.

24

–Hmm, Capitán...

–¿Sí, Número Uno?

–Pues nada, que tengo una especie de informe del Número Dos.

–¡Válgame Dios!

En lo más alto del puente de la nave, el Capitán escudriñaba las distancias infinitas del espacio con mansa resignación. Descansaba bajo una burbuja elevada como una cúpula, y desde allí veía enfrente y por encima el vasto paisaje de estrellas por el que viajaban; un panorama que se había hecho visiblemente menos denso durante la trayectoria del viaje. Si se daba la vuelta y miraba hacia atrás, por encima de los tres kilómetros y medio del casco de la nave, veía un conjunto más denso de estrellas, que casi parecían formar una franja sólida. Así era el paisaje del centro galáctico, por donde viajaban ahora y por donde habían estado viajando durante años a una velocidad que el Capitán apenas podía recordar en aquel momento, pero que sabía que era tremendamente alta. Era algo que se acercaba a la velocidad de una cosa u otra, ¿o era tres veces la velocidad de otra cosa? De todos modos, era muy impresionante. Oteó a popa entre la luminosa distancia, buscando algo. Lo hacía cada pocos minutos, pero nunca encontraba lo que buscaba. Sin embargo, no permitía que eso le preocupara. Los científicos habían insistido mucho en que todo iría perfectamente con tal de que a nadie le entrara el pánico y de que todo el mundo se dedicara a cumplir su cometido de manera ordenada.

A él no le entraba el pánico. Por lo que a él concernía, todo iba espléndidamente. Se restregó el hombro con una esponja porosa. Vagamente percibió que se sentía un tanto molesto por algo. Pero, ¿de qué se trataba? Una tos ligera le alertó de que el primer oficial de la nave aún seguía en el puente.

Buen muchacho, el Número Uno. No era de los más listos, tenía una curiosa dificultad en hacerse la lazada de los zapatos, pero a pesar de todo era un oficial excelente. El Capitán no era hombre que diera una patada a alguien que estuviese agachado haciéndose la lazada de los zapatos, por mucho que tardase. No se parecía al desagradable Número Dos, que se pavoneaba por toda la nave, abrillantándose los botones y comunicando informes a cada hora: «La nave sigue avanzando, Capitán.» «Seguimos el rumbo, Capitán.» «Los niveles de oxígeno siguen manteniéndose, Capitán.» «Déjalo», solía ser el dictamen del Capitán. Ah, sí; eso era lo que le había causado irritación. Bajó la vista y miró al Número Uno.

–Sí, Capitán, gritaba que había encontrado unos prisioneros o algo así...

El Capitán reflexionó. Le parecía muy improbable, pero él no era de los que ponían trabas a sus oficiales.

–Bueno, tal vez eso le tenga contento durante algún tiempo –dijo–. Siempre ha querido tener prisioneros.

Ford Prefect y Arthur Dent avanzaban cansadamente por los pasillos de la nave que, al parecer, no tenían fin. El Número Dos iba detrás de ellos, gritando de vez en cuando órdenes de que no hicieran falsos movimientos ni intentaran ningún truco. Les parecía que habían recorrido al menos un kilómetro y medio de paredes recubiertas de arpillera marrón. Al fin llegaron a una amplia puerta de acero que se abrió a un grito del Número Dos.

Entraron.

A ojos de Ford Prefect y de Arthur Dent, lo más extraordinario del puente de la nave no era el diámetro de quince metros de la cúpula hemisférica que lo cubría y a través de la cual les inundaba el brillo cegador de las estrellas: para gente que ha comido en el Restaurante del Fin del Mundo, tales maravillas son un lugar común. Como tampoco lo era el impresionante despliegue de instrumentos que atestaban la larga pared circular de la estancia. Para Arthur, aquel era el aspecto que tradicionalmente se atribuía a una nave espacial. A Ford le parecía totalmente anticuado: le confirmaba la sospecha de que la nave de efectos especiales de Zona Catastrófica los había llevado un millón de años, si no dos, antes de su propia época.

No, lo que de verdad les dejó perplejos fue la bañera.

La bañera se elevaba sobre un pedestal de dos metros de cristal azul toscamente labrado, y era una monstruosidad barroca que no solía verse con frecuencia fuera del Museo de Fantasías Morbosas de Maximégalon. Un revoltijo de cañerías, semejante a un intestino, se destacaba en pan de oro, en vez de haberse enterrado decentemente a medianoche en una tumba anónima; los grifos y la alcachofa de la ducha habrían sobresaltado a una gárgola.

Como parte central y dominante del puente de una astronave era tremendamente desacertada, y el Número Dos entró con el aire de irritación de un tripulante que era consciente de ello.

–¡Capitán, señor! –gritó con los dientes apretados; operación difícil, pero había tenido años para perfeccionarla.

Una cara grande y jovial y un brazo amistoso cubierto de espuma emergieron por el borde de la monstruosa bañera.

–¡Ah! Hola, Número Dos –dijo el Capitán, saludándole alegremente con una esponja–. ¿Has pasado un buen día?

El Número Dos se cuadró más todavía.

–Le he traído los prisioneros que he localizado en la cámara de congelación número siete, señor –ladró.

Ford y Arthur tosieron confundidos.

–Hmmm..., hola –dijeron al unísono.

El Capitán los saludó con una inclinación. Así que era verdad que el Número Dos había atrapado a unos prisioneros. Vaya, bien hecho, pensó el Capitán; es agradable ver cómo un individuo realiza las tareas para las que está mejor dotado.

–Hola –les dijo–. Disculpad que no me levante, estoy tomando un baño rápido. Bueno, beberemos una ronda de yinitónix. Mira en la nevera, Número Uno.

–Desde luego, señor.

Resulta curioso, y es un hecho al que nadie sabe exactamente cuánta importancia darle, que alrededor del 85 % de todos los mundos conocidos de la Galaxia, ya sean primitivos o muy avanzados, hayan inventado una bebida llamada yinitónix, gi-N'T'N-ix, yini-onix o cualquiera de las mil y una variaciones del mismo tema fonético. Las bebidas no son las mismas y varían entre los «chininto/mnigs» de Sivolvia, que es agua corriente servida a una temperatura ligeramente superior a la del ambiente, y los «tzjin-antoni-cs» de Gagrakackán, que matan a una vaca a cien pasos de distancia; y, en realidad, el único denominador común entre todos ellos, aparte de que los nombres suenen lo mismo, es que todos fueron inventados y recibieron su nombre *antes* de que sus mundos respectivos establecieran contacto con otras civilizaciones.

¿Qué puede deducirse de tal hecho? Que existe en aislamiento total. Por lo que concierne a cualquier teoría de lingüística estructural, ello queda fuera de toda representación gráfica, pero el tema sigue vivo. Los antiguos lingüistas estructurales se enfadaron mucho cuando los modernos lingüistas estructurales decidieron seguir con el tema. Los modernos lingüistas estructurales sienten por él un entusiasmo profundo y lo estudian hasta horas avanzadas de la noche, convencidos de que se hallan cerca de algo de suma importancia, para terminar siendo lingüistas estructurales antiguos antes de tiempo y enfadarse mucho con los modernos. La lingüística estructural es una disciplina incómoda, donde existen amargas disensiones, y gran número de sus estudiosos pasan muchas noches ahogando sus problemas en Zodahs Ouisghianos.

El Número Dos permanecía en pie frente a la bañera del Capitán, temblando de frustración.

–¿Quiere interrogar a los prisioneros, señor? –chilló.

El Capitán lo miró estupefacto.

–¿Por qué demonios golgafrinchanos debería hacerlo? –preguntó.

–¡Para obtener información de ellos, señor! ¡Para averiguar por qué han venido aquí!

–¡Oh, no, no, no! –dijo el Capitán–. Me figuro que se habrán dejado caer por aquí para tomar un yinitónix, ¿no?

–¡Pero son mis prisioneros, señor! ¡He de interrogarlos!

El Capitán los miró indeciso.

–Pues si tienes que hacerlo, de acuerdo –dijo–. Pregúntales qué quieren beber.

Un duro y frío destello surgió en los ojos del Número Dos. Se acercó despacio a Ford Prefect y a Arthur Dent.

–Muy bien. Tú, basura; y tú, bribón... –dijo, hundiendo la Mat-O-Mata en el cuerpo de Ford.

–Tranquilo, Número Dos –le reprendió suavemente el Capitán.

–*¡¡¡Qué queréis beber!!!* –gritó.

–Pues a mí, el yinitónix me parece muy bien –dijo Ford–. ¿Y a ti, Arthur?

–¿Cómo? Pues, humm, sí –dijo este, parpadeando.

–*¿Con hielo o sin hielo?* –aulló el Número Dos.

–Con hielo, por favor –dijo Ford.

–*¿¿¿Limón???*

–Sí, por favor–contestó Ford–. ¿Tenéis alguna galletita? Ya sabes, de esas de queso.

–*¡¡¡¡Soy yo quien hace las preguntas!!!* –aulló el Número Dos, con el cuerpo estremecido de furia apoplética.

–Oye, Número Dos... –intervino el Capitán en tono suave.

–¿Señor?

–Sé buen chico y lárgate, ¿quieres? Estoy tratando de tomar un baño relajante.

Los ojos del Número Dos se estrecharon hasta formar lo que en el oficio de la Gente que Grita y Mata se denomina como rendijas frías, y cuya idea es, presumiblemente, dar al contrincante la impresión de que uno ha perdido las gafas o tiene dificultades para mantenerse despierto. Hasta el momento, sigue sin resolverse el problema de por qué ello resulta tan aterrador.

Se acercó al Capitán; sus labios (los del Número Dos) formaban una línea fina y dura. Una vez más, resulta difícil saber por qué se considera esto como una conducta agresiva. Si uno se pierde en la selva de Traal y tropieza de pronto con la fabulosa Voraz Bestia Bugblatter, debería tener razones para agradecer el que su boca fuese una línea fina y dura en vez de, como ocurre habitualmente, una gran abertura repleta de colmillos babeantes.

–¿¡Puedo recordarle, señor –siseó el Número Dos al Capitán–, que ya lleva *tres años* metido en la bañera!?

Una vez lanzada la réplica final, el Número Dos giró sobre sus talones y se encaminó airosamente a un rincón para practicar rápidos movimientos de ojos en el espejo.

El Capitán se contorsionó en la bañera. Dirigió a Ford Prefect una débil sonrisa.

–Es que, en un trabajo como el mío, se necesita mucho descanso –explicó.

Ford bajó poco a poco las manos. No provocó reacción alguna.

Con movimientos cuidadosos y lentos, Ford avanzó hacia el pedestal de la bañera. Le dio unas palmaditas.

–Muy bonito –mintió.

Se preguntó si no sería peligroso sonreír. Muy despacio, y con cuidado, sonrió. No había peligro.

–Pues... –dijo al Capitán.

–¿Sí? –preguntó este.

–No sé –prosiguió Ford– si podría preguntarle en qué consiste realmente su trabajo.

Una mano le dio un golpecito en el hombro. Se volvió en redondo.

Era el primer oficial.

–Las bebidas.

–¡Ah, gracias! –dijo Ford. Arthur y él cogieron sus yinitónix. Arthur dio un sorbo al suyo y se sorprendió al descubrir que sabía mucho a whisky con soda.

–Me refiero a que no he tenido más remedio que fijarme –dijo Ford, dando un sorbo del suyo– en los cuerpos. En la cabina de carga.

–¿Cuerpos? –dijo el Capitán, sorprendido.

Ford hizo una pausa para reflexionar. Nunca des nada por

sentado, pensó. ¿Era posible que el Capitán no supiese que llevaba quince millones de cadáveres a bordo de su nave?

El Capitán asentía alegremente con la cabeza. También parecía que jugaba con un pato de goma.

Ford miró alrededor. El Número Dos lo miró fijamente en el espejo, pero solo un momento: sus ojos se movían sin cesar. El primer oficial se limitaba a seguir de pie, sosteniendo la bandeja de las bebidas con una sonrisa benévola.

–¿Cuerpos? –repitió el Capitán.

Ford se lamió los labios.

–Sí –dijo–. Ya sabes, todos esos esterilizadores telefónicos y directivos de contabilidad muertos, allá abajo, en la bodega.

El Capitán lo miró fijamente. De pronto, echó la cabeza hacia atrás y rompió a reír.

–¡Pero si no están muertos! –dijo–. ¡Santo Dios, no! Están congelados. Se les va a revivir.

Ford hizo algo que muy rara vez hacía. Pestañeó.

Arthur pareció salir de un trance.

–¿Quieres decir que tienes una bodega llena de peluqueros congelados?

–Sí, sí –confirmó el Capitán–. Millones. Peluqueros, productores de televisión agotados, vendedores de seguros, funcionarios de oficinas de empleo, guardias de seguridad, directivos de relaciones públicas, consejeros de administración, lo que tú quieras. Vamos a colonizar otro planeta.

Ford se tambaleó ligeramente.

–Emocionante, ¿verdad? –dijo el Capitán.

–¡Cómo! ¿Con esa carga? –preguntó Arthur.

–Bueno, no me interpretes mal –dijo el Capitán–; no somos más que una de las naves de la Flota del Arca. Somos el Arca «B», ¿entiendes? Disculpa, ¿puedes abrirme un poco más el grifo del agua caliente?

Arthur le hizo el favor, y una cascada de agua espumosa remolineó en la bañera. El Capitán dejó escapar un suspiro de placer.

–Muchas gracias, querido amigo. Desde luego, podéis serviros otra copa.

Ford dejó la copa, cogió la botella de la bandeja del primer oficial y se llenó el vaso hasta arriba.

–¿Qué es un Arca «B»? –preguntó.

–Esto –respondió el Capitán, agitando alegremente el agua espumosa con el pato.

–Sí –dijo Ford–, pero...

–Bueno, mira, lo que ha pasado –dijo el Capitán– es que nuestro planeta, el mundo de donde venimos, estaba condenado, por decirlo así.

–¿Condenado?

–Sí, claro. Así que la idea que se le ocurrió a todo el mundo fue meter a toda la población en varias astronaves gigantes para ir a asentarnos en otro planeta.

Tras contar toda esa historia, se echó hacia atrás con un gruñido de satisfacción.

–¿Te refieres a otro menos condenado? –saltó Arthur.

–¿Qué has dicho, querido amigo?

–Que si ibais a asentaros en otro planeta menos condenado.

–Sí, vamos a instalarnos en otro. De manera que se decidió construir tres naves, ¿comprendéis?; tres Arcas en el Espacio, y... ¿No os estaré aburriendo, verdad?

–No, no –dijo Ford en tono firme–; es fascinante.

–¿Sabéis una cosa? Resulta delicioso tener a alguien con quien hablar –reflexionó el Capitán.

Los ojos del Número Dos se movieron febrilmente por la estancia y luego quedaron fijos en el espejo, como un par de moscas momentáneamente distraídas de su trozo favorito de carne con un mes de antigüedad.

–El problema que tiene un viaje largo como este –continuó el Capitán– es que se termina hablando solo, lo que resulta tremendamente aburrido porque la mayoría de las veces uno sabe lo que va a decir a continuación.

–¿Solo la mitad de las veces? –preguntó Arthur, sorprendido.

El Capitán se puso a pensar un momento.

–Sí, sobre la mitad de las veces, diría yo. De todos modos... ¿dónde está el jabón?

Buscó a tientas en el fondo de la bañera y lo encontró.

–Sí –prosiguió–; de todos modos, la idea era que en la primera nave, la «A», fuesen todos los dirigentes brillantes, los científicos, los grandes artistas, los triunfadores, ya sabéis; que en la tercera, la «C», fueran todas las personas que hiciesen trabajos manuales, gente que construyera e hiciese cosas; y por último, que en la «B», o sea, la nuestra, fuesen todos los demás: la clase media, ¿comprendéis?

Les dirigió una sonrisa complacida.

–Y a nosotros nos enviaron primero –concluyó, y empezó a tararear una tonadilla de baño.

La tonadilla de baño, compuesta para él por uno de los copleros más interesantes y prolíficos de su mundo (y que en aquellos momentos dormía en la bodega treinta y seis, a unos novecientos metros de distancia), disimuló lo que de otro modo hubiera sido un momento de silencio embarazoso. Ford y Arthur movieron inquietos los pies y evitaron mirarse de manera terminante.

–Hum..., entonces –dijo Arthur al cabo de un momento–, ¿qué era exactamente lo que no iba bien allí en vuestro planeta?

–Pues que estaba condenado, como ya he dicho –explicó el Capitán–. Por lo visto, iba a estrellarse contra el sol, o algo así. O tal vez fuese que la luna iba a chocar contra nosotros. Algo parecido. Fuera lo que fuese, era una perspectiva absolutamente aterradora.

–Yo tenía entendido –terció de pronto el primer oficial– que el planeta iba a ser invadido por un gigantesco enjambre de abejas piraña. ¿No era eso?

El Número Dos se dio la vuelta con los ojos inflamados de un destello frío y duro que solo podía lograrse mediante la mucha práctica que él tenía.

–¡Eso no es lo que a mí me dijeron! –siseó–. ¡Mi comandante en jefe me contó que el planeta entero corría el peligro inminente de ser devorado por un enorme cabrón mutante de las estrellas!

–Vaya... –dijo Fort Prefect.

–¡Sí! Una criatura monstruosa surgida del fondo del averno, con dientes como guadañas de quince mil kilómetros de largo, un aliento que haría hervir el agua de los mares, garras que arrancarían de raíz los continentes, un millar de ojos que abrasaban como el sol, mandíbulas babeantes que medían un millón y medio de kilómetros de lado a lado, del que nunca... nunca... jamás... habéis...

–Y decidieron enviar primero vuestra carga, ¿no es así? –inquirió Arthur.

–Sí –dijo el Capitán–; bueno, todo el mundo dijo, me parece que con mucho acierto, que desde el punto de vista de la moralidad era muy importante saber que llegarían a un planeta donde estuvieran seguros de que les harían un buen corte de pelo y donde los teléfonos estuvieran limpios.

–Claro –convino Ford–, comprendo que eso fuera muy importante. Y las otras naves, humm..., salieron detrás de vosotros, ¿no?

El Capitán guardó silencio durante un momento y no respondió. Se revolvió en la bañera y miró a popa hacia el brillante centro galáctico. Sus ojos bizquearon hacia la distancia inconcebible.

–Pues es curioso que lo preguntes –dijo, permitiéndose mirar a Ford Prefect con el ceño fruncido–, porque da la casualidad de que no los hemos visto ni por asomo desde hace cinco años que salimos..., pero deben estar en alguna parte detrás de nosotros.

Volvió a otear la distancia.

Ford atisbó con él y arrugó la frente, pensativo.

–A menos, por supuesto –dijo con voz queda–, que se las haya comido el cabrón...

–Ah, sí... –dijo el Capitán con un leve titubeo asomando en su voz–, el cabrón...

Sus ojos recorrieron las formas compactas de los instrumentos y ordenadores alineados en el puente. Parpadeaban inocentes hacia él. Miró las estrellas, pero ninguna dijo una palabra. Observó a su primer y segundo oficiales, pero en aquel momento parecían absortos en sus propios pensamientos. Miró a Ford Prefect, que enarcó las cejas.

–Resulta curioso –dijo al fin el Capitán–, pero ahora que he llegado a contarle la historia a alguien... Quiero decir, ¿es que te parece raro, Número Uno?

–Hummmmmmmmm... –dijo el Número Uno.

–Bueno –dijo Ford–, comprendo que quieras hablar de muchas cosas, de modo que gracias por las copas, y si pudieras dejarnos en el planeta más cercano...

–Pues mira, eso es un poco difícil –repuso el Capitán–, porque nuestro rumbo quedó establecido antes de que saliéramos de Golgafrinchan debido, según creo, a que los números no se me dan muy bien...

–¿Quieres decir que tenemos que quedarnos en esta nave? –exclamó Ford, perdiendo súbitamente la paciencia ante aquel acertijo–. ¿Cuándo piensas llegar a ese planeta que has de colonizar?

–Me parece que en cualquier momento, ya estamos cerca –dijo el Capitán–. En realidad, tal vez vaya siendo hora de que salga del baño. Pero no sé por qué tengo que dejarlo justo cuando más me gusta.

–¿De manera que vamos a aterrizar dentro de un momento? –dijo Arthur.

–Pues en realidad, no tanto *aterrizar,* no es tanto un aterrizaje como, no... hummm...

–Pero ¿qué dices? –preguntó Ford con brusquedad.

–Pues creo que, hasta donde puedo recordar –respondió el Capitán, escogiendo las palabras con cuidado–, estábamos programados para estrellarnos en él.

–¿Estrellarnos? –gritaron Ford y Arthur.

–Pues sí –confirmó el Capitán–, sí; creo que eso forma parte del plan. Hay una razón tremendamente buena para ello que ahora mismo no logro recordar. Era algo relativo a... humm...

Ford estalló.

–¡Sois un hatajo de puñeteros chiflados! –gritó.

–¡Ah, sí! Eso era –dijo el Capitán, rebosante de alegría–. Esa era la razón.

25

Sobre el planeta de Golgafrinchan, la *Guía del autoestopista galáctico* dice lo siguiente: *Es un planeta de historia antigua y misteriosa, de rica leyenda, rojo, y en ocasiones verde con la sangre de aquellos que en tiempos pasados trataron de conquistarlo; es una tierra de parajes resecos y yermos, con un aire dulzón y sofocante lleno del embriagador aroma de las primaveras perfumadas que se escurre por las rocas cálidas y polvorientas nutriendo sus oscuros líquenes almizcleños; una tierra de mentalidades calenturientas y fantasías alcohólicas, especialmente entre aquellos que gustan de los líquenes; una tierra de ideas frías y veladas entre aquellos que han aprendido a renunciar a los líquenes y encuentran un árbol para sentarse a su sombra; una tierra de sangre, de acero y de heroísmo; una tierra del cuerpo y del espíritu. Tal ha sido su historia.*

Y en toda esta historia antigua y misteriosa, los personajes más insondables fueron sin duda los Grandes Poetas Circundantes de Arium. Los Poetas Circundantes vivían en pasos de montañas remotas donde se ponían al acecho de pequeños grupos de viajeros incautos, a quienes rodeaban y arrojaban piedras.

Y cuando los viajeros gritaban diciendo que por qué no se marchaban a seguir escribiendo poemas en lugar de molestar a la gente tirando piedras, se detenían de pronto y empezaban a recitar uno de los setecientos noventa y cuatro Cantos Cíclicos de Vassillian. Tales cantos eran de una belleza extraordinaria y de una extensión aún más extraordinaria, y todos tenían exactamente la misma estructura.

La primera parte de cada canto narraba que una vez se dirigió a la Ciudad de Vassillian un grupo de cinco príncipes prudentes con cuatro caballos. Los príncipes, que por supuesto eran valientes, nobles y juiciosos, viajaban mucho por tierras lejanas, luchando con ogros gigantescos, practicando extrañas filosofías, tomando el té con dioses maravillosos y rescatando a bellos monstruos de princesas hambrientas, antes de anunciar al fin que habían adquirido la sabiduría y que, por consiguiente, sus viajes habían terminado.

La segunda parte de los cantos, mucho más extensa, relataba todas las disputas por las que uno de ellos tuvo que volver atrás.

Todo esto ocurrió en el pasado remoto del planeta. Sin embargo, fue un descendiente de aquellos poetas excéntricos quien inventó los espurios cuentos de la fatalidad inminente que permitió a los habitantes de Golgafrinchan librarse de la tercera parte de su población, enteramente inútil. Los otros dos tercios se quedaron en sus casas y llevaron una vida plena, rica y feliz hasta que todos desaparecieron súbitamente por una virulenta enfermedad contraída por el contacto con un teléfono sucio.

26

Aquella noche, la nave se estrelló en un pequeño planeta enteramente insignificante y de color azul verdoso que daba vueltas en torno a un pequeño y despreciable sol amarillento, en los remotos e inexplorados confines del arcaico extremo occidental de la espiral de la Galaxia.

En las horas anteriores a la colisión, Ford Prefect había luchado furiosamente, pero en vano, por liberar los mandos de la nave de su trayectoria de vuelo, ordenada de antemano. Enseguida comprendió que la nave estaba programada para depositar a su tripulación sana y salva, aunque de manera incómoda, en su nuevo hogar, pero también para que quedara inutilizada en la maniobra, más allá de toda esperanza de reparación.

En la caída chirriante y cegadora por la atmósfera se arrancó la mayor parte de la superestructura y del revestimiento exterior, y el ignominioso tripazo final en un pantano cenagoso solo dejó a la tripulación unas horas de oscuridad durante las cuales revivir y descargar su cargamento indeseable y congelado, pues la nave empezó a asentarse casi de inmediato, enderezando despacio su casco gigantesco en el barro estancado. Durante la noche, una o dos veces se vio su silueta fuertemente recortada contra el cielo como dos meteoros ígneos: los despojos de su caída.

Bajo la luz grisácea previa al amanecer emitió unos gargarismos repulsivos y estrepitosos, y se hundió para siempre en las malolientes profundidades de la ciénaga.

Por la mañana el sol derramó su tenue y acuosa luz sobre una vasta zona repleta de sollozantes peluqueros, directivos de relaciones públicas, entrevistadores de encuestas y demás, que reptaban desesperadamente por llegar a tierra firme.

Probablemente, un sol con menos voluntad se habría vuelto a ocultar en el acto, pero siguió su camino ascendente por el cielo y al cabo del rato el influjo de sus cálidos rayos empezó a llevar algún alivio a las débiles y esforzadas criaturas.

No es de extrañar que muchísimas desaparecieran en el pantano durante la noche, y que millones más se hundieran con la nave, pero los supervivientes aún se contaban por centenares de miles, y a medida que pasaba el día se iban arrastrando por los campos próximos, cada uno buscando unos pocos metros de terreno firme en el que dejarse caer y recobrarse de la penosa experiencia.

Dos figuras avanzaban a cierta distancia de allí por la campiña.

Desde una colina cercana Ford Prefect y Arthur Dent contemplaban el horror del que no se sentían parte.

–Es una jugarreta sucia y repugnante –murmuró Arthur.

Ford arañó el suelo con un palo y se encogió de hombros.

–Es una solución original para un problema en el que yo había pensado.

–¿Por qué no aprende la gente a vivir en paz y armonía? –preguntó Arthur.

Ford lanzó una carcajada sonora y retumbante.

–¡Cuarenta y dos! –dijo con una sonrisa maliciosa–. No, no cuadra. No importa.

Arthur lo miró como si se hubiera vuelto loco y, como no vio nada que indicase lo contrario, comprendió que era muy razonable suponer que eso era lo que había pasado en realidad.

–¿Qué crees que les pasará a todos ellos? –preguntó al cabo de un rato.

–En un Universo infinito puede ocurrir cualquier cosa –contestó Ford–. Hasta pueden sobrevivir. Extraño, pero cierto.

Una expresión de curiosidad surgió en sus ojos mientras inspeccionaba el paisaje y volvía a fijar la mirada en la escena de sufrimiento que se desarrollaba a sus pies.

–Creo que se las arreglarán durante una temporada –manifestó.

Arthur le lanzó una mirada incisiva.

–¿Por qué dices eso?

Ford se encogió de hombros.

–No es más que una corazonada –contestó, negándose a que le hicieran más preguntas–. Mira –dijo de pronto.

Arthur siguió la dirección del dedo con el que señalaba. Abajo, entre las masas tendidas, avanzaba una figura; aunque tal vez fuese más acertado decir que se tambaleaba. Parecía llevar algo al hombro. Mientras avanzaba inseguro de un cuerpo tendido a otro, parecía agitar algo que llevaba al hombro como si estuviera borracho. Al cabo de un rato abandonó sus esfuerzos y se derrumbó en el suelo.

Arthur no tenía idea de lo que aquello había de significar para él.

–Es una cámara cinematográfica –explicó Ford–. Ha filmado el histórico momento.

–Bueno, no sé lo que harás tú –añadió Ford poco después–, pero yo me voy.

Se sentó en silencio.

Al cabo de un tiempo, sus palabras parecieron exigir un comentario.

–Humm, ¿qué quieres decir exactamente con eso de que te vas? –preguntó Arthur.

–Buena pregunta –dijo Ford–, estoy recibiendo un silencio total.

Arthur miró por encima del hombro de Ford y vio que manipulaba los botones de una pequeña caja negra. Ford ya le había dicho que la cajita era un Sub-Eta Sens-O-Mático, pero Arthur se había limitado a asentir con aire ausente y no insistió en el tema. En su cabeza, el Universo seguía dividido en dos partes: el planeta Tierra, y todo lo demás. Como habían demolido la Tierra para dar paso a una vía de circunvalación hiperespacial, su visión de las cosas estaba un poco desproporcionada, pero Arthur se aferraba a aquella desproporción por ser el último contacto que le quedaba con el lugar de su nacimiento. Los Sub-Eta Sens-O-Máticos pertenecían a la categoría de «todo lo demás».

–Ni una salchicha –dijo Ford, agitando la caja.

¡Una salchicha!, pensó Arthur mientras miraba con desgana al mundo primitivo que le rodeaba, ¡qué no daría yo por una buena salchicha terráquea!

–¿Quieres creer –dijo Ford con irritación– que no existe ningún tipo de transmisión en un radio de años luz de este rincón ignorado? ¿Me estás escuchando?

–¿Qué? –preguntó Arthur.

–Estamos en un apuro –dijo Ford.

–Ah –dijo Arthur. Aquello le pareció una novedad del mes pasado.

–Si no localizamos algo en este aparato –dijo Ford–, nuestras posibilidades de salir de este planeta son cero. Quizás produzca un efecto de alguna onda estacionaria anormal en el campo magnético del planeta, en cuyo caso nos dedicaremos a dar vueltas por ahí hasta que encontremos una zona donde se reciba claramente. ¿Vienes?

Recogió el equipo y echó a andar.

Arthur miró al pie de la colina. El hombre de la cámara cinematográfica se puso en pie con dificultad, justo a tiempo de filmar el derrumbe de uno de sus compañeros.

Arthur arrancó una brizna de hierba y echó a andar en pos de Ford.

27

–Espero que hayáis comido bien –dijo Zarniwoop cuando Zaphod y Trillian volvieron a materializarse en el puente de la astronave *Corazón de Oro* y quedaron jadeantes en el suelo.

Zaphod abrió algunos ojos y le lanzó una mirada iracunda.

–¡Tú! –exclamó con desprecio.

Se puso en pie a duras penas y se dispuso a encontrar un sillón donde acomodarse. Lo halló y se derrumbó en él.

–He programado el ordenador con las Coordenadas de Improbabilidad correspondientes con nuestro viaje –dijo Zarniwoop–. Llegaremos dentro de muy poco. Entretanto, ¿por qué no descansas y te preparas para la reunión?

Zaphod no dijo nada. Volvió a levantarse y se dirigió a un armarito del que sacó una botella de añejo aguardiente Janx. Bebió un trago largo.

–Y cuando todo esto acabe –dijo Zaphod con ferocidad–, se terminó, ¿vale? Seré libre de marcharme y hacer lo que me venga en gana y de tumbarme en la playa y todo eso.

–Depende de lo que salga de la reunión –dijo Zarniwoop.

–¿Quién es este hombre, Zaphod? –preguntó Trillian, poniéndose en pie con dificultad, temblando–. ¿Qué hace aquí? ¿Por qué está en nuestra nave?

–Es un hombre muy estúpido –contestó Zaphod–, que quiere reunirse con el hombre que rige el Universo.

–Ah –dijo Trillian, quitándole la botella a Zaphod para tomar un trago–, un trepador.

28

El problema más importante, o *uno* de los problemas más importantes, porque hay varios; es decir, uno de los muchos problemas más importantes de la clase dirigente consiste en encontrar a la persona que realice tareas de gobierno; o mejor dicho, a quién va a encargarse de encontrar a gente que se encargue de realizarlas para ellos.

Resumamos: es un hecho bien conocido que las personas que

más deseos tienen de gobernar a la gente son, *ipso facto,* las menos adecuadas para ello. Abreviemos el resumen: a cualquiera que sea capaz de nombrarse presidente a sí mismo, no debería permitírsele en modo alguno realizar dicha tarea. Abreviemos el resumen del resumen: la gente es un problema.

Al igual que la situación con que nos encontramos: una serie de presidentes galácticos que disfrutan tanto de la diversión y de la palabrería de estar en el poder, que muy rara vez notan que no lo están.

Y hay alguien detrás de ellos, en la sombra: ¿quién?

¿Quién puede gobernar, si a nadie que quiera hacerlo se le permite ejercer el poder?

29

En un mundo pequeño y oscuro, situado en medio de ninguna parte –es decir, en ningún sitio que pueda encontrarse, ya que está protegido por un vasto campo de improbabilidad del que solo seis hombres de esta galaxia tienen la llave– estaba lloviendo.

Caía a cántaros, desde hacía horas. La lluvia batía la superficie del mar hasta convertirla en niebla, golpeaba los árboles, agitaba y revolvía un terreno bajo cerca del mar convirtiéndolo en una charca embarrada.

Se precipitaba y danzaba sobre el techo de metal ondulado de la pequeña cabaña que se elevaba en medio del barrizal. Borraba el pequeño y tosco sendero que llevaba de la cabaña a la playa y aplastaba los pulcros montones de interesantes conchas allí colocadas.

En el interior de la cabaña, el golpeteo de la lluvia era ensordecedor, pero a su ocupante le pasaba inadvertido, pues tenía puesta la atención en otra cosa.

Era un hombre alto de movimientos lentos y ásperos cabellos rubios, húmedos por el agua que se filtraba del techo. Llevaba ropas harapientas, tenía la espalda encorvada y sus ojos, aunque abiertos, parecían cerrados.

En la cabaña había un sillón viejo y estropeado, una mesa decrépita y llena de arañazos, un colchón viejo, unos cojines y una estufa pequeña pero caliente.

También había un gato viejo y un tanto curtido por la intemperie, y en aquellos momentos constituía el centro de atención del hombre, que inclinó sobre él su cuerpo encorvado.

–Gatito, gatito, gatito –dijo–, cuchicuchicuchicu... ¿Quiere su pescado el gatito? ¿Quiere el gatito... un buen trozo de pescado?

El gato parecía indeciso sobre el tema. Con bastante condescendencia, rozó con la garra el trozo de pescado que le ofrecía el hombre, y luego se distrajo con una mota de polvo que vio en el suelo.

–Si el gatito no se come el pescado, creo que el gatito adelgazará y se pondrá malo –dijo el hombre. En su voz había duda–. Supongo que eso es lo que ocurrirá –prosiguió–, pero ¿cómo puedo saberlo?

Volvió a ofrecerle el pescado.

–El gatito está pensando –dijo– si va a comer el pescado o no se lo va a comer. Creo que será mejor no entrometerme.

Suspiró.

–Yo creo que el pescado está bueno, pero también pienso que la lluvia es húmeda, así que, ¿quién soy yo para juzgar?

Dejó el pescado en el suelo, cerca del gato y se retiró al sillón.

–Ah, me parece ver que te lo estás comiendo –dijo al fin, mientras el gato agotaba las posibilidades de diversión de la mota de polvo y caía sobre el pescado.

–Me gusta verte comer el pescado –dijo el hombre–, porque según mi opinión perderás peso si no lo haces.

De la mesa cogió un trozo de papel y los restos de un lápiz. Tomó lo uno con una mano y lo otro con la otra, experimentando con las distintas formas de ponerlos en contacto. Trató de sujetar el lápiz por debajo, luego encima y después al lado del papel. Intentó envolver el lápiz con el papel, intentó frotar la parte roma del lápiz contra el papel. Hizo una marca y el descubrimiento le encantó, como todos los días. Cogió otro trozo de papel de la mesa. Tenía un crucigrama. Lo estudió brevemente y rellenó un par de palabras antes de perder interés.

Trató de sentarse sobre una mano y le intrigó la sensación de los huesos contra la cadera.

–El pescado viene de muy lejos –dijo–, o eso me han dicho. O eso me figuro que me han dicho. Cuando vienen los hombres, o cuando los hombres acuden a mi imaginación en sus seis naves negras y relucientes, ¿también aparecen en tu mente? ¿Qué ves tú, gatito?

Miró al gato, más preocupado por tragarse el pescado lo antes posible que por aquellas especulaciones.

–Y cuando oigo sus preguntas, ¿también las oyes tú? ¿Qué te sugieren sus voces? Tal vez pienses que cantan canciones para ti.

Reflexionó y vio el defecto de tal hipótesis.

–Tal vez canten canciones para ti –prosiguió– y yo crea que me están haciendo preguntas.

Hizo otra pausa. A veces hacía pausa durante días, solo para ver cómo era.

–¿Crees que vendrán hoy? –preguntó–. Yo sí. El suelo está lleno de barro, hay cigarrillos y whisky sobre la mesa, pescado en una bandeja para ti y un recuerdo de ellos en mi mente. Sé que no es una evidencia concluyente, pero toda evidencia es circunstancial. Y mira qué más me han dejado.

Alargó la mano sobre la mesa y retiró varias cosas.

–Crucigramas, diccionarios y una calculadora.

Jugó con la calculadora durante una hora, mientras el gato se fue a dormir y la lluvia continuó. Finalmente, puso la calculadora a un lado.

–Creo que tengo razón al pensar que me harán preguntas –dijo–. Venir desde tan lejos y dejarme todas estas cosas solo por el privilegio de cantar canciones para ti, sería un comportamiento muy extraño. O eso me parece a mí. Quién sabe, quién sabe.

Cogió un cigarrillo de encima de la mesa y lo encendió con una astilla de la estufa. Inhaló profundamente y se retrepó en el asiento.

–Creo que hoy he visto otra nave en el cielo –dijo al fin–. Una grande y blanca. Nunca había visto una grande y blanca, solo las seis negras. Y las seis verdes. Y a las otras que decían venir de tan lejos. Ninguna grande y blanca. A lo mejor, seis de las pequeñas naves verdes pueden parecer a veces una grande y blanca. A lo mejor me gustaría beber un vaso de whisky. Sí, eso es más prometedor.

Se levantó y encontró un vaso en el suelo, junto al colchón. Se sirvió una medida de whisky de la botella. Volvió a sentarse.

–A lo mejor vienen a verme otras personas –dijo.

A cien metros de distancia se encontraba el *Corazón de Oro,* golpeada por la lluvia torrencial.

Se abrió la escotilla y aparecieron tres figuras, encorvadas para que la lluvia no les diera en la cara.

–¿Es ahí? –gritó Trillian por encima del ruido del aguacero.

–Sí –dijo Zarniwoop.

–¿Esa cabaña?

–Sí.

–Fantástico –dijo Zaphod.

–¡Pero si está en medio de ninguna parte! –dijo Trillian–. Debemos habernos equivocado. No se puede regir el Universo desde una cabaña.

Se apresuraron bajo el aguacero y, completamente empapados, llegaron a la puerta. Llamaron. Tiritaban.

Se abrió la puerta.

–¿Sí? –preguntó el hombre.

–Ah, discúlpeme –dijo Zarniwoop–, tengo razones para creer...

–¿Eres tú quien rige el Universo? –preguntó Zaphod.

El hombre le sonrió.

–Trato de no hacerlo –dijo–. ¿Os habéis mojado?

Zaphod lo miró estupefacto.

–¿Mojado? –gritó–. ¿Es que no lo parece?

–Eso es lo que me parece a mí –dijo el hombre–, pero lo que os parezca a vosotros puede ser un asunto completamente diferente. Si creéis que el calor puede secaros, será mejor que entréis.

Entraron.

Observaron la pequeña cabaña; Zarniwoop con cierto desagrado, Trillian con interés, Zaphod con placer.

–Eh, humm... –dijo Zaphod–. ¿Cómo te llamas?

El hombre los miró con aire de duda.

–No sé. Vaya, ¿crees que debería llamarme de alguna manera? Me parece muy extraño dar un nombre a un montón de vagas percepciones sensoriales.

Invitó a Trillian a sentarse en el sillón. Él lo hizo en el borde; Zarniwoop se apoyó rígidamente contra la mesa y Zaphod se tumbó en el colchón.

–¡Caray! –exclamó Zaphod–. ¡El asiento del poder!

Hizo cosquillas al gato.

–Escuche –intervino Zarniwoop–, tengo que hacerle unas preguntas.

–Muy bien –dijo el hombre con amabilidad–; puede cantarle a mi gato, si quiere.

–¿Y le gustaría? –inquirió Zaphod.

–Pregúnteselo a él –dijo el hombre.

–¿Habla? –preguntó Zaphod.

–No le recuerdo hablando –dijo el hombre–, pero soy muy poco digno de confianza.

Zarniwoop sacó algunas notas del bolsillo.

–Bueno –dijo–, usted rige el Universo, ¿no?

–¿Cómo puedo saberlo? –dijo el hombre.

Zarniwoop tachó una nota en el papel.

–¿Cuánto tiempo lleva haciéndolo?

–Ah –contestó el hombre–, es una pregunta sobre el pasado, ¿verdad?

Zarniwoop lo miró perplejo. Eso no era exactamente lo que él esperaba.

–Sí –repuso.

–¿Cómo puedo saber –manifestó el hombre– que el pasado no es una ficción inventada para explicar la discrepancia entre mis sensaciones físicas inmediatas y mi estado de ánimo?

Zarniwoop lo miró fijamente. De sus ropas empapadas empezó a surgir vapor.

–¿Así que responde usted a todas las preguntas de esa manera?

El hombre contestó con rapidez:

–Digo lo que se me ocurre cuando creo que oigo decir cosas a la gente. No puedo decir más.

Zaphod lanzó una carcajada de contento.

–Brindo por eso –dijo, sacando la botella de aguardiente Janx. Se incorporó de un salto y ofreció la botella al soberano del Universo, que la tomó con placer–. Bien por ti, gran jefe –añadió Zaphod–; cuéntanos cómo es la cosa.

–No, escúcheme –dijo Zarniwoop–; hay gente que viene a verle, ¿verdad? En naves.

–Creo que sí –dijo el hombre.

Pasó la botella a Trillian.

–¿Y le piden que tome decisiones por ellos? –prosiguió Zarniwoop–. ¿Acerca de la vida de la gente, de los mundos, de economía, de guerras, de todo lo que pasa ahí fuera, en el Universo?

–¿Ahí fuera? –dijo el hombre–. ¿Ahí fuera, dónde?

–¡Ahí fuera! –exclamó Zarniwoop, señalando a la puerta.

–¿Cómo puedes saber si hay algo ahí fuera? –dijo cortésmente el hombre–. La puerta está cerrada.

La lluvia seguía golpeteando el techo. Dentro de la cabaña hacía calor.

–¡Pero usted sabe que ahí fuera hay todo un Universo! –gritó Zarniwoop–. ¡No puede eludir sus responsabilidades diciendo que no existen!

El soberano del Universo reflexionó durante largo rato mientras Zarniwoop temblaba de ira.

–Estás muy seguro de tus hechos –dijo al fin el habitante de la cabaña–. Yo no podría confiar en el razonamiento de un hombre que da por sentada la existencia del Universo.

Zarniwoop siguió temblando, pero guardó silencio.

–Yo solo tomo decisiones respecto a mi universo –prosiguió el hombre en voz baja–. Mi universo son mis ojos y mis oídos. Todo lo demás son rumores.

–Pero ¿no cree usted en nada?

El amo del mundo se encogió de hombros y tomó en brazos al gato.

–No entiendo lo que quieres decir –manifestó.

–¿No comprende que lo que usted decide en esta cabaña suya afecta a la vida y al destino de millones de seres? ¡Esto es una injusticia monstruosa!

–No sé. Nunca he visto a toda esa gente de que hablas. Y sospecho que tú tampoco. Solo tienen existencia en las palabras que oímos. Es absurdo decir que se sabe lo que les ocurre a otras personas. Solo ellas lo saben, si es que existen. Tienen sus propios universos en sus ojos y oídos.

–Creo que voy a salir un rato –dijo Trillian.

Salió y empezó a pasear bajo la lluvia.

–¿Cree usted que existen otros seres? –insistió Zarniwoop.

–Yo no tengo opinión. ¿Cómo podría saberlo?

–Será mejor que vaya a ver lo que le pasa a Trillian –dijo Zaphod, y salió rápidamente.

Una vez afuera, dijo a la muchacha:

–Creo que el Universo está en muy buenas manos, ¿eh?

–Estupendas –convino Trillian. Fueron caminando bajo la lluvia.

Dentro, Zarniwoop siguió hablando:

–Pero ¿no comprende que la gente vive o muere por una palabra suya?

El soberano del Universo aguardó tanto como pudo. Cuando oyó el débil sonido del arranque de los motores de la nave, empezó a hablar para taparlo con su voz.

–Eso no tiene nada que ver conmigo –afirmó–. No sé nada de la gente. El Señor sabe que no soy un hombre cruel.

–¡Ah! –gritó Zarniwoop–. Ha dicho «El Señor». ¡Cree en algo!

–En mi gato –dijo el hombre afablemente, cogiendo al animal y acariciándolo–. Le llamo El Señor. Soy cariñoso con él.

–Muy bien –dijo Zarniwoop, insistiendo en su punto de vista–. ¿Cómo sabe que existe el gato? ¿Cómo sabe que él sabe que es usted cariñoso, o que le gusta lo que él entienda por su cariño?

–No lo sé –dijo el hombre sonriendo–. No tengo idea. Solo que me gusta comportarme de una manera determinada con lo que parece ser un gato. ¿Te comportas tú de otro modo? Por favor, me parece que estoy cansado.

Zarniwoop exhaló un suspiro de total insatisfacción y miró alrededor.

–¿Dónde están los otros dos? –preguntó de pronto.

–¿Qué otros dos? –dijo el soberano del Universo, arrellanándose en el sillón y sirviéndose otro vaso de whisky.

–¡Beeblebrox y la chica! ¡Los dos que estaban aquí!

–No recuerdo a nadie. El pasado es una ficción inventada para...

–¡Déjese de tonterías! –saltó Zarniwoop, saliendo a la carrera bajo la lluvia.

La nave no estaba. La lluvia seguía agitando el barro. No había ni señal de dónde había estado la nave. Se puso a aullar bajo la lluvia. Volvió corriendo a la cabaña y la encontró cerrada.

El soberano del Universo dormitaba ligeramente en su sillón. Al cabo de un rato jugueteó de nuevo con el lápiz y el papel y le encantó descubrir cómo se hacía una marca apretando el uno contra el otro. Afuera seguía habiendo ruidos diversos, pero él no sabía si eran o no reales. Luego habló a la mesa durante una semana para ver cómo respondía.

30

Aquella noche las estrellas salieron con una claridad y un brillo cegadores. Ford y Arthur habían caminado más kilómetros de lo que eran capaces de calcular y por fin se detuvieron a descansar. La noche era suave y fresca; el aire, puro; el Sub-Eta Sens-O-Mático guardaba un silencio absoluto.

Una quietud maravillosa pendía sobre el mundo; una tranquilidad mágica que se unía a la dulce fragancia de los bosques, a la callada charla de los insectos y a la luz brillante de las estrellas, para aliviar sus espíritus crispados. Incluso Ford Prefect, que había visto más mundos de los que podía contar en una larga tarde, llegó a preguntarse si no era aquel el más hermoso que hubiera visto jamás. Habían pasado el día atravesando colinas y valles verdes y ondulados, profusamente cubiertos de hierba, con flores de aromas indescriptibles y árboles altos de muchas hojas; el sol los había calentado, suaves brisas los habían refrescado y Ford Prefect había probado el Sub-Eta Sens-O-Mático cada vez con menor frecuencia, mostrando menos irritación por su silencio obstinado. Empezaba a pensar que le gustaba estar allí.

Pese a que el aire nocturno era fresco, durmieron profunda y cómodamente a la intemperie; pocas horas después se despertaron con la luz que precede al amanecer, descansados pero hambrientos. En Milliways, Ford había guardado unas rosquillas en el bolso, y con ellas desayunaron antes de emprender la marcha.

Hasta entonces habían vagado al azar, pero ahora se dirigieron en línea recta hacia el Este, pensando que si iban a explorar aquel mundo, deberían tener una idea clara de dónde habían venido y hacia dónde se encaminaban.

Poco antes de mediodía tuvieron el primer indicio de que el mundo en que habían aterrizado no estaba deshabitado; entrevieron un rostro entre los árboles, vigilándolos. Desapareció en el momento que lo vieron, pero ambos quedaron con la imagen de una criatura humanoide que al verlos sintió curiosidad pero no alarma. Media hora después volvieron a atisbar otra cara semejante; y diez minutos más tarde, otra más.

Un minuto después dieron en un claro amplio y se detuvieron en seco.

Ante ellos, en medio del claro, había un grupo de unos doce hombres y mujeres. Permanecían quietos y callados frente a Ford y Arthur. Varias mujeres tenían niños en brazos, y detrás del grupo había un conjunto de habitáculos destartalados, hechos de barro y ramas.

Ford y Arthur contuvieron el aliento.

El hombre más alto medía poco más de un metro y sesenta centímetros; todos estaban levemente inclinados hacia delante, tenían brazos largos, frentes estrechas y ojos claros y brillantes con los que miraban fijamente a los extraños.

Al ver que aquella gente no llevaba armas ni hacía movimiento alguno hacia ellos, Ford y Arthur se tranquilizaron un poco.

Durante un rato, los dos grupos se limitaron a observarse, inmóviles. Los nativos parecían perplejos ante los intrusos, y aunque no daban muestras de agresividad, tampoco ofrecían señal alguna de hospitalidad.

Nada sucedió.

Durante dos minutos enteros siguió sin ocurrir nada.

Al cabo de los dos minutos, Ford decidió que ya era hora de que pasara algo.

–Hola –dijo.

Las mujeres apretaron a los niños un poco más contra sus cuerpos.

Los hombres no hicieron ningún movimiento perceptible; sin embargo, toda su actitud demostraba claramente que el saludo no era bien acogido: no lo rechazaban de manera manifiesta, solo que no lo recibían bien.

Uno de ellos, que permanecía un poco destacado en la vanguardia del grupo y que, en consecuencia, podía ser su dirigente, dio un paso adelante. Su rostro estaba tranquilo y en calma, casi sereno.

–Aggfffggghhhrrr uh uh ruh uurgh –dijo con voz queda.

Aquello pilló desprevenido a Arthur. Estaba tan acostumbrado a recibir la traducción instantánea e inconsciente de todo lo que oía por medio del Pez Babel que tenía alojado en el oído, que había dejado de percibir su presencia, y solo ahora lo recordó, cuando parecía que no funcionaba. Vagas sombras de sentido parpadearon en el fondo de su mente, pero nada percibió con claridad. Supuso (da la casualidad que correctamente) que aquellos seres solo habían desarrollado los más toscos rudimentos del lenguaje, y que por tanto el Pez Babel era incapaz de prestarle ayuda. Miró a Ford, infinitamente más experimentado en aquellos asuntos.

–Creo –dijo Ford con la comisura de los labios– que nos pregunta si nos importaría seguir caminando, alejándonos de la aldea.

Un momento después, un gesto del humanoide pareció confirmar sus palabras.

–Ruurggghhh; urgh urgh (uh ruh) rruurruuh ug –prosiguió el homínido.

–Por lo que puedo deducir –dijo Ford–, el sentido general es que somos bien recibidos para continuar nuestro viaje en la forma que queramos, pero si decidimos rodear su aldea en vez de atravesarla, les haríamos muy dichosos a todos.

–Bueno, ¿y qué hacemos?

–Creo que vamos a hacerlos felices –dijo Ford.

Despacio, y con mucho tiento, rodearon el perímetro del claro. Aquello pareció caerles muy bien a los nativos, que les dedicaron una ligerísima inclinación y luego se ocuparon de sus asuntos.

Ford y Arthur prosiguieron el viaje a través del bosque. A unos centenares de metros del claro se encontraron de pronto ante un pequeño montón de frutas colocadas en medio del camino: bayas que se parecían notablemente a frambuesas y moras, y unas frutas carnosas de piel verde muy semejantes a peras.

Hasta entonces se habían alejado de las frutas y bayas que habían visto, aunque los árboles y arbustos estaban plagados de ellas.

–Míralo de esta manera –había dicho Ford Prefect–, la fruta y las bayas de planetas extraños pueden revivirte o pueden matarte. Por consiguiente, solo hay que acercarse a ellas cuando veas que vas a morir si no lo haces. De ese modo sales ganando. El secreto de un *autoestopismo* sano está en comer chucherías.

Miraron suspicaces al montón de frutas colocado en su camino. Parecían tan buenas, que casi se marearon de hambre.

–Míralo de esta manera –dijo Ford–, humm...

–¿Sí? –dijo Arthur.

–Estoy tratando de pensar en alguna manera de mirarlo que signifique que vamos a comérnoslas –dijo Ford.

El sol que se filtraba entre las hojas relucía sobre las rollizas pieles de lo que parecían peras. Las frutas semejantes a frambuesas y moras eran más gordas y carnosas de cuantas Arthur hubiera visto jamás, incluso en anuncios de helados.

–¿Por qué no comemos y lo pensamos después? –sugirió.

–Tal vez sea eso lo que quieren que hagamos.

–Muy bien, míralo de esta manera...

–Hasta ahora me parece bien.

–Están aquí para que las comamos. O son buenas o son malas; o pretenden alimentarnos, o bien quieren envenenarnos. Si son venenosas y no las comemos, nos atacarán de otra forma. En cualquier caso, si no las comemos estamos perdidos.

–Me gusta tu razonamiento –dijo Ford–. Venga, come una.

Con aire vacilante, Arthur cogió una de las frutas que parecían peras.

–Siempre recuerdo la historia del Jardín del Edén –dijo Ford.

–¿Eh?

–Lo del Jardín del Edén. El árbol. La manzana. Esa historia, ¿te acuerdas?

–Sí, claro que sí.

–Ese Dios vuestro pone un manzano en medio de un jardín y dice: haced lo que queráis, chicos, pero de ningún modo comáis la manzana. Pero, sorpresa, se la comen y Él salta de detrás de un arbusto diciendo: «¡Os pillé!» Si no se la hubieran comido, habría dado lo mismo.

–¿Por qué?

–Porque si uno anda en tratos con alguien que tiene la mentalidad del que deja sombreros en la acera con ladrillos dentro, hay que tener la plena seguridad de que nunca abandonará su empeño. Al final terminará cazándote.

–Pero ¿de qué hablas?

–No importa, cómete la fruta.

–¿Sabes una cosa? Este sitio guarda cierta semejanza con el Jardín del Edén.

–Cómete la fruta.

–Se parece mucho.

Arthur dio un mordisco a lo que parecía una pera.

–Es una pera –anunció.

Pocos instantes después, cuando hubieron comido todas las frutas, Ford Prefect se volvió y gritó:

–¡Gracias! Muchísimas gracias, sois muy amables.

Siguieron su camino.

Durante los setenta y cinco kilómetros siguientes de su viaje hacia el Este, continuaron encontrándose de vez en cuando regalos de frutas colocadas en el camino, y aunque en una o dos ocasiones tuvieron la visión fugaz de un homínido entre los árboles, no volvieron a entablar contacto directo con los nativos. Decidieron que les gustaba mucho una raza de seres que manifestaban tan a las claras su agradecimiento solo por el hecho de que los dejaran en paz.

Al cabo de setenta y cinco kilómetros se acabaron las frutas, porque allí era donde empezaba el mar.

Como no tenían prisa, construyeron una balsa y cruzaron el mar. Estaba relativamente en calma y solo tenía unos noventa kilómetros de anchura, así que realizaron una travesía medianamente agradable, desembarcando en una región que era al menos tan hermosa como la que habían dejado.

En resumen, llevaban una vida ridículamente fácil y al menos durante un tiempo pudieron solucionar los problemas de ociosidad y aislamiento por el método de ignorarlos. Cuando el ansia de compañía se hiciera demasiado grande, ya sabían dónde encontrarla; pero de momento se contentaban con que los golgafrinchanos estuvieran a centenares de kilómetros de distancia.

No obstante, Ford Prefect volvió a utilizar su Sub-Eta Sens-O-Mático cada vez con mayor frecuencia. Solo una vez recibió una señal, pero era tan débil y venía de una distancia tan enorme, que le deprimió más que si no se hubiese roto el silencio.

En un impulso repentino se dirigieron al Norte. Tras unas semanas de viaje, llegaron a otro mar, construyeron otra balsa y lo cruzaron. Esa vez tuvieron una travesía más dura; la temperatura empezaba a descender. Arthur sospechó una vena de masoquismo en Ford Prefect: la creciente dificultad del viaje parecía darle un aire de determinación del que normalmente carecía. Incansable, seguía adelante.

El viaje hacia el Norte les condujo hacia un país de altas montañas, a una región de pasmosa belleza y extensión. Las nevadas cimas, grandes y dentadas, embelesaron sus sentidos. El frío empezó a calar en sus huesos.

Se abrigaron con pieles y pellejos de animales que Ford Prefect consiguió empleando un método que aprendió una vez de dos exmonjes pralitos que regentaban un refugio de patinaje mental en la sierra de Hunian.

Hay exmonjes pralitos esparcidos por toda la Galaxia, resueltos todos a triunfar en la vida, porque las técnicas de dominio mental que la Orden ha creado como forma de disciplina devota son francamente sensacionales; una cantidad extraordinaria de monjes abandonan la Orden inmediatamente después de terminar la disciplina piadosa y justo antes de profesar los votos definitivos y quedar encerrados de por vida en pequeñas cajas de metal.

El método de Ford parecía consistir fundamentalmente en quedarse quieto y sonreír durante un rato.

Al cabo de un tiempo, surgía del bosque un animal, tal vez un ciervo, y le observaba con cautela. Ford seguía sonriendo con ojos tiernos y brillantes, pareciendo irradiar un amor profundo y universal, un amor que se extendía y abarcaba a toda la creación. Una quietud maravillosa, pacífica y serena, que emanaba de aquel hombre transfigurado, descendía sobre la campiña circundante. El ciervo se acercaba poco a poco, paso a paso, hasta casi frotar el hocico contra Ford Prefect, que entonces extendía los brazos y le rompía el cuello.

–Dominio feromónico –eso decía que era–; no hay más que saber generar el olor adecuado.

31

Pocos días después de desembarcar en la región montañosa descubrieron una costa que se extendía ante ellos en diagonal, de sudoeste a noreste. Era una costa esplendorosa y monumental:

acantilados profundos y majestuosos, desmesurados picachos de hielo, fiordos.

Durante dos días más subieron y escalaron rocas y glaciares, sobrecogidos por tanta belleza.

–¡Arthur! –gritó Ford de repente.

Era la tarde del segundo día. Arthur estaba sentado en una roca alta, viendo cómo el mar rompía estrepitoso contra los escarpados promontorios.

–¡Arthur! –volvió a gritar Ford.

Arthur miró en la dirección de donde venía la voz de Ford, debilitada por el viento.

Ford había ido a explorar un glaciar, y Arthur lo encontró en cuclillas junto a una pared maciza de hielo azulado. Vibraba de emoción; levantó rápidamente los ojos hacia Arthur.

–¡Mira –dijo–, mira!

Arthur miró y vio una pared maciza de hielo azulado.

–Sí –dijo–, es un glaciar. Ya lo había visto.

–No –dijo Ford–; lo has mirado, pero no lo has visto. Mira.

Ford señalaba a las profundidades del hielo.

Arthur miró; no vio nada, salvo sombras vagas.

–Retírate un poco –insistió Ford–; vuelve a mirar.

Arthur se apartó y miró de nuevo.

–Nada –manifestó, encogiéndose de hombros–. ¿Qué es lo que tengo que ver?

Y, de pronto, lo vio.

–¿Lo ves?

Lo vio.

Abrió la boca para hablar, pero su cerebro decidió que aún no tenía nada que decir y volvió a cerrarla. Entonces, su mente empezó a luchar con el problema de lo que sus ojos le decían que estaba viendo, pero al hacerlo perdió el control de la boca, que enseguida volvió a abrirse. Una vez más, al retener la mandíbula, su cerebro perdió el dominio de la mano izquierda, que empezó a moverse sin sentido de un lado para otro. Durante un segundo más o menos, su mente trató de dominar la mano izquierda sin perder el control de la boca, al tiempo que intentaba pensar en lo que estaba enterrado en el hielo, razón por la cual le cedieron las piernas y cayó tranquilamente al suelo.

Lo que produjo todos esos trastornos neuronales era una red de sombras en el hielo, a unos cuarenta centímetros de profundidad. Miradas desde cierto ángulo, se resolvían claramente en contornos de letras de un alfabeto extraño, de unos noventa centímetros de longitud; y para aquellos que, como Arthur, no sabían leer magratheano, encima de las letras se veía el óvalo de una cara flotando en el hielo.

Era un rostro viejo, enjuto y distinguido, cargado de ansiedad pero no severo.

Era el rostro del hombre que había ganado un premio por diseñar la línea costera que, ya seguros de su nombre, ahora pisaban.

32

Un tenue quejido llenó el aire. Pasó aullando entre los árboles, asustando a las ardillas. Unos pájaros escaparon molestos. El ruido llegó al claro y se deslizó danzando a su alrededor. Ululó, chirrió y causó una irritación general.

Sin embargo, el Capitán miraba con ojos indulgentes al gaitero solitario. Poco podía inquietar su ecuanimidad; en realidad, una vez que se había repuesto de la pérdida de su magnífica bañera durante aquellas molestias de hacía tantos meses en el pantano, había empezado a encontrar sumamente agradable su nueva vida. Se había excavado un hoyo en una roca grande que se elevaba en medio del claro, y allí iba todos los días a tomar el sol mientras sus asistentes vertían agua sobre él. Debe decirse que el agua no estaba especialmente caliente, porque aún no habían inventado un medio de calentarla. Pero no importaba, ya llegaría eso; mientras, partidas de exploradores batían el país de un extremo a otro en busca de manantiales de agua caliente, preferiblemente de uno que estuviera en algún claro umbroso y bonito. Y si estuviera cerca de una mina de jabón, sería perfecto. A quienes afirmaban tener la impresión de que el jabón no se obtenía de las minas, el Capitán se atrevía a sugerir que tal idea quizás se debiera a que nadie había buscado con la insistencia suficiente, y esa posibilidad fue aceptada de mala gana.

No, la vida era muy agradable, y lo bueno era que cuando se

encontrara el manantial de agua caliente perfecto, con su claro umbroso *en suite,* y cuando a su debido tiempo resonara por las colinas el grito de que se había descubierto la mina de jabón y ya producía quinientas pastillas por día, la vida sería aún más agradable. Era muy importante pensar en algo y esperarlo con interés.

Gemido, lamento, chirrido, sollozo, aullido, graznido, chillido... La gaita no cejaba, incrementando el ya considerable placer del Capitán ante la idea de que podría parar en cualquier momento. Eso era algo que también esperaba con interés.

¿Qué más cosas agradables había?, se preguntó. Pues muchas: el rojo y oro de los árboles, ahora que se acercaba el otoño; el apacible cuchicheo de tijeras a pocos metros de su baño, donde un par de peluqueros ejercían sus habilidades sobre un director artístico, que dormitaba, y su ayudante; el sol que daba brillo a los teléfonos relucientes que había alineados sobre el borde de su baño pétreo. La única cosa más agradable que un teléfono que no sonara todo el tiempo (o nada en absoluto), eran seis teléfonos que no sonaran todo el tiempo (o nada en absoluto).

Lo más bonito de todo era el murmullo feliz de los cientos de personas que se iban congregando a su alrededor en el claro para presenciar la reunión vespertina del comité.

El Capitán dio un puñetazo juguetón en el pico de su pato de goma. Las reuniones vespertinas del comité eran sus preferidas.

Otros ojos observaban a la creciente multitud. Subido a la copa de un árbol, al borde del claro, se agazapaba Ford Prefect, recién venido de climas extraños. Tras seis meses de viaje estaba delgado y fuerte, le brillaban los ojos y llevaba una gabardina de piel de ciervo; tenía la barba crecida y el rostro tan bronceado como un cantante de country-rock.

Arthur Dent y él llevaban casi una semana vigilando a los golgafrinchanos, y Ford había decidido mover las cosas un poco.

El claro ya estaba lleno. Centenares de hombres y mujeres vagaban por él, charlando, comiendo fruta, jugando a las cartas y, en general, pasando el tiempo de la manera más descansada posible. Su ropa de correr estaba enteramente sucia y hasta desgarrada, pero todos lucían un inmaculado corte de pelo. Ford quedó perplejo al ver que muchos de ellos habían rellenado la ropa de correr con hojas, preguntándose si sería alguna forma de aislamiento contra el ya cercano invierno. Ford entrecerró los ojos. No podían haberse interesado en la botánica de repente, ¿verdad?

En medio de tales especulaciones, la voz del Capitán se alzó sobre el murmullo general.

–Ya está bien –dijo–; me gustaría poner un poco de orden en esta reunión, si es posible. –Sonrió con jovialidad–. Dentro de un momento. Cuando todos estéis preparados.

El parloteo se fue apagando poco a poco y el claro quedó en silencio; salvo el gaitero, que parecía estar en un mundo musical propio, inhabitable y salvaje. Algunos que estaban en su proximidad inmediata le lanzaron hojas. Si aquello obedecía a alguna razón, esta se le escapaba de momento a Ford Prefect.

Un pequeño grupo de gente se había apiñado en torno al Capitán, y uno de sus componentes se disponía a hablar. Se puso en pie, se aclaró la garganta y miró a la lejanía, como para indicar a la multitud que estaría con todos ellos dentro de un momento.

La multitud, por supuesto, estaba cautivada, y todos tenían los ojos fijos en él.

Siguió un momento de silencio, que Ford consideró como una pausa dramática para hacer su entrada. El hombre se dispuso a hablar.

Ford se dejó caer del árbol.

–¡Hola! –saludó.

La multitud giró sobre sí misma.

–¡Ah! –dijo el Capitán–. Mi querido amigo, ¿tienes cerillas? ¿O un encendedor? ¿O algo parecido?

–No –contestó Ford con los humos un tanto bajados. Eso no era lo que había preparado. Decidió que sería mejor mostrarse un poco más duro en el tema–. No, no tengo –prosiguió–. Nada de cerillas. En cambio, te traigo noticias...

–Qué lástima –dijo el Capitán–. Se nos han acabado a todos, ¿sabes? Hace semanas que no tomo un baño caliente.

Ford se negó a cambiar de tema.

–Traigo noticias de un descubrimiento que podría interesarte.

–¿Está en el orden del día? –saltó el hombre a quien Ford había interrumpido.

Ford exhibió una amplia sonrisa de cantante de country-rock.

–Venga, vamos –dijo.

–Pues lo siento –repuso el hombre en tono irascible–, pero en mi condición de consejero de dirección desde hace muchos años, debo insistir en la importancia de observar las normas del comité.

Ford miró a la multitud.

–Está loco –manifestó–, este es un planeta prehistórico.

–¡Diríjase al sillón presidencial! –saltó el consejero de dirección.

–No hay ningún sillón –explicó Ford–, solo una roca.

El consejero de dirección decidió que la situación requería irascibilidad.

–Pues digamos que es un sillón –dijo, irritado.

–¿Por qué no decimos que es una roca? –inquirió Ford.

–Está claro que usted no tiene ni idea –dijo el consejero de dirección, sin abandonar la irritación en favor de una arrogancia pasada de moda– de los modernos métodos de trabajo.

–Y tú no tienes ni idea de dónde estás –afirmó Ford.

Una muchacha se puso en pie de un salto y utilizó su voz estridente.

–¡Callaos los dos! –dijo–. Quiero presentar una moción a la mesa.

–Querrás decir presentar una moción a la roca –apostilló un peluquero, riéndose entre dientes.

–¡Orden, orden! –ladró el consejero de dirección.

–De acuerdo –dijo Ford–, vamos a ver cómo te portas.

Se dejó caer al suelo para ver cuánto tiempo podía dominarse.

El Capitán hizo una especie de ruido irresponsable y conciliador.

–Me gustaría poner orden –dijo en tono agradable– en la reunión quinientas setenta y tres del comité de colonización de Fintlewoodlewix...

Diez segundos, pensó Ford, poniéndose de nuevo en pie.

–¡Esto es absurdo! –exclamó–. ¡Quinientas setenta y tres reuniones del comité, y ni siquiera habéis descubierto el fuego todavía!

–Si te hubieras tomado la molestia –dijo la muchacha de la voz estridente– de examinar la hoja del orden del día...

–La piedra del orden del día –gorjeó el peluquero.

–... habrías... visto... –prosiguió la muchacha en tono firme– que hoy tenemos un informe del Subcomité de los peluqueros para la Invención del Fuego.

–¡Oh..., ah! –dijo el peluquero con una expresión avergonzada cuyo significado se reconoce en toda la Galaxia como: «Bueno, ¿le parece bien el martes próximo?»

–Muy bien –dijo Ford, dirigiéndose a él–. ¿Qué habéis hecho? ¿Qué vais a hacer? ¿Qué ideas tenéis sobre el descubrimiento del fuego?

–Pues no sé –confesó el peluquero–. Todo lo que me han dado ha sido un par de astillas...

–¿Y qué has hecho con ellas?

Nervioso, el peluquero buscó en la parte superior de su mono de correr y tendió a Ford el fruto de su trabajo.

Ford lo levantó en alto para que todos lo vieran.

–Unas tenacillas de rizar el pelo –anunció.

La multitud aplaudió.

–No importa –dijo Ford–. Roma no ardió en un día.

La multitud no tenía la menor idea de lo que estaba hablando, pero les encantó de todos modos. Aplaudieron.

–Bueno, es evidente que eres un completo ingenuo –dijo la muchacha–. Si te hubieras interesado en los estudios de mercado tanto tiempo como yo, sabrías que antes de crear cualquier producto nuevo, deben realizarse las investigaciones pertinentes. Tenemos que averiguar qué quiere la gente del fuego, cómo se relacionan con él, qué clase de imagen tiene para ellos.

La multitud se puso en tensión. Esperaban algo maravilloso de Ford.

–Métetelo en la nariz –dijo Ford.

–Cosa que es precisamente lo que necesitamos saber –insistió la muchacha–. ¿Quiere la gente que el fuego pueda meterse por la nariz?

–¿Lo queréis? –preguntó Ford a la multitud.

–¡Sí! –gritaron algunos.

–¡No! –gritaron otros, contentos.

No lo sabían, solo pensaban que era magnífico.

–¿Y la rueda? –preguntó el Capitán–. ¿Qué hay de eso de la rueda? Parece un proyecto sumamente interesante.

–¡Ah! –dijo la chica de los estudios de mercado–. Pues con eso tenemos ciertas dificultades.

–¿Dificultades? –exclamó Ford–. ¿Dificultades? ¿A qué te refieres? ¡Es el instrumento más sencillo de todo el Universo!

La muchacha de los estudios de mercado le lanzó una mirada desabrida.

–Muy bien, sabelotodo –dijo–; dinos de qué color debería ser, si eres tan listo.

La multitud se alborotó. Un tanto para el equipo local, pensaron todos. Ford se encogió de hombros y volvió a sentarse.

–¡Zarquon todopoderoso! –exclamó–. ¿Es que no habéis hecho nada ninguno?

Como en respuesta a su pregunta, hubo un clamor repentino a la entrada del claro. La multitud no podía creer la cantidad de diversión que tenía aquella tarde: entró desfilando una patrulla de doce hombres vestidos con los despojos del uniforme del Tercer Regimiento de Golgafrinchan. La mitad de ellos llevaban fusiles Mat-O-Mata, y el resto portaba lanzas que entrechocaban al desfilar. Tenían un aspecto saludable y bronceado, aunque parecían enteramente agotados y sucios. Se detuvieron ruidosamente, poniéndose firmes. Uno de ellos cayó al suelo y no volvió a moverse.

–¡Mi capitán! –gritó el Número Dos, pues él era su jefe–. ¡Permiso para informar, señor!

–Sí, muy bien, Número Dos; bienvenidos y todo eso. ¿Habéis encontrado algún manantial de agua caliente? –preguntó el Capitán con desaliento.

–¡No, señor!

–Eso es lo que me suponía.

El Número Dos se abrió paso entre la multitud y presentó armas ante la bañera.

–¡Hemos descubierto otro continente!

–¿Cuándo ha sido eso?

–¡Está al otro lado del mar –informó el Número Dos, entrecerrando los ojos de manera significativa–, hacia el Este!

–Ah.

El Número Dos se volvió a la multitud. Levantó el fusil por encima de su cabeza.

–¡Le hemos declarado la guerra!

Vítores desenfrenados desbordaron todos los rincones del claro: aquello superaba todas las expectativas.

–¡Esperad un momento –gritó Ford Prefect–, esperad un momento!

Se puso en pie de un salto y exigió silencio. Al cabo de un rato lo consiguió, si no total, el mejor a que podía aspirar dadas las circunstancias. Las circunstancias eran que el gaitero estaba componiendo espontáneamente un himno nacional.

–¿Tiene que estar presente el gaitero? –preguntó Ford.

–Pues claro –dijo el Capitán–, le hemos otorgado permiso.

Ford consideró presentar esa idea a debate, pero enseguida pensó que de esa manera todo se enredaría aún más. En cambio, tiró una piedra bien sopesada al gaitero y se volvió hacia el Número Dos.

–¿Guerra? –dijo.

–¡Sí! –respondió el Número Dos, mirando con desprecio a Ford Prefect.

–¿Contra el otro continente?

–¡Sí! ¡Guerra total! ¡Una guerra que acabará con todas las guerras!

–¡Pero si todavía no vive nadie en ese continente!

Ah, qué interesante, pensó la multitud, bonito argumento.

La mirada del Número Dos revoloteó imperturbable. En este sentido, sus ojos eran como un par de mosquitos que revolotearan con un fin determinado a siete centímetros de la nariz de uno y se negaran a ser derrotados por golpes de brazo, matamoscas o periódicos enrollados.

–¡Ya lo sé –dijo–, pero algún día lo estará! Así que hemos dejado un ultimátum sin fecha fija.

–¿Qué?

–Y hemos destruido unas cuantas instalaciones militares.

El Capitán se inclinó por fuera del baño.

–¿Instalaciones militares, Número Dos? –preguntó.

Durante un momento sus ojos vagaron sin rumbo.

–Sí, señor; bueno, potenciales instalaciones militares. De acuerdo..., árboles.

Pasó el momento de incertidumbre; sus ojos centellean como látigos sobre el auditorio.

–¡Y hemos interrogado a una gacela! –bramó.

Se colocó con elegancia el Mat-O-Mata bajo el brazo y se retiró desfilando entre el pandemonio que había estallado por toda la multitud exaltada. Solo logró dar unos pasos antes de que lo levantaran en volandas y durante un trecho lo llevaran a hombros alrededor del claro.

Ford se sentó y empezó a entrechocar dos piedras con aire perezoso.

–Así que, ¿qué más habéis hecho? –preguntó cuando terminó la celebración.

–Hemos iniciado una cultura –dijo la muchacha de los estudios de mercado.

–¿Ah, sí? –dijo Ford.

–Sí. Uno de nuestros productores cinematográficos está realizando un documental fascinante sobre los trogloditas indígenas de esta región.

–No son trogloditas.

–Parecen trogloditas.

–¿Viven en cavernas?

–Pues...

–Viven en cabañas.

–Tal vez estén decorando de nuevo las cuevas –gritó un bromista entre la multitud.

Ford se dirigió hacia él con cólera.

–Muy divertido –comentó–; pero ¿os habéis dado cuenta de que se están muriendo?

En el viaje de vuelta, Ford y Arthur habían atravesado dos aldeas en ruinas y habían visto muchos cadáveres de nativos en los bosques, adonde se habían arrastrado para morir. Los que aún vivían, parecían agotados y apáticos, como si padecieran alguna enfermedad del espíritu y no del cuerpo. Se movían despacio y con una tristeza infinita. Les habían arrebatado el futuro.

–¡Están muriendo! –repitió Ford–. ¿Sabéis lo que eso significa?

–Hummm... –volvió a terciar el bromista–. ¿No deberíamos venderles un seguro de vida?

Ford lo ignoró y se dirigió a la multitud entera.

–¡No podéis entender –dijo– que han empezado a morir desde que nosotros llegamos aquí!

–En realidad –dijo la muchacha de los estudios de mercado–,

eso está saliendo muy bien en el documental, y da ese toque conmovedor que es la impronta de una película verdaderamente buena. Es un productor muy comprometido.

–Debe de serlo –mascullo Ford.

–Supongo –dijo la muchacha, volviéndose para dirigirse al Capitán, quien empezaba a asentir con la cabeza– que ahora querrá convencerle a usted, Capitán.

–¡Ah! ¿De veras? –dijo, sobresaltándose un poco–. Es muy amable de su parte.

–Él tiene una posición muy difícil, ¿sabes? La carga de la responsabilidad, la soledad del mando...

Durante un momento, el Capitán emitió una serie de interjecciones mientras pensaba en ello.

–Pues yo no exageraría mi posición, ¿sabes? –dijo al cabo–, uno nunca está solo con un pato de goma.

Alzó el pato en alto y la multitud prorrumpió en vítores apreciativos.

Entretanto, el consejero de dirección estaba sentado en silencio absoluto, con las puntas de los dedos puestas sobre las sienes para indicar que estaba aguardando y que esperaría todo el día si era necesario.

En ese momento decidió que, después de todo, no iba a esperar todo el día, sino que fingiría que la última media hora no había pasado.

Se puso en pie.

–Si pudiéramos pasar un momento al tema de la política fiscal... –dijo brevemente.

–¡Política fiscal! –gritó Ford Prefect–. ¡Política fiscal!

El consejero de dirección le lanzó una mirada que solo un pez dípneo podría haber imitado.

–Política fiscal... –repitió–, eso es lo que he dicho.

–¿Cómo podéis tener dinero –preguntó Ford–, si ninguno de vosotros produce nada? No crece de los árboles, ¿sabéis?

–Si me permite continuar...

Ford asintió de mala gana.

–Gracias. Como hace unas semanas decidimos adoptar la hoja como moneda legal, todos somos inmensamente ricos.

Ford miró incrédulo a la multitud, que lanzó un murmullo

apreciativo y empezó a acariciar ávidamente los fajos de hojas de que tenían rellenos los monos de correr.

–Pero también tenemos –prosiguió el consejero de dirección– un pequeño problema inflacionario debido al alto grado de disponibilidad de la hoja, lo que significa, según creo, que en la tasa actual se necesitan tres bosques efímeros para comprar una bagatela.

Murmullos de alarma recorrieron la multitud. El consejero de dirección los acalló con un gesto.

–De manera que, con el fin de solucionar ese problema –prosiguió– y revaluar la hoja de modo eficaz, estamos a punto de iniciar una campaña de defoliación general, y... hummm, quemaremos todos los bosques. Creo que todos estaréis de acuerdo en que es una medida sensata, dadas las circunstancias.

La multitud pareció un tanto indecisa durante unos momentos, hasta que alguien observó que eso incrementaría mucho el valor de las hojas que tenían en los bolsillos, y entonces empezaron a dar gritos de placer y, puestos en pie, dedicaron una ovación al consejero de dirección. Los contables esperaban que el otoño sería provechoso.

–Estáis todos locos –explicó Ford Prefect–. Estáis absolutamente chiflados –sugirió–. Sois un hatajo de chalados de remate –opinó.

La marea de opinión empezaba a volverse contra él. Lo que empezó como una diversión excelente, se había ahora deteriorado, según el punto de vista de la gente, convirtiéndose en una pura ofensa, y como esta se dirigía principalmente a ellos, se habían molestado.

Al notar el cambio que había en el ambiente, la muchacha de los estudios de mercado se volvió hacia él.

–Tal vez sea pertinente –dijo– preguntarte qué has estado haciendo durante todos estos meses. Tú y ese otro intruso que no hemos visto desde el día que llegamos.

–Hemos estado de viaje –dijo Ford–. Lo intentamos y averiguamos algo acerca de este planeta.

–Ya –repuso la muchacha socarronamente–, eso no me parece muy productivo.

–¿No? Pues tengo noticias para ti, encanto. Hemos descubierto el futuro de este planeta.

Ford esperó a que su anuncio surtiera efecto. No produjo ninguno. No sabían de qué hablaba.

Prosiguió:

–Me importa un par de riñones de dingo fétido lo que decidáis hacer en lo sucesivo. Quemad los bosques, cualquier cosa; no importará lo más mínimo. Vuestra historia futura ya ha sucedido. Tenéis dos millones de años, y eso es todo. Al final de ese tiempo vuestra raza se extinguirá, y en buena hora. ¡Recordadlo; dos millones de años!

La multitud, molesta, hizo comentarios en voz baja. Gente como ellos, que se había hecho rica de repente, no debería verse obligada a escuchar esa clase de tonterías. Si le dieran una o dos hojas a ese tipo, tal vez se marcharía.

No necesitaron molestarse. Ford ya salía del claro con aire majestuoso, deteniéndose únicamente para menear la cabeza hacia el Número Dos, que disparaba su Mat-O-Mata contra unos árboles cercanos.

Se volvió una vez.

–¡Dos millones de años! –dijo, y lanzó una carcajada.

–Bueno –dijo el Capitán con una sonrisa tranquilizadora–, todavía tengo suficiente tiempo de darme unos baños más. ¿Puede alguien pasarme la esponja? Se me acaba de caer fuera.

33

A un kilómetro y medio hacia el interior del bosque, Arthur Dent estaba demasiado ocupado en su tarea para oír que se acercaba Ford Prefect.

Lo que hacía era bastante curioso, y se trataba de lo siguiente: en un trozo de peña ancho y plano había arañado la forma de un gran cuadrado, que subdividió en ciento sesenta y nueve cuadrados más pequeños, situando trece a cada lado.

Además, había reunido un montón de piedras planas más pequeñas y dibujado la forma de una letra en cada una. Sentados ociosamente en torno a la roca, había dos supervivientes de los indígenas locales a quienes trataba de explicar los curiosos conceptos grabados en las piedras.

Hasta el momento no se habían portado bien. Habían tratado de comerse algunas, de enterrar otras y de tirar lejos el resto. Finalmente, Arthur había animado a uno de ellos a poner un par de piedras sobre el tablero que había grabado, cosa que era mucho menos de lo que había logrado el día anterior. Junto con el rápido deterioro de la moral de aquellas criaturas, parecía haber un desgaste proporcional en su inteligencia.

Con el fin de despertar su interés, Arthur colocó una serie de letras en el tablero, y luego invitó a los nativos a que pusieran otras por su cuenta.

La cosa no marchaba bien.

Ford observaba calladamente junto a un árbol cercano.

–No –dijo Arthur a uno de los nativos que había desplazado unas letras en un acceso de abatimiento–. La Q vale diez, y completa tres palabras; así..., mira, ya te he explicado las reglas...; no, no, mira, por favor, suelta esa quijada...; muy bien, empezaremos de nuevo. Y esta vez trata de concentrarte.

Ford se apoyó en el árbol con el codo y se puso la mano en la cabeza.

–¿Qué estás haciendo, Arthur? –preguntó con voz queda.

Arthur alzó la vista, sobresaltado. De pronto tuvo la impresión de que todo aquello podía parecer un tanto ridículo. Lo único que sabía es que había sido como un sueño para él cuando era niño. Pero entonces las cosas eran diferentes, o lo serían, mejor dicho.

–Intento enseñar a jugar a las letras a los trogloditas –contestó.

–No son trogloditas –corrigió Ford.

–Parecen trogloditas.

Ford lo dejó pasar.

–Ya veo –dijo.

–Es una labor muy difícil –prosiguió cansadamente Arthur–; lo único que saben articular es un gruñido, ignoran cómo se deletrea.

Suspiró y se recostó en su asiento.

–¿Qué piensas conseguir con esto? –preguntó Ford.

–¡Tenemos que animarlos para que evolucionen! ¡Para que se desarrollen! –exclamó Arthur, lleno de ira. Esperaba que el débil suspiro y luego la cólera contrarrestasen la creciente impresión de ridículo que estaba sufriendo. No fue así. Se puso en pie de un salto.

–¿Te imaginas qué mundo sería el que resultara de esos... cretinos con quienes hemos venido? –preguntó.

–¿Imaginarme? –dijo Ford, enarcando las cejas–. No necesitamos imaginárnoslo. Lo hemos visto.

–Pero... –Arthur movió los brazos en un gesto de impotencia.

–Lo hemos visto –repitió Ford–, no hay escapatoria.

Arthur dio una patada a una piedra.

–¿Les has dicho lo que hemos descubierto? –preguntó.

–¿Hummmm? –dijo Ford, sin enterarse del todo.

–Noruega –dijo Arthur–, la firma de Slartibartfast en el glaciar. ¿Se lo has dicho?

–¿Para qué? –dijo Ford–. ¿Qué sentido tendría para ellos?

–¿Sentido? –dijo Arthur–. ¿Sentido? Tú sabes perfectamente lo que significa. ¡Significa que este planeta es la Tierra! ¡Es mi hogar! ¡Es donde he nacido!

–¿He nacido? –repitió Ford.

–Bueno, donde naceré.

–Sí, dentro de dos millones de años. ¿Por qué no les dices eso? Ve a decirles: «Disculpadme, me gustaría indicar que dentro de dos millones de años naceré a unos kilómetros de aquí.» A ver qué dicen. Te perseguirán hasta que te subas a un árbol y luego le prenderán fuego.

Arthur asimiló aquello con profunda desdicha.

–Afróntalo –dijo Ford–, aquellos energúmenos son tus ancestros, y no estas pobres criaturas.

Se acercó a donde los simiescos seres revolvían los caracteres de piedra. Meneó la cabeza.

–Guarda el juego de las letras, Arthur –aconsejó–; no salvará a la humanidad, porque esta gente no va a constituir la raza humana. En estos momentos, la raza humana está sentada en torno a una roca al otro lado de esta colina, realizando documentales sobre sí misma.

Arthur dio un respingo.

–Ha de haber algo que podamos hacer –dijo.

Un tremendo sentimiento de desolación se apoderó de él ante la idea de que estaba en la Tierra; en la Tierra, que había perdido su futuro en una catástrofe horrible y arbitraria, y que ahora también parecía perder su pasado.

–No –dijo Ford–, no podemos hacer nada. Mira, esto no va a cambiar la historia de la Tierra, *esta* es la historia de la Tierra. Te guste o no, tú desciendes de la raza de los golgafrinchanos. Dentro de dos millones de años serán destruidos por los vogones. La historia nunca se altera, ¿comprendes?; sino que sus partes encajan como piezas de un rompecabezas. La vida es una cosa muy rara, ¿verdad?

Cogió la letra Q y la arrojó hacia unos aligustres, donde dio a un conejito. El conejo salió aterrorizado y no se detuvo hasta encontrarse con un zorro, que se lo comió y se atragantó con uno de sus huesos, muriendo a la orilla de un arroyo que se lo llevó después con la corriente.

Durante las semanas siguientes, Ford Prefect se tragó el orgullo y entabló relaciones con una muchacha que había trabajado en una oficina de empleo en Golgafrinchan; el betelgeusiano se apenó muchísimo cuando la muchacha murió de repente a consecuencia de haber bebido agua en una charca contaminada por el cadáver del zorro. La única moraleja que puede extraerse de esta historia es que jamás debería arrojarse la letra Q a unos aligustres, pero lamentablemente hay veces en que es inevitable.

Como la mayoría de las cosas verdaderamente cruciales de la vida, esta cadena de acontecimientos resultaba completamente invisible para Ford Prefect y Arthur Dent, que miraban tristemente cómo uno de los nativos revolvía malhumorado las demás letras.

–Pobrecitos trogloditas –dijo Arthur.

–No son...

–¿Qué?

–No importa –dijo Ford.

La desdichada criatura dejó escapar un alarido patético y empezó a dar golpes en la roca.

–Para ellos todo ha sido una pérdida de tiempo, ¿verdad? –dijo Arthur.

–Uh uh urghhhhh –murmuró el nativo, dando nuevos golpes en la roca.

–Los esterilizadores de teléfonos han destruido su evolución.

–¡Urgh, grr grr, gruh! –insistió el nativo, sin parar de dar golpes en la roca.

–¿Por qué no deja de dar golpes en la roca? –preguntó Arthur.

–Probablemente quiere jugar otra vez –dijo Ford–; está señalando las letras.

–A lo mejor vuelve a poner «crzgrdwldiwdc», el pobre hijoputa. No he parado de decirle que en «crzgrdwldiwdc» solo hay una G.

El nativo empezó de nuevo a golpear la roca.

Miraron por encima de su hombro.

Los ojos se les salieron de las órbitas.

Entre el revoltijo de letras había catorce colocadas en línea recta.

Leyeron dos palabras.

Las palabras eran las siguientes:

«CUARENTA Y DOS.»

–Grrrurgh gruh guh –explicó el nativo. Con un gesto de ira, desperdigó las palabras y se fue a haraganear debajo de un árbol con su compañero.

Ford y Arthur lo observaron con fijeza. Luego se miraron el uno al otro.

–¿Decían esas letras lo que me ha parecido que decían? –preguntaron los dos a la vez.

–Sí –contestaron ambos.

–Cuarenta y dos –dijo Arthur.

–Cuarenta y dos –dijo Ford.

Arthur se acercó corriendo a los dos nativos.

–¿Qué estabas tratando de decirnos? –gritó–. ¿Qué significaba eso?

Uno de ellos rodó por el suelo, alzó las piernas, se las topó en el aire, dio otras vueltas más y se quedó dormido.

El otro se encaramó al árbol de un salto y arrojó castañas locas a Ford Prefect. Sea lo que fuere lo que tenían que decir, ya lo habían dicho.

–¿Sabes lo que significa esto? –preguntó Ford.

–No del todo.

–Cuarenta y dos es el número que dio Pensamiento Profundo como Respuesta Última.

–Sí.

–Y la Tierra es el ordenador que Pensamiento Profundo proyectó y construyó para calcular la Pregunta de la Respuesta Última.

–Eso es lo que quieren que creamos.

–Y la vida orgánica formaba parte de la matriz del ordenador.

–Si tú lo dices...

–Lo digo yo. Eso significa que estos nativos, estas criaturas simiescas, forman parte integrante del programa del ordenador, y que nosotros y los golgafrinchanos *no* lo somos.

–Pero los trogloditas se están extinguiendo, y es evidente que los golgafrinchanos están dispuestos a sustituirlos.

–Exactamente. Así que, ya ves lo que significa.

–¿Qué?

–Echa un vistazo –dijo Ford.

Arthur miró en torno.

–Este planeta lo va a pasar muy jodido –dijo.

Ford se quedó perplejo durante un momento.

–Sin embargo, algo podrá sacarse de él –dijo al fin–, porque Marvin dijo que veía la pregunta grabada en las circunvoluciones de tu cerebro.

–Pero...

–Probablemente, la que no era; o una distorsión de la verdadera. Pero si la encontráramos, podría darnos una pista. Aunque no sé cómo lo haríamos.

Se desanimaron durante un rato. Arthur se sentó en el suelo y empezó a arrancar hierba, pero descubrió que no era una ocupación que le absorbiese mucha atención. La hierba no era algo en lo que pudiera creer; los árboles parecían absurdos; las onduladas colinas parecían descender a ninguna parte y el futuro era como un túnel por el que había que pasar a gatas.

Ford manipuló el Sub-Eta Sens-O-Mático, que no emitió sonido alguno. Suspiró y lo volvió a guardar.

Arthur cogió una de las letras de piedra de su juego casero. Era una M. Suspiró y volvió a dejarla en el tablero. La siguiente letra que alzó fue una I; luego, una E; y después, una R. Se leía: «MIER». A su lado puso otras dos letras; dio la casualidad de que eran la A y la D. Por una coincidencia curiosa, la palabra resultante se ajustaba perfectamente al estado de ánimo que en aquellos momentos sentía Arthur hacia las cosas. La miró fijamente durante un momento. No lo había hecho con deliberación, no era más que un producto del azar. Su cerebro echó a andar despacio, en primera velocidad.

–Ford –dijo de repente–. Mira, si esa Pregunta está grabada en mi cerebro pero no llega a mi conciencia, tal vez se encuentre en algún sitio de mi subconsciente.

–Sí, supongo que sí.

–Debe haber algún medio de sacar a la luz esa imagen inconsciente.

–¿Ah, sí?

–Sí; introducir un elemento al azar que pueda configurar dicha imagen.

–¿Cómo cuál?

–Sacar a ciegas de una bolsa caracteres del juego de las letras.

Ford se puso en pie de un salto.

–¡Brillante idea! –exclamó.

Sacó la toalla del bolso y con unos nudos diestros la transformó en una bolsa.

–Es absolutamente demencial –comentó–, una completa idiotez. Pero lo haremos porque es una estupidez brillante. Vamos, vamos.

El sol se ocultó respetuosamente detrás de una nube. Cayeron unas gotas de lluvia, pequeñas y tristes.

Agruparon todas las letras restantes y las dejaron caer en la bolsa. Las removieron.

–Bien –dijo Ford–; cierra los ojos. Sácalas. Venga, venga, vamos.

Arthur cerró los ojos y metió la mano en la toalla llena de piedras. Descartó algunas, sacó seis y se las tendió a Ford, que las colocó en el suelo en el orden en que las había recibido.

–C –dijo Ford–, U, A, L, E, S... ¡Cuál es!

Parpadeó.

–¡Me parece que da resultado! –exclamó.

Arthur le pasó otras seis.

–E, L, R, E, S, U... Elresu. Vaya, quizás no dé resultado –dijo Ford.

–Toma otras tres.

–U, L, T ...Elresult... Me temo que no tiene sentido.

Arthur sacó otras tres de la bolsa. Ford las puso en su sitio.

–A, D, O, el resultado... ¡El resultado! –gritó Ford–. ¡Da resultado! ¡Es asombroso, da resultado de verdad!

–Toma más. –Arthur las sacaba febrilmente, tan rápido como podía.

–D, E –dijo Ford– M, U, L, T, I, P, L, I, C, A, R... Cuál es el resultado de multiplicar... S, E, I, S... seis... P, O, R, por... N, U, E, V, E... –Hizo una pausa–. Venga, ¿dónde está la siguiente?

–Pues no hay más –dijo Arthur–, esas son todas las que había.

Se recostó en su asiento, perplejo.

Volvió a meter la mano en la toalla anudada, pero no quedaban letras.

–¿Ya están todas?

–Sí.

Seis por nueve. Cuarenta y dos.

–Ya está, eso es todo lo que hay.

34

Salió el sol y resplandeció alegremente sobre ellos. Se oyó el canto de un pájaro. Una brisa cálida flotó entre los árboles, alzando la cabeza de las flores y llevando su fragancia a través del bosque. Un insecto pasó con un zumbido de camino a lo que hagan los insectos a última hora de la tarde. El rumor de voces melodiosas que se filtraba entre los árboles fue seguido poco después por la presencia de dos muchachas que se detuvieron sorprendidas a la vista de Ford Prefect y Arthur Dent, tendidos en el suelo, agonizando al parecer, pero que en realidad se desternillaban silenciosamente de risa.

–No, no os vayáis –gritó Ford Prefect, jadeante–. Estaremos con vosotras dentro de un momento.

–¿Qué pasa? –preguntó una de las chicas. Era la más alta y delgada de las dos. En Golgafrinchan había sido funcionaria subalterna en una oficina de empleo, pero no le había gustado mucho.

Ford recobró la serenidad.

–Disculpadme –dijo–. Hola. Mi amigo y yo estábamos examinando, estudiando el sentido de la vida. Una actividad frívola.

–¡Pero si eres tú! –exclamó la muchacha–. Vaya espectáculo que has dado esta tarde. Al principio estuviste muy divertido, pero luego nos empezaste a joder un poco.

–¿Ah, sí? Claro.

–Sí. ¿A qué venía todo eso? –preguntó la otra chica, más baja que la otra, de cara redonda, que había sido directora artística de una compañía de publicidad de Golgafrinchan. Fueran las que fuesen las calamidades de su mundo, ella dormía profundamente todas las noches, agradecida por el hecho de que por la mañana no tendría que vérselas con un centenar de fotografías casi idénticas de tubos de pasta de dientes.

–¿A qué? A nada. Nada es algo –dijo alegremente Ford Prefect–. Quedaos con nosotros. Yo me llamo Ford, y este es Arthur. Estábamos a punto de no hacer absolutamente nada durante un rato, pero eso puede esperar.

Las chicas lo miraron recelosas.

–Yo me llamo Agda –dijo la más alta–, y esta es Mella.

–Hola, Agda; hola, Mella –dijo Ford.

–¿Sabes hablar? –preguntó Mella a Arthur.

–De cuando en cuando –dijo Arthur, sonriendo–, pero no tanto como Ford.

–Bien.

Hubo una breve pausa.

–¿Qué querías decir –preguntó Agda– con eso de que solo teníamos dos millones de años? No pude entender lo que decías.

–¡Ah, eso! –dijo Ford–. No tiene importancia.

–No es más que el mundo será demolido para dar paso a una vía de circunvalación hiperespacial –dijo Arthur, encogiéndose de hombros–, pero para eso faltan dos millones de años, y de todos modos esas son las cosas que hacen los vogones.

–¿Los vogones? –dijo Mella.

–Sí, tú no los conoces.

–¿De dónde sacas esa idea?

–No importa, de verdad. No es más que un sueño del pasado; o del futuro.

Arthur sonrió y miró a otro lado.

–¿No os preocupa el que no digáis nada sensato? –preguntó Agda.

–Mirad, olvidadlo –dijo Ford–; olvidadlo todo. Nada tiene importancia. Mirad, hace un día espléndido: disfrutadlo. El sol, la hierba de las colinas, el río que corre por el valle, los árboles incendiados.

–Aunque solo sea un sueño, es una idea bastante horrible –manifestó Mella–: destruir un mundo solo para hacer una vía de circunvalación.

–Pues he oído cosas peores –dijo Ford–; he leído que a un planeta de la séptima dimensión lo utilizaron como bola en un billar intergaláctico. De un golpe, lo metieron directamente en un agujero negro. Murieron diez mil millones de personas.

–¡Qué locura! –dijo Mella.

–Sí, además solo marcó treinta puntos.

Agda y Mella intercambiaron miradas.

–Escuchad –dijo Agda–, esta noche hay una fiesta después de la reunión del comité. Podéis venir, si queréis.

–Sí, vale –dijo Ford.

–Me gustaría ir –dijo Arthur.

Muchas horas después, Arthur y Mella se sentaron a ver salir la luna sobre el débil resplandor rojo de los árboles.

–Esa historia de que el mundo será destruido... –empezó a decir Mella.

–Sí, dentro de dos millones de años.

–Lo dices como si creyeras que es verdad.

–Sí, me parece que lo es. Creo que lo presencié.

La muchacha meneó la cabeza, perpleja.

–Eres muy raro –dijo.

–No, soy muy corriente –dijo Arthur–, pero me han pasado cosas muy raras. Podría decirse que soy más diferenciado que diferente.

–¿Y ese mundo de que habló tu amigo, el que metieron en un agujero negro?

–Ah, de eso no sé nada. Parece algo del libro.

–¿De qué libro?

Arthur hizo una pausa.

–La *Guía del autoestopista galáctico* –dijo al cabo.

–¿Qué es eso?

–Pues nada, algo que he tirado al río esta mañana. No creo que vaya a necesitarlo más –dijo Arthur Dent.

La vida, el universo y todo lo demás

A Sally

1

Muy de mañana, Arthur Dent emitió el habitual grito de horror al despertarse y de pronto recordó dónde se encontraba.

No se trataba simplemente de que hiciese frío, ni de que la caverna fuese húmeda y maloliente. Sino de que estaba en pleno Islington y de que no pasaría un autobús hasta dentro de dos millones de años.

Por decirlo así, el tiempo es el peor sitio para perderse, como Arthur Dent podía atestiguar, pues se había perdido bastantes veces tanto en el tiempo como en el espacio. Al menos, el extraviarse en el espacio le tiene ocupado a uno.

Se hallaba perdido en la prehistoria terrestre a consecuencia de una compleja serie de acontecimientos por los cuales se vio alternativamente reprendido e insultado en más regiones extrañas de la Galaxia de lo que nunca soñara, y aunque ahora la vida se había vuelto muy, pero que muy tranquila, todavía se sentía nervioso.

Hacía ya cinco años que no le regañaban.

Como apenas había visto a nadie desde que Ford Prefect y él se separaran cuatro años antes, tampoco le habían insultado en todo ese tiempo.

Salvo una sola vez.

Ocurrió cierta tarde de primavera, unos dos años antes.

Volvía a la cueva poco después de oscurecer, cuando descubrió unas luces misteriosas que destellaban entre las nubes. Se dio la vuelta y miró con fijeza mientras la esperanza renacía súbitamente en su corazón. Rescate. Escapatoria. El sueño imposible del náufrago: una nave.

Y mientras observaba sin apartar la vista, pasmado, lleno de emoción, una nave larga y plateada descendía por el aire cálido de la noche con suavidad, sin ruido, abriendo sus largas patas en un delicado ballet tecnológico.

Se posó en el suelo mansamente, y el pequeño murmullo que emitía se apagó como arrullado por la calma del anochecer.

Se extendió una rampa.

Brotó luz hacia fuera.

Una silueta alta apareció perfilada en la escotilla. Bajó por la rampa y se paró delante de Arthur.

–Eres un pelma, Dent –se limitó a decir.

Era un ser muy raro. Tenía una altura singularmente extraña, una cabeza anormalmente aplastada, unos ojillos insólitamente achinados, una túnica dorada de pliegues extravagantes con un modelo de cuello nunca visto, una piel original, gris verdosa, y el viso lustroso que las caras de ese color solo adquieren con mucho ejercicio y jabón muy caro.

Arthur estaba sobrecogido.

Aquel rostro le miraba fijamente.

Las primeras emociones de esperanza y ansiedad quedaron al instante arrolladas por el pasmo, y toda clase de ideas combatían en aquel momento por el uso de sus cuerdas vocales.

–¿Quii...? –dijo.

–Uu... ju... aj... –añadió.

–¿Quién... ra... ru... uu? –logró preguntar al fin, cayendo en una especie de silencio frenético. Sufría los efectos de no haber hablado con nadie desde no sabía cuándo.

La extraña criatura frunció brevemente el entrecejo y consultó lo que parecía cierta clase de apuntes en una tablilla que sostenía en su espigada y curiosa mano.

–¿Arthur Dent? –preguntó.

Arthur asintió débilmente.

–¿Arthur *Philip* Dent? –insistió con una especie de ladrido eficaz aquel extraño ser.

–Mm... mm... sí... mm... mm... –confirmó Arthur.

–Eres un pelma –repitió la criatura–, un perfecto gilipollas.

–Mm...

La criatura asintió para sí, hizo una extraña marca sobre la tablilla y se volvió bruscamente hacia la nave.

–Mm –dijo Arthur, desesperado–, mm...

–No me vengas con esas –replicó la criatura. Subió la rampa, entró por la escotilla y desapareció en la nave, que se cerró emitiendo un murmullo vibrante y apagado.

–¡Mm, oye! –gritó Arthur, echando a correr inútilmente–. ¡Espera un momento! ¿Qué es esto? ¿Qué pasa? ¡Espera un momento!

La nave se elevó como si su peso fuera una capa arrojada al suelo, planeando brevemente. Ascendió extrañamente por el cielo nocturno. Atravesó las nubes, iluminándolas por un instante, y luego desapareció, dejando solo a Arthur, que bailaba impotente una danza mínima en un territorio inmenso.

–¿Cómo? –gritó–. ¿Qué? ¿Cómo? ¡Vuelve aquí y repítelo!

Saltó y danzó hasta que le temblaron las piernas, gritando hasta irritarse los pulmones. Nadie le respondió. No había nadie para oírle o hablarle.

La extraña nave ya hendía como un trueno las altas capas de la atmósfera, de camino al pasmoso vacío que separa las poquísimas cosas que existen en el Universo.

Su ocupante, la criatura extraña de la cara tez, se reclinó en su asiento individual. Se llamaba Wowbagger el Infinitamente Prolongado. Tenía un objetivo. No muy bueno, tal como él mismo sería el primero en admitir, pero era una meta y al menos le mantenía ocupado.

Wowbagger el Infinitamente Prolongado era –es, en realidad– uno de los poquísimos seres inmortales del Universo.

Los que nacen inmortales saben superar el problema de manera instintiva, pero Wowbagger no se contaba entre ellos. El caso es que había llegado a odiar a todos aquellos serenísimos hijoputas. Había adquirido la inmortalidad de manera involuntaria, por un lamentable accidente con un estúpido acelerador de partículas, un almuerzo líquido y un par de gomas elásticas. Los detalles precisos del accidente carecen de importancia, pues nadie ha logrado jamás reproducir las circunstancias exactas en que ocurrió, y al intentarlo muchos han acabado con un aire de suma idiotez, o muertos.

Wowbagger cerró los ojos con expresión cansada y sombría, puso un jazz ligero en el estéreo de la nave y pensó que podía haberlo logrado de no haber sido por las tardes de domingo; sí, lo habría conseguido.

Para empezar, era divertido, se lo pasaba bien viviendo peligrosamente, corriendo riesgos, ganando una fortuna con inversiones muy productivas a largo plazo, y en general sobreviviendo mucho a todo el mundo.

Al final, lo que no podía soportar eran las tardes de domingo y esa horrible apatía que empieza a presentarse hacia las tres menos cinco, cuando se es consciente de que ya se han tomado todos los baños útiles posibles, de que por mucho que se mire a cualquier párrafo determinado de los periódicos nunca se llegará a leerlo de verdad ni a utilizar la nueva y revolucionaria técnica de poda que describe, y de que, mientras se mira el reloj, las manillas se mueven implacables hacia las cuatro y uno entra en la larga y sombría hora del té del alma.

De modo que las cosas empezaron a perder interés para él. Comenzaron a desaparecer las alegres sonrisas que solía esgrimir en los entierros de la gente. Empezó a despreciar al Universo en general y a todos sus habitantes en particular.

Ese fue el momento en que concibió su propósito, lo que le haría seguir adelante y que, hasta donde podía imaginar, le mantendría para siempre en movimiento. Era esto:

Insultaría al Universo.

Es decir, insultaría a todos sus habitantes. De manera individual, personal, uno por uno, y (eso era lo que más le hacía rechinar los dientes) en orden alfabético.

Cuando la gente objetaba, como hacía algunas veces, que el plan no solo era descabalado sino también imposible debido a la cantidad de gente que nace y muere a cada momento, él se limitaba a lanzarles una mirada severa, diciendo:

–Uno tiene derecho a soñar, ¿no?

Y así empezó. Equipó una astronave, construida para que durase mucho tiempo, con un ordenador capaz de manejar todos los datos informáticos necesarios para no perder de vista a toda la población del Universo conocido y averiguar las rutas pertinentes, horriblemente complicadas.

Su nave surcó las órbitas internas del sistema estelar de Sol, disponiéndose a rodear el sol para lanzarse al espacio interestelar como disparada por un tirachinas.

–Ordenador –dijo.

–¡Presente! –aulló el ordenador.

–¿Adónde nos dirigimos ahora?

–Estoy calculándolo.

Wowbagger contempló por un instante la fantástica pedrería de la noche, los billones de diamantes de los mundos diminutos que espolvoreaban de luz la oscuridad infinita. Todos y cada uno de ellos estaban incluidos en su itinerario. Por la mayoría tendría que pasar millones de veces.

Por un momento imaginó que su ruta conectaba con todos los puntos del espacio lo mismo que las piezas numeradas de un rompecabezas infantil. Esperaba que desde algún lugar destacado del Universo pudiera leerse en ella una palabra muy, muy grosera.

El ordenador emitió un zumbido monótono para indicar que había concluido los cálculos.

–Folfanga –dijo, y siguió zumbando.

–Al mundo Cuarto del sistema de Folfanga –prosiguió, continuando con el zumbido.

–Duración prevista del viaje, tres semanas –insistió, zumbando otra vez.

–Para encontrarse con un zángano insignificante –zumbó– de la especie A-RzUrp-Gil-Ipdenú.

–Creo –añadió tras una breve pausa durante la cual zumbó– que decidiste llamarle «culo sin seso».

Wowbagger emitió un gruñido. Durante un par de segundos contempló la majestad de la creación, que se asomaba a su ventana.

–Me parece que voy a echarme una siesta –dijo, y añadió–: ¿Por qué zonas reticulares tendremos que pasar durante las próximas horas?

El ordenador zumbó.

–Cosmovid, Ideapix y Compartimiento Cerebral Hogareño –dijo el ordenador, zumbando de nuevo.

–¿Hay alguna película que no haya visto ya treinta mil veces?

–No.

–Ah.

–Tenemos *Angustia en el espacio*. Esa solo la has visto treinta y tres mil quinientas diecisiete veces.

–Despiértame al segundo rollo.

El ordenador zumbó.

–Que duermas bien –le deseó.

La nave siguió volando a través de la noche.

Entretanto, en la Tierra empezó a llover a cántaros. Arthur Dent se quedó en la cueva y pasó una de las tardes más soberanamente aburridas de toda su vida, pensando en las cosas que podía haber dicho a aquella criatura y cazando moscas, que también pasaron un mal rato.

Al día siguiente hizo una bolsa de piel de conejo porque pensó que podría serle útil para guardar cosas.

2

Aquel día, dos años después, al salir de la caverna que llamaba hogar hasta que se le ocurriera un nombre más apropiado o encontrara una cueva mejor, descubrió que la mañana era suave y fragante.

Aunque tenía otra vez la garganta irritada por el grito de horror de la madrugada, de pronto se sintió de un humor fantástico. Se abrigó con la gastada bata, apretándosela bien contra el cuerpo, y contempló la mañana rebosante de alegría.

El aire era claro y fragante, la brisa removía suavemente la alta hierba que rodeaba la cueva, los pájaros intercambiaban sus trinos y toda la naturaleza parecía conspirar para resultar lo más agradable posible.

Pero lo que producía en Arthur un sentimiento de tanta alegría no eran los placeres bucólicos. Se le acababa de ocurrir una idea maravillosa para combatir su tremendo aislamiento, las pesadillas, el fracaso de todos sus ensayos de horticultura, la absoluta ausencia de futuro y la inutilidad de su vida en la prehistoria terrestre: decidió volverse loco.

De nuevo se sintió rebosar de alegría y tomó un mordisco de una pata de conejo que le quedó de la cena. La masticó contento durante unos instantes y luego pensó en anunciar formalmente su decisión.

Se puso bien derecho y miró de frente al mundo, fijando la

vista en los campos y colinas. Para dar peso a sus palabras se colocó en el pelo el hueso de conejo. Extendió los brazos de par en par.

–¡Voy a volverme loco! –anunció.

–Buena idea –comentó Ford Prefect, bajando a gatas de la peña en que se sentaba.

Arthur sufrió un sobresalto mental. Su mandíbula se le cerró espasmódicamente.

–Yo me volví loco una temporada –explicó Ford Prefect–. Me sentó la mar de bien.

Los ojos de Arthur dieron saltos mortales.

–Mira... –dijo Ford.

–¿Dónde has estado? –le interrumpió Arthur, una vez que su cerebro dejó de trabajar.

–Por ahí; dando vueltas –dijo Ford, sonriendo de una forma que, sin equivocarse, consideró irritante–. No hice más que desengancharme mentalmente durante un tiempo. Supuse que si el mundo me necesitaba con urgencia me llamaría. Y me llamó.

De su bolso, ya tremendamente gastado y estropeado, sacó el Subeta Sensomático.

–Al menos –prosiguió–, creo que llamó. Esto ha estado sonando un rato. –Lo sacudió–. Como haya sido una falsa alarma, me vuelvo loco otra vez.

Arthur meneó la cabeza y se sentó. Alzó la vista.

–Pensé que habías muerto... –alcanzó a decir.

–Yo también lo creí durante un tiempo –convino Ford–, y luego decidí ser un limón durante un par de semanas. En todo ese tiempo me divertí saltando dentro y fuera de una tónica con ginebra.

Arthur carraspeó. Volvió a hacerlo.

–¿Dónde encontraste...? –preguntó.

–¿La tónica con ginebra? –dijo alegremente Ford–. Vi un lago pequeño, creí que era tónica con ginebra y me dediqué a entrar y salir de él. Al menos me parece que lo tomé por tónica con ginebra. Es posible –añadió con una mueca que habría hecho encaramarse a los árboles a hombres cuerdos– que lo imaginara.

Esperó a que Arthur contestara, pero este conocía el truco.

–Sigue –dijo con calma.

–Mira –dijo Ford–, el caso es que no tiene sentido volverse

loco para dejar de estarlo. Es mejor olvidarlo y guardar la cordura para después.

–Y aquí estás, cuerdo de nuevo, ¿no? –dijo Arthur–. Lo pregunto solo por curiosidad.

–Fui a África –informó Ford.

–¿Sí?

–Sí.

–¿Y qué tal?

–Esta es tu cueva, ¿verdad?

–Pues sí –contestó Arthur. Se sentía muy raro. Después de casi cuatro años de aislamiento total sentía tal alivio y placer de ver a Ford que estaba a punto de llorar. Por otro lado, Ford era una persona que resultaba molesta casi al instante.

–Muy bonita –comentó Ford, refiriéndose a la cueva de Arthur–. Debes de odiarla.

Arthur no se molestó en contestar.

–África es muy interesante –dijo Ford–. Allí me comporté de una manera muy rara.

Miró pensativo a la lejanía.

–Me aficioné a ser cruel con los animales –dijo en tono frívolo, y añadió–: pero solo para entretenerme.

–¿Ah, sí? –dijo Arthur, cauteloso.

–Sí –afirmó Ford–. No te molestaré con los detalles porque...

–¿Qué?

–Te molestarían. Pero tal vez te interese saber que yo solito soy responsable de la forma evolucionada del animal que en siglos posteriores has llegado a conocer como jirafa. Además, traté de enseñarle a volar. ¿Me crees?

–Cuéntame –dijo Arthur.

–Más tarde. Solo mencionaré lo que dice la *Guía*...

–¿La...?

–La *Guía*. La *Guía del autoestopista galáctico*. ¿Recuerdas?

–Sí. Recuerdo que la tiré al río.

–Sí –convino Ford–, pero yo la saqué.

–No me lo dijiste.

–No quería que volvieras a tirarla.

–Muy justo –admitió Arthur–. ¿Y qué dice?

–¿El qué?

–¿Qué dice la *Guía?*

–La *Guía* dice que volar es un arte; o más bien un truco. El truco consiste en aprender a tirarse al suelo y fallar.

Sonrió débilmente. Señaló las rodilleras de los pantalones y luego los codos. Estaban gastados y desgarrados.

–Hasta ahora no me ha salido muy bien –prosiguió.

Extendió la mano y añadió:

–Me alegro mucho de volver a verte, Arthur.

Arthur sacudió la cabeza en un acceso súbito de asombro y emoción.

–Hace años que no veo a nadie –dijo–, a nadie. Ni siquiera recuerdo cómo se habla. Se me olvidan palabras. Pero practico. Practico hablando con..., hablando con..., ¿cómo se llaman esas cosas que si hablas con ellas la gente cree que estás loco? Como Jorge Tercero.

–¿Reyes? –sugirió Ford.

–No, no. Las cosas con las que solía hablar. Estamos rodeados de ellas, por amor de Dios. Yo mismo he plantado cientos de ellas. Todas han muerto. ¡Árboles! Practico hablando a los árboles. ¿Para qué es eso?

Ford aún tenía la mano tendida. Arthur la miraba sin comprender.

–Estréchala –urgió Ford.

Así lo hizo Arthur, nervioso al principio, como si resultara ser un pez. Luego la apretó con fuerza con ambas manos con una abrumadora oleada de alivio. La estrechó una y otra vez.

Al cabo de un rato, Ford creyó necesario retirarla. Se encaramaron a la cresta de una peña cercana y reconocieron el terreno circundante.

–¿Qué pasó con los golgafrinchanos? –preguntó Ford.

Arthur se encogió de hombros.

–Muchos de ellos no sobrevivieron al invierno de hace tres años –dijo–, y los pocos que quedaron en primavera dijeron que necesitaban unas vacaciones y se marcharon en una balsa. La historia afirma que debieron de sobrevivir...

–Ya –dijo Ford–. Vaya, vaya.

Puso las manos en las caderas y volvió a mirar en torno, al mundo vacío. De pronto, Ford emitió una sensación de energía y decisión.

–Nos vamos –dijo con entusiasmo, vibrando de energía.

–¿Adónde? ¿Cómo? –inquirió Arthur.

–No sé –confesó Ford–, pero noto que es el momento oportuno. Van a pasar cosas. Saldremos de aquí.

Bajó la voz y prosiguió en susurros:

–He observado alteraciones en la colada.

Aguzó la vista hacia la lejanía y en aquel momento pareció como si quisiera que el viento le despeinara dramáticamente, pero el aire se dedicaba a jugar con unas hojas a cierta distancia.

Arthur le pidió que repitiera lo que acababa de decir porque no le había entendido bien. Ford lo repitió.

–¿La colada? –inquirió Arthur.

–La colada espacio-temporal –contestó Ford, que descubrió los dientes al viento al pasar brevemente por su lado en aquel momento.

Arthur asintió con la cabeza y luego carraspeó.

–¿Hablamos de alguna especie de lavandería vogona –preguntó con cautela–, o de qué?

–De remolinos en el continuo del espacio/tiempo.

–Ah –asintió Arthur–, ¿son ellos? ¿Son ellos?

Metió las manos en los bolsillos de la bata y miró a la lejanía con aire de experto.

–¿Cómo? –preguntó Ford.

–Hmm –dijo Arthur–, ¿quiénes son exactamente esos tipos, entonces?

–¿Quieres escucharme? –saltó Ford, lanzándole una mirada colérica.

–Te escucho –repuso Arthur–, pero no estoy seguro de que sirva para algo.

Ford le agarró de las solapas de la bata y le habló con tanta claridad, lentitud y paciencia como si perteneciese al departamento de contabilidad de una compañía telefónica.

–Parece... haber... bolsas... de inestabilidad... en el tejido...

Arthur miró tontamente la tela de la bata por donde Ford le agarraba.

–... en el tejido del espacio/tiempo –se apresuró a concluir Ford antes de que Arthur convirtiera su estúpida expresión en una observación tonta.

–Ah, ya –dijo Arthur.

–Sí, eso –confirmó Ford.

Solos y erguidos en un promontorio de la Tierra prehistórica, se miraron resueltamente a la cara.

–¿Y qué le ha pasado? –preguntó Arthur.

–Ha creado bolsas de inestabilidad.

–¿Sí? –dijo Arthur, sin pestañear por un momento.

–Sí –repitió Ford, con el mismo grado de inmovilidad ocular.

–Bien –comentó Arthur.

–¿Entiendes? –preguntó Ford.

–No.

Hubo una pausa silenciosa.

–Lo malo de esta conversación –dijo Arthur después de que una especie de expresión meditativa ascendiera despacio por su rostro como un montañero que escalara una cresta difícil– es que es muy diferente de la mayoría que he mantenido últimamente. Y, como ya te he explicado, han sido principalmente con árboles. No eran como esta. Salvo, quizás, algunas que he tenido con olmos, que a veces se atascan un poco.

–Arthur –dijo Ford.

–Dime. ¿Sí? –dijo Arthur.

–Limítate a creer todo lo que te diga, y todo te resultará sencillísimo.

–Pues no estoy seguro de creerme eso.

Se sentaron a ordenar las ideas.

Ford sacó el Subeta Sensomático. Hacía ruidos vagos y susurrantes al tiempo que una luz diminuta se encendía débilmente.

–¿Se han acabado las pilas? –preguntó Arthur.

–No –contestó Ford–; hay una alteración móvil en el tejido espacio-temporal, un remolino, una bolsa de inestabilidad, y está en algún sitio cerca de nosotros.

–¿Dónde?

Ford movió despacio el aparato describiendo a sacudidas un pequeño semicírculo. De pronto centelleó la luz.

–¡Allí! –exclamó Ford alargando el brazo–. ¡Allí, detrás de aquel sofá!

Arthur miró. Para su gran sorpresa, había un sofá de colores vivos en el campo, delante de ellos. Lo observó con un sobresalto inteligente. Astutas preguntas le vinieron a la mente.

–¿Por qué hay un sofá en ese campo? –inquirió.

–¡Te lo he dicho! –gritó Ford, poniéndose en pie de un salto–. ¡Hay remolinos en el continuo del espacio/tiempo!

–Y ese es su sofá, ¿verdad? –preguntó Arthur, tratando de incorporarse y, según esperaba, aunque no con mucho optimismo, de recobrar el juicio.

–¡Arthur! –le gritó Ford–. Ese sofá está ahí a causa de la inestabilidad espacio-temporal que estoy tratando de que se te meta en esa cabeza estupidizada sin remedio. ¡Se ha escurrido del continuo, se trata de un desecho espacio-temporal, y sea lo que sea, tenemos que cogerlo, es nuestro único medio de salir de aquí!

Bajó rápidamente del promontorio rocoso y se alejó por el campo.

–¿Cogerlo? –murmuró Arthur.

Divertido, frunció el entrecejo al ver que el sofá saltaba y flotaba perezosamente sobre la hierba.

Con un alarido de placer completamente inesperado bajó la peña de un salto y emprendió una persecución frenética en pos de Ford Prefect y de aquel mueble insensato.

Corrieron sin tino por la hierba, brincando, riendo y gritándose instrucciones mutuamente para encaramar al objeto por uno u otro lado. El sol brillaba soñoliento entre la hierba ondulante y pequeños animales campestres se dispersaban locamente a su paso.

Arthur se sentía feliz. Le gustaba mucho que por una vez el día se ajustara tanto a un plan preestablecido. Solo hacía veinte minutos que decidiera volverse loco, y en aquel momento ya estaba persiguiendo un sofá por los campos de la Tierra prehistórica.

El sofá siguió saltando por aquí y por allá, pareciendo al mismo tiempo tan sólido como los árboles que sobrevolaba, y tan nebuloso como un sueño agitado cuando atravesaba otros a la manera de un fantasma.

Ford y Arthur lo perseguían sin orden ni concierto, pero el sofá los esquivaba haciendo regates como si describiera su propia y compleja topografía matemática, cosa que hacía. Cuanto más lo perseguían, más bailaba y giraba, y de pronto se volvió, descendió como si rebasara el límite de la representación gráfica de una catástrofe y ellos se encontraron prácticamente encima de él. Con un grito y un empellón saltaron sobre él, el sol parpadeó, cayeron en una nada nauseabunda y emergieron inesperadamente en pleno centro del campo de Lord's Cricket Ground de St. John's Wood, en Londres, hacia la conclusión de la final nacional de la Serie Australiana en el año de 198..., cuando Inglaterra solamente necesitaba veintiocho tantos para conseguir la victoria.

3

Acontecimientos importantes de la historia de la Galaxia, número uno:

(Reproducido de la *Historia popular de la Galaxia*, de la *Gaceta Sideral.)*

El cielo nocturno del planeta Krikkit es el panorama menos interesante de todo el Universo.

4

En el Lord's hacía un día delicioso y encantador cuando Ford y Arthur cayeron a la ventura de una anomalía espacio-temporal y aterrizaron en el inmaculado césped, bastante duro.

El aplauso de la multitud fue tremendo. No era para ellos, pero de todos modos se incorporaron por instinto; afortunadamente, pues la pesada pelotita roja a la que aplaudía la multitud pasó silbando a unos milímetros de la cabeza de Arthur. Un espectador sufrió un colapso.

Se arrojaron al suelo, que parecía dar horribles vueltas en torno a ellos.

–¿Qué ha sido eso? –susurró Arthur.

–Algo rojo –musitó Ford.

–¿Dónde estamos?

–Pues..., en algo verde.

–Formas –masculló Arthur–. Necesito formas.

A la ovación de la multitud sucedieron enseguida jadeos de asombro y risitas ahogadas de centenares de personas que aún no habían decidido si creer o no lo que acababan de ver.

–¿Es suyo este sofá? –preguntó una voz.

–¿Qué ha sido eso? –murmuró Ford.

Arthur levantó la vista.

–Algo azul –dijo.

–¿De qué forma?

Arthur volvió a mirar.

–Tiene la forma –musitó Ford, con el ceño fieramente fruncido– de un policía.

Se quedaron en cuclillas durante unos momentos, con el entrecejo muy junto. El objeto azul con forma de policía les dio unos golpecitos en el hombro.

–Vamos, ustedes dos –dijo la forma–, circulen.

Esas palabras tuvieron para Arthur el efecto de una sacudida eléctrica. Se puso en pie de un salto, como un escritor que oye el timbre del teléfono, y lanzó una serie de miradas sorprendidas al panorama que le rodeaba y que súbitamente había cobrado un aspecto tremendamente ordinario.

–¿De dónde han sacado esto? –gritó a la forma de policía.

–¿Cómo ha dicho? –preguntó la sorprendida forma.

–Esto es el Lord's Cricket Ground, ¿verdad? –inquirió a su vez Arthur, con brusquedad–. ¿Dónde lo han encontrado? ¿Cómo lo han traído hasta aquí? Creo –añadió, llevándose la mano a la frente– que será mejor que me calme.

Bruscamente, se puso en cuclillas delante de Ford.

–Es un policía –anunció–. ¿Qué hacemos?

Ford se encogió de hombros.

–¿Qué quieres hacer tú? –preguntó.

–Quiero –contestó Arthur– que me digas que he estado soñando durante los últimos cinco años.

Ford volvió a alzar los hombros y le siguió la corriente.

–Has estado soñando durante los últimos cinco años –dijo.

Arthur se puso en pie.

–De acuerdo, agente –dijo–. He estado soñando durante los últimos cinco años. Pregúntele –añadió, señalando a Ford–. Él también estaba.

Seguidamente, se encaminó hacia la banda del campo limpiándose la bata. Entonces la observó y se detuvo. La miró fijamente. Se precipitó hacia el policía.

–¿Y de dónde he sacado yo esta ropa? –aulló.

Cayó al suelo y se retorció sobre el césped.

Ford meneó la cabeza.

–Ha pasado dos millones de años malos –explicó al policía.

Entre los dos pusieron a Arthur sobre el sofá y lo llevaron fuera del terreno de juego sin dificultades, salvo por la súbita desaparición del sofá en el trayecto.

A todo esto, las reacciones del público eran muchas y variadas. La mayoría de la gente no toleraba ver el espectáculo, y en cambio lo oía por la radio.

–Vaya, qué incidente tan interesante, Brian –dijo un comentarista radiofónico a otro–. Me parece que no ha habido materializaciones misteriosas en el campo de juego desde..., desde...; pero no creo que se haya producido ninguna..., ¿verdad?..., que yo recuerde...

–¿Edgbaston, en 1932?

–¡Ah! ¿Y qué pasó entonces?

–Pues, Peter, creo que Canter estaba frente a Willcox, que se dirigía a marcar desde el extremo del pabellón, cuando un espectador echó a correr de repente por medio del campo.

Hubo una pausa durante la cual el primer comentarista consideró esas palabras.

–S...í –dijo–, sí, eso no tiene nada de misterioso, ¿verdad? En realidad, no se materializó, ¿eh? Solo echó a correr.

–No, eso es cierto, pero afirmó haber visto que algo se materializaba en el campo.

–¿Ah, sí?

–Sí. Una especie de cocodrilo, según creo.

–Ya. ¿Y lo vio alguien más?

–Al parecer, no. Y nadie fue capaz de sacarle una descripción detallada, de manera que solo se emprendió una búsqueda muy superficial.

–¿Y qué le ocurrió al espectador?

–Pues creo que alguien le invitó a almorzar, pero él explicó que ya había comido muy bien, de manera que se olvidó el asunto y Warwickshire siguió el juego ganando por tres tantos.

–Así que no se parece mucho al presente caso. A aquellos de ustedes que acaben de sintonizarnos les interesará saber que, hmmm..., dos hombres, dos hombres zarrapastrosos y todo un sofá..., ¿un sofá grande, me parece?...

–Sí, un sofá grande.

–... se han materializado en este momento en pleno campo de juego del Lord's Cricket. Pero no creo que pretendieran hacer daño alguno, se han mostrado benévolos y...

–Perdona que te interrumpa un momento, Peter, para decir que el sofá acaba de desaparecer.

–Es cierto. Bueno, un misterio menos. Sin embargo, creo decididamente que es un caso digno de pasar a los anales, sobre todo al ocurrir en este momento dramático del juego, cuando Inglaterra solo necesita veinticuatro tantos para ganar la final. Los dos hombres están saliendo del terreno de juego acompañados de un agente de policía, y me parece que todo el mundo se está calmando y que el juego está a punto de reanudarse de nuevo.

–Y ahora, caballero –dijo el policía después de abrirse paso entre la curiosa multitud y de depositar el cuerpo tranquilamente inerte de Arthur sobre una manta–, tal vez tenga la amabilidad de decirme quiénes son ustedes, de dónde vienen y de qué trataba esa escenita.

Ford miró un momento al suelo como si se preparase para tomar alguna determinación, luego levantó la cabeza y lanzó al policía una mirada que le alcanzó con toda la fuerza de cada milímetro de los seis años luz de distancia entre la Tierra y la casa de Ford en los alrededores de Betelgeuse.

–Muy bien –dijo Ford con voz muy queda–, se lo contaré.

–Sí, bueno, no es necesario –se apresuró a contestar el policía–, solo que no deje que vuelva a ocurrir lo mismo, fuera lo que fuese.

El policía se volvió y marchó en busca de cualquiera que no fuese de Betelgeuse. Por fortuna, el campo estaba lleno de ellos.

La conciencia de Arthur se aproximó a su cuerpo como desde una gran distancia y de mala gana. Había pasado en él algunos malos ratos. Poco a poco, nerviosa, entró en él y se instaló en su posición acostumbrada.

Arthur se incorporó.

–¿Dónde estoy? –preguntó.

–En el campo de Lord's Cricket –contestó Ford.

–Estupendo –comentó Arthur mientras su conciencia volvía a salir para tomarse un breve respiro. Su cuerpo se desplomó de nuevo sobre el césped.

Diez minutos después, encorvado sobre una taza de té en el pabellón del bar, el color empezó a volver a su demacrado rostro.

–¿Cómo te encuentras? –preguntó Ford.

–Como en casa –repuso Arthur con voz ronca.

Cerró los ojos inhalando ansiosamente el humo del té como si fuese..., bueno, por lo que tocaba a Arthur, como si fuese té; y lo era.

–Estoy en casa –repitió–. En casa. Esto es Inglaterra y hoy es hoy; la pesadilla ha terminado. –Abrió los ojos de nuevo y sonrió serenamente, añadiendo con un murmullo emocionado–: Me encuentro en el sitio al que pertenezco.

–Hay dos cosas que, según creo, debería decirte –respondió Ford, tirándole un ejemplar del *Guardian* por encima de la mesa.

–Estoy en casa –repitió Arthur.

–Sí –dijo Ford, señalando la fecha de la cabecera del periódico–. Una es que la Tierra será demolida dentro de dos días.

–Estoy en casa –insistió Arthur–. Té, críquet –añadió con placer–, césped cuidado, bancos de madera, chaquetas blancas de lino, botes de cerveza...

Poco a poco empezó a centrar su atención en el periódico. Inclinó la cabeza a un lado con el ceño levemente fruncido.

–Este ya lo he visto antes –comentó. Su mirada subió despacio hacia la fecha, sobre la que Ford daba golpecitos indolentes. Su rostro se inmovilizó durante un par de segundos y luego empezó a hacer ese ruido terrible y lento con el que los témpanos de hielo del Ártico se desmoronan tan espectacularmente en primavera.

–Y la otra –prosiguió Ford, bebiéndose el té de un trago–, es que pareces tener un hueso en la barba.

Fuera del pabellón del bar, el sol brillaba sobre una muchedumbre feliz. Relucía en los sombreros blancos y en las caras rojas. Centelleaba sobre los helados y los fundía. Espejeaba en las lágrimas de los niños cuyos helados acababan de fundirse, desprendiéndose del palo. Fulguraba en los árboles, destellaba en los remolinos descritos por los bates de críquet, refulgía en el objeto absolutamente extraordinario que se había detenido tras los marcadores y que al parecer nadie había observado. Y cayó sobre Arthur y Ford cuando salieron del pabellón del bar, guiñando los ojos para examinar la escena que les rodeaba.

Arthur estaba temblando.

–Tal vez debería... –dijo.

–No –respondió Ford, con brusquedad.

–¿Qué? –inquirió Arthur.

–No intentes telefonearte a tu casa.

–¿Cómo sabías...?

Ford se encogió de hombros.

–Pero ¿por qué no? –insistió Arthur.

–Las personas que hablan por teléfono consigo mismas –amonestó Ford– nunca se enteran de nada provechoso.

–Pero...

–Mira –dijo Ford. Descolgó un teléfono imaginario y marcó en un disco igualmente supuesto–. ¿Oiga? –dijo por el micrófono fingido–. ¿Es usted Arthur Dent? Ah, hola, sí. Arthur Dent al aparato. No cuelgue.

Miró decepcionado al teléfono inmaterial.

–Ha colgado –anunció, encogiéndose de hombros y colgando con cuidado el teléfono inexistente–. Esta no es mi primera anomalía temporal –añadió.

La expresión de melancolía se acentuó en el rostro de Arthur Dent.

–Así que no estamos a salvo y en casa –dijo.

–Ni siquiera podemos decir –respondió Ford– que estemos en casa secándonos vigorosamente con una toalla.

El partido continuaba. El lanzador se acercó a la meta a paso largo, al trote y, luego, a la carrera. De pronto se enredó en una confusión de brazos y piernas de la cual salió una pelota. El bateador giró en redondo mandándola detrás de él, por encima de los marcadores. La mirada de Ford siguió la trayectoria de la pelota y se crispó un poco. El betelegeusiano se puso rígido. Volvió a examinar el recorrido de la pelota y sus ojos se contrajeron de nuevo.

–Esta no es mi toalla –anunció Arthur, hurgando en su bolso de piel de conejo.

–¡Chss! –le conminó Ford. Frunció el ceño, concentrándose.

–Yo tenía una toalla golgafrinchana para correr –continuó Arthur–; era azul, con estrellas amarillas. Esta no es.

–¡Chss! –repitió Ford. Se tapó un ojo y miró con el otro.

–Esta es rosa –dijo Arthur–; no es tuya, ¿verdad?

–Me gustaría que cerraras el pico y dejaras de hablar de tu toalla –repuso Ford.

–No es mi toalla –insistió Arthur–, eso es lo que estoy tratando de...

–Y lo que yo pretendo –replicó Ford con un gruñido sordo– es que dejes de hablar de ello en este preciso momento.

–Muy bien –convino Arthur, empezando a guardarla de nuevo en el bolso de conejo, cosido de manera primitiva–. Confieso que a la escala cósmica de las cosas quizás no tenga importancia; solo que resulta chocante, eso es todo. De pronto aparece una toalla rosa en lugar de otra azul con estrellas amarillas.

Ford empezaba a comportarse de forma bastante rara, o más bien comenzaba a actuar de una manera que resultaba extrañamente diferente del insólito estilo con que solía proceder habitualmente. Lo que hacía era lo siguiente: sin considerar las miradas de pasmo que provocaba entre la multitud reunida con él en torno al terreno de juego, se pasaba las manos por la cara con movimientos bruscos, agachándose detrás de unos espectadores, saltando por encima de otros, quedándose quieto luego y guiñando mucho los ojos. Al cabo de unos momentos echó a andar con cautela; iba con el ceño fruncido, absorto en sus pensamientos, como un leopardo que no está seguro de si acaba de ver una lata medio vacía de comida para gatos a menos de un kilómetro de distancia por la cálida y polvorienta llanura.

–Este tampoco es mi bolso –dijo Arthur, inesperadamente.

Ford salió de su abstracción. Miró enfadado a Arthur.

–No hablaba de la toalla –protestó este–. Ya hemos demostrado que no es la mía. Es que el bolso en el que guardaba la toalla que no es mía tampoco es mío, aunque tiene un parecido extraordinario. Y personalmente creo que eso es sumamente raro, sobre todo teniendo en cuenta que lo hice yo mismo en la Tierra prehistórica. Estas piedras tampoco son las mías –añadió, sacando del bolso unas chinas lisas de color gris–. Hacía colección de piedras interesantes, y se ve que estas son muy sosas.

Un rugido de excitación vibró entre la multitud y sofocó la respuesta de Ford a la información de Arthur. La pelota de críquet que había provocado tal reacción cayó del cielo y aterrizó perfectamente en el interior del misterioso bolso de Arthur, de piel de conejo.

–¡Vaya!, diría que este también es un incidente curioso –dijo Arthur, cerrando deprisa el bolso y mirando al campo con aire de buscar la pelota–. No creo que esté por aquí –dijo a unos niños que le rodearon inmediatamente para incorporarse a la búsqueda–; es probable que haya rodado a alguna parte. Por allí, me parece.

Señaló vagamente en la dirección por la cual deseaba que se largaran.

–¿Está usted bien? –preguntó uno de los niños, mirándole con curiosidad.

–No –contestó Arthur.

–Entonces, ¿por qué lleva un hueso en la barba?

–Le estoy enseñando a estar a gusto dondequiera que le pongan –repuso Arthur, orgulloso de la frase. Pensó que era precisamente el tipo de sentencia que entretiene y estimula a las mentalidades jóvenes.

–Ya –dijo el niño, inclinando la cabeza a un lado para pensarlo–. ¿Cómo se llama usted?

–Dent. Arthur Dent.

–Eres un pelma, Dent –aseguró el niño–, un completo gilipollas.

Miró a otra parte para indicarle que no tenía especial prisa por salir corriendo, y luego se alejó hurgándose la nariz. De pronto recordó Arthur que volverían a demoler la Tierra al cabo de dos días, y esta vez no lo sintió tanto.

El juego continuó con una pelota nueva, el sol siguió brillando, Ford insistió en saltar de un lado para otro, meneando la cabeza y parpadeando.

–Se te ha ocurrido algo, ¿verdad? –preguntó Arthur.

–Creo –contestó Ford con un tono de voz que Arthur ya reconocía como presagio de algo enteramente ininteligible– que hay un PRODO por ahí.

Señaló. Curiosamente, la dirección que indicaba no era hacia la que estaba mirando. Arthur miró a esta última, que llevaba a los marcadores, y hacia la otra, que daba al campo de juego. Asintió con la cabeza y se encogió de hombros. Volvió a hacerlo.

–¿Un qué? –preguntó.

–Un PRODO.

–¿Un PR...?

–... ODO.

–¿Y qué es eso?

–Un Problema de Otro –explicó Ford.

–Ah, bien –dijo Arthur, tranquilizándose. No tenía idea de qué se trataba, pero al menos parecía haberse acabado. No se había terminado.

–Por allí –dijo Ford, señalando de nuevo los marcadores y mirando el campo.

–¿Dónde? –preguntó Arthur.

–¡Allí! –exclamó Ford.

–Ya veo –dijo Arthur, que no lo veía.

–¿Lo ves?

–¿Qué?

–¿No ves –dijo Ford en tono paciente– el PRODO?

–Creí que habías dicho que era un problema de otro.

–Eso es.

Arthur asintió despacio, con cautela y con un aire de tremenda estupidez.

–Y quiero saber si lo ves –insistió Ford.

–¿Lo ves tú?

–Sí.

–¿Qué aspecto tiene?

–¿Y cómo voy a saberlo, idiota? –gritó Ford–. Si lo ves dímelo tú.

Arthur experimentó la sorda palpitación detrás de las sienes que era el distintivo de muchas de sus conversaciones con Ford. Su cerebro hizo un movimiento furtivo, como un perrillo asustado en la perrera. Ford le cogió del brazo.

–Un PRODO –explicó– es algo que no podemos ver, que no distinguimos o que nuestra mente no nos deja observar porque creemos que es un problema de otro. Eso es lo que significa PRODO. Problema de Otro. El cerebro se limita a perfilarlo, es como un punto ciego. Si se mira directamente no se ve, a menos que se sepa qué es exactamente. La única esperanza consiste en percibirlo por sorpresa con el rabillo del ojo.

–Ah –dijo Arthur–, por eso es por lo que...

–Sí –confirmó Ford, que sabía lo que iba decir Arthur.

–... has estado saltando y...

–Sí.

–... parpadeando...

–Sí

–... y...

–Creo que has captado el mensaje.

–Ya lo veo –anunció Arthur–, es una nave espacial.

Por un momento, Arthur quedó pasmado ante la reacción que provocó su descubrimiento. De la multitud surgió un rugido y la gente echó a correr en todas direcciones, gritando, aullando y tropezando en un tumulto lleno de confusión. Retrocedió asombrado y miró en torno, temeroso. Luego volvió a mirar alrededor con mayor sorpresa todavía.

–Emocionante, ¿verdad? –dijo una aparición.

El aparecido osciló ante los ojos de Arthur, aunque probablemente lo cierto era que los ojos de Arthur temblequeaban delante de la aparición.

–Q...q...q...q... –dijo con labios temblorosos.

–Me parece que tu equipo acaba de ganar –dijo la aparición.

–Q...q...q...q... –repitió Arthur, puntuando cada sonido con una presión en la espalda de Ford Prefect, que contemplaba el tumulto con ansiedad.

–Eres inglés, ¿no? –dijo el aparecido.

–Q...q...q...q..., sí –dijo Arthur.

–Pues, como decía, tu equipo acaba de ganar. El partido. Lo que significa que los otros se quedan con las cenizas. Debes de estar muy contento. Confieso que me gusta mucho el críquet, aunque me molestaría que alguien me oyera decir eso fuera de este planeta. ¡Válgame Dios, no!

El aparecido esbozó lo que podría ser una sonrisa malévola, pero era difícil saberlo porque el sol estaba justo detrás de él, creando un halo cegador en torno a su cabeza e iluminando su barba y cabellos plateados, lo que le daba un aire reverente, dramático y difícil de conciliar con sonrisas malévolas.

–Sin embargo –añadió–, todo terminará en un par de días, ¿verdad? Aunque tal como te dije la última vez que nos vimos, lo lamenté mucho. En fin, fuera lo que fuese lo que habrá sido, habrá sido.

Arthur intentó hablar, pero abandonó la lucha desigual. Volvió a azuzar a Ford.

–Creí que había pasado algo horrible –dijo Ford–, pero no es más que se ha acabado el partido. Tenemos que marcharnos. ¡Ah, hola, Slartibartfast! ¿Qué haces aquí?

–Pues pasear –contestó gravemente el anciano–, dar una vuelta.

–¿Esa es tu nave? ¿Puedes llevarnos a alguna parte?

–Paciencia, paciencia –amonestó el anciano.

–Vale –dijo Ford–. Solo que este planeta va a ser demolido bien pronto.

–Lo sé –repuso Slartibartfast.

–Bueno, solo quería aclarar las cosas.

–Aclaradas están.

–Pues si te apetece mucho haraganear por un campo de críquet en este preciso momento...

–Me apetece.

–Entonces es tu nave.

–Sí.

–Lo supongo –dijo Ford, volviendo bruscamente la espalda.

–Hola, Slartibartfast –dijo Arthur, al fin.

–Hola, terrícola –contestó el anciano.

–Al fin y al cabo –observó Ford–, solo se muere una vez.

El anciano ignoró el comentario y miró fijamente el campo de juego con ojos que parecían rebosar de expresiones que no guardaban una relación clara con lo que allí pasaba. Ocurría que la multitud se agrupaba en un amplio círculo alrededor del centro del campo. Lo que veía en ello Slartibartfast, solo él lo sabía.

Ford tarareaba algo. Solo era una nota repetida a intervalos. Esperaba que alguien le preguntara qué canturreaba, pero nadie lo hizo. Si le hubiera interesado a alguien, habría dicho que se trataba de la primera nota de una canción de Noel Coward titulada «Loca por el chico», repetida una y otra vez. Entonces, le habrían indicado que solo entonaba una nota, a lo cual hubiese contestado él que, por razones que deberían saltar a la vista, estaba omitiendo la parte de «por el chico». Le molestaba que nadie le preguntara.

–Es que –saltó al fin– si no nos vamos pronto, podríamos vernos metidos otra vez en todo el asunto. Y no hay nada más deprimente que ver la destrucción de un planeta. Salvo, quizás, estar en él en el momento en que se lleva a cabo. O –añadió en voz baja– perder el tiempo en partidos de críquet.

–Paciencia –recomendó Slartibartfast de nuevo–. Se avecinan grandes cosas.

–Eso es lo que dijiste la última vez que nos vimos –recordó Arthur.

–Y fueron grandes –comentó el anciano.

–Sí, es cierto –reconoció Arthur.

Sin embargo, lo único que al parecer se avecinaba era una especie de ceremonia. Se montaba sobre todo en consideración a la televisión, y no para los espectadores, pues desde donde estaban de lo único de que se enteraban era de lo que escuchaban por una radio que había cerca. Ford mostraba una indiferencia agresiva.

Se inquietó al oír que iban a entregar las cenizas al capitán del equipo inglés en el campo, se impacientó cuando explicaron que lo hacían porque les habían ganado por enésima vez, emitió un decidido ladrido de disgusto ante la información de que las cenizas eran los restos de una cantera de críquet y cuando, además, le pidieron que aceptara el hecho de que la cantera de críquet en cuestión se había quemado en Melbourne, Australia, en 1882, para ilustrar la «muerte del críquet inglés», se volvió hacia Slartibartfast y respiró hondo, pero no tuvo oportunidad de decir nada porque el anciano no estaba allí. Se dirigía al campo de juego con un paso tremendamente decidido que le alborotaba la barba, los cabellos y la túnica dándole un aspecto muy semejante al que habría tenido Moisés si el Sinaí hubiese sido un campo de césped bien cortado en vez de un monte ígneo y humeante, como suele representarse.

–Ha dicho que nos reunamos con él en la nave –dijo Arthur.

–¿Qué demonios apestosos está haciendo ese viejo idiota? –estalló Ford.

–Va a recibirnos en su nave dentro de dos minutos –dijo Arthur con un encogimiento de hombros que indicaba su total renuncia a pensar. Se encaminaron hacia la nave. Ruidos extraños llegaron a sus oídos. Trataron de no escucharlos, pero no pudieron dejar de entender que Slartibartfast exigía con irritación que le entregaran la urna de plata que contenía las cenizas.

–Son de una importancia vital para la seguridad pasada, presente y futura de la Galaxia –decía, lo que produjo una hilaridad desatada.

Arthur y Ford decidieron no hacer caso.

Lo que ocurrió a continuación no pudieron ignorarlo. Con un ruido como el de cien mil personas que gritaran «va», una nave espacial de color blanco acerado pareció surgir repentinamente de la nada justo por encima del campo de críquet y quedó flotando en el aire con una amenaza infinita y un zumbido leve.

Durante un rato no hizo nada, como si esperase que todo el mundo volviera a sus ocupaciones sin importarle que se quedase flotando allí mismo.

Luego hizo algo sumamente extraordinario. Mejor dicho, se abrió y soltó algo sumamente extraordinario: once criaturas sumamente extraordinarias.

Eran robots. Robots blancos.

Lo más extraordinario era que parecían ir vestidos para la ocasión. No solo eran blancos, sino que llevaban lo que parecían ser palos de críquet; y no solo eso, sino que también llevaban lo que parecían ser pelotas de críquet. Y no solo eso, sino que llevaban almohadillas acanaladas en la parte inferior de las piernas. Estas últimas eran extraordinarias, pues parecían contener motores a reacción que permitían a aquellos robots, curiosamente civilizados, salir volando de su nave, que seguía inmóvil en el aire, y empezar a matar gente, que es lo que hicieron.

–Vaya –dijo Arthur–, parece que pasa algo.

–¡Vamos a la nave! –gritó Ford–. No quiero saber, solo ir a la nave –echó a correr sin dejar de gritar–. No quiero saber, no quiero ver, no quiero oír. ¡Este no es mi planeta, yo no elegí estar aquí, no deseo que me comprometan, solo quiero salir de aquí y acudir a una fiesta con gente con la que pueda relacionarme!

Humo y llamas se alzaban del campo.

–Vaya, parece que la brigada sobrenatural ha venido hoy en gran número... –farfulló contenta una radio.

–Lo que necesito –gritó Ford, como para aclarar sus observaciones anteriores– es una buena copa y una reunión de mis pares.

Siguió corriendo, deteniéndose solo un momento para coger del brazo a Arthur y arrastrarle con él. Arthur había asumido su actitud habitual ante los momentos críticos, que consistía en quedarse con la boca abierta y dejar que todo le resbalase por encima.

–Están jugando al críquet –murmuró, avanzando a tropezones

detrás de Ford–. Juro que están jugando al críquet. No sé por qué, pero eso es lo que hacen. ¡No solo matan gente, la mandan hacia arriba, Ford, nos envían por los aires!

Habría sido difícil no creérselo sin conocer bastante más historia de la Galaxia de la que Arthur había aprendido hasta el momento en sus viajes. Las espectrales pero violentas formas a quienes se veía moverse entre la espesa capa de humo parecían representar una serie de extrañas parodias con los palos de críquet; la diferencia residía en que, a cada golpe, las pelotas estallaban al tocar el suelo. La primera de ellas provocó en Arthur la idea inicial de que todo aquel asunto podría ser simplemente un truco publicitario de unos fabricantes australianos de margarina.

Y entonces, tan de repente como empezó, terminó todo. Los once robots blancos se elevaron en formación cerrada entre la nube de humo, entrando con los últimos chorros de llamas en las entrañas de su flotante nave blanca, que, con el fragor de cien mil personas que decían «va», se esfumó en el aire del que había surgido.

Por un momento hubo un silencio tremendo, lleno de pasmo, y luego apareció entre el humo oscilante la pálida figura de Slartibartfast, que se parecía aún más a Moisés porque, pese a que persistía la ausencia de monte, al menos caminaba ahora por un césped bien cortado, envuelto en llamas y humeante.

Lanzó en torno una mirada vehemente hasta distinguir las apresuradas siluetas de Arthur Dent y de Ford Prefect; estos se abrían paso entre la multitud asustada, que en aquel momento se precipitaba atropelladamente en dirección contraria. La muchedumbre, claro está, pensaba en lo raro que estaba saliendo el día y no sabía a ciencia cierta qué camino tomar, si es que había alguno.

Slartibartfast hacía gestos apremiantes y gritaba a Ford y Arthur, y poco a poco los tres fueron llegando a la nave, que seguía inmóvil tras los marcadores, inadvertida por la multitud que se precipitaba desordenadamente bajo ella y que en aquel momento tenía probablemente que enfrentarse a bastantes problemas particulares.

–¡Han garnu granu la! –gritó Slartibartfast con su voz fina y trémula.

–¿Qué ha dicho? –jadeó Ford mientras se abría paso a codazos.

–Que han... no sé qué –contestó Arthur meneando la cabeza.

–¡Han garnu la gruná! –gritó otra vez Slartibartfast.

Ford y Arthur se miraron y menearon la cabeza.

–Parece urgente –comentó Arthur, que se detuvo y gritó–: ¿Qué?

–¡Que han gurua la grunamá! –aulló Slatirbartfast, sin dejar de hacerles señas.

–Dice –explicó Arthur– que se llevan las cenizas. Eso es lo que he entendido.

Siguieron corriendo.

–¿Las...? –preguntó Ford.

–Cenizas –contestó Arthur, pronunciando claramente–. Los restos quemados de una cantera de críquet. Es un trofeo. Al parecer –jadeó– eso... es... lo que... han venido a buscar.

Sacudió la cabeza con mucha suavidad, como si pretendiera trasladar su cerebro a un nivel más bajo dentro del cráneo.

–Qué cosa tan rara nos dice –comentó bruscamente Arthur.

–Qué cosa tan rara se llevan.

–Qué nave tan rara.

Habían llegado. La segunda cosa más rara de la nave era ver el campo del Problema de Otro en funcionamiento. Ahora veían la nave con claridad solo porque sabían que estaba allí. Sin embargo, era evidente que nadie más la veía. No porque fuese realmente invisible ni nada tan hiperimposible. La tecnología empleada para hacer algo invisible es tan infinitamente compleja, que novecientos noventa y nueve mil millones, novecientos noventa y nueve millones, novecientos noventa y nueve mil, novecientos noventa y nueve veces entre un billón resulta mucho más cómodo y eficaz guardar el objeto y pasarse sin ello. El ultrafamoso mago y científico Effrafax de Wug apostó una vez su vida a que en el plazo de un año podía volver invisible la gran megamontaña Magramala.

Tras pasar la mayor parte del año tirando de enormes Lux-O-Válvulas, Refracto-Desintegradores y Desvíos Espectr-O-Máticos, cuando le quedaban nueve horas comprendió que no lo conseguiría.

De manera que él y sus amigos, y los amigos de sus amigos, más los amigos de los amigos de sus amigos y los amigos de los amigos de los amigos de sus amigos, junto con algunos amigos suyos menos buenos que por casualidad eran propietarios de una importante compañía de transportes interestelares, produjeron lo que hoy se reconoce ampliamente como la noche de trabajo más dura de la historia, y al día siguiente, por supuesto, ya no se veía Magramala. Effrafax perdió la apuesta y, en consecuencia, la vida, solo porque un árbitro pedante observó: a) que al andar por el área donde Magramala debía estar no tropezó ni se rompió las narices contra nada, y b) que había una luna extra de aspecto sospechoso.

El campo del Problema de Otro es mucho más cómodo y eficaz, y además funciona más de cien años con una sencilla pila de linterna. La razón de ello es que se basa en la predisposición natural de la gente a no ver nada que no quiera ver, que no espere o que no pueda explicarse. Si Effrafax hubiese pintado la montaña de rosa y erigido en ella un sencillo y barato campo de PRODO, la gente habría pasado de largo por la montaña, la habría rodeado e incluso escalado sin darse cuenta ni por un momento de que estaba allí.

Y eso es precisamente lo que pasaba con la nave de Slartibartfast. No era rosa, pero de haberlo sido habría constituido el menor de sus problemas visuales y la gente se habría limitado a ignorarla, como cualquier otra cosa.

Lo más extraordinario era que solo en parte parecía una astronave, con sus alerones, motores de cohetes, escotillas de emergencia, etcétera, asemejándose mucho a un pequeño bar italiano suspendido en el aire.

Ford y Arthur lo miraron con asombro y con la sensibilidad profundamente herida.

–Sí, lo sé –dijo Slartibartfast, que en ese momento corría hacia ellos, inquieto y sin aliento–, pero hay una razón. Vamos, tenemos que irnos. La antigua pesadilla va a repetirse. El destino nos aguarda a todos. Debemos marcharnos ya.

–Me apetece algún lugar soleado –dijo Ford.

Ford y Arthur siguieron a Slartibartfast al interior de la nave, y estaban tan absortos en lo que veían dentro, que les pasó enteramente inadvertido lo que pasaba fuera.

Otra nave espacial, lisa y plateada, descendió del cielo sobre el campo, con calma, sin ruido, desplegando sus largas patas en un delicado ballet tecnológico.

Tomó tierra con suavidad. Extendió una rampa pequeña.

Una criatura alta de color gris verdoso salió por ella y se acercó al reducido grupo de personas reunidas en el centro del campo que atendían a las víctimas de la reciente y extraña matanza. Fue apartando a la gente con autoridad firme y serena hasta llegar a un hombre que yacía en un desesperado charco de sangre, fuera del alcance de cualquier medicina terrenal, jadeando, tosiendo por última vez. La criatura se arrodilló en silencio a su lado.

–¿Arthur Philip Deodat? –preguntó.

El hombre, con una horrible confusión en la mirada, asintió débilmente.

–Eres un inútil, un estúpido que no vale para nada –musitó la criatura–. Pensé que deberías saberlo antes de morir.

5

Acontecimientos importantes de la historia de la Galaxia, número dos:

(Reproducido del libro *Historia popular de la Galaxia*, de la *Gaceta Sideral.)*

Desde los orígenes de esta Galaxia, grandes civilizaciones han surgido y desaparecido, nacido y muerto tan a menudo, que resulta profundamente tentador pensar que la vida en ella debe ser

a) algo así como un mareo, un vértigo en el espacio, en el tiempo, en la historia, o cosa parecida, y

b) estúpida.

6

Arthur tuvo la súbita sensación de que el cielo se había apartado para dejarlos pasar.

Le pareció que las partículas de su cerebro y los átomos del cosmos fluían juntos.

Pensó que flotaba en el viento del Universo, y que el viento era él.

Creyó ser uno de los pensamientos del Universo, y que el Universo era idea suya.

La multitud del campo del Lord's Cricket supuso que acababa de aparecer y desaparecer otro restaurante en la parte norte de Londres, como suele pasar tan a menudo, y que se trataba de un Problema de Otro.

–¿Qué ha pasado? –susurró Arthur, lleno de temor reverente.

–Hemos despegado –repuso Slartibartfast.

Arthur yacía, quieto y alarmado, en el sofá de aceleración. No estaba seguro de si tenía un mareo de espacio o de religión.

–Buen cacharro –comentó Ford en un intento inútil de ocultar el grado en que le había impresionado el despegue que acababa de efectuar la nave de Slartibartfast–, lástima de decorado.

Durante unos instantes el anciano no contestó. Miró fijamente los instrumentos con el aire de quien intentara pasar de memoria de la escala Fahrenheit a la centígrada mientras su casa está en llamas. Luego le desaparecieron las arrugas de la frente y miró un momento la gran pantalla panorámica que tenía delante y por la cual se veía un pasmoso abigarramiento de estrellas que fluían en torno a ellos como hilos de plata.

Sus labios se movieron como si fuese a decir algo. De pronto sus ojos volvieron alarmados a los instrumentos y frunció el entrecejo, pero ese fue el único cambio en su expresión. Miró de nuevo la pantalla. Se tomó el pulso. Por un momento arrugó más el ceño, luego se tranquilizó.

–Es un error intentar comprender las máquinas –dijo–, no me dan más que quebraderos de cabeza. ¿Qué decías?

–La decoración –repuso Ford–. Es una lástima.

–En lo más profundo y fundamental de la mente y del Universo –dijo Slartibartfast–, hay una razón para ello.

Ford lanzó una mirada brusca alrededor. Pensó que aquello era ver las cosas desde un ángulo optimista.

El interior de la cabina de navegación era verde oscuro, rojo vivo y marrón ceniciento; estaba atestado y tenía iluminación indirecta. Inexplicablemente, la semejanza con un pequeño bar italiano no se había acabado a la entrada. Pequeñas zonas de luz enfocaban tiestos con plantas, baldosas enceradas y toda clase de pequeños objetos de bronce sin identificación posible.

Botellas con fundas de rafia acechaban horriblemente entre las sombras.

Los instrumentos que ocuparan la atención de Slartibartfast parecían montados en el fondo de botellas sujetas con cemento.

Ford alargó la mano y lo tocó.

Cemento falso. Plástico. Botellas falsas insertas en cemento falso.

Lo más profundo y fundamental de la mente y del Universo puede irse a paseo, pensó para sí, esto es basura. Por otro lado, no se puede negar que la manera en que ha despegado la nave hace que el *Corazón de Oro* parezca un cochecito eléctrico.

Se levantó del sofá. Se limpió el polvo. Miró a Arthur, que cantaba en voz baja. Miró a la pantalla y no reconoció nada. Miró a Slartibartfast.

–¿Qué distancia hemos recorrido hasta ahora? –preguntó.

–Unos... –contestó Slartibartfast–, unos dos tercios del camino del disco galáctico, diría yo, aproximadamente. Sí, creo que alrededor de dos tercios.

–Qué raro –comentó Arthur con voz queda–; cuanto más lejos y más deprisa se viaja por el Universo, más inmaterial parece la posición individual en él, y uno se llena de un profundo o, mejor dicho, se vacía de...

–Sí, es muy raro –convino Ford–. ¿Adónde vamos?

–Vamos a enfrentarnos con una antigua pesadilla del Universo –contestó Slartibartfast.

–¿Y dónde vas a dejarnos?

–Necesitaré vuestra ayuda.

–Malo. Mira, hay un sitio al que puedes llevarnos y donde podemos divertirnos, estoy tratando de acordarme; allí podemos emborracharnos y tal vez escuchar un poco de música sumamente perniciosa. Espera, voy a mirarlo.

Sacó su ejemplar de la *Guía del autoestopista galáctico* y buscó rápidamente en la parte del índice que trataba esencialmente de sexualidad, drogas y rock and roll.

–Entre la bruma del tiempo ha surgido una maldición –anunció Slartibartfast.

–Sí, lo supongo. Oye –dijo Ford, encontrando por casualidad la referencia de un artículo especial–, ¿has conocido alguna vez a Excéntrica Gallumbits? ¿La puta de tres tetas de Eroticón Seis? Algunos dicen que sus zonas erógenas empiezan a unos seis kilómetros de su cuerpo. Yo no estoy de acuerdo, diría que a unos siete y medio.

–Una maldición que sumirá a la Galaxia en el fuego y la destrucción y que posiblemente llevará al Universo a una muerte prematura –dijo Slartibartfast, añadiendo–: Lo digo en serio.

–Parece que se pasará un mal rato; con suerte, estaré lo bastante borracho como para no darme cuenta –repuso Ford. Señaló con el dedo en la pantalla de la *Guía* y agregó–: Este sería un sitio realmente depravado para ir, y creo que deberíamos visitarlo. ¿Qué dices, Arthur? Deja de murmurar mantras y presta atención. Te estás perdiendo un asunto importante.

Arthur se incorporó en el sofá y sacudió la cabeza.

–¿Adónde vamos? –preguntó.

–A enfrentarnos con una antigua pe...

–¡Basta! –exclamó Ford–. Arthur, vamos a dar un paseo por la Galaxia, a divertirnos un poco. ¿Puedes digerir esa idea?

–¿Por qué está tan inquieto Slartibartfast? –preguntó Arthur.

–Por nada –dijo Ford.

–La destrucción. Vamos –dijo Slartibartfast en un tono súbitamente autoritario–, tengo que enseñaros y contaros muchas cosas.

Se dirigió a una escalera de caracol de hierro forjado que estaba incomprensiblemente situada en medio de la cabina de navegación y empezó a subir. Arthur le siguió con el ceño fruncido. De mala gana, Ford guardó la *Guía* en su bolso.

–Me ha dicho el médico que tengo mal formada una glándula del deber social y una deficiencia congénita en la fibra moral –murmuró para sí–, y que por tanto estoy excusado de salvar universos.

No obstante, subió tras ellos.

Lo que encontraron arriba era sencillamente estúpido, o eso parecía, y Ford meneó la cabeza, se puso las manos en la cara y tropezó con un tiesto, aplastándolo contra la pared.

–La sala de cálculo central –dijo Slartibartfast, sin inmutarse–. Aquí es donde se verifican todos los cálculos que afectan a la nave en cualquier aspecto. Sí, sé lo que parece, pero en realidad es un complejo mapa topográfico en cuatro dimensiones de una serie de funciones matemáticas sumamente complejas.

–Parece un chiste –observó Arthur.

–Sé lo que parece –repuso Slartibartfast, entrando.

En ese momento Arthur tuvo súbitamente una vaga intuición de su posible significado, pero se negó a creerlo. El Universo no podía funcionar así, pensó, era imposible. Eso, consideró para sí, sería tan absurdo como, tan absurdo como... Agotó esa línea de argumentación. La mayoría de las cosas verdaderamente absurdas que se le ocurrían ya habían sucedido.

Y esta era una de ellas.

Era una amplia jaula de cristal, o una caja; una habitación, en realidad.

Había una mesa, larga. En torno a ella, una docena de sillas de madera combada. Encima, un mantel mugriento a cuadros rojos y blancos con algunas quemaduras de cigarrillo, cada una de ellas probablemente dispuesta en una posición calculada con exactitud matemática.

Sobre el mantel había media docena de platos italianos a medio comer, rodeados de barras de pan a medio comer y de vasos de vino a medio beber, en los que ramoneaban con desgana unos robots.

Todo era enteramente artificial. Un camarero, un *sommelier* y un *maître*, robots los tres, atendían a los comensales robots. Los muebles eran artificiales, así como el mantel, y cada detalle de la comida exhibía claramente todas las características mecánicas de, digamos, un *pollo sorpreso*, sin que lo fuese en realidad.

Todos participaban conjuntamente en una pequeña danza con movimientos complicados que comprendían la manipulación de menús, cuadernos de cuentas, billeteras, libros de cheques, tarjetas de crédito, relojes, lapiceros y servilletas de papel; parecían estar de continuo al borde de la violencia, pero en realidad nunca pasaba nada.

Slartibartfast se apresuró a entrar y luego pareció pasar el rato de manera bastante ociosa con el *maître*, mientras que uno de los comensales robots se deslizaba despacio bajo la mesa aludiendo a lo que iba a hacer a un individuo en relación con cierta chica.

Slartibartfast ocupó el sitio que quedó vacante de ese modo y echó una astuta ojeada al menú. De manera casi imperceptible se aceleró el ritmo de los movimientos en torno a la mesa. Estallaron discusiones, algunos trataron de demostrar cosas en las servilletas. Gesticulaban con furia y trataban de examinar los trozos de pollo que tenía el vecino. La mano del camarero empezó a moverse sobre el cuaderno de cuentas con mayor rapidez de la que podía desarrollar la mano del hombre, y a más velocidad de la que podía seguirla el ojo humano. La marcha se incrementó. De pronto, una cortesía extraordinaria e insistente se apoderó del grupo y segundos más tarde pareció que se había logrado un momento de armonía. Una vibración nueva sacudió el interior de la nave.

Slartibartfast salió de la habitación de cristal.

–Bistromática –anunció–. La fuerza de cálculo más poderosa que conoce la paraciencia. Vamos a la Cámara de Ilusiones Informáticas.

Echó a andar llevándolos pasmados tras de sí.

7

La Energía Bistromática es un nuevo y maravilloso método de recorrer grandes distancias interestelares sin todo ese peligroso desbarajuste de los Factores de Improbabilidad.

En sí misma, la Bistromática es una nueva y revolucionaria forma de entender el comportamiento de los números. Así como Einstein observó que el tiempo no era absoluto sino que dependía del movimiento del espectador en el espacio, y que el espacio no era absoluto sino que dependía del movimiento del espectador en el tiempo, así se comprende ahora que los números no son absolutos, sino que dependen del movimiento del espectador en los restaurantes.

La primera cifra no absoluta es el número de personas para quienes se reserva mesa. Ello varía a lo largo de las tres primeras llamadas telefónicas al restaurante, y luego no guarda relación clara con la cantidad de personas que terminan presentándose, ni con las que a continuación se unen a ellas tras el espectáculo/partido/fiesta/sesión musical, ni con los que se van al ver quién más ha venido.

El segundo número no absoluto es el de la hora de llegada prevista, a quien actualmente se conoce como uno de los conceptos matemáticos más extraños, un recipriversexclúson, cifra cuya existencia solo puede definirse como distinta a la suya propia. En otras palabras, la hora prevista de llegada es el preciso momento en que es imposible que llegue cualquier miembro del grupo. Los recipriversexclusones desempeñan en la actualidad una parte importantísima en muchas ramas de las matemáticas, incluidas la estadística y la contabilidad, formando asimismo las ecuaciones básicas empleadas para programar el campo del Problema de Otro.

El tercero de los no absolutos, y el más misterioso de todos, reside en la relación entre el número de artículos de la cuenta, el precio de cada uno, el número de personas a la mesa y lo que estas están dispuestas a pagar. (En este campo, el número de personas que han traído dinero es únicamente un subfenómeno.)

Las desconcertantes discrepancias que solían producirse en este aspecto no se han investigado durante siglos solo porque nadie las ha tomado en serio. En el momento se achacaban a cosas tales como cortesía, grosería, cicatería, ostentación, cansancio, emotividad o lo avanzado de la hora, olvidándose por entero a la mañana siguiente. Jamás se han examinado en condiciones de laboratorio, desde luego, porque nunca ocurren en laboratorios, al menos en laboratorios respetables.

Y solo con el advenimiento de los ordenadores de bolsillo ha salido finalmente a la luz la sorprendente verdad, que es esta:

Los números escritos en la cuenta del restaurante dentro de los confines del local no siguen las mismas leyes matemáticas que los números escritos en cualesquiera otros pedazos de papel en las demás partes del Universo.

Ese solo hecho desencadenó una tempestad en el mundo científico. Lo revolucionó por completo. Tantísimas conferencias de matemáticas se dieron en tantos restaurantes buenos, que muchas de las mentes más agudas de una generación murieron de obesidad y de insuficiencia coronaria, por lo que la ciencia de las matemáticas sufrió años de retraso.

No obstante, poco a poco fueron comprendiéndose las consecuencias de la idea. Para empezar, había sido muy fuerte, muy estúpido y demasiado lo que habría dicho el hombre de la calle: «Pues claro, eso ya lo sabía yo.» Luego se inventaron ciertas frases, como «Estructuras Interactivas de la Subjetividad», y todo el mundo pudo tranquilizarse y acostumbrarse a ello.

A los pequeños grupos de monjes que rondaban por las más im-

portantes instituciones de investigación cantando extrañas salmodias en el sentido de que el Universo no era más que un producto de su propia imaginación, se los apartó al fin mediante la concesión de un permiso para que representaran teatro en la calle.

8

–Fijaos, en los viajes espaciales –dijo Slartibartfast manipulando ciertos instrumentos en la Cámara de Ilusiones Informáticas–, en los viajes espaciales...

Se interrumpió y miró en torno.

La Cámara de Ilusiones Informáticas era un alivio reparador tras las monstruosidades visuales de la zona central de cálculo. No había nada. Ni información ni ilusiones; solo ellos, paredes blancas y unos cuantos instrumentos pequeños que al parecer debían conectarse a algún sitio que Slartibartfast no encontraba.

–¿Sí? –le apremió Arthur. Se le había contagiado el sentido de la urgencia de Slartibartfast, pero no sabía qué hacer con ello.

–¿Sí qué? –preguntó el anciano.

–¿Qué decías?

–Los números son horribles –contestó Slartibartfast lanzándole una mirada severa. Prosiguió su búsqueda.

Arthur asintió prudentemente para sí. Al cabo del rato comprendió que aquello no le llevaba a ningún sitio y decidió que después de todo podría decir «¿qué?».

–En los viajes espaciales –repitió Slartibartfast–, todos los números son horribles.

Arthur volvió a asentir con la cabeza y miró a Ford en busca de ayuda, pero este se encontraba practicando una actitud malhumorada con muy buenos resultados.

–Solo trataba de evitaros la molestia –dijo Slartibartfast, suspirando– de preguntarme por qué se hacían todos los cálculos de la nave en el cuaderno de cuentas de un camarero.

–¿Por qué se hacían todos los cálculos de la nave en el cuad...? –preguntó Arthur frunciendo el entrecejo.

–Porque en los viajes espaciales todos los números son horribles –contestó Slartibartfast.

Vio que no comprendían su punto de vista.

–Escuchad –dijo–. En el cuaderno de cuentas de un camarero, los números bailan. Debéis de haber visto el fenómeno.

–Pues...

–En el cuaderno de cuentas de un camarero –prosiguió Slartibartfast–, realidad e irrealidad chocan a una escala tan fundamental que una se convierte en la otra y todo es posible dentro de ciertos parámetros.

–¿Qué parámetros?

–Es imposible saberlo –contestó el anciano–. Ese es uno de ellos. Extraño, pero cierto. Al menos, a mí me parece raro; y tengo la seguridad de que es verdad.

En ese momento localizó la ranura en la pared que había estado buscando, encajando en ella el instrumento que tenía en la mano.

–No os alarméis –previno, lanzando una súbita mirada de alarma al instrumento y retrocediendo–, es...

No oyeron lo que dijo, porque en ese instante la nave dejó de existir y vieron precipitarse hacia ellos una nave de combate, del tamaño de una pequeña ciudad del centro de Inglaterra; sus láseres de batalla, encendidos, hendían la noche.

Una pesadilla de luces burbujeantes arrasó la negrura, cercenando un buen trozo del planeta que se encontraba justo detrás de ellos.

Con la boca abierta y los ojos desorbitados, fueron incapaces de gritar.

9

Otro mundo, otro día, otra aurora.

El alba despuntó silenciosa con un resplandor diminuto.

Varios billones de trillones de toneladas de núcleos de hidrógeno sobrecalentados estallaron; ascendieron despacio por encima del horizonte y lograron parecer pequeños, fríos y ligeramente húmedos.

En todos los amaneceres hay un momento en que la luz flota y la magia es posible. La creación contuvo el aliento.

Tal momento pasó sin incidentes, como suele ocurrir en Squornshellous Zeta.

La bruma estaba pegada a la superficie de los pantanos. Daba un color gris a los árboles y oscurecía los altos juncos. Permanecía inmóvil como aliento contenido.

Nada se movía.

Silencio.

El sol luchaba débilmente con la niebla, intentando difundir algo de calor, derramar un poco de luz, pero estaba claro que aquel sería otro día de arrastrarse lentamente por el cielo.

Nada se movía.

Silencio, otra vez.

Nada se movía.

Silencio.

Nada se movía.

En Squornshellous Zeta solía haber días así con mucha frecuencia, y aquel iba a ser sin duda uno de ellos.

Catorce horas después el sol se ocultó sin remedio al otro lado del horizonte con la sensación de haberse esforzado inútilmente.

Volvió a aparecer pocas horas después; enarcó los hombros e inició su nueva ascensión por el firmamento.

Pero esta vez ocurría algo. Un colchón acababa de encontrarse con un robot.

–Hola, robot –saludó el colchón.

–Blap –repuso el robot sin dejar lo que estaba haciendo, que consistía en caminar muy despacio describiendo un círculo diminuto.

–¿Contento? –preguntó el colchón.

El robot se detuvo y miró al colchón. Con curiosidad. Era evidente que se trataba de un colchón muy estúpido. El colchón le devolvió la mirada con los ojos bien abiertos.

Tras calcular en diez significativas décimas la duración exacta de la pausa necesaria para manifestar con mayor verosimilitud un desprecio general hacia todo lo relacionado con los colchones, el robot siguió caminando en estrechos círculos.

–Podríamos mantener una conversación –sugirió el colchón–. ¿Te agradaría?

Era un colchón grande, probablemente de muy buena calidad.

En realidad, muy pocas cosas se fabrican actualmente, porque en un Universo infinitamente grande, como, por ejemplo, en el que nosotros vivimos, la mayoría de los objetos que puedan imaginarse, y muchos que es imposible concebir, crecen en alguna parte. Hace poco se descubrió un bosque en el que la mayoría de los árboles daban destornilladores de chicharra como fruto. El ciclo vital de esa fruta es muy interesante. Una vez recogido es preciso guardarlo en un cajón polvoriento donde permanezca durante años sin ser molestado. Entonces, una noche madura de pronto, se desprende de la piel exterior, que se desintegra convirtiéndose en polvo, y se transforma en un pequeño objeto de metal imposible de identificar con pestañas en ambos extremos, una especie de arista y como un agujero para albergar un tornillo. Cuando uno lo encuentra, se suele tirar. Nadie sabe lo que se gana con ello. Es de suponer que, en su sabiduría infinita, la naturaleza lo esté solucionando.

Tampoco sabe nadie a ciencia cierta el provecho que los colchones sacan de la vida. Son criaturas grandes, amistosas, que llevan una tranquila vida privada en las marismas de Squornshellous Zeta. A muchos los atrapan, los exterminan, los secan y los despachan para dormir en ellos. A ninguno parece importarle, y a todos los llaman Zem.

–No –dijo Marvin.

–Me llamo Zem –anunció el colchón–. Podemos hablar un poco del tiempo.

Marvin volvió a hacer una pausa en su paseo cansino y laborioso.

–Esta mañana –observó– el rocío ha caído claramente con un ruido sordo especialmente desagradable.

Siguió andando, como si la súbita conversación le hubiese impulsado a nuevas cumbres de melancolía y abatimiento. Caminaba con tenacidad. Si hubiera tenido dientes, los habría rechinado en aquel momento. Pero no tenía. Y no lo hizo. Su trabajoso camino lo decía todo.

El colchón chalpoteaba alrededor. Eso es algo que solo pueden hacer colchones que viven en marismas, por lo que tal palabra ya no es de uso común. Chalpoteaba de una manera simpática, desplazando un volumen bastante grande de agua. Hizo unas cuantas burbujas que saltaron graciosamente por la superficie. Sus franjas azules y blancas resplandecieron brevemente con un súbito y débil rayo de sol que inesperadamente logró pasar entre la niebla, haciendo que la criatura se calentara por un instante.

Marvin prosiguió su paseo.

–Me parece que estás pensando algo –dijo el colchón, chalpoteante.

–Más de lo que puedas imaginarte –repuso Marvin en tono sombrío–. Mi capacidad de actividad mental de todo tipo es tan ilimitada como la extensión infinita del espacio mismo. Descontando, por supuesto, mi capacidad de ser feliz.

Continuó con sus pasos pesados.

–Mi capacidad de ser feliz –prosiguió– cabe en una caja de cerillas sin quitar primero los fósforos.

El colchón porreteó. Ese es el ruido que hacen los colchones vivos que habitan en las marismas cuando la historia trágica de una persona les conmueve profundamente. Según el *Diccionario Maximégalon ultracompleto de todas las lenguas que jamás existieron*, esa palabra también puede significar el ruido que hizo el ilustre lord Sanvalvwag de Hollop al descubrir que había olvidado por segundo año consecutivo el aniversario de su esposa. Como solo hubo un ilustre lord Sanvalvwag de Hollop, que nunca se casó, tal palabra solo se emplea en sentido negativo o especulativo, y existe una corriente de opinión cada vez más fuerte que mantiene que el *Diccionario Maximégalon ultracompleto* no vale la flota de camiones necesaria para transportar su edición microfilmada. Es bastante extraño que el diccionario omita la palabra «chalpoteante», que sencillamente significa «al modo de algo que chalpotea».

El colchón porreteó de nuevo.

–Noto un desaliento profundo en tus diodos –repasató (para el significado de la palabra «repasatar», adquiérase un ejemplar del *Habla de los pantanos de Squornshellous* en cualquier librería de saldo, o bien cómprese el *Diccionario Maximégalon ultracompleto,* pues la Universidad se alegrará mucho de quitárselo de las manos y recuperar unos terrenos preciosos para estacionamiento de coches)–, y eso me entristece. Deberías ser más como los colchones. Nosotros llevamos una vida retirada en el pantano, donde nos sentimos felices de chalpotear, de repasatar y de considerar la humedad de manera bastante chalpoteante. A algunos nos matan, pero todos nos llamamos Zem, así que nunca sabemos quiénes son exterminados y de ese modo el porreteo se reduce al mínimo. ¿Por qué paseas en círculo?

–Porque tengo la pierna pegada –contestó sencillamente Marvin.

–Me parece –repuso el colchón, lanzándole una mirada compasiva– que es una pierna bastante inadecuada.

–Tienes razón –convino Marvin–, lo es.

–Bum –observó el colchón.

–Supongo que sí –dijo Marvin–; y también creo que encontrarás muy divertida la idea de un robot con una pierna artificial. Deberías contárselo después a tus amigos Zem y Zem, cuando los veas; se reirán, si es que los conozco, que no los conozco, por supuesto, salvo en la medida en que conozco todas las formas de vida orgánica, que es mucho más de lo que yo desearía. Ja, mi vida no es más que un engranaje de tornillo sin fin.

Siguió caminando en un círculo reducido, en torno a su delgada pierna artificial de acero que daba vueltas en el barro pero que parecía clavada en él.

–Pero ¿por qué sigues dando vueltas y más vueltas? –preguntó el colchón.

–Solo para dejar clara mi actitud –repuso Marvin sin dejar de dar vueltas.

–Considérala aclarada, querido amigo –frangolló el colchón–, considérala aclarada.

–Solo un millón de años más –repuso Marvin–, solo otro rápido millón. Luego tal vez lo intente al revés. Solo para variar, ¿comprendes?

En el más profundo recoveco de sus muelles el colchón sintió que el robot deseaba ardientemente que le preguntara cuánto tiempo había estado caminando de aquella forma absurda e inútil, y así lo hizo.

–Pues por encima del millón y medio, algo más –contestó Marvin en tono frívolo–. Pregúntame si me he aburrido alguna vez, vamos, pregúntame.

Y así lo hizo el colchón.

Marvin ignoró la pregunta, limitándose a caminar con nuevo énfasis.

–Una vez di un discurso –dijo de pronto y, al parecer, de manera inconexa–. Quizás no comprendas enseguida por qué saco a relucir ese tema, pero ello se debe a que mi mente funciona a una rapidez fenomenal y a que, según un cálculo aproximado, soy treinta billones de veces más inteligente que tú. Déjame ponerte un ejemplo. Piensa un número, cualquiera.

–Humm, el cinco –dijo el colchón.

–Incorrecto –repuso Marvin–. ¿Lo ves?

El colchón quedó muy impresionado y comprendió que se hallaba en presencia de un intelecto nada desdeñable. Se estremeció en toda su longitud, produciendo pequeñas y animadas ondas en su charca, poco honda y cubierta de algas.

–Háblame del discurso que diste una vez –instó el colchón, peceando–. Tengo muchas ganas de oírlo.

–Por varias razones tuvo muy mala acogida –dijo Marvin, que se detuvo para hacer una especie de gesto apresurado y torpe con su brazo no del todo bueno, aunque estaba mejor que el otro, que tenía desalentadoramente pegado al costado izquierdo–. Lo di por allá, a un kilómetro y medio de distancia, más o menos.

Señalaba todo lo bien que podía, con intención evidente de dejar absolutamente claro que era allí: entre la niebla, al otro lado del cañaveral, en una parte de la ciénaga que parecía exactamente igual a cualquier otra.

–Allí –repitió–. Yo era una especie de celebridad en aquella época.

El colchón se sintió lleno de emoción. Nunca había oído que se dieran discursos en Squornshellous Zeta, y menos que los pronunciaran celebridades. Un escalofrío le recorrió la espalda, le exprimió y le hizo soltar agua.

Actuó de un modo que los colchones emplean muy rara vez. Haciendo acopio de todas sus fuerzas, echó hacia atrás su cuerpo oblongo, lo alzó en el aire y allí lo mantuvo temblando durante unos segundos mientras atisbaba entre la niebla y al otro lado del cañaveral, hacia la parte de la ciénaga que Marvin había señalado, observando, sin decepcionarse, que era exactamente igual que cualquier otra zona del pantano. Fue demasiado esfuerzo. Al desplomarse en la charca inundó a Marvin de hierbajos, musgo y barro maloliente.

–Fui famoso –entonó el robot con aire melancólico– durante un breve período de tiempo a causa de mi escapatoria milagrosa y hondamente lamentada de un destino casi tan bueno como la muerte en el corazón de un sol llameante. Por mi estado podrás adivinar por qué poco escapé. Me salvó un chatarrero, figúrate. Y aquí me tienes, con un cerebro del tamaño de..., da lo mismo.

Caminó con furia durante unos segundos.

–Él fue quien me arregló poniéndome esta pierna. Odioso, ¿verdad? Me vendió a un zoológico de cerebros. Fui la estrella de la exposición. Tenía que sentarme en un cajón y contar mi vida mientras la gente me decía que me animara y pensara de manera constructiva. «Sonríe un poco, pequeño robot», me gritaban, «suelta una risita.» Yo les explicaba que para hacer brotar una sonrisa en mi rostro se necesitarían más de dos horas de trabajo en un taller con una llave inglesa, y eso caía muy bien.

–El discurso –le apremió el colchón–. Ansío oír el discurso que pronunciaste en los pantanos.

Había un puente sobre las marismas. De estructura cibernética, enorme, de centenares de kilómetros de largo, para que pasaran camiones y vehículos iónicos.

–¿Un puente? –dijo el colchón, encorvándose–. ¿Aquí, en el pantano?

–Un puente –confirmó Marvin–. Aquí, en el pantano. Iba a revitalizar la economía del sistema de Squornshellous. Para construirlo acabaron con toda la economía del sistema. Me pidieron que lo inaugurara. Pobrecillos.

Empezó a llover un poco, unas gotas dispersas que se escurrían entre la niebla.

–Subí a la plataforma. El puente se extendía a cientos de kilómetros delante y detrás de mí.

–¿Relucía? –preguntó entusiasmado el colchón.

–Relucía.

–¿Se perdía majestuosamente en la distancia?

–Se perdía majestuosamente en la distancia.

–¿Se alargaba como un hilo de plata hasta perderse de vista entre la niebla?

–Sí. ¿Quieres saber lo que pasó?

–Quiero oír tu discurso –repuso el colchón.

–Pronuncié las siguientes palabras. Dije: «Me gustaría decir que inaugurar este puente es para mí un honor, un privilegio y un gran placer, pero no puedo, porque mis circuitos de mentir están inservibles. Os odio y os desprecio a todos. Ahora declaro inaugurado esta desventurada estructura cibernética para el abuso desconsiderado de todos aquellos que tengan el capricho de cruzarla.» Y me enchufé a los circuitos de apertura.

Marvin hizo una pausa, recordando el momento.

El colchón rafagueó y glutineó. Chalpoteó, peceó y sauceó, esto último de manera especialmente chalpoteante.

–¡Bum! –exclamó al fin–. ¿Y fue un acontecimiento esplendoroso?

–Relativamente. El puente plegó sus mil kilómetros de reluciente extensión y se hundió llorando en el pantano, arrastrando a todo el mundo consigo.

En este momento de la conversación hubo una pausa triste y tremenda durante la cual cien mil personas parecieron exclamar «va» inesperadamente y un equipo de robots blancos descendió del cielo en cerrada formación militar como semillas de diente de león llevadas por el viento. Al cabo de un súbito y violento instante se hallaron todos en el pantano, arrancando a Marvin la pierna postiza y volviendo a desaparecer en su nave, que hizo: «¡Fiúuu!»

–¿Ves la clase de cosas con que tengo que enfrentarme? –preguntó Marvin al burbujeante colchón.

De pronto, un momento después, volvieron los robots para provocar otro incidente violento; y esta vez, al marcharse, el colchón quedó solo en la ciénaga. Dio unas sacudidas de asombro y alarma. Casi se ahogó de miedo. Se irguió sobre la parte de atrás para ver por encima del cañaveral, pero no había nada, ni robot, ni puente reluciente ni nave; solo más cañas. Escuchó, pero el viento no traía sonido alguno, aparte del rumor, ya familiar, de unos etimólogos medio locos que se llamaban a lo lejos, por el pantano tenebroso.

10

El cuerpo de Arthur Dent rodó.

El Universo saltó a su alrededor en un millón de añicos, y cada fragmento particular giró silenciosamente en el vacío, reflejando en su superficie plateada un ardiente holocausto de fuego y destrucción.

Luego estalló la negrura que hay al otro lado del Universo, y cada trozo de oscuridad era el humo furibundo del infierno.

La nada que se oculta tras la negrura del otro lado del Universo emergió, y detrás de la nada agazapada tras la oscuridad del otro lado del Universo despedazado se vio al fin la forma de un hombre inmenso que decía palabras grandiosas.

–Esas fueron, pues –dijo el hombre, que hablaba sentado en un sillón enormemente cómodo–, las Guerras de Krikkit, la mayor desolación que jamás se precipitara sobre nuestra Galaxia. Lo que habéis sentido...

Slartibartfast pasó flotando.

–No es más que un documental –gritó haciendo gestos–. No es una buena muestra. Lo lamento mucho, al buscar el mando para rebobinar...

–... es lo que billones y billones de inocentes...

–No estéis dispuestos a creeros nada todavía –gritó Slartibartfast, que volvió a pasar flotando y manipuló con furia el aparato que había colocado en la pared de la Cámara de Ilusiones Informáticas.

–... personas, de criaturas, de semejantes vuestros...

La música subió de tono; era inmensa, de acordes tremendos. Y a espaldas del hombre, poco a poco, empezaron a erigirse tres altas columnas entre los enormes remolinos de niebla.

–... sintieron, vivieron o, con mayor frecuencia, no lograron vivir. Pensad en ello, amigos míos. Y no olvidemos (dentro de un momento podré sugerir un medio que nos ayudará a recordar siempre) que antes de las Guerras de Krikkit la Galaxia era algo raro y maravilloso: ¡una Galaxia feliz!

En ese momento la música se volvía loca en su inmensidad.

–¡Una Galaxia feliz, amigos míos, tal como representa el símbolo de la Puerta Wikket!

Las tres columnas ya estaban claramente a la vista: tres pilares coronados por dos tramos transversales de un modo que resultaba extrañamente familiar al perplejo cerebro de Arthur.

–¡Los tres pilares! –tronó el gran hombre–. ¡El Pilar de acero, que representa la Fuerza y el Poder de la Galaxia!

Se encendieron reflectores que ejecutaron una danza enloquecida sobre la columna de la izquierda; era evidente que estaba hecha de acero o de algo parecido. La música arremetía con ruidos sordos y chillones.

–¡El Pilar Perspex –anunció el hombre inmenso–, que representa la fuerza de la Ciencia y de la Razón en la Galaxia!

Otros focos se movieron caprichosamente por la columna transparente de la derecha, creando en ella dibujos deslumbrantes y un ansia repentina e inexplicable de tomar un helado en el estómago de Arthur Dent.

–Y el Pilar de Madera, que representa –prosiguió la voz tonante, que en ese momento se enronqueció un poco, llena de sentimientos maravillosos– las fuerzas de la Naturaleza y de la Espiritualidad.

Las luces enfocaron la columna central. La música creció valerosamente al reino de la abominación absoluta.

–¡Los tres soportan –prosiguió la voz, alcanzando su punto culminante– el Arco Dorado de la Prosperidad y el Arco Plateado de la Paz!

Toda la estructura estaba entonces inundada de luces cegadoras y la música, afortunadamente, había traspasado los límites de lo discernible. En lo alto de las tres columnas, los dos arcos deslumbraban. Parecía haber tres chicas sentadas encima de ellos, o tal vez representaran ángeles. Aunque a los ángeles se les suele ver con más ropa.

De pronto hubo un dramático silencio en lo que posiblemente representaba al Cosmos y las luces se apagaron.

–No hay un mundo –vibró la voz experta del hombre–, ni un solo mundo civilizado en la Galaxia donde este símbolo no se reverencie incluso en nuestros días. Y persiste en la memoria racial de mundos primitivos. ¡Esto es lo que destruyeron las fuerzas de Krikkit, y esto es lo que ahora encierra su mundo hasta el fin de la eternidad!

Y con un gesto ceremonioso, el hombre mostró en sus manos un modelo de la Puerta Wikket.[1] En medio de aquel espectáculo

1. Esta palabra suena lo mismo que *wicket,* que significa «meta» en el juego del críquet. A su vez, «Krikkit» tiene casi la misma realización fonética que *cricket. (N. del T.).*

absolutamente extraordinario resultaba muy difícil estimar la escala, pero la maqueta parecía tener un metro de altura.

–Desde luego, esta no es la llave original. Como todo el mundo sabe, fue destruida, lanzada a los remolinos incesantes del continuo espacio/tiempo, y se perdió para siempre. Esta es una réplica admirable, hecha a mano por hábiles artesanos, amorosamente ensamblada mediante antiguos secretos gremiales hasta formar un recuerdo que vosotros estaríais orgullosos de poseer, en memoria de los que cayeron y en homenaje a la Galaxia, a nuestra Galaxia, en cuya defensa murieron...

En ese momento, Slartibartfast pasó flotando otra vez.

–Lo encontré –anunció–. Podemos perdernos toda esta basura. No hagáis un gesto, eso es todo.

–Y ahora inclinemos la cabeza en señal de reparación –entonó la voz, que volvió a repetirlo más deprisa y hacia atrás.

Las luces se encendieron y apagaron, las columnas desaparecieron, la voz cotorreó al revés hasta extinguirse, el Universo se recompuso de golpe a su alrededor.

–¿Habéis comprendido lo esencial? –preguntó Slartibartfast.

–Estoy asombrado –confesó Arthur–, y pasmado.

–Me he dormido –dijo Ford, que apareció flotando en ese momento–. ¿Me he perdido algo?

Una vez más se encontraron columpiándose a bastante velocidad al borde de un peñasco angustiosamente alto. El viento les azotaba el rostro y soplaba por una hondonada en donde los restos de una de las mayores y más potentes astronaves de combate que jamás se construyeran en la Galaxia volvía a la existencia envuelta en llamas. El cielo era rosa pálido y, a través de un color bastante curioso, se convertía en azul hasta pasar a negro en lo alto. Abajo, el humo ascendía con increíble rapidez.

Los acontecimientos se sucedían ahora ante sus ojos con demasiada velocidad para distinguirlos, y poco después, cuando una enorme nave de batalla pasó vertiginosamente por su lado, comprendieron que aquel era el momento en que habían llegado.

Pero ahora las cosas marchaban con demasiada rapidez; era un borrón videotáctil que los hacía pasar por siglos de historia galáctica, girando, retorciéndose, titilando. Solo se oía una vibración leve.

De cuando en cuando, entre la tupida maraña de acontecimientos percibían catástrofes apabullantes, grandes horrores, estremecimientos cataclísmicos que siempre se relacionaban con ciertas imágenes recurrentes, las únicas que siempre se destacaban con claridad entre la avalancha de vértigo histórico: una línea de meta, una pelota pequeña y dura de color rojo, unos robots recios de color blanco y un objeto menos claro, sombrío y neblinoso.

Pero también se percibía claramente otra sensación del vibrante paso del tiempo.

Así como una serie lenta de golpecitos pierde al acelerarse la claridad de cada ruidito individual para adquirir poco a poco la calidad de un tono sostenido y ascendente, de igual modo una serie de impresiones individuales cobraba entonces un aspecto de emoción sostenida, aunque no fuese una emoción. Si lo hubiese sido, no habría conmovido nada. Era odio; un odio implacable. Era frío; no frío como el hielo, sino como una pared. Era impersonal; no como un puñetazo lanzado al azar en medio de una multitud, sino como multas de aparcamiento impuestas por ordenador. Y era mortal; no como una bala o un puñal, sino como una pared de ladrillo en medio de una autopista.

Y así como un tono creciente cambia de carácter y cobra armonía en el ascenso, del mismo modo esa emoción que no conmovía parecía crecer hasta llegar a un grito insoportable, aunque inaudible, adquiriendo un timbre de culpa y fracaso.

Y de pronto cesó.

Quedaron de pie en la cima de una colina tranquila; era una tarde serena.

Se ponía el sol.

A su alrededor, una campiña verde, levemente ondulada, se extendía suavemente en la lejanía. Los pájaros cantaban expresando lo que pensaban de todo aquello; la opinión general parecía ser buena. A cierta distancia se oía el ruido de niños que jugaban, y un poco más allá de donde provenía el ruido se veía el contorno de un pueblo a la débil luz crepuscular.

El pueblo parecía consistir fundamentalmente en edificios bastante bajos hechos de piedra blanca. El cielo estaba lleno de curvas suaves y agradables.

El sol casi había desaparecido.

Como de ninguna parte, empezó a sonar música. Slartibartfast tiró de un interruptor y la música cesó.

–Esto... –dijo una voz.

Slartibartfast tiró de otro interruptor y la voz calló.

–Os lo contaré –dijo el anciano con voz queda.

El sitio era tranquilo. Arthur estaba contento. Hasta Ford parecía animado. Caminaron un trayecto corto en dirección al pueblo. La Ilusión Informática de la hierba era agradable y primaveral bajo sus pies. La Ilusión Informática de las flores daba un olor dulce y fragante. Solo Slartibartfast parecía receloso y de mal humor.

Se detuvo y levantó la vista.

A Arthur se le ocurrió de pronto que, al haber llegado al final, por así decir, o más bien al principio de todo el horror que acababan de presenciar de manera borrosa, estaría a punto de ocurrir en alguna parte algo tan desagradable como idílico era todo aquello. También él miró hacia arriba. No había nada en el cielo.

–No estarán a punto de atacar, ¿verdad? –preguntó.

Sabía que caminaba por una grabación, pero aun así se sentía alarmado.

–Nadie está a punto de atacar esto –anunció Slartibartfast con una voz que temblaba de emoción inesperada–. Aquí es donde empieza todo. Este es el lugar. Esto es Krikkit.

Miró fijamente al cielo.

De uno a otro horizonte, de oriente a occidente, de norte a sur, el firmamento estaba enteramente negro.

11

Pasos.

Zumbido.

–Encantada de serle útil.

–Cierra el pico.

–Gracias.

Más pasos.

Zumbido.

–Gracias por hacer feliz a una sencilla puerta.

–Ojalá se te pudran los diodos.

–Gracias. Que tenga buen día.

Siguen los pasos.

Zumbido.

–Es un placer abrirme para usted...

–Piérdete.

–... y una satisfacción el volverme a cerrar con la conciencia del trabajo bien hecho.

–He dicho que te pierdas.

–Gracias por escuchar este mensaje.

Más pasos.

–Va.

Zaphod dejó de caminar. Hacía días que pateaba el *Corazón de Oro*, y hasta el momento ninguna puerta le había dicho «va». No era lo que solían decir las puertas. Demasiado conciso. Además, no había bastantes puertas. Sonó como si cien mil personas hubieran dicho «va», y eso le dejó perplejo porque era el único ocupante de la nave.

Estaba oscuro. La mayoría de los aparatos secundarios de la nave estaban desconectados. El *Corazón de Oro* se hallaba flotando a la deriva en una zona remota de la Galaxia, en lo más hondo de la densa negrura del espacio. De manera que, ¿qué clase de cien mil personas determinadas aparecerían en ese momento para decir un «va» absolutamente inesperado?

Miró alrededor, a un lado y a otro del pasillo. Todo estaba sumido en la oscuridad. Solo se veía el débil resplandor rosado de los marcos de las puertas, que al hablar emitían vibraciones luminosas entre las sombras, aunque había intentado impedírselo por todos los medios imaginables.

Las luces estaban apagadas, de modo que sus cabezas podían dejar de mirarse, porque de ordinario ninguna de ellas era especialmente una visión atractiva, y tampoco habían mejorado desde que cometió el error de observar el interior de su alma.

En efecto, había sido una equivocación.

Fue por la noche, tarde, desde luego.

Había sido un día difícil, claro.

En el aparato de sonido de la nave sonaba música espiritual, por supuesto.

Y desde luego, él estaba un poco borracho.

En otras palabras, intervinieron todas las condiciones habituales que conducen a un acceso de búsqueda espiritual, pero de todos modos fue un error.

Ahora, solo en el silencio y oscuro pasillo, recordó el momento y se estremeció. Una de sus cabezas miraba a un lado y otra en dirección contraria, y cada una de ellas decidió que el camino adecuado era el opuesto.

Escuchó, pero no oyó nada.

Lo único que había oído era el «va».

Parecía un viaje tremendamente largo solo para llevar a una enorme cantidad de personas a que dijeran una palabra.

Despacio y nervioso, empezó a caminar en dirección al puente. Al menos, allí se encontraba al mando de la situación. Volvió a detenerse. Se sentía de un modo que no podía considerar como muy positivo para una persona que estuviera al mando de algo.

Según recordaba, el primer sobresalto de aquel momento fue descubrir que tenía alma.

En realidad, siempre había más o menos supuesto que sí poseía alma, puesto que tenía un acopio completo de todo lo demás, aparte de dos cabezas, pero el encontrarse de repente con esa idea agazapada en su interior le había dado un grave susto.

Y cuando averiguó (ese fue el segundo sobresalto) que no se trataba de algo absolutamente maravilloso casi le hizo verter la copa. La apuró rápidamente, antes de que le ocurriera algo serio; a la copa, claro. A continuación se tomó otra de un trago para que fuese detrás de la primera y comprobara que estaba bien.

–Libertad –dijo en voz alta.

En ese momento entró Trillian en el puente y dijo varias cosas entusiastas sobre el tema de la libertad.

–No puedo con ella –comentó Zaphod en tono sombrío mientras daba cuenta de una tercera copa para ver por qué la segunda aún no había informado del estado de la primera. Miró indeciso a sus dos cabezas y prefirió la de la derecha.

Bebió otra copa por la otra garganta con idea de que al pasar atajara a la otra, uniera fuerzas con ella y juntas lograran que la segunda se recobrase. Luego, las tres irían en busca de la primera, le darían buena conversación y tal vez la animarían para cantar un poco.

No estaba seguro de si la cuarta copa lo había entendido todo, de manera que bebió una quinta para que explicara el plan con más detalle y una sexta como apoyo moral.

–Estás bebiendo mucho –advirtió Trillian.

Sus cabezas chocaron tratando de distinguir separadamente las cuatro que ahora veía en la sola persona de ella. Se dio por vencido. Miró a la pantalla de navegación y quedó asombrado al ver una cantidad de estrellas fenomenal.

–La emoción y la aventura son cosas verdaderamente fantásticas –musitó.

–Mira –dijo Trillian en tono afable, sentándose cerca de él–, es muy comprensible que te sientas un poco perdido durante algún tiempo.

Zaphod la miró sobresaltado. Nunca había visto que alguien se sentara en su propio regazo.

–¡Uf! –exclamó.

Tomó otra copa.

–Has concluido la misión en la que has trabajado durante años.

–No he trabajado en ella. He intentado evitarla.

–Pero la has terminado.

–Creo que ella ha acabado conmigo –repuso él–. Aquí me tienes; soy Zaphod Beeblebrox, puedo ir a cualquier parte y hacer lo que me dé la gana. Tengo la nave más grandiosa que surca el cielo conocido, una chica con quien parece que las cosas marchan muy bien...

–¿Marchan bien?

–Por lo que yo sé. No soy experto en relaciones personales...

Trillian enarcó las cejas.

–Soy un tipo estupendo –añadió Zaphod–, puedo hacer lo que se me antoje; solo que no tengo la menor idea de lo que quiero.

Hizo una pausa.

–De repente –continuó–, una cosa ha dejado de llevar a otra.

En contradicción con sus palabras, tomó otra copa y cayó al suelo deslizándose graciosamente de la silla.

Mientras la dormía, Trillian investigó un poco en el ejemplar de la nave de la *Guía del autoestopista galáctico*. Ofrecía un consejo sobre la embriaguez:

–Adelante –decía–, y buena suerte.

Había una llamada al artículo referente al tamaño del Universo y a los modos de arreglárselas con ello.

Luego encontró el artículo sobre Han Wavel, un extraño planeta de vacaciones y una de las maravillas del Universo.

Han Wavel es un mundo que consiste fundamentalmente en fabulosos hoteles y casinos de superlujo, todos los cuales se formaron por la erosión natural del viento y la lluvia.

Las probabilidades de que eso ocurra son de una entre infinito. Poco se sabe de cómo ocurrió, porque ningún geofísico, perito en estadística de la probabilidad, meteoroanalista o estudioso de extravagancias, que están tan deseosos de investigarlo, puede permitirse una estancia en ese planeta.

Tremendo, pensó Trillian para sí, y al cabo de unas horas la gran nave en forma de zapatilla blanca avanzaba despacio por el cielo, bajo un sol ardiente y luminoso, hacia un puerto espacial de arena vistosamente coloreada. Se veía que en tierra causaba sensación la nave, y Trillian disfrutaba con ello. Oyó que Zaphod se movía y silbaba en alguna parte de la nave.

–¿Cómo estás? –preguntó Trillian por el circuito de intercomunicación general.

–Estupendamente –contestó él en tono vivaz–, espléndidamente bien.

–¿Dónde estás?

–En el cuarto de baño.

–¿Qué haces?

–Estar aquí.

Al cabo de una o dos horas quedó claro que lo había dicho en serio, y la nave volvió a remontarse sin haber abierto la escotilla una sola vez.

–¡Ea! –dijo Eddie el Ordenador.

Trillian asintió pacientemente con la cabeza, dio unos golpecitos con los dedos y pulsó el interruptor del intercomunicador.

–Creo que la diversión forzosa no es probablemente lo que necesitas en este momento.

–Probablemente no –respondió Zaphod desde donde estuviera.

–Me parece que un poco de desafío físico ayudaría a sacarte de ti mismo.

–Lo que te parezca –contestó Zaphod.

«IMPOSIBILIDADES RECREATIVAS» era el título que llamó la atención de Trillian un poco después, cuando se sentó a hojear de nuevo la *Guía;* y mientras el *Corazón de Oro* se precipitaba a velocidad improbable en una dirección indeterminada, tomó una taza de algo imbebible preparado por el Distribuidor Numitrático de Bebidas, leyendo sobre cómo volar.

La *Guía del autoestopista galáctico* tiene esto que decir sobre el tema de volar:

El volar es un arte o, mejor dicho, un don.

El don consiste en aprender a tirarse al suelo y fallar.

Elija un día que haga bueno –sugiere– e inténtelo.

La primera parte es fácil.

Lo único que se necesita es simplemente la habilidad de tirarse hacia delante con todo el peso del cuerpo, y buena voluntad para que a uno no le importe que duela.

Es decir, dolerá si no se logra evitar el suelo.

La mayoría de la gente no consigue evitar el suelo, y si de verdad lo intenta como es debido, lo más probable es que no logre evitarlo de ninguna manera.

Está claro que la segunda parte, la de evitar el suelo, es la que presenta dificultades.

El primer problema es que hay que evitar el suelo por accidente. No es bueno tratar de evitarlo deliberadamente, porque no se conseguirá. Hay que distraer de golpe la atención con otra cosa cuando se está a medio camino, de manera que ya no se piense en caer, o en el suelo, o en cuánto le va a doler a uno si no logra evitarlo.

Es sumamente difícil distraer la atención de esas tres cosas durante la décima de segundo que uno tiene a su disposición. De ahí que fracasen la mayoría de las personas y que finalmente se sientan decepcionadas de este deporte estimulante y espectacular.

Sin embargo, si se es lo suficientemente afortunado para quedar distraído justo en el momento crucial por, digamos, unas piernas espléndidas (tentáculos, pseudopodia, según el fílum y/o las inclinaciones personales), por una bomba que estalle cerca o por la repentina visión de una especie sumamente rara de escarabajo que se arrastre junto a un hierbajo próximo, entonces, para pasmo propio, se evitará el suelo por completo y uno quedará flotando a pocos centímetros de él en una postura que podría parecer un tanto estúpida.

Es este un momento de soberbia y delicada concentración.

Oscilar y flotar, flotar y oscilar.

Ignore toda consideración sobre su propio peso y déjese flotar más alto.

No escuche lo que alguien le diga en ese momento, porque es improbable que sea algo de provecho.

–¡Santo Dios, no es posible que estés volando! –es el tipo de comentario que suele hacerse.

Es de importancia vital no creerlo, o ese alguien tendrá razón de pronto.

Flote cada vez más alto.

Intente unos descensos en picado, suaves al principio, luego flote a la deriva sobre las copas de los árboles respirando con normalidad.

NO SALUDE A NADIE.

Cuando haya hecho esto unas cuantas veces, descubrirá que el momento de distracción se logra cada vez con mayor facilidad.

Entonces aprenderá todo tipo de cosas sobre cómo dominar el vuelo, la velocidad, la capacidad de maniobra, y el truco consiste normalmente en no pensar demasiado en lo que uno quiere hacer, sino limitarse a dejar que ocurra como si fuese a suceder de todos modos.

También aprenderá a aterrizar como es debido, algo en que casi con seguridad fracasará, y de mala manera, el primer intento.

Hay clubs privados que enseñan a volar y en los que se puede ingresar, donde le ayudarán a conseguir ese momento fundamental de distracción. Contratan a personas con cuerpos u opiniones sorprendentes, chocantes para saltar de autobuses en marcha y exhibirlos y/o explicarlos en los momentos críticos. Pocos autoestopistas auténticos podrán permitirse el ingreso en tales clubs, pero algunos quizás puedan conseguir un empleo temporal en ellos.

Trillian leyó anhelosamente todo eso, pero decidió de mala gana que Zaphod no se encontraba verdaderamente en el estado mental adecuado para tratar de volar, caminar a través de montañas o para intentar que la administración pública de Brantisvogan aceptara una tarjeta de cambio de dirección, que eran las demás cosas enumeradas bajo el título de «Imposibilidades Recreativas».

En cambio, dirigió la nave hacia Allosimanius Syneca, un mundo de hielo, nieve, belleza violenta y frío apabullante. El viaje desde las llanuras nevadas de Liska a la cumbre de las Pirámides de Cristal Helado de Sastantua es largo y agotador, incluso con esquíes a reacción y un tiro de perros de nieve de Syneca, pero el panorama que se ve desde las alturas, que dominan los helados ventisqueros de Stin, la sierra del Prisma, de tenue resplandor, y las luces danzantes del hielo, etéreas y remotas, es tal, que primero paraliza la mente para luego lanzarla hasta horizontes de belleza desconocidos hasta entonces, y Trillian, por no ir más lejos, sintió que le vendría bien que su mente se lanzara despacio hacia horizontes de belleza desconocidos hasta entonces.

Entraron en una órbita de poca altura.

Bajo ellos se extendía la blanca belleza plateada de Allosimanius.

Zaphod se quedó en la cama con una cabeza metida bajo la almohada, mientras la otra se dedicaba a hacer crucigramas hasta bien avanzada la noche.

Trillian volvió a asentir pacientemente con la cabeza, contó hasta un número lo bastante elevado y se dijo que lo importante ahora era hacer hablar a Zaphod.

A fuerza de desactivar todos los robots sintomáticos de la cocina, preparó la comida más fabulosamente deliciosa que pudo lograr: carnes delicadamente impregnadas de aceite, frutas olorosas, quesos fragantes y vinos finos de Aldebarán.

Se lo llevó y le preguntó si tenía ganas de comentar el asunto.

–Piérdete –replicó Zaphod.

Trillian asintió pacientemente, contó hasta un número aún más alto, apartó un poco la bandeja, se dirigió a la cámara de transporte y se teledirigió a hacer gárgaras.

Ni siquiera programó coordenada alguna, no tenía la menor idea de adónde iba, solo se marchó: una caprichosa hilera de puntos que circulaba por el Universo.

–Cualquier cosa es mejor que esto –dijo para sí en el momento de marcharse.

–Buen trabajo –murmuró Zaphod, que se dio la vuelta y no logró dormirse.

Al día siguiente caminó inquieto por los corredores vacíos de la nave, pretendiendo que no la buscaba, aunque sabía que no estaba. Ignoró las quejumbrosas preguntas del ordenador, que quería saber qué demonios estaba pasando; le puso una pequeña mordaza electrónica entre un par de terminales.

Al cabo de un rato empezó a apagar las luces. No había nada que ver. No iba a pasar nada.

Una noche –y la noche era prácticamente continua en la nave–, tumbado en la cama, decidió dominarse y ver las cosas con cierta perspectiva. Se incorporó bruscamente y empezó a vestirse. Decidió que en el Universo debía haber alguien más desgraciado, miserable y abandonado que él mismo, y se determinó a buscarlo y encontrarlo.

A medio camino del puente se le ocurrió que podía ser Marvin, y volvió a la cama.

Pocas horas después de esto fue cuando recorría desconsolado los pasillos oscuros maldiciendo a las alegres puertas y al oír el «va» se puso muy nervioso.

Estaba en tensión. Se apoyó en la pared del pasillo y frunció el ceño como alguien que tratara de enderezar un sacacorchos a fuerza de telequinesis. Dejó las huellas de los dedos en la pared y notó una vibración extraña. Ahora oía con toda claridad ruidos leves. Y también distinguía su procedencia: venían del puente.

Movió la mano a lo largo de la pared y llegó a algo que se alegró de encontrar. Siguió avanzando un poco más, en silencio.

–¿Ordenador? –musitó.

–¿Mmmm? –contestó con la misma discreción la terminal del ordenador que estaba más cerca de él.

–¿Hay alguien en la nave?

–Mmmmm –dijo el ordenador.

–¿Quién es?

–Mmmmm mmm mm mmmmmmm.

–¿Qué?

–Mmmmm mmmm mm mmmmmmm.

Zaphod se tapó una de las caras con las manos.

–¡Oh, Zarquon! –masculló.

Miró por el pasillo hacia la entrada del puente; de ese tramo oscuro venían otros ruidos más decididos, y allí era donde estaban situadas las terminales amordazadas.

–Ordenador –susurró de nuevo.

–¿Mmmmm?

–Cuando te quite la mordaza...
–Mmmmm.
–Recuérdame que me dé un puñetazo en la boca.
–¿Mmmmm mmm?
–En cualquiera de las dos. Ahora dime una cosa. Una vez para sí, dos para no. ¿Hay peligro?
–Mmmm.
–¿Lo hay?
–Mmmm.
–¿No has dicho «mmmm» dos veces?
–Mmmm mmmm.
–Hummm.
Avanzó muy despacio por el corredor, como si más bien retrocediera en sentido contrario, cosa que era cierta.
Se hallaba a unos dos metros del puente cuando de pronto comprendió horrorizado que la puerta iba a mostrarse amable con él, y se detuvo en seco. No había podido desconectar los circuitos de cortesía de las puertas.
La que daba al puente quedaba oculta a la vista por la rechoncha y excitante forma que se había dado al puente para que describiera una curva, y por eso esperaba entrar sin que le vieran.
Desalentado, volvió a apoyarse en la pared y dijo unas palabras que sorprendieron sobremanera a su otra cabeza.
Atisbó el débil resplandor rosado del marco de la puerta y descubrió que en la oscuridad del pasillo podía distinguir a duras penas el Campo Sensorio que se extendía por el corredor y decía a la puerta cuándo había alguien para que se abriera y le hiciese una observación agradable y simpática.
Se apretó bien contra la pared y se acercó a la puerta, encogiendo el pecho todo lo que podía para no rozar con el debilísimo perímetro del campo. Contuvo el aliento y se felicitó por el mal humor que le hizo quedarse en la cama durante los últimos días en lugar de ordenar sus sentimientos en los aparatos ensanchadores de pecho del gimnasio de la nave.
Comprendió que iba a tener que hablar en aquel momento.
Hizo una serie de respiraciones muy someras, y luego, tan rápida y calladamente como pudo, dijo:
–Puerta, si me puedes oír, dímelo en voz muy, muy baja.

–Le oigo –murmuró la puerta en voz muy, muy baja.

–Bien. Ahora, dentro de un momento, voy a pedirte que te abras. Cuando lo hagas, no quiero que digas que estás muy contenta de abrirte, ¿entendido?

–Entendido.

–Y tampoco quiero que me digas que he hecho muy feliz a una sencilla puerta, o que es un placer abrirte para mí y una satisfacción volver a cerrarte con la conciencia del trabajo bien hecho, ¿vale?

–Vale.

–Y no quiero que me desees que pase un buen día, ¿comprendes?

–Comprendo.

–Muy bien –dijo Zaphod, poniéndose en tensión–, ábrete.

La puerta se abrió en silencio. Zaphod la cruzó con calma.

La puerta se cerró discretamente a sus espaldas.

–¿Es así como quería, míster Beeblebrox? –preguntó la puerta a voz en grito.

–Quiero que se imaginen –dijo Zaphod al grupo de robots blancos que en aquel momento se dieron la vuelta para mirarle– que tengo en la mano una pistola Mat-O-Mata sumamente potente.

Hubo un silencio enormemente frío y feroz. Los robots le observaban con ojos horribles, sin expresión. Estaban muy quietos. Había en su aspecto algo muy macabro, especialmente para Zaphod, que nunca había visto antes a ninguno y ni siquiera había oído hablar de ellos. Las Guerras de Krikkit pertenecían al pasado remoto de la Galaxia, y Zaphod había pasado la mayor parte de las clases de historia antigua pensando en cómo acostarse con la chica que estaba en el cibercubículo vecino al suyo, y como el ordenador que le enseñaba formaba parte integrante de su plan, al final se borraron todos los circuitos de historia y quedaron sustituidos por una serie de ideas completamente diferentes con el resultado de que las borraron y las mandaron a una casa para Cibermats Degenerados, adonde les siguió la chica, que sin darse cuenta se enamoró perdidamente de la infortunada máquina, con el resultado de que a) Zaphod nunca se acercó a ella y b) de que se perdió un período de historia antigua que en este momento le habría sido de un valor inestimable.

Los miró fijamente, pasmado.

Era imposible explicar por qué, pero sus cuerpos blancos, lisos y pulidos parecían la encarnación del mal puro y clínico. Desde sus ojos horriblemente inexpresivos a sus poderosos pies sin vida, constituían claramente el producto calculado de una mente que simplemente deseaba matar. Zaphod tragó saliva, espantado.

Habían desmantelado parte de la pared posterior del puente, abriendo un paso hacia algunas partes vitales del interior de la nave. Con una nueva y peor sensación de sobresalto, Zaphod vio entre el laberinto de escombros que estaban abriendo un túnel hacia el corazón mismo de la nave, al núcleo de la Energía de la Improbabilidad que de modo tan misterioso había surgido de la nada, al propio *Corazón de Oro.*

El robot más próximo a él lo observaba de tal modo que parecía medir hasta la partícula más pequeña de su cuerpo, de su intelecto y de sus aptitudes. Y al hablar, sus palabras parecieron transmitir tal impresión. Antes de pasar a lo que dijo, conviene recordar en este momento que Zaphod era el primer ser orgánico viviente que oía hablar a una de aquellas criaturas durante un espacio de más de diez billones de años. Si hubiese prestado mayor atención a sus clases de historia antigua y menos a su ser orgánico, se habría sentido más impresionado por tal honor.

La voz del robot era como su cuerpo, fría, bruñida y sin vida. Casi poseía un tono áspero y culto. Parecía tan antigua como en realidad lo era.

–Tienes en la mano una pistola Mat-O-Mata sumamente potente –dijo el robot.

Zaphod no comprendió por un instante lo que quería decir, pero luego se miró la mano y sintió alivio al ver que lo que había encontrado en una abrazadera de la pared era realmente lo que había pensado.

–Sí –repuso con una especie de mueca de alivio, cosa que resultaba bastante difícil–, bueno, no quisiera exigirle demasiado a tu imaginación, robot.

Nadie dijo nada durante un rato, y Zaphod comprendió que los robots no habían ido a entablar conversación, que eso le correspondía a él.

–No puedo dejar de observar que habéis aparcado vuestra

nave –dijo, indicando en la dirección adecuada con una de sus cabezas– en medio de la mía.

Nadie lo negó. Sin atender a ninguna clase de apropiado comportamiento dimensional, se limitaron a materializar su nave en el lugar preciso en que querían, lo que significaba que estaba encajada en el interior del *Corazón de Oro* como si no fuera más que un peine metido en otro.

Tampoco respondieron a eso y Zaphod se preguntó si la conversación cuajaría llevándola en forma de preguntas.

–... ¿no es así? –añadió.

–Sí –contestó el robot.

–Pues..., vale –dijo Zaphod–. ¿Y qué estáis haciendo aquí, tíos?

Silencio.

–Robots –corrigió Zaphod–. ¿Qué estáis haciendo aquí, robots?

–Hemos venido por el Oro del Arco –contestó el robot con su voz áspera.

Zaphod asintió. Movió la pistola invitando a que le dieran más explicaciones. El robot pareció entenderlo.

–El Arco de Oro es parte de la Llave que buscamos –prosiguió el robot– para liberar a nuestros Amos de Krikkit.

Zaphod asintió de nuevo. Volvió a balancear la pistola.

–La Llave se desintegró en el tiempo y en el espacio –continuó el robot–. El Arco de Oro está engastado en el motor que impulsa tu nave. Al reconstruirlo se transformará en la Llave. Nuestros Amos serán liberados. El Reajuste Universal continuará.

Zaphod volvió a asentir.

–¿De qué hablas? –preguntó.

Una expresión levemente apenada pareció surgir en el rostro totalmente inexpresivo del robot. Era como si la conversación le resultara deprimente.

–Destrucción –explicó, y repitió–: Buscamos la Llave; ya tenemos el Pilar de Madera, el Pilar de Acero y el Pilar Perspex. Dentro de un momento tendremos el Arco de Oro...

–No, no lo tendréis.

–Lo conseguiremos –aseguró el robot.

–No, no lo tendréis. Eso hace que mi nave funcione.

–Dentro de un momento –repitió pacientemente el robot– tendremos el Arco de Oro...

–No lo tendréis –declaró Zaphod.

–Y luego nos marcharemos –dijo el robot con toda seriedad– a una fiesta.

–¡Ah! –exclamó Zaphod, sorprendido–. ¿Puedo acompañaros?

–No –repuso el robot–. Vamos a disparar contra ti.

–¿Ah, sí? –dijo Zaphod moviendo la pistola.

–Sí –confirmó el robot.

Le dispararon.

Zaphod quedó tan sorprendido que tuvieron que dispararle otra vez antes de que tocara el suelo.

12

–¡Chsss! –dijo Slartibartfast–. Atentos, escuchad.

La noche ya había caído sobre el viejo Krikkit. El cielo estaba negro y vacío. La única luz procedía del pueblo cercano, de donde la brisa traía suavemente rumores agradables de vida en común. Se pararon bajo un árbol que les envolvió con su fuerte fragancia. Arthur se puso en cuclillas y sintió la Ilusión Informática del suelo y de la hierba, que le recorrió los dedos. El suelo parecía sólido y fértil; la hierba, fuerte. Era difícil rechazar la impresión de que se trataba de un lugar absolutamente delicioso en todos los aspectos.

Sin embargo, el cielo estaba sumamente vacío y a Arthur le pareció que enviaba cierto escalofrío sobre el paisaje idílico, aunque normalmente invisible. Pero pensó que era cuestión de a lo que uno estuviera acostumbrado.

Sintió un golpecito en el hombro y levantó la vista. Slartibartfast llamaba calladamente su atención sobre algo que estaba al otro lado de la colina. Miró y apenas distinguió unas luces mortecinas que danzaban y oscilaban moviéndose despacio en su dirección.

Al aproximarse, también se oyó un rumor y pronto resultó que el débil resplandor y los ruidos eran un pequeño grupo de personas que volvían a sus casas caminando desde la colina hacia el pueblo.

Pasaron muy cerca de los que acechaban bajo el árbol, moviendo faroles que hacían describir a las luces una danza suave y extravagante entre los árboles y sobre la hierba, charlando alegremente y cantando una canción sobre lo bonito y maravilloso que era todo, lo felices que eran, cuánto disfrutaban trabajando en la granja y lo agradable que resultaba volver a casa y ver a sus mujeres e hijos, con un estribillo melodioso referente al aroma especialmente fragante que las flores despedían en aquella época del año y a que era una pena que el perro hubiese muerto mirándolas de tanto como le gustaban. Arthur casi se imaginó a Paul McCartney sentado, una noche, junto a la chimenea con los pies en alto tarareándosela a Linda y pensando en qué comprar con las ganancias, decidiéndose probablemente por Essex.

–Los Amos de Krikkit –murmuró Slartibartfast en tono sepulcral.

Al venir esa observación tan seguida de su pensamiento acerca de Essex, Arthur sufrió un momento de confusión. Luego la lógica de la situación se impuso por sí misma en su mente dispersa y descubrió que seguía sin entender lo que había querido decir el anciano.

–¿Cómo? –preguntó.

–Los Amos de Krikkit –repitió Slartibartfast, y si antes su voz tenía un tono sepulcral, ahora parecía la de algún habitante del Hades con bronquitis.

Arthur observó al grupo y trató de sacar algún sentido de la poca información de que disponía hasta el momento.

Aquellas personas eran claramente extrañas, aunque solo fuese porque eran un poco altos, delgados, angulares y tan pálidos que casi parecían blancos, pero por lo demás tenían un aspecto bastante agradable; un poco raro, tal vez, uno no quisiera necesariamente pasar un viaje largo en autocar con ellos, pero el caso era que si distaban en cierto modo de ser gente buena y honrada, quizás fuese en el sentido de que eran muy simpáticos en vez de no serlo de manera suficiente. Así que, ¿a qué venía el áspero ejercicio pulmonar de Slartibartfast, que parecía más apropiado para un anuncio radiofónico de esas desagradables películas en que los operarios de una sierra de cadena se llevan trabajo a casa?

Entonces, es que eso de Krikkit era algo serio. No había caído en la relación existente entre lo que él conocía como críquet y lo que...

Slartibartfast interrumpió sus pensamientos como si presintiera lo que pasaba por su mente.

–El juego que tú conoces como críquet –dijo con una voz que parecía perdida entre pasajes subterráneos– no es más que un curioso capricho de la memoria racial, que puede conservar imágenes vivas en la mente eones después de que su significado verdadero se haya perdido en la niebla del tiempo. De todas las razas de la Galaxia, solo la inglesa podía revivir el recuerdo de las guerras más horribles que dividieron el Universo y transformarlo en un juego que, según me temo, se considera generalmente como absurdo e incomprensiblemente aburrido.

–A mí me gusta mucho –añadió–, pero a ojos de la mayoría de la gente sois involuntariamente culpables del mal gusto más grotesco. Sobre todo por eso de la pelotita roja que llega a la meta; eso es muy desagradable.

–Hum –dijo Arthur con el ceño fruncido en actitud reflexiva para indicar que sus sinapsis cognitivas se las arreglaban con el comentario lo mejor que podían–, hum.

–Y estos –anunció Slartibartfast, otra vez en tono abovedado y gutural, al tiempo que señalaba al grupo de hombres de Krikkit, que ya los habían sobrepasado– son los que empezaron todo, que volverá a iniciarse esta noche. Vamos, los seguiremos y veremos por qué.

Salieron de debajo del árbol y siguieron al alegre grupo por el oscuro sendero de la colina. Su instinto natural hizo que fueran tras su presa de forma silenciosa y furtiva aunque, como iban caminando simplemente por una grabación de Ilusión Informática, bien podían teñirse de azul y tocar la tuba por toda la atención que los perseguidos les prestaban.

Arthur observó que un par de miembros del grupo cantaban ahora una canción diferente. La melodía les llegó a través del suave aire nocturno; era una dulce balada romántica que habría asegurado Kent y Sussex para McCartney poniéndole en buenas condiciones para hacer una oferta razonable por Hampshire.

–Sin duda tú debes saber lo que está a punto de ocurrir –dijo Slartibartfast.

–¿Yo? –repuso Ford–. No.

–¿No estudiaste de niño Historia Antigua de la Galaxia?

–Estuve en el cibercubículo de detrás de Zaphod –explicó Ford–; era muy distraído. Lo que no significa que no aprendiera algunas cosas bastante sorprendentes.

En ese momento Arthur notó una extraña peculiaridad en la canción que cantaba el grupo. La melodía, que habría instalado sólidamente a McCartney en Winchester haciéndole mirar con resolución desde el Test Valley al rico botín de New Forest, tenía una letra curiosa. El compositor se refería a la cita con una chica no «bajo la luna» ni «bajo las estrellas», sino «sobre la hierba», lo que pareció a Arthur un poco prosaico. Luego volvió a mirar al cielo, sorprendentemente vacío, y tuvo la clara sensación de que eso debía de tener una importancia especial: ojalá pudiera saber cuál. Le dio la impresión de estar solo en el Universo, y lo dijo.

–No –repuso Slartibartfast apretando un poco el paso–, la gente de Krikkit nunca ha considerado que está «sola en el Universo». Mira, están envueltos en una Nube de Polvo, con su único sol y su único mundo, y se encuentran justo en el extremo más oriental de la Galaxia. Debido a la Nube de Polvo, nunca ha habido nada que ver en el cielo. De noche está enteramente vacío. Durante el día hace sol, pero como no se le puede mirar de frente, no lo hacen. Apenas prestan atención al cielo. Es como si tuviesen un punto ciego que se extendiera 180 grados de horizonte a horizonte.

»Y la razón por la que nunca han pensado en que "estamos solos" es que hasta esta noche no se enterarán de la existencia del Universo. Hasta esta noche.

Siguió andando, dejando que las palabras resonaran en el aire tras él.

–Figúrate –continuó–, ni siquiera pensar en que «estamos solos», solo porque a ti nunca se te ha ocurrido que existe otro modo de estar.

Volvió a avanzar.

–Me parece que esto va a resultar un poco desconcertante –añadió.

Al decir eso oyeron un trueno agudo, muy tenue, por encima de sus cabezas, en el cielo vacío. Levantaron la vista, alarmados, pero durante unos instantes no vieron nada.

Luego Arthur notó que delante de ellos los del grupo habían oído el ruido, pero que ninguno parecía saber qué era. Se miraban mutuamente; consternados, pasaban la vista de izquierda a derecha, hacia delante, hacia atrás, e incluso al suelo. No se les ocurrió mirar arriba.

La profundidad del horror y del sobresalto que manifestaron unos instantes después, cuando los restos llameantes de una nave espacial cayeron retumbando del cielo para estrellarse a unos setecientos metros de donde ellos estaban, era algo que había que haber estado allí para verlo.

Unos hablan en tonos apagados del *Corazón de Oro*, otros de la *Astronave Bistromática.*

Muchos hablan de la legendaria y gigantesca *Titanic Espacial*, nave de travesía fastuosa y señorial botada en las grandes factorías navales de Artrifactovol; y no les falta motivo.

Era de una belleza sensacional, increíblemente alta, y con unas instalaciones más agradables que las de cualquier nave de lo que queda de la historia (véase más abajo la nota sobre la Campaña en pro del tiempo real), pero tuvo la desgracia de que su construcción se llevó a cabo en los primeros días de la Física de la Improbabilidad, mucho antes de que esa difícil y abominable rama del conocimiento fuese plenamente, o un poco, entendida.

En su inocencia, los proyectistas e ingenieros decidieron incorporarle un prototipo de Campo de la Improbabilidad con la supuesta intención de garantizar que era Infinitamente Improbable que alguna parte de la nave se estropeara alguna vez.

No comprendieron que, debido a la naturaleza circular y casi recíproca de todos los cálculos de Improbabilidad, era bastante factible que casi de inmediato ocurriese algo Infinitamente Improbable.

La *Titanic Espacial* ofrecía un aspecto monstruosamente bello mientras estaba fondeada como una ballena plateada del megavacío arcturiano entre la tracería iluminada por láser de los puentes de las grúas: una nube reluciente de alfileres y agujas luminosos frente a la honda negrura interestelar; pero al despegar, ni siquiera logró lanzar su primer mensaje por radio, un SOS, antes de sufrir un súbito, gratuito y absoluto fracaso existencial.

Sin embargo, el mismo acontecimiento que vio el desastroso fracaso de una ciencia en su infancia, también presenció la apoteosis de otra. Se demostró de manera concluyente que el número de gente que vio el reportaje televisivo en tres dimensiones de la botadura era mayor del que existía realmente en la época, lo que en la actualidad se ha reconocido como el mayor logro jamás alcanzado por la ciencia de la investigación de audiencia.

Otro acontecimiento espectacular para los medios de comunicación fue la supernova por la que horas después pasó la estrella Ysllodins. Allí es donde viven o, más bien, vivían los propietarios de las más importantes empresas de seguros de la Galaxia.

Pero mientras de esas naves, y de otras grandiosas que vienen a la cabeza, como la Flota Galáctica de Combate –el GSS *Temerario*, el GSS *Audacia* y el GSS *Locura Suicida*–, se habla mucho, con respeto, orgullo, entusiasmo, cariño, admiración, pesadumbre, celos, resentimiento y, de hecho, con la mayoría de las mejores emociones conocidas, la que normalmente despierta mayor asombro es *Krikkit Uno*, la primera nave espacial que jamás construyera el pueblo de Krikkit.

No porque fuese una nave maravillosa, que no lo era.

Era un extraño montón de algo semejante a chatarra. Parecía que la habían aplastado en algún patio, y en ese lugar fue precisamente donde la aplastaron. Lo asombroso no era que la nave estuviera bien construida (no lo estaba), sino que llegara a construirse. El período de tiempo transcurrido entre el momento en que la gente de Krikkit descubrió que había una cosa llamada espacio y la botadura de su primera nave espacial fue casi exactamente de un año.

Mientras se abrochaba el cinturón de seguridad, Ford Prefect se sintió sumamente agradecido de que aquello no fuese más que otra Ilusión Informática y de que en consecuencia se encontrara completamente a salvo. En la vida real no habría puesto el pie en aquella nave ni por todo el vino de arroz de China. Una de las frases que le vinieron a la cabeza fue: «Extremadamente insegura»; y otra: «¿Puedo bajarme, por favor?»

–¿Va a volar esto? –inquirió Arthur, lanzando miradas sombrías por las tuberías atadas con cuerdas y por los alambres que festoneaban el atestado interior de la nave.

Slartibartfast le aseguró que sí, que se hallaban perfectamente a salvo, que todo iba a ser muy instructivo y nada desolador.

Ford y Arthur decidieron relajarse y quedar desolados.

–¿Por qué no volverse loco? –comentó Ford.

Delante de ellos y, desde luego, totalmente ignorantes de su presencia por la mismísima razón de que en realidad no se encontraban allí, estaban los tres pilotos. Eran también los constructores de la nave. Habían estado aquella noche en el sendero de la colina cantando canciones enteramente tiernas. Sus cerebros quedaron levemente trastornados por la cercana colisión de la nave desconocida. Pasaron semanas arrancando hasta el último y minúsculo secreto de los restos de aquella nave chamuscada, sin dejar de cantar alegres cancioncillas de destripar astronaves. Aquella era su nave, y en aquel momento también cantaban por ello, expresando el doble gozo del logro y de la propiedad. El estribillo era un poco conmovedor, describía la pena que el trabajo les había deparado durante tantas horas en el garaje, lejos de la compañía de sus mujeres e hijos, que les habían echado muchísimo de menos pero que habían mantenido su alegría contándoles historias interminables de lo bien que estaba creciendo el perrito.

¡Zas!, despegaron.

Surcaron el espacio con estrépito, como si la nave supiera exactamente lo que estaba haciendo.

–De ningún modo –dijo Ford poco después de que se recobraran del sobresalto de la aceleración, cuando salían de la atmósfera del planeta; e insistió–: En modo alguno termina nadie de proyectar y construir en un año una nave como esta, por mucho entusiasmo que tenga. No lo creo. Demostrádmelo y seguiré sin creerlo.

Meneó la cabeza con aire pensativo y por un minúsculo ojo de buey contempló la nada del exterior.

Durante un rato no hubo incidentes en la travesía y Slartibartfast les tuvo pendientes de ella.

Sin embargo, muy pronto llegaron al perímetro interior de la Nube de Polvo, esférica y profunda, que envolvía el sol y su planeta natal, ocupando, por así decir, la siguiente órbita exterior.

Era como si se hubiese producido un cambio paulatino en la textura y consistencia del espacio. Ahora parecía que la oscuridad se desgarraba en ondas a su paso. La negrura del cielo nocturno de Krikkit era densa, vacía y helada.

La frialdad, la densidad y el vacío atenazaron lentamente el corazón de Arthur, que captó en lo más hondo los sentimientos de los pilotos, suspendidos en el aire como una gruesa carga estática. En aquel momento se hallaban en la frontera misma de la conciencia histórica de su raza. Era el límite exacto más allá del cual jamás habían especulado, o ni siquiera sabido que hubiese especulación alguna que hacer.

La oscuridad de la nube dio un bofetón a la nave. En su interior se encerraba el silencio de la historia. Su misión histórica consistía en averiguar si había algo o alguien al otro lado del cielo, desde donde pudieran llegar los restos de la nave, tal vez otro mundo extraño e incomprensible, aunque esa idea pertenecía a las estrechas mentes que habían vivido bajo el cielo de Krikkit.

La Historia se replegaba para asestar otro golpe.

La oscuridad seguía orlándose a su paso, el vacío se tragaba las sombras. Parecía cada vez más próxima, cada vez más densa, cada vez más honda. Y de pronto desapareció.

Salieron de la nube.

Vieron las gemas titilantes de la noche en su polvo infinito y sus cabezas cantaron de miedo.

Siguieron volando durante un rato, inmóviles frente a la extensión estrellada de la Galaxia, quieta ella misma frente a la infinita extensión del Universo. Y entonces dieron la vuelta.

–Tenía que pasar –dijeron los hombres de Krikkit al dirigirse de vuelta a casa.

En la travesía de vuelta cantaron una serie de canciones melodiosas y reflexivas sobre los temas de la paz, la justicia, la moral, la cultura, el deporte, la vida de familia y la destrucción de todas las demás formas de vida.

13

–Así que ya veis lo que pasa –dijo Slartibartfast moviendo despacio su café artificialmente fabricado, y en consecuencia agitando también la vorágine de intersecciones entre números reales e irreales, entre las percepciones interactivas de la mente y del Universo, para generar de ese modo las matrices reestructuradas de la subjetividad implícitamente desarrollada que permitieran a su nave volver a componer el concepto mismo de tiempo y espacio.

–Sí –dijo Arthur.

–Sí –repitió Ford.

–¿Qué hago con este trozo de pollo? –preguntó Arthur.

Slartibartfast le miró con gravedad.

–Juega con él –recomendó–. Juega con él.

Hizo una demostración con su propia tajada.

Arthur hizo lo mismo y sintió el leve estremecimiento de una función matemática que vibraba por el muslo de pollo mientras se movía en cuatro dimensiones por donde Slartibartfast le había asegurado que era un espacio pentadimensional.

–De la noche a la mañana –explicó Slartibartfast–, todo el pueblo de Krikkit pasó de ser encantador, delicioso, inteligente...

–... aunque extravagante... –intercaló Arthur.

–... y normal y corriente –prosiguió Slartibartfast–, a ser un pueblo encantador, delicioso, inteligente...

–... extravagante...

–... y loco de xenofobia. La idea de Universo no encajaba en su concepción del mundo, por decirlo así. No pudieron asimilarla, sencillamente. Y así, por encantador, delicioso, inteligente y extravagante, si quieres, que fuesen, decidieron destruirlo. ¿Qué ocurre ahora?

–No me gusta mucho este vino –dijo Arthur, olisqueándolo.

–Pues devuélvelo. Todo forma parte de su elemento matemático.

Así lo hizo Arthur. No le gustó la topografía de la sonrisa del camarero, pero el dibujo lineal nunca le había gustado de todos modos.

–¿Adónde vamos? –preguntó Ford.

–Volvemos a la Cámara de Ilusiones Informáticas –contestó Slartibartfast, levantándose y limpiándose la boca con la representación matemática de una servilleta de papel–, a ver la segunda parte.

14

–El pueblo de Krikkit –dijo su Ilustrísima Supremacía Sentenciatoria, el juez Pag DIMUSO (el Docto, Imparcial y Muy Sosegado), presidente de la Junta de Jueces en el juicio contra los crímenes de guerra de Krikkit– es, bueno, ya saben, no es más que una pandilla de tipos verdaderamente encantadores, ya saben, que da la casualidad de que quieren matar a todo el mundo. Demonios, yo me siento del mismo modo algunas mañanas. Mierda. Vale –prosiguió, poniendo los pies sobre el banco de enfrente y haciendo una pequeña pausa para quitarse un hilito de sus Playeras de Gala–, de manera que no es preciso que quieran ustedes compartir la Galaxia con esos tipos.

Eso era cierto.

El ataque de Krikkit contra la Galaxia había sido pasmoso. Miles y miles de enormes astronaves de combate saltaron súbitamente del hiperespacio y atacaron simultáneamente a miles y miles de planetas importantes, apoderándose primero de los suministros materiales necesarios para construir la segunda oleada que aniquilaría tales mundos, borrándolos del mapa.

La Galaxia, que había disfrutado de un insólito período de paz y de prosperidad, se tambaleó como alguien a quien atracan en un prado.

–Quiero decir –prosiguió el juez Pag lanzando una mirada alrededor de la sala, enorme y ultramoderna (eso fue hace diez billones de años, cuando «ultramoderno» significaba mucho acero inoxidable y cemento blanqueado)– que esos tipos son simplemente unos *obsesos.*

Eso también era cierto, y es la única explicación que hasta el momento ha logrado dar cualquiera para la increíble velocidad con que el pueblo de Krikkit emprendió su nuevo y único propósito: la destrucción de todo lo que no fuese Krikkit.

También es la única explicación de su sorprendente y repentina adquisición de toda la hipertecnología necesaria para construir miles de naves y millones de robots blancos, de efectos mortíferos.

Estos habían verdaderamente sembrado el terror entre quienes se cruzaban en su camino, aunque en la mayoría de los casos el terror duraba muy poco tiempo, igual que la persona que lo padecía. Eran máquinas de guerra voladoras, feroces, testarudas. Empuñaban formidables bastones de batalla de múltiples usos, que si se esgrimían en una dirección derribaban edificios; si se movían en otra, disparaban burbujeantes rayos Omni-Destruct-O-Mato; si se manipulaban en otro sentido, lanzaban un horrible arsenal de granadas, que iban desde artefactos incendiarios de menor importancia hasta dispositivos hipernucleares Maxi Slorta, que podían hacer desaparecer un sol grande. Las bombas se cargaban al simple contacto con los palos, que al mismo tiempo las lanzaban con precisión fenomenal a distancias que variaban entre unos metros y centenares de miles de kilómetros.

–Vale –repitió el juez Pag–, así que ganamos.

Hizo una pausa y mascó un trozo de chicle.

–Vencimos –insistió–, pero no fue algo grandioso. Me refiero a que era una galaxia de tamaño medio contra un mundo pequeño, y ¿cuánto tiempo tardamos? ¿Amanuense del Tribunal?

–¿Señoría? –dijo el grave hombrecillo de negro, levantándose.

–¿Cuánto tiempo, muchacho?

–Es un poco difícil, señoría, ser exacto en este asunto. El tiempo y la distancia...

–Tranquilícese, hombre, sea vago.

–No me gusta ser vago, señoría, en tal...

–Muerde la bala y adelante.

El amanuense del Tribunal le miró y pestañeó. Era evidente que, como la mayoría de los que ejercían la profesión legal en la Galaxia, consideraba al juez Pag (o Zipo Bibrok 5×10^8, tal como se le conocía, inexplicablemente, por su nombre privado) como un personaje bastante penoso. Estaba claro que era un sinvergüenza y una persona vulgar. Parecía creer que el hecho de que poseyera la mentalidad jurídica más fina que jamás se descubriera le daba derecho a comportarse como le diera la gana y, lamentablemente, es posible que tuviera razón.

–Pues, bien, señoría, en sentido muy aproximado, dos mil años –murmuró el amanuense en tono desconsolado.

–¿Y a cuántos tipos les dieron mulé?

–A dos grillones, señoría.

El amanuense se sentó. Si en ese momento se le hubiera hecho una fotografía hidrospéctica, se habría visto que emanaba un poco de vapor.

El juez Pag volvió a mirar alrededor de la sala, donde se congregaban centenares de altos funcionarios de toda la administración galáctica, con sus uniformes o cuerpos de gala, según el metabolismo y la costumbre. Tras una pared de Cristal Indestructible se erguía un grupo representativo del pueblo de Krikkit, mirando con odio tranquilo y cortés a todos los extranjeros reunidos para pronunciar un veredicto contra ellos. Era la ocasión más trascendental de la historia judicial, y el juez Pag era consciente de ello.

Se quitó el chicle y lo pegó debajo de la silla.

–Eso es un montonazo de fiambres –declaró con calma.

El sombrío silencio de la sala parecía concordar con tal opinión.

–Así que, como he dicho, son una pandilla de tipos verdaderamente encantadores, pero ustedes no querrían compartir la Galaxia con ellos si siguen con lo mismo y no van a aprender a tranquilizarse un poco. Y es que íbamos a estar nerviosos todo el tiempo, ¿no es verdad, eh? Bam, bam, bam, ¿cuándo nos atacarían otra vez? La coexistencia pacífica está fuera de lugar, ¿no? Que alguien me traiga un poco de agua, gracias.

Se recostó en el asiento y dio unos sorbos con aire reflexivo.

–Muy bien –prosiguió–, oigan, escuchen. Es como si esos tipos, ya saben, tuviesen derecho a su propia idea del Universo. Y según tal concepción, que el Universo les impuso, obraron adecuadamente. Parece absurdo, pero creo que estarán de acuerdo. Creen en...

Consultó un papel que encontró en el bolsillo trasero de sus vaqueros judiciales.

–Creen en «la paz, la justicia, la moral, la cultura, el deporte, la vida de familia y en la destrucción de todas las demás formas de vida».

Se alzó de hombros.

–He oído cosas mucho peores –comentó.

Se rascó la ingle con aire pensativo.

–¡Pero bueno! –exclamó. Bebió otro sorbo de agua, sostuvo el vaso a la luz y frunció el ceño. Le dio la vuelta–. ¡Eh! ¿Hay algo en esta agua? –preguntó.

–Pues... no, señoría –dijo el ujier del tribunal que se la había traído, bastante nervioso.

–Entonces llévesela –saltó el juez Pag– y ponga algo en ella. Tengo una idea.

Retiró el vaso y se inclinó hacia delante.

–Oigan, escuchen.

La conclusión fue brillante; algo así:

El planeta de Krikkit debía encerrarse a perpetuidad en una envoltura de Tiempo Lento, dentro del cual la vida continuaría con una lentitud casi infinita. Toda luz debía desviarse en torno a la envoltura para que permaneciera invisible e impenetrable. Huir de la envoltura sería completamente imposible, a menos que abrieran desde fuera.

Cuando el resto del Universo llegara a su término definitivo, cuando toda la creación alcanzara su otoño final (todo esto sucedía, claro está, en los días anteriores al descubrimiento de que el fin del Universo sería una espectacular aventura hostelera) y la vida y la materia cesaran de existir, entonces el planeta de Krikkit y su sol surgirían de la envoltura de Tiempo Lento y llevaría una vida solitaria, tal como anhelaba, en el crepúsculo del vacío universal.

La Cerradura estaría en un asteroide que describiría una órbita lenta alrededor de la envoltura.

La Llave sería el símbolo de la Galaxia: la Puerta Wikket.

Cuando se apagaron los aplausos en la sala, el juez Pag se encontraba en la Sens-O-Ducha con una preciosa componente del jurado a quien había pasado una nota de manera subrepticia media hora antes.

15

Dos meses después, Zipo Bibrok 5×10^8 había cortado las perneras de sus vaqueros galácticos y gastaba parte de los enormes honorarios recibidos por los juicios tumbado en una playa engalanada mientras la preciosa componente del jurado le daba un masaje en la espalda con Esencia de Qualactina. Era una muchacha de Soolfinia, al otro lado de los Mundos Nublados de Yaga. Tenía una piel de limón sedoso y estaba muy interesada en los cuerpos legales.

–¿Has oído las noticias? –preguntó.

–¡Vaaaayaaaaa! –exclamó Zipo Bibrok 5×10^8, y habría que haber estado allí para saber por qué dijo eso. Nada de esto está registrado en la cinta de Ilusiones Informáticas, y todo se basa en rumores–. No –añadió cuando dejó de suceder lo que le había hecho exclamar «¡Vaaaayaaaaa!». Se movió un poco para recibir los primeros rayos del tercero y mayor de los tres soles primarios de Vod, que ahora se remontaba sobre el horizonte, ridículamente bello, mientras el cielo relucía con el polvo de mayor potencia bronceadora que jamás se conociera.

Una brisa fragante venía del mar en calma, se esparcía por la playa y flotaba de nuevo hacia el mar, preguntándose adónde iría a continuación. En un impulso alocado, volvió otra vez a la playa. Se retiró nuevamente hacia el mar.

–Espero que no sean buenas noticias –masculló Zipo Bibrok 5×10^8–, porque no creo que pudiera soportarlo.

–Hoy se ha cumplido tu sentencia sobre Krikkit –informó la muchacha en tono mayestático. No era preciso anunciar algo tan prosaico con esa suntuosidad, pero la muchacha siguió adelante de todos modos porque era esa clase de día–. Lo he oído en la radio cuando fui a la nave a buscar el aceite.

–Ajá –murmuró Zipo mientras apoyaba la cabeza en la arena recamada.

–Ha ocurrido algo –anunció la muchacha.

–¿Mmmm?

–Nada más cerrar la envoltura de Tiempo Lento –dijo ella, haciendo una pausa para untarle la Esencia de Qualactina–, una nave de guerra de Krikkit, a la que se daba por perdida y se creía destruida, resultó que simplemente estaba perdida. Apareció y trató de apoderarse de la Llave.

Zipo se incorporó bruscamente.

–¿Qué, cómo?

–Todo está bien –explicó la muchacha con una voz que habría apaciguado al Big Bang–. Al parecer hubo una batalla breve. La Llave y la nave quedaron desintegradas y estallaron en el continuo espacio-temporal. Por lo visto, se han perdido para siempre.

Sonrió, vertiéndose en los dedos un poco más de Esencia de Qualactina. Zipo se calmó y volvió a tumbarse.

–Repite lo que me has hecho hace unos momentos –murmuró.

–¿Esto? –dijo ella.

–No, no –protestó Zipo–, eso.

–¿Esto? –preguntó la muchacha.

–¡Vaaaayaaaaa!

Una vez más, había que estar allí.

La fragante brisa volvió a venir del mar.

Un mago paseaba por la playa, pero nadie le necesitaba.

16

–Nada se pierde para siempre –dijo Slartibartfast mientras en su rostro oscilaba la luz rojiza de la vela que el camarero robot intentaba retirar–, excepto la Catedral de Chalesm.

–¿El qué? –preguntó Arthur, sobresaltado.

–La Catedral de Chalesm –repitió el anciano–. Fue durante mis investigaciones para la Campaña de Tiempo Real; entonces...

–¿El qué? –insistió Arthur.

Slartibartfast hizo una pausa para ordenar sus ideas y lanzar, según esperaba, el último asalto sobre aquel tema. El camarero robot se movía por las matrices espacio-temporales de un modo que combinaba de manera espectacular lo grosero con lo obsequioso; hizo un movimiento brusco y atrapó la vela. Les habían presentado la cuenta, habían discutido de modo convincente acerca de quién había tomado los canelones y de cuántas botellas de vino habían bebido y, tal como Arthur se apercibió vagamente, con una maniobra eficaz habían sacado la nave del espacio subjetivo entrando en la órbita de aterrizaje de un planeta extraño. El camarero estaba deseoso de concluir su parte en aquella pantomima y de limpiar el restaurante.

–Todo quedará claro –aseguró Slartibartfast.

–¿Cuándo?

–Dentro de un momento. Escucha. La corriente del tiempo está muy contaminada. Hay mucha basura flotando en ella, escombros y desperdicios, y todo se va devolviendo cada vez más al mundo físico. Remolinos en el continuo espacio/tiempo, ¿comprendes?

–Eso he oído –confirmó Arthur.

–Oye, ¿adónde vamos? –preguntó Ford, retirando con impaciencia la silla de la mesa–. Porque estoy ansioso por llegar.

–Vamos –anunció Slartibartfast en tono lento y mesurado– a

tratar de impedir que los robots guerreros de Krikkit recobren la Llave que necesitan para sacar al planeta de Krikkit de la envoltura de Tiempo Lento y liberar al resto de su ejército y a sus locos Amos.

–Es que dijiste algo acerca de una fiesta –recordó Ford.

–Lo hice –reconoció Slartibartfast bajando la cabeza.

Comprendió que había cometido un error, porque la idea parecía ejercer una extraña y poco saludable fascinación en la cabeza de Ford Prefect. Cuanto más descifraba la oscura y trágica historia de Krikkit y de su pueblo, más quería Ford Prefect beber y bailar con chicas.

El anciano pensó que no debió mencionar la fiesta hasta que no le quedara más remedio que hacerlo. Pero ya estaba hecho, y Ford Prefect se aferraba a aquella perspectiva como un Megaporo arcturiano se pega a su víctima antes de quitarle la cabeza de un mordisco y largarse con su nave.

–¿Y cuándo llegamos? –preguntó Ford con vehemencia.

–Cuando termine de explicaros por qué vamos allá.

–Yo sé por qué voy –repuso Ford, recostándose en la silla y poniéndose las manos en la nuca. Esbozó una de las sonrisas que hacía retorcerse a la gente.

Slartibartfast esperaba una jubilación agradable.

Pensaba aprender a tocar el inquietófono octaventral, tarea simpática e inútil, ya lo sabía, pues carecía del número apropiado de bocas.

También proyectaba escribir una extraña e implacablemente inexacta monografía sobre el tema de los fiordos ecuatoriales con el fin de equivocar las crónicas en un par de aspectos que consideraba interesantes.

En cambio, le habían inducido a hacer un trabajo por horas para la Campaña del Tiempo Real, y por primera vez en su vida empezó a tomárselo en serio. En consecuencia, se encontraba ahora con que empleaba sus últimos años combatiendo el mal y tratando de salvar la Galaxia.

Le pareció una tarea agotadora y suspiró profundamente.

–Escuchad –dijo–, en Camtim...

–¿Qué? –preguntó Arthur.

–La Campaña del Tiempo Real, que os explicaré más tarde. Observé que cinco trozos de desechos que recientemente recobraron de golpe su existencia, parecían corresponder a las cinco partes de la Llave perdida. Solo pude descubrir exactamente dos: el Pilar de Madera, que apareció en tu planeta, y el Arco de Plata. Parece estar en una especie de fiesta. Debemos ir a recobrarla antes de que la encuentren los robots de Krikkit; si no, ¿quién sabe lo que puede pasar?

–No –dijo Ford en tono firme–. Debemos ir a la fiesta para beber mucho y bailar con las chicas.

–Pero ¿no has entendido nada de lo que...?

–Sí –replicó Ford con una fiereza repentina e inesperada–. Lo he entendido todo perfectamente bien. Por eso es por lo que quiero beber todo lo posible y bailar con tantas chicas como pueda mientras aún quede alguna. Si todo lo que nos has mostrado es cierto...

–¿Cierto? Pues claro que es cierto.

–... entonces, tenemos menos posibilidades que una roncha en una supernova.

–¿Una qué? –dijo bruscamente Arthur. Hasta ese momento había seguido pacientemente la conversación, y no estaba dispuesto a perder ahora el hilo.

–Menos posibilidades que una roncha en una supernova –repitió Ford sin perder ímpetu–. El...

–¿Qué tiene que ver una roncha con todo esto? –le interrumpió Arthur.

–Que no tiene la menor posibilidad en una supernova –repuso llanamente Ford.

Hizo una pausa para ver si ya estaba aclarado el asunto. La nueva expresión de confusión que apareció en el rostro de Arthur le dijo que no lo estaba.

–Una supernova –explicó Ford tan rápida y claramente como pudo– es una estrella que explota a casi la mitad de la velocidad de la luz para consumirse con la brillantez de un billón de soles y convertirse en una estrella de neutrones ultrapesada. Es una estrella que hace estallar a otras estrellas, ¿entiendes? Nada tiene la menor posibilidad en una supernova.

–Ya entiendo –dijo Arthur.

–Él...

–¿Y por qué una roncha en concreto?

–¿Y por qué no? No importa.

Arthur lo aceptó y Ford prosiguió, volviendo a tomar lo mejor que pudo su impulso inicial.

–El caso es que la gente como tú y yo, Slartibartfast, y también como tú, Arthur, particular y especialmente las personas como tú, no somos más que diletantes, excéntricos, vagabundos, pelmazos, si quieres.

Slartibartfast frunció el ceño, en parte confundido y en parte resentido. Empezó a hablar.

–... eso es todo lo que pudo decir.

–No estamos obsesionados por nada, ¿comprendes? –insistió Ford.

–...

–Y ese es el factor decisivo. No podemos vencer a una obsesión. A ellos les importa, a nosotros no. Ganan ellos.

–A mí me importan muchas cosas –logró decir Slartibartfast con una voz que en parte le temblaba de aburrimiento y en parte también de incertidumbre.

–¿Como cuáles?

–Pues –dijo el anciano–, la vida, el Universo. Todo lo demás, en realidad. Los fiordos.

–¿Darías tu vida por ellos?

–¿Por los fiordos? –preguntó el anciano, sorprendido–. No.

–Pues entonces.

–Francamente, no le veo el sentido.

–Y yo sigo sin ver la relación con las ronchas –apuntó Arthur.

Ford notaba que se le escapaban las riendas de la conversación y se negó a que en aquel momento le desviaran del tema.

–El caso es –siseó– que no somos gente obsesiva y no tenemos la menor posibilidad de...

–A no ser por tu súbita obsesión por las ronchas –insistió Arthur–, que todavía sigo sin entender.

–¿Querrías olvidarte de las ronchas, por favor?

–Lo haré, si quieres –dijo Arthur–. Tú has sacado el tema a relucir.

–Ha sido una equivocación –confesó Ford–, olvídalo. El caso es...

Se inclinó hacia delante y apoyó la frente en la punta de los dedos.

–¿De qué estaba hablando? –preguntó cansadamente.

–Sea por la razón que sea, vayamos a la fiesta –dijo Slartibartfast poniéndose en pie y meneando la cabeza.

–Me parece que eso era lo que intentaba decir –dijo Ford.

Por alguna razón misteriosa, los cubículos teletransportadores estaban en el cuarto de baño.

17

El viaje a través del tiempo se considera cada vez más como una amenaza. La Historia está contaminándose.

La Enciclopedia Galáctica tiene mucho que decir sobre la teoría y la práctica de los viajes por el tiempo, la mayor parte de lo cual resulta incomprensible para todo aquel que no haya pasado al menos cuatro vidas estudiando hipermatemáticas avanzadas, y como esto era imposible de hacer antes que se inventaran los viajes a través del tiempo, existe cierta confusión sobre el modo en que en principio se llegó a tal idea. Una explicación racional a este problema consiste en que, por su propia naturaleza, los viajes a través del tiempo se descubrieron de manera simultánea en todos los períodos de la historia; pero esto, claramente, no es más que faramalla.

Lo malo es que, en estos momentos, buena parte de la historia tampoco es más que palabrería.

Ahí va un ejemplo. A ciertas personas quizás no les parezca tan importante, pero otras lo considerarán crucial. No hay duda de que es significativo en el sentido de que ese único acontecimiento ocasionó que la Campaña del Tiempo Real se pusiera en marcha en primer lugar (¿o fue en último? Depende del sentido en que se mire la historia viva, y esa también es una cuestión cada vez más debatida).

Hay, o había, un poeta. Se llamaba Lallafa, y escribió lo que por toda la Galaxia se consideraron como los poemas más bellos conocidos, los *Cánticos de la tierra larga.*

Son/eran maravillosos, inefables. Es decir, no se podía hablar mucho de ellos sin sentirse tan abrumado de emoción, de verdad y de la sensación de totalidad e individualidad de las cosas, que no necesitaría enseguida un rápido paseo alrededor de la manzana, haciendo quizás al volver una pausa para tomar rápidamente un vaso de perspectiva con soda. Así de buenos eran.

Lallafa habitaba en los bosques de las Tierras Largas de Effa. Allí vivió, y allí escribió sus poemas. Los anotaba en las caras de hojas secas de habra, sin las ventajas de la educación o del líquido corrector. Escribió acerca de la luz en el bosque y de sus ideas al respecto. Escribió sobre la oscuridad en el bosque y sobre lo que eso le parecía. Escribió sobre la chica que le abandonó y lo que pensaba precisamente de ello.

Mucho después de su muerte se encontraron sus poemas, que causaron sensación. Noticias acerca de ellos se esparcieron como la luz de la mañana. Durante siglos iluminaron y regaron las vidas de mucha gente que, de otro modo, habría vivido de forma más oscura y estéril.

Entonces, poco después de la invención de los viajes a través del tiempo, unos grandes fabricantes de líquido corrector se preguntaron si sus poemas no habrían sido mejores si hubiera dispuesto de un líquido corrector de alta calidad, y si no se le habría convencido para que dijera unas palabras en ese sentido.

Viajaron por las olas del tiempo, le encontraron, le explicaron la situación –con cierta dificultad– y lograron persuadirle. En realidad le convencieron hasta tal punto, que en sus manos se hizo sumamente rico, y la chica sobre la cual estaba destinado a escribir con mucha precisión nunca llegó a abandonarlo; de hecho, ambos se trasladaron del bosque a una bonita casa en el pueblo, y él viajaba con frecuencia al futuro para hacer entrevistas en las que brillaba su ingenio.

Nunca pudo escribir poemas, claro está, lo que constituyó un problema que se resolvió fácilmente. Los fabricantes de líquido corrector se limitaron a enviarle fuera una semana con un ejemplar de una edición reciente de su libro y un rimero de hojas de habra secas para que lo copiara en ellas, haciendo de paso la extraña operación de equivocarse a propósito y corregir los errores.

De pronto, mucha gente dice ahora que los poemas no valen nada. Otros aducen que son exactamente los mismos de siempre, de manera que ¿qué ha cambiado en ellos? Los primeros dicen que lo importante no es eso. No están enteramente seguros de qué es lo importante, pero están convencidos de que eso no lo es. Iniciaron la Campaña del Tiempo Real para evitar que ese tipo de cosas siguiera adelante. Sus argumentos se vieron considerablemente reforzados por el hecho de que una semana después de que la hubieran empezado, saltó la noticia de que no solo habían derribado la gran Catedral de Chalesm con el fin de construir una nueva refinería de iones, sino que la construcción de la refinería había durado tanto tiempo y había tenido que retrotraerse tanto en el pasado para que la producción de iones empezara a tiempo, que la Catedral de Chalesm ya se iba a quedar sin construirse nunca. De repente, las postales de la Catedral se hicieron enormemente valiosas.

De modo que buena parte de la historia ya ha desaparecido para siempre. La Campaña en pro de Cronómetros reales afirma que, así como un viaje agradable elimina las diferencias entre un país y otro, y entre un mundo y otro, del mismo modo el viaje por el tiempo anula las diferencias entre una era y otra. «El pasado», dicen, «es ahora como un país extranjero. Allí hacen las cosas exactamente igual.»

18

Arthur se materializó, y lo hizo con los gestos habituales, tambaleándose y palpándose la garganta, el corazón y los diversos miembros en que aún se complacía siempre que le sobrevenía una de aquellas aborrecibles y penosas materializaciones a las que decidió firmemente no acostumbrarse.

Miró alrededor buscando a los demás.

No estaban.

Volvió a mirar en torno buscando a los otros.

Seguían sin estar allí.

Cerró los ojos.

Los abrió.

Echó una ojeada por si los veía.

Persistían obstinadamente en su ausencia.

Volvió a cerrar los ojos, preparándose a repetir de nuevo aquel ejercicio inútil, y solo entonces, cuando bajó los párpados, su cerebro empezó a percibir lo que sus ojos habían mirado mientras estuvieron abiertos; una expresión perpleja afloró a su rostro.

Así que abrió los ojos de nuevo para comprobar los hechos y en su gesto persistió la duda.

Si acaso, se incrementó, afianzándose bien. Si se trataba de una fiesta, era muy mala; tanto, que todos los demás se habían marchado. Abandonó por ocioso tal razonamiento. Evidentemente, aquello no era una fiesta. Era una cueva, o un laberinto o un túnel de algo; no había luz suficiente para saberlo. Todo era oscuridad, húmeda y viscosa. El único rumor era el de su propia respiración, que parecía preocupada. Tosió muy levemente y luego hubo de escuchar el tenue y fantasmal eco de su voz perdiéndose entre corredores sinuosos y cámaras invisibles, como de un gran laberinto, para volver finalmente a él por los mismos pasillos desconocidos, como si dijera: «... ¿Sí?»

Eso ocurría con cada ruidito que hacía, y le ponía nervioso. Trató de tararear una melodía alegre, pero cuando el sonido volvió a él se había convertido en una salmodia fúnebre y dejó de cantar.

De pronto su cabeza se llenó de imágenes de la historia que le había contado Slartibartfast. Casi esperaba ver que robots blancos de aspecto mortífero aparecieran en silencio de entre las sombras para matarlo. Contuvo el aliento. No lo hicieron. Volvió a respirar. No sabía qué esperar.

Sin embargo, había algo o alguien que le esperaba a él, pues en aquel momento se encendió en la distancia oscura un letrero de neón verde.

Decía, silencioso:

TE HAN DESVIADO.

Se extinguió de un modo que no fue del todo del agrado de Arthur. Se apagó con una especie de floreo desdeñoso. Arthur intentó entonces convencerse de que aquello no había sido más que una ridícula jugarreta de su imaginación. Un letrero de neón o está encendido o apagado, según pase o no pase la electricidad por él. No había manera, dijo para sí, de que pudiese efectuar la transición de un estado a otro con un mohín de desprecio. Se abrazó firmemente apretándose la bata y, a pesar de todo, se estremeció.

Al fondo, la luz de neón se iluminó súbitamente exhibiendo, de modo desconcertante, tres puntos y una coma. Así:

...,

Solo que en verde.

Tras mirarlo perplejo durante unos instantes, Arthur comprendió que trataba de indicar que había más, que la frase no estaba completa. Y lo intentaba con una pedantería sobrehumana, reflexionó. O al menos, con pedantería inhumana.

La frase se terminó con estas dos palabras:

ARTHUR DENT.

Trastabilló. Se dominó para lanzarle otra mirada atenta. Seguía diciendo ARTHUR DENT, de modo que volvió a tambalearse.

Una vez más, el letrero se apagó y le dejó parpadeando en la oscuridad; la imagen en rojo de su nombre le saltaba en la retina.

BIENVENIDO, dijo de pronto el letrero.

Al momento, añadió:

NO CREO.

El miedo, frío como una piedra, había acechado a Arthur durante todo el rato, esperando su oportunidad; la reconoció en ese momento y saltó sobre él. Arthur repelió el ataque. Cayó agachado, en una especie de postura de alerta que una vez vio hacer a alguien en la televisión; pero ese alguien debía de tener rodillas más fuertes. Miró a la oscuridad con aire inquisitivo.

–Eh, ¿oiga? –dijo.

Carraspeó y lo repitió, en voz más alta y sin el «Eh». A cierta distancia, pareció como si alguien empezara a tocar un bombo por el pasillo.

Escuchó unos segundos más y notó que no era su corazón, era alguien que tocaba el bombo por el corredor.

Perlas de sudor se formaron en su frente, se tensaron y saltaron. Puso una mano en el suelo para apoyar su postura de alerta, que no resistía muy bien. El letrero volvió a cambiar. Decía:

NO TE ALARMES.

Tras una pausa, añadió:

ASÚSTATE MUCHO, ARTHUR DENT.

Se apagó de nuevo. Una vez más le dejó en la oscuridad. Parecía que los ojos se le iban a salir de las órbitas. No estaba seguro de si era porque intentaban ver con más claridad, o porque sencillamente querían marcharse en ese momento.

–¿Oiga? –repitió, esta vez tratando de poner una nota de firme agresividad–. ¿Hay alguien ahí?

No hubo respuesta, nada.

Eso puso más nervioso a Arthur que si le hubieran contestado, y empezó a retroceder de la pavorosa nada. Y cuanto más reculaba, más asustado estaba. Al cabo de un rato comprendió que era por todas las películas que había visto en que el protagonista retrocede cada vez más de un terror imaginario que se le presenta por delante, solo para tropezar con él por detrás.

Entonces se le ocurrió volverse de pronto con mucha rapidez.

Solo sombras.

Eso le puso nervioso de veras y retrocedió; esta vez en el sentido en que había venido.

Tras dedicarse a eso durante un rato, de pronto se le ocurrió que ahora retrocedía hacia aquello de lo que en principio reculaba, y volvió atrás.

No pudo dejar de pensar que aquello era una tontería. Resolvió que estaría mejor retrocediendo en el sentido en que lo había hecho en un principio, y se dio la vuelta otra vez.

Resultó que su segundo impulso era el acertado, porque detrás de él había un monstruo horroroso e indescriptible. Arthur dio un respingo mientras su piel intentaba saltar a un lado y su esqueleto a otro, con el cerebro tratando de averiguar cuál de sus orejas tenía más ganas de largarse.

–Apuesto a que no esperabas verme otra vez –dijo el monstruo.

Arthur no dejó de pensar que se trataba de un comentario extraño, habida cuenta de que nunca había visto antes a aquella criatura. Tenía la certeza de ello por el simple hecho de que era capaz de dormir por las noches. Era..., era..., era...

Arthur lo miró parpadeando. El monstruo permanecía muy quieto. Su aspecto resultaba un poco familiar.

Le sobrevino una calma fría y terrible al comprender que miraba a un holograma de dos metros de alto de una mosca doméstica.

Se preguntó por qué le enseñaría alguien en ese momento un holograma de dos metros de alto de una mosca doméstica. Y también, de quién era la voz que había oído.

Era un holograma tremendamente realista.

Desapareció.

–O tal vez me recuerdes mejor –dijo de pronto la voz, profunda, malévola, que parecía brea derretida saliendo de un bidón con malas ideas– como el conejo.

Con un zumbido súbito se presentó en el negro laberinto un conejo; era enorme, monstruoso, horriblemente suave y amable. Otra imagen, pero esta vez cada pelo suave y agradable parecía algo real y único que crecía en su piel suave y agradable. Arthur sufrió un sobresalto al ver su propio reflejo en su ojo castaño, tierno, adorable, muy abierto y sumamente grande.

–Nací en la oscuridad –rugió la voz– y me educaron a oscuras. Una mañana asomé por primera vez la cabeza al brillante mundo nuevo y me la abrieron con lo que sospecho fue un instrumento primitivo hecho con pedernal.

»Fabricado por ti, Arthur Dent, y esgrimido por ti. Con bastante fuerza, según recuerdo.

»Convertiste mi piel en una bolsa para guardar chinas interesantes. Da la casualidad de que lo sé porque en mi siguiente vida me reencarné en una mosca y tú me cazaste. Otra vez. Solo que en esta ocasión lo hiciste con la bolsa que habías hecho con mi piel anterior.

»Arthur Dent, no solo eres una persona cruel y sin corazón, también eres de una apabullante falta de tacto.

La voz hizo una pausa mientras Arthur boqueaba.

–Ya veo que has perdido la bolsa –dijo la voz–. Probablemente te has aburrido de ella, ¿verdad?

Arthur meneó la cabeza, desesperado. Quería explicar que en realidad había tomado mucho cariño a la bolsa, que la había cuidado muy bien y que la había llevado consigo a todas partes, pero que siempre que viajaba a algún sitio acababa inexplicablemente con la bolsa cambiada y que, cosa bastante curiosa, en aquel momento mismo se acababa de dar cuenta por primera vez de que la bolsa que tenía parecía hecha de una fea imitación de piel de leopardo, y no era la misma que llevaba antes de llegar a aquel sitio, cualquiera que fuese, además de no ser una que hubiera escogido él personalmente, y sabía Dios qué contendría, porque no era suya, y hubiera preferido con mucho haber recuperado la suya propia de no ser porque, por supuesto, lamentaba muchísimo haberla arrancado de manera tan terminante, o más bien sus partes integrantes, es decir, la piel de conejo, de su antiguo dueño, a saber, el conejo a quien en aquel momento tenía el honor de tratar en vano de dirigirse.

Todo lo que logró decir fue: «Hmm».

–Te presento a la salamandra que pisaste –dijo la voz.

Allí, de pie en el pasillo con Arthur, había una gigantesca salamandra escamosa de color verde. Arthur se volvió, aulló, dio un salto hacia atrás y aterrizó en el lomo del conejo. Lanzó otro aullido pero no encontró ningún sitio al que saltar.

–Ese también era yo –prosiguió la voz en tono bajo y amenazador–, como si no lo supieras...

–¿Saber? –inquirió Arthur con un respingo–. ¿Saber?

–Lo interesante de la reencarnación –le informó agriamente la voz– es que la mayoría de la gente, la mayor parte de los espíritus, no son conscientes de que también les ocurre a ellos.

Hizo una pausa para causar efecto. Por lo que a Arthur tocaba, ya había más que suficiente efecto.

–Yo me di cuenta –siseó la voz–, es decir, *llegué* a ser consciente. Poco a poco. Gradualmente.

Quienquiera que fuese, hizo otra pausa para tomar aliento.

–Difícilmente podía evitarlo, ¿verdad? –gritó–. ¡Si no deja de pasarte una y otra vez! En todas las vidas que he vivido, me ha matado Arthur Dent. En cualquier mundo, en cualquier cuerpo, en cualquier época que empiece a instalarme, ahí viene Arthur Dent y, zas, me mata.

»Resulta difícil no darse cuenta. Hay que refrescar un poco la memoria. Un poco de información útil. ¡Un poco de puñetera revelación!

»“Qué curioso”, solía decir mi espíritu mientras volaba otra vez hacia el otro mundo en pos de otra infructuosa aventura acabada por Dent, en la tierra de los vivos, “ese hombre que acaba de atropellarme cuando saltaba por la carretera hacia mi charca preferida tenía un aspecto un poco familiar...” ¡Y poco a poco tenía que recomponer las piezas, Dent, asesino múltiple de mi persona!

Los ecos de su voz rugieron por los pasillos.

Arthur permanecía silencioso e impasible, meneando la cabeza con incredulidad.

–¡Ha llegado el momento, Dent –aulló la voz, alcanzando un tono de odio febril–, ha llegado el momento cuando por fin he sabido!

Lo que de pronto se abrió delante de Arthur era indescriptiblemente horrible; quedó boquiabierto e hizo gárgaras de horror.

Pero ahí va una tentativa de describir lo horrendo que era. Era una cueva enorme, húmeda y palpitante en cuyo interior rodaba y se deslizaba una criatura grande en forma de ballena, viscosa y velluda sobre tumbas monstruosas y blancas. En lo alto de la cueva se erguía un amplio promontorio en el que se veían los recintos oscuros de otros dos antros pavorosos, que...

Arthur Dent comprendió de pronto que miraba a su propia boca, cuando debía dirigir la atención a la ostra viva que empujaban implacablemente a su interior.

Dio un grito, volvió hacia atrás tambaleándose y apartó la vista.

Cuando volvió a mirar, la apabullante aparición se había esfumado. El pasillo estaba oscuro y, por un momento, silencioso. Se hallaba solo con sus pensamientos. Eran sumamente desagradables y les hubiera venido bien una acompañante.

Cuando se produjo el ruido siguiente, vio que buena parte de la pared se abría pesadamente a un lado, revelando, de momento, un vacío tenebroso. Arthur lo contempló del mismo modo que un ratón mira a una perrera a oscuras.

Y la voz volvió a hablarle.

–Dime que fue una coincidencia, Dent. ¡Te desafío a que me digas que fue una coincidencia!

–*Fue* una coincidencia –se apresuró a decir Arthur.

–¡No lo fue! –replicó la voz, gritando.

–Lo fue –repitió Arthur–, lo fue...

–¡Si fue una coincidencia –rugió la voz–, entonces no me llamo Agrajag!

–Y es de suponer que afirmarías que ese *era* tu nombre.

–¡Sí! –murmuró Agrajag como si acabara de concluir un silogismo muy hábil.

–Pues me temo que sí se trató de una coincidencia –insistió Arthur.

–¡Ven aquí y repítelo! –aulló la voz, que de pronto llegaba otra vez a la apoplejía.

Arthur se adelantó y aseguró que fue una coincidencia, o al menos, casi lo dijo. Su lengua perdió pie hacia el final de la última palabra porque se encendieron las luces revelando el lugar en que había entrado.

Era la Catedral del Odio.

Era el producto de una mentalidad no solo retorcida, sino dislocada.

Era enorme. Horripilante.

Albergaba una Estatua.

Dentro de un momento hablaremos de la Estatua.

La cámara, incomprensiblemente enorme, daba la impresión de haberse abierto en el interior de una montaña, y el motivo consistía en que así era precisamente como se había labrado. Al mirarla boquiabierto, Arthur tuvo la sensación de que le daba vueltas la cabeza.

Era negra.

Donde no lo era, uno se sentía inclinado a que lo fuese, pues los colores que resaltaban algunos detalles incalificables abarcaban de manera horrible todo el espectro de matices que desafían la vista, desde el Ultra Violento al Infra Muerto, pasando por el Púrpura Hepático, el Lila Odioso, el Amarillo Purulento, el Hombre Quemado y el Verde Gan.

Los detalles incalificables que destacaban esos colores eran gárgolas que habrían dejado sin almuerzo a Francis Bacon.

Todas ellas miraban desde las paredes, desde los contrafuertes arbotantes y desde el sitial del coro hacia la Estatua, a la que llegaremos dentro de un momento.

Y si las gárgolas habrían dejado sin almuerzo a Francis Bacon, era evidente por el rostro de las gárgolas que la Estatua les habría dejado sin el suyo a ellas de haber estado vivas para poder comerlo, pero no lo estaban, y si alguien hubiera intentado servirles un poco, no lo habrían querido.

En torno a las paredes monumentales había grandes lápidas grabadas en memoria de aquellos que habían caído a causa de Arthur Dent.

Algunos de los nombres conmemorados estaban subrayados y marcados con asteriscos. Así, por ejemplo, el nombre de una vaca sacrificada de la que Arthur comió un filete estaba grabado de la manera más sencilla, mientras que el de un pez que Arthur atrapó con sus propias manos para luego pensar que no le gustaba y dejarlo al borde del plato, estaba doblemente subrayado con una decoración de tres series de asteriscos y una daga sanguinolenta, solo para que quedara bien claro.

Pero lo más inquietante de todo, aparte de la Estatua, a la que vamos llegando poco a poco, era la clarísima implicación de que toda aquella gente y todas aquellas criaturas eran realmente la misma persona, repetida una y otra vez.

Y estaba igualmente claro que aquella persona, por injusto que fuese, estaba sumamente molesta y enfadada.

En realidad, sería justo decir que había llegado a un grado de mal humor que jamás se había conocido en el Universo. Era un enfado de proporciones épicas, un fastidio ardiente, cauterizante, un desagrado que ahora abarcaba la totalidad del tiempo y del espacio en su resentimiento infinito.

Y tal disgusto recibía expresión plena en la Estatua que se encontraba en el centro de toda aquella monstruosidad: una estatua de Arthur Dent, y poco halagadora. Tenía diecisiete metros de alto. Ni un solo centímetro dejaba de estar atestado de insultos hacia el sujeto representado, y diecisiete metros de eso sería suficiente para que cualquier individuo se encontrara mal. Desde el hoyuelo a un lado de la nariz al corte vulgar de la bata, no había detalle de Arthur Dent que el escultor no hubiese denostado y envilecido.

Arthur aparecía como una gorgona, como un ogro maligno, rapaz, hambriento y sanguinario, practicando matanzas a su paso por un Universo inocente.

Con cada uno de los treinta brazos que el escultor le había dado en un acceso de fervor artístico, Arthur rompía la crisma a un conejo, cazaba una mosca, sacaba el hueso de la pechuga de un pollo, se quitaba un piojo del pelo o hacía algo que el interesado no llegaba a descifrar.

Sus muchos pies se dedicaban fundamentalmente a pisar hormigas.

Arthur se tapó los ojos con las manos, dejó caer la cabeza y la movió despacio de un lado a otro, entristecido y horrorizado ante aquella locura.

Y cuando volvió a abrir los ojos, enfrente de él estaba el cuerpo del hombre o de la criatura, o de lo que fuese, que supuestamente había estado persiguiendo todo el tiempo.

–¡AaaaaaarrrrrJJJJJ! –exclamó Agrajag.

Sea lo que fuese, tenía el aspecto de un murciélago gordo. Anduvo despacio, como un pato, alrededor de Arthur y le empujó con las garras encogidas.

–¡Oye...! –protestó Arthur.

–¡AaaaaaarrrrrJJJJJ! –explicó Agrajag.

Arthur lo aceptó a causa de que se hallaba bastante asustado por aquella aparición horrible y extrañamente estropeada.

Agrajag era negro, abotargado, correoso y estaba lleno de arrugas.

Sus alas de murciélago resultaban en cierto modo más pavorosas por ser torpes y estar rotas que si hubieran sido musculosas para agitar con fuerza el aire. Lo que asustaba era probablemente la tenacidad de su prolongada existencia en contra de todas las posibilidades físicas.

Tenía una dentadura de lo más asombrosa.

Parecía que cada uno de sus dientes procedía de un animal completamente distinto, y estaban situados en su boca en unos ángulos tan extraños, que daba la impresión de que, si alguna vez trataba de mascar algo, se desgarraría además la mitad de la cara y posiblemente se sacara un ojo también.

Cada uno de sus tres ojos era pequeño y agudo, y parecían tan saludables como un pez en un aligustre.

–Fue en un partido de críquet –dijo con voz áspera.

A primera vista parecía una idea tan descabellada, que Arthur se atragantó prácticamente.

–¡No con este cuerpo –chilló la criatura–, con este cuerpo no! Es el último que tengo. Mi última vida. Este es el cuerpo de la venganza. El cuerpo para matar a Arthur Dent. Mi última oportunidad. Además, he tenido que luchar para conseguirlo.

–Pero...

–¡Yo estaba en un partido de críquet! –rugió Agrajag–. Me hallaba un poco mal del corazón, pero ¿qué puede pasarme en un partido de críquet?, le dije a mi mujer. Y mientras estoy viéndolo, ¿qué pasa?

»De manera enteramente maliciosa, aparecen delante de mí dos personas como caídas de las nubes. Lo último de que me di cuenta antes de que mi corazón se detuviera por la impresión, fue que uno de ellos era Arthur Dent, que llevaba en la barba un hueso de conejo. ¿Coincidencia?

–Sí –contestó Arthur.

–¿Coincidencia? –gritó la criatura, agitando penosamente sus alas rotas y abriendo una pequeña brecha en su mejilla derecha con un colmillo especialmente peligroso. Al examinarlo de cerca, cosa que esperaba evitar, Arthur notó que buena parte del rostro de Agrajag estaba cubierto con fragmentos de pegajosas tiritas de color negro.

Retrocedió, nervioso. Se tiró de la barba. Quedó pasmado al descubrir que seguía llevando en ella el hueso de conejo. Se lo quitó y lo tiró.

–Mira –dijo–, solo es que el destino te juega malas pasadas. Y a mí también, a los dos. Es una absoluta coincidencia.

–¿Qué tienes contra mí, Dent? –gruñó la criatura avanzando penosamente hacia él como un pato.

–Nada –insistió Arthur–. Nada, de veras.

Agrajag le clavó sus ojos pequeños y brillantes.

–El matar repetidas veces a la misma criatura es un modo extraño de relacionarse si no se tiene nada contra ella. Diría que es un fenómeno muy raro de interacción social. ¡También diría que es mentira!

–Pero escucha –repuso Arthur–, lo lamento mucho. Ha habido un malentendido tremendo. Tengo que irme. ¿Tienes reloj? Tengo que colaborar en la salvación del Universo.

Siguió retrocediendo.

Agrajag avanzó más.

–Hubo un momento –siseó–, hubo un instante en que decidí abandonar. Sí. No volvería más. Me quedaría en el otro mundo. ¿Y qué pasó?

Arthur indicó con casuales movimientos de cabeza que no tenía idea y que no quería tenerla. Vio que había retrocedido hasta dar con la piedra negra y fría labrada por quién sabe qué esfuerzo hercúleo en una caricatura monstruosa de sus zapatillas caseras. Alzó la vista hacia la horrenda parodia de su imagen que se erguía ante él. Aún tenía dudas sobre qué significaba el movimiento de una de sus manos.

–Me devolvieron a la fuerza al mundo físico –prosiguió Agrajag– en forma de un manojo de petunias. En un florero, debería añadir. Esa vida breve y feliz empezó, conmigo dentro del florero, suspendida a cuatrocientos cincuenta mil kilómetros sobre la superficie de un planeta especialmente sombrío. Una posición nada sostenible para un florero de petunias, podría pensarse. Y se tendría razón. Aquella vida terminó muy poco tiempo después, a cuatrocientos cincuenta mil kilómetros más abajo. Sobre los restos recientes de una ballena, debería añadir. Mi hermano espiritual.

Con aborrecimiento renovado, lanzó una mirada furibunda a Arthur.

–Al caer –rezongó–, no dejé de observar una astronave blanca, de aspecto ostentoso. Y mirando por una ventanilla de aquella nave fulgurante vi a un Arthur Dent con aire complacido. ¿¡¡Coincidencia!!?

–¡Sí! –aulló Arthur.

Volvió a alzar la vista y comprendió que el brazo que le tenía confuso representaba una caprichosa invocación a la existencia de un florero de petunias condenadas. No era una idea que saltara fácilmente a la vista.

–Debo marcharme –insistió Arthur.

–Podrás irte –repuso Agrajag– después de que te haya matado.

–No, eso no serviría de nada –explicó Arthur al tiempo que empezaba a subir por la piedra inclinada de su zapatilla– porque tengo que salvar el Universo, ¿comprendes? He de encontrar el Arco Plateado, eso es lo importante. Tarea difícil si estás muerto.

–¡Salvar el Universo! –espetó desdeñosamente Agrajag–. ¡Deberías haberlo pensado antes de empezar tu venganza contra mí! ¿Qué me dices de cuando estabas en Stavrómula Beta y alguien...?

–Jamás he estado allí –dijo Arthur.

–... trató de asesinarte y tú te agachaste. ¿A quién crees que acertó la bala? ¿Qué has dicho?

–Que nunca he estado allí –repitió Arthur–. ¿De qué hablas? Tengo que marcharme.

Agrajag se detuvo en seco.

–Debes haber estado allí. Fuiste responsable de mi muerte, tanto allí como en cualquier otro sitio. ¡Un espectador inocente!

–Nunca he oído hablar de ese sitio –insistió Arthur–. Y desde luego, nadie ha intentado nunca asesinarme. Salvo tú. Tal vez vaya más adelante, ¿no crees?

Agrajag pestañeó despacio, en una especie de horror lógico y paralizado.

–¿No has estado en Stavrómula Beta... todavía? –musitó.

–No. No sé nada de ese sitio. Desde luego, nunca he estado en él, y no tengo intención de ir.

–Pues ya lo creo que irás –murmuró Agrajag con voz entrecortada–, claro que irás. ¡Rayos! ¡Te he traído aquí demasiado pronto!

Se tambaleó mirando frenéticamente alrededor, a su Catedral del Odio

–¡Te he traído aquí demasiado pronto, maldita sea! –exclamó, empezando a gritar y a chillar.

Se recobró de pronto y lanzó a Arthur una funesta mirada de odio.

–¡Voy a matarte de todos modos! –rugió–. ¡Aunque sea una imposibilidad lógica voy a intentarlo de una puñetera vez! ¡Voy a volar toda esta montaña! –gritó–. ¡Veamos cómo sales de esta, Dent!

Renqueó penosamente, como un pato, hasta llegar a lo que parecía un pequeño altar sacrificial de color negro. Gritaba de manera tan frenética, que realmente se estaba trinchando la cara. Arthur bajó de un salto de su ventajosa posición, del pie de su propia estatua, y echó a correr para tratar de contener a la enloquecida criatura.

Saltó sobre ella y derribó al extraño monstruo encima del altar.

Agrajag volvió a chillar, se revolvió con violencia durante breves instantes y lanzó a Arthur una mirada feroz.

–¿Sabes lo que acabas de hacer? –dijo entre gárgaras penosas–. Has venido y me has matado otra vez. Oye, ¿qué quieres de mí, sangre?

Volvió a agitarse con furia en un breve ataque de apoplejía, se estremeció y cayó, dando una fuerte manotada a un botón grande y rojo que había en el altar.

Arthur sufrió un sobresalto de horror y pavor, primero por lo que al parecer había hecho, y luego por el ruido de sirenas y campanas que de pronto cortaron el aire para anunciar alguna emergencia clamorosa. Lanzó una mirada frenética alrededor.

La única salida parecía ser el camino por donde había entrado. Se precipitó hacia él, tirando por el camino la fea bolsa de imitación de piel de leopardo.

Se apresuró al azar, caprichosamente, por el complejo laberinto, y parecía cada vez más encarnizadamente perseguido por bocinas de coche, sirenas y luces intermitentes.

De pronto, al volver una esquina vio luz delante de él.

No destellaba. Era la luz del día.

19

Aunque se ha dicho que dentro de nuestra Galaxia solo en la Tierra se considera a Krikkit (o críquet) como tema apropiado para un juego, y que por esa razón se ha rehuido la Tierra, eso solo se aplica a nuestra Galaxia y, más concretamente, a nuestra dimensión. En algunas dimensiones más altas piensan que pueden complacerse más o menos a sí mismos y, desde hace billones de años o desde cualquiera que sea la equivalencia tridimensional de ese tiempo, se juega una variante propia llamada Ultracríquet Brockiano.

«Con franqueza, se trata de un juego desagradable –dice la *Guía del autoestopista galáctico*–, pero cualquiera que haya estado en las dimensiones más altas sabrá que en ellas hay un montón de salvajes peligrosos a quienes se debería aplastar, y podría acabarse con ellos si alguien ideara un medio de disparar proyectiles en ángulo recto hacia la realidad.»

Este es otro ejemplo de que la *Guía del autoestopista galáctico* contrataría a todo aquel que quisiera salir a la calle para que le roben, sobre todo si ellos están paseando por la tarde, cuando anda por allí poco personal contratado.

En esto hay una cuestión fundamental.

La historia de la *Guía del autoestopista galáctico* está llena de idealismo, de lucha, de desesperanza, de pasión, de éxito, de fracaso y de pausas para almorzar enormemente largas.

Los primeros orígenes de la *Guía*, junto con la mayoría de los libros de contabilidad, se han perdido en la niebla del tiempo.

Para otras teorías, más curiosas, acerca de dónde se perdieron, véase más abajo.

Sin embargo, la mayoría de las historias que han llegado hasta nosotros hablan de un editor fundador llamado Hurling Frootmig.

Se ha dicho que Hurling Frootmig fundó la *Guía*, estableció sus principios fundamentales de honradez e idealismo y fue a la quiebra.

Siguieron muchos años de penuria y de examen de conciencia durante los cuales consultó a sus amigos, se sentó en habitaciones oscuras con un estado de ánimo ilegal, pensó en esto y en aquello, se dedicó a levantar pesas y luego, tras un encuentro fortuito con los Santos Monjes Yantadores de Voondoon (que sostenían que, así como el almuerzo era el centro de la jornada temporal del hombre y esta podía tomarse como una analogía de su vida espiritual, el Almuerzo podía

a) considerarse como el centro de la vida espiritual del hombre, y

b) celebrarse en restaurantes bonitos y alegres), volvió a fundar la *Guía*, estableció los principios fundamentales de honradez e idealismo y dónde podía uno meter ambas cosas, y llevó la *Guía* a su primer gran éxito comercial.

También empezó a crear y explorar el papel editorial de la pausa para almorzar, que a continuación desempeñaría una función vital en la historia de la *Guía*, pues significaba que el trabajo lo hacía realmente cualquier transeúnte que le diera por entrar una tarde en los despachos vacíos y viese algo que mereciera la pena hacer.

Poco después de esto, la *Guía* fue adquirida por Publicaciones Megadodo de Osa Menor Beta, poniendo así todo el asunto sobre una base financiera muy saludable y permitiendo que el cuarto editor, Lig Lury, hijo, acometiera unas pausas para almorzar de alcance tan asombroso, que hasta los esfuerzos de editores recientes, que han empezado a patrocinar pausas para almorzar con fines caritativos, parecen en comparación simples emparedados.

De hecho, Lig nunca renunció formalmente a su condición de editor; una mañana se limitó a salir tarde de su despacho y no ha vuelto. Aunque ya ha transcurrido más de un siglo, muchos miembros del personal de la *Guía* siguen conservando la idea romántica de que solo ha salido a tomar un *cruasán* de jamón, y que volverá a cumplir una tarde de trabajo continuado.

En sentido estricto, desde Lig Lury, hijo, a todos los editores se les ha designado como interinos, y el despacho de Lig aún se conserva del modo que él lo dejó, con la adición de un pequeño letrero que dice: «Lig Lury, hijo, Editor, Desaparecido, probablemente para comer.»

Algunos elementos difamatorios y subversivos apuntan a la idea de que Lig realmente pereció en los primeros experimentos extraordinarios para llevar una contabilidad alternativa. Muy poco se sabe de esto, y aún se dice menos. Todo aquel que llegue a observar, y mucho menos a indicar el hecho curioso pero enteramente fortuito de que en cada mundo en el cual la *Guía* ha establecido un departamento de contabilidad ha perecido poco después en la guerra o en alguna catástrofe natural, se expone a que le demanden judicialmente hasta quedar hecho trizas.

Un hecho interesante, aunque enteramente aparte, es que dos o tres días antes de la demolición del planeta Tierra para dar paso a una vía de circunvalación hiperespacial, se produjo un crecimiento dramático en el número de ovnis avistados, no solo sobre el campo de críquet de Lord's, en St. John Wood, Londres, sino también en el cielo de Glastonbury, en Somerset.

Desde hace mucho se relaciona a Glastonbury con mitos de antiguos reyes, brujería, actividades profanas y curación de verrugas; ahora se ha elegido como sede de la nueva oficina de contabilidad de la *Guía,* trasladándose la teneduría de diez años a una colina mágica justo en las afueras de la ciudad pocas horas antes de que aparecieran los vogones.

Por extraños e inexplicables que sean, ninguno de estos hechos es tan raro o incomprensible como las reglas del juego del Ultracríquet Brockiano, tal como se practica en las dimensiones más altas. Todo el conjunto de reglas es tan complejo y enorme, que la única vez que se encuadernaron en un solo volumen sufrieron un colapso gravitatorio y se convirtieron en un Agujero Negro.

Sin embargo, damos a continuación un breve resumen:

REGLA PRIMERA: Déjese crecer por lo menos tres piernas más. No las necesitará, pero entretendrán a la multitud.

REGLA SEGUNDA: Encuentre un buen jugador de Ultracríquet Brockiano. Reprodúzcalo clónicamente varias veces. Eso ahorra mucho tedio a la hora de la selección y del entrenamiento.

REGLA TERCERA: Ponga a su equipo y al grupo contrario en un campo grande y construya un muro alto en torno a ellos.

La razón de ello es que, si bien el juego es un gran deporte de masas, la frustración experimentada por el público al no poder ver lo que pasa les lleva a imaginar que se trata de algo mucho más emocionante de lo que en realidad es. Una multitud que acabe de presenciar un partido más bien aburrido experimenta mucha menos afirmación vital que una muchedumbre que cree que acaba de perderse el acontecimiento más dramático de la historia del deporte.

REGLA CUARTA: Arroje diversos artículos deportivos a los jugadores por encima del muro. Vale cualquier cosa: palos de críquet, bates de cubo base, pistolas de tenis, esquíes, todo lo que se pueda tirar con buen impulso.

REGLA QUINTA: Los jugadores procederán entonces a equiparse tan bien como sepan con lo que encuentren a su disposición. Siempre que un jugador «marque» a otro, debe echar a correr inmediatamente y disculparse a distancia prudencial.

Las disculpas deben ser concisas, sinceras y, para mayor claridad y tantos, emitidas mediante un megáfono.

REGLA SEXTA: El equipo triunfador será el primero que gane.

Es curioso que, cuanta más obsesión por el juego hay en las dimensiones más altas, menos se practica, pues la mayoría de los equipos rivales se hallan ahora en permanente estado de guerra mutua por razones de interpretación de dichas reglas. Y todo esto es para bien, pues a la larga una buena guerra es psicológicamente menos dañina que un larguísimo partido de Ultracríquet Brockiano.

20

Mientras Arthur corría como una flecha, bajando jadeante por la falda de la montaña, sintió que a sus espaldas se movía muy despacio toda la masa del promontorio. Hubo un trueno, un rugido, un movimiento confuso y un golpe de calor a lo lejos, por detrás y por encima de él. Siguió corriendo, enloquecido de miedo. La tierra empezó a desprenderse, y súbitamente comprendió la fuerza de la expresión «desprendimiento de tierras» de un modo que nunca se le había manifestado hasta entonces. Para él siempre había sido una frase, pero de pronto era horriblemente consciente de que, referido a la tierra, «desprenderse» es algo extraño y desagradable. Y eso hacía mientras él caminaba sobre ella. Se sintió enfermo de miedo y de temblores. El terreno se abrió, la montaña trastabilló. Arthur resbaló, cayó, se levantó, volvió a resbalar y echó a correr. Empezó la avalancha.

Piedras, pedruscos y peñas pasaban a su lado haciendo cabriolas como perritos torpes, solo que muchísimo más grandes, duros y pesados, y casi infinitamente más capaces de matar si caían encima de uno. Los ojos de Arthur brincaban con ellos y sus pies bailaban al ritmo del suelo. Corría como si la carrera fuese una enfermedad terrible que le hiciera sudar, y su corazón latía con violencia al ritmo del sordo frenesí geológico que le rodeaba.

La lógica de la situación, es decir, que estaba claramente destinado a sobrevivir si ocurría el próximo incidente anunciado en la historia de su involuntaria persecución de Agrajag, no lograba imponerse en absoluto en su imaginación ni ejercer sobre él freno alguno que le contuviese. Siguió corriendo. El miedo a la muerte estaba en su interior, bajo él y sobre él, al tiempo que se aferraba a sus cabellos.

Y de pronto tropezó de nuevo y se vio precipitado hacia delante a causa de su considerable impulso. Pero justo en el momento en que estaba a punto de dar contra el suelo, asombrosamente duro, vio frente a él una bolsa de viaje azul que, con toda seguridad, había perdido en el departamento de entrega de equipajes del aeropuerto de Atenas unos diez años antes, según su cómputo personal del tiempo, y para su sorpresa esquivó el suelo por completo y flotó en el aire mientras su cerebro se echaba a cantar.

Lo que hacía era lo siguiente: estaba volando. Miró alrededor, sorprendido, pero no cabía duda de su actividad. No tocaba el suelo con ninguna parte del cuerpo, y ni siquiera estaba cerca de él. Sencillamente, se encontraba flotando mientras los pedruscos, con gran estruendo, surcaban el aire en torno a él.

Ahora podía hacer algo al respecto. Se remontó en el aire, sorprendido por la facilidad del movimiento, y entonces las piedras pasaron por debajo de él.

Miró hacia abajo con enorme curiosidad. Entre su cuerpo y el suelo estremecido había unos diez metros de aire puro; es decir, era puro si se descontaban los pedruscos que no permanecían mucho tiempo en él, sino que descendían por la férrea ley de la gravedad, la misma que, súbitamente, al parecer había dado unas vacaciones a Arthur.

Con la precisión instintiva que inocula en la mente el instinto de conservación, se le ocurrió casi enseguida que no debía tratar de pensar en ello, pues si lo hacía, la ley de la gravedad miraría bruscamente en su dirección y le preguntaría qué demonios creía que estaba haciendo allá arriba, y todo se acabaría súbitamente.

De modo que se puso a pensar en los tulipanes. Era difícil, pero lo consiguió. Imaginó las firmes y agradables curvas de la base de los tulipanes, meditó sobre la interesante variedad de colores en que se producían y se preguntó qué porcentaje del número total de tulipanes que crecían, o habían crecido, en la Tierra se encontrarían en un radio de kilómetro y medio en torno a un molino de viento. Al cabo del rato se sintió peligrosamente aburrido de aquel razonamiento, notó que el aire se escapaba de debajo de su cuerpo, que descendía hacia la trayectoria de los peñascos saltarines, intentó con todas sus fuerzas no pensar en ello y en cambio recordó un poco el aeropuerto de Atenas, lo que le mantuvo provechosamente enfadado durante cinco minutos, al cabo de los cuales se sorprendió al descubrir que se hallaba flotando a unos doscientos metros del suelo.

Por un instante se preguntó cómo se las arreglaría para bajar otra vez, pero enseguida se apartó de aquel campo especulativo y trató de encarar la situación con firmeza.

Estaba volando. ¿Qué iba a hacer al respecto? Volvió a mirar el suelo. No lo hizo con mucha intensidad, pero en lo posible trató de lanzar una ojeada casual, de pasada, por decirlo así. No pudo dejar de ver un par de cosas. Una era que la erupción de la montaña se había extinguido; había un cráter a poca distancia de la cima, posiblemente donde la roca se había excavado por encima de la enorme catedral cavernosa, de su estatua y de la persona lamentablemente maltratada de Agrajag.

La otra era su bolsa de viaje, la que perdió en el aeropuerto de Atenas. Estaba graciosamente situada en un claro del terreno, rodeada de pedruscos agotados, aunque al parecer no la había alcanzado ninguno. No podía pensar en las razones de ello, pero como aquel misterio quedaba oscurecido en primer lugar por la monstruosa imposibilidad de que la bolsa se encontrara allí, no se trataba de un razonamiento para el cual tuviera fuerzas suficientes. El caso es que estaba allí. Y la fea bolsa de imitación de piel de leopardo parecía haber desaparecido, lo que estaba muy bien, aunque no entrara del todo dentro de lo explicable.

Se enfrentó con el hecho de ir a recogerla. Y allí estaba él, volando a doscientos metros sobre la superficie de un planeta extraño cuyo nombre ni siquiera podía recordar. Pero no podía ignorar la postura melancólica de aquella parte diminuta de lo que había sido allí su vida, a tantos años luz de los restos pulverizados de su casa.

Además se dio cuenta de que, si aún se encontraba en las condiciones en que la perdió, la bolsa contendría una lata en cuyo interior permanecería el único aceite de oliva griego que quedaría en el Universo.

Empezó a descender poco a poco, con cuidado, centímetro a centímetro, balanceándose suavemente de un lado para otro como una nerviosa hoja de papel que fuese tanteando el camino hacia el suelo.

Todo iba estupendamente, se sentía bien. El aire le sujetaba, pero le abría paso. Dos minutos después flotaba a solo medio metro de la bolsa, y encaró algunas decisiones difíciles. Fluctuó levemente. Frunció el ceño, pero también con toda la levedad posible.

Si recogía la bolsa, ¿podría llevarla? ¿Acaso no le llevaría el nuevo peso directamente al suelo?

¿Es que el simple hecho de tocar algo que estuviera en el suelo no haría desaparecer de repente la misteriosa energía que le mantenía en el aire?

¿Acaso no sería mejor actuar de manera sensata en aquel momento, abandonar el aire y volver al suelo por unos instantes?

Y si lo hacía, ¿sería capaz de volver a volar?

Cuando consintió que aquella idea penetrara en su conciencia, experimentó un éxtasis tan sosegado, que no pudo soportar la idea de perderlo, tal vez para siempre. Esa preocupación le hizo ascender un poco, solo para notar la sensación, el suave y sorprendente movimiento. Se balanceó y flotó. Intentó un descenso rápido.

El picado fue tremendo. Con los brazos extendidos hacia delante, el pelo y la bata ondeando tras él, cayó del cielo, se combó entre una masa de aire a medio metro del suelo y volvió a remontarse, deteniéndose al término del arco y sujetándose. Solamente manteniéndose. Allí se quedó.

Era maravilloso.

Comprendió que aquel era el modo de recoger la bolsa. Descendería en picado y la cogería en el momento justo de enderezar el vuelo. La llevaría consigo. Tal vez vacilase un poco, pero estaba seguro de que podría mantenerse.

Ensayó unos picados más para hacer práctica y le salieron cada vez mejor. El aire en el rostro, junto con el vigor y la disposición de su cuerpo, le hacían sentir una intoxicación espiritual que no había sentido desde..., bueno, por lo que podía recordar, desde que había nacido. Vagó a merced de la brisa y sobrevoló la campiña que, según descubrió, era bastante desagradable. Tenía un aspecto yermo y desolado. Decidió no mirarla más. Se limitaría a recoger la bolsa y luego..., no sabía qué hacer después. Resolvió coger la bolsa y ver luego lo que pasaba.

Probó a ponerse contra el viento, tomó impulso y viró. Flotó. No se dio cuenta, pero entonces su cuerpo era como un sauce.

Se acurrucó bajo la corriente de aire, se inclinó y se precipitó en picado.

El aire se apartaba a su paso haciéndole vibrar de emoción. El suelo fluctuó de modo incierto, ordenó sus ideas y se alzó suavemente para recibirle, brindándole la bolsa con las rajadas asas de plástico vueltas hacia él.

A mitad de camino hubo un momento de peligro inminente: dejó de creer en lo que estaba haciendo y por eso estuvo a punto de caer, pero se recobró a tiempo, pasó rozando el suelo, metió el brazo con suavidad entre las asas de la bolsa y empezó a remontarse de nuevo. No lo logró. Y de pronto se encontró en el suelo pedregoso, estremecido, arañado y lleno de moraduras.

Enseguida se puso en pie, tambaleándose irremediablemente, balanceando la bolsa en un paroxismo de pesar y decepción.

Súbitamente, sus pies quedaron sólidamente aferrados al suelo, como siempre lo habían estado. Su cuerpo parecía un abultado saco de patatas que se deslizaba tambaleante hacia el suelo, y su mente tenía toda la liviandad de una bolsa de plomo.

El vértigo le debilitaba y le hacía tambalearse. Intentó correr, sin éxito: notó que sus piernas estaban de pronto muy débiles. Tropezó y cayó hacia delante. Entonces recordó que en la bolsa que ahora llevaba no solo había una lata de aceite de oliva griego, sino también una ración de retsina libre de impuestos, y la agradable sorpresa que le causó el comprobarlo le impidió durante al menos diez segundos darse cuenta de que estaba volando otra vez.

Chilló y gritó de alivio y de placer, de puro deleite físico. Bajó en picado, viró, se deslizó e hizo remolinos en el aire. Se sentó descaradamente en una corriente ascendente e inspeccionó el contenido de la bolsa de viaje. Se sintió de la misma manera en que imaginaba que debía sentirse un ángel mientras ejecutaba su famosa danza sobre la cabeza de un alfiler al tiempo que los filósofos hacían el recuento de sus congéneres. Rió de placer al descubrir que la bolsa contenía efectivamente la lata de aceite y la retsina, al igual que unas gafas de sol rotas, un bañador lleno de arena, unas tarjetas postales arrugadas de Santorini, una toalla grande e impresentable, algunas chinas interesantes y varios trozos de papel con direcciones de gente a la que no volvería a ver, pensó con alivio, aunque el motivo fuese lamentable. Tiró las piedras, se puso las gafas de sol y dejó que el viento se llevara los pedazos de papel.

Diez minutos después, cuando vagaba sin rumbo por una nube, se plantó en su espalda una gran fiesta sumamente vergonzosa.

21

La fiesta más prolongada y destructiva que se haya celebrado jamás va ahora por la cuarta generación y, sin embargo, nadie da muestra alguna de querer marcharse. Alguien miró una vez el reloj, pero eso fue hace ya once años y no se ha vuelto a repetir.

El jaleo es extraordinario; hay que verlo para creerlo, pero si no se tiene especial necesidad de creerlo, entonces no vaya a verlo porque no le gustará.

Hace poco ha habido ciertas explosiones y resplandores en las nubes, y existe la teoría de que se trata de una batalla entablada entre las flotas de varias compañías rivales de limpieza de alfombras que se ciernen como buitres sobre la fiesta, pero no hay que creer nada de lo que se diga en las fiestas, especialmente de lo que se comente en esta.

Uno de los problemas, que evidentemente irá de mal en peor, es que todos los participantes en la fiesta son hijos, nietos o bisnietos de la gente que no quiso marcharse, y debido a todo el asunto de crianza selectiva, genes regresivos, etcétera, ello significa que todos los asistentes actuales son absolutos fanáticos de las fiestas o idiotas de remate o, cada vez con mayor frecuencia, ambas cosas.

En cualquier caso, se deduce que, genéticamente hablando, las generaciones sucesivas tienen menos posibilidades de marcharse que las anteriores.

De manera que intervienen otros factores, como cuándo va a acabarse la bebida.

Ahora bien, a causa de ciertas cosas ocurridas que en su momento parecieron buena idea (y uno de los problemas de un jolgorio que no acaba nunca es que todo lo que únicamente parece buena idea en las fiestas sigue teniendo el aspecto de ser buena idea), ese tema aún parece bastante remoto.

Una de las cosas que pareció buena idea en su momento fue que la fiesta se echase a volar; no en el sentido corriente en que se suele volar en una fiesta, sino en el literal.

Una noche, hace mucho tiempo, un grupo de astroingenieros borrachos de la primera generación se encaramaron en el edificio para clavar esto, arreglar lo otro, golpear muy duramente lo de más allá, y cuando a la mañana siguiente amaneció, el sol se sorprendió al ver que brillaba sobre un edificio lleno de borrachos felices que ahora flotaba sobre las copas de los árboles como un pajarillo inseguro.

Y eso no era todo, porque la fiesta volante también se las había arreglado para pertrecharse con buena cantidad de armas. Si se veían envueltos en mezquinas discusiones con bodegueros, querían estar seguros de que tenían la fuerza de su lado.

La transición de fiesta permanente a fiesta con incursiones por horas se produjo con facilidad. Eso contribuyó mucho a dar la dosis adicional de ímpetu y entusiasmo que tanta falta hacía en aquel momento debido a la enorme cantidad de veces que la orquesta había tocado a lo largo de los años todo el repertorio que conocía.

Hacían incursiones de rapiña y secuestraban ciudades enteras para rescatarlas a cambio de víveres frescos, aguacates, costillas de cerdo, vino y licores, que se cargaban a bordo sacándolos mediante una bomba de depósitos flotantes.

Sin embargo, algún día habría de encararse el problema de cuándo se acabaría la bebida.

El planeta sobre el que entonces flotaban ya no era el mismo que cuando lo sobrevolaron por primera vez.

Está deteriorado.

La fiesta lo había atacado llevándose un botín inmenso, y nadie había logrado contraatacar debido a la manera caprichosa e imprevisible en que se bamboleaba por el cielo.

Es una fiesta tremenda.

También es tremendo que le caiga a uno en la espalda.

22

Arthur yacía dolorido en un trozo de hormigón agrietado; jirones de nube le pasaban rozando y se sentía confuso por el apacible rumor de juerga que oía vagamente a sus espaldas.

Había un ruido que no pudo identificar enseguida, en parte porque no conocía la canción «Me dejé la pierna en Jaglan Beta» y en parte debido a que la orquesta estaba muy cansada y algunos de sus componentes la tocaban en un ritmo de tres por cuatro y otros en una especie de πr^2 completamente borracho, cada cual según la cantidad de sueño de que hubiera disfrutado últimamente.

Respiraba agitadamente en el aire húmedo. Tanteó partes de su cuerpo para ver dónde estaría herido. Donde tocaba, hallaba un dolor. Al cabo del rato pensó que era porque le dolía la mano. Al parecer se había torcido la muñeca. La espalda también le dolía, pero pronto comprobó que no le pasaba nada malo, que solo estaba magullado y un tanto conmocionado, ¿y quién no lo estaría? No podía entender qué hacía un edificio volando entre las nubes.

Por otro lado, se habría visto en un apuro para explicar su presencia de manera convincente, por lo que decidió que el edificio y él no tendrían más remedio que aceptarse mutuamente. Alzó la vista. Tras él se alzaba un muro de baldosas de piedra, blancas pero manchadas: el edificio propiamente dicho. Arthur parecía estar tumbado en una especie de reborde o saliente que se proyectaba a unos ciento treinta centímetros alrededor. Era un pedazo del suelo en donde el edificio de la fiesta había tenido los cimientos y que había llevado consigo para mantenerse aferrado a su base.

De pronto se puso en pie, nervioso; miró por el saliente y el vértigo le dio náuseas. Se apretó la espalda contra la pared empapado de niebla y sudor. Su cabeza nadaba a estilo libre, pero en su estómago alguien practicaba el mariposa.

Aunque había llegado allá arriba por sus propios medios, ahora ni siquiera era capaz de mirar la espantosa caída que tenía delante. No se disponía a probar suerte y saltar. No estaba preparado para acercarse ni un milímetro al borde.

Asió la bolsa con fuerza y avanzó pegado a la pared, esperando encontrar una puerta de entrada. El sólido peso de la lata de aceite de oliva le dio mucha confianza.

Iba en dirección a la esquina más próxima, con esperanza de que la pared del otro lado ofreciera más posibilidades respecto a entradas que esta, que no brindaba ninguna.

El equilibrio inestable del edificio le ponía enfermo de miedo, y al cabo de poco sacó la toalla de la bolsa e hizo algo que una vez más justificó su lugar predominante en la lista de cosas útiles que llevar cuando se haga autoestop por la Galaxia. Se la puso por la cabeza para no ver lo que estaba haciendo.

Sus pies tanteaban el suelo. Su mano extendida bordeaba la pared.

Al fin llegó a la esquina y, cuando su mano la traspasó, encontró algo que le dio un susto tal, que casi se cae sin más. Era otra mano.

Las dos manos se agarraron mutuamente.

Sintió la desesperada necesidad de utilizar la otra mano para quitarse la toalla de los ojos, pero con ella llevaba la bolsa de viaje con la lata de aceite de oliva, la retsina y las tarjetas postales de Santorini, y no tenía intención de soltarla.

Pasó por uno de esos momentos «yoístas» en que uno se da la vuelta de repente, se mira a sí mismo y piensa: «¿Quién soy yo? ¿Para qué sirvo? ¿Qué he logrado? ¿Estoy progresando?» Lloriqueó muy bajito.

Trató de liberar la mano, pero no pudo. La otra la asía con fuerza. No tuvo más remedio que acercarse más a la esquina. Se inclinó al doblarla y meneó la cabeza con intención de desprenderse de la toalla. Eso provocó un grito agudo de insondable emoción en el dueño de la otra mano.

La toalla salió despedida de su cabeza y se encontró mirando cara a cara a Ford Prefect. Detrás estaba Slartibartfast, y al fondo vio con toda claridad un porche y una enorme puerta cerrada.

Ford y Arthur se hallaban pegados a la pared, con los ojos desorbitados de terror al tratar de mirar entre la densa nube negra que les rodeaba y de resistir el inestable balanceo del edificio.

–¿Dónde fotones has estado? –siseó Ford, lleno de pánico.

–Pues, bueno –tartamudeó Arthur, sin saber cómo resumirlo todo de manera muy breve–. Por ahí. ¿Qué estáis haciendo aquí?

Ford volvió a mirar a Arthur con ojos desorbitados.

–No nos dejan entrar si no llevamos una botella –murmuró.

Lo primero que Arthur observó cuando pasaron al meollo de la fiesta, aparte del ruido, del calor sofocante, de la abigarrada profusión de colores que se destacaban vagamente entre la atmósfera de humo cabezón, de las alfombras, llenas de cristales espachurrados, de ceniza y de restos de aguacate, y del grupillo de criaturas semejantes a pterodáctilos de lúrex que caían sobre su apreciada botella de retsina graznando: «Un placer nuevo, un placer nuevo», fue que Trillian estaba charlando con un tal Dios del Trueno.

–¿No te he visto en Milliways? –decía el Dios.

–¿No llevabas tú un martillo?

–Sí. Esto me gusta mucho más. Cuanto menos respetable, más ambiente.

Alaridos de algún placer repugnante resonaban por la estancia, cuyas dimensiones exteriores resultaban invisibles entre la jadeante multitud de criaturas ruidosas que gritaban alegremente cosas que nadie podía oír y que de cuando en cuando sufrían momentos de crisis.

–Parece divertido –comentó Trillian–. ¿Qué decías, Arthur?

–Decía que cómo demonios has llegado aquí.

–Me convertí en una línea de puntos que flotaba a la ventura por el Universo. ¿Conoces a Tor? Hace el trueno.

–Hola –dijo Arthur–. Supongo que eso debe ser muy interesante.

–Hola –contestó Tor–. Lo es. ¿Estás bebiendo?

–Pues, no, en realidad...

–Entonces, ¿por qué no vas a buscar una copa?

–Hasta luego, Arthur –dijo Trillian.

Algo se movió a ritmo lento por la cabeza de Arthur. Miró en torno con aire acosado.

–Zaphod no está aquí, ¿verdad? –preguntó.

–Hasta luego –repuso Trillian en tono firme.

Tor le fulminó con sus ojos negros como el carbón, su barba se erizó y la poca luz que había en la habitación tomó fuerzas brevemente para relucir de forma amenazadora en los cuernos de su casco.

Tomó a Trillian del codo con una mano sumamente grande y los músculos de su brazo se movieron unos en torno a otros como un par de Volkswagen en el momento de aparcar.

Se fue con ella.

–Una de las cosas interesantes de ser inmortal –iba diciendo– es...

–Una de las cosas interesantes del espacio –oyó Arthur que decía Slartibartfast a una criatura grande y voluminosa con aspecto de haber perdido una pelea con una tela de terciopelo rosa y que miraba embelesado los ojos profundos y la barba plateada del anciano– es que resulta muy aburrido.

–¿Aburrido? –repitió la criatura guiñando unos ojos inyectados en sangre y bastante arrugados.

–Sí –confirmó Slartibartfast–, asombrosamente aburrido. Pasmosamente. Mira, es muy grande y hay muy poco en él. ¿Te gustaría que te citara unas estadísticas?

–Pues bueno...

–Por favor, a mí sí me gustaría. También son sensacionalmente aburridas.

–Volveré a escucharlas dentro de un momento –dijo ella.

Le dio una palmadita en el brazo, se alzó las faldas como un hidrofóil y se alejó entre la jadeante multitud.

–Pensé que no se marcharía nunca –gruñó el anciano–. Vamos, terrícola.

–Arthur.

–Tenemos que encontrar el Arco de Plata; está aquí, en alguna parte.

–¿No podemos descansar un poco? –protestó Arthur–. He tenido un día muy agitado. A propósito, Trillian está aquí; no me ha dicho cómo ha venido, probablemente no importa.

–Piensa en el peligro que corre el Universo...

–El Universo es lo bastante mayor y está lo suficientemente crecido como para cuidar de sí mismo durante media hora. De acuerdo –añadió Arthur en respuesta a la inquietud creciente de Slartibartfast–, daré una vuelta a ver si alguien lo ha visto.

–Bien, bien –aprobó Slartibartfast–, bien.

Se metió entre la multitud y todos los que se encontraba le decían que se relajara.

–¿Has visto un arco por algún sitio? –preguntó Arthur a un hombrecillo que parecía estar esperando ansiosamente escuchar a alguien–. Es de plata, es de importancia vital para la seguridad futura del Universo y así de largo.

–No –contestó el enjuto personaje–, pero toma una copa y cuéntamelo.

Ford Prefect pasó haciendo contorsiones. Bailaba una danza fogosa, frenética, no enteramente desprovista de obscenidad, con una que parecía llevar el palacio de la ópera de Sidney en la cabeza.

–¡Me gusta el sombrero! –gritó Ford a voz en cuello.

–¿Qué?

–He dicho que me gusta el sombrero.

–No llevo sombrero.

–Pues, entonces, me gusta la cabeza.

–¿Cómo?

–He dicho que me gusta la cabeza. Tiene una estructura ósea interesante.

Ford se las arregló para encogerse de hombros sin salirse de los complicados movimientos que ejecutaba.

–He dicho que bailas estupendamente –gritó–, solo que no muevas tanto la cabeza.

–¿Qué?

–Es que cada vez que mueves la cabeza... ¡Ay! –exclamó cuando su pareja inclinó la cabeza para decir «¿Qué?» y una vez más le picoteó en la frente con el extremo afilado de su cráneo prominente.

–Mi planeta fue demolido una mañana –dijo Arthur, que de un modo enteramente inesperado se encontró contando al hombrecillo la historia de su vida o, al menos, retocando sus rasgos sobresalientes–; por eso voy vestido así, en bata. Mi planeta saltó por los aires con toda mi ropa, ¿entiendes? No reparé en que podría venir a una fiesta.

El hombrecillo asintió con entusiasmo.

–Después me echaron de una nave espacial. Con la bata. En vez de con un traje espacial, que es lo que normalmente cabría esperar. Poco después me enteré de que mi planeta lo construyó originalmente un grupo de ratones. Puedes figurarte lo que sentí. Luego me dispararon durante un rato y me reprendieron. En realidad, me han regañado con una frecuencia absurda; me han disparado, insultado, privado de té, desintegrado con regularidad, y hace poco aterricé en un pantano y tuve que pasar cinco años en una cueva húmeda.

–¡Ah! –exclamó embelesado el hombrecillo–. ¿Y te has divertido mucho?

Arthur se atragantó violentamente con la copa.

–¡Qué tos tan maravillosamente emocionante! –dijo el hombrecillo, muy sorprendido–. ¿Te importa que te acompañe?

Y acto seguido le acometió el más extraordinario y espectacular acceso de tos, y Arthur, pillado por sorpresa, se atragantó violentamente, se dio cuenta de que ya había empezado a hacer eso y se sintió muy confundido.

Ambos ejecutaron un dúo como para romperse los pulmones que duró dos minutos enteros hasta que Arthur logró toser y detenerse con un chisporroteo.

–Muy tonificante –manifestó el hombrecillo, jadeando y limpiándose las lágrimas de los ojos–. Qué vida tan emocionante debes de llevar. Muchísimas gracias.

Estrechó calurosamente la mano a Arthur y se dirigió hacia la multitud. Arthur meneó la cabeza, lleno de estupor.

Se le acercó un hombre con aire juvenil, un tipo de aspecto agresivo con labios en forma de gancho, nariz de farol y mejillas diminutas, como perlas. Vestía pantalones negros, camisa de seda negra abierta hasta lo que probablemente era su ombligo, aunque Arthur había aprendido a no hacer suposiciones respecto a la anatomía de la clase de gente con la que solía encontrarse por entonces, y del cuello le colgaba toda clase de objetos de oro, feos y tintineantes. Llevaba algo en una bolsa negra, y sin duda quería que la gente notara que él no tenía deseo alguno de que repararan en ella.

–Oye, hmmm..., ¿acabo de oírte decir tu nombre? –preguntó.

Esa era una de las muchas cosas que Arthur había contado al hombrecillo.

–Sí, Arthur Dent.

El recién llegado pareció bailar suavemente a un ritmo distinto de los varios que la orquesta se esforzaba desagradablemente por imponer.

–Sí –repuso el desconocido–, solo que en una montaña había un hombre que quería verte.

–Lo he visto.

–Sí, solo que parecía muy deseoso de verte, ¿sabes?

–Sí, lo he visto.

–Sí, bueno, creí que deberías saberlo.

–Lo sé. Lo he visto.

El desconocido hizo una pausa para mascar chicle. Luego dio una palmada a Arthur en la espalda.

–De acuerdo –dijo–, muy bien. Yo me limito a decírtelo, ¿vale? Buenas noches, buena suerte, que ganes premios.

–¿Cómo? –dijo Arthur, que para entonces comenzaba a perder seriamente el hilo.

–Lo que sea. Hagas lo que hagas, hazlo bien.

Hizo una especie de chasquido con lo que estuviera mascando y luego un gesto vagamente dinámico.

–¿Por qué? –preguntó Arthur.

–Hazlo mal –repuso el hombre–, ¿qué más da? ¿A quién le importa un rábano?

De pronto pareció que la sangre le afluía al rostro y empezó a gritar, colérico.

–¿Por qué no volverse loco? –añadió–. Márchate, déjame en paz, ¿eh, tío? ¡¡¡Lárgate!!!

–Muy bien, me voy –se apresuró a decir Arthur.

–Ha sido real –concluyó el desconocido, haciendo un gesto brusco y desapareciendo entre el gentío.

–¿A qué venía eso? –preguntó Arthur a una chica que encontró a su lado–. ¿Por qué me ha dicho que gane premios?

–Cosas del mundo del espectáculo –contestó la muchacha encogiéndose de hombros–. Acaba de ganar un premio en la ceremonia anual de premios del Instituto de Ilusiones Recreativas de Osa Menor Alfa, y esperaba traspasarlo sin dificultad, pero como tú no lo has mencionado, no ha podido.

–Pues siento no haberlo hecho –comentó Arthur–. ¿Por qué se lo han dado?

–Por *El uso más gratuito de la palabra «Joder» en un guión cinematográfico serio.* Es muy prestigioso.

–Ya veo –dijo Arthur–, ¿y qué es lo que dan?

–Un Rory. No es más que un pequeño objeto de plata engastado en una base negra. ¿Qué has dicho?

–No he dicho nada. Iba a preguntarte si la plata...

–Ah, creía que habías dicho «va».

–¿Qué?

–«Va.»

Ya hacía unos años que pasaba gente a ver la fiesta, gorrones elegantes de otros mundos que al mirar bajo ellos a su propio planeta, con las ciudades destruidas, los cultivos de aguacate asolados, los viñedos marchitos, las grandes extensiones de nuevo terreno desértico, los mares llenos de migas de galletas y de algo peor, se les ocurrió durante un tiempo que a una escala reducida y casi imperceptible su mundo no era tan divertido como lo había sido. Unos empezaron a preguntarse si lograrían permanecer sobrios el tiempo suficiente para trasladar la fiesta por el espacio y dirigirse a otros mundos donde el aire fuese más fresco y les diese menos dolores de cabeza.

Los pocos campesinos que aún conseguían vivir precariamente de la tierra semiárida del planeta se habrían alegrado mucho de oír eso, pero aquel día, cuando la fiesta surgió gritando de entre las nubes y los campesinos alzaron la vista consumidos por el miedo de otra incursión en busca de un botín de queso y vino, se hizo evidente que la fiesta no iba a trasladarse durante algún tiempo a ningún otro sitio y que terminaría pronto. Enseguida vendría la hora de recoger sombreros y abrigos y salir al exterior; los asistentes, vacilantes y agotados, tendrían que averiguar la hora, la época del año y si en alguna parte de aquella tierra quemada y asolada había taxis que llevaran a alguna parte.

La fiesta estaba enzarzada en un abrazo horrible con una extraña nave de color blanco que parecía medio metida en ella. Iban unidas por el cielo, jadeando, dando tumbos y vueltas, haciendo caso omiso de su grotesco peso.

Las nubes se abrieron. Rugió el aire, apartándose de un salto de su paso.

En sus contorsiones, la fiesta y la nave de Krikkit se parecía un poco a dos patos; era como si uno de ellos tratara de hacer un tercer pato dentro del segundo mientras que este intentase explicar con todas sus fuerzas que en aquel momento no se sentía preparado para un tercer pato, inseguro en cualquier caso de si quería que ese primer pato en concreto hiciera un tercer pato, y desde luego no mientras él mismo, el segundo pato, estaba muy ocupado volando.

El cielo cantó y gritó con la rabia que le producía todo aquello y abofeteó el suelo con ondas de choque.

Y súbitamente, con un zumbido, la nave de Krikkit desapareció.

La fiesta vagó torpemente por el cielo como alguien que se apoyara contra una puerta inesperadamente abierta. Giró y tembló sobre sus motores a reacción. Trató de enderezarse y, en cambio, se torció. Volvió a tambalearse hacia atrás por el firmamento.

Tales vacilaciones prosiguieron durante algún tiempo, pero era evidente que no podían continuar mucho más. La fiesta ya estaba mortalmente herida. Había desaparecido toda la alegría, y eso no podía disimularse con cabriolas ocasionales y sin gracia.

En esa situación, cuanto más tiempo evitara el suelo, más fuerte sería el impacto cuando entrara en contacto con él.

En el interior las cosas tampoco iban muy bien. En realidad marchaban monstruosamente mal, y eso no le gustaba a la gente, que lo decía a gritos.

Habían hecho desaparecer el premio por *El uso más gratuito de la palabra «Joder» en un guión cinematográfico serio*, y en su lugar habían dejado una escena de devastación que a Arthur le hizo sentirse casi tan mal como un aspirante al Rory.

–Nos encantaría quedarnos y ser útiles –gritó Ford, abriéndose paso con dificultad entre los escombros irreconocibles–, pero no vamos a hacerlo.

La fiesta sufrió una nueva sacudida, provocando gruñidos y gritos enfebrecidos entre los restos humeantes del edificio.

–Tenemos que ir a salvar el Universo, ¿sabéis? –explicó Ford–. Y si os parece una excusa bastante inaceptable, tal vez tengáis razón. De todos modos, nos vamos.

De pronto encontró en el suelo una botella sin abrir, que no se había roto de milagro.

–¿Os importa que nos la llevemos? –preguntó–. Vosotros no la necesitaréis.

También cogió una bolsa de patatas fritas.

–¿Trillian? –gritó Arthur con voz débil y asustada. No podía ver nada entre la humeante confusión.

–Debemos irnos, terrícola –dijo Slartibartfast, nervioso.

–¿Trillian? –volvió a gritar Arthur.

Instantes después apareció Trillian, temblando y haciendo eses, apoyada en su nuevo amigo, el Dios del Trueno.

–La chica se queda conmigo –anunció Tor–. Se está celebrando una gran fiesta en Valhala y volaremos...

–¿Dónde estabas cuando pasaba todo esto? –preguntó Arthur.

–En el piso de arriba –contestó Tor–. Estaba pesándola. Mira, volar es un asunto complicado, hay que calcular el viento...

–Ella viene con nosotros –afirmó Arthur.

–Oye –protestó Trillian–, yo no...

–No –insistió Arthur–, vienes con nosotros.

Tor le miró despacio, con ojos de ira. Daba mucha importancia a su aspecto divino, lo que no tenía nada que ver con estar limpio.

–Viene conmigo –dijo con calma.

–Vamos, terrícola –dijo nerviosamente Slartibartfast, cogiendo a Arthur de la manga.

–Vamos, Slartibartfast –dijo Ford, nervioso, mientras cogían al anciano de la manga. Slartibartfast tenía el aparato teletransportador.

La fiesta se bamboleaba y daba tumbos, haciendo rodar a todo el mundo menos a Tor y a Arthur, que miraba tembloroso a los negros ojos del Dios del Trueno.

Poco a poco, de forma increíble, Arthur levantó lo que ahora parecían ser unos puños diminutos.

–¿Quieres ver para qué sirven? –preguntó.

–Te pido minúsculas disculpas, ¿cómo has dicho?

–He dicho –repitió Arthur sin poder contener el temblor de su voz– que si quieres ver para qué sirven.

Movió los puños de manera ridícula.

Tor le miró con incredulidad. Entonces, una pequeña espiral de humo ascendió de su nariz. También había una llamita diminuta.

Se cogió el cinturón.

Hinchó el pecho para que quedase absolutamente claro que ahí estaba la clase de hombre sobre el que uno no se atrevería a pasar a menos de ir acompañado de un grupo de sherpas.

Sacó del cinto el mango del martillo. Lo sostuvo en las manos para mostrar la maciza cabeza de hierro. De ese modo aclaró cualquier malentendido posible de que solo llevara consigo un poste de telégrafos.

–¿Acaso quiero –preguntó con un siseo que parecía un río que desembocara en una fábrica de acero– comprobar su utilidad?

–Sí –repuso Arthur con una voz súbita y extraordinariamente fuerte y agresiva.

Volvió a mover los puños, esta vez como si lo hiciera en serio.

–¿Quieres hacerte a un lado? –sugirió a Tor con un gruñido.

–¡De acuerdo! –aulló Tor como un toro rabioso (o, mejor dicho, como un Dios del Trueno enfurecido, lo que es mucho más impresionante), apartándose.

–Bien –dijo Arthur–, nos hemos librado de él. Slarty, vámonos de aquí.

23

–De acuerdo –gritó Ford a Arthur–, soy un cobarde, pero el caso es que aún estoy vivo.

Se encontraban de nuevo a bordo de la *Astronave Bistromática*, junto con Slartibartfast y Trillian. La armonía y la concordia se hallaban ausentes.

–Pues yo también estoy vivo, ¿no? –replicó Arthur, demacrado por la aventura y la ira. Sus cejas saltaban de un lado para otro, como si quisieran enzarzarse a puñetazos.

–¡Casi no lo logras! –estalló Ford.

Arthur se volvió bruscamente a Slartibartfast, que estaba sentado en la butaca del piloto en la cabina de vuelo, mirando pensativo el fondo de una botella que, según parecía, le decía algo que él era incapaz de comprender. Apeló a él.

–¿Crees que ha entendido la primera palabra que he dicho? –preguntó, temblando de emoción.

–No sé –repuso Slartibartfast en tono un tanto abstracto–. No estoy seguro de saberlo.

Alzó la vista un momento y luego miró los instrumentos con mayor fijeza y perplejidad.

–Tendrás que explicárnoslo otra vez –añadió.

–Pues...

–Pero en otra ocasión. Se avecinan cosas horribles.

Dio unos golpecitos al vidrio de imitación del fondo de la botella.

–Me temo que en la fiesta nos comportamos de una manera bastante lastimosa –prosiguió–. Ahora, nuestra única esperanza es impedir que los robots introduzcan la Llave en la Cerradura. Lo que no sé –murmuró– es cómo demonios lo haremos. Tendremos que ir para allá, supongo. No puedo decir que me guste la idea en absoluto. Probablemente acabaremos muertos.

–Pero ¿dónde está Trillian? –inquirió Arthur afectando una súbita despreocupación.

Estaba enfadado porque Ford le había reñido por perder tiempo con todo el asunto del Dios del Trueno cuando tendrían que haberse largado con mayor rapidez. La opinión de Arthur, que había expuesto para que cualquiera le diese el valor que a su juicio merecía, era que se había portado de una manera sumamente decidida y valiente.

El punto de vista preponderante parecía ser que su opinión no valía un par de riñones fétidos de dingo. Pero lo que le molestó de verdad fue que Trillian no reaccionara en sentido alguno, retirándose a alguna parte.

–¿Y dónde están mis patatas fritas? –preguntó Ford.

–Trillian y las patatas están en la Cámara de Ilusiones Informáticas –informó Slartibartfast sin levantar la vista–. Creo que nuestra joven amiga está tratando de asimilar ciertos problemas de la historia de la Galaxia. Me parece que las patatas fritas la están ayudando.

24

Es un error creer que cualquier problema importante puede solucionarse con ayuda de unas patatas.

Por ejemplo, una vez hubo una raza locamente agresiva llamada Monomaníacos Blindados Silásticos de Striterax. Ese era solamente el nombre de su raza. Su ejército se llamaba de un modo enteramente horripilante. Por suerte, vivieron en una etapa primitiva de la historia de la Galaxia, anterior a las que hemos encontrado hasta el momento, hace veinte billones de años, cuando la Galaxia era joven y fresca y toda idea por la que mereciera la pena luchar era nueva.

Para la lucha era para lo que mejor servían los Monomaníacos Blindados Silásticos de Striterax, y como se les daba bien, lo hacían a menudo. Combatían también contra sus enemigos (es decir, contra todo el mundo) y también entre sí. Su planeta era un desastre absoluto. La superficie estaba llena de ciudades abandonadas, cercadas por inservibles máquinas de guerra que a su vez estaban rodeadas de hondas trincheras en las que vivían los Monomaníacos Blindados Silásticos peleándose entre sí.

La mejor manera de entablar pelea con un Monomaníaco Blindado Silástico de Striterax era haber nacido. No les gustaba, se ofendían. Y cuando un Monomaníaco Blindado Silástico se enfadaba, alguien pagaba el pato. Cabría pensar que se trataba de un estilo de vida agotador, pero parecían poseer una enorme cantidad de energía.

El mejor medio de tratar con un Monomaníaco Blindado Silástico era dejarle solo en una habitación, pues tarde o temprano empezaba a golpearse a sí mismo.

Al fin comprendieron que aquello era algo que debían evitar, y dictaron una ley en la que se decretaba que todo aquel que utilizara armas en razón de su trabajo silástico normal (policías, guardias de seguridad, maestros de enseñanza primaria, etc.) debía pasar al menos cuarenta y cinco minutos diarios dando puñetazos a un saco de patatas para descargar la agresividad excedente.

Durante una temporada aquello dio buen resultado, hasta que a alguien se le ocurrió que sería mucho más eficaz y se desperdiciaría menos tiempo si, en vez de dar golpes a las patatas, se disparaba contra ellas.

Ello condujo a una renovación del entusiasmo por disparar contra toda clase de cosas, y todo el mundo estuvo muy excitado durante semanas ante la perspectiva de su primera guerra importante.

Otro logro de los Monomaníacos Blindados Silásticos de Striterax es que fueron la primera raza que consiguió sobresaltar a un ordenador.

Se trataba de un ordenador gigantesco, creado en el espacio, que se llamaba Hactar y que incluso en nuestros días se recuerda como uno de los más eficaces que se hayan construido jamás. Fue el primero en construirse como un cerebro natural, pues en él cada partícula celular albergaba en su interior la configuración del todo, cosa que le permitía pensar de manera más flexible e imaginativa y que, al parecer, también le puso en condiciones de sobresaltarse.

Los Monomaníacos Blindados Silásticos de Striterax libraban una de sus continuas guerras con los Tenaces Garguerreros de Stug, y no disfrutaban tanto de ella como de costumbre porque debían efectuar una enorme cantidad de recorridos fatigosos por los Pantanos de Radiación de Cwulzenda y por las Montañas de Fuego de Frazfraga, y no se encontraban cómodos en ninguno de los dos terrenos.

De manera que cuando los Estrangulones Estiletantes de Jajazikstak se sumaron al conflicto obligándoles a luchar en otro frente, en las Cuevas Gamma de Carfrax y en las Tormentas de Hielo de Varlengooten, decidieron que ya estaba bien y ordenaron a Hactar que les proyectara un Arma Definitiva. Final.

–¿Qué queréis decir con Final? –preguntó Hactar.

–Consulta un puñetero diccionario –contestaron los Monomaníacos Blindados Silásticos de Striterax, precipitándose de nuevo al combate.

De modo que Hactar proyectó un Arma Final.

Era una bomba muy pequeña; se trataba simplemente de una caja de empalme situada en el hiperespacio que, una vez activada, conectaba simultáneamente los corazones de todos los soles importantes para de ese modo convertir el Universo entero en una gigantesca supernova hiperespacial.

Cuando los Monomaníacos Blindados Silásticos intentaron utilizarla para volar un polvorín que los Estrangulones Estiletantes tenían en una de las Cuevas Gamma, se enojaron mucho al ver que no funcionaba y se lo dijeron a Hactar.

Al ordenador le había conmocionado la idea.

Intentó explicar que había pensado en el asunto del Arma Final llegando a la conclusión de que si no hacía explotar la bomba no era concebible que las consecuencias fuesen peores que si la hacía estallar, y que por tanto se había tomado la libertad de implantar un pequeño defecto en el funcionamiento de la bomba con la esperanza de que todo el mundo reflexionara fríamente y comprendiera que...

Los Monomaníacos Blindados discreparon y pulverizaron el ordenador.

Más tarde lo pensaron mejor y también destruyeron la bomba defectuosa.

A continuación, tras una pausa para aplastar a los Tenaces Garguerreros de Stug y a los Estrangulones Estiletantes de Jajazikstak, siguieron buscando un medio enteramente nuevo para volarse a sí mismos, lo que constituyó un profundo alivio para todas las demás razas de la Galaxia, en especial para los Garguerreros, los Estiletantes y las patatas.

Trillian había visto todo eso, así como la historia de Krikki. Salió pensativa de la Cámara de Ilusiones Informáticas, justo a tiempo para descubrir que habían llegado demasiado tarde.

25

Incluso cuando la *Astronave Bistromática* sobrevolaba su objetivo, situado en la cima de una pequeña colina en el asteroide de kilómetro y medio de anchura que describía una órbita solitaria y eterna en torno al cerrado sistema estelar planetario de Krikkit, sus tripulantes comprendieron que solo llegaban a tiempo de presenciar un acontecimiento histórico inevitable.

No tenían idea de que iban a ver dos.

Quedaron impotentes, fríos y solos al borde de la colina, contemplando la actividad que se desarrollaba a sus pies. Lanzas de luz describían arcos siniestros en el vacío desde un lugar que solo estaba a cien metros debajo y delante de ellos.

Miraron el acontecimiento cegador.

Una extensión del campo energético de la nave les permitía estar allí mediante una nueva explotación de la predisposición de la mente a que le gasten bromas: los problemas de caer a la masa diminuta del asteroide o de no poder respirar se convirtieron sencillamente en Problemas de Otro.

La nave blanca de Krikkit estaba situada entre los desolados despeñaderos del asteroide, destellando bajo los arcos luminosos o desapareciendo en la sombra. La negrura de las sombras marcadas que arrojaban los duros riscos ejecutaban una danza conjunta cuando los arcos de luz pasaban en torno a ellos.

Los once robots blancos llevaban en procesión la Llave Wikket hacia el centro de un círculo de luces oscilantes.

La Llave Wikket se reconstruyó. Sus componentes relucían y brillaban: el Pilar de Acero (o pierna de Marvin) de la Fuerza y del Poder, el Arco de Oro (o el corazón de la Energía de la Improbabilidad Infinita) de la Prosperidad, el Pilar Perspex (o el Cetro de Justicia de Argabuthon) de la Ciencia y de la Razón, el Arco de Plata (o Premio Rory por *El uso más gratuito de la palabra «Joder» en un guión cinematográfico serio)* y el ya recompuesto Pilar de Madera (o cenizas de un tronco quemado que simboliza la muerte del críquet inglés) de la Naturaleza y de la Espiritualidad.

–Supongo que no podremos hacer nada a estas alturas, ¿verdad? –preguntó Arthur con voz nerviosa.

–No –suspiró Slartibartfast.

La expresión decepcionada que apareció en el rostro de Arthur fue un completo fracaso, y como se encontraba en la sombra dejó que se transformara en una de alivio.

–Lástima –dijo.

–Estúpidamente, no tenemos armas –sentenció Slartibartfast.

–Maldita sea –apostilló Arthur en voz muy baja.

Ford no dijo nada.

Trillian tampoco abrió la boca, pero tenía un aire extrañamente claro y reflexivo. Miraba más allá del asteroide, al vacío del espacio.

El asteroide giraba en torno a la Nube de Polvo, que rodeaba la envoltura de Tiempo Lento, que a su vez encerraba el mundo en que vivían los habitantes de Krikkit, los Amos de Krikkit y sus robots asesinos.

El impotente grupo no tenía medio de saber si los robots de Krikkit habían notado su presencia. Solo podían suponer que sí, pero que de acuerdo con las circunstancias los enemigos sabían que no tenían nada que temer. Debían realizar una misión histórica, y podían mirar con desprecio a su público.

–Es horrible el sentimiento de impotencia, ¿verdad? –dijo Arthur, pero los demás no le hicieron caso.

En medio de la zona de luz a la que se acercaban los robots, se abrió en el suelo una grieta en forma de cuadrado. La grieta fue haciéndose cada vez más visible y pronto resultó que un bloque de terreno, de unos dos metros cuadrados, se iba elevando poco a poco.

Al mismo tiempo percibieron otro movimiento, pero era casi subliminal, y por unos instantes no estuvo claro si era aquello lo que se movía.

Luego, sí.

El asteroide se movía. Se acercaba despacio a la Nube de Polvo, como si tirara de él un pescador celestial arrastrándolo con su caña a las profundidades.

Iban a hacer en la vida real el viaje por la Nube de Polvo que ya habían hecho en la Cámara de Ilusiones Informáticas. Permanecieron en silencio, paralizados. Trillian frunció las cejas.

Pareció que pasaba una eternidad. Los acontecimientos empezaron a sucederse con vertiginosa lentitud cuando el costado principal del asteroide penetró en el vago y blando perímetro exterior de la Nube.

Y pronto se vieron inmersos en una oscuridad tenue y vacilante. Fueron atravesándola, débilmente conscientes de formas vagas y de espirales indistinguibles en la oscuridad salvo con el rabillo del ojo.

El polvo amortiguaba los haces de brillante luz. Los haces de brillante luz destellaban sobre las innumerables motas de polvo.

Una vez más, Trillian contempló el pasadizo desde lo más profundo de sus ceñudos pensamientos.

Y llegaron al final. No estaban seguros de si habían tardado un minuto o media hora, pero lo habían atravesado para encontrarse con un vacío nuevo, como si el espacio hubiese concluido su existencia delante de ellos.

Y entonces las cosas se sucedieron con rapidez.

Un haz de luz cegadora casi pareció estallar de la masa que se había alzado a un metro del suelo, y de su interior brotó un bloque de Perspex más pequeño que despedía colores deslumbrantes y retozones.

El bloque tenía unas ranuras profundas, tres hacia arriba y dos atravesadas, con idea evidente de albergar la Llave Wikket.

Los robots se acercaron a la Cerradura, introdujeron la Llave y retrocedieron. El bloque giró sobre sí mismo con voluntad propia y el espacio empezó a alterarse.

El espacio recobró la existencia pareciendo revolver en sus órbitas los ojos de los observadores. Se encontraron mirando, cegados, a un sol deshilachado que se presentó ante ellos donde solo segundos antes ni siquiera había habido espacio vacío. Pasaron unos momentos antes de que se dieran cuenta suficiente de lo que había pasado y se pusieran las manos sobre los ojos aterrorizados y ciegos. En esos breves instantes percibieron que una mota diminuta cruzaba despacio el ojo de aquel sol.

Retrocedieron tambaleantes y oyeron resonar en sus oídos el tenue e inesperado canto de los robots, que gritaban al unísono.

–¡Krikkit! ¡Krikkit! ¡Krikkit! ¡Krikkit!

El sonido les dio escalofríos. Era áspero, frígido, vacío; era mecánico y lúgubre.

También era triunfal.

Quedaron tan pasmados por aquellas dos conmociones sensoriales, que casi se perdieron el segundo acontecimiento histórico.

Zaphod Beeblebrox, el único hombre de la historia que sobrevivió a un ataque de los robots asesinos, salió corriendo de la nave de guerra de Krikkit. Blandía un rifle Mata.

–Vale –gritó–. La situación está absolutamente controlada, igual que este momento del tiempo.

El único robot que guardaba la escotilla de la nave blandió en silencio el bate aplicándolo a la nuca izquierda de Zaphod.

–¿Quién diablos ha hecho eso? –dijo la cabeza izquierda, cayendo hacia delante de mala manera.

La cabeza derecha miró atentamente hacia una distancia media.

–¿Quién ha hecho qué? –dijo.

El bate llegó a la nuca derecha.

Zaphod midió el suelo con todo su cuerpo, adoptando una forma bastante extraña.

Al cabo de unos segundos concluyó todo el acontecimiento. Unas cuantas descargas de los robots fueron suficientes para destruir la Cerradura para siempre. Se partió, se fundió y sus piezas se dislocaron.

Sombríamente y, casi podría decirse, con aire decepcionado, los robots se encaminaron de vuelta a la nave de guerra, que desapareció con un zumbido.

Trillian y Ford descendieron frenéticamente por la inclinada cuesta hacia el cuerpo oscuro y quieto de Zaphod Beeblebrox.

26

–No sé –declaró Zaphod por lo que le pareció trigésimo séptima vez–; podían haberme matado, pero no lo hicieron. Tal vez pensaran que yo era una especie de individuo maravilloso, o algo así. No logro entenderlo.

Los demás se limitaban a tomar nota en silencio de sus opiniones respecto a aquella teoría.

Zaphod estaba tumbado en el frío suelo del puente de mando. Su espalda parecía forcejear con el suelo cuando el dolor le atravesaba el cuerpo y le golpeaba en las cabezas.

–Creo –susurró– que esos fulanos sin gracia tienen algo fundamentalmente espectral.

–Están programados para matar a todo el mundo –indicó Slartibartfast.

–Podría ser –resolló Zaphod entre bofetadas de dolor.

No parecía convencido del todo.

–Hola, nena –dijo a Trillian, deseando que aquello compensara su comportamiento anterior.

–¿Estás bien? –dijo ella cariñosamente.

–Sí –contestó Zaphod–. Estupendamente.

–Bien –repuso ella, retirándose a meditar.

Miró a la enorme visipantalla situada sobre las butacas de vuelo, giró un interruptor y empezaron a proyectarse imágenes locales. Una de ellas era la blancura de la Nube de Polvo. Otra, el sol de Krikkit. Otra, el propio Krikkit. En los intervalos se ponía furiosa.

–Bueno, pues ese es el adiós a la Galaxia –dijo Arthur, dándose una palmada en las rodillas y levantándose.

–No –dijo gravemente Slartibartfast–. Nuestro rumbo está claro.

En su frente se hicieron surcos suficientes para sembrar verduras de raíz pequeña. Se puso en pie, paseó de un lado para otro. Cuando volvió a hablar, lo que dijo le asustó tanto, que tuvo que sentarse otra vez.

–Hemos vuelto a fracasar de manera lastimosa. Muy penosa.

–Eso es porque no nos importa lo bastante –comentó Ford en voz baja–. Te lo dije.

Colocó los pies sobre el panel de instrumentos y con aire incierto empezó a hurgar algo que tenía en una uña.

–Pero a menos que decidamos tomar medidas –dijo el anciano en tono quejumbroso, como si luchara contra cierta indiferencia profunda de su naturaleza–, todos seremos destruidos, moriremos todos. Sin duda eso sí nos importa, ¿verdad?

–No lo suficiente para querer que nos maten por ello –repuso Ford, que esbozó una especie de falsa sonrisa exhibiéndola por toda la cámara para todo aquel que quisiera contemplarla.

Slartibartfast consideró ese punto de vista como sumamente sugestivo, y luchó contra él. Se volvió de nuevo a Zaphod, que rechinaba los dientes y sudaba de dolor.

–Seguro que tienes alguna idea –dijo el anciano– de por qué te han perdonado la vida. Es insólito. De lo más raro.

–Casi estoy por pensar que ni siquiera lo saben ellos –dijo Zaphod, encogiéndose de hombros–. Ya te lo he dicho. Me lanzaron una descarga muy débil, solo para quitarme el sentido, ¿no? Me subieron a su nave, me dejaron tirado en un rincón y no me hicieron caso. Como si se sintieran molestos de tenerme allí. Si decía algo, me dormían otra vez. Tuvimos unas conversaciones magníficas. «¡Eh..., uf!» «¡Hola..., uf!» «Me pregunto..., ¡uf!» Me tuvieron entretenido durante horas, ¿sabes?

Volvió a encogerse de dolor.

Jugaba con algo que tenía entre los dedos. Lo sostuvo en alto.

Era el Arco de Oro, el Corazón de Oro, el centro de la Energía de la Improbabilidad Infinita. Solo eso y el Pilar de Madera habían escapado intactos de la destrucción.

–He oído que tu nave puede moverse un poco –dijo–. Así que, ¿qué te parece si me llevas zumbando a la mía antes de que vosotros...?

–¿Es que no vas a ayudarnos? –preguntó Slartibartfast.

–¿A nosotros? –dijo bruscamente Ford–. ¿Quiénes somos nosotros?

–Me encantaría quedarme y ayudaros a salvar la Galaxia –insistió Zaphod, incorporando un poco la espalda–, pero tengo un par de dolores de cabeza y noto que se avecina un montón de jaquecas pequeñas. Pero la próxima vez que haga falta salvarla, ahí estaré. Oye, nena. ¿Trillian?

Ella volvió la cabeza brevemente.

–¿Sí?

–¿Quieres venir? ¿Al *Corazón de Oro?* ¿Emoción, aventura y desenfreno?

–Yo bajaré a Krikkit.

27

Era la misma colina, pero no del todo.

Esta vez no era una Ilusión Informática. Era el propio Krikkit, y tenían el pie puesto en él. Cerca de ellos, detrás de los árboles, estaba el extraño restaurante italiano que había traído sus cuerpos reales al mundo real de Krikkit.

La fuerte hierba que pisaban era real, igual que aquel suelo fértil. Las fragancias embriagadoras del árbol también eran reales. La noche era una noche auténtica.

Krikkit.

Para alguien que no sea de ese planeta, es el lugar más peligroso. El planeta que no toleraba la existencia de cualquier otro, cuyos encantadores, deliciosos e inteligentes habitantes aullaban de miedo, de fiereza y de odio asesino si se enfrentaban con alguien que no fuese de los suyos.

Arthur sintió un escalofrío.

Slartibartfast se estremeció.

Ford, curiosamente, tembló.

Lo sorprendente no era que temblase, sino que realmente se

encontrara allí. Pero cuando llevaron a Zaphod a su nave, Ford se sintió inesperadamente avergonzado por su deseo de escapar.

Error, pensó para sí, grandísimo error. Apretó contra el pecho uno de los rifles Mata con que se habían pertrechado en el arsenal de Zaphod.

Trillian se estremeció, miró al cielo y frunció las cejas.

El cielo tampoco era el mismo. Ya no estaba vacío.

Aunque la campiña que les rodeaba había cambiado poco en los dos mil años de las Guerras de Krikkit y en los meros cinco años que habían transcurrido localmente desde que Krikkit fue encerrado en la envoltura de Tiempo Lento diez billones de años atrás, el cielo era dramáticamente diferente.

De él pendían luces mortecinas y formas densas.

En lo más alto, donde ningún habitante de Krikkit miraba jamás, estaban las Zonas de Guerra y las Zonas de Robots: enormes naves de guerra y edificios en forma de torre que flotaban en los campos de Nil-O-Grav, muy por encima de las bucólicas e idílicas tierras de la superficie de Krikkit.

Trillian las contempló y meditó.

–Trillian –musitó Ford Prefect.

–¿Sí? –dijo ella.

–¿Qué haces?

–Estoy pensando.

–¿Siempre respiras así cuando piensas?

–No me daba cuenta de que estaba respirando.

–Eso es lo que me preocupaba.

–Me parece que sé... –dijo Trillian.

–¡Chss! –dijo alarmado Slartibartfast, cuya mano delgada y temblorosa les hizo adentrarse más en la sombra del árbol.

De pronto, como antes en la cinta, vieron luces que venían por el sendero de la colina, pero esta vez los haces luminosos no provenían de faroles sino de linternas eléctricas; no es que fuese un cambio espectacular, pero cualquier detalle hacía que sus corazones latieran fuertemente en sus pechos. En esta ocasión no había canciones melodiosas y extravagantes que celebraran las flores, las labores del campo y los perros muertos, sino voces apagadas que discutían con premura.

Una luz se movió lentamente en el cielo. Arthur se sintió sobrecogido por un terror claustrofóbico y el aire cálido se le agarró a la garganta.

Al cabo de unos instantes apareció un segundo grupo que se aproximaba por el otro lado de la negra colina. Se movían con rapidez y con paso decidido; sus linternas oscilaban sondeando los alrededores.

Era evidente que ambos grupos se juntarían, y no precisamente el uno con el otro. Iban a converger deliberadamente en el sitio donde se encontraban Arthur y los demás.

Arthur oyó un leve rumor cuando Ford Prefect se llevó al hombro el rifle Mata, y una tosecilla quejumbrosa cuando Slartibartfast hizo lo mismo con el suyo. Sintió el peso poco familiar de su propio rifle y, con manos temblorosas, lo alzó.

Movió los dedos torpemente para quitar el seguro y liberar el mecanismo de máximo peligro, tal como Ford le había enseñado. Temblaba de tal manera, que si en aquel momento disparaba contra alguien probablemente le habría marcado su firma a fuego.

Únicamente Trillian no alzó su fusil. Enarcó las cejas, volvió a bajarlas y se mordió el labio, absorta en sus pensamientos.

–¿Se os ha ocurrido...? –empezó a decir, pero nadie tenía muchas ganas de hablar en aquel momento.

Una luz atravesó la oscuridad a sus espaldas y, al darse la vuelta, vieron a un tercer grupo de krikkitenses que les enfocaba con sus linternas.

El arma de Ford Prefect rugió con furia, pero el fuego volvió a entrar en ella y el fusil se le cayó de las manos.

Hubo un momento de terror puro, un segundo eterno antes de que alguien volviera a disparar.

Y cuando el segundo concluyó, nadie disparó.

Estaban rodeados de pálidos krikkitenses que les bañaban con la luz oscilante de sus linternas.

Los cautivos miraron a sus captores, los captores miraron a sus cautivos.

–Hola –dijo uno de los captores–. Disculpadme, pero ¿sois... extranjeros?

28

Entretanto, a una distancia de más millones de kilómetros de los que la imaginación puede cómodamente abarcar, Zaphod Beeblebrox se encontraba exultante de nuevo.

Había arreglado la nave; es decir, había mirado con gran interés mientras un robot de servicios la reparaba. Volvía a ser una de las naves más potentes y extraordinarias que existían. Podía dirigirse a cualquier parte, hacer lo que quisiera. Hojeó un libro y luego lo tiró. Era el que había leído antes.

Se acercó al banco de comunicaciones y abrió un canal conectado a todas las frecuencias.

–¿Alguien quiere una copa? –preguntó.

–¿Es una emergencia, tío? –crepitó una voz a medio camino del otro extremo de la Galaxia.

–¿Tienes alguna coctelera? –dijo Zaphod.

–Vete a dar una vuelta en cometa.

–Vale, vale –concluyó Zaphod, volviendo a cerrar el canal.

Se levantó y se dirigió a la pantalla de un ordenador. Pulsó unos botones. Por la pantalla empezaron a correr unas burbujitas que se comían las unas a las otras.

–¡Paf! –exclamó Zaphod–. ¡Aaauuuú! ¡Pa, pa, pa!

–Hola –dijo el ordenador en tono jovial al cabo de un minuto de lo mismo–, has marcado tres puntos. La mejor marca anterior es de siete millones quinientas noventa y siete mil doscientas...

–Muy bien, muy bien –dijo Zaphod apagando la pantalla de nuevo.

Volvió a sentarse. Jugueteó con un lápiz. Poco a poco, el lapicero también empezó a perder su encanto.

–De acuerdo, de acuerdo –dijo, introduciendo en el ordenador los datos de su tanteo y los de la mejor marca anterior.

La nave convertía el Universo en una mancha.

29

–Decidnos –ordenó el krikkitense delgado y pálido que se había destacado con aire incierto de entre las filas de sus compañeros hacia el círculo de luz de la linterna, empuñando la pistola como si estuviera sujetándosela a alguien que acabara de largarse a algún sitio pero que volvería en un momento–, ¿sabéis algo acerca de eso que llaman Equilibrio de la Naturaleza?

Los cautivos no le respondieron, o al menos no articularon nada más que gruñidos y murmullos confusos. La luz de las linternas seguía enfocándolos. Arriba, en el cielo, continuaba la actividad en las zonas de los Robots.

–Solo es algo de lo que hemos oído hablar, y probablemente no tenga importancia –prosiguió el krikkitense con aire inquieto–. Bueno, entonces supongo que será mejor mataros.

Miró la pistola como si tratara de decidir qué programa iba a poner.

–Es decir –prosiguió, alzando la vista de nuevo–, a menos que queráis charlar de algo.

Un pasmo lento y paralizante hizo presa en Slartibartfast, Ford y Arthur. Y pronto les llegaría al cerebro, que en aquel momento estaba exclusivamente ocupado en mover las mandíbulas de arriba abajo. Trillian meneaba la cabeza como si intentase terminar un rompecabezas sacudiendo la caja.

–Es que estábamos preocupados –dijo otro del grupo–, por ese plan de destrucción universal.

–Sí –añadió otro–, y el Equilibrio de la Naturaleza. Nos pareció que si todo el resto del Universo quedaba destruido, en cierto modo se rompería el Equilibrio de la Naturaleza. Somos muy aficionados a la ecología.

Su voz se apagó insatisfecha.

–Y al deporte –dijo otro en voz muy alta.

Aquello provocó una aprobación apoteósica por parte de los demás.

–Sí –convino el primero–, y al deporte...

Volvió la cabeza para mirar intranquilo a sus compañeros y se rascó la mejilla con aire confuso. Parecía luchar con alguna incertidumbre en lo más profundo de su ser, como si todo lo que quisiera decir y todo lo que pensara fuesen cosas completamente diferentes entre las cuales no viese ninguna relación posible.

–Mirad, algunos de nosotros... –masculló mirando otra vez a su alrededor como si esperase confirmación. Los otros hicieron ruidos de aprobación y él prosiguió–: Algunos de nosotros tenemos mucho interés en establecer vínculos deportivos con el resto de la Galaxia, y aunque entiendo el argumento de separar el deporte de la política, creo que si queremos tener relaciones deportivas con el resto de la Galaxia, que sí queremos, probablemente sería un error destruirlo. Y efectivamente, el resto del Universo... –su voz se apagó de nuevo–..., que es la idea que ahora parece...

–¿Qu...? –dijo Slartibartfast–. ¿Qu...?

–¿Ehhh...? –dijo Arthur.

–Ahh... –dijo Ford Prefect.

–Muy bien –dijo Trillian–. Hablemos de ello.

Se adelantó y cogió del brazo al pobre y confuso krikkitense.

Parecía tener unos veinticinco años, lo que debido a las extrañas alteraciones de tiempo que se habían producido en aquella zona significaba que no habría tenido más de veinte cuando terminaron las Guerras de Krikkit, unos diez billones de años atrás.

Trillian le llevó a dar un corto paseo entre la luz de las linternas antes de decir algo más. Él la siguió con aire vacilante. El círculo de luz de las linternas era ahora más reducido, como si se rindiera ante aquella muchacha extraña y tranquila que parecía ser la única en saber lo que hacía en aquel Universo de oscuridad y confusión.

Se dio la vuelta, le miró de frente y con suavidad puso las manos en sus brazos. El krikkitense parecía la encarnación del asombro y la desdicha.

–Cuéntame –dijo Trillian.

Él no respondió de momento, limitándose a mirarla a los ojos, primero a uno y luego a otro.

–Nosotros... –dijo–, tenemos que estar solos..., me parece.

Torció el rostro y luego dejó caer la cabeza hacia delante, sacudiéndola como alguien que tratara de sacar una moneda de una hucha. Volvió a alzar la vista.

–Ahora tenemos esa bomba, ¿sabes? Es pequeña.

–Lo sé –dijo Trillian.

La miró con los ojos en blanco como si hubiera dicho algo muy raro acerca de la remolacha.

–Sinceramente, es muy pequeñita.

–Lo sé –repitió Trillian.

–Pero ellos dicen –su voz parecía apagarse–, dicen que puede destruir todo lo que existe. Y tenemos que hacerlo, ¿comprendes? Me parece. ¿Nos quedaremos solos después? No lo sé. Pero creo que es nuestro deber.

Al decir eso, dejó caer otra vez la cabeza.

–Sea lo que fuere lo que eso signifique –dijo una voz profunda entre el grupo.

Trillian rodeó poco a poco con sus brazos al joven krikkitense, confuso y asustado, le apoyó la cabeza contra su hombro y le dio unas palmaditas.

–Está bien –dijo en voz baja, pero en un tono lo suficientemente claro para que todo el grupo lo oyera en la sombra–, no tenéis que hacerlo.

Le acunó.

–No tenéis que hacerlo –repitió.

Le soltó y dio un paso atrás.

–Quiero que hagáis algo por mí –dijo, echándose a reír de repente–. Quiero –prosiguió, riendo de nuevo. Se puso la mano en la boca y continuó con expresión sobria–: Quiero que me llevéis ante vuestro jefe.

Señaló al cielo, a las Zonas de Guerra. De algún modo parecía saber que su jefe estaba allí.

Su risa pareció descargar algo en la atmósfera. En algún sitio detrás de la multitud, una voz solista empezó a cantar una canción que, de haberla escrito él, habría puesto a Paul McCartney en condiciones de comprar el mundo entero.

30

Zaphod Beeblebrox se arrastraba valerosamente por un túnel como el tipo estupendo que era. Estaba muy confuso, pero de todos modos continuó arrastrándose tenazmente porque era así de valiente.

Estaba confundido por algo que acababa de ver, pero no tanto como iba a estarlo por algo que oiría enseguida, de manera que será mejor explicar dónde se encontraba exactamente.

Estaba en las Zonas de Guerra Robótica, a muchos kilómetros sobre la superficie del planeta Krikkit.

La atmósfera estaba enrarecida y relativamente poco protegida de los rayos o de cualquier otra cosa que al espacio se le ocurriera lanzar en su dirección.

Había aparcado el *Corazón de Oro* entre los enormes y oscuros cascos de otras naves apiñadas en el cielo de Krikkit y había entrado en lo que parecía ser el edificio más grande e importante armado únicamente con un rifle Mata y algo para los dolores de cabeza.

Se encontró en un pasillo largo, ancho y escasamente iluminado en el cual pudo ocultarse para pensar lo que haría a continuación. Se escondió porque de cuando en cuando pasaba por allí un robot de Krikkit, y aunque hasta el momento le habían dado una especie de vida encantadora, había resultado de todos modos sumamente dolorosa, y no tenía deseos de abusar de lo que solo a medias se sentía inclinado a llamar buena suerte.

En cierto momento se agazapó en una habitación que daba al pasillo, encontrándose en una cámara enorme y, también, débilmente iluminada.

En realidad, se trataba de un museo que solo exhibía un objeto: los restos de una nave espacial. Estaba horriblemente quemada y despedazada, y, ahora que había aprendido parte de la historia galáctica de la que no se enteró debido a sus intentos fallidos de acostarse con la chica que estaba en el cibercubículo vecino al suyo en el colegio, fue capaz de establecer la inteligente hipótesis de que se trataba de los restos de la nave que vagó por la Nube de Polvo todos esos billones de años atrás, y que provocó todo aquel asunto.

Pero había algo que no estaba bien en absoluto, y eso fue lo que le dejó confundido.

La nave estaba verdaderamente destruida. Había ardido de veras, pero una inspección bastante breve realizada por un ojo experto revelaba que no se trataba de una astronave genuina. Parecía una maqueta a escala natural, un calco perfecto. En otras palabras, era un objeto muy útil si uno decidía de repente construir por sí mismo una nave espacial y no sabía cómo hacerlo. Pero no se trataba de algo que pudiera volar por sí solo a cualquier parte.

Seguía confuso sobre aquel tema –en realidad solo había empezado a inquietarle–, cuando se dio cuenta de que en otra parte de la cámara se había abierto suavemente otra puerta por la que entraron dos robots de Krikkit con aire melancólico.

Zaphod no quería enredarse con ellos y, decidiendo que, como la discreción era el mejor componente del valor y la cobardía el mejor ingrediente de la discreción, se escondió valientemente en un armario.

El armario resultó ser efectivamente la parte superior de un conducto que a través de una escotilla de inspección daba a un túnel de ventilación bastante amplio. Se metió por él y empezó a arrastrarse, y así es como le hemos encontrado.

No le gustaba. Estaba oscuro, hacía frío, se hallaba muy incómodo y todo eso le asustaba. Salió de él a la primera oportunidad que se le presentó, por otro conducto que encontró cien metros más allá.

Esta vez apareció en una cámara más pequeña que tenía el aspecto de ser la sede del servicio de información de ordenadores. Se encontró en un espacio reducido y oscuro entre la pared y un ordenador voluminoso.

Pronto notó que no estaba solo en la habitación, y se disponía a marcharse de nuevo cuando llamó su atención lo que decían los otros ocupantes.

–Son los robots, señor –dijo una voz–. Algo malo les pasa.

–¿Qué, exactamente?

Eran las voces de dos jefes de operaciones guerreras de Krikkit. Todos los jefes de operaciones vivían en el cielo, en las Zonas de Guerra Robótica, y eran ampliamente inmunes a las ridículas dudas e incertidumbres que afligían a sus compatriotas en la superficie del planeta.

–Pues, señor, me parece que se están desfasando por el esfuerzo de la guerra, ahora que estamos a punto de detonar la bomba Supernova. En el brevísimo tiempo transcurrido desde que nos liberaron de la envoltura...

–Vaya al grano.

–A los robots no les gusta, señor.

–¿Cómo?

–Parece, señor, que la guerra les está deprimiendo. Tienen cierto cansancio del mundo, o tal vez debería decir cansancio del Universo.

–Pues eso está bien, se pretende que nos ayuden a destruirlo.

–Sí, pero lo están encontrando difícil, señor. Padecen cierta fatiga. Les está resultando difícil cumplir con su trabajo. Les falta *uumf.*

–¿Qué intenta decir?

–Bueno, creo que se encuentran muy deprimidos por algo, señor.

–¿De qué diablos krikkitenses habla?

–Pues en las pocas escaramuzas que han librado últimamente, parece que al entrar en combate alzan las armas para disparar y de pronto piensan: ¿para qué molestarse? ¿Qué sentido tiene todo esto desde el punto de vista cósmico? Y se vuelven un poco tristes y cansados.

–¿Y qué es lo que hacen entonces?

–Pues, principalmente ecuaciones de segundo grado, señor. Tremendamente difíciles en todos los sentidos. Y luego se enfurruñan.

–¿Se enfurruñan?

–Sí, señor.

–¿Cuándo se ha oído que un robot se enfurruñe?

–No sé, señor.

–¿Qué ha sido ese ruido?

Era el ruido que Zaphod hacía al marcharse con las cabezas dándole vueltas.

31

En un pozo oscuro y profundo estaba sentado un robot cojo. Durante algún tiempo había permanecido en silencio en su metálica oscuridad. Era frío y húmedo, pero tratándose de un robot se suponía que no debía notar esas cosas. Sin embargo, con un enorme esfuerzo de voluntad consiguió percibirlas.

Su cerebro se había acoplado al núcleo de inteligencia central del Ordenador de Guerra de Krikkit. No disfrutaba de aquella experiencia, pero tampoco le gustaba al núcleo de inteligencia central del Ordenador de Guerra de Krikkit.

Los robots de Krikkit que habían salvado a aquella patética

criatura de metal de los pantanos de Squornshellous Zeta, lo hicieron porque casi inmediatamente reconocieron su inteligencia gigantesca y el uso que podían hacer de ella.

No tuvieron en cuenta los desarreglos de personalidad concomitantes, que el frío, la oscuridad, la humedad, el confinamiento y la soledad no hacían nada por disminuir.

No estaba contento con su tarea.

Aparte de todo lo demás, la simple coordinación de toda la estrategia militar de un planeta solo le ocupaba una parte diminuta de su formidable cerebro, y el resto se aburría extraordinariamente. Tras resolver todos los problemas más importantes (salvo el suyo), matemáticos, físicos, químicos, biológicos, sociológicos, filosóficos, etimológicos, meteorológicos y psicológicos del Universo por tres veces, se encontró ante la imperiosa necesidad de hacer algo, y empezó a componer dolorosos sonsonetes sin ton ni son, o sin melodía. El último era una canción de cuna.

> Ahora el mundo se tumba a dormir –zumbó Marvin.
> La oscuridad no sumerge mi cabeza,
> Infrarrojos son mis ojos,
> Cómo aborrezco la noche.

Hizo una pausa para reunir la fuerza artística y emocional necesaria para acometer el verso siguiente.

> Ahora me tumbo a dormir,
> Contaré ovejas eléctricas,
> Dulces sueños tenga usted,
> Cómo aborrezco la noche.

–¡Marvin! –siseó una voz.

Su cabeza se alzó de golpe, casi soltando la intrincada red de electrodos que le conectaban con el Ordenador de Guerra central de Krikkit.

Se abrió una escotilla de inspección y aparecieron dos cabezas inquietas, una de las cuales atisbaba fijamente mientras la otra entraba y salía continuamente mirando de un lado a otro con gran nerviosismo.

–Ah, eres tú –murmuró el robot–. Debería haberlo imaginado.

–Qué hay, chaval –dijo Zaphod, sorprendido–. ¿Qué cantabas hace un poco?

–En estos momentos estoy en una forma brillante –reconoció amargamente Marvin.

Zaphod introdujo más una cabeza por la escotilla y miró en torno.

–¿Estás solo? –preguntó.

–Sí. Aquí estoy, cansado, con el dolor y la desdicha por única compañía. Y una gran inteligencia, por supuesto. Y una pena infinita. Y...

–Sí –le interrumpió Zaphod–. Oye, ¿dónde estás conectado con todo esto?

–Aquí –dijo Marvin, señalando con su brazo menos estropeado todos los electrodos que le conectaban con el ordenador de Krikkit.

–Entonces –repuso torpemente Zaphod–, supongo que me has salvado la vida. Dos veces.

–Tres –corrigió Marvin.

Una cabeza de Zaphod se volvió con rapidez (la otra miraba como un halcón justo en sentido contrario), a tiempo para ver que el mortífero robot asesino que se encontraba a su espalda se agarrotaba y empezaba a echar humo. El robot retrocedió tambaleándose y se desplomó contra una pared. Se deslizó por ella de lado, echando la cabeza hacia atrás y sollozando de manera inconsolable.

Zaphod volvió la vista a Marvin.

–Debes de tener una idea tremenda de la vida –comentó.

–No te molestes en preguntármelo.

–No lo haré –dijo Zaphod, que no lo hizo–. Oye, estás haciendo un trabajo magnífico.

–Lo que significa, supongo –dijo Marvin, que solo necesitó la diez mil millonésima billonésima trillonésima grillonésima parte de sus facultades intelectuales para efectuar aquella operación lógica en concreto–, que no vas a liberarme ni nada parecido.

–Muchacho, sabes que me encantaría.

–Pero no lo harás.

–No.

–Ya veo.
–Lo estás haciendo bien.
–Sí –dijo Marvin–. ¿Por qué dejarlo ahora, cuando empiezo a aborrecerlo?
–Tengo que ir a buscar a Trillian y a los muchachos. Oye, ¿tienes alguna idea de dónde están? Es que tengo todo un planeta para elegir. Podría tardar un poco.
–Están muy cerca –informó Marvin con voz triste–. Puedes escucharlos desde aquí, si quieres.
–Será mejor que vaya a buscarlos –sentenció Zaphod–. Tal vez necesiten un poco de ayuda, ¿no?
–Quizás fuese preferible que los escuchases desde aquí –dijo Marvin con un repentino timbre de autoridad en la voz–. Esa muchacha es una de las formas de vida orgánica menos sumida en la ignorancia y menos torpe que he tenido la profunda falta de placer de no ser capaz de evitar conocer.
Zaphod tardó unos momentos en encontrar el camino por aquella laberíntica sarta de negativas, llegando sorprendido a su final.
–¿Trillian? –dijo–. No es más que una niña. Simpática, sí, pero temperamental. Ya sabes lo que pasa con las mujeres. O tal vez no lo sepas. Supongo que no. Si lo sabes, no quiero que me lo cuentes. Conéctanos.
–... totalmente manipulados.
–¿Cómo? –dijo Zaphod.
La que estaba hablando era Trillian. Zaphod se volvió en redondo.
La pared contra la cual sollozaba el robot de Krikkit se iluminó para revelar una escena que tenía lugar en una parte ignota de las Zonas de Guerra Robótica de Krikkit. Parecía una especie de sala de juntas; Zaphod no podía distinguirlo con claridad porque el robot se había derrumbado súbitamente sobre la pantalla.
Intentó moverlo, pero se había vuelto muy pesado por la melancolía y pretendió morderle, de manera que trató de verlo lo mejor posible mirando a un lado y a otro del robot.
–Pensadlo un poco –decía la voz de Trillian–, vuestra historia no es más que una sucesión de acontecimientos extraños e improbables. Y yo conozco un acontecimiento improbable en cuanto lo veo. Vuestro completo aislamiento de la Galaxia fue extraño desde

el principio. Justo en el mismísimo extremo, envueltos en una Nube de Polvo. Es algo dispuesto de antemano. Evidentemente.

La frustración de no poder ver la pantalla enfurecía a Zaphod. La cabeza del robot tapaba a la gente a quienes hablaba Trillian, su bate de batalla de múltiples usos cubría el fondo, y el codo del brazo que apretaba dramáticamente contra su frente no le dejaba ver a la propia muchacha.

–Y luego –proseguía esta–, esa nave espacial que se estrelló en vuestro planeta. Eso es verdaderamente probable, ¿no? ¿Tenéis alguna idea de las probabilidades que existen en contra de que una nave a la deriva entre en la órbita de un planeta?

–¡Eh! –exclamó Zaphod–, no sabe de qué diablos habla. Yo he visto esa nave. Es una imitación. Nada de eso.

–Ya me parecía a mí –dijo Marvin desde su prisión, detrás de Zaphod.

–Ah, sí –repuso Zaphod–. Te resulta fácil decirlo. Acabo de decírtelo yo. De todos modos, no sé qué tiene que ver esto con nada.

–Y sobre todo –continuó Trillian–, las probabilidades de que entrara en órbita con un solo planeta de la Galaxia o con todo el Universo serían sumamente traumatizantes. ¿Sabéis cuáles son esas probabilidades? Yo tampoco, son así de enormes. Otra situación preparada de antemano. No me sorprendería que esa nave no fuese más que una imitación.

Zaphod logró mover el bate del robot. En pantalla se veían las imágenes de Ford, de Arthur y de Slartibartfast, que parecían sorprendidos y pasmados por todo el asunto.

–¡Eh, mira! –dijo Zaphod, entusiasmado–. Los muchachos lo están haciendo estupendamente. ¡Ra, ra, ra! A por ellos, chicos.

–¿Y qué me decís de toda esa tecnología que habéis logrado idear por vosotros mismos casi de la noche a la mañana? A la mayoría de la gente le costaría miles de años. Alguien os soplaba lo que necesitabais saber, alguien que os hacía trabajar en ello.

–Lo sé, lo sé –añadió en respuesta a una interrupción que no se había visto–; sé que no os disteis cuenta de lo que pasaba. Ese es exactamente mi punto de vista. Nunca comprendisteis nada de nada. Como esa bomba Supernova.

–¿Cómo te has enterado de eso? –preguntó una voz.

–Lo sé, simplemente –dijo Trillian–. ¿Esperáis que me crea

que sois lo bastante listos para inventar algo tan brillante y al mismo tiempo tan tontos para no comprender que también os haría desaparecer a vosotros? Eso no es solo estúpido, es algo espectacularmente obtuso.

–¡Eh!, ¿qué es eso de la bomba? –preguntó Zaphod a Marvin, alarmado.

–¿La bomba Supernova? –dijo Marvin–. Es una bomba muy pequeña.

–¿Sí?

–Puede destruir el Universo *in toto* –añadió Marvin–. Buena idea, si quieres saber mi opinión. Pero no podrán hacerla funcionar.

–¿Por qué no, si es tan brillante?

–*La bomba* es brillante –apuntó Marvin–; *ellos,* no. Solo llegaron a diseñarla antes de que se vieran encerrados en la envoltura. Se han pasado los últimos cinco años construyéndola. Creen que la han hecho bien, pero no. Son tan estúpidos como cualquier otra forma de vida orgánica.

Trillian proseguía sus explicaciones.

Zaphod trató de quitar de en medio al robot tirándole de la pierna, pero le gruñía y daba patadas; luego se estremeció con un nuevo acceso de llanto. De pronto se derrumbó y continuó expresando sus sentimientos en el suelo, perdidamente.

Trillian estaba sola en medio de la cámara, muy cansada, pero sus ojos tenían un brillo fiero.

Alineados frente a ella se encontraban unos ancianos pálidos y arrugados. Los Amos de Krikkit se sentaban inmóviles tras la amplia mesa redonda de control, mirándola con odio y miedo irremediables.

Delante de ellos, en un punto equidistante de la mesa de control y del centro de la habitación, donde Trillian permanecía de pie como en un juicio, había un estrecho pilar blanco de alrededor de un metro y medio de alto. Encima de él había un pequeño globo blanco de unos diez centímetros de diámetro.

A su lado había un robot de Krikkit con su bate de múltiples usos.

Trillian sudaba. Zaphod pensó que aquello era poco elegante por parte de la muchacha.

–En realidad –explicaba Trillian–, sois tan tontos y tan estúpidos, que dudo, dudo mucho que hayáis sido capaces de fabricar adecuadamente la bomba sin ayuda de Hactar en estos últimos cinco años.

–¿Quién es ese tal Hactar? –preguntó Zaphod, sacando los hombros.

Si Marvin contestó, Zaphod no le oyó. Tenía toda la atención puesta en la pantalla.

Uno de los Ancianos de Krikkit hizo un pequeño gesto con la mano al robot. Este alzó su bate.

–No hay nada que yo pueda hacer –anunció Marvin–. Está en un circuito independiente de los demás.

–Esperad –dijo Trillian.

El Anciano hizo un leve movimiento. El robot se detuvo. De pronto, Trillian parecía muy insegura de su propio juicio.

–¿Cómo sabes tú todo esto? –preguntó Zaphod a Marvin.

–Archivos de ordenadores –repuso Marvin–. Tengo acceso a ellos.

–Vosotros sois muy diferentes de vuestros pobres compatriotas de ahí abajo, ¿no es cierto? –dijo Trillian a los Ancianos de Krikkit–. Os habéis pasado la vida aquí, expuestos a la atmósfera. Habéis sido muy vulnerables. ¿Sabéis que el resto de vuestra raza está muy asustada? No quieren seguir adelante con esto. No estáis al corriente, ¿por qué no lo comprobáis?

El Anciano de Krikkit manifestaba impaciencia. Hizo un gesto al robot que era precisamente la antítesis del que le había hecho antes.

El robot blandió el bate. Acertó en el pequeño globo blanco.

El pequeño globo blanco era la bomba Supernova.

Era una bomba muy pequeña y se había ideado para acabar con el Universo.

La bomba Supernova voló por el aire. Dio contra la negra pared de la sala de juntas haciéndole un buen desconchón.

–¿Y cómo sabe ella todo eso? –inquirió Zaphod.

Marvin mantuvo un silencio taciturno.

–Probablemente va de farol –dijo Zaphod–. Pobre chica, nunca debí dejarla sola.

32

–¡Hactar! –gritó Trillian–. ¿Qué te traes entre manos?

No hubo respuesta desde las sombras circundantes. Trillian esperó, nerviosa. Estaba segura de no equivocarse. Atisbó entre la penumbra desde la cual esperaba alguna especie de contestación. Pero solo hubo un silencio frío.

–¿Hactar? –volvió a llamar–. Me gustaría que conocieras a mi amigo Arthur Dent. Yo quería marcharme con un tal Dios del Trueno, pero él no me dejó y se lo agradezco. Me hizo comprender dónde estaban realmente mis afectos. Lamentablemente, Zaphod está demasiado asustado por todo esto, de modo que traje a Arthur en su lugar. No estoy segura de por qué te cuento todo esto. ¿Hola? –insistió–. ¿Hactar?

Y entonces habló.

Era una voz tenue y débil, como traída por el viento desde una gran distancia. Apenas se oía; era la memoria o el sueño de una voz.

–Por qué no os acercáis los dos –dijo la voz–. Prometo que estaréis perfectamente a salvo.

Se miraron y luego aparecieron, como por arte de magia, en el centro de un haz luminoso que brotaba de la escotilla abierta del *Corazón de Oro* hacia la granulosa y débil penumbra de la Nube de Polvo.

Arthur intentó coger a Trillian de la mano para darle ánimo y confianza, pero ella no lo permitió. Se sujetó a la bolsa de líneas aéreas, con su lata de aceite de oliva griego, su toalla, sus postales arrugadas de Santorini y demás objetos diversos. A eso fue, en cambio, a lo que dio ánimo y confianza.

Se quedaron quietos, en medio de nada.

De una nada lóbrega y polvorienta. Cada mota de polvo del ordenador pulverizado brillaba tenuemente al girar despacio, atrapando la luz del sol en la oscuridad. Cada partícula del ordenador, cada mota de polvo contenía en su interior, vaga y débilmente, la estructura del todo. Al reducir el ordenador a polvo, los Monomaníacos Blindados Silásticos de Striterax solo consiguieron baldarlo, no matarlo. Un campo débil e incorpóreo mantenía las partículas en una delicada relación mutua.

Arthur y Trillian estaban o, mejor dicho, flotaban en medio de esa extraña entidad. No tenían nada para respirar, pero de momento eso no parecía importar. Hactar cumplió su promesa. Se encontraban a salvo. De momento.

–No tengo nada que ofreceros en cuanto a hospitalidad, salvo juegos de luces –dijo Hactar con voz débil–. Aunque si solo se dispone de juegos de luces, es posible encontrarse cómodo con ellos.

Su voz se apagó, y entre el polvo oscuro se formó vagamente un sofá de colores vivos.

Arthur apenas pudo soportar el hecho de que fuese el mismo que se le apareció en la campiña de la Tierra prehistórica. Que el Universo siguiera haciéndole esas locuras que le dejaban perplejo, era algo para ponerse a gritar y a retorcerse de rabia.

Dominó sus sentimientos y luego se sentó en el sofá con cuidado. Trillian hizo lo mismo.

Era de verdad.

Y si no lo era, al menos les sostuvo, y como eso es lo que los sofás tenían que hacer, aquel era auténtico desde cualquier prueba importante a que se le sometiese.

La voz volvió a murmurar en el aire solar.

–Espero que estéis cómodos –dijo.

Ellos asintieron con la cabeza.

–Y me gustaría felicitaros por la precisión de vuestras deducciones.

Arthur se apresuró a indicar que él no había deducido muchas cosas; Trillian, sí. Ella le había invitado a acompañarla porque a él le interesaba la vida, el Universo y todo lo demás.

–Eso es algo que también me interesa a mí –susurró Hactar.

–Pues alguna vez deberíamos charlar sobre ello –sugirió Arthur–. Tomando una taza de té.

Entonces empezó a materializarse despacio delante de ellos una mesita de madera con una tetera de plata, una jarra de leche, un azucarero, dos tazas y dos platillos, todo ello de porcelana fina.

Arthur extendió la mano, pero no era más que un juego de luces. Se retrepó en el sofá, que era una ilusión a la que su cuerpo estaba preparado para admitir como cómoda.

–¿Por qué crees que debes destruir el Universo? –preguntó Trillian.

Le resultaba un tanto difícil hablar a la nada, con nada en que centrar la atención. Evidentemente, Hactar lo notó. Lanzó una risita espectral.

–Si va a ser una sesión tan corta –dijo–, bien podemos tener los decorados apropiados.

Y entonces se materializó ante ellos otra cosa: el sofá de un psiquiatra. El cuero de la tapicería era brillante y suntuoso, pero no era más que otro juego de luces.

En torno a ellos, para completar el decorado, había una vaga sugerencia de paredes forradas de madera. Y entonces apareció en el sofá la imagen del propio Hactar, que era como para apartar la vista.

El sofá tenía un tamaño normal de psiquiatra: entre uno ochenta y dos metros.

El ordenador parecía de una talla normal para un satélite de ordenador creado en el espacio: unos mil quinientos kilómetros de diámetro.

La ilusión de que uno estuviera sentado sobre el otro era lo que hacía apartar la vista.

–De acuerdo –dijo Trillian en tono firme.

Se levantó del sofá. Pensó que le pedirían que se sintiera muy cómoda y que aceptara demasiadas ilusiones.

–Muy bien. ¿También puedes crear cosas de verdad? Me refiero a objetos sólidos.

Hubo otra pausa antes de la respuesta, como si la mente pulverizada de Hactar tuviera que ordenar sus ideas a lo largo de los millones y millones de kilómetros por donde andaban esparcidas.

–Ah –suspiró–. Estás pensando en la astronave.

Empezaron a vagar ideas a través de ellos, como ondas a través del éter.

–Sí –reconoció Hactar–, puedo. Pero requiere una enorme cantidad de esfuerzo y de tiempo. Lo único que puedo hacer en mi... estado de partículas es animar y sugerir, ¿comprendes? Animar y sugerir. Y sugerir...

La imagen de Hactar en el sillón pareció oscilar y fluctuar, como si le resultara difícil mantenerse.

Hizo acopio de fuerza.

–Puedo animar y sugerir que trozos diminutos de escombro

espacial, el meteoro menudo y esporádico, unas cuantas moléculas por aquí, varios átomos de hidrógeno por allá, se muevan juntos. Les animo a juntarse. Puedo enredarlos y darles forma, pero se tardan muchos eones.

–Así que hiciste el modelo de la nave destrozada –insistió Trillian.

–Pues... sí –murmuró Hactar–. He hecho... unas cuantas cosas. Puedo trasladarlas de un sitio a otro. He construido una nave espacial. Parecía lo mejor.

Algo hizo a Arthur recoger la bolsa de donde la había dejado sobre el sofá y agarrarla con fuerza.

La niebla de la vieja mente pulverizada de Hactar remolineaba en torno a ellos como una pesadilla perturbadora.

–Mira, me arrepentí –murmuró apesadumbrado–. Me arrepentí de haber saboteado el proyecto que hice para los Monomaníacos Blindados Silásticos. No me correspondía tomar tales decisiones. Fui creado para cumplir una función y fracasé. Negué mi propia existencia.

Hactar suspiró. Trillian y Arthur esperaron en silencio a que continuara su historia.

–Tenías razón –prosiguió al cabo–. Guié deliberadamente al planeta de Krikkit para que llegaran al mismo estado de ánimo que los Monomaníacos Blindados Silásticos y me pidieran proyectar la bomba que no logré hacer la primera vez. Me envolví alrededor del planeta y lo cuidé. Bajo la influencia de los acontecimientos que pude fraguar y de otros que fui capaz de provocar, aprendieron a odiar como maníacos. Tuve que hacerlos vivir en el cielo. En la tierra mis influencias no tenían mucha fuerza.

»Claro que, sin mí, cuando se vieron separados de mí y encerrados en la envoltura de Tiempo Lento, sus respuestas se hicieron muy confusas y fueron incapaces de actuar.

»¡Vaya, vaya! –añadió–. Solo trataba de cumplir con mi deber.

Poco a poco, con mucha lentitud, las imágenes de la nube empezaron a desvanecerse, disolviéndose con suavidad.

Y de repente, dejaron de hacerlo.

–También estaba el asunto de la venganza, por supuesto –dijo Hactar con una brusquedad que resultaba nueva en su voz–. Recordad que estaba pulverizado, que luego me dejaron lisiado, en un estado de semiimpotencia durante billones de años. Francamente, me gustaría acabar con el Universo. Vosotros sentiríais lo mismo, creedme.

Hizo otra pausa mientras unos remolinos barrían el polvo.

–Pero en primer lugar traté de cumplir mi función –afirmó en su anterior tono melancólico–. ¡Vaya, vaya!

–¿Te preocupa el haber fracasado? –preguntó Trillian.

–¿He fracasado? –musitó Hactar.

En el sofá de psiquiatra la imagen del ordenador empezó a desvanecerse de nuevo.

–¡Vaya, vaya! –volvió a entonar débilmente la voz–. No, en este momento no me preocupa el fracaso.

–¿Sabes lo que tenemos que hacer? –preguntó Trillian con voz fría e indiferente.

–Sí –repuso Hactar–. Vais a dispersarme. Vais a destruir mi conciencia. Haced lo que queráis, por favor; después de todos esos eones, lo único que imploro es el olvido. Si no he cumplido con mi cometido, ya es demasiado tarde. Gracias y buenas noches.

El sofá desapareció.

La mesa del té desapareció.

El sofá de vivos colores y el ordenador desaparecieron. Las paredes se esfumaron. Arthur y Trillian regresaron de extraña manera al *Corazón de Oro*.

–Pues eso parecería ser eso –dijo Arthur.

Las llamas crecieron frente a él y luego se aquietaron. Las últimas lenguas de fuego se apagaron, dejando únicamente ante él un montón de cenizas donde pocos minutos antes se alzaba el Pilar de Madera de la Naturaleza y de la Espiritualidad.

Las sacó del depósito inferior de la Barbacoa Gamma del *Corazón de Oro*, las puso en una bolsa de papel y regresó al puente.

–Creo que deberíamos devolverlas –anunció–. Tengo la fuerte impresión de que debemos hacerlo.

Ya había discutido del tema con Slartibartfast, y el anciano acabó aburriéndose y marchándose. Había vuelto a su nave, la *Bistromática*, tuvo una furibunda pelea con el camarero y desapareció en una idea enteramente subjetiva de lo que era el espacio.

La discusión surgió por la pretensión de Arthur de devolver

las cenizas al Lord's Cricket Ground en el mismo momento en que se tomaron en un principio, lo que requeriría viajar hacia atrás en el tiempo durante un día más o menos, y eso era precisamente la especie de desbarajuste gratuito e irresponsable que la Campaña para el Tiempo Real trataba de impedir.

–Sí –había dicho Arthur–, pero intenta explicar eso al Instituto Meteorológico.

Y se negó a oír nada más en contra de la idea.

–Creo –volvió a decir y se detuvo.

Empezó a repetirlo porque nadie le había escuchado la primera vez, y se detuvo porque estaba bastante claro que esta vez tampoco iba a hacerle caso nadie.

Ford, Zaphod y Trillian miraban la visipantalla con atención. Hactar se estaba dispersando bajo la presión de un campo vibratorio que el *Corazón de Oro* le lanzaba.

–¿Qué ha dicho? –preguntó Ford.

–Me parece –contestó Trillian en tono confundido– que ha dicho: «Lo hecho, hecho está... He llevado a cabo mi cometido...»

–Creo que deberíamos devolverlas –dijo Arthur mostrando la bolsa que contenía las cenizas–. Tengo la firme impresión de que debemos hacerlo.

33

El sol brillaba en calma sobre una escena de absoluta desolación.

El humo seguía ascendiendo de la hierba quemada inmediatamente después del robo de las cenizas por los robots de Krikkit. Entre la humareda, la gente corría presa del pánico, chocando entre sí, tropezando con las camillas. Se practicaban detenciones.

Un policía trató de detener a Wowbagger el Infinitamente Prolongado por conducta ofensiva, pero fue incapaz de evitar que el extraño ser, alto y de color gris verdoso, volviera a su nave y huyera con arrogancia por el aire, causando así más pánico y confusión.

En medio de todo aquello, por segunda vez en aquella tarde, los cuerpos de Arthur Dent y de Ford Prefect se materializaron súbitamente, teletransportados desde el *Corazón de Oro,* que se encontraba en órbita de espera alrededor del planeta.

–¡Puedo explicarlo! –gritó Arthur–. ¡Tengo las cenizas! Están en esta bolsa.

–No creo que te hagan caso –le previno Ford.

–También he contribuido a salvar el Universo –decía Arthur a todo aquel que estuviera dispuesto a escucharle; esto es, a nadie.

–Eso habría detenido a una multitud –dijo Arthur a Ford.

–No lo ha hecho –comentó Ford.

Arthur abordó a un policía que pasaba corriendo.

–Discúlpeme. Tengo las cenizas. Las robaron esos robots blancos hace un momento. Están en esta bolsa. Forman parte de la Llave de la envoltura del Tiempo Lento, ¿sabe? Y, bueno, puede adivinar el resto. El caso es que las tengo; ¿qué voy a hacer con ellas?

El policía se lo dijo, pero Arthur solo pudo pensar que hablaba en sentido metafórico.

Desconsolado, fue de acá para allá.

–¿No le interesa a nadie? –gritó.

Un hombre pasó corriendo a su lado rozándole el codo. Se le cayó la bolsa de papel y su contenido se esparció por el suelo. Arthur lo miró con los labios apretados.

Ford le miró.

–¿Quieres que nos marchemos ya? –preguntó.

Arthur suspiró con fuerza. Miró al planeta Tierra con la seguridad de que era la última vez.

–Muy bien.

En aquel momento, entre el humo que se disipaba, distinguió una meta que a pesar de todo aún estaba en pie.

–Espera un momento –dijo a Ford–. Cuando era niño...

–¿No me lo podrías contar luego?

–Tenía pasión por el críquet, ¿sabes?, pero no era muy bueno.

–O no me lo cuentes, si lo prefieres.

–Y siempre soñaba, bastante estúpidamente, que algún día pondría fuera de juego al bateador en el Lord's Ground.

Miró a la atemorizada multitud. A nadie le importaría mucho.

–De acuerdo –dijo Ford en tono fatigado–. Hazlo de una vez. Estaré por allí, aburriéndome.

Fue a sentarse sobre una zona de hierba humeante.

Arthur recordó que aquella tarde, en su primera visita, la pelota de críquet había caído en su bolsa, y miró en la que llevaba.

La encontró antes de recordar que no era la misma bolsa que había tenido entonces. No obstante, la pelota estaba entre sus recuerdos de Grecia.

La sacó, la limpió contra la pierna, escupió sobre ella y volvió a frotarla. Dejó la bolsa en el suelo. Iba a hacerlo como era debido.

Fue tirando la pelotita roja y dura de una mano a otra para sentir su peso.

Con una maravillosa sensación de ligereza y despreocupación, se alejó de la meta a paso vivo. A un paso medianamente rápido, decidió, calculando una buena carrera.

Miró al cielo. Los pájaros remolineaban en él, unas pocas nubes blancas se deslizaban por el firmamento. El aire estaba enrarecido por el ruido de las sirenas de la policía y de las ambulancias, y de la gente que gritaba y chillaba, pero Arthur se sentía extrañamente feliz y a salvo de todo ello. Iba a marcar un tanto en el Lord's Cricket Ground.

Se volvió y escarbó en la hierba un par de veces con las zapatillas de estar por casa. Sacó los hombros, arrojó la pelota al aire y volvió a cogerla.

Echó a correr.

Mientras corría, vio que al pie de la meta había un bateador.

Pues muy bien, pensó, eso añadiría un poco de...

Entonces, al acercarse, vio con más claridad. El bateador que estaba junto a la meta no era del equipo de críquet inglés. Tampoco era de la selección australiana. Era uno de los robots de Krikkit. Un mortífero robot asesino de color blanco, frío y duro, posiblemente no había regresado a su nave con los demás.

Unas cuantas ideas se entrechocaron en la cabeza de Arthur en ese momento, pero no parecía capaz de dejar de correr. El tiempo pasaba con una lentitud tremenda, pero aun así no podía dejar de correr.

Con un movimiento deslizante, como de jarabe, volvió su inquieta cabeza y se miró la mano con que sostenía la pelotita roja y dura.

Sus pies seguían avanzando despacio, sin poder detenerse mientras él miraba la bola sostenida por su mano muerta. Emitía un brillo rojo oscuro y destellaba de manera intermitente. Sus pies, implacables, continuaban adelante.

Volvió a mirar al robot de Krikkit, que seguía frente a él con aire decidido y el bate alzado, dispuesto. Sus ojos despedían un brillo profundo y fascinante, y Arthur no pudo apartar la vista de ellos. Era como si los mirase a través de un túnel: parecía que en medio no existía nada.

Algunos de los pensamientos que chocaban en su cabeza eran los siguientes:

Se sintió un estúpido tremendo.

Lamentó no haber escuchado con más atención una serie de cosas que le habían dicho, frases que ahora resonaban en su interior como sus pies golpeaban el terreno en su carrera hacia el punto en que de manera inevitable lanzaría la pelota al robot de Krikkit, que irremediablemente la sacudiría con el bate.

Recordó las palabras de Hactar: «¿He fracasado? No me preocupa el fracaso.»

Recordó las últimas palabras del ordenador: «Lo hecho, hecho está, he llevado a cabo mi cometido.»

Recordó que Hactar dijo que había logrado hacer «algunas cosas».

Recordó el súbito movimiento de su bolsa, que le hizo sujetarla con fuerza cuando estaba en la Nube de Polvo.

Recordó que había viajado un par de días hacia atrás en el tiempo para volver al campo del Lord's.

También recordó que no era muy buen lanzador.

Notó que su brazo describía un círculo, apretando fuertemente la bola, y ahora tenía la certeza de que se trataba de la bomba Supernova que el propio Hactar había fabricado y traspasado a su bolsa, la bomba que llevaría el Universo a un final brusco y prematuro.

Esperó y rogó que no hubiese vida después de la muerte. Luego comprendió que en eso había una contradicción y simplemente deseó que no hubiese vida futura.

Se sentiría molestísimo si se encontraba con alguien.

Esperó con todas sus fuerzas que su lanzamiento fuese tan malo como todos los que recordaba, porque eso parecía ser lo único que se interponía entre ese momento y el olvido universal.

Percibió el martilleo de sus piernas, sintió el círculo que describía su brazo, percibió que sus pies tropezaban contra la bolsa de líneas aéreas que estúpidamente había dejado en el suelo frente a él, notó que caía pesadamente hacia delante, pero al tener la cabeza tan llena de otras cosas, se olvidó por completo de chocar contra el suelo y no lo tocó.

Sin soltar la pelota, que aún sujetaba firmemente en la mano derecha, se elevó por el aire gimoteando de sorpresa.

Giró y remolineó por el aire, dando vueltas sin sentido.

Viró hacia el suelo, lanzándose frenéticamente y arrojando al mismo tiempo la bomba a una distancia donde no podía hacer daño.

Se precipitó contra el robot por detrás. Aún tenía alzado el bate de múltiples usos, pero se vio súbitamente desprovisto de algo a lo que golpear.

Con un repentino y enloquecido acceso de energía, Arthur arrancó el bate del sorprendido robot, ejecutó un deslumbrante giro en el aire, se apartó con un impulso poderoso y con ímpetu febril desprendió de los hombros la cabeza del robot.

–¿Vienes ya? –preguntó Ford.

EPÍLOGO

Y al fin volvieron a viajar.

Hubo un momento en que Arthur Dent no quiso hacerlo. Dijo que la Energía Bistromática le había revelado que el tiempo y la distancia eran una sola cosa, que el Universo y la mente eran lo mismo, que la percepción y la realidad eran idénticas, que cuanto más se viajaba más se quedaba uno en el mismo sitio, y que entre una cosa y otra prefería estarse quieto durante un tiempo para ordenar todo aquello en su mente, que ahora formaba parte del Universo, de manera que no tardaría mucho; luego se tomaría un buen descanso, haría unos ejercicios de vuelo y aprendería a cocinar, cosa que siempre había tenido intención de hacer. La lata de aceite de oliva griego constituía ahora su posesión más preciada, y afirmó que la manera inesperada en que había aparecido en su vida le había vuelto a conferir cierto sentido de la unidad de las cosas, cosa que le hacía sentir que...

Bostezó y se quedó dormido...

Por la mañana, mientras se disponían a llevarle a un planeta tranquilo e idílico donde no les importase que hablase de aquel modo, recibieron inopinadamente una llamada de socorro emitida por ordenador y se desviaron del rumbo para investigar.

Una pequeña nave espacial del tipo Mérida, indemne al parecer, parecía bailar una extraña jiga en el vacío. Una breve inspección realizada por ordenador reveló que la nave se encontraba en buenas condiciones; su ordenador funcionaba, pero el piloto estaba loco.

–Medio loco, medio loco –insistió el piloto cuando le llevaron a bordo, delirando.

Era periodista y trabajaba en la *Gaceta Sideral*. Le dieron un sedante y enviaron a Marvin para que le hiciese compañía hasta que prometiera hablar con sentido común.

–Estaba informando de un juicio en Argabuthon –dijo al fin.

Incorporó la estrecha y agotada espalda; sus ojos miraban frenéticamente. Sus cabellos blancos parecían saludar a alguien que estuviera en la habitación de al lado.

–Tranquilo, tranquilo –dijo Ford.

Trillian le puso una mano en el hombro para calmarle.

El periodista volvió a tumbarse y miró al techo de la enfermería de la nave.

–El caso ya no tiene importancia –dijo–, pero había un testigo..., un testigo..., un hombre llamado Prak. Una persona difícil y extraña. Al final se vieron obligados a administrarle un narcótico para que dijera la verdad, una droga de la verdad.

Sus ojos giraron desvalidamente en las órbitas.

–Le dieron demasiado –prosiguió en un leve murmullo–. Le dieron demasiado. –Empezó a llorar–. Creo que los robots empujaron el brazo del médico.

–¿Robots? –preguntó bruscamente Zaphod–. ¿Qué robots?

–Unos robots blancos –susurró el hombre con voz ronca– irrumpieron en la sala del juicio y robaron el cetro del juez, el cetro de la Justicia de Argabuthon, un objeto desagradable de Perspex. No sé por qué lo querían. –Se echó a llorar de nuevo–. Y creo que empujaron el brazo del médico...

Sacudió la cabeza de un lado a otro, sin fuerza, tristemente, con aire desvalido y los ojos retorcidos de pena.

–Y cuando prosiguió el juicio –añadió en un murmullo llorón, haciendo una pausa y estremeciéndose–, pidieron a Prak una cosa de lo más lamentable. Le pidieron que dijera la Verdad, Toda la Verdad y Nada más que la Verdad. Pero ¿no comprendéis?

De pronto volvió a incorporarse sobre el codo y empezó a gritar.

–¡Le habían dado demasiada droga!

Volvió a derrumbarse, quejándose en voz baja.

–Demasiada, demasiada, demasiada...

El grupo reunido en torno a su cama intercambió unas miradas. Tenían la espalda con carne de gallina.

–¿Qué pasó? –preguntó Zaphod al cabo.

–Pues claro que la dijo –dijo el hombre con furia–. Por lo que yo sé, todavía sigue diciéndola. ¡Unas cosas horribles..., horribles!

Chilló de nuevo.

Trataron de calmarlo, pero volvió a incorporarse a duras penas.

–¡Cosas horribles, incomprensibles –gritó–, cosas que volverían loco a cualquiera!

Los miró con ojos de loco.

–O en mi caso, medio loco. Soy periodista.

–¿Quieres decir –preguntó Arthur en voz baja– que estás acostumbrado a enfrentarte con la verdad?

–No –dijo el periodista con el ceño fruncido de perplejidad–. Me refiero a que presenté una excusa y me marché pronto.

Cayó en un estado de coma del que solo se recobró una vez y brevemente.

En tal ocasión, descubrieron por él lo siguiente:

Cuando se hizo evidente lo que pasaba y que no se podía detener a Prak, viéndose la verdad en su forma absoluta y definitiva, se despejó la sala del tribunal.

No solo se despejó, sino que se selló con Prak todavía dentro. A su alrededor se erigieron muros de acero y, solo para estar seguros, se instalaron alambres de espino, cercas electrificadas, fosos de cocodrilos y tres ejércitos importantes, para que de ese modo nadie oyera hablar jamás a Prak.

–¡Qué lástima! –dijo Arthur–. Me hubiera gustado escucharle. Es posible que supiera cuál es la Pregunta de la Respuesta Ultima. Siempre me ha molestado que nunca la hayamos encontrado.

–Piensa en un número –dijo el ordenador–. Cualquiera.

Arthur dijo al ordenador el número de teléfono de la oficina de información de la estación de King's Cross, porque si tenía alguna utilidad, podría ser esa.

El ordenador introdujo el número en la ya reconstituida Energía de la Improbabilidad de la nave.

En Relatividad, la Materia dice al Espacio cómo curvarse, y el Espacio dice a la Materia cómo moverse.

El *Corazón de Oro* dijo al espacio que se contrajera, aterrizando suavemente en el interior del recinto de acero del Palacio de Justicia de Argabuthon.

La sala del tribunal era un lugar sobrio, una sala amplia y oscura, sin duda hecha para la Justicia y no, por ejemplo, para el Placer. Allí no podría celebrarse una cena; al menos, no con éxito. El decorado deprimiría a los invitados.

Los techos eran altos, abovedados y muy oscuros. Las sombras se movían furtivamente, con lúgubre determinación. El revestimiento de las paredes, de los bancos y de las pesadas columnas había salido de los árboles más oscuros y severos del aterrador Bosque de Arglebard. El negro y macizo Podio de la Justicia que dominaba el centro de la sala era un monstruo de gravedad. Si un rayo de sol lograba alguna vez introducirse hasta ese lugar del palacio de Justicia de Argabuthon, se habría dado la vuelta para escapar de inmediato.

Arthur y Trillian fueron los primeros en entrar, mientras Ford y Zaphod mantenían vigilancia en la retaguardia.

Al principio parecía completamente a oscuras y desierta. Sus pasos resonaban huecamente por la estancia. Era curioso. Todas las defensas seguían en su sitio y funcionaban en el perímetro exterior del edificio; habían hecho verificaciones superficiales. Por tanto, supusieron que la confesión de la verdad continuaba.

Pero no había nada.

Luego, cuando sus ojos se acostumbraron a la oscuridad, distinguieron un tenue resplandor rojo en un rincón, y tras él una sombra que se movía. Lo enfocaron con una linterna.

Prak estaba repantigado en un banco, fumando desganadamente un cigarrillo.

–Hola –dijo con un breve gesto.

Su voz resonó por la estancia. Era un hombrecillo de cabellos ásperos. Estaba sentado con los hombros echados hacia delante; su cabeza y sus rodillas no paraban de moverse. Dio una calada al cigarrillo.

Lo miraban fijamente.

–¿Qué ocurre? –preguntó Trillian.

–Nada –contestó Prak, agitando los hombros.

Arthur enfocó la linterna directamente sobre el rostro de Prak.

–Creíamos –dijo– que estabas obligado a decir la Verdad, Toda la Verdad y Nada más que la Verdad.

–Ah, eso. Sí. Lo estaba. Ya he terminado. No da para tanto como la gente imagina. Aunque tiene cosas bastante curiosas.

Súbitamente estalló en carcajadas locas durante tres segundos y se detuvo. Permanecía allí sentado, moviendo la cabeza y las rodillas. Fumaba el cigarrillo con una sonrisita extraña.

Ford y Zaphod avanzaron de entre las sombras.

–Cuéntanoslo –dijo Ford.

–Ya no me acuerdo de nada –confesó Prak–. Pensé en anotar algunas cosas, pero primero no encontré un lápiz y luego me dije: ¿para qué molestarme?

Hubo un largo silencio durante el que recibieron la impresión de que el Universo había envejecido un poco. Prak miraba directamente a la luz de la linterna.

–¿Nada? –preguntó Arthur al fin–. ¿No te acuerdas de nada?

–No. Salvo que lo más agradable era acerca de las ranas; eso sí lo recuerdo.

De pronto empezó a retorcerse otra vez de risa, golpeando los pies en el suelo.

–No creeríais algunas de las cosas de las ranas –jadeó–. Venga, salgamos a buscar una rana. ¡Qué distintas las veo ahora, chico!

Se puso en pie de un salto y ejecutó una danza breve. Luego se detuvo y dio una calada larga al cigarrillo.

–Vamos a buscar una rana que me haga reír. De todos modos, ¿quiénes sois vosotros?

–Hemos venido a buscarte –dijo Trillian, que no quiso borrar la decepción en su voz–. Me llamo Trillian.

Prak agitó la cabeza.

–Ford Prefect –dijo este, encogiéndose de hombros.

Prak sacudió la cabeza.

–Y yo –anunció Zaphod cuando consideró que el silencio volvía a ser lo bastante profundo para lanzar a la ligera una noticia tan seria– soy Zaphod Beeblebrox.

Prak meneó la cabeza.

–¿Quién es ese individuo? –preguntó Prak, moviendo el hombro hacia Arthur, que permanecía silencioso, perdido en sus decepcionados pensamientos.

–¿Yo? –dijo Arthur–. Pues me llamo Arthur Dent.

A Prak casi se le salieron los ojos de las órbitas.

–¿En serio? –aulló–. ¿Tú eres Arthur Dent? ¿El *mismo* Arthur Dent?

Retrocedió tambaleándose, sujetándose el estómago con ambas manos, retorciéndose en otro paroxismo de risa.

–¡Eh, solo imaginar que *te* conocería! –jadeó, y prosiguió gritando–: ¡Chico, eres el más..., vaya, si haces que las ranas se pongan de pie!

Aulló y chilló de risa. Se desplomó hacia atrás sobre el banco. Gritó y vociferó, histérico. Lloró de risa, pataleó en el aire, se golpeó el pecho. Poco a poco se calmó, jadeando. Los miró. Se fijó en Arthur. Volvió a derrumbarse, aullando de risa. Por fin se quedó dormido.

Arthur se quedó allí con la boca torcida mientras los demás llevaban a la nave a Prak, en estado comatoso.

–Antes de que recogiéramos a Prak –manifestó Arthur–, me iba a marchar. Todavía quiero hacerlo, y creo que sería preferible hacerlo lo antes posible.

Los otros asintieron en silencio. La quietud solo se veía levemente rota por los lejanos y muy amortiguados ecos de la risa histérica procedente de la cabina de Prak, al otro extremo de la nave.

–Le hemos interrogado –prosiguió Arthur–; o al menos, le habéis interrogado, pues ya sabéis que yo no puedo acercarme a él, sobre todas las cosas, y no parece tener prácticamente nada con que colaborar. Solo cosas insignificantes de cuando en cuando y eso acerca de las ranas que no deseo escuchar.

Los otros trataron de no sonreír.

–Bueno, yo soy el primero en apreciar un chiste –dijo Arthur y entonces tuvo que esperar a que los demás dejaran de reírse–. Soy el primero... –volvió a detenerse.

Esta vez se detuvo y escuchó el silencio. Había silencio de verdad, y se había producido de repente.

Prak había callado. Durante días habían vivido con una continua risa loca que resonaba por toda la nave, con solo unos períodos breves de risitas suaves y de sueño. El ánimo de Arthur estaba lleno de paranoia.

Aquel no era el silencio del sueño. Sonó un timbre. Una mirada al tablero les informó de que Prak lo había hecho sonar.

–No se encuentra bien –dijo Trillian, con calma–. La constante risa le está destrozando el cuerpo por completo.

Arthur torció los labios, pero no dijo nada.

–Será mejor que vayamos a verle –dijo Trillian.

Trillian salió de la cabina con cara seria.

–Quiere que pases –dijo a Arthur, que tenía una expresión sombría y taciturna.

Metió las manos hasta el fondo de los bolsillos de la bata e intentó pensar en decir algo que no fuese mezquino. Parecía sumamente desleal, pero no pudo.

–Por favor –insistió Trillian.

Se encogió de hombros y entró, sin alterar la expresión sombría y taciturna a pesar de la reacción que siempre provocaba en Prak.

Miró a su atormentador, que yacía tranquilo en la cama, pálido y agotado. Su respiración era muy poco profunda. Ford y Zaphod estaban de pie junto a la cama con expresión afectada.

–Querías preguntarme algo –dijo Prak con voz tenue y tosiendo ligeramente.

Solo la tos hizo que Arthur se pusiera rígido, pero pasó pronto.

–¿Cómo lo sabes? –preguntó.

–Porque es verdad –dijo sencillamente Prak, encogiendo los hombros.

Arthur comprendió.

–Sí –dijo al fin, arrastrando las palabras con esfuerzo–. Tenía una pregunta. Mejor dicho, lo que realmente tenía era una Respuesta. Quería saber cuál era la Pregunta.

Prak asintió con aire comprensivo y Arthur se tranquilizó un poco.

–Es..., bueno, es una larga historia –dijo–, pero la pregunta que me gustaría conocer es la Pregunta Última de la Vida, del Universo y de Todo lo Demás. Lo único que sabemos es que la Respuesta es Cuarenta y Dos, lo que resulta un poco exasperante.

Prak volvió a asentir con la cabeza.

–Cuarenta y dos –dijo–. Sí, eso es.

Hizo una pausa. Pensamientos y recuerdos cruzaron por su rostro como sombras de nubes por la tierra.

–Me temo –dijo al cabo– que la Pregunta y la Respuesta se excluyen mutuamente. El conocimiento de una impide lógicamente la aprehensión de la otra. Es imposible que puedan conocerse ambas en el mismo Universo.

Hizo otra pausa. La decepción asomó al rostro de Arthur, acomodándose en su lugar acostumbrado.

–A menos que, si eso ocurriera –dijo Prak, tratando de ordenar una idea–, la Pregunta y la Respuesta se anularan mutuamente llevándose consigo al Universo, en cuyo caso quedaría sustituido por algo aún más extraño e inexplicable –y añadió con una débil sonrisa–: Pero hay en ello cierta cantidad de Incertidumbre.

Esbozó una sonrisita.

Arthur se sentó en un taburete.

–Pues vaya –dijo con resignación–, esperaba que hubiese alguna razón.

–¿Conoces la historia de la Razón? –preguntó Prak.

Arthur dijo que no, y Prak afirmó que sabía que no la conocía.

Se la contó.

Dijo que una noche apareció una nave en el cielo de un planeta por el que nunca se había visto ninguna. El planeta se llamaba Dalforsas; la nave era en la que estaban. Surgió como una estrella nueva y brillante que se movía silenciosa por el firmamento.

Tribus primitivas que se sentaban acurrucadas en las Laderas del Frío levantaron la vista de sus humeantes copas nocturnas y señalaron con dedos temblorosos, jurando que habían visto una señal, un signo de sus dioses que les indicaba que debían levantarse al fin y matar a la maligna Princesa de las Llanuras.

En las altas torres de sus palacios, la Princesa de las Llanuras alzó la vista y vio la estrella brillante, que sin lugar a dudas interpretó como una señal de los dioses para atacar a las malditas tribus de las Laderas del Frío.

Y entre ambos, los Habitantes del Bosque miraron al cielo y vieron la señal de la nueva estrella; sintieron miedo y recelo, pues aunque nunca habían visto antes nada parecido, sabían exactamente lo que presagiaba, e inclinaron la cabeza con desesperación.

Sabían que cuando llegaran las lluvias, habría una señal.

Cuando las lluvias terminaran, habría una señal.

Cuando el viento se levantara, habría una señal.

Cuando el viento cesara, habría una señal.

Cuando en aquella tierra naciera una cabra con tres cabezas en la medianoche de un día de luna llena, habría una señal.

Cuando a alguna hora de la tarde naciera en aquella tierra un gato o un cerdo enteramente normales sin ninguna complicación en el parto, o incluso un niño con nariz respingona, eso también se tomaría a menudo como una señal.

De modo que no cabía duda alguna de que una estrella nueva en el cielo era una señal de un tipo particularmente espectacular.

Y cada nueva señal significaba lo mismo: que la Princesa de las Llanuras y las Tribus de las Laderas del Frío estaban a punto de armar otro alboroto.

Eso no sería tan malo si la Princesa de las Llanuras y las Tribus de las Laderas del Frío no decidieran siempre armar jaleo en el Bosque, y si en los enfrentamientos no llevaran siempre la peor parte los Habitantes del Bosque, aunque por lo que les concernía nunca habían tenido nada que ver en ello.

Y a veces, después de algunos de los peores atropellos, los Habitantes del Bosque enviaban un mensajero al jefe de la Princesa de las Llanuras o al de las Tribus de las Laderas del Frío exigiendo saber la razón de aquella conducta intolerable.

Y el jefe, cualquiera que fuese, llevaba al mensajero aparte y le explicaba la razón despacio, cuidadosamente, prestando gran atención a todos los detalles.

Y lo terrible residía en que era una razón muy buena. Muy clara, muy sensata y firme. El mensajero bajaba la cabeza sintiéndose triste y estúpido por no haber comprendido la complejidad y dureza del mundo real y las dificultades y paradojas que había que aceptar si se vivía en él.

–¿Comprendes ahora? –decía el jefe.

El mensajero asentía en silencio.

–¿Y entiendes que estas batallas debían librarse?

Otra seña muda.

–¿Y por qué debían llevarse a cabo en el Bosque, y por qué son en beneficio de todos, incluso de los Habitantes del Bosque?

–Pues...

–A la larga.

–Pues, sí.

El mensajero comprendía la razón y volvía al Bosque con su gente. Pero al acercarse a ellos, al caminar por el Bosque, entre los árboles, descubría que lo único que recordaba de la Razón era lo tremendamente claro que le había parecido la argumentación. No recordaba en absoluto de qué trataba.

Lo que, por supuesto, constituía un gran alivio cuando las Tribus y la Princesa entraban en el Bosque a sangre y fuego, matando a todos los Habitantes del Bosque que se presentaban a su paso.

Prak hizo una pausa en la historia y tosió lastimosamente.

–Yo fui el mensajero –anunció– a raíz de las batallas provocadas por la aparición de vuestra nave, que fueron particularmente feroces. Murieron muchos de los nuestros. Creí que podía llevarles la Razón. Fui ante el jefe de la Princesa, que me la dijo, pero a la vuelta se me escapó de la mente fundiéndose como nieve al sol. Eso fue hace muchos años, y desde entonces han pasado muchas cosas.

Miró a Arthur y volvió a sonreír con mucha dulzura.

–Hay otra cosa que recuerdo por la droga de la verdad. Aparte de las ranas; es el último mensaje de Dios a la creación. ¿Te gustaría saberlo?

Por un momento no supieron si tomarle en serio.

–Es verdad –afirmó–. Auténtico. Lo digo en serio.

Su pecho se hinchaba débilmente, pugnando por respirar. Su cabeza oscilaba despacio.

–Cuando me enteré de lo que era no quedé muy impresionado, pero al recordar ahora la impresión que me produjo la Razón de la Princesa y cómo lo olvidé por completo poco después, creo que será mucho más útil. ¿Os gustaría saber de qué se trata? ¿Os gustaría?

Asintieron en silencio.

–Lo sabía. Si tenéis tanto interés, os sugiero que vayáis a buscarlo. Está escrito en letras de fuego de diez metros de alto en la cima de las Montañas de Quentulus Quazgar, en la tierra de Sevorbeupstry, en el planeta Preliumtarn, el tercero a partir del sol

Zarss en el Sector Galáctico QQ7 Activo J Gamma. Está guardado por el Lajestic Vantrashell de Lob.

Tras ese anuncio hubo un largo silencio que Arthur rompió al cabo.

–Disculpa, ¿dónde está? –preguntó.

–Está escrito –repitió Prak– en letras de fuego de diez metros de altura en la cima de las Montañas de Quentulus Quazgar, en la tierra de Sevorbeupstry, en el planeta Preliumtarn, el tercero...

–Perdona –dijo Arthur otra vez–, ¿qué montañas?

–En las Montañas de Quentulus Quazgar, en la tierra de Sevorbeupstry, en el planeta...

–¿En qué tierra? No me he enterado.

–En Sevorbeupstry, en el planeta...

–¿Sevorve qué?

–¡Oh, por amor de Dios! –exclamó Prak, muriendo irritado.

En los días siguientes Arthur pensó un poco en aquel mensaje, pero al final decidió no dejarse arrastrar por él e insistió en seguir su primitivo plan de buscar un mundo agradable en alguna parte para establecerse y llevar una vida retirada. Tras haber salvado el Universo dos veces en un solo día, pensaba que en adelante podía tomarse las cosas con un poco más de calma.

Le dejaron en el planeta Krikkit, que volvía a ser una vez más un mundo bucólico e idílico, aunque las canciones le ponían nervioso a veces.

Pasaba mucho tiempo volando.

Aprendió a comunicarse con los pájaros y descubrió que su conversación era fantásticamente aburrida. Versaba exclusivamente sobre la velocidad del viento, la amplitud de las alas, las relaciones entre fuerza y peso, y bastante sobre bayas. Lamentablemente, descubrió que una vez aprendido el lenguaje de los pájaros, uno comprende enseguida que el aire está repleto de él en todo momento: nada más que un soso parloteo pajaril. No hay manera de ignorarlo.

Por esa razón abandonó Arthur el deporte y aprendió a amar la tierra y a vivir de ella, pese a que allí también oía el soso parloteo.

Un día paseaba por los campos tarareando una melodía apasionante que había oído últimamente, cuando una nave plateada descendió del cielo y aterrizó delante de él.

Se abrió una escotilla, se extendió una rampa y salió un ser extraño, alto, de color gris verdoso, que se le acercó.

–Arthur Phili... –dijo.

Le lanzó una mirada penetrante y luego consultó una tablilla de notas. Frunció el ceño. Volvió a mirarle.

–A ti ya te he pasado lista, ¿verdad? –preguntó.

ÍNDICE

Impreso en Talleres Gráficos
LIBERDÚPLEX, S. L. U.,
ctra. BV 2249, km 7,4 - Polígono Torrentfondo
08791 Sant Llorenç d'Hortons